高鸿 著

平凡之路

陕西新华出版传媒集团
太白文艺出版社

图书在版编目（CIP）数据

平凡之路 / 高鸿著. —西安：太白文艺出版社，2020.1

ISBN 978-7-5513-1744-3

Ⅰ.①平… Ⅱ.①高… Ⅲ.①长篇小说—中国—当代 Ⅳ.① I247.5

中国版本图书馆 CIP 数据核字 (2019) 第 264770 号

平凡之路
PINGFAN ZHI LU

作　　者	高　鸿
责任编辑	马凤霞
整体设计	张洪海
出版发行	陕西新华出版传媒集团
	太 白 文 艺 出 版 社
经　　销	新华书店
印　　刷	北京彩虹伟业印刷有限公司
开　　本	787mm×1092mm 1/16
字　　数	480 千字
印　　张	29.5
版　　次	2020 年 1 月第 1 版
印　　次	2020 年 1 月第 1 次印刷
书　　号	ISBN 978-7-5513-1744-3
定　　价	76.00 元

版权所有 翻印必究

如有印装质量问题，可寄出版社印制部调换

联系电话：029-81206800

出版社地址：西安市曲江新区登高路1388号（邮编：710061）

营销中心电话：029-87277748

目录

001 第一章

016 第二章

032 第三章

059 第四章

080 第五章

095 第六章

113 第七章

121 第八章

143 第九章

151 第十章

165 第十一章

178 第十二章

200 第十三章

213 第十四章

228 第十五章

243 第十六章

251 第十七章

263 第十八章
277 第十九章
288 第二十章
303 第二十一章
317 第二十二章
330 第二十三章
343 第二十四章
352 第二十五章
369 第二十六章
376 第二十七章
391 第二十八章
410 第二十九章
419 第三十章
433 第三十一章
443 第三十二章
458 第三十三章

第一章

1

田安国噙着泪夺门而出。

北风嘶嘶地吼着,巨大的夜幕黑沉沉地压了下来,像只张牙舞爪的怪兽。风裹着雪花在空中乱窜,硬硬地砸在脸上。他打了个寒战,脚下一个趔趄差点跌倒。下院的牲口圈旁是饲养室,父亲住在里面。也许,父亲会收留他的。安国用力地击打门扇,里面毫无动静。

奇怪,父亲平日睡觉很轻的,任何轻微的响动都能把他唤醒。他一晚上要起来好几回喂牲口呢。风一阵紧似一阵,安国牙关打战,浑身筛糠似的。"大,快开门呀,冻死我了!"他抓着门环一阵摇动,里面还是没有动静。仔细看,原来门上着锁呢!

父亲不在,估计去槐庄子了。怎么办?折回去向母亲认错?安国想了想,一咬牙放弃了。母亲的脾气他清楚,尽管她十分疼爱自己,甚至比别的兄弟更甚。可一旦犯了错,她是绝不姑息的。

记得有一次他们几个孩子玩耍,不小心弄坏了地里的庄稼,母亲知道后狠狠地打了他一顿。还有一次他和别的孩子打架,一群孩子仗势欺人,安国被打得鼻青脸肿。这时母亲来了,抬手就给了他一巴掌,接着又狠狠地在他屁股上踹了一脚,拽着他往回走……委屈的泪水夺眶而出,他再也忍不住,大声地质问母亲:"娘,别的孩子欺负我,你不帮就算了,为啥还要教训自己的儿子啊?"母亲平静地说:"娃啊,让人为上,吃亏是福!"多年后,他反复咀嚼母亲留给他们兄弟的那句话,每当路途险峻、如临深渊,都能峰回路转、柳暗花明……

身后传来呼哧呼哧的声音,安国吓了一跳,猛回头,原来是家里的大黑狗虎子眼巴巴地望着他。安国突然决定去槐庄子找伯父，父亲应该也在那里。伯父家里有吃不完的好东西等着他呢。伯母变戏法似的，总会变出好吃的东西来。在那物质生活极端贫匮的年代，伯父的家是他们兄弟几个的乐园。

记忆里的伯父经常从他居住的山里回来赶集，回来时从不空手，总是带好吃的东西给他们兄弟。而更多的印象是哥哥们不时从伯父家拉柴回来，因为这"柴"中隐藏着许多秘密。那年月，"割资本主义尾巴"的狂潮席卷全国，谁家养几只鸡下几个蛋都会被当作"尾巴"割掉，更别提经营其他副业。村子里家家缺粮，户户吃了上顿没下顿。他们家弟兄八人，个个都是长身体的时候，如果没有伯父伯母的接济，真是不敢想象啊！记忆中，母亲似乎一直在忙碌：白天她与社员一起下地干活，回到家开始做饭，吃完饭做家务活。安国常常睡了一觉醒来，发现母亲还在灯下忙着给他们缝补衣裳。母亲似乎从来不知道疲倦。

从小受过苦的母亲把日子过得很细，哪怕是一堆烂布，她也能拾掇成一件件衣服，让孩子们光光鲜鲜地站在人前。母亲把饭做好后往往先忙别的，等到一家人吃饱了，剩下多少她就吃多少。如果饭没有了，那么她就饿着肚子，毫无怨言。饭做好了，母亲往往会叫较小的几个孩子去端饭，因为大一点的孩子会干活，所以有享受的权利。饭上桌了，大人没动筷子，孩子们绝对不能动——这是规矩！如果家里来了客人，母亲会指挥大一些的孩子端饭，然后大人一桌，孩子一桌。

母亲常常教育孩子们不能浪费一粒粮食。兄弟几个如果谁把饭粒掉到地上，母亲看见了一定会训斥一顿；吃饭的时候不准说话，嘴里不能发出啪嗒啪嗒的声音——尤其是不能在盘子里来回搅动，母亲看见了便会用筷子狠狠地敲一下，要你长记性；吃馍的时候不能用筷子插，没吃完的馍不能乱扔，也不准喂狗吃。母亲语重心长地说："娃儿们，你们可知道那一块馍馍要多少粒麦子才能做成啊？那一粒粒的麦子，可都是汗珠子换来的啊！"在安国的记忆里，母亲把粮食看得比什么都重要，可是对待前来要饭的人，她却比任何人都大方。记得有一次伯父从槐庄子带回了一块羊肉，母亲做了一盆羊肉烩面片。羊肉散发着香喷喷的味道，令人垂涎欲滴。好久未吃过这么好的吃食了，孩子们拿着碗等母亲给每个人分。这时传来要饭的声音："行行好，打发一点点啊！"一抬头，原来门口站着一个衣衫褴褛的妇人，带着四五个孩子。许是闻见了羊肉的香味，孩子们的嘴巴都张得很大，仿佛嗷嗷待哺的幼鸟……"行行好吧，可怜可怜孩子，打发一点点啊！"

妇人的胳膊伸得很长，手里端着一个硕大的搪瓷缸子。她的身后，孩子们每人手里都拿着一只碗，眼巴巴地望着我们。母亲犹豫了一瞬，接过搪瓷缸子舀满，然后给每个孩子又舀了一碗，盆里的饭便没了。一家人风卷残云，狼吞虎咽，瞬间便把饭送进了肚子里……

"娘，我们都一口没吃呢！"讨饭的一家人离开后，弟弟垂着泪，委屈地说。

"娃啊！娘知道你们都没吃。不要紧，也就一顿饭没吃啊！可是你知道吗？他们一家人可能几天都没吃东西了呢……"

为了避人耳目，伯父每次都以柴草为掩护，从山里给我们带食物。即使这样，山里拉柴的哥哥们总是在深更半夜才敢回来。月明星稀，万籁俱寂，村子里除了一两声狗吠，没一点声音。这时，母亲轻轻地说了声："山里的回来了！"熟睡的孩子便会一骨碌爬起来帮忙卸货。似乎他们都在假寐，就等着母亲的这一声号令呢。

其实人在半饥饿状态，神经是十分敏感的。在安国的记忆里，这些山里回来的货似乎是个聚宝盆：冬天的野味，青黄不接时的粮食，夏天的山果，秋天的蔬菜、苹果，等等。

卸货的时候，孩子们总是迫不及待地先把自己的肚子填饱。慢慢地，伯父在他们的心中似乎成了个无所不有的超人，而他居住的山里，也像一块巨大的磁铁一样具有一股令人无法抗拒的吸引力。

伯父对家里的援助由来已久。听三哥说，早些年，伯父每次回来，人高马骏的，正大光明的。

阳光稀少的日子，屋顶上的雪刚融化，树上的麻雀一窝蜂似的做着游戏，把场院变成了它们的世界。这个时候，伯父赶着两匹满载粮食和土特产的骡子回来了。骡子皮色油光闪亮、威武雄壮，挽具和鞍具上装点着鲜艳的红缨子。父亲接过缰绳，一边招呼大哥、二哥卸驮子，一边招呼伯父进屋里喝茶。伯父边走边摘下硬腿水晶石墨镜，放进挎在腰间的蛇皮眼镜盒里，把狐皮帽子帽檐往上一翻，径直走进北面的厦子，脱下那"宁夏筒子九道弯"的雪白皮袄，解下又宽又长的白布腰带，然后来到厦子外面的石阶上，拍打起裤腿上的尘土来。这个时候，梁庄人看稀罕似的，早在门口围成了一个圈，脖子抻得老长。

"啧啧,这骡子,膘大油肥,满身的腱子肉,一月没二斗黑豆是养不出来的。"

"知道吗?那匹皮毛像绸缎一样光滑的骡子叫'四云蹄'——你看它浑身黑得发亮,只有四个蹄子是雪白的,走起来腾云驾雾,那个快啊,好马也撑不上;那匹枣红色的骡子也不简单——它目光炯炯有神,鬃毛高耸,毛色赤红,没一根杂毛,可是嘴唇、肚皮和眼圈都是白的,像传说中的赤兔马!"

"好牲口,啧啧!拉到集市上,定卖个好价钱!"

"水晶石墨镜你戴过吗?听说眼睛上火,一戴就不浑了。"

被问的人笑着摇摇头。

"那件皮袄可是'宁夏筒子九道弯'哎!知道啥叫'九道弯'吗?宁夏滩羊羔生下45天左右宰杀取皮,底绒少,绒根清晰,不粘连,具有波浪形花弯,俗称'九道弯'。'九道弯'羊皮毛色纯白闪亮,羊毛纤长、柔软、光润、保暖,穿上那个舒服啊,就不想脱下来了!"

"不脱晚上睡觉还穿吗?"

"还穿!"

……

这个时候,伯父已经洗完脸,盘腿坐在炕上。父亲恭敬地把饭碗和筷子递过去,把盘子里的白馍夹到离他近的地方,然后边吃边拉家常。他们的话题离不开庄稼的长势、牲口的优劣及市场行情。

吃完饭,正好去镇上赶集。伯父和父亲赶完集回来,又能带回一些好吃的东西。接下来,该是回槐庄子的时候了。伯父头戴狐皮帽,身穿羊皮袄,脚蹬翻毛皮靴,戴着水晶石墨镜,跨上威风凛凛的"四云蹄"。"四云蹄"的鞍桥上拴着枣红骡子,后面跟着关中大驴,形成一排。那阵势带给梁庄人的震撼,绝不亚于现在的宝马、路虎和奔驰!

"赶快回去,外面冻耳朵呢!"望着前来送行的人,伯父回首大喊一声,队伍渐行渐远,雪地上,留下一串长长的蹄印。

后来,不知从什么时候开始,那些高大的骡子和驴都不见了。

伯父骑回来的是一匹中等个头、黑白分明的驴。他身上的那些扛硬的配置还在,玛瑙嘴子的烟锅依然养眼,风采不减当年。

原来父亲在县城听到风声,说各村各户很快要入社了。他连夜赶到槐庄子,把骡子和驴都卖掉，买回这头不太显眼的驴。再后来，父亲借着这个风声，买了许多牲口，然后再卖出去。

父亲与伯父都是牲口行道里的内行，这一出一进，自然积累了不少的财富。合作化之前，伯父就是山里的头儿——村长。入社后又被推举为队长，统管着槐庄子前、后庄子，大湾和核桃坪四个自然村。这四个村子占着近10个山头，几千亩土地，却只有20多户，总共不到100口人。山里地广人稀，广种薄收，劳力奇缺，但伯父却经管得头头是道、井井有条。他们农忙时雇短工，农闲时放牛、积肥、修梯田。家家户户猪满圈，羊成群，鸡下蛋，蜂酿蜜，家家粮食满囤，蔬菜满窖，肉食不缺。勤劳的山里人夏采野果，冬季狩猎，日子过得有滋有味。他们把吃不完的粮食交售公粮，或驮回塬上，资助亲戚。伯父性格豪爽，为人大气，仗义疏财，热情好客，深受山民的拥护和爱戴。

……

"我娃想吃个啥？让你妈给你做！"（当地风俗把伯母叫妈，把自己的母亲叫娘。）记忆中的伯父永远笑眯眯的，特别是看见他们兄弟几个，更是心花怒放，沟壑般纵横的皱纹在脸上盛情绽放。伯父就一个闺女，没有儿子。他经营的地盘分布在槐庄子附近的各个山头，以及沟沟岔岔。这些山峁上聚着十多户人家，伯父隔着一道山峁一声喊："哎——嗨嗨嗨！"沟沟涧涧上的人便都出来了。

"伯父，你是这里的山寨王吗？"安国小时候听父亲讲过山匪聚集山峁的故事，那些山寨王有刀有枪，可威武啦！

"憨娃娃，伯父是队长，槐庄子生产队的队长，可不是什么山寨王哇，哈哈哈！来来来，看你妈给你做了啥好吃的哩！"热腾腾的油馍馍香气袭人，伯父的眼睛眯成了一道缝……

"虎子，走！"风一阵紧似一阵，上发条似的。田安国一咬牙，冲了出去。

天黑沉沉的，除了纵横交织的雪，什么也看不见。安国把手搭在额头上，这样雪就不会一个劲地往眼里钻了。虎子似乎明白他要去什么地方，翘起尾巴一阵猛冲，然后又返回来给他带路。

其实通往槐庄子的大路只有一条，安国跟随父亲和伯父曾走过几次。那是两年前的冬天，伯父回来赶集，临走的时候安国闹着要去，母亲不同意。母亲说："那么远的路，你个小娃娃家跟着去，还不把你伯父累死啊！"安国噘着嘴巴说："娘，你看我都8岁了，从沟里往回跑，没打过停（没打过停：方言，没停过）。"娘说："沟里才多远呀！去槐庄子可要走整整40里，你肯定跑不动。"

"让娃娃去吧！走不动，有我呢。路上正好有个伴，不寂慌（寂慌：方言，寂寞恐慌）。"安国恳切的目光让伯父感动，父母就不再说啥了。

"路上可要听话，别惹你伯父生气啊！"走出屋子的时候，身后传来母亲的叮嘱。

"娘，知道啦！"安国兴高采烈，蹦蹦跳跳便窜出好远。虎子跟着他走到村口，被伯父唬了回去。

午后的阳光罩在棉袄上，暖烘烘的。田里的雪已经化了，散着薄薄的雾气。牛儿甩打着尾巴安详地卧在墙根，腮帮子上下蠕动，脖子发出咕咕的声响。一群觅食的麻雀哗啦啦飞到树上，哗啦啦又落了下来，显得既有组织，又有纪律。安国跑得很快，不一会儿便把挑着担子晃晃悠悠的伯父甩在了后面。

"娃子哎，慢些儿跑啊，路程远着呢。"

"嘻嘻嘻，伯父，你快点走啊！"

"好好，我娃跑得快哟，等等伯父啊！"

叔侄俩就这样你追我赶，一路欢声笑语。走出七八里地后，安国便跑不动了。

"娃子哎，歇会儿吧。来，吃颗糖，歇歇就有劲了！"伯父从口袋里摸出一颗"洋糖"，剥开纸，塞进安国的嘴巴里。安国气喘吁吁，脸蛋红扑扑的，额头上渗出了细密的汗珠。伯父用袖子给他揩了揩，突然像想起啥似的，从口袋里拿出一块小手帕。

"给，这是给你姐买的新手帕，你先用吧，回去洗一洗再给她。"

安国歇了一会儿，感觉呼吸平缓了许多。刚出了汗，被风一吹，不由得浑身一颤。

"走吧，紧走慢走，日头就偏了呢。"伯父收起烟袋，拿起烟锅在鞋帮上磕了磕，搭在脖子上继续赶路。

安国跟在后面，有些没精打采。走着走着，腿上感觉像灌了铅，再也挪不动了。一抬头，发现伯父已走出好远了。

"娃儿累啦？走不动啦？叫你不要跑呢！"伯父搁下担子，笑嘻嘻地望着他。

"伯父,还有多远啊?"

"不远。我看看,快到杨坡头了。到了杨坡头,就走了一半路啦!"

"啊——那么远呀!……伯父,我不想走了。"

"那可咋整?嗯,趁着太阳还没落山,风还不太硬——娃儿,再吃一颗糖,鼓起精神来!"

安国吃了糖,发现自己还是挪不动步子,一双脚东摇西摆,好像不听使唤似的。伯父想了想,把两只笼里的东西集中在一只里面,让安国坐在另一只里。

"手抓牢水担钩,坐稳了!"伯父一用力,水担一闪一闪,挑着孩子和货物,晃悠悠地上路了。

到了杨坡头,太阳已经西斜了。伯父撩起袄襟擦了擦汗,坐下来装了一锅烟,拇指按实了,然后用火石点燃,铆足劲吸了一口,喷出一股白白的烟雾来。这个时候,他的表情是享受的、陶醉的。伯父长嘘了一口气,笑眯眯地看着安国,似乎困乏已经随着烟雾飘散而去,无影无踪了。

"伯父,这是啥地方?不是说过了山峁就到家了吗?"

"这叫两女寨,嗯,你看那山丘上,有两座坟冢。那可不是一般人的坟啊。当年公子扶苏在上郡镇守边关,去咸阳时旬邑是必经之路。相传,扶苏在上郡接到父王'先到咸阳为君,后到咸阳为臣'的诏旨后,带着全家老小沿秦直道昼夜兼行。行至旬邑境内时,他的坐骑骡子要生驹止步不前,在万分焦急之中又传来女儿临产的消息。扶苏认为这是不祥之兆,一怒之下便拔剑杀了骡子和女儿,将其葬在这个叫两女寨的地方。这就是后来传说的'骡子生驹女带害,一刀斩在两女寨'的故事。从此,就有了骡子不能生驹、女儿不能在娘家临产的风俗。"

"后来呢?"小安国听得似懂非懂,但还是很好奇。

"扶苏杀了骡子和女儿后,徒步向前。无奈一路上荆棘遍地,他的袍子时不时被酸枣刺挂住。扶苏奔咸阳心切,便用手将酸枣从根到梢捋了一把,不料从石缝中钻出的蝎子把扶苏的手蜇了一下,他随手抓住蝎子抛向远处,口中说道:'狗东西,我叫你永远不再回来!'之后,扶苏风雨兼程,继续前行。快到咸阳时,突然听到从东南方向传来了胡亥在咸阳登基的礼炮声。他愤而跺脚,拉弓搭箭,长叹一声:'箭落高山吾居高山,箭落平川吾居平川。'只听砰的一声,箭头深深扎进石门关的山崖上。

"扶苏悲愤之余一箭定终身,在旬邑过起了他的隐居生活……"伯父说完后,深深地叹了一口气,似乎也在为公子扶苏而叹息呢。

这段故事在田安国幼小的心灵留下了深刻的印象。后来,他又向母亲求证了这个故事的真实性,得到的答复是肯定的。母亲说:"你看那骡子,从此便再也不能下驹了。女子娃在娘家生娃儿,也是不允许的呢。"

多年后,田安国终于有机会在史料上看到"沙丘政变"那一段腥风血雨的记载。

"沙丘政变"又称"沙丘之谋"。始皇三十七年(前210年),秦始皇生平最后一次出巡。像往常一样,李斯、胡亥、赵高从行。巡游时,秦始皇在途中突然去世,遗诏令公子扶苏主持葬礼,意即使之返都即位。

此时扶苏正在上郡监督蒙恬的军队,管理诏书的赵高却发动了政变,威胁丞相李斯,矫诏处死扶苏与蒙恬。赵高隐瞒秦始皇死讯,把咸鱼放到秦始皇车上,以掩盖秦始皇尸体发出的臭味。

回到咸阳后,赵高与李斯拥立公子胡亥为皇帝,即秦二世。胡亥登基后,见不得人的阴谋和突如其来的权力共同催生其强烈的不安全感,随之而来的是以维护秦帝国稳定为借口的血腥政治清洗,于是,胡亥的兄弟姐妹一个接一个地成为牺牲品,恐怖的气息如同浓重的阴霾逐渐扩散到秦帝国的每一个角落。

物极必反,人神共愤。"戍卒叫,函谷举,楚人一炬,可怜焦土。"大秦帝国在经历了500年的风雨历程之后,实现了统一大业,谁知秦王朝仅历14年便土崩瓦解,灰飞烟灭,令人唏嘘不已。

天完全黑了下来,像一张黑漆漆的大布,把四周遮得严严实实。伯父的羊皮大衣暖烘烘的,安国躺在"摇篮"里,不觉便睡着了。

"娃儿呀,快醒醒,这下真个就要到了。"翻过大崾盖,伯父手指下面山崖边土窑里透出的灯火,说:"看到那棵大树了吗?那就是咱家呢!到了家,我让那丑婆娘给你擀面吃。"安国兴奋地揉揉眼,努力想看清那棵大树的模样,却只看到黑魆魆的崖畔下面若明若暗的灯火。

"伯父,我可不能叫她'丑婆娘',我得叫妈呢!"安国郑重其事地说。伯父听了哈哈大笑,夸他人小懂事,从此对他更加喜欢了……

2

雪越下越大,把大地装扮成了同一种颜色,熟悉惯见的环境变得狰狞可怖、十分陌生。夜静得怵人,雪地上,嘶嘶怪叫的风裹着雪粒四处乱窜,似群魔乱舞。虎子的呼吸也变得有些急促,它不时回过头望着小主人,不明白这么冷的夜晚,他究竟要到哪儿去。

安国也开始有些犹豫了。倒不是因为冷,因为他和虎子几乎都在一路小跑。他担心的是万一遇上了狼怎么办。听父亲说这塬上是有过狼的,成群结队的狼钻进羊圈把羊咬死,然后拖走。——狼张着血盆大口,满口长长的獠牙……不过有虎子呢!虎子可是村里的狗王呢,它体形彪悍,跟外村的狗打架从来不落下风。可是,它对付得了那些狼吗?

回去吧?安国估摸着这个时候他们走出村子有七八里地了吧。回去还来得及,因为前面还有更长的路,槐庄子在一瞬间变得十分模糊,感觉遥不可及。再说胃也不合时宜地疼了起来,一阵一阵地往一块儿拧。他抱着虎子蹲了一会儿,感觉好些了。

那次跟伯父去槐庄子后,他又去过几次,都是坐着架子车,路上睡一觉就到了,所以也不觉得有多远。今晚,这么黑的夜,这么大的雪……万一迷路了怎么办?听父亲说,槐庄子可是属于甘肃的,也就是说,已经出省了。这么说来,他也算是走出过陕西的人了——这很重要,村里许多人一辈子生在窑洞,长在地里,最后埋在山洼……外面的世界什么样,根本不知道!

他们家不同。首先父亲是个闲不住的人,那时候尽管到处都在"割资本主义尾巴",父亲还是悄悄地去周边的县城做一些农副产品的小生意,维持家庭必需的开销。更值得骄傲的是,安国的大哥建国考上了北京外国语学院。不要说塬上,即使在整个旬邑县城,这都是轰动的新闻呢!

大哥考上大学的那年安国刚5岁,只知道大哥要去很远的地方上学,很远很远。

"有没有槐庄子远?"安国问。

"等你长大了也去北京,不就知道了!"母亲笑着摸摸他的头。

"北京大吗?"

"大!"

"比梁庄大吗?"

"大。"

"比塔坪镇大吗?"

"嗯。"

"比旬邑县城大吗?"

"嗯。"

"比……"安国想找一个更大的地域做参照物,想了半天没找着。

"娘,等我长大了,带你去北京!"

"哦?哈哈哈!我的娃儿哟,口气可真不小哎!"母亲乐开了花,几个跟她一起做针线活的妇人也乐开了花。

"可别小看我们家这老七,人小鬼精,志向大着呢!"

"说不准,以后你会跟着老七享福呢。"一个妇人说。

……

眼下,10岁的少年在乡间小路上艰难地行进着。为了御寒,他只能顶着风雪连蹦带跳。雪已经把道路湮没了,幸亏有虎子在前面开道,要不他真不知该怎么办了呢。

突然想起那一年的除夕夜,也是大雪纷飞的晚上。母亲做好了年饭,一家人围着火炉,一句话也不说,静候着一个人的归来。

每年的这个时候,大哥建国就从北京回来了。大哥回来的时候会给每个人都带礼物:父亲和伯父的茶叶、纸烟;母亲和伯母的手帕、头巾;七个弟弟或帽子鞋袜,或糖果糕点,都是新鲜稀奇的东西,当地根本买不到。母亲责备大哥买的东西太多,自己省吃俭用——看看,瘦成啥了!父亲嘴上说自己还是习惯喝老茶、抽旱烟,正月里来人的时候还是郑重其事地拿出来让大家一起分享……从县城到梁庄有50多里地,大哥先是从北京坐火车到西安,然后从西安坐长途汽车到旬邑县城。县城到镇上每天有一班车,在下午4点左右。大哥回到家里7点多一点,一家人刚好吃晚饭……

那天说来也怪,母亲从中午便坐不住了,不住地往村头跑。村人见了,说:"建国妈,等建国回来呀?"母亲笑着点点头,说:"这会儿还早哩,县城的班车还没发呢。"话是这么说,心却早已飞到村外,似乎儿子已搭了便车,正在村头东张西望呢。在安国的记忆里，是有过这么一回，大哥坐了邻村的拖拉机，刚过中午便回来了。因此，当母亲走向村头的时候，老五、老六、老七都跟着。

远远的，一台拖拉机冒着浓烟突突突地过来了。兄弟几个很兴奋，欢呼雀跃。然而拖拉机并未减速，载着一车人呼啸而过。大家都有些失望，等待下一台的到来。第二台、第三台都过去了，却还是不见大哥的身影。

母亲说："娃娃们，回吧，你大哥回来认得家门哩！"说完便回家做饭去了。几个小兄弟不想回，蹲在路边玩石子，边玩边时不时瞥一眼路上，唯恐错过了大哥的身影。

然而那天他们直等到黄昏，等到四周灰蒙蒙一片，纷纷扬扬地飞起了雪花，家家的爆竹燃放起来了，大哥还是没有回来。

按说，坐4点钟那趟班车，这会儿也该回来了呢。

可是没有。

母亲做好饭，再一次来到马路上。雪开始越下越大了，母亲的头巾上像罩了一层霜。她把手装在袖筒里，在风中站成了一尊雕像。

"回吧！屋里等。兴许建国误了车，明天回来呢。"父亲不知什么时候也出来了，默默地站了一会儿，劝母亲跟他回去。

"不，咱建国不会在县城过夜的。"

"可是这会儿已经没车了，你再在这里等，还有啥意义？"

母亲想说什么，看看黑漆漆的路上除了风卷着雪花乱舞，连个人影也没有，她长长地叹了口气，跟着父亲回去了。

饭早已做好，热在锅里。母亲默默地把饭端到炕上，示意孩子们可以开吃了。八个孩子，除了老大建国在北京上学外，老二兴国、老三卫国都参军了，在遥远的新疆，他们过年是不可能回家的。

毕竟是年夜饭，母亲变着花样，硬是摆了一桌。

"娘，等我大哥回来再吃吧！"安国见大家都不动筷子，讷讷地说。

"吃吧，你大哥即使回来，也是半夜了……吃吧。"母亲这样说着的时候，又出去了。

"外面雪大，把头巾戴上。"父亲喊了一声，也跟着出去了。

那天晚上，母亲准备的年夜饭热了放凉，凉了再热，谁也没动一筷子。午夜时分，母亲最后一次从外面回来，发现孩子们都趴在饭桌上睡着了。

大家和衣而卧，迷迷糊糊好像睡着了，又好像并没有睡着。朦胧中，安国听见大门响了一下，母亲咚地跳下炕，说了一声："建国回来了！"

"这么晚了，咋可能哩？睡吧。"父亲说。

母亲没搭话，拉开门就往外走。风裹着雪粒猛地摔在脸上，母亲一个趔趄，差点跌倒。

"是……建国吗？"

"娘！是我啊！"

外面一搭话，屋里的人骨碌一下全坐起来了。

"我就说我娃会回来的……哎呀，这么大的雪，你就不能等到明儿个再回来吗？看看，都成雪人了，还背这么重的东西！"母亲一边给儿子扫雪，一边抹着泪。

"娘，你看看，我不是回来了嘛。"建国搁下肩上的东西，见几个小兄弟眼巴巴地望着他，"这么晚了，咋还没有睡啊？"

"你不回来，你娘心慌得……睡不着呀！——嗨，几点走的，咋这么晚才回来呀？"父亲说。

"到县城买了点东西，结果把车给耽搁了，只好走小路往回赶，谁知这雪越下越大，差点迷了路呢！"建国摘下帽子，头上冒着热气，头发一绺绺地全粘在头皮上了。

"没车了，还买面干啥呀！这么重扛回来，好几十斤呢……饿得走不动了吧？赶快洗把脸，娘给咱把饭热一下。"母亲一扫刚才的颓废，脸上洋溢着幸福的光芒。

如今，也是风雪交加的夜晚，也是白茫茫的山路。所不同的是那天晚上大哥扛着几十斤重的东西，扛着一家人的热望在往回赶，这一晚安国则是因为和母亲赌气，跑出来了。

记忆中，与母亲置气从家里跑出来有好几次了，不过那都是白天，安国在外面转悠一圈，顶多天黑又回去了。母亲似乎已经忘记了，该吃饭的时候还让他吃，只是眼神里多了几分严厉，让他不敢正视……在梁庄，安国的调皮捣蛋是挂了号、出了名的。他性格倔强，特立独行，很少服输，家里人都叫他"烈头虎"。他能组织一帮比他大几岁的小孩排兵布阵、摇旗呐喊。农村的孩子喜欢玩游戏，游戏分为几个小组，安国制定规则，坐镇指挥，常常以小胜大、以弱胜强。有大一些的孩子不服气，他便煽动小伙伴把他孤立起来，让他自讨苦吃。夏天山果熟了，他率领一帮小孩去采摘，采回来的山果又红又酸，大人们喜笑颜开。谁知有一次一个孩子从树上摔了下来，胳膊骨折了，人家找到安国家里，要求出医药费。母亲不问青红皂白打了他一顿。安国没觉得委屈，他咬着牙，硬是没有让眼泪流出来。麦收的时候安国和哥哥起早贪黑捡麦穗，捡了一大捆，谁知被尾随而来的一个叫梁三的社员收走了，说他们偷窃。安国冲上去一口咬在梁三的胳膊上，梁三哎呀叫了一声，麦穗撒了一地……麦收后，杏子黄了，西瓜红了，村里来了走街串巷换西瓜的人。村里有粮的人不多，即使有，也舍不得啊。村民们于是就围了一圈，眼巴巴地看着。

这时，那个抢他们麦穗的梁三提着一兜麦子，换了很大的一个西瓜。他就地把瓜切开，分给跟他一起的那几个伙伴。

几个人狼吞虎咽，吃得兴高采烈、不亦乐乎。安国和四哥眼巴巴地望着，垂涎欲滴。家里虽然还有一些麦子，但母亲是决不允许他们拿来换西瓜的。

一帮人离开后，几个孩子哄抢没啃净的西瓜皮……过了一会儿，梁三几个又回来了，还是提着一兜麦子。这次他们把瓜切开后，给啃瓜皮的几个孩子也分了一块，唯独不给安国他们弟兄俩。安国捡了一块瓜皮，谁知梁三一把抢了过去，踩在脚底拧了一圈，然后哈哈大笑着走了。

梁三离开后，安国兄弟俩尾随他来到生产队打麦场。只见那几个人穿着大鞋走进麦堆，双脚前后一阵蹭磨，走出麦场后把鞋脱下来，倒出一大堆麦粒来。这个惊人的发现令安国十分愤怒，他不顾四哥的阻拦，猛地冲了过去，一头撞在梁三的肚子上。

梁三猝不及防，四脚朝天倒在地上……

那一次，安国和四哥保国又被母亲狠狠地教训了一顿，被罚站在院里。母亲说："人穷不能志短！——西瓜不吃能饿死吗？嘴馋了就不能抽上两巴掌？"

渐渐地，安国在村里便挂上了号，大家都觉得他太调皮、太任性，跟别的孩子不一样。大家又给他起了个外号，叫"怪猫"。

有时候，他确实很调皮，喜欢恶作剧。班上的一个女孩喜欢向老师打小报告，安国在一张白纸上画了一头猪，上写："我是一头猪。"然后怂恿伙伴在女孩不知情的情况下贴在她的背上。放学路上，大家哈哈大笑，女孩被笑得莫名其妙，知道后恼羞成怒，向老师告了安国的状。安国挨了老师的训，于是动员伙伴们在女孩必经的路上挖了个坑，棚（棚：方言，盖）上蒿草，上面掩上土。放学后，女孩蹦蹦跳跳往回走，一脚踩空，尖叫一声跌进了装满涝池水的坑里，一帮熊孩子哈哈大笑……

那时候，家家都有自留地，地里种着自己想吃的蔬菜和粮食。安国家的自留地经常被盗，玉米被掰，西红柿、辣椒还没红就被摘了，萝卜刚长成就被拔了，南瓜还没长大就不见了，豆角、黄瓜更是只见开花，不见结果……兄弟几个经过观察，发现是村里的一个叫翠英的妇人干的。这个妇人很泼辣，喜欢跟人撕架，满口污言，谁也不是她的对手，因此地里丢了东西，即使知道是她干的，村人也往往自认倒霉，不愿与她正面冲突。

兄弟们觉得应该想个法子教训一下她。黄昏的时候安国和四哥、五哥藏在自留地周围的庄稼地里，脸上戴着自制的面具，面目狰狞，扮相可怕。暮色渐浓，翠英果然挎着篮子蹑手蹑脚进来了。只见她轻车熟路，先摘豆角，再摘西红柿和黄瓜，程序井然，神情专注。兄弟几个见她摘得差不多了，一声怪叫冲了出来。妇人猝不及防，发现一群青面獠牙的怪物张着血盆大口向她扑来，尖叫一声便昏了过去……后来，这个妇人整整在家躺了半个月，起来后再也不去偷庄稼了。

那时候，10岁的"怪猫"已经上小学三年级了，因为喜欢学习，点子多，又好动，被指定为文体委员。他是一个做事非常较真的人，老师布置的事要么不做，要么就做到最好。在开展班集体活动的过程中，安国与班长经常发生矛盾。班长仗着自己年龄大，又是队长的儿子，根本不把安国放在眼里，班上搞文体活动，他不但不配合，还经常捣乱。老师知道后，批评了班长几次，班长耿耿于怀，于是便处处找安国的碴儿。

一次，老师正在上课，安国同桌的女孩突然一声尖叫，哭着跑出教室。原来，不知是谁把一只青蛙放在了她的书包里，女孩伸手拿书，结果碰到软绵绵的一团。老师让班长调查，班长一口咬定是安国干的，原因是他喜欢恶作剧，班长还找来几个人做伪证。

这件事令安国非常恼火，但他又找不到不是自己干的证据，稀里糊涂被老师教训了一顿。还有一次安国的同桌站起来回答问题，坐在她后面的班长悄悄把凳子移开了，女孩一屁股坐在地上，摔得不轻。这件事就发生在老师的眼皮底下，老师认定就是"怪猫"干的，不由分说抽了他两巴掌，罚他在外面站了一个上午……

事件进一步升级。一天下午，老师来上课，一推门，架在上面的一簸箕垃圾"倾巢"而下，倒在老师身上。垃圾里有炉灰，老师在一瞬间变成了黑人，全班同学忍不住哈哈大笑。在班长的带动下，大家不约而同把目光投向田安国。安国知道自己又被栽赃了，无论他如何分辩，老师都不相信。

此次事件以后，学校一旦发生不好的事情，大家都会认定是田安国干的。他被同学们孤立了起来，文体委员也因此被撤销，差点连学都上不成了。后来，安国的两个哥哥找到那个比安国大几岁的班长，狠狠地揍了一顿，警告他如果再一味地恶搞弟弟，就卸了他的一条腿。那孩子被吓坏了，此后再也没有找过安国的麻烦。

雪不知什么时候已经停了，风却越来越大，冷得人牙关打战。走了大半夜，安国估摸着差不多有一半路程了。这个时候，他突然迷失了方向，不知该往哪儿走了。

虎子见他没了主意，原地打转，发出轻轻的低吠声。安国带着虎子继续往前走。必须走，且不遗余力。因为一停下来，他就浑身筛糠似的，冷得受不了……后来，大概五更时分吧，安国感觉自己又饿又累，便钻进了路边的一个土窑里。土窑不太大，是放羊人修的，用来避雨。窑里铺着麦草，安国拿了一些裹在身上，嘱咐虎子回去叫人，然后昏昏睡去……

第二章

1

第二天早晨，虎子带着伯父及安国的两个哥哥，找到了奄奄一息的安国。其实那个山洞距离槐庄子不过二里路程，可怜安国又冷又饿，实在走不动了。伯父脱下自己那件"宁夏筒子九道弯"的羊皮大衣裹在侄儿身上，紧紧地把他搂在怀里。回到窑里，伯父把安国放在炕上，拉了一床被子。炕上热乎乎的。伯父让伯母熬了一碗姜汤，搁上红糖。安国仰着脖子咕咚咕咚灌了下去，浑身瞬间热乎起来，额头上甚至冒出了细细的汗珠子。

"为啥一个人跑了？"伯父问。

"嗯，我娘打我了。"

"为啥打你？肯定干了坏事哩！"

"没有哇。"

"没有？我不信。好好的你娘会打你吗？"

"因为……因为我吃了中午剩下的那碗荞面，我娘就打我了。"

"哎呀，你肠胃不好，不能吃荞面啊！何况中午剩的荞面，早就凉了，会把胃吃坏呢。憨娃娃，你娘可是为你好哇！"

其实这件事，安国走在路上就已想通了。他从小胃寒，不能吃荞面，一吃就疼。

"跟你哥他们回去吧。你看，他们也是找了一个晚上，天快亮才到的。你娘在家里估计都要急死了！"伯父说。

"我娘才不会着急呢！"安国嘴噘得很高。

"保国，要不你俩先回去吧，省得你娘着急哩。"伯父见安国铁了心要在这儿住，就劝两位哥哥先回去。

"我大哩？没来这儿吗？"安国想起父亲昨晚上不在饲养室。

"你大去杨坡头你舅家啦，估计今儿个就回去了。"伯父说。

安国就那样住了下来。伯母找了一些姐姐穿过的衣服让他套上。衣服又宽又大，看上去很滑稽。

伯父的女儿改花年纪和建国差不多，已经嫁人了。女儿出嫁后，伯父伯母寂寞难耐，便盼着安国兄弟几个到他家来。那时候，老大建国上学去了，老二、老三参了军，老四、老五在队上干活，剩下的几个小的便经常往槐庄子跑。特别是老七安国，一来就不想走了。

在安国的印象中，伯父是个十分忙碌的人——从早到晚，家里家外。他终年胼手胝足，摩顶放踵，辛勤耕耘，感觉就像门口的那棵老槐树，历经沧桑，老当益壮。然而伯父总会抽出一些时间陪他玩。夏天来了，槐庄子漫山遍野绿浪翻涌，暗香浮动。哪个洼上的木瓜最大、颗粒饱满，哪棵树上的杏子不酸、杏仁不苦，伯父都一清二楚，似乎那些树都是他栽种的。至于那熟透的蛇麦子，火红的马茹子，又酸又甜的野葡萄、山茹子，涩涩酸酸的杜梨子，更是味道别致，入口难忘。

在槐庄子，伯父德高望重。他除了带领28户人家种好槐庄子的地，还经常去附近的刘家店大队、三塬公社开会，有时还会去正宁县参加三级干部会议。县、公社、大队来人，都是在伯父家里吃饭住宿，伯父成了周围几十里乃至上百里的名人，无人不知，无人不晓。附近林场、农场的一些公职人员也跟他是好朋友，他们经常来槐庄子伯父家喝酒吃饭，临走时，伯父都会给他们带上自家的鸡蛋、蜂蜜等土特产。大侄子建国从北京带回了茶叶、香烟、蛋糕，伯父便呼朋唤友，前来分享。

"你看，这是娃从北京给我带来的呢。"

"哎呀——这茶味道就是不一样嘛，香喷喷的！"

"关键是还解乏！"

"这纸烟，一盒要好几毛钱吧？"

"美美地吸上一口，感觉都腾云驾雾了，哈哈！"

"这点心，入口即化，不知咋做的哩。"

"你侄儿能行呀，啥时候也带你去北京见见大世面啊？"

"那还用说？迟早的事儿嘛！"

……

这个时候，伯父蹲在土墩上，慢悠悠地吐出一口烟雾来，样子很陶醉。

这时，远处的山峁上下来两个人，那神态，那走势，伯父越看越喜欢。

"老婆子，快做饭啦，塬上的娃娃上来了！"伯父把烟锅在脚底上一磕，拢了一把柴抱回去，伯母已经在打水舀面了。

来的是老四和老五。兄弟俩一进门先喝水，然后从馍盆里拿出馒头，狠狠地咬上一口，架上驮桶赶上驴，下到沟底驮水去了。

"熊娃娃，有力气了，知道干活了呢！"伯父又装上一锅烟，脸上的皱纹绽成了一朵花。

"文革"风潮席卷全国，槐庄子这个偏僻的小山庄也没有落下。队上平日里好吃懒做的一个叫黄大栓的人煽动几个年轻人揭竿而起，掀起了一股夺权风。这个黄大栓长得又高又瘦，颧骨突兀，眼睛细小，两颗又黄又大的门牙向外暴着，一撮山羊胡子翘得老高，样子很滑稽。槐庄子的水不好，吃坏了许多人，黄大栓也不例外，走起路来又瘸又拐。他声音嘶哑，却爱唱秦腔。最爱唱的是《周仁回府》里的一段：

（叫板）娘子，我贤德的妻呀
（苦音）夫妻们分生死人世至痛
一月来把悲情积压在胸中
今夜晚月朦胧四野寂静
冷凄凄荒郊外哭妻几声

咱夫妻结发来相爱相敬
为周仁可怜你受苦终生
初结缡愁衣食凄凉贫境
失皇饷你为我奔走西东
……

黄大栓虽然嗓子沙哑，但唱得哀婉忧伤，声情并茂。加之他还会拉板胡，感情十分投入，所以每次都会吸引村民前来观看。这个时候是黄大栓最为得意的时刻，他演出投入，表情陶醉，大家似乎都忘了他声音的缺陷，不由得为他鼓掌。

黄大栓除了爱唱秦腔，还爱讲黄段子，常常把人逗得捧腹大笑。在这偏远的山区，村民几乎没有任何娱乐活动，黄大栓走到哪里，就把欢乐带到哪里。久而久之，人们觉得生活中不能缺少这个人，否则就不热闹，感觉生活乏味，百无聊赖。

黄大栓身上有许多坏毛病。他非常懒散，想什么时候起床就什么时候起床，想什么时候干活就什么时候干活，生活完全没有规律。他一辈子没结过婚，这并不是说他清心寡欲，对女人不感兴趣，而是单身自由惯了，受不了家庭的约束，也不愿承担对家庭应尽的责任。三年困难时期，粮食十分紧缺，他一个老光棍却有不少的粮食，按理完全可以娶个媳妇。因为那时候许多人饿得四处讨饭，只要有吃的，女人就愿嫁给你。黄大栓经过激烈的思想斗争后决定不娶老婆，他把粮食卖掉后去县城买了几身高级衣服，穿上四个兜的呢子上衣和灯芯绒裤子，俨然一个国家干部，回头率几乎百分之百。接下来，他穿着这样的衣服上山下洼，耕地干活。他秉承"今朝有酒今朝醉，明日没酒喝凉水"的宗旨，广交酒肉朋友。因此，有那么一段时间，黄大栓的风头甚至已经盖过了安国的伯父。他想当槐庄子的队长，管理几十号社员，让大家对他刮目相看。

冬日本来是山里人清闲的时节，黄大栓在几个拥趸的煽动下，组织社员到大湾开安国伯父的批斗会。伯父自认为没做过什么亏心事，所以不慌不忙。伯母吓坏了，她偷偷地追到大湾，悄悄地从门缝往窑里看。只见伯父坐在炕头上抽着旱烟，时不时扫视一下周围的人，其他的人有的坐在炕上，有的蹲在地上。黄大栓及他的拥趸们你一言我一语地说着什么，伯父微微一笑，感觉并不当回事儿。伯母不明所以，心中疑惑："难道这就叫批斗会？！"她屏声静气，耳朵贴在门上，终于弄明白了丈夫的主要罪状：

其一，扩大自留地；

其二，鼓励私人养牲口。

伯父显然并不认为自己有什么错，他说："扩大自留地是因为山里地多，多种些，多打粮，让塬上的娃娃们能吃饱肚子；鼓励养牲口是因为我们山里的条件艰苦。没有牲口靠什么耕地，靠什么驮水，靠什么驮庄稼啊？还有每年交售公粮，没有牲口，靠人能把粮食拉上塬吗？"伯父说到这里，把烟锅在炕栏上磕了磕，猛地咳了一声，语气开始加重了："我知道，现在运动紧，到处都在割资本主义尾巴，多种地不行，养个猪不行，养个鸡也不行——好啊，从今往后，大家都不要种地了，天天在山里喊口号，表忠心，搞批斗！来年你们都喝风屙屁去啊！"

毕竟是山里的农民，大多憨厚朴实，没见过什么世面，就连批斗会也是和风细雨式的。黄大栓更是从骨子里敬畏这位铁骨铮铮的硬汉。伯父这么一说，大家都觉得有理，几个人面面相觑，说不出话来。

年一过，地便开了。太阳跃上山头，把槐庄子照得亮亮堂堂的。这个时候，家家户户还没人出来上工。除了鸡鸣狗叫，静得有些异样。

往年可不是这样，往年的这个时候呀，伯父带着一群劳力已经耕下大片的土地了。婆姨女子把饭送到地里，看着自己的男人狼吞虎咽，抑制不住内心的喜悦。山里头羊儿欢叫，喜鹊立枝头，一派繁忙的景象呢。

"半上午了，日头晒到屁股上了，还窝在家里，等天上掉馅饼吗？那些地不耕，自己能长出庄稼来吗？奶奶的，成天喊着割资本主义尾巴，有本事先把自己的嘴封起来，三天不吃饭再说！要不算哪样本事呀！"伯父站在涧畔上，声如洪钟，山山峁峁的人都听得一清二楚。

"庄稼人靠山吃山，凭个啥？凭的是吃苦耐劳，凭的是一身汗水！难道整天睡觉就有吃有喝啦？——坐吃山空，吃土坷垃、喝西北风啊？！"伯父说完，吆着牛便往山上走。

社员们找不到反驳的理由，只好跟着他也上山了。

2

在槐庄子，伯父曾收养过一个孤儿。这个人名叫娄三，讨饭来到槐庄子，伯父见他可怜，便收留了他。

那时候，娄三已经二十多岁，是个大小伙子了，干活也利索。伯父让他去山上放牛，他倒也尽职尽责，牛每天回来都能吃饱。当时，伯父养的是一头母牛，体型高大，健壮有力，是头拔尖的好牛，在槐庄子是出了名的。伯父视若宝贝，珍爱有加。

突然有一天，这头牛消失得无影无踪，伯父非常心疼，找了一个多月也没找到。

然而，到了来年的秋冬季节，奇迹出现了：这头牛突然出现在镇上。当时镇上设着粮站，附近村民纷纷赶着牛车到这里来交公粮，伯父的那头宝贝牛竟然出现在交公粮的人群中。

很快，这头牛被槐庄子的一个村民认出来了，他赶紧跑到槐庄子给伯父通风报信。

伯父赶到镇上后，和牛的主人发生了争执，双方各不相让，谁也拿不出证据。后来，伯父提出把牛赶到大湾附近放开，看它能否自动回到自己的牛圈。

牛的新主人根本不相信有这样的事，痛快地答应了。结果这头牛到大湾解开缰绳后，准确地回到了自己原来的家里。

事情接着便真相大白：原来偷卖这头牛的不是别人，正是娄三！卖牛所得的钱早就在赌场上挥霍得一干二净。

伯父一听，怒从心头起，狠狠给了娄三几个大嘴巴，令他自立门户，给了他一大囤粮食和生活用品，让他好自为之。

娄三想讨个媳妇，但因其好赌成性，女人敬而远之，说媒的也对他失去了信心。后来，他和一个已有三个孩子的女人结了婚。女人的丈夫不幸去世，留下三张吃饭的嘴，她提出谁有粮食就嫁给谁。女人听人说槐庄子在这方圆几十里是个大粮仓，一个单身男人在山里，肯定有不少粮食呢。

为了验证人们的传说和自己的想象，婚前，这个女人专门到槐庄子走了一趟。当她走进娄三那口又脏又破的土窑洞时，果然发现满满一大囤麦子。这一囤麦子对一个带着三个孩子的女人来说，诱惑是致命的。

可悲的是娄三的一囤麦子是个假象：他把伯父分给他的麦子粜成钱赌博输了，然后给囤子上面棚上木板，上面堆了一层麦子——可怜的女人怎会知道呢？她从一开始就跌进了一个陷阱。

女人的悲剧似乎有预兆。

搬家的那天很不顺利，从女人住的村子到槐庄子才20多里路，正常情况下半天就到了，他们却走了两天。先是架子车中途坏了，接着又是拉车的牛病了，这样磨蹭到天黑才走到一个叫狼洼的地方，他们只好在一户人家过夜，谁知偏偏又遇上那户人家当天晚上死了人，感觉特别晦气。他们第二天天不亮便起身，赶到中午时，娄三才带着那娘儿仨到达槐庄子。

娄三带着女人回到槐庄子，人们纷纷前来围观，见女人虽形容憔悴，但皮肤白皙，明眸皓齿，水汪汪的眼睛楚楚动人。她中等身材，一身黑棉袄、棉裤，裁剪得十分合体，两条齐腰长的辫子又黑又亮。

人们不禁啧啧称赞：想不到大山里还有这么美的女人，嫁给娄三，真是好花插在了牛粪上，可惜，可怜啊！

伯父虽然对这个不仁不义的人不满，但看到他终于有了个家，心里为他高兴。他杀猪宰羊，大办酒席，请槐庄子的人前来赴宴。看到如此妩媚纤弱的女人，大家都希望娄三从此洗心革面，好好待她，担负起一个男人应尽的责任。

然而现实是残酷的。首先是住宿，娄三的小窑搁了一只大囤后，土炕上顶多能睡两个人。无奈，几个孩子只好安置在伯父家里。大一点的那个还好说，两个小的从未离开过娘，哭喊着要跟母亲睡。窑里的空间实在有限，土炕和窑帮之间窄窄的一道巷，两个人进去都得侧着身子，一家人吃饭、睡觉都得在炕上进行，做饭也得在外面生火。

突然增加了四张嘴，家里的"一囤"麦子很快便见了底，女人无奈，每天只好玉米面饼子加萝卜白菜，吃得孩子们看见玉米饼就吐酸水。孩子们去别家串门，看见人家孩子碗里都是雪白的面条，上面漂着一层绿绿的葱花，手里拿着的是黄澄澄的锅盔馍，口水便肆意流淌，回到家里便向妈妈要面和馍吃。

孩子说："娘，为什么人家都有白面和锅盔，我们家就没有？你不是说到了槐庄子就有吃不完的白面馍吗？那一大囤的麦子才吃了几天啊！"孩子们的话像刀子一样戳在娘的心上。心在滴血，她无法回答孩子的问题。女人流着泪质问娄三："你为啥要欺骗我们娘儿几个？"娄三牛眼一瞪："老子骗你又怎么了？你问问这庄子上哪个女人不是被骗来的？你要是觉得委屈，可以走，老子还不想养活你们了！"

走，往哪里走？这年头谁能养得起带着三个孩子的女人？整整四张嘴啊！可怜的女人只好自认命苦，整日以泪洗面。伯父说，这个女人自从嫁到槐庄子后，郁郁寡欢，从未见她笑过。她说话慢条斯理，温文尔雅，且能识文断字，一看就是受过教育的。要不是生活所迫，怎么会跑到这里，嫁给娄三这样的赌棍呢？

生活还在继续。女人的大儿子是个弱智，腿有点瘸，但能干体力活。老二当时七八岁，皮肤白皙，一双人眼睛忽闪着，显然是遗传了妈妈的基因。由于严重营养不良，老二的脖子显得很长，感觉快要撑不住那颗大大的脑袋了。老三长得很敦实，厚厚的嘴唇，皮肤黑里透红，活泼可爱，讨人喜欢。

不幸接踵而至，女人带来的两个孩子不知得了什么病，第二年的春天相继死去。两个孩子死后，女人目光呆滞，没有大哭大嚷。槐庄子的女人劝慰她时，她只是喃喃自语："是我害了他们，娃的父亲把他们叫走了……"几个月后，女人为娄三生下了一个女儿，可是这个新生命的到来并未点燃她对生活的希望。女儿还未满月，她便撒手人寰，寻找她的丈夫和孩子去了。

槐庄子的人用最简单的方式把她埋在一个扇形的阳坡上。没有人哭泣，没有人祭奠，她唯一活着的傻儿子根本不知道生死离别，只要给他饭吃，有活干就行了。这个世界与他无关。

妻子死后，如何养活女儿成了娄三的一大难题。他既没有钱给孩子买奶粉，也没有钱给孩子买奶羊，就靠着伯母给的一点面粉和鸡蛋维系小女儿的生命……后来，伯母实在看不下去了，把孩子抱了过去，替他养着。

几年后，这个叫杏儿的小姑娘出落得活泼可爱，人见人爱，娄三的脸上也渐渐有了笑容。他把所有的爱都给了这个闺女，宁肯自己和呆傻儿子吃粗粮和野菜，也要把仅有的一点麦子都留给女儿。杏儿长得酷似她的母亲，皮肤白皙，灿若桃花，一笑两个酒窝，十分招人喜欢，成了槐庄子的小明星，给这个寂寞的山庄带来了不一样的欢乐。

然而这种欢乐并没有持续多久，小杏儿7岁那年，误食了杏仁，不幸中毒身亡……

杏儿的死几乎使娄三精神彻底崩溃。他疯了似的，抱着女儿不让下葬。槐庄子的婆姨女子都流泪了，好不容易才劝说他把孩子放下了。

这个世界上，每一个人都拥有生命，但并非每个人都懂得生命，乃至于珍惜生命。不了解生命的人，生命对他来说，是一种惩罚。

女儿死后，娄三开始变得疯疯癫癫，经常一个人坐在山峁上哈哈大笑，然后又放声大哭。开始的时候，伯母忍不住会上去劝他，渐渐地村里人看见他就都远远地走开了。年纪大一些的婆姨甚至说，这一切都是娄三自己造的孽，把人生当成了一场赌博、一场游戏，最终坑害的还是自己。

后来，娄三突然消失了。有人说曾在别的村子见到过讨饭的娄三，人似乎也不疯了，只是看见熟人就躲开了。也许，他离开槐庄子，是想避开那些碎心的事，独自舔舐自己的伤口……

3

小时候，安国和四哥保国走得比较近。

大哥上大学，二哥、三哥先后参军，四哥保国当仁不让地成了兄弟中的老大。他看似木讷忠厚，不善言辞，实则外憨内秀，天资聪颖，性格十分倔强。由于各种原因，保国小时候没有上学，在别人（包括父母兄弟）看来，他该心无旁骛、踏踏实实地待在农村，重复父辈的老路。然而同七弟安国一样，保国自谦的外表下躁动着一颗十分不安分的心，保国梦想着有朝一日能够像蒲公英一样，带着自己的梦想飞向远方。至于飞多远，他从未想过。也许飞到县城就行了。那里的人不用种地，不用面朝黄土背朝天，一辈子风吹日晒、胼手胝足，像自己的父辈一样在土里刨食；如果飞到塔坪镇也行，开一间门面，做一份生意，每天迎来送往，看人潮如水，看朝霞满天，看春花秋月，看人世间的各种风景……然而他太用力了，居然一口气飞到了欧罗巴大陆，飞到了那个叫德意志的联邦共和国，与老七安国一起，度过了一段曲折浪漫、充满传奇的岁月……

当然，这都是多年以后的事了。

说起来，弟兄八人中，与伯父相处时间最长的，应该是保国了，因为他在农村待的时间比较长，去槐庄子的次数也最多。血浓于水的亲情，化不开，斩不断。保国长安国6岁，安国10多岁的时候，他已经是个大小伙子了，在槐庄子可以帮伯父干很多活儿。他们干活的时候，安国就跟在后面，做一些力所能及的事儿。晚上，弟兄俩坐在老槐树下听伯父讲故事。如果伯父实在太累，安国就缠着四哥给他讲故事。

那天晚饭后，凉风习习，艳丽的晚霞把槐庄子照得发亮，整个庄子笼罩在一种金色的光晕里，显得有些神秘，有些异样。暮归的老牛带着牛犊慢慢地往回走，后面是几头欢实的小驴，喷着响鼻在那里撒欢。

"四哥，你说这牛和驴到了这个世界上，难道就是为了给人类下苦吗？它们的一生要求不高，能吃饱肚子就行。这漫山遍野都是青草，它们完全可以自己寻找，过着无忧无虑的生活，为啥甘愿受人的束缚，被人剥削、被人奴役呢？"安国忽闪着一对大眼睛问。

保国望着对面的山坳想了想，给安国讲了一个故事。

相传很久以前，地上并没有牛，也没有驴。犁田耙田、驮水拉磨都是用人力，非常艰苦。有一天，太上老君来到人间，看到人们光着膀子、满身大汗拉着犁耕地，还要自己拉磨磨面，下沟驮水。太上老君便走上前对那些犁田的人说："老伯，你们休息休息呀！"人们说："眼看季节都过了，这么多的地都耕不完，我们怎能休息呢？"太上老君听了，也不答话，默默地走了。

在回天的路上，太上老君一直想着人们耕种时那艰难的情景，到了天宫还没有想出一个好办法来。就在这个时候，他的前面突然传来几声哞哞的叫声，抬头一看，只见不远处一头青牛和一头毛驴正在闲游。太上老君心里一动，便走到那两个动物面前，打起了招呼："嗨，牛老弟，驴老弟，你们真是清闲呀！"青牛说："有什么办法呢，我们整日无事可做，吃饱了便睡，睡足了便玩，呵呵。"太上老君说："二位老弟，你们整日这样清闲，不感到闷得慌吗？"大青牛说："当然闷啦，可有什么办法呢？"毛驴也无奈地喷出一口气，叹息道："是呀，整日无所事事，我们也感到很无聊啊！"太上老君听了，心里很高兴，于是对牛和驴说："好呀，如果你们真的感到很寂寞，我现在就让你们到一个好去处，保证你们一生都不会再感到寂寞了。"

牛和驴听了，心中一喜，几乎异口同声地问："到哪里去呀？"太上老君说："我命你们到人间去，为人们做好事，包你们一生快活。"

"为什么要我们到凡间去？"青牛和毛驴听了非常惊讶。

太上老君认真地说："难道你们不愿意吗？人间有九万山冈、十万田地。那九万山冈长满了柔嫩的青草，我亲自尝过了，味道比天上的草要好得多。不信你们就到人间去看看。"

"是吗？"青牛听到太上老君说凡间的草好过天上的，有些心动了。但转念一想，又对太上老君说："那九万山冈的草，怎能够我们吃呢?我们在天上吃仙草都要吃几十个山头呢。"太上老君听到这里,知道两只动物动了凡心,就说:"哎呀,是我记错了,那凡间有十万山冈、九万田地,那九万田地也都生满绿油油的草。草长得飞快,你刚吃完,转眼又长出来了。那十万山冈有山有水,风光无限,你们边吃草边游山玩水,一生都会乐此不疲的。"

"真有这么好吗?您不骗我们?"太上老君哈哈一笑:"牛儿、驴儿听着,我太上老君一言九鼎,何曾骗过人?"两只动物听了,满心欢喜,深信不疑,于是说:"好吧,我们愿到凡间去呢。"太上老君拂了拂手上的拂尘,微笑着对它们说:"去吧。"牛和驴如离弦之箭跳出南天门,直奔人间而去。

将近凡间时,它们从上面看到那十万山冈果然是绿油油一大片,景致也比天上好得多,于是毫不犹豫地从高高的云头跳了下去……

这个故事是保国小时候听伯父讲的,他忘得差不多了,于是就添盐加醋,讲得绘声绘色。

"那——牛和驴光吃草就行了,为啥要给人类干活呀?"安国听得津津有味,但还是心有疑惑。

"那牛和驴本来是有些野性的,也懒散惯了,但是太上老君在他们下凡之前已经收回了它们的仙性,使他们到凡间后同普通动物没有区别,很快就被人类驯化,并依赖于人类,心甘情愿地给人类干活了。"保国只好接着往下编。

安国忽闪着一对大眼睛,感觉意犹未尽,不肯罢休。

"你看,这个世界上,只有人是富有灵性的智慧生物,所以其他动物就成了人类的附属品,他们的命运被人类所主宰。如果有幸成为猫或者狗,一辈子养尊处优,不用干活还有饭吃。一旦成了人类的劳动工具,任人奴役或宰割,那可就惨了。"

保国说到这里,安国似乎若有所思,默默地点了点头。

"四哥,接着说,你讲的故事很好听呀!"

"好,嗯……那我就给你讲一头现实生活中的大青驴的故事吧。"保国顿了顿,望着远方,幽幽地说。

在我十二三岁的时候，咱槐庄子有一头灰青色的驴。它中等个头，骨架结实。时值农业合作化，这头驴作为集体所有制下的一员，肩负着庄上六户人家的磨面、驮水和往自留地里驮粪的苦役。

大山里的小庄户不像塬上的生产队有专职饲养员，这头青驴就被社员轮流饲养着。它被养在一口破窑洞里，没有石槽，木板拼成的木槽渗漏不止，常常是青驴还没有来得及喝饱，水就漏光了。生产队给它的饲料是一次性发给饲养人的，没有人监督饲料的使用，老青驴的口粮大半进了主人家的猪肚子里——猪当然不知道自己还有一份口粮。主人家的猪一天天肥了起来，而这头驴却日渐消瘦——唉，谁让它姓"公"呢？

一到冬季，老青驴就只能吃又干又粗的麦草，每日里都要被蒙上眼睛拉着石磨转。它的蹄子被磨得向一边歪着，走路时有点外八字。除了拉磨，人们还要用它把泉水从深沟里驮回来，把粪肥从庄上驮出去，它肚子两侧的毛因此被磨得净光。它的脊梁、颈间以及后尾部一年到头都是伤痕累累。每到夏天，成群的蝇、蠓围着它的伤口贪婪地吮吸着它的血。老青驴不停地摆头甩尾，但根本无济于事。

说来也怪，这头驴的寿命竟然很长。在我十二三岁第一次见到它时，它就是那样苍老，那样无精打采，一身长毛没有任何光泽，整天耷拉着脑袋，我几乎没听到过它的叫声。在庄子上，无论春夏秋冬，不分早晨晚上，不管男人还是女人，老人还是小孩，谁牵它去干活它都顺从地不紧不慢地跟随而去。每到年关是它最忙碌的时候，老青驴又要拉磨子又要拉碾子，从早到晚地连轴转，为家家户户准备过年的吃食。而到了除夕之夜，饲养人会在它的槽头贴一张黄色的符，喂它几个豆渣面饼子，就算是对它一年辛苦的犒赏了。

转眼间，我已经是20多岁的小伙子了，老青驴却还是像10多年前那样不紧不慢地劳碌着。春季里的槐庄子，粉红色的山桃花漫山遍野，嫩绿的青草拱出了地皮，老青驴也终于吃上鲜嫩的青草了。每到这时，它那一身长长的毛便会纷纷掉落，直到换了一身新毛，才显得精神起来。

那时候，和老青驴生活在一起的是一位年近八旬的老人。他个子很高，有一米九左右，瘦骨嶙峋，后脑勺留着辛亥革命时期剪辫子留下的短发。他有六个儿子,其中有当大队书记的,还有当教师的。他的家族是塬上小峪子村最大的家族,而老人就和他的第五个儿子住在这槐庄子。他整天在沟里砍柴,供塬上30多口人烧火做饭用,还要种自留地,喂猪,替儿媳妇磨面……一天到晚几乎看不到他有闲暇的时候。老人沉默寡言,很爱干净。每当干完活,他都要解下缠在腰上的七尺白粗布腰带,折起来,左右手交替着上下左右前后抽打身上的灰尘,然后顺手从后领口抽出旱烟袋,插入荷包里装满一锅自种自烤的烟叶,蹲在地上稳稳地把烟袋夹在腋窝,取出火镰,并好火草与火石,娴熟地用火镰打击火石取火。冒烟的火草轻晃几下就变成明火,压在装满烟叶的烟锅上。他深吸着长烟杆另一端的烟嘴,呛人的烟草味便弥漫开来。老青驴闻到后便会嘟嘟地不停打哗(打哗:方言,牲畜发出的一种声音)。

老青驴拉磨,老人罗面,一天下来,老人从头到脚全是白的。有一年冬天,老人正在磨面,不知何时天上飘起了雪花。他忽然想起家里的水不多了,匆忙卸下拉磨的驴,又给它披挂上水鞍子(牲口驮水的专用鞍具),架上驮桶(牲口驮水的专用木桶),向沟里的泉子奔去。从沟底到庄子上的路陡峭曲折——吃水难一直困扰着山里人。拉了一天磨的老青驴已经没有多少气力了,老人怜惜它,只给装了两半驮桶水。即便如此,老青驴也很吃力。老人手拿藤条抽打着驴屁股,在那羊肠小道上一步三停地向着坡上的庄子缓缓前行。

眼看庄子近在咫尺了,雪却越下越大,呼啸的北风卷着雪片像刀子似的扑向老人和老驴,他们和周围的世界一样全变成了白色。老人只好用力推着驴屁股,一步一步艰难地往上挪动,每挪一步,老人和老驴的腿都在不停地颤抖。

这个时候,几乎全庄子的人都出来站在自家窑洞前的院畔,居高临下地观望,不知是观赏这独特的"雪中老翁赶驴图"呢,还是关心老人和老驴能否在这大雪天爬上那陡坡。这时庄子里一个叫二虎的小伙子扑了下去。他在前面拼命地牵拽,老人和老青驴总算从湿滑的雪坡爬到了庄上。

又一年的冬天,老青驴起不来了,几个人把它抬起来,它勉强站了一会儿又卧下了。人们都说这个冬天它肯定过不去了,队长说:"再给加点料吧!"于是,每天晚上就扔给它几个玉米棒子。不久,它竟奇迹般地自己站了起来。第二年春天,它吃上了青草,又能拉磨、驮水、驮粪了。可就在这一年的冬天,老青驴又一次倒下,可怜的它再也没能爬起来。

  人们把老青驴的皮剥下来挂在了院畔的大槐树上晾晒。大概是岁数太大又长年劳作,它的肉很难煮熟,好在山里有的是柴火,整整煮了一夜。天快亮的时候,老人的儿子送来了煮熟的驴肉。我和老人同睡一个火炕,他把我从睡梦中叫醒,分给了我一块驴肉。驴肉很韧,难以咀嚼,直往牙缝里塞。然而老人的牙齿却好得出奇,他趴在被窝里大口嚼着驴肉,发出很大的响声。

  春天来了,庄子上请来了皮匠,就在大槐树下拉开了家什,把驴皮合成了拉犁的皮绳,边角料合成了缰绳用来拴它的同类,拧成了鞭子作为抽打它们的工具。老青驴在贡献出了自己的一生后,连同它的皮、它的肉也都一点不剩地献了出来。

保国作为老青驴故事的见证者,讲得声情并茂,绘声绘色。

  "唉,这头老青驴太可怜了!希望它下辈子不要再变成驴了。"安国听到这里,长长地叹息了一声。

  "老青驴的继任者是一头灰色的小毛驴,它像一个涉世不深的青年,每天拉完磨都要在挂过老青驴驴皮的大槐树下打几个滚,再扯着脖子叫上一阵儿,摇头摆尾,前趵后踢,威风得像个英雄。"保国接着说。

  "那个老人呢?"安国问。

  "那个高个子老人再也砍不动柴了。他每天吃完饭就蹲靠在院子里的山墙边晒太阳,用草帽遮住脸,不说一句话。如果没有人用力搀扶他,他自己是站不起来的。后来他的儿子用架子车把他拉回塬上去了……其实这个老人和老青驴的命运差不多,辛苦一生,任劳任怨,直到流尽最后一滴汗,终于倒下了。"保国说。

  "所以说,我们兄弟们一定要像大哥、二哥、三哥一样走出去,要不在这黄土地上,一辈子像那头大青驴一样辛苦劳作,活得艰难,活得窝囊,活得没有一点尊严,那可就太惨了!"安国说。

"嗬，人不大，口气可不小哇！"安国说出这样的话，令保国有些诧异。他站起来，注视着这个比他小6岁的弟弟。

"说说看，怎样才能走出去呢？"

"好好读书呗，像大哥一样考出去。"

"这个你还有希望，我可是没有上过学，怎么办呢？"

"这个……只要你有梦想，努力奋斗，就会实现的。"

"哈哈，安国呀，哥借你的吉言，说不定，我们真有那么一天，就飞出去啦！"保国感觉非常兴奋。

"黑灯瞎火的拉什么话？看把你哥儿俩兴奋的！嗨，你妈把饭做好了，赶快回窑里吧。"伯父不知什么时候笑嘻嘻地站在他们身后，烟锅的火一明一暗地闪着。

山的那边，月亮已慢慢地爬了上来，给槐庄子蒙上了一层神秘的面纱。

"伯父，听说……你和我大（父亲）弟兄俩是同一天结的婚？"晚饭吃完后睡觉还有些早，安国、保国与伯父坐在窑院里拉家常。

月亮明晃晃的，把山野照得雪亮。伯父吧嗒吧嗒地抽着旱烟，顿了顿说："是啊。你爷、你奶死得早，我跟你大就成了孤儿。兄弟俩相依为命，居住在槐庄子临近沟畔的土窑洞里，经营着几十亩山地。那一年，风调雨顺，我们种的粮食获得了大丰收，大囤小囤都放不下。当时，你妈（伯母）从南方逃荒而来，经人介绍认识了我，你娘经人介绍认识了你大，双方都觉得满意，我们就找了一个吉祥的日子，同一天把婚事办了。"

"为啥要放在同一天呢？"安国问。

"省事呗。那时候少吃缺穿的，婚事放在一起，能节省不少东西呢。"时隔多年，伯父说起这件事，依然有些心潮澎湃。

"伯父，听说我奶奶是个瞎子呢！"安国问。

"是呀，你奶奶是个瞎子，啥也看不见，可她心灵手巧，啥都不耽搁，比眼明的人都能干呢。"伯父说。

"听说我爷爷一脚踩空，从窑垴上跌下去，就再也没爬起来？"保国问。

"是呀，你爷爷死的时候，手里还攥着两个热糜子馍呢。听说那热馍是帮人家干活时人家给的，他舍不得吃，急匆匆拿回家准备让我们吃，谁知一脚就踩空了……"伯父重新装了一锅子烟，狠狠地吸了一口，吐出一团浓浓的烟雾来。

"爷爷死的那年你们有多大?"安国问。

"我们还都是娃娃——记得当时我12岁,你大8岁。一年后,你奶奶也不慎坠崖而亡,我们兄弟俩便成了孤儿。"

"伯父,能否给我们讲讲咱们家的家史啊?"保国很好奇。

"想听吗?"伯父笑嘻嘻地望着小兄弟俩,"那话说起来可有些长呢。"

"说吧,我们想听呢。"安国也来了兴致,眼巴巴地望着伯父。

"好吧。那我就想起啥说啥,给你们说说咱们的家史吧。"伯父灭了烟,望着朦朦胧胧的山野,开始了他的讲述。

第三章

1

清光绪二十七年（1901年），陕西大旱。

田家湾滴雨未降，井涸泉竭，夏粮收成不到两成，秋季更是颗粒无收。这里曾森林茂密，蒿蓬遍野，狼狐出没。人们以垦荒种地为生，虽生活艰难困苦，但尚能延续生命。如今天气亢旱，雨泽愆期，山上一片衰败之色，多年的老树大半枯萎，牲畜因干渴而死。村中十有九户已经断炊，家中老弱病残纷纷倒毙。初时人们尚且悲戚吊唁，后来这种现象已成平常。昨日尚在涧畔相遇，今晨已裹苇席入殓，不足为奇。

黄昏时分，阴暗的土窑洞里，田家兄弟三人守在父亲跟前。父亲田树生躺在炕上已经七八天了，七八天来，他几乎什么也没吃，面如土色，干裂的嘴唇嗫嚅着，发出谁也听不清的嘶嘶声。家里可吃的东西早就没了，仅有的一点水还是老三福有从十几里外的沟里弄来的。那条沟叫野狐沟，沟里有一眼山泉，水势很旺。风调雨顺的年月，那里草木葳蕤，地肥水美。可惜现在泉水几乎已经干涸，村民们用镢头刨了十多米，里面才渗出一点水来。这点救命水如今也要断了，老天真是不想让人活了呀！

一个月前，他们刚送走了自己的母亲。母亲一辈子非常勤劳，她除了养育三个孩子，还要织布，农忙时她还要跟丈夫上山劳动。母亲身体健壮，似乎从来都不知疲倦。

10多年前，田家湾也发生过一次大旱，庄稼颗粒无收。父亲田树生出去给人打工，母亲就带着三个儿子上山挖野菜，采野果。母亲很会调剂，再难吃的野菜，她都会做得很好吃。靠着这些野菜野果，一家人度过了那段艰难的日子。10多年后,田家湾再次遭遇大旱,这次旱情来势凶猛,将近一年没有下雨,所有的植物几乎都旱死了。

家里的粮食早就没了,山上别说野菜,草也干枯了。福有无意中在山里发现一个田鼠洞,里面有一些粮食。他如获至宝,拿回来让一家人分享。母亲把这点粮食分成若干份,然后和草根、树皮熬在一起。树皮虽然涩苦,但孩子们早就没了味觉,他们饥不择食,几乎风卷残云似的把自己的那份吃完了。母亲看着这一切,眼里流着泪。她没舍得吃自己的那一份,而是把它留给了几个正在长身体的孩子。老大福海的三个女儿正在长身体,每天饿得嘤嘤啼哭;老二福强有一儿一女,天天饿得哇哇大哭,后来都哭不出声音来了。老三福有尚未婚配,他每天上山挖草根,扒树皮。这些东西填进肚子后很难消化,人全身浮肿。母亲几天没吃东西了,她感觉有些恍惚,于是摇摇晃晃地来到山峁,挖了一些观音土充饥。这种土可以充饥,但不能被人体消化吸收,吃了以后腹胀。

几天后,母亲肚子胀得像一面鼓,疼得满炕打滚。母亲痛不欲生,在炕上滚了三天。一家人眼睁睁地看着自己的亲人遭受如此折磨,却束手无策。几天后的一个拂晓,母亲悄无声息地睡着了。大家终于松了一口气。

天亮后,父亲才发现,母亲早就没气了……

母亲耗尽了身体里的最后一丝能量,悄无声息地走了。作为丈夫,田树生没有哭。他说,走了好,走了就不用再受罪了!饿罪难受啊!三个儿子福海、福强、福有哭得死去活来。可怜的母亲呀,她一辈子辛劳,好不容易把孩子抚养大,没享一天清福就走了,走得如此凄凉!

如今,父亲田树生也倒下了。父亲是吃了一种有毒的草根后倒下的。大家心里清楚,这是迟早的事儿。大旱之年,不要说树生,每个人都会面临这个残酷的现实!几天来,父亲时而昏迷,时而清醒。田树生想起了那个他第一次与妻子小兰相遇的午后。小兰是槐庄子的,与田家湾只隔一道沟,站在山峁上喊话,对方都能听见。那天午后,阳光很强烈,田树生赶着毛驴在山路上走。毛驴驮着粮食晃晃悠悠地走着,它仰起脖子发出一阵长长的嘶鸣,四蹄嗒嗒,山路上溅起一团团白色的烟雾。田树生觉得有些热,脱下了褂子,对着山峁大声地吼了一声。声音在黄土山峁上萦绕低回,这时他听见一阵山歌飘了过来:

天上飘来一片片雪，

水里游来一对对鹅；

一片片雪来水中化，

一对对鹅来叫哥哥……

"谁家女子？声音脆生生的，这样入耳！"田树生精神为之一振，循声望去，对面山坡上一个红衣女子正在山上采蘑菇呢……

"哎，你是哪搭的女子呀？"田树生走到跟前问。

红衣女子看了他一眼，羞涩地低了头。

"小兰，人家问你哩！"旁边的女伴笑着说。

"为什么要告诉你呀？"红衣女子抬起了头，一笑两个酒窝，好看极了。

"你唱的歌真好听！"田树生愣了一下，冲着她憨憨地笑了。

小兰有些不好意思，有些紧张，想离开。她脚下突然一滑，哎哟一声倒在地上。

"你咋啦，要紧不？"田树生吃了一惊，把毛驴拴在树上，急忙走上前察看。

"哎呀人家不要你管嘛！"小兰想站起来，结果疼得哎哟一声又坐在地上。她脸涨得通红，额头上渗出细细的汗珠。

"是不是脚崴了？赶快揉揉吧。"田树生关切地说。

"没事，休息一会儿就好了。"小兰的表情很痛苦，看样子脚伤得不轻。

田树生犹豫了一下，卸下驴身上的粮食，让小兰骑上去。小兰坚决不同意，可是无论她如何努力，就是站不起来。后来在女伴的劝说下，她终于同意田树生用毛驴送她回家。

这一送，两人就擦出了火花。田树生的影子在小兰的心中挥之不去，小兰亮瓦瓦（亮瓦瓦：方言，洪亮）的歌声在田树生的心头萦回缭绕，令他寝食难安。田树生让母亲托人去说媒，一年后就把小兰娶了回来……

小兰过门后，一口气生了三个小子，田树生非常高兴。可惜家里一直比较穷，两口子辛辛苦苦劳动一年，仅够填饱肚子。他们期盼着孩子长大，孩子长大后就有了劳力，有了劳力就能多种地，多打粮，然后再多养一些牲畜，日子就好过了。不承想孩子一个个大了，可兵荒马乱，日子并没有像想象的那样好起来。两个孩子相继成家，又相继有了孩子，这让他们很高兴。他们养了鸡，养了猪，养了牛，在峁上开了许多荒地，又箍了两孔窑洞。日子眼看就要变好了，谁知就遇上了这么大的灾年——命中的这个门槛是如此高大，横亘在他们面前，任他们如何努力，也无法跨越！

两行混浊的老泪顺着田树生沟壑纵横的脸颊滚了下来。

几个儿子看见父亲流泪，吃了一惊。他们已经很长时间没见父亲流泪了。父亲的泪似乎已经流干了，以至母亲离开的时候，他眼睛死死地罩着妻子，却始终未流一滴眼泪。那段时间他精神恍惚，目光呆滞。妻子的离去其实已经带走了他的心，他强撑着不让自己倒下，却最终还是倒在了炕上……

弥留之际，田树生念叨着大儿子福海的名字。福海把脸凑到父亲跟前，热泪滴在父亲的脸上。田树生深深地吸了口气，眼睛慢慢地绽开，在儿子们的脸上巡视着，仿佛第一次与他们相遇。福海一边啜泣一边说："大，你有啥放心不下的，就交给我安顿吧！"田树生的嘴唇嗫嚅着，努力想说出一句完整的话，激烈的喘息打断了他的话，他闭上眼睛休息了一会儿。三个儿子大声地喊着，他又强迫自己睁开眼睛，目光停留在大儿子的脸上。福海把脸贴在父亲的鼻翼上，父亲嘴唇翕动，发出断断续续的声音。父亲说："儿呀，你……赶快……到外头去，给……他们……讨一条……活路吧！不能……再等了呀！"声音虽然很低，然而福海还是听清了。福海流着泪点了点头。父亲好像已经完成了自己的夙愿，他没有再喘，头一歪，平静地合上了双眼。

2

父亲去世后，田福海决定一个人先到外面去闯荡，给这个家寻求一线生机。作为长子，他觉得自己肩上的担子很重。临行前，他嘱咐二弟看好自己的两个娃，嘱咐三弟福有帮助大嫂照顾几个孩子。福海说："我向北走，一旦落住脚就给你们捎信，你们带着娃赶快来吧。"

父亲去世，兄长离开，家里一下子没有了主心骨。大嫂带着三个女儿上山挖草根。由于长期缺雨，到处是厚厚的积尘。风贴着地面嘶吼着，似乎能把人穿透。大嫂敞开自己破烂的棉袄，把几个孩子裹在胸前。由于饥饿，人感觉头重脚轻，被风一吹像要飘起来似的。山上光秃秃的,能吃的东西早被掏空了。树林大面积枯死,偶尔觅得一两根枯草,嚼在嘴里怎么也难以下咽。

大嫂也是槐庄子的。这条沟,年轻的时候不知走过多少趟,因此她对这里的一草一木都很熟悉。那时候,沟里水草肥美,牛羊成群。老大福海在沟里放牛,相中了她。后来媒婆去说,大嫂的娘听说福海家里很穷,开始不愿意。福海一次次地去,拉着牛给大嫂家干活。两位老人觉得福海憨厚老实,终于同意把女儿嫁给他。

沟里靠近南洼的地方有一片荒地,地里长着甘草。甘草的根系发达,能深入土层达一两米,生命力很顽强。有时,他们在峁上干活累了,又渴又饿,福海会挖一些甘草让妻子吃。甘草嚼在嘴里甜丝丝的,嗓子马上就不干了。如今大旱之年,甘草也很难存活,但靠近崖边的地方,应该会有一两棵。大嫂让三个女儿在坡底等着,自己爬上去用手刨。甘草的叶子早就枯萎了,根依然顽强地扎进土里,维持着自己的生命。靠近崖边的土很瓷实,大嫂刨了很长时间,手指都出血了,甘草的根还没有刨出来。这时,她发现一棵甘草根扎进了崖里。崖边的土块摇摇欲坠,大嫂顾不得那么多,拽着甘草根用力一拔,巨大的土块突然塌了下来,大嫂顷刻间便被埋没……

坡底,几个孩子眼睁睁地看着母亲被滑下来的土块埋住,哭喊着爬了上去。她们用力想搬开压在母亲身上的土块,无奈一个个面黄肌瘦,手上哪有力量?等到三叔福有赶来的时候,几个女孩的嗓子都哭哑了。

福有流着泪刨出大嫂,大嫂鼻孔出血,早已窒息而亡。他把嫂子背起来,摇摇晃晃地往回走。几个侄女跟在身后大声地号哭。她们的眼里早就没有泪水了,只有悲戚的哭声在沟里萦回……

回到家里,福有和二哥福强用一张席子埋葬了大嫂。家里笼罩着悲哀的气氛,感觉阴森森的,令人恐惧。村里的人不断在减少,老弱病残熬不过就倒下了。这种现象已经司空见惯,没有人去吊唁死去的人。身体尚可的年轻人逃荒去了,留下的人似乎对未来已不抱希望,他们的眼神里满是悲凉,满是绝望和恐惧。

家里断炊多日,人人都饿得发昏。大哥已经离开几天了,尚无音信。如果再过几天还弄不到吃的,一家人会全饿死的。

院外的老槐树已经枯死,一群乌鸦盘踞在上面,发出哇哇的声音。这种鸣丧的鸟令人生厌，开始的时候人们还驱赶，后来就由着它去叫了。夜已经很深了，孩子们哭了一天已经疲惫不堪，纷纷进入梦乡。福有睡不着，他感觉自己的肚子已空，五脏六腑似乎都已透明了，身子轻飘飘的，有些眩晕。他强迫自己闭上眼睛，却怎么也睡不着。头一阵一阵发昏，以至于产生幻觉……福有看见父亲回来了，他带回了青嫩的玉米。母亲把玉米皮剥了，煮在锅里，窑里立即笼罩在诱人的清香中……玉米很快就煮熟了，兄弟几个每人一个。父亲舍不得吃，把自己的那个也给福有了。因为他最小，也正是长身体的年龄……夜深了，福有起来撒尿，发现母亲正在啃他们兄弟几个吃过的玉米芯子……

"娘！"福有坐起来叫了一声。窑里静极了，月光透过窑顶的窗棂铺进来，洒在他的脸上。福有又轻轻地喊了一声："娘！"爬起来点着灯，巨大的影子投在窑顶上，样子有些恐怖。福有只觉得后背有一股阴气向他逼来，他打了个寒战，赶紧钻进被窝把头包起来……可是无论怎样，他就是睡不着。肚子咕咕地叫着，福有感觉夜晚是那样漫长，仿佛过了一个世纪。他辗转反侧，饿得睡不着，于是穿衣起床。借着月光，他决定到沟里再弄些水来。没有吃的，如果再没有水，人很快就会倒下的。

风卷着沙尘呼啸着，路面白光光的。村子静谧寂悄，连狗叫也听不到，仿佛这里早就荒无人烟。来到沟底，福有老远就听见几个人在那里打水。看样子村里的人都饿得睡不着啊！

福有挑着水回来，听见家里有哭声。哭声撕心裂肺，不像是饿得难受的人发出的。他把水倒进缸里让沉淀，然后来到二哥福强的窑里。福强的两个孩子趴在父亲身上哭得死去活来。

不用问，福有已经明白了一切。福强妻子看见三弟回来，突然哇的一声大哭起来，然后又哈哈哈一阵狂笑……笑声比哭声还可怕，令人毛骨悚然……

二哥饿死了，二嫂的精神也崩溃了。福有央求二嫂赶快带着孩子去逃荒，二嫂不理他，兀自哭一阵，笑一阵。她挥舞镢头，把窑里的锅灶都砸烂了，水缸也劈成两半。两个孩子被母亲的样子吓住了，蜷缩在炕角，眼睛里充满惊恐……

福有来到大哥的窑洞。三个侄女早就起来了。她们听说二叔死了，吓得不敢出门。福有舀了一些水让她们喝，然后收拾行李，准备带她们去寻找大哥。

3

田福有带着三个侄女翻越子午岭，一路北上，追寻大哥的足迹。

走出田家湾，福有才发现这场大旱是多么要命！一路上满目疮痍，饿殍遍野。几天没吃一口东西了，福有感觉一阵阵发昏，眼前发黑，但还要照顾好三个侄女。原想着离开田家湾就能找到吃的，可所到之处都是一片荒凉，到处是难民，每个人的脸上都透着一股悲哀和凄凉，让人不敢正视。逃荒的人很多，他们看起来都是灰蒙蒙的，如同被轰炸过的空气的颜色，唯一的特点就是饥饿，以至于远远看去他们每一个人的身形都很难分辨，但同时他们又是独立的。饥饿和执念是他们内心跷跷板的两头，他们在跷跷板的两端挣扎着。

"三叔，我饿！"小侄女花儿用祈求的眼神看着福有。她实在走不动了，于是就躺在地上不走了。

"花儿快起来，躺在这里会死的。"大侄女桂枝说。

"三叔，我也饿，腿软得走不动了。"二侄女小丫身子一软也坐在地上，说什么都不起来。

"花儿、小丫，听话，赶快起来，翻过前面的山峁就能找到吃的了。"福有哄她们说。

"你骗人！你天天说前面能找到吃的，可是我们已经几天没吃东西了，我饿得要死……呜呜呜……实在走不动了哇……"小丫边哭边说。

福有忍着泪，把头偏向一边。是呀，这样漫无目的地走下去，再找不到吃的，他们都会饿死在路上的。可是如果不走，情况将会更加糟糕。孩子们的身体太单薄了，坚持不了多久的。

"花儿、小丫，你们要是再不起来，我就和桂枝走了。这里有狼，专门吃小孩子呢。——桂枝，咱们走吧。"福有见软的不行，于是就采取了哄的方式。这一招还真见效，他们刚走出十多步，两个女孩就哭着连滚带爬地赶上来了。

前面的山峁上有一个村子。同样是渭北高原，这里的干旱程度似乎比他们塬上要轻一些。起码，许多树还没有枯死，坡上的草根没有被人挖尽。更难能可贵的是，这里的井里还有水。

坡头上聚了好多人，手里举着碗或缸子。福有背着花儿、牵着桂枝和小丫挤到跟前,发现是一户大户人家设了粥厂,正在施粥。"桂枝,你待在这里照看两个妹妹,我给咱讨吃的去!"福有搁下花儿,掏出褡裢里的碗往进挤。人头攒动,人们都饿疯了,使出浑身的劲往进挤。一些讨到粥的人顾不得烫就喝了下去,然后伸着手继续要。

福有由于几天没吃饭,身子虚得很。他挤了半天,发现没有挤进去,反倒被挤出来了。施粥的人发现了这一点,吆喝着前面的人往后退,让后面的人进来。

"大哥会不会也在这里呢?"福有想。他仰起头左右张望,发现每张饥饿的脸都很相似,一个个面黄肌瘦,哪里有大哥的影子啊!

人越聚越多,福有再一次被挤了出来。回首看看路边的大树下,几个孩子正在用期盼的眼神望着他。福有不知哪儿来的勇气,不顾一切地往进挤,终于来到了粥台,结果锅里的粥已经没有了。

"掌柜的,行行好吧!我带着三个孩子,她们已经几天没吃一点东西了,今天再吃不到东西,就会死掉的!——求求你了!"福有满身虚汗,喘得很厉害。

施粥的人见他形容枯槁,人一阵阵发软,于是在几个锅里刮了一阵,弄了半碗粥,然后给里面又添了些水。福有如获至宝,双手举着挤了出来。几个孩子见伯父弄到了吃的,高兴地爬了起来,脸上露出多日不见的笑容。

福有双手捧着稀粥,小心翼翼地往树下走。粥的味道太诱人了,散发出一阵阵醉人的香味,令人难以抵挡诱惑。久违的粮食味道呀!福有吞咽了几下口水,舌尖在碗上舔了一下,闭上眼认真地享受着。这碗粥让孩子们喝了,最少可以坚持几天呢。

"桂枝、小丫、花儿,快,每人先喝一口。"福有双手颤抖,端着碗让孩子们喝。

"让花儿先喝吧。"桂枝虽然饿得发慌,但作为大姐,她还是懂得照顾最小的妹妹。

"我要喝!我饿得要死,让我先喝一口吧!"二丫头小丫冷不防从福有的手里夺过碗,端起来就喝。桂枝见状去夺,结果碗哐当一声掉在地上。

"叫你喝,你个馋猫,这下全洒了!"桂枝推了小丫一把,手指蘸着地上的米粒让花儿吃。福有也很生气,他说:"你这孩子怎么能这样自私?出门在外,要懂得大让小呀!"小丫哇一声哭了起来。福有叹息了一声,拿起碗舔了舔粘在上面的米粒,然后又向粥台走去。

赈灾活动已经结束，粥台前仍围着许多人。大家希望掌柜的能够继续大发慈悲，接着救济他们。福有听人说这个粥台已经设了好几天了，掌柜的家里的粮食也快完了。施粥的人劝灾民离开，到别的地方再找吃的。许多人不甘心，于是就坐在地上等。

福有和一部分灾民等了三天，掌柜的没有再出来赈灾。福有每天出去弄一些草根树皮回来让大家充饥。

看样子再等下去也不行了。福有决定带着三个侄女继续往北走。

"三叔，我不想走了。"二侄女小丫说。

"你不想见你大了吗？不走可咋办哩？"福有说。

"我大谁知道在哪里呢，走到哪儿都没吃的。三叔，你去问问这家人，看看要不要丫头，我能干活哩。"小丫看样子这几天已经深思熟虑，下决心要留下了。

"好吧。我去问问。"福有想了一下，觉得留在这里也不失为一条活路。等找到大哥，再回来找她不迟。

掌柜的见小丫聪明伶俐，于是便留下了她。作为报酬，他给了福有几个馒头，让他们路上充饥。

4

过了王川，植被似乎越来越稀少，干旱的情况更严重，能找到的食物也越来越少。福有想往回返，又想着大哥往北去了，于是就硬着头皮往前走。

一道高高的山梁横在前面。山峁上光秃秃的，陡峭的山坡上有一条羊肠小道，蜿蜒曲折。福有背起花儿，让桂枝牵着自己的后襟往前走。山路太陡了，每往上爬一步，他都要停下来喘息一会儿。走了大半天，抬起头，山峁还是高高在上。福有的身体太虚弱了，冷汗几乎浸湿了棉袄，被风一吹，冷得他浑身发抖。他感觉两腿发颤，实在没有力气往上爬了。这时他看见半山腰有一户人家，于是就走了过去。

这是一户比较殷实的农家。几孔土窑洞旁有两个蜂窝，蜂窝的上面是酸枣丛。它们的生命力很旺盛，能够把根深深地扎进干硬的崖土里。院子很干净，靠近涧畔的地方有一个玉米仓子，里面已经没有玉米了，但还堆着整整齐齐的一摞玉米芯子。这在饥荒之年都是非常奢侈的东西呀!

主人听见有人来,忙走了出来。这是一个40多岁的中年男子,穿着虽然有些破旧,但脸色尚红润,身子也算比较结实,说明家里至少是没有断炊的。

田福有选择的这条路,其实已经偏离了大路。按说他应该沿着大路往前走,可是大路上挤满了逃荒的人群,别说没有吃的,就是找到吃的东西他也抢不上。这条路看样子很少有人走。深居荒山野岭的这户人家看稀奇似的看着他,询问他要到哪里去。福有说:"逃荒之人,走到哪儿算哪儿,只要能活命,到哪儿都一样哩。"女主人是个慈眉善目的人,看见两个孩子恓惶的样子,拿了个窝窝头掰开递给她们。男人倒了一碗水让福有喝。很久未遇见这么慷慨的人了,福有很感动。他询问翻过山以后怎么走,男人说:"这道梁翻过去也是荒无人烟,你赶快原路返回吧。"想起来时的路那么艰难,福有的脊背有些发凉。花儿已经走不动了,行走要自己背。如果就这样返回去,说不定他们会死在路上的。

"这个孩子实在走不动了,你们可怜可怜她,收留了吧!"福有用祈求的目光望着男人。

男人叹息了一声,看样子挺为难。婆姨上下打量着花儿,发现她除了有些瘦小,五官周正,身体也没有其他毛病。她回到窑里和男人商量了一下,拿出两个窝头给福有,然后把花儿留下了。

花儿一开始还不知道怎么回事,等到三叔和姐姐桂枝要离开,她才意识到自己被留在这里了。花儿哭喊着要走,疯了似的,任凭福有怎么安慰都不行。福有很无奈,只好说他不走了。几个人来到窑里,女主人熬了些稀饭,热了窝头。吃完饭,福有说:"咱们休息一会儿再走吧。"他示意桂枝带花儿在炕上睡觉,自己到院子里跟主人拉话。多日的奔波劳累,加之身体虚弱,花儿头一挨炕便很快睡着了。福有连忙带着桂枝悄悄离开。一路上,桂枝不住地回头,不停地抹眼泪……

两天后,他们来到了骆驼峁的棋盘镇。

骆驼峁位于山梁上,海拔比较高。唐朝时期,骆驼峁是皇帝避暑之地,也是佛教盛行的地方。相传,棋盘、寺天、雷塬一带寺庙林立。寺天村曾建有一座金碧辉煌的寺院,不知占地多少,光寺院的和尚就达4000名,方圆几十里烧香拜佛的人络绎不绝。

这里好像也很长时间没下雨了，地上积着一层厚厚的尘土。山上光秃秃的，几乎寸草不生；树也差不多死光了，许多树皮都被人剥了用来充饥。好不容易找到一个镇子，镇子里死气沉沉，家家的烟囱不见冒烟。巷道上没有行人，静得有些异样，似乎这是一座死城。福有挨着敲了几家门，都没有人出来。正要走，身后有人拍了拍他的肩膀。福有吓了一跳，以为遇见了鬼。

"你带着孩子到这里干啥呀？"一个瘦高个儿的老人正忧心忡忡地看着他。

"我想去寺院拜佛。"福有曾听父亲讲过，这里的寺院香火旺盛。他想到了寺院，出家人以慈悲为怀，肯定会给他一些吃的东西。

"别去了，寺院里的和尚忍不住饥饿，都跑光了。"老人说。

"那么多的僧人，都跑了吗？"福有有些不太相信。

"差不多都走光了。剩下的忍饥挨饿，估计也撑不了多长时间了。"老人说。

"这可怎么办呀？"他们已经几天没吃东西了。福有回头看看身后的桂枝，桂枝头耷拉着，随时都有倒下的可能。

"是这，村头有一户人家，想买个童养媳，你带着女子去看看，让他们给娃一条活路吧。"老人说完长叹一声，离开了。

"三叔，我不给人当童养媳。"桂枝说。

"桂枝听话，你先去，等我找到你大，再来赎你啊！"福有说。

"可是……三叔，你啥时候才能找到我大呀？"桂枝担心地说。

"你留在这里，我一个人去找就会快些。等找到你大，我们一起来赎你。"福有说。

想想这一路的艰辛，不知要漂泊到何处，桂枝觉得这样也不失为权宜之计。

田福有根据老人所指的方向来到村头，敲了一下门，里面果然有人。

"敲门干啥？去去去，这里没有吃的东西！"开门的人上下打量着福有父女，一看就知道他们是逃荒的，准备随手关门。

"哎，你别急，听说你们家买童养媳哩，我想给这女娃找条活路，你看行不？"福有祈求着。

"这女娃几岁了？"男人见桂枝又瘦又小，撇着嘴不愿意要。

"这女子已经十二了，饥荒年月，娃吃不上，所以看着就瘦小。到你家如果有吃的，要不了一年就长高了。"福有说。

"好吧，我这里有一块银圆，你拿去吧。"男人说。

"我不要银圆，这玩意儿又不能吃，现在也买不到吃的。我只要几个馒头，行吗？"福有说。

"馒头？哼哼。窝窝头倒有两个，你要就拿，不要就把孩子带走！"男人把头侧向一边，一副爱搭不理的样子。

"好吧，你多给我几个窝头吧。"福有无奈地说。

男人转身回屋，不一会儿拿出两个黑面窝头给福有，把桂枝带进去了。

三个侄女安顿好后，福有一下子感觉轻松了许多。加之又吃了窝头，身上有了力量，十多天后，他便赶到了鄜州。

鄜州的受灾情况似乎没有田家湾严重，走在大街上，能看到许多人。有当地的，也有逃荒要饭的。

福有在大街上徜徉。在一家商行前，他看到一个人，样子很像福海。那人把辫子盘在头上，正在商铺里干活。

福有走到跟前，发现就是大哥。他感觉一阵狂喜，大声地喊了一声："大哥！"

福海愣了一下，猛回头，发现原来是三弟福有。

"福有，你咋来了呢？"福海看了看福有的身后，发现就他一个人。

"大哥，我带着桂枝和她的两个妹妹一起逃出来的。再不出来，就全饿死了。"福有说。

"那，桂枝她们呢？"福海着急地问。

"桂枝……桂枝和小丫、花儿实在走不动了，我……我就将她们卖了……"福有结结巴巴地说。

"啥？你把我的几个女子全给卖咧？你把她们卖到哪儿去咧？赶快带我去找！"福海很愤怒，一把抓住三弟的衣襟，目光咄咄逼人。

"大哥，我也是万般无奈才卖掉几个娃娃的。这一路上不知饿死了多少人，这几个娃娃如果不给人，估计早就饿死在路上了。"福有说。

"狗日的，混蛋！去，赶快给我把人找回来！找不到人就别来见我！"福海火冒三丈，狠狠地扇了福有一个耳光。福有知道自己做的事不对，捂着脸半天不吭气。

"还不快滚！我限你三天之内把娃给我找回来，要不就别来见我！"福海气呼呼地说。

福有匆匆赶回棋盘镇,那管家说桂枝已经死了。

"你说啥?!前些天我走的时候桂枝还好好的哩,怎么会死了呢?"福有有些不敢相信自己的耳朵。

"哎呀,这孩子的性子可真烈。她给老爷收拾房子,太太说家里丢了一串手链,怀疑是她偷的。她坚决不承认,太太就打了她一顿。这女子性子烈,就跳崖了。"管家长叹了一声。

"这……桂枝是被你们逼死的呀!我要去官府告你们哩!"福有说。

"唉,我劝你还是别费这劲了。饥荒之年,天天都在死人呢!——你以为县太爷有时间管你的事吗?来,这个拿着,算是这孩子的命价吧。"管家说完掏出一块银圆,让福有拿上。

福有一把打掉银圆,准备去官府告状。管家说:"你去吧,碰上一鼻子灰,可别怪我没告诉你呀!"

福有来到县衙,状没告赢,还被人打了一顿,一瘸一拐地出来了。

"怎么办?桂枝死了,这可咋向大哥交代呀!"福有思忖着。他觉得自己没脸再见大哥了,于是就开始四处流浪。

5

几年后,灾荒过去,福有又回到了田家湾。

大哥福海一直没有回来。二哥福强饿死后,二嫂疯疯癫癫了一段时间,为了活命,带着孩子改嫁了。家里什么都没有了,剩下空空的几孔窑洞和城墙根下的几亩薄地。经历了灾荒之年,福有变得很坚强。他要活下去!窑洞虽破尚可安身。没有饭吃,他就去塔坪镇给人打工。

饥荒过后,百废待兴。镇上一些人忙于生意,顾不上打理庄稼。有钱人家都在雇短工干活。福有年轻又勤快,为人忠厚,庄稼活做得很细致,很快便赢得了东家的信赖。几年后,他有了一点积蓄,但尚不足置田安家。

光绪三十年(1904年),福有已经20多岁了,尚未婚配。饥荒的年月,人们都只顾逃命，婚姻大事一拖再拖。

"福有呀，你整天只知道干活，就不想媳妇吗？"有一天吃饭的时候，东家看着他说。

"嗯，这个……"福有不好意思地笑了。

"咋啦？20多岁的小伙子了，还害羞，嘿嘿。人家跟你一样大的，娃都好几个了！"东家看着他憨厚的样子，也笑了。

"不是不想，而是……像我这样没家没舍的人，哪个女子愿意跟我呀！再说，就是有人愿意，我也拿不出那么多彩礼呢！"福有挠了挠头皮，低下头盯着地面，两只脚不停地挪动着。

"是这，我给你说一个不收彩礼的媳妇，咋样？"东家是个40多岁的男人，比较敦厚。因为福有非常勤奋，人又实在，东家很喜欢他。

"福有呀，我认识一户人家，他家有一个女子叫秀英，是个瞎子。"东家说话的时候眼睛盯着福有，看他有什么反应。

"啥？是个瞎子？"福有觉得有些不可思议。

"唉，要说这秀英也是个苦命娃。她8岁的时候出天花，高烧昏迷三天三夜，醒来后眼睛就看不见了。唉，也怪她家里穷，没钱给娃看病，把娃给耽搁了！"东家说。

福有想起了村里的一个小伙伴，因为出天花而死。那年月，天花很可怕，许多娃娃因此夭折，侥幸活下来的不是麻子就是瞎子。

"秀英这女子眼睛虽然看不见，却有着超乎常人的智慧和毅力。她不仅生活能自理，家务活样样都能干哩！最不可思议的是，她还能穿针引线做针线活，并且剪得一手好窗花哩！"主人见福有陷入沉思，接着说。

"一个生活在黑暗世界的女子，居然有这样超人的意志！"福有想。秀英的不幸遭遇及坚韧不拔的毅力令他感动。

他决定去见见这个奇女子。

她的家在半山腰的土窑洞里。窑洞虽然破旧，却收拾得非常整洁。

"这就是秀英家。这是秀英。"东家指着秀英对福有说。

眼前的女子身材有些消瘦，但模样周正。两条长长的辫子在腰间来回摆动，像两条灵动的蛇。她脸蛋白皙,眼睛很大,干活利索。如果不注意,很难把她跟瞎子联系在一起。女子的衣服虽然有些旧,但洗得干干净净。

秀英听见有人来,一双无神的眼睛四处搜寻着。她微笑着点了点头,出去抱了些柴,开始烧水。

"这女子除了眼睛看不见,啥都会做哩!你看这山上的路又陡又窄,咱明眼人都得小心,可是咱秀英经常到沟里拾猪草,捡柴,有时还挑水呢。"秀英的娘用爱怜的目光看着女儿说。

"妈!"母亲的夸赞令秀英感觉有些不好意思,她用嗔怪的表情截了母亲的话头,给福有和他的东家每人倒了一碗开水。

这是一口陈旧的土窑。土窑不大,但是很深。里面的木料被烟火熏得又黑又亮,像涂了一层油漆。窑掌摆放着几个瓦盆瓦罐,里面盛着吃的东西。

一进窑就是炕,炕上铺着一张旧席子,破了的地方用布子弥了起来。几床被子虽然很旧,但叠得整整齐齐。枕头上绣着花,有鱼戏莲,也有牡丹、蝴蝶。

"这枕头上的图案都是秀英绣的呢!这女子虽然看不见,但手巧得很。你看那窗上的窗花,也都是她剪的呢。"秀英妈见福有对屋里的东西感兴趣,就滔滔不绝地介绍着。

窑里有一扇四四方方的窗子,中间的白纸上贴着红色的窗花。窗花有花鸟,也有鱼和蝴蝶。这些剪纸图案精美,非常生动。

"她看不见,怎么绣枕头、剪窗花呀?"福有感觉非常不可思议。

"她8岁那年开天花(出天花)瞎了眼睛,然后啥都看不见了。现在绣的剪的,都是她小时候见过的东西。这女子记性好,好多事我都忘了,她记得清清楚楚。有些东西她没有见过,但只要你给她一说,她就能剪出来哩。"秀英妈说。

"她身上的衣服,也是自己缝的呢。"秀英妈见福有有些出神,接着说。

"真是个奇女子啊!"福有的心里油然而生一股爱意,再看秀英的脸庞,白里透红,透着几分妩媚和娇羞。福有只觉得心一阵怦怦乱跳,激动得不知该说什么好了。

在东家的操办下,田福有和吕秀英的婚礼在下窑湾举行。

按照当地的习俗,男女青年定亲时,女方要送给男方一双男式布鞋和一双女式绣花鞋,表示女方已答应这门亲事,同意结婚。鞋成双,人成对,白头偕老永不分。这两双鞋就叫"回答鞋"。"回答鞋"既是爱情的纪念品，又是姑娘们的艺术创作。做法讲究，针匝细密，配色协调，色彩艳丽，图案精美，寓意深刻。男式鞋底连纳带筛，线绳套花，图案讲究，颇有意思。一般纳有并蒂莲、水波浪、升底花、梅花等，好多姑娘在鞋底上纳"正"字、"忠"字，告诫未来的丈夫走得端，行得正，夫妻恩爱，忠贞不渝。女式鞋鞋底鞋帮都绣花，至于绣啥花，姑娘们心里有数。如鞋底绣梅花，鞋帮绣凤凰，名曰"凤凰戏梅"等。在婚礼盛宴上，"回答鞋"作为礼物捧上席面，男女宾客争相观看，共同评赏，场面热烈，气氛活跃。新郎新娘眼观宾客，耳听评语，双双沉浸在幸福欢乐之中。

秀英的"回答鞋"绣得不同凡响。她把福有的鞋底纳得结结实实，白色的千层底，黑色的鞋帮，非常好看；女式鞋帮上绣着牡丹，一双蝴蝶翩翩飞舞，寄托着她对爱情的向往。人们争相评赏着，深感诧异：这巧夺天工的绣花鞋，竟然出自一个双目失明的女子之手呀！

为了让自己的婚礼热烈隆重，福有用自己攒的钱请了唢呐。旬邑的唢呐分为几种派系：周派唢呐婉转明快，激情洒脱，刚柔交融，富有节奏感；吕派唢呐队伍庞大，以其"唢子硬"著称，演奏风格粗犷豪放，刚劲有力，呈万马奔腾之势；北派唢呐浑厚圆润，丰满华丽，细腻绵长，富于韵味。福有请了北派的唢呐队。山沟里一时充满欢声笑语，好不热闹！

婚后，田福有来到塬上的梁庄，经营几亩别人看不上的薄地。农忙时，秀英跟他在地里干活；农闲时，秀英坐在窑里一边唱着歌谣一边剪窗花。秀英爱唱，只要你愿意听，她能唱上几天几夜。夜深的时候，福有躺在炕上听秀英唱歌。秀英的嗓音很圆润，透着一股甜甜的味道，福有百听不厌。秀英唱歌的时候手里从没闲过，不是在缝缝补补就是在剪纸。秀英剪纸的样式无拘无束，任何事物在她手下都可以成为作品。她随手剪，随手贴，其构图、造型如有神助，活泼灵动。人们都说秀英剪纸时或许是神灵扶着她的手在剪呢！

福有和秀英结婚后，夫妻恩爱。几年后，秀英相继生下了两个儿子和两个女儿。

那时候军阀混战，天灾人祸不断，各种各样的队伍像走马灯似的你来我往，搅得百姓不得安宁。大户人家逃往乡下、山里或川道避难。镇上已经没有集市，很长时间住着"杨营"的军队，匪首人称杨谋子，烧杀抢劫无恶不作。夜深了，孩子不停地哭泣，秀英吓唬他："别哭，再哭杨谋子就来了！"孩子立即就不哭了。

杨谋子不但烧杀抢掠，还强征民夫给他当兵。

后来，田福有被杨营强征去喂马。马厩里养着一只大马猴，非常通人性。这家伙每天的职责就是监督人，晚上只要喂马人一打瞌睡，它就会扑上来撕咬。

一天夜里，福有劳累了一天，实在困得不行就打了个盹，结果大马猴猛地扑上来就咬，福有的手被这家伙咬伤了。回到家里，秀英心疼得不行。

在村里人看来，福有是胆小怕事的，但他在大事上却毫不让步，在维护田家后代抚养权时做出了惊人之举。

二哥福强去世后，二嫂改嫁给了一个叫王十的人，带走了儿子玉禄。为了保住二哥这唯一的血脉，福有多次向王十讨要侄儿，都遭到拒绝。有一次他趁人不备，背起小侄子一口气跑回了家。王十发现后，不但带人抢走了孩子，还用铁链把福有锁了起来，拉到塔坪街上游行。福有借着这个机会向路人诉说事情的真相，赢得了人们的同情，大家纷纷谴责王十的霸道行为。在主持正义的乡绅的调解下，王十不得不解开锁链，却当众给福有出了个难题："我能供娃念书，能给他定亲，你能吗？"福有毫不犹豫地说："你能做到的，我也能做到！"王十无计可施，只好还孩子走人。

当时人们以为福有只是随口说说，谁也没有把他的话当真。在那个年代，能供孩子念书的，都是有钱人家，因为请一个教书先生不仅要付十石麦子，还要管吃管住，小门小户的人家根本请不起。没想到福有说到做到，在自家日子十分艰难的情况下，还真供侄儿念了书，后来还给他娶了一个殷实人家的女儿为妻，兑现了自己的诺言。

那年月，穷人的日子过得太艰难。不管你如何面朝黄土拼命地刨食，家里还是经常吃了上顿没下顿。青黄不接的时节，借别人一斗发霉的糜子，到了夏天就得还人家一斗新麦子。穷人的孩子早当家，福有的大儿子那时刚12岁，便带着8岁的弟弟帮大人干活。那一年的秋天，福有和两个儿子在塔坪镇墙根下种完麦子，让两个儿子把牛赶回去，自己则进城去还借来的农具。农具的主人正在吃晚饭，送给了他两个糜子面窝头。干了一天活的福有虽然很饿，但还是舍不得吃，急匆匆地拿着窝头往回赶。家里那段时间几乎快要断顿了，一家人整天靠野菜为生。两个大窝头，够他们兴奋一阵子了。想到这里，福有不由得笑了。他加快了脚步，希望尽早赶回家里。

天有不测风云。突然，天空乌云翻滚，电闪雷鸣，福有便跑了起来，快到家的时候大雨倾盆而下，雨雾弥漫，眼睛都睁不开。焦急中，福有一脚踩空，从自己家的窑顶上跌落下去……

一家人正在焦躁不安地等待着福有的归来，突然，只听哎呀一声，接着咚的一声闷响，人的心都悬了起来。

"快出去看看，我咋听见是你大的声音呢！"瞎眼的秀英耳朵非常灵敏，听见声音便跟着孩子们来到了院里。

"大呀！哎呀我的大大呀！"秀英听见女儿大声哭泣，就知道事情不好了。

福有七窍出血，已无呼吸。他来不及说一句话，手里紧紧地攥着那两个冒着热气的糜子面窝头，眼睛睁得很大很大……

"那个死去的福有，就是我爷爷吧？"保国怔怔地问。

伯父的故事让兄弟俩听得如醉如痴，恍若隔世。

"是啊，你爷爷那时还不到40岁，正是年富力强的时候哩。"

"后来呢？"安国问。

"你爷爷猝死后，你瞎眼的奶奶无法承受这么沉重的打击，当即便病倒了。那时候我才12岁，你大刚8岁，你们两个姑姑也都还小。家里一贫如洗，买不起棺材，我们兄弟俩只好身穿孝服，在塔坪街挨家挨户地磕头，哀求人家施舍。你爷爷的善良以及我们兄弟俩的孝心感动了那些好心的商人，他们纷纷伸出援助之手。我们就这样讨了一些钱，买了一副薄棺材，请阴阳先生在我家的地里定好了穴位，请左邻右舍帮忙挖好了墓。原本第三天早晨入土，谁料不知从何处来的队伍攻打塔坪镇。他们整整打了一夜，第二天又打了一个上午还没有攻下来。老百姓都躲着不敢出门，直到下午攻城的队伍撤走后，我们才敢张罗着埋人。下葬的时候已到黄昏，阴阳先生定好了位，收起了罗盘，自言自语地说：'原本是一块好穴地，可惜错过了好时辰啊！长门没有人了，二门人财两旺呢！'那时我们兄弟俩想得最多的是今后怎么活下去，并没有把这话当回事儿。"伯父说。

"后来呢？"安国还是感觉很好奇。

"呵呵，后来我和你妈有了一个女儿——就是你改花姐。我们还想再要个儿子，为此到处求神、求医、求药，都无济于事。而你大和你娘结婚后，一口气生了你们弟兄八个！有一天，我突然想起阴阳先生的那句话，从此便打消了再要娃儿的念想。"伯父幽幽地说着，仿佛那件事就发生在昨天。

"我父亲去世后，瞎眼的母亲从此一蹶不振。她天天以泪洗面，最后眼泪也流干了。大家都来安慰她，均无济于事。一年后，母亲也撒手人寰，我和你大兄弟俩还有你们的两个姑姑，从此便成了孤儿。

"为了活命，我们兄弟俩只能给人家拉长工。我在梁庄给一户姓姚的人家放羊。那年月，像样的村庄都有城墙，大户人家都住在里面，小门小户就住在城墙根下或周围的窑洞里。梁庄也有这么一个小城，城外向东是一条通往田间的路，路北有一排房子，是财东家用来存放粮食和供长工居住的地方。再往北有个五间瓦房的院子，就是姚家的马房。当时只有13岁的我白天放羊，晚上提一盏油灯独自一人到马房喂牲口。外面漆黑一片，不时传来狼的嚎叫，我吓得两腿打战。"伯父说。

"那我大呢？你们不在一起吗？"安国问。

"你大在杨坡头北沟给人家放牛砍柴呢。记得当时他才9岁，还是个小娃娃啊。年纪小，活儿又重，吃的是剩面汤加窝窝头，营养不良，人显得又瘦又小。寒冬腊月，西北风刺骨，他赶着牛、背着柴从沟里往上爬。没有帽子，也没有棉鞋，捡来的半截毛巾连耳朵也遮不住，结果耳朵全冻烂了，手脚也冻裂了，走路一瘸一拐的。东家见他这样，说不行就回去吧。你父亲说来也倔，咬着牙硬是坚持了下来。好不容易熬到腊月，长工们从东家手里接过一年的工钱和一套新衣服，高高兴兴回家过年去了。看见别人都兴高采烈，我们哥儿俩却犯了愁——没有家，到哪儿过年去啊？"伯父长长地叹了一口气。

6

伯父的故事让保国和安国兄弟俩终生难忘。他们想了解父辈更多的经历，特别是父亲。

"你爷和你奶相继去世，你伯父和我相依为命，出去给人家当长工。那时候我们还都是娃娃，离得又远，相互都不能照应。日子过得异常艰难，但我们咬着牙，硬是挺了过来啊！"几天后，父亲来到了槐庄子，兄弟俩缠着不放，让他接着讲故事。

"我13岁那年进了马家堡的一户张姓人家打工。他是我们那一带有名气的大户人家，外头生意兴隆，家里土地成顷、骡马成群。最重要的是，张家老爷子是有文化的乡绅，知书达理，十分受人尊敬，就连县长、乡长都常来拜访他。张老爷子十分讲究仪礼礼节，对家里的大人小孩、男男女女都有严格的要求，偌大个家业被他管得井井有条。

"在张家，活儿虽重，但饭能吃饱，还是麦面馍。我一干就是三年。掌柜的见我憨厚老实，精明能干，有责任心，就让我当上了长工头。在张家的几年里，我不仅长了见识，掌握了各种农活技巧，还学会了为人处世的方法。张家的待人处事、仪礼礼节、家教家风在我心中留下了深深的印记。特别是张老爷子的言谈举止、待人接物，我处处留心学习，有意模仿，甚至把自己当成了这个家的一员，把给东家拉长工当作给自己家干活……人啊，无论干啥，要么不做，要么就干一行爱一行，可不能好高骛远、眼高手低。"父亲说到这里，看着安国、保国兄弟俩，语重心长。

"张家不只靠种庄稼致富，同时还经商呢。在张家打工的日子里，我非常喜欢他家成群的牛羊和那些高骡子大马，天阴下雨不忙的时候，别的长工都抽烟聊天或蒙头大睡，我总是情不自禁地跑到马房，摸摸这匹马，看看那头骡子，有时就帮喂牲口的老人干活，边干边请教饲养牲口的各种问题。老人和牲口打了一辈子的交道，对我这个勤学好问的年轻人非常欣赏，有问必答。有时候，他甚至主动给我讲授一些喂养牲口的诀窍，包括怎样处理小病小灾，手到病除。多年后，我成了梁庄塬上养牲口的行家，这位老人就是我的启蒙老师啊！

"在张家的三年，是我长进最快、最愉快的一段时光。其实，地主乡绅一般对长工还是不错的，不像有些人说的那样残酷。如果真是那样，有谁愿意死心塌地地给东家干活呀？"父亲说。

"可书上说地主富农都是坏蛋，没一个好东西啊！"安国有些不解地问。

"有的人坏，对长工比较刻薄，但大多数的东家待人还是很不错的，要不那么大的家业，谁来干活呀！"父亲说。

"大，听我伯父说，有一次你还差点参加了红军，是吗？"保国问。

"是的，有这回事呢。那时候，陕北红军在延安闹革命，轰轰烈烈。听说红军是给穷人打天下的，我们这些受苦的人都很激动。特别是年轻人个个跃跃欲试，想去参军。当时，我们几个要好的年轻人悄悄商量好，准备一起投奔陕北红军。

大家事先约好鸡叫前后在塔坪镇一个叫'敬德爷墩'的地方集合，那里有一棵大槐树，谁先到了在树底下插一根小木棍。那天晚上，我把一切都准备停当了，半夜时分，东家突然有事把我叫走了，等到天亮才回来。我匆匆赶到约定地点一看，其他伙伴已经在大树下插上木棍走了。"父亲说。

"真遗憾，要不我们现在就是红军的后代了呢。"保国说。

"那次去参军的人，听说后来都牺牲了，再也没回来。唉！不过，战争年代，我还是为革命做过不少好事呢。"父亲叹了一声，接着说。

"那个姓张的财东是个知书达理的人，我对他一直很钦佩。张老先生掌管家业，儿子在省城做生意。有一天，他儿子托人捎回了一封信，老先生打开一看便说儿子病了，立即吩咐家人准备行李，要去西安看儿子。

"张家人都觉得很奇怪，因为他儿子在信上并没有说生病啊！老先生执意而行，到了西安一看，儿子果然病了。儿子说：'大，我怕您操心就没告诉您，您是怎么知道的？'老先生说：'你虽然没有说生病，可我看你字迹无力，断定是在病中所书。'这件事使我很震惊：读书人真了不得，不仅能写字算账，还能从字迹上判断出写字的人身体是否有病，简直太不可思议了啊！从此，我就暗下决心，如果以后有了孩子，一定要让他们好好读书。后来，你大哥在县城读书的时候曾中途打退堂鼓，要回乡务农，我坚决不同意，这不，他就考到北京去了，学的还是洋文呢！这些年，咱家光景虽不是很好，生活困难，但你们兄弟几个只要谁愿意学，我都拼命地供，不惜一切代价！"父亲说完又装了一锅子旱烟，吧嗒吧嗒抽了几口，喷出一股呛人的烟雾来。

"你们兄弟8人，就老四没上过学。保国那时候不愿到学校，我和你娘想了很多办法都不管用。现在后悔了吧？"父亲看着老四问。

保国把头埋在两腿间，不愿抬起来看他。

"大，我好好学习哩！"安国望着父亲说。

"好！有能耐就给老子争一口气，像你大哥一样，考到北京去，给咱老田家长长脸！"父亲长嘘了一口气，脸上绽出一丝笑意。

"大，你在张家干到什么时候？"安国问。

"16岁那年，我离开了张家，告别了你伯父，徒步走出渭北高原，来到八百里秦川。平原的广阔令我心潮澎湃，宽阔的道路车水马龙，热闹繁华的景象令人目不暇接。平生头一回看到这么大面积的平展展的土地，以及形形色色的人，我才知道原来外面的世界如此之大啊！

"我在商贾云集的三原县落了脚，这里东出渭南到河南、山西，西通甘肃、宁夏，向北到陕北和内蒙古，南下西安，翻越秦岭后到达陕南和四川，是重要的物资集散地和贸易中心。各地客商你来我往，牲口、驮子川流不息，街上的店铺鳞次栉比，一家紧挨着一家，烟馆、戏楼、城隍庙热闹非凡。在三原的那段时间，我踏过棉花车子，当过磨坊磨面工，后来就在一家商铺当起了店员，渐渐步入了生意人的世界。

"那家商号主要经营药材，也经营一些其他商品。东家在乡下还有一个很大的庄园，庄园里有大片的土地和成群的骡马。我刚去的时候因为啥也不会干，只能给人家打杂，每天除了擦桌子扫地、端茶倒水，还给掌柜的拿衣服、提鞋、递烟，甚至刷痰盂、倒尿盆。我脚勤手快，眼里有活，不怕脏，不嫌累，掌柜的很快便喜欢上了我。那时候，我每天都要给他收拾屋子，有一次扫地时发现地上有几块铜钱，便捡了起来，掌柜的一回来就交给了他。后来我才明白，原来这是他有意丢下的，以考验我是否贪占小便宜。不久，掌柜的就不再让我打杂了，而是到柜台去招呼客人。

"那时候，在柜台做事的都是能写会算的文化人，他们看不起我这个大字不识、从山里来的农民，时不时地刁难我一下。多亏我记性好，账算得清，他们用算盘打，我就用心算，常常是我口报出来好一阵子了，他们算盘才打出来。后来他们打算盘的时候我就站在他们身后默默地看，没过多久，我也学会了打算盘。

"由于我对客人服务周到、态度热情，账算得又快又好，很少出错，老板开始赏识我，同事们不仅不再有意刁难我，还对我这个山里来的农民高看一眼，有事都愿意跟我商量。

"不知不觉间，我便成了他们的一个参谋。有一阵子，掌柜的带我到乡下的庄园去，那里原来管事的人因为家里有事回家了，让我去帮忙。

"这个时候我才知道，真正的东家就是住在这个庄园的一个30多岁的寡妇。那女人与一个十四五岁的女儿生活在一起。女人烟瘾很重，整日住在庄园里，从不去商号，各商号的掌柜都是按时来这里给她汇报工作。

"掌柜的把我带进庄园后,交给我的任务是经管马匹,我在张家打工时学到的饲养牲口的本事这时便派上了用场。那时候,我除了喂马,每天必须把马牵到外面遛一个时辰。其余的时间我就打扫院子,清理杂物。因为年轻,我感觉浑身总是有用不完的劲,每天从早到晚都闲不住,忙得不亦乐乎。天道酬勤,付出总会有回报。到了年底,我拿到的工钱和奖金比伙伴们多出一倍还多哩!

"有一天,掌柜的把我叫到他的屋子里,说是东家——就是乡下庄园里的那个寡妇——有意招我为上门女婿。这对很多人来说是打着灯笼都难找的美事,对一个从北山里出来的庄稼汉来说,更像是天上掉下来的馅饼。掌柜的万万没有想到我竟然婉言谢绝了。"父亲说到这里,哑然失笑。

"为啥呢?这么好的事情呀!"保国不解地问。

"为啥?因为我老家还有个受苦的哥哥呢!我在这里做了上门女婿,你伯父可怎么办啊?"父亲说。

"还有,上门女婿看似风光,实则寄人篱下,没有身份,以后有了孩子也不能跟你姓。这种华而不实的生活,不是我想要的。"父亲顿了顿,又说。

"在关中干了三年,我长了不少见识,学了不少本事,也挣了一笔钱。三年后,我回到了家乡,特意拜访了原来的老东家张先生。我把自己这几年的经历和所见所闻告诉了他,老先生听得很有兴趣,不时提一些问题让我回答。我们像朋友一样促膝长谈,非常投机。临别时,张老先生一直把我送到大门口。后来,他对家人说:'田玉成这小伙子这几年出息很大,将来必成大器!'"

"大,你给红军做过的那些事,能给我们说说吗?"安国还记着刚才的话题。

"好吧,说说就说说,让你们了解一下也好。那是1941年,国民党政府对陕甘宁边区加紧经济封锁,边区军民的生活极端困难。

"一天,我接到驻守在阳坡头村的陕甘宁边区警备一旅三团团长刘懋功的邀请,说是有事相商。

"刘团长见了我便开门见山地说:'现在敌人对我们封锁得很厉害,延安急需一批西药,请你来就是想和你商量一下,看能否通过商业渠道搞到。听说你经常跑西安,办事能力强,经验丰富,所以我们想请你辛苦一趟。'刘团长特意提到了一种叫'盘尼西林'的药,这种药对消炎、防止伤口溃烂有特效。有了它,可以救很多伤员的性命。刘团长亲自交代任务,我感觉到了责任的重大。那几年多次到西安、咸阳一带给红三团跑买卖，采购生活物资。当时西药是国民党政府管制最严的物资，一旦被抓，会掉脑袋的。

"那次西安买药是我为红三团跑买卖以来最冒险的一次。三团后勤处对我此行非常重视，特意安排了两个人与我同行。

"临行前，刘团长拍着我的肩膀一再叮嘱：'小田啊，一路上你们一定要多加小心，沿途各站都会有人暗中保护你们哩！'为了掩人耳目，我们三人赶了一群羊，佯装去西安卖羊。

"一路上我们走的都是山路，倒也没遇到什么麻烦。到了西安玉祥门，住进客店后，我们就把羊交给店掌柜去卖。每天一大早，城里的回民饭馆便会有人前来买羊。几天后，两个随行的三团干部中的一位因有别的任务先走了，另一位则在三原县等着接应他，买药的事便由我一个人去操办了。

"当时，我的公开身份是贩运布匹的商人。本来泾阳、三原一带有的是布，但为了进西安城，我只能舍近求远，特意跑到临潼去采购布匹，因为去临潼必须经过西安。那次从西安到临潼，我第一次坐了火车。由于所带现金太多，路上又不安全，我在西安买了一盒蓼花糖点心，把点心吃掉后，钱放在盒子里装好，随手一提便上了火车。到了临潼住进客店以后，我把点心盒子往墙上一挂，第二天便出门找经纪人买布去了。

"买好了布，我带着经纪人回到店里，从墙上取下点心盒子，打开付钱。那位见多识广的经纪人被我的这一举动吓了一大跳，说：'上午见你的时候我还在想，你买这么多的布，钱在哪里呢？没想到，你这人胆子也太大了，竟敢把这么一大笔钱往墙上这么一挂！'我淡淡一笑说：'能住得起店的人，谁会去偷一盒不值钱的点心啊！'那人想了想，点头称是。在临潼买好了布，顺利发往三原县，接下来就是重返西安买药——这才是我此行的重头戏啊！为避免在一家药店购买大量西药引起怀疑，在红三团的周密安排和暗中配合下，我分别在西安城内几家不同的药铺、以不同的身份和方式买齐了所需的西药。

"药买到手，仅仅是第一步，最关键的是如何把那些药带出城去。那时候，西安各城门都有重兵把守，进出城门的人要接受严格检查，像西药这样的违禁品更是排查的重点，非常危险。

"怎么办？正常情况下，要想把这批西药带出城外，几乎不可能。为慎重起见，我不慌不忙地来到各个城门口仔细观察，不露声色地向一些人打听出城的细节。

"一天，两天，丝毫找不到解决问题的办法。时间就是生命，多少伤员正在等着用药，必须尽快把这批药运回去。

"经过一番仔细观察，我发现那些当兵的对普通老百姓穷凶极恶，待有钱人阔太太便换了一副面孔，检查也不严。第三天一大早，我用几块大洋雇了一个年轻貌美的女子，打扮成阔太太的模样，然后又雇了一辆洋车，把西药重新包装了一番，伪装起来，捆绑在车底下的车轴中间。准备停当后我去了一趟理发店和澡堂，然后穿起长袍，戴上礼帽和墨镜，和那'阔太太'坐着洋车款款而行。到了西门口，我们大摇大摆地走下来，主动接受检查。当兵的一看洋车、阔太太、戴墨镜的，知道不是一般的老百姓，象征性地看了看，一挥手就让过去了。

"出了西安城只是第二步，要赶到红三团所在的边区阳坡头村，中间隔着几个县，还有许多关卡。在红、白交界地区，有许多国民党的便衣特务在活动，稍有差池便会前功尽弃，落入虎口。但事已至此，没有任何退路，只能硬着头皮一关一关地闯了。

"到了三原县城，我把西药拆开，分散裹在布匹里，小心翼翼地捆扎在牲口的驮子上，然后上了路。接应我的人则先行一步，在前面打探情况。经过几天几夜的奔波，好不容易赶到淳化县和旬邑县的交界处土桥镇，这时传来消息：旬邑县城和塔坪镇两个关口查得非常严，无法通过！

"怎么办？千辛万苦到了家门口，不能功亏一篑啊！

"办法总是人想的。我突然想起有一条羊肠小道可以到达清水塬。路上荒无人烟，山高水险，森林茂密，很少有人行走。我从牲口驮子里取出药品，把牲口和布匹寄放在一个可靠的人家里，自己背着那些西药，趁着夜色从土桥镇翻山越岭，走了一天一夜山路，到达清水塬——这里是红区，是咱们自己的地盘。在清水塬的一个悬崖边上，我用绳子把西药吊了下去。红三团接应的人早已在下面等着。直到这时，我才长长地舒了口气，总算不负使命，圆满地完成了任务啊。

"当晚的月光很好。药被取走后我才发现，深更半夜，自己被困在了悬崖边上。连日来精神高度紧张，几天几夜不停地赶路，吃不上饭，喝不上水，我的体力已经到了极限，浑身酸痛，疲惫不堪。

"我想尽快离开这个地方，双腿却像灌了铅似的，怎么也迈不开。真想好好睡上一觉,可是不行啊,在这荒无人烟的旷野里,到处都是狼群,一觉睡去肯定会被狼给吃掉。借着月光,我强打起精神,几乎是连滚带爬地下了山,赶在黎明时分进入河川,来到一个叫连家河的村子。当时我感觉自己的体力已经到达极限,于是摸进了一家人的牛圈里,倒头便睡着了。

"太阳升起的时候,我被前来赶牛的人惊醒了,感觉自己嘴唇干裂,又渴又饿。我向来人讨了一碗水,一口气灌下去,然后编了个谎说:'我得了病,腿肿得走不了路,麻烦给我雇上一匹牲口,把我送到上川的麻村。'那人见我如此狼狈,形容憔悴,拿着钱掂了掂,然后就照办了。麻村离阳坡头不远,到了那里,就等于回家了。"

"你把药物交给红军,他们咋就不管你了啊?"安国不解地问。

"怎么会呢!我立了大功,红军肯定不会撇下我不管的。第二天中午,我回到了阳坡头,刘懋功团长亲自到村口迎接我。刘团长说药物完成交接以后,红三团派出两路人沿着河川找我,结果我自己回来啦。我当时莞尔一笑,连说话的力气也没有。刘团长拉着我的手说:'你辛苦了!辛苦了!赶快骑上我的骡子去医院看病,好好休息休息啊!'

"后来,我又先后几次给红军采购物资,每次均有惊无险。红三团的领导对我非常信任,最多的时候我背了一袋子钱,回来报账的时候全凭一张嘴,要分文不差地对上账。三团的那些长官都佩服我的记性好,胆大心细,做事可靠。"父亲换了一锅烟,吧嗒吧嗒抽个不停。

兄弟俩被父亲的故事感动了。想不到看似平凡的农民父亲,居然有这么传奇的经历。

"为了给红军办事,我有一次差点丢了性命呢。"父亲说。

"有一次,我赶着两头骡子执行任务,晚上住在了泾阳县和淳化县交界的口镇。深夜,突然有人闯入店里,指名道姓要抓我。我闻讯一跃而起,这个时候,从前门跑已经来不及了。怎么办?不能束手就擒吧!我灵机一动,急忙往后院跑去。后院是一片菜地,有半人多高的围墙隔着。我越过围墙,就势蹲在了墙根下,顺手抓了一块煤砟子顶在头上。抓我的人搜遍了客店,搜到后院还是不见人影,感觉很奇怪。

"这时,我听见有人站在我身后叫喊着:'田玉成就住在这店里,怎么会跑了呢？这家伙是专门给红三团搞物资的！千万不能让他跑了！'他们把前院后院几乎翻了个遍，几次从我面前经过都没发现我。我屏息静气，直到脚步声渐渐远去，才跑了出去。

"后来才知道，原来带头抓我的那个人是三团的叛徒，他认识我。那个人曾担任过红三团三营的副指导员，叛变后专门在口镇一带帮国民党特务抓捕共产党员和给共产党办事的人，然后残酷杀害。那天我如果落在他们手中，肯定性命难保啊。"父亲说。

"后来呢？"安国问。

"后来我便决定不再漂泊，回到了槐庄子。那时候，你伯父在槐庄子养着一头牛，种着20多亩山地。我们决定在槐庄子创业。山上有一排破窑洞，我俩收拾了一下，盘炕、垒灶、垒山墙、做篱笆门，然后就住进去了。我用自己挣的钱添置了一些生活必需品，开始生火做饭。雨后土松，我们从沟里挖了一棵槐树栽在院里。这棵槐树后来枝繁叶茂，成了人们夏天纳凉、拴牲口和聚会的场所，也成了槐庄子的象征。

"我们兄弟俩鼓着一股劲种粮食，拼命地种。天道酬勤，那一年风调雨顺，打下的粮食大囤小囤放不下，只好放在无人住的窑洞里。

"看到这么多的粮食，你伯父突然呜呜地哭了起来。我们抱头痛哭，越哭越伤心。想起我们的父母，他们短暂的一生，都没见过这么多的粮食啊！他们要是能活到今天，看见儿子收获了如此多的粮食，该有多高兴啊！"父亲说到这里，眼睛有些湿润。他盯着远方，心事浩茫……

第四章

1

开春后，13岁的田安国开始在旬邑县塔坪中学读初中了。

在那个特殊年代，"学工学农"，学生除了在校上课，停课参加劳动成为一种常态。老师引用马克思语录说："体力劳动是防止一切社会病毒的伟大的消毒剂。"干活多少是次要的，主要是用这种形式来锻炼师生的劳动感情，反修防修，培养社会主义事业的接班人。

没有人对这种形式提出质疑，似乎所有的学生毕业之后，农村的广阔天地便是他们最好的舞台，没必要再去钻研什么文化课了。

干农活对于农村的学生来说不是什么难事，一些孩子干活的心劲甚至比学习还大。因为那时候，学校评比学生的优劣不是按学习成绩，而是按劳动表现。

安国因为个头比较矮，挖地、锄草、背庄稼常常落在别人的后面。

烈日炎炎，毒辣辣的太阳晒得人晕头转向，安国头上尽管戴着草帽，胳膊却被晒得通红，脸上的汗珠子下雨似的滴了下来，眼睛也睁不开。

午间休息的时候，大家坐在河滩的地畔上喝水，舒展腰身恢复体力。婆姨女子们不敢怠慢，扛着袋子拾猪草。男人们闲不住，把河柴拢在一起，放工的时候背回去烧火。河边水草茂盛，风一吹，绿茵茵地翻着波浪。一些孩子跳进河槽里开始打水仗，整个河滩立即便沸腾起来，成了孩子们的乐园。坡上一层层的梯田是新修的，一圈一圈直通塬上。一条弯弯曲曲的小路把沟底和塬面连接起来，成了梁庄的一条生产纽带。几头大黄牛甩着尾巴在河滩吃草，羊儿漫上了山坡，如闲庭信步。

那时候，安国虽然个头较小，但是很活跃。他担任班上的文体委员后，经常组织各种文体活动，有声有色，受到大家的一致好评。

除了爱好文艺，安国学习也很认真，成绩名列前茅。他谨记父亲的教诲：知识可以让你变得强大，可以改变一个人的命运。父亲说："不要贪图一时的热闹，嘻嘻哈哈不可能伴你一辈子，也不顶过光景。光阴一晃即逝，学习要趁早，等你错过最好的年华，后悔都来不及了。"

是啊，父亲虽然只是个农民，但他见过世面，经历过许多大风大浪。他说的话村里人都爱听，也因此受到人们的尊敬。

在安国看来，知识不但能够改变命运，更吸引人的是它能给人带来无限乐趣，让你活得更充实。农活干得再好，只能一辈子待在旬邑塬上，像老青驴一样地劳动，含辛茹苦，呕心沥血，忙碌如蜂蚁，卑微如草芥。

还在梁庄的时候，安国便是学校的名人了。作为文体委员，他不仅要负责全班的文艺活动，还要每天替老师收作业。那时候虽然整个社会学习风气都不好，但大多数老师还是兢兢业业地完成教学任务，认真批改作业。

当时的语文老师讲课方式很特别。为了活跃课堂气氛，他打破了传统的授课方式，喜欢与学生互动。比如教授古诗的时候，他提问："日照香炉生啥烟？"

学生异口同声地答："生紫烟！"

"遥看瀑布挂什么川？"

"挂前川！"

"飞流直下多少尺？"

"三千尺！"

"疑是银河落啥天？"

"落九天！"

同样，教授毛泽东诗词的时候，他也是采用这种方式。

"春风杨柳几千条？"老师问。

"万千条。"学生答。

"六亿神州怎么摇（尧）？"老师问。

"尽顺摇（舜尧）！"学生答。

……

无奈一些学生劳动很积极，就是不愿学习，当然也不愿意交作业。最为典型的便是那个喜欢偷菜的女人翠英的孩子，个个人高马大，十分不喜欢学习。翠英因为偷窃经常与人吵架，在梁庄及附近村落都颇有名气，有一次甚至被公社当作坏典型进行批判。批斗会上，人们指指点点地评论着，翠英却昂首挺胸，搔首弄姿，完全把这里当成了展示自己的舞台，回村后依然我行我素，该干啥还干啥，一点也没有消停的意思。直到有一天，她被安国兄弟装神弄鬼一顿吓唬，这才偃旗息鼓，安静了好一段时间。

每天，安国在班上收完作业，最后才来到翠英的两个儿子大牛、二牛跟前。大牛、二牛比安国大几岁，个子也比安国高出一头，块头也大。兄弟俩仗着人高马大，有一股子蛮劲，根本不把安国放在眼里。

作业收不上来，则说明文体委员不称职。有人让他反映给老师，让老师直接收这两兄弟的作业，安国认为不妥，原因有二：其一，他讨厌向老师打小报告；其二，大牛、二牛根本不怕老师。兄弟俩经常迟到，老师去找家长，被翠英一顿臭骂赶了出来。

翠英说："上学是费脑筋的事儿，我儿子一学习就头疼，你不让他们多睡一会儿，难道要学成脑瘫吗？再说现在是新社会了，人民当家做主人了，过上幸福的日子了，我儿子想睡到啥时候就睡到啥时候，你管得着吗？"老师很生气，于是罚大牛、二牛站在外面。翠英知道后，跑到学校把老师骂了个狗血淋头。从此，大牛和二牛的学习，老师就不管了。

"大牛，二牛，说，你们交不交作业？"当着全班同学的面，安国严肃地说。

"嘿！你算老几啊？老子就是不交，有本事向老师告状去！"大牛霍地站了起来，居高临下，牛眼大瞪，咄咄逼人。

"你还是不是男子汉？"安国问。

"呸！老子不是男子汉，难道你是啊？哈哈哈！"大牛笑得浑身乱颤。

"男子汉可是说话算数的。"安国并不激动。

"那当然，有话就说，有屁就放，别转弯抹角，老子可不吃这一套哩。"

"你是男子汉，敢跟我比吗？"

"比什么？"

"比上树，看谁爬得高。"安国望了一眼学校外面的一排白杨树。杨树高大挺拔，直耸云端。

大牛、二牛对望了一眼,又看了看安国,见他那么瘦小,不由得笑了起来。

"就凭你?"大牛睨视着安国,鼻子哼了一声。

安国点了点头。

"说,赌什么?"

"谁输了,就脱光衣服,在学校跑一圈。"

"你能赢吗?"大牛忍不住笑了。

"敢不敢?"安国说。

"嘿,跟你比学习,老子肯定不行。爬树俺可是行家里手,长这么大,还没输过呢!"

"二牛,咱们一起来?"安国用挑衅的目光望着二牛。

"来就来,谁怕谁啊!"二牛显得满不在乎。

"一言为定。全班同学做证!输了抵赖就是小狗,跪着学狗叫,脱光绕村子三周!怎么样?"

"好!"同学们一片叫好。

比赛开始了。班长一声哨令,安国、大牛和二牛每人搂着一棵白杨树,开始往上爬。

大牛铆足了劲,嗖嗖往上蹿,二牛也不甘落后,安国落在了后头。

"安国,加油!安国,加油!!"同学们站在树下,大声地喊叫着。

在同学们的呼喊声中,大牛兄弟速度依然不减。安国速度虽然有所提升,但依然落于下风。

"安国,加油!安国,加油!!"同学们喊得声嘶力竭。大家都希望安国能够取胜,杀杀大牛、二牛的嚣张气焰。

随着距离地面越来越高,大牛、二牛速度均有所减缓。因为越接近树的顶端树干越细,爬着爬着,树干开始晃动起来。这时,安国已经追了上来,与他们的位置几乎不相上下。安国因为身材相对瘦小,攀着树身又往上爬了两个枝节,比大牛兄弟高出两个身位。大牛兄弟俩自然不愿认输,但由于他们体型相对庞大,每往上爬一下,树身便剧烈地摇晃,树上的人便摇摇欲坠,最后只好作罢。

"愿赌服输,脱吧。"三人下到地面以后,安国平静地说。

"这个不算。"大牛梗着脖子,不服气。

"为啥不算？"安国说。

"爬到树梢晃了起来，不能再爬了，所以不算。"二牛说。

"那咱们再赌一回，咋样？"

"赌啥？"

"赌摔跤。谁输了就要兑现刚才的承诺。"安国说。

"跟谁？跟你吗？！"大牛兄弟扑哧笑了。

安国认真地点了点头。

"这个不行，大家会说我欺负你哩。"大牛摇摇头。

"咋，怯火了？"安国笑着说。

"好！那我可就不客气了。不过安国，咱丑话说到前头，摔疼了你可不许哭啊！"大牛摩拳擦掌，跃跃欲试。

"同学们可以做证。这回谁输了可不能再食言啊！"安国退了一步，也做好了摔跤的准备。

比赛开始了。大牛一个饿虎扑食冲了过来，安国一闪，脚下使了个绊子，大牛没刹住，一个马趴倒在地上。

同学们哈哈大笑。

"这回不算，我还没准备好呢。"大牛很快便爬了起来，再次拉开架势。

安国主动出击，抬脚踢在大牛的腰上。大牛一闪，双手去抓安国的腿，安国一挫身，一个扫堂腿踢了过去，大牛打了个趔趄，安国顺势用力一推，大牛一屁股坐在地上，疼得龇牙咧嘴。

"好！安国赢了！"大家一片欢呼。

"这算啥本事呢！"二牛看了，颇有些不服气。

"不行你也上，摔倒我也算数。"安国小时候在槐庄子时，伯父曾教过他几招摔跤的技法。伯父说摔跤贵在避重就轻，声东击西，出其不意，如果跟对方拼蛮力，胜算不大。

二牛吸取了哥哥失败的教训，一上来便抓住了安国的肩膀，狠劲往地上摔。安国差点被他晃倒，猛地一挫身，抱住二牛的一条腿便往上掀。二牛身子失去了平衡，摇晃着撤了几步，最终还是倒在了地上，比哥哥摔得更惨。

"好，好！"现场又爆发出一阵欢呼声。

"怎么样？这回该兑现了吧？"安国笑嘻嘻地看着对方，目光坚定。

大牛兄弟俩满脸通红。他们相互瞥了一眼，在全班同学的注视下，开始慢腾腾地脱衣服。

那是秋天，大家都穿着夹袄，脱掉之后，里面就剩了背心。

很快，上面就脱光了。

同学们一片叫好。

"安国，能不能不要再脱了，再脱……可就……露馅了……"裤子脱掉后，里面就剩了内裤。大牛脸颊通红，讷讷地说。

"脱！脱！说话不算数，要不要脸啊？"一群男孩跟着大声起哄。

"大牛，二牛，你们还是不是男人？"安国目光咄咄逼人。

"安国，你看，能否换一种方式？这么多同学，多丢人啊！"大牛早已没有了刚才的威风，可怜巴巴的样子，让人想笑。

"那好，给你们换一种玩法——去沟里挑三担水上来。"安国说。

"成！挑水就挑水！"大牛二牛立即穿好衣服，回到房间拿起两个木桶就下沟去了。

沟底的泉水距离塬面少说有五六里地，山路崎岖陡峭，挑着水很难行进。兄弟二人气喘吁吁，汗如雨下。

"两担了，还能挑吗？"看着兄弟二人上气不接下气的样子，安国笑嘻嘻地问。

"好兄弟，换……换一种方式吧。再挑，就虚脱了呢。"大牛明显底气有些不足了。

"那好，背唐诗，怎么样？"

"不……不行。这个你知道，我们不会。"

"成语接龙，咋样？"

同学们哈哈大笑。兄弟二人尴尬地摇摇头，样子很无奈。

"比背毛主席语录！"大家异口同声地说。

"这个……可以试试。"大牛自恃背过许多毛主席语录，跃跃欲试。

"错了可是要惩罚的哟。"安国说。

"怎么罚？"二牛问。

"喝凉水！谁错一句喝一碗凉水。"安国看着地上的两桶水说。

比赛开始了。同学们拿着《毛主席语录》提示一句开头,要求他们把剩下的语录背诵完。

大牛兄弟一开始还不错,一人只错了一句,端起凉水咕咚咕咚便灌了下去。安国则每句全对,不用喝。

接下来的背诵兄弟俩频频出错,凉水一碗接一碗地灌了下去,到后来,兄弟俩肚胀如鼓,直翻白眼,哇哇全吐了出来。

"算啦,别喝了!脱光衣服学狗叫,绕着村子跑三圈!"看着兄弟俩狼狈不堪的样子,安国狡黠地笑着。

"安国,好兄弟,还有别的选择吗?"大牛一肚子的凉水全吐完,已经虚脱了,众目睽睽之下,他看着安国,几乎是苦苦哀求了。

"裸奔,或写作业,你们自己挑选吧。"安国把坑挖得很大,终于回到了正题上。

"嗯……写作业——可是我们真的不会呀!"大牛瞪着一双无辜的眼睛,有些不知所措。

"只要你们愿意写,不会,我可以教你们呀!"安国说。

此后的一段时间里,大牛、二牛开始交作业了,令老师十分诧异。他们的母亲知道后,专门蒸了两个大红薯到安国家来致谢。

翠英说:"好我的安娃哩,这两个混世魔王我一点办法都没有,你能把他们带到正路上,不简单啊!他俩以后要是有了出息,婶子会重重地谢你呀!"

事情达到如此的效果,是所有人没想到的。大家都夸安国鬼精,有办法。

安国笑着说:"也不看看我是谁,嘿嘿。'怪猫'岂是浪得的虚名?哈哈哈!"

2

初一下半学期的时候,田安国的班上来了一位年轻的班主任老师任杨。他体型高大,踌躇满志,一心想把这个班打造成全校的样板。

那时候,安国所在的班是全校出了名的"文艺班",经常编排一些文艺节目在学校演出,受到全校师生的关注。安国编排的小品节目《拉车》曾在全县中学文艺比赛中获优秀节目奖,受到领导的高度赞扬。

任老师来的时候,安国正在组织学生排练革命样板戏《智取威虎山》里"打进匪窟"的一折戏。大牛饰演的座山雕总是不入戏,不但忘台词,还时不时笑场。安国决定让另一位同学替换他,大牛说什么都不同意,要求安国再给他一次机会。安国让他好好排练,把台词背熟。

演出的那天,剧本规定是——座山雕:"脸红什么?"杨子荣:"精神焕发。"座山雕:"怎么又黄啦?"杨子荣:"防冷涂的蜡。"扮演杨子荣的那位同学可能由于太紧张,这段对话的台词变成了——座山雕:"脸红什么?"杨子荣:"防冷涂的蜡。"大牛扮演的座山雕一时没反应过来,照问不误:"怎么又黄啦?"扮演杨子荣的同学一听,第一句说错了,又不能收回,遂现编词儿:"又涂了一层蜡!"接下来该怎么说,大牛和那位同学面面相觑,结果就卡住了。

安国急得抓耳挠腮,示意接着往下演……

那时候,全国各地都在排练革命样板戏,其实类似这样的情况,时有发生。有一次,县剧团来塔坪镇演《智取威虎山》,镇上没电,就用砸炮。演到杨子荣枪毙栾平,唱完那段"快板"后一把勒紧栾平举枪就打。后面铆足了劲砸下去,臭炮,没响。那位扮演杨子荣的演员不愧见多识广,临场发挥,他又说了一句"我代表人民",又一挥枪,没响。演员急了,说:"我代表党!"再举枪,结果还是没声。总不能这么老耗着呀,那个扮演栾平的演员后脖子都快被勒断了。扮演杨子荣的演员灵机一动,一脚把栾平踢了下去,骂了一声:"去你妈的!"转身插枪入腰间。

后台看也没看,砰的就是一下,这次响了!结果不偏不倚,正打在"杨子荣"的命根子上面,疼得他当即便倒在地上……

那时,除了学校,各村各队也在排练革命样板戏。梁庄队长听说安国在学校排戏有经验,便让他带领村民排练《红灯记》。经过一段时间的紧张排练,演出的那天晚上,安国特别操心,因为演员大都比较紧张,对他们来说,唱革命样板戏都是大闺女坐轿——头一回。

越是这样越容易出错,在演出《红灯记》第六场"赴宴斗鸠山"的时候,有一段应该是日本宪兵上场向鸠山队长报告:"报告,李玉和他宁死不讲!"可是扮演宪兵的二牛匆匆忙忙上场就来了一句:"报告,李玉和他招啦!"安国的脑袋嗡的一声就大了,狗日的,这二杆子,今天第一次演就砸锅了!

不料饰演"鸠山队长"的田保国并没有慌,只见他稍一愣神,随即把桌子一拍："放屁！共产党宁死不讲，再审问！"安国的一颗心轰然落地，细看台下竟没有一个人注意到这个细节，这才释然了。

同小学相比，中学的课程也不多，学生大部分时间不是学习，也不是搞校园劳动，而是排练文艺节目。那时考量各学校的指标不是教学质量，而是文艺活动开展得是否红火、是否热闹。当然，如果有节目能够在县上得奖，自然是最风光不过的事情了。

任老师到来后，对班上的文艺活动非常重视。参加文艺演出的学生每天除了上课就是排练节目，周末也不能休息。这种情况下，距离学校比较近的同学还可以接受，离家远的住校生就吃不消了。

那天下午，任老师在放学前要求班上参加演出的人员周末不放假，由田安国负责组织大家排练新节目，而他则骑着田安国的自行车去会在梁庄当教师的女朋友了。

当时许多学生都是住校生，周末回家带一周的干粮，到了星期六大家已是弹尽粮绝，怎能熬到周日晚上同村同学把干粮带来呢？

常言道："人是铁饭是钢，一顿不吃心发慌。"同学们肚子咕咕叫，心慌意乱，怎么排练？

熬了一个晚上，第二天一早田安国便自作主张放大家回家去了。反正老师会女朋友去了，周一早晨才能回来。

结果老师不知何故，突然在礼拜天上午回到了学校！

安国知道这下捅了马蜂窝，因为老师临走之前一再叮嘱，要他们抓紧时间排练节目。

班主任任杨找到田安国，火冒三丈："田安国，你为啥把学生都给放了？"

安国说："任老师，大家都没饭吃了，饿得发慌，排练无精打采，不如放他们回去带来干粮，然后我们抓紧时间排练。"

班主任说："一顿饭不吃能饿死吗？时间这么紧，分秒必争，你倒好，把人给我放羊了！去，马上把人找回来！"

"这个我做不到。"安国见老师盛气凌人，不讲道理，倔脾气也上来了。

"做不到咋有本事把人打发了呢？你不是很能干吗？咋就叫不回来呢？田安国，我告诉你，现在是上午10点，限你12点之前把人都给我叫回来，否则拿你是问！"老师指着安国的鼻子，情绪很激动。

"他们都住得那么远，怎么可能在两个小时之内回来呢？这个我做不到！"安国的口气也很强硬。

"做不到就不要干了！"老师大声地咆哮着。

"不干就不干了，谁稀罕谁干去！"安国瞥了老师一眼，扭头便走。

"你给我站住！——哟嗬！翅膀硬了，有了点成绩尾巴就翘上天了？田安国我告诉你，地球离了谁都照样转，你不要以为班上的文艺活动离了你就不搞了！"

"那好啊，你让别人去搞不是更好吗？"

"我撤了你的文体委员！"

"撤吧！早就不想干了呢！"

"你！你……好吧，田安国，咱骑驴看唱本，走着瞧！我就不信我任杨还治不了你啦！"老师脸色惨白，气得说不出话来。

第二天一大早，班主任任老师便在班上宣布了撤销田安国文体委员职务的决定，文体委员的职务由另一位同学代理。

安国与老师的关系降到了冰点，情况很尴尬。

周末如期而至，有一件事情是任老师疏忽了的，那就是田安国的自行车。没有这个他无法到达梁庄，无法见到他日思夜想的女朋友。而这个班上，只有田安国有自行车。老师曾授意一位同学找到安国，说只要给班主任赔个礼道个歉，把自行车借给老师，就可以既往不咎，恢复安国文体委员的职务。还有一个原因，另一位同学上任后节目排练得一塌糊涂，令任老师焦头烂额，一筹莫展。

"不，你告诉任老师，我田安国不稀罕！还有，我要回家，自行车不能借给他了。"

冷战就这样拉开序幕。任老师处处找安国的麻烦，田安国沉着应对，显得不急不躁，令任老师十分恼火。

周末的时候，任老师不得不提前守在路上，等待去往梁庄的拖拉机或者其他便车，有一次竟步行几十里，结果路遇大雨，浇得落汤鸡似的，回到学校便感冒了。另外，这位班主任老师还有一个嗜好，喜欢晚上给班上漂亮的女同学补课。补课的时候喜欢紧紧地靠在女同学的身后，手把手地教，有时甚至把脸贴在女同学的脸蛋上，样子十分猥琐。

最初是二牛把这个情况告诉了安国,安国虽然发现任老师看漂亮女孩的时候有些色眯眯的,但不相信他会那么放肆。直到有一天晚饭后,二牛神秘兮兮地拉着安国来到任老师的窗前,用唾液弄破窗户纸往里看——眼前的一幕令田安国目瞪口呆:只见任老师紧紧地搂着女同学,不要命地把嘴往女同学的脸上凑。女同学面红耳赤,极力地躲避着……安国用力地咳嗽了一声,任老师大声问:"谁?"二牛连忙拉着安国逃开了。

"必须阻止这样的事情继续发生!"安国说。

"人家是班主任,你咋阻止呀?"二牛显得有些无奈。

"这样,把你哥叫来……"安国如此这般地交代了一番。他们一个在老师房间的前门附近,一个在后窗周围隐蔽着,不时用土块砸老师的门或窗,直到看着女同学从老师的房间走出来为止。

一转眼,两年的初中学习生活结束了,在班上一直担任文体委员、学习成绩优秀的田安国竟没有被推荐上高中。

安国的父亲找到学校,学校给出的理由听起来有些荒唐可笑:由于田安国的两个哥哥先后都上了高中,这次轮也该轮到别人了!

同时没被推荐上高中的还有大牛和二牛兄弟俩。据说班里同学民主推荐,安国的排名在前十位,而他没有被推荐上高中的真正原因则另有隐情。

原来他们的那种"护花"行为早已被任老师发现,任老师铁了心不让田安国上高中!

3

初中毕业,没有被推荐上高中,15岁的田安国只能回乡参加劳动,变成了一个农村小社员。

那个年代,正赶上农业学大寨运动在全国如火如荼地进行着,他们那些小娃娃和村里的成年人一样,早晨5点左右就得起床参加劳动,而且不论男女老少,每人每天十方土的任务,雷打不动。

所谓十方土的量,即不但要挖开十方土,还要用架子车把土拉到几十米开外的地方。

红旗漫卷,歌声震天,所有生产队向大寨学习,在山坡上造人工梯田,誓把渭北高原变成小江南。由于缺乏营养,十几岁的安国又瘦又小,每天起早贪黑,与成年人一样承受超负荷的工作量,感觉真吃不消。

北风凛冽,地冻山瓷,安国一镢头下去,震得虎口开裂,鲜血淋漓。手被冻肿了,耳朵冻烂了。母亲说:"娃呀,实在不行,就让你大给队长请个假,休息几天吧。"安国说:"娘,我能坚持得住!"

一段时间后,他感觉自己已经适应了,每天不用父亲帮忙也能完成自己的土方量。后来,社员们都喜欢与他做搭档,因为他虽然人小,但不会偷懒,干活井井有条,有板有眼。

那时候,生产队白天干活,晚上还要开会学习,斗私批修。

一天晚上,队长梁三根据县委和公社的指示,要社员们狠狠批判"今不如昔"的反动谬论。可是会开了大半夜,没有一个人发言,因为大家都觉得的确是今不如昔嘛,怎么批判?

梁队长没有办法,只好启发大家说:"怎么会今不如昔呢!金子多少钱一斤?锡多少钱一斤?"社员们一听,纷纷说:"真是胡说八道,金子肯定比锡贵嘛!"大家哈哈大笑。梁三恼羞成怒地说:"不准笑!谁笑谁就是反革命!"社员们捂着嘴,都不敢笑了。

在一次群众大会上,有人领呼口号:"毛主席的话一句顶一万句!"几百人的会场内,众人齐齐呼应。但第一排一个头发花白的老汉却频频摇头,嘴里嘟嘟囔囔,似乎并不认可。

梁队长看见大怒,吩咐几个民兵:"把那个摇头晃脑的反动分子抓起来!"早有准备的民兵手脚麻利地抹肩头,拢二臂,将老汉抓到批斗台上,口中直呼:"打倒反革命!"梁队长正襟危坐,怒目圆睁:"你胆敢不承认毛主席的话一句顶一万句,简直就是反动透顶!"

老汉挺直脖子,连呼委屈:"冤枉啊,我并无此意!"

"那我说话时你摇头什么意思?"

"我只是想说,主席的话一句顶一万句,何止啊!"梁队长闻听大吃一惊,连忙离座,亲解其缚,双手扶起,连连道歉:"误会了,误会了,没想到对毛主席的话我领会得还没您深呢!"

这样的闹剧在当时时有发生，并闹出许多笑话来。

"文革"到了20世纪70年代初期，农村的地、富、反、坏、右基本上已经被打倒了，剩下的被集中起来在村里扫大街加以羞辱。

眼看造反派们就要失业，不知哪位"智囊"人物突然想起了各村各乡的"能成人"，这些人既够不上地富之类的阶级敌人，也不是什么现行反革命，他们的特点是：爱在外面跑生意，且大多不服从生产队干部的指挥，有的还经常给那些造反派头头们出难题，使那些掌权的"新贵"们很是头痛。于是各公社先后办起了声势浩大的"学习班"，除了早已挂上号的老走资派以外，还吸收了大量的"新鲜血液"。他们给这些各乡各村的"能成人"戴上"投机倒把分子"的帽子，送进学习班进行改造。

梁庄有两个人被当作典型抓了起来。这两个人一个是梁五宝，另一个便是田安国的父亲田玉成了！

梁五宝的故事有些奇葩，我们先说说他吧。

一个人一生坚持自己某一种观点很不容易，而一个没有文化的山区农民要做到这一点就更不容易了。

塔坪镇梁庄的梁五宝就是这样一个人。

从20世纪50年代初开始，中国农村掀起了走集体化道路的一个又一个高潮：从互助组、初级社、高级社，一直到人民公社。梁五宝拒绝入社，坚持单干，几乎和集体化对着干了一辈子。

他长得又瘦又小，却很精干，一双小杏仁般的眼睛让人捉摸不透。五宝脑后留着辛亥革命剪掉辫子后的短发，一年四季戴着一副水晶石硬腿墨镜，身穿青黑色洋布裤、褂，脚蹬一双黑灯芯绒千层底布鞋，屁股后面吊着个旧式的眼镜盒子。这副打扮好像是旧社会的私塾先生，或者乡间的小商人，就是不像农民。可他确实是个农民，地地道道的农民，而且出身贫苦。

五宝年轻的时候结过一次婚，妻子不幸早逝，给他留下一个女儿。父女俩相依为命过了那么几年。后来女儿出嫁，梁五宝后半辈子便形单影只，孑然一身。

农业合作化运动使农民的生活和命运发生了重大变化，原来一家一户所耕种的土地一夜之间划为公有，所有的农具、牲口都归了集体。

在这场运动中，梁庄的农民不管情愿不情愿都入了社，只有梁五宝没有入。

他在村子里似乎没有多少土地，也没有像样的农具和牲口，只有两口窑洞和三间厦房。

按说入社对他来说并不吃亏，可他就是不入。他不入社的理由很简单，他说："亲兄弟长大以后都很难过在一起，免不了要另起炉灶单过，现在把一村人弄在一起，只能使人变懒，到头来缺吃少穿，大伙儿一起受穷哩！"他坚信自己的这一看法，不管是哪一级干部，不管用什么词儿向他宣传，都说服不了他，动摇不了他的信念。最后他干脆离开村子，躲进了梁家岭。

梁家岭位于梁庄东南方向，中间隔两条河、一座山，将近20华里山路。梁家岭本身也是一座山，它的东边是塬上最高的一座山，名叫石门关，北边是陕甘交界的子午岭山脉。当地流行着这么一句话："先有梁家岭，后有梁庄。"梁庄的主要居民姓梁。传说很早以前，梁姓的祖先为了躲避战乱和灾荒，带着一家人逃进了这片山林，开荒种地，繁衍生息。多少年以后，梁氏家族在这里兴旺起来，人口增多了，积累了不少财富，主要是牲口和粮食，于是把这座山命名为"梁家岭"。但这梁家岭并不是人生活的理想之地，首先交通不便，信息闭塞，更要命的是水不好。不知道水中缺少什么元素，长期饮用，小孩长不高，而且关节容易肿大变形，轻则走路一瘸一拐，重则瘫痪。

梁姓的祖先们不满足于在这偏僻的山沟里过吃饱穿暖的生活，为了自身的发展，他们开始寻求更为理想的生存之地。不知何年何月，他们终于找到了现在的这个村子——一块三面临沟、一面靠塬的扇形小平原。梁氏家族迁到梁庄以后很快就发展起来了，到现在已经有300多户人家，但他们并没有忘记和丢弃梁家岭，一代又一代的梁姓农民们依然经营着那里的土地，只不过变换了方式。为了躲避那劣质水源对后代的危害，不让妇女和孩子在那里长期居住。农忙时节，青壮年劳动力上山播种或收割，农闲时则回到梁庄。因此，后来梁家岭长住居民越来越少。

梁五宝回到了梁家岭，开始了他的自给自足的单干生活。梁家岭荒地有的是，只要勤快，随便找一块地，拾掇拾掇，种上麦子、玉米、谷子或者蔬菜什么的，很快就会有收成。祖先所留下的那一排排窑洞还在，稍微收拾一下，添置点家具和生活用品，就可以过日子。梁五宝又是个种田能手，播种、施肥、除草、收割、打场、脱粒，样样都在行。他心里明白，这是实实在在为自己干活，这地里长出来的每一棵庄稼都是自己的，所收获的每一粒粮食都将归入他的粮囤，所以干起活来格外卖力。

很快，梁五宝的粮囤冒尖了。粮食，粮食，有了粮，才有"势"，农民有了余粮，那就有了实力和财富。毛主席老人家不是也说过"手中有粮，心中不慌"吗？

梁五宝有了粮食以后，小日子过得有滋有味。尤其是三年困难时期粮食特别紧张的时候，梁庄的村民们每人每天只有二两粮食，人称"吊命粮"，即勉强维持生命的一点粮食，一个个饿得面黄肌瘦，而梁五宝则顿顿有白馍、细面，隔三岔五还能吃上肉。面对梁庄前来收庄稼的公社社员——个个饿得面黄肌瘦，红光满面的梁五宝端着一碗油泼辣子面条，津津有味而又十分得意地嚷道："没有油泼辣子怎么能吃得下饭呢？"

梁五宝在梁家岭不仅吃香的喝辣的，而且还用粮食换回当时紧俏的商品：上等的棉花、雪白的羊毛毡、软缎被面、手电筒、马灯、暖水瓶、搪瓷餐具等。这些东西一下子给他那间窑洞增添了不少光彩，而且他还常常以此向住在塬上的社员们炫耀。

有一次，他向几个朋友说："我将来死了以后要带着两样东西去见我的祖先——暖瓶和手电。我要让他们知道，这些玩意儿不仅他们没有见过，就是现在活着的人能用得起的也不多。国家干部用的这些东西呀，我梁五宝全有呢！"他在用这种自我陶醉的方式来炫耀他的成功，同时也嘲笑一天比一天穷的生产队的社员。

梁五宝的性格相当古怪。如果你想成为他的朋友，你首先必须是村上出类拔萃的人物。一般的老实农民，他难得正眼瞧上一眼。在村上，梁五宝能上门吃饭并住上几天的只有几家人，这些人在村上多少都有些名望。说来也怪，这些人也把这个蛰居在山里的老光棍奉为上宾。不管谁和梁五宝交往，必须处处顺着他，使他高兴，而他一高兴，对你也特别实在。他不知何时从何处购得两桌上等青花瓷餐具，当好友的儿子结婚时，便翻山越岭将这两桌餐具从梁家岭担回梁庄。结果，这两桌餐具在婚礼上大放光彩，使所有的客人啧啧称奇。老人们都说："自从合作化以来，村上大大小小办过不少婚事，从未见过这么好的瓷器。就是在旧社会，也只有本村大财主家的梁老太爷才有这样的上等瓷器呢！"梁五宝听在耳里，美在心里，似乎此时此刻的他就是梁庄的"老太爷"。

在梁五宝那间破旧的窑洞里，不仅收藏有上等的瓷器，还有古老的铜水烟袋，还有一把连县里当时最大的饭馆也没有的大炒勺——铜的，还有当时只有在县城工作的妇女才用得起的香皂、雪花膏等护肤品——他竟然也常年使用。每当有人去看他时，他便会向你介绍，它的味道多么香多么好闻，使用起来又滑又润，舒服极了。

光阴荏苒，梁五宝继续和人民公社对抗着，过着他自认为什么都比别人强的小日子。可他始终没有能力为自己找个女人。并非他对女人没什么兴趣，相反，他一生谈论的主题大都和女人有关。走在路上，看见年轻的女性就两眼放光，容光焕发，想尽一切办法去套近乎。梁五宝把和女人说话看成是最大的享受。

由于他在村上辈分高，许多年轻人都管他叫"爷"，这种身份给他和年轻的女人们开玩笑提供了方便。梁五宝每隔一段时间都要从梁家岭回到梁庄，再到塔坪镇去赶集，除了买一些日用品以外，最重要的是热闹的集市上女人多，他可以大饱眼福，满足对异性的渴望。

三年困难时期，甘肃饿死了不少人，许多年轻的妇女纷纷逃荒来到了陕西，饿极了的女人不讲什么条件，只要谁给一口饭吃、有粮食，就可以嫁给谁。梁庄虽然也缺粮食，但还没到饿死人的地步，有能耐的还可以到山上去倒腾点吃的。村里那些三十来岁的老光棍一个个都讨上了"甘肃客"媳妇儿。

有几位好心人也为梁五宝物色了一位中年妇女。这女人长得很俊秀，大大的眼睛，瓜子脸，身材匀称，要不是遇上这要命的灾年，打死她也不会嫁给梁五宝的。女人还带着两个孩子。做梦都想着女人的梁五宝欣喜若狂，这下他不仅有了老婆，还有了孩子——这才像一个真正的家啊。可是，灾荒年间，不管大人、小孩，饭量都大得出奇，梁五宝往常磨一斗麦子能吃一个月，如今来了这母子三人，五天就把他一个月的粮食吃光了。不到两个月，他就着急了：这么吃下去，他那点余粮一个春天就见底了。

梁五宝心里虽然着急，但这女人给他带来的甜蜜和家庭温暖又使他难以割舍。半年以后，梁五宝一看粮囤，慌了——那粮囤都快见底了。他心里清楚没有粮食意味着什么。没有粮食，他梁五宝拿什么在人面前炫耀？没有粮食，他拿什么去换那些紧俏商品和稀罕玩意儿？权衡再三，他终于痛下决心，送走了那母子三人。

据说分别那一天，这个临时家庭的四名成员痛哭了一场。女人十分感激梁五宝在最困难的年月收留她们娘儿仨，那两个孩子还趴在地上给他磕了几个头。

望着娘儿几个下山渐渐远去的身影，梁五宝悻悻地回到那间破窑洞，好长时间都没有缓过神来。后来的事实证明，梁五宝的决定是正确的。三年困难时期过后，村里那些"甘肃客"大部分都回去了，因为他们在原籍都有丈夫、孩子和父母。

梁五宝依然过着他的单身生活。长期的单身生活使他养成了一些怪癖。每到夏天，当地农民们差不多都要买一顶草帽，一可以遮阳，二可以挡雨。这草帽经过一两场雨以后就变成了黄褐色，可梁五宝那顶草帽戴了两年还光鲜如初，令人大惑不解。

这个秘密有一天终于揭开了。

一次，梁五宝赶集回来的路上，天下起了雨，只见他取下草帽，用衣服包起来，夹在胳肢窝底下往村里跑。过路的男女老少忍不住捧腹大笑。

在梁家岭，梁五宝一个人睡一个大炕。客人来时，他把客人安排在炕上睡觉，并拿出他那心爱的羊毛毡和软缎被面，自己却在地上铺上麦草，盖一床破被子睡觉。梁庄人看到的梁五宝总是身穿一身黑色洋布裤褂，身上一尘不染，但回到梁家岭后的梁五宝则形同乞丐，经常光着脚、赤着身子干活。村里人都说他每次回村的时候，总是在路途上一个固定的地方换衣服，把山里人那副行头放在一个石板下，把那套"礼服"换上，然后大摇大摆地向村口走来，返回的时候再在同一个地点换回来。

有一年春天，田保国带着一拨和他同龄的小伙子上梁家岭种地。当时人们的生活相当困难，许多人带的干粮就是高粱米或者玉米面做的饼子，又黑又硬，就这个还不能放开肚皮吃，干活时还必须再挖点野菜，煮点稀粥来充饥。每当夜幕降临，大家吃着野菜窝头的时候，梁五宝便会端着一个大海碗走过来，里面盛着又白又宽的面条，上面放着许多油泼辣子和葱花，看得一帮年轻人直流口水。更可气的是，他边吃边说一些刺激人胃口的话，什么"没有油泼辣子怎么能下饭？""一个月不吃两回肉就馋得难受呀！"等等。保国看不惯他那嘚瑟的样子，好几次都想冲上前去把他的碗打掉，终是忍住了。

那一年的春天旱情严重，好不容易种上的庄稼眼看着要枯死，大家心急如焚，惶惶不安。晚饭后，只听梁五宝站在破窑洞前大声喊道："这下好了，如果再旱上三个月，就有人把他妈给我领上来了。"这种幸灾乐祸的话如果出自他人之口，一定会有人冲上去给他一个嘴巴,梁五宝这样说,大家只是一笑了之。人们对他那怪诞的荒唐举动已经见怪不怪了。

然而这一次,梁五宝大喊大叫后,不但没有人把他妈领来陪他睡觉,反而招来了几个荷枪实弹的民兵!

4

那段时间,各地都在举办学习班,专门整治各类"牛人"。一天,有人向上级告发,说梁庄大队有严重的资本主义倾向,其代表人物就是梁五宝,他一直没有入社,一直在偷偷摸摸地单干,而且对社会主义集体化一直心怀不满,经常说社会主义的"怪话"。领导一听,这还了得!简直比地、富、反、坏、右还猖狂呢!于是民兵们像执行战斗任务一样直扑梁家岭。谁知他们竟扑了个空,因为早有人给梁五宝通风报信,等民兵们赶到时,他已逃得无影无踪。

其实梁五宝的另类尽人皆知,但这么多年竟一直没人举报——尽管他经常端一大碗油泼辣子面条在人面前炫耀,还对越来越穷的公社社员说一些讽刺话,但人们并不恨他,有些人私下里还把他奉为英雄呢。他敢于逆潮流而上,一辈子不入社。事实证明入社确实没有给农民们带来多少好处,反而一年比一年更穷,大家就觉得他有先见之明,值得钦佩。梁五宝一不偷,二不抢,完全靠自己的劳动过上了丰衣足食的生活。他在这梁家岭不用参加各种各样的会议,只要不整到他的头上,他也不用担心这个运动那个运动。他活得自由自在、无拘无束,闲暇之时还可以用粮食换来他所喜爱的时髦玩意儿。除了没有老婆孩子外,他是那个特殊年代一个山区农民自我奋斗的成功者,许多山里的农民把他看成是心目中的楷模,幻想有一天也能在梁家岭种上几亩地,天天有油泼辣子面和白馍吃!只不过许多人有老婆孩子拖累,不敢下这样的决心罢了。

后来,梁五宝还是被抓了起来,到"学习班"进行改造。"学习班"设在塔坪镇,凡参加者自带被褥和干粮,不许家人探视。时值隆冬,他们白天干活,晚上开会,交代所谓的投机倒把、自由散漫等行为。大家吃的是高粱面窝头,睡的是麦草铺,一天下来,感觉整个人都散架了。

学习班按程序对每一位"学员"进行教育后,要求田玉成具体交代自己的"犯罪"行为。

田玉成说:"我就是买了一头牛,不知道这是犯罪行为。"

批斗者说:"你为什么把牛买回来又卖了?"

田玉成说:"那头牛本来是给生产队买来驾辕的,结果发现不合适,所以又卖了。"

批斗者说:"你胡说!这中间你肯定赚了差价,拿了好处!告诉你:这是走资本主义路线,是大是大非的问题,很严重的,非常严重!知道吗?!还有,听说你在解放前便搞投机倒把,从红区赶着羊卖到白区,然后买回布匹,回到红区大发不义之财——这个是否属实?"

田玉成说:"我那时做贸易只是个幌子,主要任务是给红三团的战士买西药啊!不信你们可以去找刘懋功将军调查呀!"

批斗者不加理睬,继续列举田玉成倒卖牲口的各种罪行,要他老实交代,深刻检讨……

20世纪70年代初期,旬邑出现了粮荒。这是继三年困难时期以后粮食最短缺的一段时间。大多数人家刚过了三四月份就断了粮,只能靠挖野菜和偷生产队的苜蓿来糊口。他们本队偷完偷外队的,一直偷到附近的各个山头上。

苜蓿是一种三叶植物,刚长出嫩芽的时候,采摘下来可以当菜吃,等长老了,人就嚼不动了,只能作为牲口的饲料。相传苜蓿是西汉张骞出使西域的时候从西域带回内地的。作为一种菜,它没有怪味道,加工时切碎,和上面,再放点油和佐料放锅里一蒸,既可当饭又可当菜吃。由于苜蓿耐旱,在缺雨干旱的情况下照样能生长,于是就成了当地民众灾荒之年的救命菜。

农民穷到了揭不开锅的境地,阶级斗争却是不能停的。社员们白天劳动,晚上拖着饥饿的躯体参加各种学习讨论和批斗会。

有一次,梁庄大队团支部书记组织一帮年轻人开会学习,会议一直开到深夜,然后书记一声号令,带领大家去集体"偷菜"。看来政治真的不能当饭吃啊!

长期吃野菜充饥,农民的健康每况愈下,得病的人越来越多,村上的劳动力一下子减少了许多,严重影响"农业学大寨"工程。不得已,旬邑县向上级打报告请求救助,咸阳地区赶快组织医疗队下乡,给农民看病。

当时,已卸任的生产队长张晋佑长期患有胃病,遇上吃糠咽菜的年月,雪上加霜。他得了肠梗阻，被送进了塔坪镇医院。幸亏咸阳来的医生为他做了手术，但120元的手术费对张晋佑一家来说无疑是天文数字——那时候，即使是拥有400多口人的梁庄生产队，账上也没有这么多钱！

张晋佑的妻子是甘肃人，是三年困难时期从甘肃逃荒过来的。她不仅长得漂亮，并且还念过书，有文化。梁庄人都说张晋佑有福气，因祸得福，娶了这么漂亮的媳妇儿！更为难得的是，三年困难时期过后，许多甘肃女人又回到了原籍，张晋佑妻子没有走。她爱丈夫，也爱这个家。女人为张晋佑生儿育女，里外操劳。

此时此刻，丈夫得了重病，急需用钱。可是这么一大笔钱上哪儿去找啊！这个甘肃女人为了救自己的丈夫，跑遍了村里所有能借到钱的人家，一把鼻涕一把泪地哭诉哀求，才借到40元！

怎么办？丈夫的病刻不容缓，女人只有硬着头皮继续借。

一天，她来到田安国家，一进门就对安国父亲母亲磕头，声泪俱下地说："三叔、三姨，救救晋佑吧！我知道三姨常年有病，你们的日子也不宽裕，可三叔你就是出面借钱也比我面子大啊！晋佑要是没有了，这个家就完了！"望着这个女人悲切的神情和眼里的泪水，安国的父母被深深地感动了。安国父母都是受过苦的人，知道穷苦人的难处。当时刚好建国寄来49元钱，家里又卖了一头猪，家里一共有100元钱，母亲毫不犹豫地拿出80元给了张晋佑的媳妇。

张晋佑的手术很成功。术后妻子精心照顾，他的身体慢慢恢复了，后来活到70多岁还能下地干活呢！

5

建国大学毕业后留在了北京，老二兴国、老三卫国从部队复员后也都参加了工作，其他兄弟除了老八还在上学，其余的都在生产队干活了。

老四和老五因为能干肯吃苦，成了队上的骨干劳力。老七安国虽然年纪小，但也不愿落在后头。由于他身材瘦小，人尽其才，常常被安排做一些较为"灵巧"的事情。比如上树砍柴、下井挖泥、地畔打桩、崖上打孔等，相对都比较危险。有一段时间，安国每天被社员用绳索拴着，悬在土窑洞的外面，手持一个小镢头，用尽全身力气，把窑洞表面风化了的土刮下来当肥料。几个年纪相仿的孩子被吊在下面，大人们在窑洞上面用力拉住绳索，根据他们的工作进度调节绳索的高度。

这项工作看似好玩，实则非常危险。常常，从上面掉下来的土块一不留神便砸在头上，弄得满头满脸都是土，眼睛也睁不开。还有一次上面绳索没拽紧，绳子突然下滑，把人摔个半死。最滑稽的是，有一次他们正在刷崖，二牛的裤子不知怎么掉了下去。因为天热，他只穿了一条长裤。下面的社员哈哈哈笑成一片，二牛悬在半空羞得脸通红，恨不得找个地洞钻进去。二牛妈倒是大方，她一边捡起儿子的裤子，一边鼓励二牛："男娃娃家，怕个啥？谁没有光屁股呀！我娃接着干，脱了才凉快呢！"好在干活的时候是面朝窑面的，大家笑了一阵就散了。其实在农村，男孩七八岁还穿着开裆裤呢。夏天酷暑难耐，村里的涝池便成了孩子们的天堂。十几岁的男孩把自己剥得精光，扑通扑通便跳了进去。涝池边蹲着一圈洗衣服的妇女，他们全然不顾，玩得优哉游哉。

不久，安国又被生产队派到公社组织的一个造"小江南"的运动中去了。那地方叫深底沟，距离梁庄有10多里地，社员们开山挖渠，打造北方的鱼米之乡。每天清晨，天还没有亮，大家便从家里出发了。他们步行10多里山路，赶在天亮之前必须到达工地，准时开工。离村那么远，也不管饭，吃的要自己带，喝的是河渠水。工地上红旗漫卷，喇叭里播放着"下定决心，不怕牺牲，排除万难去争取胜利"的歌曲。中午的时候，有文艺队来跳"忠字舞"，社员们边吃边看，不能休息。一天下来社员们疲惫不堪，浑身发软，还要走10多里山路才能回家。对于田安国来说，当时最折磨他的不是体力劳动所受的苦，而是每天早晚要路过塔坪中学的门口，最怕碰到熟悉的老师——那种提心吊胆的心情长久挥之不去！

夏天来了，"小江南"也建设得有模有样了。谁知一场暴雨袭来，一切又回到了原来的模样。

第五章

1

形形色色的运动把农民折腾得越来越穷。1975年，邓小平复出后强调"抓革命，促生产"，农民生活开始有了起色。这一年，上面颁布新政策，允许各大队组织一部分青年到城市搞副业。铜川是离旬邑县最近的一个工业城市，主要生产煤和水泥。梁庄大队派出能人到铜川去联系业务，很快就在一个水泥厂包到了改造河道的工程。各生产队抽出精兵强将，组成200人的队伍开赴铜川。青年们听说要到城里干活，争先恐后地报名，都想去体验一下城市生活，何况一天还有四角钱的补助在诱惑人呢。

水泥厂的工程仅仅干了一年，梁庄大队的经济状况就大为改观。首先大队买了一台东方红履带式拖拉机，每个生产队又买了一台手扶拖拉机，用来耕地和向地里运肥，改变了祖祖辈辈用牛耕地的生产方式。最苦最累的活用机器来做，社员们再也不用早出晚归往地里挑粪、赶着牲口拉犁耕地了。

田保国是第二年被派往铜川工地的，梁庄第四生产队还委任他为临时负责人。保国长这么大，第一次出远门，别提有多高兴了。

临行前的晚上，保国激动得睡不着觉。根据大哥每次带回来的消息，城市有着和农村完全不同的模样。那里有高楼大厦、电灯电话，宽敞的水泥马路上跑的是各种各样的小汽车。保国虽然去过县城，但当时的旬邑县城破破烂烂，尘土飞扬，几乎和农村没啥区别。他渴望看到高高的楼房，渴望站在高高的楼顶看城市的风景；他渴望像画报上看到的工人一样，在干净整洁的厂房上班，每天下班后，穿着干净的衣服在马路上散步，看车水马龙、人来人往；他渴望有那么一天能坐进像蜗牛一样的小汽车里，看看里面的构造和拖拉机有啥不同……

同保国一样激动的，还有他的七弟安国。因为得罪了班主任老师，他被拒于高中的门槛之外，回乡务农。所有通过学习改变自己人生道路的希望被拦腰斩断。面对残酷的现实，他只能选择接受。如果说刚从学校回来的时候他还抱着些许幻想，如今严酷的现实已粉碎了他所有的希冀。两年来，安国跟随梁庄的社员们上山下洼、填沟造田，寒来暑往、风雨兼程。每天起早贪黑，像牛一样耕作，到年底，每个工分值所得到的报酬少得可怜。一家好几个强壮劳力没日没夜地干活，到头来连肚子都填不饱。

安国想抓住这次来之不易的机会，说不定这一去就不再回来了。听父亲说，铜川是个繁华的城市，煤业发达，交通便利。他跟四哥商量，让他找队长把自己的名字也写进去。毕竟，四哥是青年突击队队员，他的意见，队长会考虑的。

然而队长以年龄太小为由，拒绝了保国的请求。队长说安国还小呢，以后有的是机会。

第一次坐敞篷汽车，小伙子们兴奋得大声尖叫。汽车风驰电掣，扬起的灰尘像浓烟一样，呛得人睁不开眼睛。道路坑坑洼洼，车子颠得跟拖拉机似的，人随着汽车上下跳跃，左右晃动。大牛早晨吃的饭全吐出来了。即便如此，大家的心情还是无比舒畅的，想想就要到达繁华的都市，遭这点罪算得了什么？嫌颠？嫌颠你回去嘛，没人强迫你去啊！

一路上都是村庄，田野里都是社员。一群荷尔蒙过剩的年轻人就冲着社员们喊："哎！贫下中农社员们，你们好啊！"地里干活的人仰起头，看见卡车上的年轻人挥舞着帽子，也喊了过来："嗨！你们要去哪里呀？""我们要去铜川，去做工呢！""做工啊！好样的！"车子疾驰着，风沙弥漫，声音被裹了起来，埋在了风里。

"谁给咱带个头，吼几句秦腔吧！"保国大声地喊。

"你唱嘛！《红灯记》选段！"

"提篮小卖拾煤渣，担水劈柴全靠她！里里外外一把手，穷人的孩子早当家！栽什么树苗结什么果，撒什么种子开什么花！"

"好！再来一段《沙家浜》智斗！"

"想当初，老子的队伍才开张，拢共才有十几个人、七八条枪。遇皇军追得我晕头转向，多亏了阿庆嫂，她叫我水缸里面把身藏。她那里提壶续水面不改色无事一样，哄走了东洋兵，我才躲过大难一场。似这样救命之恩终身不忘，俺胡某讲义气终当报偿——哎哟！"车子猛地一颠，保国一屁股坐在车上。

"趴下了，下来帮忙推一把！"司机在下面大声地喊。

"这个胡司令，狗日的！刁德一还没来，你就趴下啦！"大牛骂了一声，率先跳了下去。

卡车陷在一个很大的坑里，突突突就是出不去。大伙连推带掀，费了九牛二虎之力才把车推上来，谁知刚走了几步就熄火了。距离铜川还有一段距离，这里前不着村后不着店，20个小伙子只能推着车往前走。

好不容易到了铜川，每个人身上都是泥，脸上一层土，个个像土地爷似的，但大家的心情是激动的，脸上的表情是兴奋的。铜川给人的第一感觉是什么都是黑的，马路是黑的，房子是黑的，汽车是黑的，就连山上的树木都是黑乎乎的。一碗水喝完，下面沉淀的都是煤渣子。空气中飘着细细的煤尘，伸手一摸，脸上一把黑，感觉个个都像挖煤的似的。

梁庄社员承包的工程在铜川市最南端的火车道边上。工程队办公室和厨房是一栋破板房，保国他们的宿舍是半山腰几口没有门窗的窑洞，据说是当年劳改队住过的。他们一路上都没见到宽敞的马路和漂亮的汽车，更别提什么高楼大厦了。这里的环境别说和旬邑县城比，和梁庄比也差得很远。梁庄虽然贫困，可山清水秀，有蓝天有白云，干一天活下来虽累得要死，但水是干净的，地是干净的，衣服也是干净的。家里条件再不济，也比这半山腰上的破土窑洞强啊！

接下来的考验更加严峻：保国他们被分为两个班，一个班干12个小时，白天黑夜两班倒。他们的主要任务是用架子车拉石头，比在生产队干土方活还要累。开始的时候大家还说说笑笑，后来就表情严峻，没人能笑得出来了。

按说下这么重的苦，伙食应该跟得上，谁知每天除了玉米馍就是"钢丝面"（一种用玉米面和高粱面加工成的面条），吃得人口吐酸水，难以下咽。

保国庆幸自己的弟弟安国没有来，他来了一定会吃不消。他们住的地方下面是新川水泥厂的家属院，每逢上下班都要路过。每次路过，正是人家吃饭的时候，热气腾腾的馒头和雪白的细面条，还有鸡蛋、葱花、西红柿等，馋得大伙直流口水。铜川附近产耀州瓷，全国闻名。他们每人花两毛钱买了个大老碗，一碗能装一斤面条。因为活重，加之饭菜没甚油水，许多人一顿饭一斤面条都不够。他们吃的菜主要是茄子和土豆。上百人吃饭，不可能细细地加工，煮熟了的大锅菜，上面象征性地泼点油，意思意思就行了……

经受住了最初的磨炼，大家便渐渐开始适应了。因为都是年轻人，生活虽然很清苦，笑容慢慢又回到了脸上。毕竟，这里是城市，每天都能见到火车、汽车及工厂的机器。12小时的重体力活以后，一觉睡醒，感觉浑身像充了电，又有了满满的活力。大家换上件干净衣服，三五成群地到市中心去，漫无目的地闲逛。这些从山旮旯里出来的年轻人的一举一动和这座城市显得格格不入，可他们并不在乎别人怎么看，只要能满足自己的好奇心就行。

保国住地附近有个小火车站，里面堆放着许多工业原料和煤矿用的炭柱子。有一天下午，他们在铁道旁边闲逛，过来一位汽车司机，要他们帮他装一车炭柱子，并答应给他们12元钱的报酬。

12元！好家伙，快顶一个人一个月的工资了！这简直是天上掉下来的馅饼嘛，他们当然愿意干！于是六七个小伙子一起动手，不到一个小时就把活干完了，每人能分将近两元钱。大家都心花怒放——原来城市里挣钱这么容易啊！司机要求他们打个便条好回去报账。他们中间有个小秀才叫梁文秀，这事当然难不住他。有人不知从哪里捡来一块小牛皮纸，梁文秀那刚劲而清秀的几个汉字便落在了这块肮脏的纸片上。司机看了后要求盖上章子，这样才能有效，这一下把他们给难住了。这些只知道干活吃饭的小青年哪有印章呢？即使有，谁还能把它经常带在身上呀？眼看着快要到手的钱被一枚小小的印章给卡住了，大家急得七嘴八舌出主意。在这紧急时刻，旁边的一位老者说话了："我这里有章子，你看是否管用？"问题就这么解决了。

拿到了工钱，大家一致认为这件事一定要保密，不能让其他队的人知道。于是每天下班后，他们四队这几个小青年就偷偷摸摸出来挣外快了。

世界上任何事要做到绝对保密几乎是不可能的。不久，各大队的人都拥到了这个小火车站找活干，原来装一车能挣12元钱，最后降到了5元，就这大家还争着抢着干。

恶性竞争终于弄出了是非，很快，上级领导知道了这件事。一天夜里，大家刚睡下，上面来人通知全体人员到队部开会。王队长神情严肃地说："这是严重的资产阶级思想在作怪！我们来这里搞副业是为了实现农业现代化而做贡献的，不是为了个人发家致富!"最后,他要求凡是参与者统统把挣来的钱交公,各队负责人还要写书面检讨。从此,再也没有人敢在业余时间出去打工挣外快了。

2

那一年的冬天格外冷。风卷着残雪打在脸上,逼得人睁不开眼睛。农田大会战如火如荼。安国从地里回来,母亲交给他一封信。信是从河北任丘寄来的,那里是华北油田的总部,三哥卫国从部队复员后,在大哥建国的帮助下,分配在华北油田当医生。

在梁庄,安国家的信最多,不是大哥建国从北京发来的,就是三哥卫国从河北发来的。二哥兴国复员后分配在了本省,可以经常回家,所以很少写信。

往常,大哥、三哥写的信,收信人都是四哥保国,这些信的内容无一例外都是对父母和家乡的思念,以及自己学习工作的情况汇报,让父母安心。然而这一次信封上赫然写着安国的名字,令他颇感意外。

安国匆匆拆开信封,里面一整页信纸上就写着三个字——等电报。

这封奇怪的信令安国颇费思量。当时四哥保国在铜川打工,五哥少国在生产队劳动,六哥治国毕业后在小学教书,八弟爱国还在上学。这封信指名道姓让他签收,并且只有三个字——等电报。等什么电报?

首先不会是因为家里的事,家里的事眼下还轮不上他老七操心呢。那么,这个未知的电报就应该与他有密切的联系了。难道是三哥在油田上给他联系了工作?不会吧?他才16岁,听说招工都要年满18岁才行呢。那么,应该是让他到油田上去上学了。仔细想,觉得也不靠谱。自己的户口又不在外面,怎么可能去油田上学呢?那么还有一种可能就是三哥想让自己到油田去看看,散散心,开开眼界……

安国思来想去,还是觉得招工比较靠谱些。那么如果自己去油田上班,只有初中文化的他到了油田上能干个啥呢?

那一夜,安国辗转反侧,浮想联翩,难以入睡。

河北任丘,华北油田。

田卫国从新疆复员后便分配在油田医院，一晃几年过去，自己也在这里扎根落户了。

那段时间，油田正在搞大会战，卫国所在医院附近沧保路北侧的那一大片低洼的盐碱地被华北油田全部征用了。沧保路南侧是将来的物资转运站，即供应站。路北侧正在规划建设，除了供应站外，所有位于路南侧的单位都将搬迁过去。已经搬过去的有管子站、修保厂、安装大队（又称钻前大队）及基建科等。

一大早，所长叫田卫国到办公室，让他到路北侧去设一个医疗点，地点在管子站，因为那里盖起了一栋砖房。

油田会战初期，几乎所有人都住在帐篷里，在木板房里办公。木板房夏天酷热难耐，冬天滴水成冰，冷得人缩手缩脚。阴差阳错，作为基层工作者的田卫国，反倒早早住进了砖房。砖房对面是新建的澡堂，每周一、周三、周五男人洗澡，周二、周四、周六女人洗澡。劳累一天能洗个澡，是莫大的享受。如今近在咫尺，实在是福气不浅啊。

参加会战的大多都是年富力强的工人，没什么大病。一般常见的不是电焊工手腕痛，便是安装工腰腿痛，或慢性胃病，或吃饭喝酒不当引起的胃肠炎，还有就是皮肤过敏之类的小病小灾。有的人前来看病，实际上就是为了弄个假条泡病假而已。

紧挨着油田会战指挥部有两个村子——叶长村和韩长村，这里的一些村民也时不时来找田卫国看病。有个瘦小的中年人向卫国诉说，他每到天亮之前，鸡叫前后就要急急忙忙上茅厕，这样跑肚拉稀已经有年头了。卫国问他到哪个医院看过，他说穷得连饭都吃不饱，还看什么病啊。卫国按慢性肠炎给他开了西药，同时又给了他两盒中成药，让他早晨服一丸补中益气丸，晚上服一丸附子理中丸。第三天他便来找卫国，说田大夫给的药太灵了，今早上就一直睡到了大天亮，肚子也不痛了。卫国嘱咐他还要接着把药吃完，同时千万不要吃生、冷、辛辣的食物，注意腹部保暖。

当地的老百姓因为生活窘迫，平时小病小灾根本不吃药，硬扛，实在扛不住了才来看医生，一旦吃对了药，效果几乎立竿见影。这位纯朴的农民见田大夫治好了他的病，无法表达对田大夫的感激，就把自家自留地里的花生刨出来，送给他尝鲜。

一天，卫国正在坐诊，突然进来一位高个子的中年妇女，她的儿子不小心把手指弄破了，伤势较重。女人紧紧攥着儿子流血的手，求田大夫救救他儿子。卫国立即对孩子的伤口进行清创缝合，包扎处理。伤愈后，这位母亲一定要请卫国到她家里吃饭，以表感谢。盛情难却，卫国去了后才发现，她给他包的是白面饺子，而她们一家人吃的则是红薯面饺子。

卫国怀着好奇的心理一定要尝尝红薯面饺子，她说什么也不让。在他的一再坚持下，她终于妥协了。

卫国吃过后才发现，那种所谓的红薯面饺子名为"饺子"，实际上就是黑乎乎发黏的面里包着碎菜叶，几乎没有油星。吃着吃着，实在难以下咽。想着自己在老家时也曾吃过类似的食物，青黄不接时，许多人甚至连碎菜叶也没有，只好吃树叶甚至树皮充饥。然而这里是河间府，地处华北平原，土地肥沃，自古就是天下粮仓，农民的日子却如此艰难。自己已经多年没有回过老家，在那贫瘠的黄土高原上，不知道父母和弟弟们过着什么样的日子呀！

那时候，油田大会战，需要大批工人，几乎每天都会有新招来的工人报到。石油工人虽然也十分辛苦，但每天能吃饱肚子。卫国在心里琢磨：要是我的弟弟们也能像他们一样，该多好啊！

卫国是个做事严谨的人，有了想法便开始行动。那时候，他所在的诊所就他一个医生，事情不多，行动自由，他时不时骑上调度室的自行车就去了路南的机关，先到卫生所领一些药，然后就去人事科小赵那里待一会儿，目的就是套近乎，了解有关招工的信息。无奈小赵坚持人事工作的原则，一点口风也不漏。

卫国只好改变策略，他避开小赵，有意识地和新报到的工人接近、拉话，询问他们是从哪里来的、怎么被招来的。新工人毕竟单纯，又听说他是医务人员，自然多了几分信任，于是就把招工内情告诉了他。

卫国知道，这样一个超大规模油田的开发，需要大量人力，除了从全国各大油田抽调人员，招工也是解决问题的重要手段，但招工对象主要是石油职工的子女。他知道，既然需要大量人力，就可以灵活掌握一些原则。除了石油子弟，回城无望的下乡知青，各种各样的关系户，地方政府的头头脑脑等，都需要照顾。经过一段时间与新工人的接触和了解，他们的来源渠道各种各样，五花八门。总而言之，不论你来自哪里，只要搞到招工指标就大功告成。而招工指标隶属人事部门，这个时候，人事科长就炙手可热，牛气冲天。只要拿下他，指标就有戏了。

然而一个人事科的科员他都搞不定，人事科长更是无法接近了。

那段时间，如何给老家的弟弟们搞到招工指标，成了田卫国日思夜想的问题。每天在诊所忙完之后，看着三三两两的新工人挨肩搭背、兴高采烈地从街上走过，他就想起了自己的几个弟弟。特别是七弟安国从小性子倔，有远大抱负，可惜他的牛脾气毁了自己上学的前程。他天资聪颖，从小勤奋好学，人小鬼大，善于组织各种各样的活动，深受老师和同学们的好评。记得有一年春节他回到家，安国郁郁寡欢，心事重重。临走的时候安国一直把他送到村口，卫国说："天冷呢，赶快回去吧。"一回首，发现这位从小就倔强的弟弟，眼里竟噙着热泪……

冬日的夜晚是如此漫长。卫国躺在床上辗转反侧，怎么也难以入睡。——这件事，到底找谁合适呢？找梁厚德科长？找王同第副科长？找刘敏副科长？仔细想，人家跟你有多深的交情？不过就是一般的同事，念你是个医生，见了面点个头，打个招呼而已——这么大的事情，凭啥给你办呢？想来想去，都觉得不现实。弄不好会成为人家的笑柄呢！

月亮从东窗上来了，越过树梢，转到了西边。一条条通道在眼前展开，然后又依次闭合，不留一点缝隙。

怎么办？难道就眼睁睁地看着自己的兄弟一个个窝在那个小山村当农民，一辈子修理地球吗？自己有这个条件，为何不倾力而为，为他们搏一把呢？

想，苦思冥想，日思夜想。卫国把自己的关系网都梳理了一遍后，把焦点放在了侯忠书记身上。

侯书记是这里的最高首长。他和蔼慈祥，平易近人，一点也没有当官的架子。他既是这里的最高领导，也是田卫国的一个病人。这件事只要他点头，一定会一路绿灯，马到成功。

侯书记是甘肃人，操一口地道的甘肃话，听起来和陕西话差不多。他们都是西北人，有地域和习惯的相同之处，因此也就有了共同的话题。这位从玉门、大庆到大港的"老石油"在油田上德高望重，深受人们的爱戴和拥护，口碑极佳。即便如此，田卫国几次到了侯书记的列车房，都没有勇气和胆量开口。毕竟他到油田的时间还不是很长，在领导的眼里，还是一个涉世不深的青年呢。自己如果冒昧地提出请求，领导会不会觉得荒唐？

天越来越冷了，任丘风沙弥漫。一场大雪后，一切都披上了洁白的盛装。这期间，卫国又有两次机会接近侯书记，侯书记对他非常客气，问长问短的，对他的工作和生活非常关心。

几次，他欲言又止，始终难以开口。他变得十分焦躁，寝食难安。然而这事情搁在心头，又不能向别人诉说。

一个又一个难眠之夜后，他感觉自己憔悴了许多。不明就里的同事以为他爱上了某个姑娘，得了相思病，所以心神不定、茶饭不思。卫国觉得不能再这样下去了，这件事去找领导虽没有多大把握，但说不定会有奇迹出现；然而如果不说，那是一点希望都没有啊！

思来想去，田卫国决定找侯书记把话挑明，事即便不成，也没什么丢人的啊。

第二天上午，田卫国又一次来到侯书记的列车房，等到房间里的人都离开后，他有点羞涩地向侯书记开了口。为了增加底气，他还说自己是石化部政治部主任任成玉推荐来的。

侯书记明白了他的意思，有些抱怨地说："小田，你来了几次，我看你好像有什么事。前几天，我和管理局人事处处长樊培烈等人在河间县燕赵酒楼吃饭，得知今年的招工工作刚刚结束。你早点说的话，搞几个招工指标不算什么事，咱们需要人啊。"

卫国的心情一下子沉重了，觉得没有戏了。

侯书记思量了一会儿，补充说："这样吧，我写个条子，一会儿我的车子去总部接开会的人，你去找任主任，请他签个字，看能不能追加一个名额。"

卫国的眼前豁然一亮，觉得又有希望了。

田卫国坐着侯书记的吉普车来到任丘总部。会议室里，任成玉主任正在主席台上讲话，台下黑压压的人群在静静地听讲。

任成玉出生在渭北高原，是从小参加革命的老红军，抗战期间就是陕甘宁边区的模范县委书记。此时此刻，他以石化部党组成员的身份坐镇任丘总部，主持华北石油大会战项目。

会议是什么时候开始的，田卫国不得而知。等了约半个小时，会议终于结束了。卫国尾随任主任到了第三招待所（即高干招待所）他的住处，自我介绍说："我是田建国的弟弟，在北京您家里见过您。"然后就把侯书记写的条子呈了过去。

任主任看了一眼，不假思索地说："那就请侯忠同志给办理一下。"

卫国说："侯书记请您签个字，因为已经到年底了。"

任主任伸手在自己中山装上衣口袋里取笔，偏偏口袋里没有笔。卫国急忙把自己的钢笔递给他，任主任在字条的下方写下了"请侯忠同志酌情办理"几个字。签完字后，他只把字条递给了卫国，却把他的钢笔无意识地插在自己的口袋里了。田卫国道了一声谢，赶紧往河间赶。

从任丘回来已经是晚上10点多了，侯书记让卫国回去等信。

卫国焦虑地等待着，脑子里想的问题很多，最主要的是办谁，怎么办。

办谁呢？五弟少国高中毕业，担任着大队长兼团委书记，属于重点培养对象，办起来可能颇有难度；六弟治国高中毕业，刚接任村小学民办教师一职；16岁的七弟安国初中毕业，还未成年啊！

怎么办？让谁先走出来呢？夜深了，卫国翻来覆去睡不着，突然间感到胸口发闷，用听诊器一听，心动过速，心律不齐。他明白自己没有器质性心脏病，这是交感神经过度兴奋所致。田卫国半坐了起来，按压内关、合谷等几个穴位，让自己平静下来。半个小时后再听，心律平稳多了。他索性穿好衣服，到室外透透气。

明月当空，尽管寒气袭人，但他却备感清爽。望着空旷的田野，卫国深深地吸了一口清新的空气，感觉神清气爽，情绪好了许多。

忽然间，他在任丘总部第二招待所见到的那个手提热水瓶、腋下夹着一沓报纸、浑身上下透着孩子气的男服务员的影子出现在他的脑海里——他顶多也不过十五六岁啊！他想：那个男孩能行，我七弟安国也一定行！卫国在一瞬间决定不再纠结了，决定就报七弟，办他，可能出现的阻力也最小。

主意拿定，他如释重负，回到房间后，很快便进入了梦乡。

第二天一大早，他到邮局给家里寄了一封挂号信，收件人一栏写的是七弟安国的名字，里面只写了三个字：等电报。这期间，大哥建国正在老家探亲。安国的招工指标如果办妥，有大哥在老家办理准迁手续，不会有什么差错。卫国又立即给大哥写了一封信说明情况，怕他和以往一样提早离家。为稳妥起见，第二天上午卫国骑自行车到河间县邮政局又发了一封电报，电报内容就4个字——见报等信。

第二天下午，田卫国听见调度室贾调度在喊他："田大夫，电话。"他快步跑到调度室，不出所料，果然是侯书记打来的。卫国按侯书记的询问报了七弟的姓名、年龄和地址。几天后，侯书记再一次打电话让卫国去他那里，把装着招工指标和准迁证的信封递给了他。侯书记说："小田，今年说得晚了，就搞了一个，明年再说吧。"卫国连连致谢。侯书记关心地问："回去办有问题没有？年底了，要尽快办，可别让指标作废了啊！"

卫国双脚并拢，给领导敬了个军礼，并大声说道："报告领导，没有问题！"说完便骑着自行车直奔县邮电局，用挂号信把招工指标和准迁证寄回了老家。

3

梁庄承包的改造河道的工程工地对面有条公路，车辆川流不息。公路边上有许多妇女在砸石子，她们大多是煤矿工人的家属。这些矿工的日子过得很苦，常年在地下挖煤，老婆大多是从农村来的，不可能享受双职工待遇而分到房子，只能找个向阳的坡地用油毡搭个简易窝棚——这就是他们的家。没有几年，在窝棚里就生了一大堆孩子。家属不是城镇户口，吃不上商品粮，一家人吃饭成了大问题，光靠男人的工资难以维持生计，于是这些矿工家属们有的在山上开荒种地，有的在火车站打零工，更多的则在路边砸石子卖钱。这些矿工家属们，每天吃过早饭，带上干粮，在路边找一块平地，支起一块平整的大石头，左手拿一个带把的铁圈，右手握一把小榔头，屁股底下放一个小马扎，叮叮当当地开始砸了起来，把大块的石头砸成像枣一样大的小石子。据说砸出一立方米的石子能卖12块钱。不管春夏秋冬，她们总是这样早出晚归地砸石子。每到星期天，丈夫和孩子齐上阵，搬的搬，砸的砸，哪里是想象中的城市工人周末到公园悠闲散步游玩的情景呀！

每到中午保国他们吃饭的时候，正是工地放炮的时间，炮声响过后，砸石头的妇女们犹如蚂蚁般拥到工地，争抢炮窝子里的小石头。捡这些现成的小石头比她们一榔头一榔头地敲要省事多了，于是就出现了疯狂抢夺的场面。为了抢到好点的石头，有的女人表现得尤为泼辣而强悍，有的竟满嘴脏话，甚至大打出手，完全不顾女人的脸面。保国知道这也是生活所迫，她们若不这样拼命挣钱，一家人可能就要挨饿了。

一天，突然有一位年轻漂亮、穿着件红色上衣的女人也加入了这砸石子大军中。

她的打扮和举止和这个队伍中的大多数女人形成强烈反差，在这满眼灰黑色的世界里显得格外扎眼。好久没有看到如此好看的女人了，小伙子们目不转睛地盯着红衣女人，思绪插上了想象的翅膀，一下子泛起了关于陌生而又好看女人的诸多话题来……

显然，这是位新婚不久的农村姑娘，也许她是她们村最漂亮的姑娘，不甘心在农村受苦，想以自己的美貌换取个城市人的身份，憧憬过上城里人的生活。在那个年代，农村姑娘找对象都愿意找当兵的或者工人，尤其是那些漂亮姑娘。但农村人消息闭塞，对工人所从事的具体工种知之甚少，以为工人就是他们在电影和画报上看到的那种穿着工作服英姿勃勃的形象。其实，工人的工种千差万别，有的比农民还苦，还充满危险，比如煤矿工人。

眼前这位红衣女人可能就是一位受骗者，嫁了个挖煤的，来到这山沟里，住的是油毡窝棚……这和她当初期望的漂亮楼房、宽敞的柏油马路、鸟语花香的公园、时髦的衣服相差太远。如今后悔也晚了。男人知道，女人再闹也不会跑回家去闹离婚的，那样太丢人。时间久了，也就习惯了，看着周围的邻居都忙着干活挣钱，她也想走出那油毡窝棚，出来多少挣点钱，同时排遣一下心中的苦闷，于是一肩挑了两个框子，来到河边捡石头。她的出现，一下子吸引了周围所有男人的目光，在成百束贪婪目光的追踪下，女人羞得抬不起头来。后来，保国他们越看越发现，这红衣女人在农村根本没有干过活，更别说和这坚硬的石头打交道了，和那些衣衫褴褛、粗胳膊壮腿的女人相比，她愁容满面，楚楚可怜，面对一大堆石头，感觉完全是老虎吃天无处下嘴。

一群年轻小伙子如此这般地猜测着这个红衣女人的来历以及她面临的窘境，纷纷为她打抱不平，咒骂起煤矿工人来了："这些挖煤的都是骗子，把这么漂亮的姑娘弄到这个鬼地方，作孽啊！""一枝鲜花插在牛粪上了，可惜啊！"也有的幸灾乐祸，说："活该，谁让她瞧不起咱农民，老老实实地待在家乡多好！"无论如何，这位红衣女人的出现对他们这些毛头小伙子来说犹如一针兴奋剂，强烈地刺激了他们的想象力。大家每天围绕着她有说不完的话，干起活来也格外有劲。

大约一个星期以后，红衣女人突然消失了，年轻人又开始了新一轮的猜测：也许她吃不了苦，也许是丈夫舍不得让她吃苦，也许是丈夫放心不下，怕她被这些小伙子中的哪一位给劫走了……总之，她没有再来，而保国他们这些从农村来的民工还得继续干活，只是少了有趣的话题和关于女人的说笑声。

新川水泥厂的工人主要由劳改就业人员组成。在以阶级斗争为纲的年代里，这些刑满释放人员和正在服刑的犯人在人们眼里没有太大区别。保国他们刚到的时候，领导开会讲的第一件事就是不能和厂里的工人有任何接触。在厂区经常可以看见一些年龄很大的老人穿着破破烂烂的工作服拉着架子车捡破烂。他们一个个弯腰驼背，神情木讷，只低头干活，不说话。

这个厂子里的工人干的大多是重体力活，如装卸火车、在车间里运水泥袋等。100斤重的水泥袋子一次要推五六袋，年轻人看了都觉得吃不消。唯一令人羡慕的是他们的伙食——白馒头，而且个儿很大，是一个四两的杠子馍，比他们的高粱玉米馍好多了。水泥厂的干部大多是部队转业来的。

有一次，厂保卫科长到工地来检查工作，骑着一辆崭新的自行车。他把车子放在路边，在工地转了一圈，自行车的座子就不翼而飞了。原来这些工人里能人很多，不知是哪位快手在出他的洋相，让他在众目睽睽之下推着没有座子的自行车行走。

在铜川打工的日子里，保国发现这里的怪人很多。负责他们工程的技术员叫刘亮，大热天柏油马路晒得流油，他竟然可以光着脚在上面行走，看得人心里发毛。刚放完炮，石头炸得到处都是，有的像刀子一样锋利，可这位刘技术员却在上面健步如飞，把围观者看得目瞪口呆。原来刘技术员小时候家里很穷，没有鞋穿，从小打赤脚，于是练就了一副铁脚板，长大后一穿鞋反而难受，所以一着急，就把鞋提在手里奔跑了。

一天收工后，大领导王俊昌叫田保国过去，交给他一封信，让保国第二天回村里一趟，把信交给大队会计，顺便催家里赶快送粮食来。他们铜川包工队就要断粮了。

保国不明白，领导身边打杂的人有的是，为什么非要他回家送信呢？接受任务后他有点受宠若惊，激动得一夜没有睡觉，唯恐睡过头耽误了回旬邑的班车。保国没有手表，不知道到了什么时间，天一蒙蒙亮就赶紧起床，一个人向铜川市最北边的汽车站跑去。一路上他只知道顺着有路灯的马路走，不知走了多久，突然碰上了解放军站岗的哨卡，人家问他是干什么的，保国说："我去汽车站赶班车呢。"那当兵的一听，说："你走错了，顺原路走回去，到了丁字路口，再向北走。"保国脑袋嗡的一声，心想这下完了，走错了方向，肯定赶不上班车了。当时的铜川市沟沟岔岔分布着许多兵工厂，他稀里糊涂闯进了一家兵工厂的厂区，结果被第一道哨卡拦住。保国反身一路小跑，终于赶到汽车站，身上的棉袄都湿透了，所幸还没有耽误班车，长嘘了一口气。

黄昏时分，保国回到了家。母亲见他回来，高兴地嘘寒问暖，给儿子做了一碗热汤面。奔波了一整天，保国早就饿了，端起碗狼吞虎咽就吃完了。母亲在一旁擦着眼泪，说："可怜死了，出去这么长时间，难道饭都吃不上吗？看看，瘦了许多呢。"保国说："娘，我在那里很好，每天都能吃饱的，您不用担心。"母亲的关爱让他感受到了家庭的温暖，心里暖烘烘的。保国把信交给大队会计，又传达了领导催粮一事。几天后，他又随运粮的车返回铜川工地，圆满完成了领导交给他的任务。

梁庄大队在铜川搞了三年副业，成果可观，队里一下子富了起来。各村很快通了电，每个生产队都有了磨面机器，社员再也不用白天在地里干活、晚上回到家里"上盘山"，像牲口一样地推磨子磨面了。大队还在梁家岭办起了制药厂。耕地经过几年的修整开始增产，没有人再饿肚子，虽说吃的大多是粗粮，但毕竟能吃饱。生产队每个劳动日的价值由过去的五分钱增长到四角，有的大家庭到每年决算时竟然能分到数百元钱。人们脸上有了笑容，对生活充满了希望，有许多人家开始盖房子、娶媳妇了。然而有一件事令保国非常苦恼，那便是他的婚事。

老五、老六高中一毕业，上门提亲的人络绎不绝，保国都25岁了，还没人上门说媳妇呢。父亲把他几十年来各方面的关系都动用上了，到处托人说媒，感觉差不多的人家一听说他是个没有文化的大老粗，就婉言谢绝了。

按理说村里没上学的并非他一个，像他那样的农村青年有的是，但别人都抱上了孩子，保国的婚事却一直没有动静。究其原因，还是保国家的门槛有些高了。条件太差的女子媒人不敢提，条件好的人家又看不上他。

那年冬天，有人给保国介绍了一个家住山区的女子。女孩来过保国家，她个头不高，相貌平平，走路一瘸一拐，是个很不理想的对象，保国从心里不愿意。然而在当时，村里像他那么大的小伙子全部结了婚，加之保国个头不高，没有文化，人又老实憨厚，所以选择的余地实在太小，父母为他的婚事十分着急。特别是视他如亲生儿子的伯父更是心急如焚。伯父表示："只要能给我保国找个好媳妇，花多少钱我来出！"然而一年年过去，保国的媳妇一直没有着落。

这么一个不理想的女子，保国的父母和伯父打算接纳她。不能再耽搁了，再耽搁上了30岁，就只能找那些二婚的女人了。二婚女人一来拖儿带女，二来也不可能与你一心一意地过光景。初步决定后，父亲和伯父在集市上与女方的父母、亲戚喝了酒，按照当地的风俗，这门亲事就算确认下来了。他们约定第二个集市也就是一周之后交彩礼。保国虽有些沮丧，但看到那个女孩人挺老实，对他也十分中意，就在心里说服自己接受这个现实了。七弟安国说的那句话犹在他耳边回响："哥，只要有梦想，努力就能实现。"

看样子，自己这辈子只能待在梁庄了。

然而事情在最后时刻起了波澜。

就在父亲和伯父带着彩礼准备去集市上交给女方的时候，家里收到建国的电报，上面只有一句话："不要给老四订婚！"父亲本来逢集必赶，只好托人给媒人捎话，说家里有事，下个集市再说。

第六章

1

那段时间，安国寝食不宁。母亲说："娃呀，是不是活儿太重了？不行就歇息几天吧，工分也没有多少。再说还有你大、你哥他们呢。我娃身子骨嫩，歇上两天再去上工吧。"母亲哪里知道，安国的躁动全因为那一封信，他在等三哥的电报呢。

农村娃到了冬季，除了与社员们一起参加农田基本建设，还要砍柴。家家户户墙外面堆着一摞高高的柴堆，年轻人则比赛着，看谁家的柴摞更高、柴更好。

梁庄在塬上，砍柴要去很远的沟底，天不亮便得起来，等走到有柴的地方，差不多也就天亮了。老四保国去铜川做工去了，老五是队上的主要劳力，老六在村里教书，家里砍柴的任务便主要落在老七安国的身上。

安国从小就喜欢砍柴，喜欢到陡峭的地方砍人们砍不到的柴，但那些地方往往很危险，村里有几个人都是因为砍柴送命的。

入冬以后安国已经砍了十几捆柴，离过年还有一段时间，今年完成任务是不存在问题的。安国每年都会给自己制定一个目标，看着柴摞一天天增高，成就感油然而生。父亲一般都是在附近弄一些烧炕柴。烧炕柴没讲究，只要能产生热量，随便什么都行。

那年的冬天很冷，北风夹着哨音呜呜地吼，把一切都变成了灰蒙蒙的颜色。地上青光泛着白，风卷着沙尘在一些枯树枝上发出咝咝的怪叫声，逼得人睁不开眼睛。安国把绳子勒在腰上，低头迎着风，只觉得脸像刀割般地难受，耳朵冻得发麻。

附近山上的柴已经被人砍完了，连筷子粗的植物也没有，安国只好到离梁庄十几里地的南沟砍柴。安国走到南沟的时候天已经大亮。灌木丛中还残留着一些积雪,安国把雪捧在脸上搓了一会儿,脸便开始发热,人也清醒了许多。

　　南沟的灌木丛很高,高得像树一样,密实得钻不进去。安国用镢头先把细枝磕掉,然后再把灌木砍倒,不一会儿就弄了一大堆,用镢把挑着往山下滚。滚了一段滚不动了,于是就一根根地整了用绳子一捆,镢头把子插在里面,他坐在地上背起柴往起站,努力了几次都失败了。他坐下来喘了会儿气,运足气力猛地一鼓劲,终于站了起来,摇摇晃晃地只觉得头重脚轻,慢慢地往前移着步子,每挪一步都非常艰难,结果刚走出不远,一脚没踩稳,连人带柴便滚了下去,满山的棘刺在脸上划出了一道道血印,手脚磕烂了几处,衣服也被挂破了。

　　几天下来,安国的耳朵被冻坏了,脸上划了许多口子,手被震开许多裂痕,肿得厚厚的,像发面饼,不能拿东西。他每天只带一顿干粮,渴了就喝小河里的冰水。上坡的时候安国腿抖得很厉害,汗水浸湿了衣服,顺着发际流下来,遮住了视线,还没到平地就连人带柴躺下了,感觉浑身快要散架了似的,身上冒着热气,躺在地上大声地喘息。

　　远处,谁家的狗吠了起来,安国爬起来往下看,见山里人家炊烟袅袅,已经快到早饭的时候了。他把柴抽出来一些,捆紧了重新上路。

　　上坡时安国觉得很饿,头昏得很厉害。柴压在背上越来越沉,镢把子把肩膀都压烂了,歇一歇再挑时便生疼。头发像洗过一样往下滴着汗珠,一颗颗砸了下来,淹没在厚厚的尘土中。两条腿像灌了铅一样沉重,不停地打战,身子软得像随时都要倒下。

　　安国把柴靠在山岩上,努力地使自己脚底站稳,心脏咚咚地剧烈跳动着,好像就要蹦出来似的,只觉得眼前一阵阵发黑。他感觉自己快要坚持不住了……安国知道,这些都是农民必备的技能,没有人会觉得意外。农村的苦日子像一条长长的隧道,看不到尽头……

　　"安国,赶快把柴放下,洗脸吃饭。"大哥从屋里走了出来,看着自己的小弟眯着眼笑。这个时候,母亲也放下手中的活计走了出来。

　　"安娃快吃饭,吃完有好消息要告诉你!"母亲抑制不住脸上的喜悦,走过来拍拍儿子肩膀上的土,眸子里盛满了慈爱。

　　"娘,我三哥来电报了?"安国在大哥和母亲的脸上看到了盈盈的曙光。

"先吃饭！吃完给你看。"大哥手里拿着一个信封晃了晃说。

"不，我现在就要看呢！"安国一跃而起，一把拿过信封拆开来。当他看到那张招工表和户口准迁证的时候，高兴得跳了起来！真是云开雾散、苦尽甘来啊！瞬间，他一身的疲惫荡然无存，眼前的一切突然间都变得那么美好。

心一阵狂跳，有一种似真似幻、飘飘然的感觉。安国冷静了一下，询问大哥有了这个还需不需要别的东西。大哥说："这就妥了。从今儿个起，我家老七就是一个堂堂的石油工人了！"

招工、迁户、石油工人——这一切他似乎想过，但感觉却那么遥远，不切实际。初中毕业后，一头扎进生产队的大门，每天与梁庄的社员们一起战天斗地，早出晚归，日复一日。现在，苦日子终于熬到头了啊！

在大哥的帮助下，安国很快便办完了各种手续，在塔坪公社加盖了最后一枚公章。拿到户口迁移证后，大哥半开玩笑地说："安国，从现在开始，你就不是旬邑人了啊！"

旬邑，这块曾经的周王室分封之地，这片养育了自己16年的故土啊，此刻突然变得有些陌生起来。那些留在岁月里的记忆生动而鲜活，槐庄子的每一座山峁，梁庄的每一寸土地都值得他珍藏和眷恋啊。

在家人及朋友的祝贺、祝福声中，田安国跟着大哥踏上了自己人生的新旅程。

当时，往返于旬邑和西安的班车只有一趟。安国和大哥晚上只能住在县城，第二天清早才能赶上去西安的班车。

那天晚上，大哥建国第一次和自己的小兄弟促膝长谈，说了很多话。他们谈人生，谈理想。大哥给他讲外面的世界如何精彩又无奈，讲一些小故事所蕴含的人生道理。大哥说："有时候，一个简单的道理，足以给人深远的生命启示。"

有两则故事令他终生难忘。一则故事是关于钓鱼的。大哥说，从前，有两个饥饿的人得到了一位长者的恩赐：一根鱼竿和一篓鲜活硕大的鱼。其中一个人要了一篓鱼，另一个人要了一根鱼竿，于是他们分道扬镳了。得到鱼的人原地用干柴搭起篝火煮起了鱼，他狼吞虎咽，还没有品出鲜鱼的肉香，转瞬间，连鱼带汤就吃了个精光。不久，他便饿死在了空空的鱼篓旁。另一个人则提着鱼竿继续忍饥挨饿，一步步艰难地向海边走去，可当他看到不远处那片蔚蓝色的海洋时，他浑身的最后一点力气也使完了，只能眼巴巴地带着无尽的遗憾撒手人寰。

后来，又有两个饥饿的人，他们同样得到了长者恩赐的一根鱼竿和一篓鱼。只是他们并没有各奔东西，而是商定共同去寻找大海。他俩每次只煮一条鱼，经过艰苦的跋涉，他们来到了海边，从此，两人开始了捕鱼为生的日子。几年后，他们盖起了房子，有了各自的家庭，有了自己建造的渔船，过上了幸福的生活。

"这个故事教育人们：一个人只顾眼前的利益，得到的终将是短暂的欢愉；一个人目标高远，但也要面对现实的生活。只有把理想和现实有机地结合起来，才有可能成为一个成功之人。"大哥说。

另一则故事说的是两个旅行中的天使到一个富有的家庭借宿。这家人对他们并不友好，并且拒绝让他们在舒适的卧室过夜，而是在冰冷的地下室给他们找了一个角落。当他们铺床时，较老的天使发现墙上有个洞，就顺手把它修补好了。年轻的天使问为什么，老天使答道："有些事并不像它看上去那样。"

第二晚，两人到了一个非常贫穷的农家借宿。主人夫妇俩对他们非常热情，把仅有的一点点食物拿出来款待客人，然后又让出自己的床铺给两个天使。第二天一早，两个天使发现农夫和他的妻子在哭泣，他们唯一的生活来源——一头奶牛死了。年轻的天使非常愤怒，他质问老天使为什么会这样：第一个家庭什么都有，老天使还帮助他们修补墙洞；第二个家庭尽管如此贫穷还是热情款待客人，而老天使却没有阻止奶牛的死亡。

"有些事并不像看上去那样。"老天使答道，"当我们在地下室过夜时，我从墙洞看到墙里面堆满了金块。因为主人被贪欲所迷惑，不愿意分享他们的财富，所以我把墙洞填上了。昨天晚上，死亡之神来召唤农夫的妻子，我让奶牛代替了她。"

大哥说："所以说，有些时候事情的表面并不是它实际的样子。如果你有信念，你只需要坚信付出总会得到回报。"

在县城，借当年欢送新兵入伍的光，安国和大哥观看了县剧团演的秦腔折子戏，第二天早上，心里装着满满的希望与幸福，离开了旬邑。到达西安后，他们坐上了开往北京的火车。

几天来，安国很难适应从一个失学少年、失意农民一下子变成一个石油工人的角色转变。从遭人冷眼、被人嘲弄、卑若草蚁的底层劳动者，变成了即将吃上官饭的令人羡慕的工人，山重水复，峰回路转，真应了那句"鲤鱼跃龙门"的谚语啊!

第一次坐火车,安国有些激动。幸亏有大哥带着,要不他真感觉自己分不清东南西北,也找不到座位。火车硬座车厢挤满了人,熙熙攘攘,吵吵闹闹。安国想:他们都是要去哪里呢?旅游?回家?走亲戚?他们都是过客,而自己要去油田上当工人呀!以后这条路,就成了他的主干道,会常来常往的。

好不容易找到了座位,大哥把行李放好,安顿他坐在身边。火车里的环境对安国来说如此陌生,他对什么都充满了好奇,包括那些形形色色的人,也有着和旬邑人不一样的面孔呢。更多的人扶老携幼,拖儿带女。孩子的哭声、大人的叫声、火车的鸣笛声,构成了一曲特别的乐章。

大哥对这一切早已司空见惯,小弟如此兴奋,也在情理之中呢。自己当年去北京上大学,第一次坐火车也是非常好奇的,一路上东张西望,兴奋得睡不着觉。几天来辗转劳顿,建国感觉十分困乏,于是嘱咐安国看着行李,靠着座椅便睡着了。广播里放着歌曲,过一会儿报一次站名。大哥眯瞪了一会儿便醒来了,要安国也睡一会儿。安国说不困。大哥拿出带盖子的铁水壶,说:"你到那边锅炉房给咱接些开水,我带着饼子呢,饿了就吃点。"

安国拿着水壶往锅炉房走,迎面过来的人手里都有容器,里面接满了水。锅炉旁排成了队,安国跟着队伍往前移,好不容易轮到自己了,他拿出水壶放在吊着纱布的水龙头下面等着接水。等了一会儿,水就是不出来。——奇怪,刚才人家接的时候都好好的嘛!后面的人不耐烦了,说:"你这孩子接不接水?不接就让开!"安国左瞅瞅右看看,无奈水龙头就是没水。这时烧锅炉的师傅过来了,看见他无助地站在那里,用铁锨碰了一下上面的开关,骂了声:"笨蛋!"水哗的一下泻了下来,烫到了他的手。安国顾不得疼痛,也不敢吱声,用力抓好水壶。快满的时候背后一个大叔抢先一步关了水龙头,才避免了再一次的尴尬……

夜幕降临了,窗外的景致渐渐模糊,车里却灯火通明,人声鼎沸。大哥拿出饼子,安国啃了几下,不想吃。不是肚子不饿,而是感觉心里有些堵。刚才被开水烫着的手在隐隐作痛,但让他难受的不是这个:看来这城市的生活并不像想象中那么好,什么都有"机关"。自己一个农村娃,能干个啥呢?即使到了油田,一不锄地二不修梯田,那些复杂的机械玩意儿自己如何能玩得转呢?农村虽然辛苦,但那些活做起来得心应手,不知不觉一天就过完了。

临走之前，安国去了一趟槐庄子，向伯父告别。伯父高兴地拉着他的手，有问不完的话，没完没了地嘱咐。安国说："伯父，等我安顿好了，就回来看您。我挣了钱先买个相机，回来给您和伯母照相。"伯父一辈子没照过相，笑得嘴都合不拢了。伯父说："安娃，出门在外不比家里，凡事多长个心眼儿，眼放活，手放快，嘴放甜。唉，你们弟兄八个，其他人我都不担心，就你是个倔脾气，出去一定要改！要不我娃会吃亏的！伯父的话，记下了吗？"安国笑着点点头，说："记下了。"

那天，伯父一直把他送到大路上。安国说："伯父您回去吧。"伯父说："好，你先走。"安国走出很远，发现伯父还站在那里，像一尊静静的雕像……

夜深了，火车还在咣当咣当地响着。车厢内，有人已经趴在小桌板上睡着了。安国左顾右盼，没有一点睡意。他拿着水壶，又一次来到茶水间，照别人的样子把水龙头打开，然后又关上。其实这些东西就是没见过，操作起来一点也不难啊。再次落座后，他心里感觉舒坦了许多，靠着椅背，迷迷糊糊便睡着了。

睡梦中他又回到了旬邑……他和大牛、二牛等一帮孩子腰里系着绳，被挂在高高的窑畔上。绳子晃啊晃的，感觉自己可以轻而易举地飞起来。于是他们全都挣脱绳索，飞到了南沟里……南沟的社员们正在修水田，工地上人声鼎沸，红旗漫卷，歌声动地。社员们看见他们几个从天而降，都惊奇地睁大了眼睛……安国说："这个大坝应该再修高一些，要不一场洪水，下面修好的水田一下子就全没了。"队长说："你个熊娃娃懂个屁！我不知道该咋弄呀，要你来教我？赶快干活去吧！"这时一阵雷电大作，洪水轰隆隆便来了……队长说："快跑！"安国和大牛、二牛拽着绳索一跃便到了山上，再看时，下面已是洪水滔天，上百名社员辛辛苦苦干了几个月的工程一瞬间夷为平地，灰飞烟灭……突然，安国又回到了学校里，站在操场上，看各班的学生在跑操。他想寻找自己的班，可怎么都找不着，于是就随便插进了一个班的队伍里……跑操结束后队伍要集合，然后听学校领导训话。这时安国看见班主任任老师也站在前面，正在东张西望……安国扭过身，不想让他看见，谁知任老师已经发现了他，径直走到队伍里，把他拉了出去。任老师说："田安国，你现在已经不是学生了，你是生产队的社员，赶快回去上工去！"安国也不甘示弱，说："我已经不是社员了，我是华北油田的石油工人！"任老师哈哈大笑："做梦啊？你一个连高中都没上的娃娃，就想去当工人？痴心妄想啊！——

哈哈哈哈！"操场上的同学见任老师在笑，也跟着大声地笑了起来："哈哈哈哈，哈哈哈哈！"安国只觉得一股热血涌上头顶，他铆足劲，一拳冲任老师打了过去……

"安国，你咋了？梦魇了吗？"大哥坐在对面，看见安国一阵手舞足蹈，表情狰狞可怖，以为他做了噩梦。

"哦，没事，大哥。"安国醒来后，看见还在车厢里，只是灯光比刚才更暗了。

1977年的元月，正是百废俱兴之时，到处酝酿着一股蓬勃的力量。无论公路、铁路还是码头，都显得比以前更加忙碌。

安国随大哥来到了北京，准备再坐汽车到任丘。第一次进这么大的城市，到处高楼大厦、车水马龙，安国感觉自己的眼睛真有些应接不暇了。一路上他都在仰着脖子看高楼，想着：那么高的楼房，人是如何上去的啊？难道是搭着梯子上的吗？可是有没有那么高的梯子呢？要不就是用绳子吊的，像自己被吊在窑畔上干活一样，晃晃悠悠就上去了呢……正想着，大哥说："到了，这是我的单位，咱们先去宿舍休息，明天一大早再去任丘。"

到了公寓楼下，大哥扛着一袋米说了一声"跟我走"就不见了。安国带着行李到处寻找。奇怪，刚刚还在眼前，怎么一晃就不见了呢？是否进了哪间房子，也不跟他说一声。

安国只好敲门寻找。第一个门敲了两下，出来一个老大爷问："找谁？"安国不好意思地说："对不起，你看见我大哥了吗？""你大哥是谁？""哦，他叫田建国，刚才扛着一袋子米，一晃就不见了。""不认识！"大爷咣一声把门关上了。第二家没有人，敲了半天也没反应。第三家出来个老奶奶，安国给她陈述了半天，老奶奶边摇头边把门关上了。第四家出来个女的，一看是个农村来的小男孩背着一大包行李，气不打一处来："敲什么敲？讨饭的吗？走远点！"安国忙讪讪地说："对不起，我不是讨饭的，我找我大哥，他叫田建国，扛着一袋子米……"没等他把话说完，女人火冒三丈："神经病啊！这儿哪有你大哥呀？赶快走吧，走吧！哪儿凉快上哪儿歇着去！"说完用力把门关上了。

安国在一瞬间没了方向。大哥去哪儿了？难道他是飞到楼上去的吗？他走出楼道，左看看右看看——楼面立挺，比悬崖峭壁还要陡峭，即使大牛、二牛兄弟来，也是爬不上去的。

大哥扛着米上楼后，左等右等，就是不见七弟上来。他来到楼下，发现弟弟正在无望地看着公寓，在那里发蒙呢。

"安国，咋不上去呢？站楼底下发什么呆？"大哥不解地问。

大哥突然出现在眼前，仿佛从天而降。安国在一瞬间感觉自己很委屈。他眼里噙着泪，跟着大哥往上走。

"来，先喝口水，歇歇吧。"大哥倒了一杯水递给他。

安国的倔脾气在一瞬间上来了，他拒绝喝水，也不说话。大哥说："你等着，我给咱弄饭去。"

"我不吃！"

"嗬，你跟丢了我，找不到楼梯，还生我气了啊！"大哥有些啼笑皆非。仔细想，毕竟是自己的亲弟弟呀！他才16岁，从未出过这么远的门，何况这是北京呢。

几天后，在大哥的带领下，安国来到了任丘。

任丘是华北油田公司、华北石化公司、华北石油管理局等单位所在地，位于河北省中部，京、津、保三角地带。这里钟灵毓秀，人才辈出。春秋战国时期神医扁鹊（秦越人），西汉经学家韩婴，三国曹魏大将张郃，明代谏臣屈伸，书写清宫太和、昭德、贞度等门额的清代书法家王法良，清代诗人、文学家边连宝，民国时期体育健将朱恩德，抗日战争时期的燕嘎子（电影《小兵张嘎》原型）等，都是任丘人。任丘也是曾经的革命老区。这里有抗日战争时期著名的雁翎队有地道战的革命遗迹，有"牛氏三杰"的壮烈悲歌。朱德、聂荣臻、杨成武、吕正操等老一辈革命家都在这里留下了足迹。

华北油田会战指挥部的总部位于会战大道北端。那时的会战大道是一条铺了石子的土路，两边几乎没有什么建筑，只有招待二所有几栋砖房。马路两侧，抬眼望去是一栋栋帐篷、板房和泥棚，加上尘土飞扬的道路、疾驰的各种大卡车和一群群穿着"道道服"的石油工人，组成了当年石油会战的风景线。

安国和大哥在这条马路旁等着三哥的到来。三哥卫国听说七弟到了，立即骑自行车从河间县赶往任丘，35公里路程，他只用了一个半小时就到了。三哥气喘吁吁地来到他们面前，看见大哥和七弟，兴奋的表情完全掩盖了旅途的劳累。

几年不见，眼前的七弟已不是几年前的那个少年了，他长高了不少呢，穿着自己寄放在西安战友处的军装和大头鞋都不显得大，娃娃脸上挂着胆怯的笑。第一次出远门，安国只带着一条褥子。到了油田，三哥把自己的被褥拿了过来，然后把安国换下来的旧棉裤扯开来，铺到自己的床上。

这一幕令安国终生难忘。

2

兄弟三人在油田第一招待所住了一晚，第二天三哥便带七弟去人事处报到。考虑到安国年龄小，卫国向人事处办手续的人提出，能不能安排他到总医院、通讯处或者局机关工作。但由于安国来得太晚，医院招工名额已满，未能如愿，最终安国被安排到油建运输处学员排工作。

两个哥哥带着安国到油建运输处学员排报到，安置好后两人便匆匆离开。

这时，突然间一种巨大的孤独感向安国袭来，看着他们远去的背影，安国的眼睛湿润了。尽管过去在老家也曾和家人分离过，但那只不过是几天或者几十里的路程。这次身在千里之外，没有了熟悉的环境，没有了熟悉的人，更没有一个亲人在身边……安国呆呆地在床头坐了不知多长时间。

那一夜，他第一次失眠。邻床的一个叫骆洪钺的，来自江苏，长他两岁，比他早来几天。骆洪钺见安国那么小，也是第一次出门，于是就把两个人的床合在一起打了个通铺，由此开始了他们40年的友谊——无论一个在上海，一个在北京；一个在英国，一个在德国；一个在加拿大，一个在新加坡；一个成为著名的科学家，一个最终成为商人……他们的友谊从未褪色，几十年来一直像亲兄弟一样密切来往着。

在最初的日子里，卫国心里始终不放心这个年仅16岁的弟弟，几乎每天晚上，他都会让钻前大队宣传科干事和人事员安排调度值班车，往返近100公里去任丘油建一部看望七弟，给他以精神上的鼓励，并带去一些生活用品。

本来，他还想带着七弟去见见侯书记，感谢他的恩情，无奈侯书记因身体原因元旦前就回大港去了。后来，侯书记再也没有来过河间，卫国也因此没有机会再见到这位有恩于他的领导，甚至连一声感谢的话都没有来得及对他说。这让卫国一直愧疚不安。两年后的春天，大哥建国出差到大港，专程拜访了侯忠书记，代表三弟和七弟向这位大恩人表示感谢。

学员排更像是半军事化的团队，起床、休息、吃饭、学习、劳动完全是制式管理，连劳动工具都跟枪一样整齐摆放。他们身穿道道服，脚蹬大头鞋，头戴翻皮帽，冬天在院子里一站，分不清是男是女。

这些年轻人在学员排培训了不到半年，部分学员就被送到大庆油田汽车修理厂学习。安国有幸成为其中一员，他的好朋友骆洪钺也与他一起到了大庆，并且两人还是邻铺而卧。骆洪钺是个不善言谈的人，平时除过爱看书外，几乎没什么爱好。安国印象最深的有两件事：一是他的数学极好，解方程对于他来说是小菜一碟，什么三元三次方程呀什么的，几乎没什么能难住他的。二是生活能力极差。离开家里后他们除过洗衣服外，几乎人人都会拆洗被子，唯独骆洪钺不会。有一次，骆洪钺把被子拆开清洗，竟然把洗衣粉放在被里子上用手干搓，两只手被搓出了血泡，被子还没洗出个头绪来。安国实在看不下去，于是便上手帮他。他找了三四个洗脸盆，弄了一壶热水，不到半个小时就把骆洪钺的被单洗干净了。安国和几个室友把两张床拼在一起，天黑前帮他把被子缝好，令骆洪钺十分感动。

在大庆油田学习的那段日子里，安国被分配到车身车间当铆工。铆工车间主要从事汽车大梁的修理，各种卡车的大梁进入他们车间以后，都会被分拆、清理，然后更换全新的部件。这个车间的工人一定要学会两种技能，一要学会如何使用铆枪，二要学会如何加工烧烤铆钉。对安国来说学会如何使用铆枪并不难，难就难在自己年纪太小，铆枪分量又重，铆钉烧红后要很快被插入铆孔并立即用铆枪铆焊，错过了最佳铆焊温度，一切又得重来。安国常常一身臭汗，手忙脚乱，不得要领。很显然，他不适合做一个铆枪操作者，只能去烧烤铆钉或传送烧红的铆钉。

那是一项极其危险的工作。一次，安国一只手拿着特制的铆钉接落器（一个喇叭口的类似特大号铁茶杯的自制工具），另一只手手持火钳，去接十几米开外从高空抛向他的冒着火星的铆钉，由于他对方位判断不准，铆钉落在了自己的领口上！一股热浪席卷而来，好在他工作服穿戴正确，反应又快，肩膀及时向外一抖，那火红的铆钉被抖落在地上，衣领被烧出了一个大洞。之后很长一段时间，他都不敢去干接铆钉的活了，一想起来后脊梁骨就直冒冷汗。

那时候，全国"工业学大庆"。其实大庆20世纪70年代也是很艰苦的。每月粮食定量，粗粮加细粮差不多有近40斤。按说是吃不完的，可那时肉类少，大伙肚子里都没有油水，因此这些粮食还是不够吃的。还有，当时细粮少，每月一人只有8斤面粉和大米，其余都是粗粮，多数是玉米糁子和高粱米。当时食堂流传的顺口溜是："清水煮白菜，每月十八块；稍微有点肉，每月二十六。"当时工人平均工资也就40多块，每月差不多要吃掉三分之二。这种情况在现在看来是不可思议的，可那时就很正常。当时大庆还流传着四大怪："狗皮帽子男女戴（大庆冬季在职人员发的帽子，男女都一样）；一间房子住三代（职工住房都是干打垒而且很紧张，一般人家都是住三代人）；柏油马路粘车带（那时油修路多是用炼油厂的渣油拌沙子，到夏季天气一热油就化了，车走在上边粘车带）；公共汽车人在外（公共汽车少，乘车人多，车内装不下，有的人就用手扣着车门一只脚踩着门边乘车，很危险）。"虽然生活十分艰苦，但工人的热情都很高，学习"铁人"精神，大干苦干加巧干，为祖国的经济建设做出了重大的贡献。

田安国在大庆学习的日子很快就结束了。当他们60多个人再次返回华北油田的时候，又发生了重大变故。

原来的华北油田油建指挥部被分割成了第一油田建设指挥部和第二油田建设指挥部。他们所在的油建运输处不存在了，这些学员一部分被分配到了金属管道预制厂。田安国和骆洪钺又一次走到了一起，骆洪钺在铆工一班，安国在铆工二班。他们所在的工厂叫"华北油田油建一公司金属管道厂"，这个名字对安国来说极其拗口，也难以理解。后来工作了一段时间后，才觉得这个名字名副其实，因为这个工厂承担着华北油田大部分输油管线的工厂预制、防腐、保温工程，又承担着油田地面大部分贮油大罐的工厂预制。

安国所在的铆工二班主要生产各种罐体。他们这批新人被分配给几个师傅带领，学习使用不同重量的大铁锤是他们的入门课。有八磅的、十磅的、十二磅的，有八方锤本领的人才能称得上师傅。安国当时只能使用八磅的锤，能应付上下、左右、前后几下就不错了，工作对他而言显得十分艰难，无论他如何努力，都难以做到得心应手。而一些体型高大、膀大腰圆的工人很快便掌握了要领，做起活来举重若轻，令人十分羡慕。

不久，安国便被下放到油田的农场种稻子去了，因为在车间里，没人愿意和他搭伴。

那个叫义伦堡的农场远离公司总部，其荒凉程度令人咋舌。这里虽然没有山峁，没有沟沟坎坎，但到处都是盐碱地。这种土质经过改造才能长庄稼。

在这里要学会种稻子真不比抡大锤轻松。修渠、修水田、插秧，最难的是使用水泵，需要把长长的水管接到水沟里，并从水泵出水口倒灌水直到水泵启动，这期间需要不停地引水到各个区域，一天下来满身泥浆，不比在生产队干活轻松。更为痛苦的是双腿泡在稀泥中，一不留神就被蚂蟥给叮了，鲜血直流。

每当周末，骆洪钺都会到农场来看他，给他鼓劲。这个时候，安国脸上便会绽出欣慰的笑容。骆洪钺鼓励安国不要气馁，坚持就是胜利——谁也不可能种一辈子水稻呀！安国用煤油炉具煮了些面条，然后又摊了一些韭菜盒子，招待这位患难中的朋友。

骆洪钺离开后，一种巨大的孤独感再次向安国袭来。这种孤独感有别于大哥、三哥送他报到后的匆忙离去，而是一种近乎绝望的孤独。没走出农门之前，整天幻想着能走出去，外面光鲜亮丽，令人向往。那时候，安国对外面的印象几乎全部来自大哥建国。建国考上大学后几乎全村人都为他感到骄傲，父母走在巷道里神采奕奕，接受村人羡慕的目光。兄弟几个一出去，听到最多的就是："你大哥多么优秀，考到北京去了！"后来，大哥大学毕业留在了北京，成了地道的大城市居民，更增加了他的神秘感。每到过年的时候，一家人最大的心愿便是建国回来，建国回来不仅仅带给他们物质方面的惊喜，更多的是精神方面的富足。

那时候，大哥每次从北京回来，衣服都穿得很整洁，即使那衣服在大城市非常普通，可对于贫穷落后的山村来说，那是繁华大都市的代表。大哥戴着一副眼镜，白白净净，文质彬彬，脸上永远带着微笑，这在农村人看来便是一种高高在上的幸福——试想你背着日头熬了一整天活回到家里，还会有那么滋润的表情吗？

安国向往这样的滋润，向往在大城市每天脚不沾土、楼上楼下的生活。这种感觉他曾多次向伯父说起，伯父完全支持他的想法，支持他走出黄土地、扎根大城市的梦想。谁知初中毕业后他便回到了农村。那段时间是安国心灰意冷的日子，特别令他感到难堪的是去塔坪镇，看见那些曾经的同学如今还背着书包，他自惭形秽，逃也似的躲开了……天无绝人之路，三哥几经周折给他弄到了招工指标，一夜之间他感到自己脱胎换骨、扬眉吐气了。走在巷道里，村人问："安国，听说你要去油田上当工人呀？"那口气是殷勤的，神态是鲜活的，透着一股被折服后的仰望。就连翠英都带着鸡蛋看他来了，翠英说："哎呀安国呀，你可是与咱大牛、二牛光屁股耍大的，咋一下子就成公家人了呢？婶婶舍不得你走啊！那油田上如果还要人，你可不要把你两个兄弟给忘了啊！婶婶知道你是个聪明娃，到了油田上不用多久就干起来了……你放心，你若是把你兄弟拽出去了，婶婶我一辈子不忘你的大恩大德的！咱大牛、二牛虽然笨，去了给你端茶倒水总行吧？"

那几天，安国感觉自己都有些飘飘然了，满脑子都是明媚的阳光和灿烂的花朵。他幻想着油田上的生活，幻想跟三哥在一起上班的舒适，幻想每天坐着汽车去很远的地方游览，幻想下班后漫步在灯火通明的水泥马路上……可眼下，他什么也学不会，什么也干不好！干这种水稻的工作与农民有何两样？甚至还不如自己家乡的农民自由呢！

安国第一次对自己在油田的工作产生了困惑。前路漫漫，大雾迷茫，他看不清前进的方向，也看不到前面的曙光。荆棘密布，自己如泛萍浮梗，希望渺茫……

敢问路在何方？

3

保国接到大哥的电报后，心里七上八下，惴惴不安。难道大哥也可以把他弄出去吗？七弟安国去油田上班已经令梁庄人十分惊奇了。不管咋说，安国是上过初中的，有一定的知识和文化。自己大字不识一个，去了能干啥呢？

等待的滋味是煎熬的。连着几天，保国都不由自主地往村口跑，生怕错过了大哥发来的电报或信件。等到第七天的时候，大哥回来了。

大哥说，这次准备把老四和老五都带出去。

一家人欣喜若狂，为了兄弟两个的事忙得不亦乐乎。然而令他们没有想到的是，建国去县上办理从农村转到油田的一系列手续的时候，遇到了很大的麻烦。

当时各级领导仍然受极左思想的影响，不愿让年轻人走出去。关键是老五少国还是公社重点培养的对象，公社坚决不同意放人。为了把两个兄弟带走，建国马不停蹄地跑县上，跑公社，一趟趟地找领导，一次次地说理由。

当时唯一的交通工具是自行车，从县城到公社再到村里，往返上百里路，建国骑着自行车一次次地奔波着，不敢停歇。后来费了好大的劲，人家答应只放一个。

两个招工名额是他通过石化部领导争取的，费了好大的劲，如今却有一个要作废了，实在可惜啊！还有，兄弟两个，带谁走呢？

建国犯了难。

当时的通信十分落后，打一次长途电话要等几个小时。他和远在河北的三弟卫国商量对策。

卫国说："要是只能带一个的话，先把老四带出来吧。老五即使出不来也能当民办教师，老四出不来这辈子就完了。"建国想了想，觉得有道理，于是就先把老四保国的手续办好了。

临走的那天，建国心有不甘，默不作声。再看五弟那失落的眼神，心里更加不是滋味。吃饭的时候，他自言自语道："那么大的北京都没把我难住，一个小小的旬邑县就这样把我难住了？"

吃完饭后，建国又去了一趟县城，找了一个熟人疏通关系，结果在最后关头，把老五的手续也办妥了。

保国离开家的那天，大哥和老五已经先去县城了。由于头天晚上下了雨，地上结了一层薄冰，人在上面走需小心翼翼，一不留神便会摔跟头。

早饭后，保国骑着二哥兴国的自行车，后面驮着一床被子向县城奔去。

母亲怀着复杂的心情送她这个没念过书的儿子远行。几年来，眼看着自己的儿子一个个长大成人，远走高飞，母亲打心眼里高兴，感觉自己在人前也扬眉吐气了许多。当年，大儿子考上大学去北京，她送到村口；老二、老三去参军，她送到村口；老七去油田，她千叮咛万嘱咐，看着儿子上了车。那时候她也曾落泪，但那是高兴的泪、难舍的泪。如今，自己的四儿子也要离开了，母亲却怎么也高兴不起来，她更多的是担心和无奈啊。如果保国能在家乡找上个像样的媳妇，她是不会同意他离家的。母亲曾经和父亲商议，生了8个孩子，他们小的时候像小鸟一样围着你叽叽喳喳，不离左右，长大后羽翼丰满，终究会振翅高飞，一个个离去。8个儿子中，其他7个都上过学，唯独老四保国没上过学，母亲打从心里想把他留在身边啊！

如今，这个没念过书的四儿子也要离开了。外面的世界虽然很精彩，但也很残酷。保国不识字，到了油田上会不会受人欺负？会不会因为什么也干不了最后被人家打发回来呢？

"娘，你回去吧，我走了。"保国仰起笑脸向母亲告别。

"路滑，我娃路上骑慢些。记得去了一定要听领导的话，听你大哥、你三哥的话，好好干，会有出息的。"母亲说。

"娘，我知道了。外面风大，您赶快回去吧。"保国说着便骑上了车，向县城的方向骑去。走了一段一回头，看见娘还站在村口，手搭在额前望着他。保国感觉自己眼窝一热，鼻子一抽，身子扭了一下便摔倒在地……

那天，由于路滑，保国一路上不知跌了多少跤，所以走得很慢。

大哥在县城等得十分着急。从旬邑到西安每天只有一班车，保国赶到的时候，车早就发走了。大哥只好通过县城的一位朋友找了一辆去县城的大卡车。兄弟三人顾不得寒冷，一路颠簸赶往西安。

卡车到西安后已是晚上9点钟，大哥在钟楼附近的小旅馆登记了一间房。兄弟三人简单地吃了点饭，大哥说："我出去办点事，你们老老实实待在旅馆不要出去，要不迷路后就回不来了。"

初到繁华的大城市，兄弟俩站在窗前看着明亮的街灯，各种车辆首尾相连，人和自行车如潮水般向钟楼涌来。保国心里纳闷，说："城里人晚上不回家，都跑到这里干什么呢？"少国说："这个我也不知道啊！也许城里人的生活方式就是这个样子，跟我们不一样呢。"

"咱出去走走吧？"保国实在难以拒绝外面的诱惑。

"大哥交代了，不能出去的。"少国说。

"那你先待着，我在门口看看就回来。"保国说。

保国虽然不识字，但他记住了这家旅馆的字样和特征，然后绕着钟楼转悠了一会儿，感受大都市的繁华。

保国转了一会儿，担心五弟一个人在旅馆寂寞，便回去了。

大哥还没有回来。保国躺在床上怎么也睡不着：油田是否也像西安一样这么繁华？自己一个大老粗，去了能干些什么呢？

那天晚上，大哥回来得很晚，问两个弟弟是否出去了。保国说他在钟楼转了一圈。大哥说："你记性不错，能找回来就好。"

夜已深了，外面的灯火依然闪亮，保国翻来覆去，就是睡不着觉。

第二天下午，兄弟三人坐上了开往北京的列车。保国、少国都是第一次坐火车，感到一切都是那么新奇。火车车厢像旅馆似的，不但能睡觉，还有餐厅和厕所。

座位也是软乎乎的，坐上去十分舒服。

一路上保国都是兴奋的，窗外一晃而过的风景，与旬邑塬上的风景有几分相似，却又完全不同。大哥说累了可以趴在小桌上睡一会儿，保国感觉自己一点也不困，眼睛盯着窗外，唯恐错过了最好的风景。

到达华阴后大哥让他们看南边的山峰，白色的花岗岩高耸入云，挺拔俊秀。大哥说这便是华山了，是中国的四大名山之一。华山保国早就听说过，听说过"智取华山"的故事，以及二郎神、三圣母、刘彦昌和沉香"劈山救母"的故事，感觉远在天边，遥不可及。如今华山近在咫尺，却无缘攀登！大哥说："你们不要着急，以后有机会我们兄弟八人像八仙一样登上华山，'会当凌绝顶，一览众山小'。那上面有许多名胜古迹呢。"

列车开出潼关后，天色渐渐暗了下来，车厢里的灯也亮了起来。

夜越来越深了，许多旅客靠着椅背或趴在桌板上睡着了，鼾声此起彼伏。迷迷糊糊的保国也进入了梦乡……一觉醒来，眼前豁然开朗，是一望无际的大平原，没有山峁，没有沟壑。如此多的耕地，得需要多少个劳力耕种啊！过去以为塔坪镇就够大了，没想到还有这无边无际的广阔土地呢。

火车到了石家庄，大哥领着保国、少国出了车站。石家庄虽然也算是个大城市，但是和西安相比，显得有些破破烂烂。

当时已是午后两三点钟，大哥带着两个弟弟走到停着许多大卡车的地方。他让两个弟弟看着行李，自己上前跟一位卡车司机说着什么。

司机坐在驾驶室里，态度十分傲慢，大哥手里举着当时最好的牡丹牌香烟，恳求人家把他们捎上。大哥当时穿着一件黄军大衣，戴一顶黄军帽子，因几天来的奔波，显得疲惫不堪。这位北京外国语学院的高才生、石油部的干部，为了自己的弟弟，低三下四地求一位卡车司机——多年后，这一幕还经常在保国脑海里闪现。

在中国的传统观念里，长兄如父，他们要帮助父母养育未成年的弟弟妹妹，帮他们成家立业。无论你是农民还是国家干部，只要是长子，这些便是义不容辞的责任。田建国靠自己的勤奋考上了大学，不仅改变了自己的命运，还抓住华北油田开发招工的机会，把农村的几个弟弟想办法带了出来，从而改变了他们的命运……

那天的风有些硬，太阳若隐若现，懒洋洋的样子。寒风中，大哥仰着头，手里的烟足足举了半个小时，司机总算接了烟，让他们上了车。

从石家庄到任丘不到100公里，当时正在修路，路面铺了一尺多厚的土，正赶上下了一场雪，汽车一碾，变成了稀泥，车子行驶非常缓慢。更糟糕的是从不同方向来的车彼此不让路，时不时便造成交通拥堵。

车子在泥浆路上跑不起来，只能停下来等，等到夜里气温下降，路面结冰了才能走。这个时候，坐在车里的人已经感觉很冷，车上的人更是浑身直打哆嗦。兄弟几个紧紧地挤在一起，靠着体温相互取暖。

不知到了夜里什么时辰，终于到了任丘，他们乘坐的车停在了一个有灯火的地方。几个人下车一看，发现这是一片简易板房搭建的招待所。房子看起来很简陋，然而因为里面有暖气，所以暖烘烘的，感觉很不错。

来到任丘以后，大哥想帮保国安排一个好一点的工种，千方百计想把他留在华北油田管理局的房建队，成为一名木匠，最终未果。保国被分配到了油田指挥部，地点在河间县的采油三矿。

如此安排，大哥就放心了，因为老三卫国就在河间的第三勘探公司卫生所，可以就近照顾老四。保国在那里要进行三个月的培训。

安排好老四后，大哥带着老五少国回了北京。因为老五是高中生，又是党员，大哥想把他安排在离自己近一些的地方，将来有机会进北京发展。

保国感觉自己和老五少国就像一棵树上的两个苹果：一个长在树的顶端，沐浴着阳光雨露，所以又红又大，鲜艳夺目；一个长在树的最底下，经年不见阳光，所以不但个儿小，而且颜色灰暗。保国有点自惭形秽。

到了油田，保国才发现自己在西安的想法是多么可笑——这里别说和西安比，到处盐碱地，一片荒沙滩——连他们村都不如！

一辆卡车拉着他们到了河间县，在一片收了玉米的庄稼地里停了下来。玉米地上孤零零地搭着几顶帐篷，四周凹凸不平，一片荒芜。一群小伙子迎着寒风把行李搬进帐篷——这里便是他们的家了。

每个帐篷里有八张床，中间有一个刚砌成的炉子，没有电灯，没有暖气，炉子也没有生火，感觉温度和外面差不多。晚上冷得受不了，他们就烧原油取暖，早晨一开门，发现一个个都变成大熊猫了，鼻孔里全是烟灰。

保国在路上虽然做过最坏的打算，但无论如何也没想到是这模样啊！这个条件就连当时的农村也不如呀！后来油田上从城里招了一批工人，他们看到这般情景，哭得连饭也不吃，有的过了几天便跑回家去了。

保国在这里吃的第一顿饭是高粱米炒白菜。他从来没吃过高粱米，虽然肚子很饿，却怎么也吃不下去，一盒饭吃了一半就倒掉了。保国突然想起大哥建国曾在黑龙江待过几年，在那里天天吃高粱米和玉米糁子，不知他是如何挺过来的。

天快黑的时候三哥来了。三哥把保国带到自己所在的勘探三部，给了他一张床垫和一包蜡烛。

那一夜，他们的帐篷里因此有了一点光亮。

第七章

1

阳春三月本该是阳光明媚、杨柳青青、桃花盛开的一番景象，然而华北平原还是一派冬季的荒凉。寒冷的西北风"小风天天有，大风三六九"，刮起来风沙弥漫，没完没了。

四月间，排灌河的薄冰已经融化，地里露出丝丝青草，防风林泛起绿色，这个时候，是农场大田棉花播种的繁忙时节。

一场春雨过后，棉苗纷纷破土而出，进而转入了棉花生长田间管理期。棉田里锄草、打顶心、追肥、治虫、喷农药等活儿频频告急。棉田锄草不能"猫盖屎"，锄草不断根，太阳晒不死，一淋雨复又生，达不到锄草目的。在那些追赶太阳的日子里，这边麦子尚未割完，那边又要拔豌豆。秧田里也从5月底芒种开始忙活，一直要忙到6月底插秧完毕。水稻田里活儿正紧，翻田、灌水、插秧。水稻插秧不能插"籴淌秧"，未插入土的秧苗，浮于水面不能成活。

每天晨曦微露，就是出工下田劳作之时。有时晚上会干到伸手不见五指，才听到收工的信号。一天到晚在农田里弯腰曲背地劳作，干活长达10多个小时，天天与太阳赛跑，日日和星星共枕。每天周而复始，循环往复……

每年农历七月底到八月上旬是立秋前的"三抢"，即抢割、抢收、抢种，和老天抢时间，做到田里"早上一片黄，晚上一片绿（早上还是一片黄色的早稻稻穗，晚上便插上了绿色的晚稻秧苗）"。

割稻插秧，是一项折磨腰背的超强体力活。长时间地撅着屁股弯着腰，像个虾公似的"战斗"在田地里，干不了一会儿，腰就会酸痛，就忍不住直一下腰。一天下来，头晕眼花，面部充血，眼皮浮肿，腰酸背痛，浑身乏力。特别是腰，酸得简直直不起来。大家基本上都是歪歪斜斜地拖曳着疲惫的身体回到寝室的。有时在水田里一直奋战到"天上布满星，月牙亮晶晶"，蚊子、牛虻、蚂蟥等都出来了。拔秧时，微小的螺蛳还会划破他们的手指，流了血，还得干同样的活。像"三抢"这样每天顶着大伏天的毒日割稻、拔秧、插秧、脱粒，进行长时间、快速度、超负荷的劳作，对许多人来说是水深火热、抽筋剥皮般的煎熬……

每天早晨，安国早早地扛着铁锹在水田间转悠。经过一段时间的磨炼，他已经渐渐适应了这样的生活，感觉这样的劳动自己能够忍受。有当年"农业学大寨"垫的底，再苦再累又算得了什么？况且，能吃饱还有工资拿。令他纠结的是自己的前途在哪里，将来干什么。难道只是从黄土高原修梯田，转战到华北平原种水稻吗？

一天，大家正在干活，公司领导突然来农场视察工作。领导是一位又黑又胖、说话高门大嗓的人。他绕着农场转了一圈，视察了许多地方，对农场的工作表示满意。领导的身后跟着农场的几个头目，他们一边殷勤地给领导介绍着，一边指指点点。

安国到达农场后，很少看见公司领导下来检查工作（也许是人家经常来，他见不到罢了），因此感觉十分新奇。想着这么大的领导整天坐在办公室里，看到工人们像农民一样在田间劳作，会有何感想？他们的子女应该也在油田上工作，为何不来农场体验一下呢？安国突然想到许多走资派，似乎就是下放到农场进行改造的。那么，自己并未犯任何错误，干的却是和他们一样的工作啊……

"小家伙，你叫什么名字？"领导应该是端详了他一会儿，看着田安国问。

"哦……我叫田安国。田地的田，安全的安，国家的国。"安国停下手中的活，边挠着头边不好意思地笑了。

"嗯，田安国——好听的名字。你多大了？来自哪里呀？"领导似乎对他很感兴趣。

"报告领导：我今年17岁，来自陕西旬邑。"

"陕西是个好地方。那边有大秦岭，有革命老区，有十三朝古都——我去过西安，登过钟楼和大雁塔呢！不过旬邑这个地名倒是第一次听说，在陕西的什么地方啊？"

"旬邑属于咸阳地区，在咸阳的西北方向，北边挨着甘肃，东边挨着铜川，西南是彬县，东南是淳化……这些名字您可能也没听说过吧？"安国再一次不好意思地笑了。

"有些地方还是知道的，比如咸阳和铜川，还有彬县。彬县是公刘的故乡——古豳州之地吧？旬邑有什么名胜古迹呢？"领导心情似乎很好，他态度温和，一点架子也没有。

"旬邑也是古豳州之地，是周王室封地。那里有秦直道遗址，有公子扶苏庙，有北宋千年古塔。塔八角七层，呈倾斜状，偏离中心线两米多，号称'中国的比萨斜塔'呢。"安国如数家珍地说。

"小家伙，知道什么叫'比萨斜塔'吗？"领导看着他，笑眯眯地问。

"比萨斜塔嘛——听说是外国的，具体在哪里，我也不知道哩。"安国老实地回答。

"在意大利——千年不倒，算是一个世界奇迹了。小田呀，你是陕西人，会唱秦腔吗？"领导用期待的眼神看着他，似有考核的味道。

"秦腔嘛，陕西人都会唱几句。不过我唱得不好。"安国在学校时是文艺委员，组织过多次文艺演出，包括秦腔八大样板戏，许多唱段耳熟能详、烂熟于心。

"那就来一段吧！唱得不好没关系，你又不是专业演员！"领导依然笑呵呵的样子，兴致勃勃。

"嗯，这个，让我想想唱什么好……"面对领导，安国发现自己有些紧张了。

"小田不要紧张，领导让你唱就唱呗，唱得不好没关系。"农场领导在一旁给他鼓气。

"那好，我唱一段秦腔《三滴血》唱段。"

　　祖籍陕西韩城县，
　　杏花村中有家园。
　　姐弟姻缘生了变，
　　堂上滴血蒙屈冤。
　　姐入牢笼她又逃窜，
　　谁料她逃难到此间。
　　为寻亲哪顾得路途遥远，

登山涉水到蒲关。

安国唱完后,领导带头鼓起了掌。

"唱得很不错,有西北人的雄浑味道!"领导摸了摸他的头,安国感觉自己的脸变红了。

"来油田多久了?"领导问。

"将近一年了。"安国说。

"一直在农场干吗?"领导问。

"不是,一开始我在油建运输处,后来去大庆学习铆工,回来后被分配到了金属管道预制厂工作。"安国如实相告。

"那怎么又到农场来啦?"领导问。

"因为我抡不动大锤,没人跟我搭档……"安国说到这里,感觉十分委屈。他强颜欢笑,神态有些尴尬。

"好好干,你还年轻哩!"领导看着他,语重心长地说了这句话,便匆匆地离开了。

2

保国在帐篷住下后,上班每天在泥泞的玉米地里一干就是 10 多个小时。半个月下来,他们搭建了几十顶帐篷,到了元旦,教导队的人已多达几百人。由于是采油单位,分来的女同志特别多,一时间,他们这片帐篷里美女如云,大多都是大龄的下乡女知青,返城后被安排到油田上工作来了。

负责他们的教导员姓何,是个部队转业干部。他个头不高,但口才很好,有两颗闪闪发亮的金门牙。他每天对新来的工人说,表现好不好会影响将来的分配。大家天真地认为自己的命运就掌握在这位教导员手里,于是有的大龄美女便主动向教导员套近乎献殷勤,投怀送抱,"大金牙"借机玩弄了不少女人。后来,教导队还没有解散,"大金牙"便被抓了起来。那些与他有染的女人也跟着倒了霉,一时在单位抬不起头来。

帐篷搭建完毕后开始学习。大家都坐下来,听领导讲油田"三老四严""四个一样"等规章制度。大家都拿着笔做记录,保国感觉自己窘得比犯人受审还难受——他一个字也不会写啊!保国干再苦再累的活都没有问题,他最怕的就是学习了。

教导队的人数一天天在增多,吃饭的人也越来越多,食堂的人忙不过来的时候就从教导队调人过去帮忙。那个年代,大家都不愿意当炊事员,虽说人人要吃饭,但没有人愿意干做饭的工作,感觉那工作就是头脑简单、四肢发达之人的差事。保国人老实,在食堂干活积极认真,最后分配工作的时候被留了下来。他虽然很不情愿,但也没有办法。不过在食堂工作,可以提前一年转正,转正后不但工资提高不少,还有奖金,更可以自由地谈恋爱——这些都是工人们十分向往的事儿。再说在食堂吃得好,当时60%的粗粮不是发了霉的玉米就是高粱米,许多城里来的青年一看到这样的饭就直皱眉头,但炊事员就不一样了。

到食堂后,保国有了自己的宿舍,四个人住一间房子。三哥卫国前来看他的时候说:"保国你一定要学会识字,要不无论做什么工作都干不好的。"保国说:"我没有基础,怎么学?"三哥说:"我来教你。"当时没有桌子,三哥给了他一个小马扎,保国坐在上面,像小学生一样趴在上面一笔一画地学写字。

此后的很长一段时间,保国每天只做两件事:上班工作,下班学习。

食堂的活儿不太累,但对于保国来说难度却不小,因为他在家里的时候连碗都没洗过,更不会洗菜做饭,现在却要像女人一样围着锅台转。尤其是那将近两斤重的大菜刀,常把他的手弄得伤痕累累……

上班如此,下班后的学习写字并不比拿菜刀轻松,那些在别人笔下写起来轻松自如的方块字,到了他的手下就张牙舞爪,怎么写都不规范。一段时间后,他甚至认为自己太笨,学不会,于是产生了放弃学习的想法。

三哥严厉地批评了他的浮躁,要他无论如何一定要坚持下去。好在保国记性好,最多的时候一天能认10个字。三哥说这些字不但要会认,还要会写,并且要知道它们的含义才行。就这样,大约半年以后,保国就可以借助字典阅读报纸和杂志了。这期间,他尝试给大哥写了封信,只有一页纸的信他写了好几天。

大哥收到信后非常高兴,把信上的错别字用铅笔圈起来,然后注明正确的写法,夸他有天赋,学习进步快,并且鼓励他一定要坚持下去。这给了保国很大的鼓励。与此同时,在师父的帮助下,保国也学会了做食堂的大烩菜。那时候,他们食堂的大师傅大多是钻井队退下来的老工人和部队复员军人,没有一个科班出身的厨师,可以说都是外行,做出来的饭菜以生熟来判断优劣,质量嘛,根本谈不上。

全国掀起了一股学习的热潮,各行各业都在学文化、学技术,企业内部的各种学习班、培训班如雨后春笋般冒了出来。

保国的第一次学习机会是被派往任丘的油建二公司学习。油建二公司是华北油田食堂办得最好的单位。为期一个月的学习令田保国大开眼界。同样是炊事员,人家能做菜做得色香味俱佳,一把菜刀在手,玩得出神入化,自己为什么就不行呢?保国印象最深刻的是有一位大眼睛的姑娘给他们示范切肉丝,一整块肉在她手里一转眼变成了粗细均匀的肉丝,动作之快,他从未见过。

回到单位后,保国暗下决心要把刀功练好。他想,既然选择了这一行,就没有理由干不好。每天早晨炊事员从县食品公司弄两头宰杀过的猪回来——那个年代猪也瘦得可怜,连皮带骨头只有几十斤。食堂的人大多不愿意干这割肉的活,保国便一个人把这两头猪扒皮、剔骨、切肉的活都干完。由于没有冰箱,所有的肉都要加工成熟肉,三四百人吃饭的大食堂经常是他一个人炒菜。老师傅们常把他当傻小子使唤,凡是又脏又累的活,都叫他一个人去干。保国累是累些,但客观上磨炼了他的意志,增加了更多的实践机会。

保国的师父叫王喜林。这个人细高个儿,一双小得不能再小的眼睛总是在滴溜溜地乱转。他从小没有父母,长大后靠在大港油田的哥哥招的工。这家伙有个特长,不管走到什么地方,用不了多久就能和当地老百姓混得很熟。油田在建设初期没有围墙,到处堆放着建筑用的钢筋、砖瓦、木材等。他用这些东西从老百姓那里换花生、鸡蛋等好吃的东西,甚至组织年轻厨师把公司的木材搬运出去,在老乡家里做成大衣柜、写字台等家具,然后运回老家。有时,他还把食堂的油和米送给老乡,换回他所需要的东西。

每天一下班,王喜林便招呼一帮人打扑克。保国和他在一个宿舍,深受其害,弄得自己无法学习。看到保国认真学习的样子他就笑:"小田,别学了!没什么用。当厨师只要会签自己的名字,能领工资就行了,识那么多字干啥呀?来来来,打一会儿扑克吧,瞧我们多热闹啊!"这个人说是他的师父,其实连个鱼香肉丝也不会做，整天想的就是谋取私利。保国非常讨厌他。他把这些情况告诉三哥，三哥让他一定要警惕这样的人，远离这样的人，做到洁身自好。

转眼到了春节，大年三十的晚上，王喜林从老乡那里弄来了特大号鞭炮，放进钢管子里听响声，结果炸掉了三个手指头，把好端端的一只手弄成了残废，在食堂没法干了，最后看车棚去了。后来，保国通过自己的努力到了国外，王喜林逢人便吹："看看，我的徒弟小田都出国了，到德国当大厨去啦！"激动之情溢于言表。

当时，学徒期每月的工资是30元，除了交13元伙食费外，也没有别的开销。保国对这样的生活很满足，就盼着早日转正，转正后工资能涨一倍呢。

保国在三哥的总医院进修期间有机会去了一趟北京。总医院有一辆大客车，拉着工人去天安门毛主席纪念堂瞻仰主席遗容。

那天他们去得很早，到了天安门人家还没有上班呢，于是保国坐上电车找到了大哥工作的石化部情报所。他刚到楼下就看见大哥了。大哥很吃惊，问他怎么到北京来的，保国说自己坐电车来的。当时，买一块手表是他最大的愿望，国庆节的时候他又一次去北京，三哥帮他买了一块孔雀牌的手表。

这块表花了他近一年的工资，但保国觉得很值。

通过不懈的努力，保国的厨艺有了很大的进步，他把原来的大锅炒菜改成了用小耳锅炒，炒出来的菜质量有很大的提高。随着时间的推移，他感觉自己学识字也没有开始那么吃力了，遇到不认识的字就查字典，再也不用去问别人了。这期间，他发现了一本叫《新儿女英雄传》的长篇小说，拿起来便放不下了。遇到不认识的字就查字典，一口气便把书读完了。接着他又读了《第二次握手》《沉重的翅膀》等小说，感觉如痴如醉，非常过瘾。他深刻地体会到了读书的幸福。读书便不会空虚和寂寞，知识可以丰富人的精神世界，打开人心灵的窗户，使人视野开阔，变得更快乐。

一年后，油田指挥部办了个扫盲班。保国进扫盲班后才知道，这几年招来的石油工人像他一样没上过学的不在少数。他们中最大的50多岁，最小的十几岁。工人扫盲期间，工资照发，令人十分感动。

保国认为，世界上可能没有第二个国家对工人如此之好了。

在为期半年的扫盲班里，保国感觉自己学到了不少东西。他每天写一篇作文，学习给大哥写信。临近结束时，老师让每个学生写一份总结，保国调动自己所能调动的文字，写得声情并茂，绘声绘色，受到老师的表扬，他十分高兴。

人生旅程中，最紧要的往往就是那么一两步，走对了，前途光明，走不对，就一片灰暗。在紧要关头有贵人相助，将决定一生的命运。在那经济十分困难、社会环境十分险恶的大环境下，他们兄弟8个人一个个走了出来，成了家乡人议论的焦点，敬慕的典范。

第八章

1

农历戊午年的春节如期而至，油田工人放假，回家过年。

记忆中的那个春节要比现在的冬天冷得多。湖里结着厚厚的冰，地面上到处白皑皑一片。虽然天冷得出奇，政治气候却感觉回暖了。1978年1月1日，《人民日报》发表题为《光明的中国》元旦社论。社论说："一九七七年，世界上各种各样的人，包括我们的一些朋友和同志，也包括我们的敌人，都在密切注视着中国：在失去了伟大领袖和导师毛泽东主席、失去了敬爱的周恩来总理和朱德委员长以后，在粉碎了'四人帮'以后，中国会向何处去？"从社论充满激情的政治语言中，人们可以感受到在1978年的那个初春，"文革"的坚冰仍未彻底消融。人们熟知的改革开放的那声"春雷"，在这一年的年底才炸响。

在田安国的记忆里，当时还是物资短缺、凭票供应的时代。那时候，过年对孩子们来说绝对是朝思暮想的诱惑，平日里粗茶淡饭难见荤腥，除夕夜的富强粉肉饺子就显得分外香。那种穿新衣、吃大鱼大肉的快感，是今天的年轻人无论如何都体会不到的。

为了孩子们盼望了一年的那顿年夜饭，春节前的那段日子，居住在城里的家庭主妇们的生活主题就是排队"抢购"肉、蛋等凭票供应的副食品，有时还要全家出动彻夜排队，有点类似今天经济适用房的排号。虽然物资短缺，但人们在困顿中却对年夜饭有着超乎寻常的重视，这就让那些处于难为"无米之炊"窘境的家庭主妇们为难了，有时她们要倾全年之力来准备这个隆重的仪式。当时的年货主要有大肉、蔬菜、豆腐、竹笋、鸡、鱼等，零食包括瓜子、花生、水果糖等。许多家庭为了一顿丰盛的年夜饭，几乎花尽全年的积蓄。更让人开心的是，在这一年的春节前，一心革命十几年都没涨工资的职工要涨工资了，而且人人有份，这无疑是十几年来最为激动人心的事，也让年夜饭的餐桌能够丰盛一点。工业部春节前通知各地企业放假过春节。此前的春节，很多人基本上是在工作岗位上度过的，名曰"革命化春节"。

节前，大哥便嘱咐安国到北京过年。那时候建国虽然已经30多岁了，但依然单身。在外人看来，一个北外的高才生，相貌堂堂，风度翩翩，毕业后留在北京，在石化部那样的重要部门工作，身上有太多的光环，一定有不少女孩追求，可实际情况并非如此。当时的女孩都很现实，一听说他家在农村，父辈皆农民，首先门不当；没有背景，没有房产，便是户不对；弟兄8个，均未婚配，拖着大油瓶——这样的青年即使骑着白马，也非她们心目中的王子呀！姑娘们一旦了解情况便退避三舍，唯恐毁了自己的幸福。

繁华的都市虽然令人目不暇接，但安国却怎么也兴奋不起来。他知道，这座城市是别人的，与他无关。除夕的那天，当时名称还叫北京电视台的中央电视台恢复播出春节文艺晚会，当时全国居民电视机拥有量才100多万台，还是黑白的，人们只有在机关单位或者少数干部家庭才能观看。

大哥带着安国去了单位，那里已经围了好多等着看节目的人。第一次看电视节目，安国觉得很新奇，搞不懂那么多的人是如何被装进电视机里的。

第二天，大哥带着安国上街闲逛。西单、王府井、东单、大栅栏……安国第一次看到琳琅满目的商品。那年春节，北京百货大楼第一次在门前广场设立年货摊点，白天彩旗招展，夜晚灯火辉煌，楼内各层商场也是张灯结彩，一楼大厅还破天荒地悬挂起了巨幅春联，出售的服装包括传统旗袍和各色童装等。这是百货大楼自"文革"以来第一次开展节日营销活动。

兄弟俩转悠了一天，回到宿舍后都累了。吃完饭后大哥谈起了安国的工作问题。

安国谈到自己从大庆学习回来后的变化和自己的感受：现在的农场工作让他感到很迷茫，不甘心就这样工作一辈子。如果在车间还可以学到一些技术，哪怕在钻井队、在采油作业区、在油建等相关部门都可以得到进步，在农场一年到头种庄稼，还不如回家种地呢。大哥说："当初安排你在油建运输处当学员，是没想着在那里长期干下去的，谁知事态的发展有些失控了。我得找找关系，看看有没有可能给你调换工种。"

接下来的日子，安国工作的问题便成了大哥的头等大事。他先后找了一些人，感觉调换工种比招工都麻烦，许多人虽深表同情，但爱莫能助。

一天，大哥带安国去见了一个叫马继祥的人，他当时担任大港油田会战指挥部的领导，恰巧油建一公司的领导是他的老下属。大哥请他帮忙，看看能不能给七弟安国调换个工种。

安国拿着大哥给他的一封信，满怀希望地回到了油田，去找一个叫董长顺的领导。当他走进领导办公室的时候才发现，原来董长顺就是到他们农场来视察的那位领导，是他们油田一公司最大的官——董指挥。

董长顺也认出了他，夸他那天秦腔唱得不错。他当着安国的面打开了那封信，问安国为什么不喜欢当铆工，并说他就是铆工出身。安国小心翼翼地回答说自己年龄太小，体质又弱，干不了铆工只好在农场种稻子。董领导略一踌躇，说："你的情况我知道啦！先回去吧，等以后有机会再说。"

满腔的希望变成了失望，安国没想到事情会是这种结局。他蔫蔫地走出了领导的办公室，感觉调换工作的可能性不会太大，还得回到农场继续水田里的工作。

回到农场后安国感觉自己一蹶不振，做什么都打不起精神来。春节已经过去，燕赵大地仍一片萧瑟。曾盼冬过是春景，可是春风并没有如期而至，劈头盖脸的，是一股强劲的寒流，冻得人情绪凋零。

难道还要在这里继续干下去吗？领导说干一行爱一行，行行出状元。难道要把自己打造成种水稻的状元吗？如果真要种地，还不如种棉花、玉米、小麦，因为这里的自然条件很差，水稻其实并不适合生长的。

安国去了一趟三哥的住处。三哥卫国其实也一直在为他的工作而发愁呢。可惜当初给安国安排招工指标的领导已经调走，他又不认识其他油田上拿事的人。安国把自己去董指挥那里的情况给三哥讲了，三哥说你回去安心地等吧，我觉得这个领导靠谱。

"为什么？他说以后有机会再说，这不明显就是推辞吗？"

"这句话的外延很大，并不代表推辞。我觉得首先这个董指挥在农场见过你，跟你聊了那么长时间，还让你给他唱秦腔，说明对你的印象是非常不错的。其次大哥找的那个关系曾经是他的上级，不看僧面看佛面，工作好歹他也会给你调动，只不过眼前没有合适的罢了。领导说这样的话，说明他是认真负责的，想给你把事情办好呢。"

"这么说，这件事还有戏？"

"有戏。回去安心工作，心无旁骛，给领导一个好的印象。如果破罐子破摔，到哪儿都不会有人喜欢的。"

三哥的一席话令安国又重新燃起了希望。是啊，三哥说得对，这样的事，领导也有难处。油田岗位很多，但好岗位人满为患，哪有那么现成的好事等着你呢？耐心地等机会吧！

一场寒流过后，天气陡然回暖，裹在身上的厚厚的棉衣终于褪去，人们感觉一下子轻松了许多。田间地头到处都是人，一派繁忙的景象。安国的心也冰雪消融，变得敞亮了许多。

那天，阳光和煦，晒得人痒痒的。安国正在干活，厂部通知说有急事找他。安国被这突如其来的通知弄得忐忑不安。自己一个小小的学徒，厂部怎么会直接找他呢？

安国来到厂部，厂长告诉他公司行政办公室有人找他。这一下他更纳闷了！一个很有派头的人问："你是不是叫田安国？"

"是的。"安国诚惶诚恐。

"有没有犯过什么错误？"

"错误？什么错误呀？"安国一时紧张，不知说啥才好。

"错误嘛，就是做过的错事，造成一定的后果，被组织批评甚至处分。有没有啊？"派头十足的人循循善诱。

"这个……"安国一紧张，感觉出了一身冷汗。

"不要紧张，慢慢想。"办公室领导显得并不着急。

"……小时候的算不算呀？"安国想了想，觉得油田上实在没啥说的。

"说说看。"领导微笑着看着他。

"上小学的时候，我们班一个女同学喜欢向老师告状，我就指示别人在她的背上写了一句话'我是一头猪'，引得同学们哈哈大笑……"安国鼓了鼓勇气说。

"还有呢？"领导依然是笑眯眯的模样。

"还有……上中学的时候我们班主任老师总是喜欢给漂亮女生补课,我们看不惯,便往里面扔土坷垃……"安国讷讷地说。这件事后来对他造成了严重的后果,所以他终生难忘。

"呵呵,这些都不算什么错误啦!"领导依然笑嘻嘻的样子。

"那就没有了!是的,我又没犯什么错误,你们找我来干啥?!"看着那个有派头的人得意扬扬的样子,安国恼羞成怒。士可杀,不可辱!一定是有人想给他穿小鞋,所以给厂部打了小报告,人家要调查他。真是喝凉水都塞牙!调查就调查吧,我田安国一没偷稻米二没去扰民——今天豁出去了,看你还能把我从农场调到哪儿!大不了再回旬邑种地,做一个快乐的农民,也比窝在农场种水稻强些!

"哈哈哈哈!人不大,蛮有个性的嘛!"安国没想到自己的这番话,引得领导哈哈大笑。他走过来拍了拍安国的肩膀,示意他坐下。

"来,喝杯水,放松一下,不用紧张嘛。"领导看样子很客气。

田安国后来才知道,这位有学者风范的人叫张荣庆,是油建一公司行政办公室的主任。安国刚才的那句话,也成了自己日后的笑柄。

办公室主任张荣庆带着一个姓赵的秘书和一个开着北京吉普的司机,那派头感觉和他们旬邑县县长下乡没什么两样。安国早把找公司领导调换工作的事忘到脑后了,一时不知道发生了什么事。在回答了张荣庆的一系列问题后,这场不同寻常的会面总算结束了。

以后的几天,安国在忐忑不安中度过。

领导突然考察他,会不会别有任用?

想来想去又觉得不太可能,因为张主任没说让他干啥,只是自始至终态度和蔼,比较热情。

奇怪的是,每当他路过厂部的时候,总有人主动跟他打招呼。

财务室一位漂亮的大姐姐姓侯,她的男朋友是安国他们班的一位师傅,所以他们认识。侯大姐把他叫到一边悄悄地说:"小田呀,你要到公司机关去工作了!"安国这才恍然大悟!他把这几天来的影像连接在一起在脑海里快速播放了一遍,兴奋得一下子跳了起来。

安国先找到骆洪钺,把这个喜讯告诉了他,然后想办法把这个消息告诉了此刻最牵挂他的两位哥哥。几天后,行政办公室派了一个大屁股的北京吉普,把安国接到了机关,安排他到行政办公室当通信员,并与那个姓赵的秘书住在了一间宿舍。

田安国从此告别了体力劳作,进入机关,成了一名"白领"。这次工作的变化,在他的人生当中具有非同寻常的意义。

到机关工作对于一个只读了两年初中的人来说压力是巨大的。好在田安国一开始只是做一些打杂的辅助性工作。通信员的角色就是替公司的领导打扫办公室,收发文件,以及打理会议室,还要为10多个处级领导干部的日常生活服务。

安国不知道,在他来之前,办公室的这个岗位上刚刚经历了一场奇怪的闹剧。这个事件令安国感觉匪夷所思,无法理解。

当时通信员的工作,有一个重要内容便是收发信件。那时候领导的个人信件全部要交给通信员处理——比如,领导写给家里的信要由通信员负责寄出,领导家里的来信再由通信员送到领导的手里。

这是一件极其普通但十分重要的工作。那时候除了一些单位有电话,许多地方除了邮局都没有安装电话,通信只能依赖信件,紧急事件则发电报传达。领导来自天南海北,与外界特别是老家的联系只有靠信件往来。机关办公室担任通信员的小张做事利索,领导面前嘴甜腿快,会察言观色,深受领导信任。小张也来自农村,并且在乡下谈了一个对象,对象在政府部门工作。两人平日主要靠书信往来,甜言蜜语,恩爱绵绵。

年轻人一旦陷入爱情旋涡便难以自拔,每周一封信对小张来说感觉很漫长,几天收不到信件他便心急火燎,感觉一日三秋、度日如年。有一段时间女方不知因何缘故,连着两周没有来信。他望眼欲穿,却无可奈何。传达室每天都会收到各种信件,特别是领导的信件络绎不绝,令他心烦意乱,坐卧不宁。

百无聊赖之际,他决定拆开一封信,看看里面究竟写了什么。谁知那是一封妻子写给丈夫的情书,火辣辣的爱情表白简单直接,令他脸红心跳,难以平静……这种偷窥的快感令他十分兴奋,忍不住又拆了几封。从此,只要领导的来信他都要先拆开来,看完后便塞进床底下了。

连着几个月没有收到家里的信件,领导们感觉很奇怪,相互交流后发现这几个月来大家都没有收到信件。领导质问办公室怎么回事,办公室主任到通信员房间一查,发现领导的信件全部塞在他床底下的鞋盒子里!

这样的人，无论如何是不能再用了。"偷窥者"事发之后小张卷铺盖走人了，通信员这个岗位却空了下来，一时难以找到合适的继任者。

这个时候，田安国出现在了领导的视线里。

那次董指挥的农场视察之行，安国憨厚朴实的外表及活泼大方的表演给领导留下了深刻的印象，正考虑着有机会再去考察一下他，谁知春节之后，他竟然自己找上门来了！因为有了前车之鉴，领导们要求办公室对新的通信员进行严格筛选，田安国就是在恰当的时间，有了恰当的机会，赢得了这份恰当的工作。

人的一生中，总会在最关键的时刻遇到关键的人，那么这个人无疑就是你生命中的贵人了。安国生命中的第一位贵人无疑是自己的三哥——如果没有他的提携，安国的人生之路将完全是另外一种样子。以他不羁的个性，改革开放以后也不可能一直窝在山区务农，走出去打工或成为一个行业的小老板也有可能，但范围可能仅仅局限于旬邑或者陕西，不可能有更大的发展……当然，这些都是后话。

行政办公室的张荣庆主任是田安国人生当中的另一位重要贵人。

张荣庆是东北某大学文科高才生，为人善良厚道，对子女教育严格。他的老母亲那时80多岁了，一家人对老人孝敬有加，令年轻人十分感动。张荣庆除了文笔上乘，书法也很棒。每到春节他就给单位和职工写春联，忙得不亦乐乎。

通过一段时间的接触，张荣庆发现田安国为人谦逊，踏实可靠。他天资聪颖，手脚勤快，做事有条不紊，富有创造力，令领导十分满意。然而他的致命之处便是文化基础薄弱，不会讲普通话，特别是不敢在大庭广众讲话，人一多就脸红，显得缺乏底气。

张荣庆要求田安国每天早上起来大声朗读数遍当天《人民日报》的社论，并安排他周五晚上政治学习的时候给大家念，发音不准下来后及时纠正。不久，安国的普通话就好了许多，人多的时候也敢放开讲了。

当通信员的要懂一些基本的文体。有时张荣庆会让他起草一些文件，结果发现他错别字连篇，一些基本的文体格式也不懂。张荣庆除了手把手教他怎么写，纠正错别字，还鼓励他增强自信，学会自学苦练的本领。

一段时间后，田安国通过刻苦努力，错别字明显减少，起草的文件也有了一定的文采，受到领导的表扬和奖励。

生活方面，张荣庆对安国也非常关心，多方照顾。特别是后来安国母亲手术期间，张荣庆特别叮嘱小车队队长要尽全力给予方便。那一个多月里他经常安排专车接送安国去医院——要知道那个年代借辆自行车都不是容易的事儿。

可是就是这样一位德才兼备的人，一直在主任这个岗位上干到退休——田安国至今不明白其中的原委。

田安国在这里遇到的另一个贵人是办公室的副主任李强先生。他对安国的关心就像一个大哥哥对小弟弟般无微不至。特别是多年后，在安国办理出国手续过程中提供帮助，可谓全力以赴，不遗余力。

安国后来常常想：如果李强当时不在办公室副主任这个岗位上，他能否出国还是一个问号——因为职工出国要经过党委会研究讨论同意后才能批准，公司有一个副经理极力反对安国出国，处处刁难。那天领导们开会到深夜，会议快要结束时李强发现那个副经理领导上厕所去了，立即把他出国的事塞进了最后一个议程。

遗憾的是这位李强大哥英年早逝，听说是在参加新疆石油会战期间突发脑出血过世的。那时他担任分公司的领导。最让田安国感到惊讶的是，他和妻子曾经是一对恩爱夫妻，后来不知何故竟劳燕分飞。

李强是带着伤、带着遗憾、带着泪离开这个世界的。

当然，这些都是多年以后的事了。

在担任行政办公室通信员的几年里，田安国所见到的人和接触到的事对他后来的发展有着潜移默化的作用。他从一个青涩的少年变成了稳重的青年。当时19岁的他正处在人生的重要阶段，努力学习、不断深造的概念植入了他的细胞里，一些新的理想和信念刺激着他不断成熟，使他逐渐适应了油田复杂的工作环境及人事关系。

带着萌动的青春，田安国进入了人生的初恋阶段……

2

保国经过半年的刻苦学习，基本摘掉了"文盲"的帽子，读书、写信、看报已得心应手。这令他十分振奋。两年的学徒期将满，保国每天都在盼着转正。因为转正了，不但工资能涨到每月50多元，而且还可以名言正顺地谈恋爱了。

那年春天，华北油田搞技术大练兵，各行各业进行技术比赛。采油三矿下面有四个采油队，矿里组织了一次厨艺比赛，保国所在的机关食堂是参赛的重点单位。

当时，保国他们食堂分来了几个转业军人，其中李师傅是从北京军区某招待所转业过来的，自诩技术高超，到了这个小小的采油三矿，总感到英雄无用武之地，整天牢骚满腹。

这次比赛，李师傅代表食堂参赛，英雄终于有了用武之地，大家都十分期待。李师傅是四川人，平时很骄傲，很想借此机会给大家露一手。比赛前一天，他就把刀磨得极锋利，准备工作很充分。

第二天，采油三矿的大礼堂的舞台上摆好了阵势，台下几百人在观看，大家翘首以待，希望一睹厨王的风采。

那天保国正好下夜班，于是也钻进了人群里。大家把注意力全集中在李师傅身上。比赛开始不久，李师傅由于过于紧张，切肉片时一不小心把手心划了一刀，鲜血直流，顿时狼狈不堪。李师傅是他们食堂唯一的参赛者，是这次比赛的主角。如今主角发生了意外，怎么办？情急之下，主管生活的副矿长陈云龙在人群中发现了田保国，以命令的口吻说："小田，上！"保国当时没有一点思想准备，情况又不容商量，只好硬着头皮走了上去。

其实比赛所做的四个菜都很简单：木须肉、青菜炒肉丝、酸辣土豆丝和宫保鸡丁。没想到临阵换将，保国这个临时替补的"演员"竟然得了第一名！

这一意外"插曲"让保国不但拿到了丰厚的奖品，还为后来的工作转正打下了良好的基础。

转正后，摆在保国面前的首要难题便是婚姻问题了。尽管当时他们采油单位女工较多，但一个食堂做饭的在当时真不是什么好工种。加之保国个头比较矮，又没进过学校门，想在本单位找对象还真不容易。

三矿团委也发现了保国是大龄青年，出面牵线搭桥，为他介绍了一位采油女工。女工是四川人，瘦小单薄，一副弱不禁风的样子，唯一的优点是能写一手好钢笔字。

相处一段时间后，保国总觉得她缺乏年轻女人的活力，显得死气沉沉。保国有些犹豫了，虽说自己年龄大，想尽快有个家，找个本单位的可以享受分房及各种福利，但总不能委屈了自己呀！

那个四川姑娘倒是挺主动，一下班就来找他。看到保国不是很积极，姑娘承诺说她叔叔在油田当领导，可以给保国换个好工种。

这期间，保国的母亲从老家来油田看他，保国在招待所借了一间房子，和母亲住在一起。招待所正好和四川女子的宿舍是前后房，女孩便常来和保国母亲一起吃饭。

一天下午，女子陪保国母亲去洗澡。保国一下班回到招待所，母亲看见他就笑，表情有点奇怪，一副欲言又止的样子，弄得儿子一头雾水，却又不好挑明了问。最后母亲实在忍不住了，说了这样一句话："她怎么就不像个年轻女人呢？"保国这才明白了母亲那奇怪的笑容。

晚上躺在床上，保国反复琢磨母亲这句话的含义，结合他自己的感受，似乎明白了什么。

这件事说来也巧，几天后，四川女子调到了任丘，保国借此机会果断地和她终止了关系。后来，女孩还主动找过保国几次，都被他拒绝了。几年后，保国带着妻子的妹妹在华北油田总部看病，在大厅碰见了这个女子。两个人见面显得都有些尴尬。妻妹问："姐夫，你认识她？"保国说："她原来是我们单位的。"妻妹说："这个女人嫁过几次人，都不能生孩子呢！"

保国后来每每想起这件事，特别感激自己的母亲，是她老人家在关键时刻提醒了自己，不然，保国将遗憾终身。

对象没谈成，保国的婚事又成了一家人的操心事。大哥建国认为四弟找不到对象的关键原因是工种不行，于是找人托关系，想把保国调到运输公司学开车——当时司机是最吃香的职业之一。当时有句顺口溜是这么说的："听诊器，方向盘，人事科长，营业员。"这件事快要办成的时候，有一天大哥突然对他说："我觉得你干炊事员将来会更有前途，开车这工作将来人人都会。"当时有这样远见的人并不多，大哥可谓高瞻远瞩。保国当时感觉自己已经喜欢上了厨师这一职业，那次阴差阳错的比赛获奖给了他充足的信心。

他听从了大哥的建议，打消了调换工种的念头。

不久，大哥有了一次出国的机会，去了一趟加拿大，亲睹了西方发达国家的繁荣。回国后他为几个弟兄制订了学习计划，逼着七弟安国放弃了优越的工作，学英语，并鼓励老三卫国边工作边学英语。大哥说："一个外科医生不懂英语，将来就没法工作。"卫国听从了他的意见,开始学习英语,感觉吃力难以坚持时,大哥指着英语单词幽默地说:"这就是美金!你记一个单词就等于为自己存了一美元现金啊!"后来,大哥当年的愿望基本上都实现了,兄弟几个都过上了好日子。保国不知道他学厨师是不是在大哥的计划之内,但后来的事实证明,大哥为他选对了职业!

这个职业使他终身受益。如果当年改行当司机,还不知道是什么样子呢!

时光荏苒,一晃20世纪70年代便翻了过去,迎来"四个现代化"的80年代。眼下,保国的当务之急仍是婚姻问题。年龄不饶人,过了30岁难度就更大了,想找个理想的媳妇,只能回陕西老家去了。

事情在他最落寞的时候有了转机。一天,食堂几个职工在一起干活,边剥蒜边聊天。一个同事对另一个同事说:"小陈,你看田师傅这么好的人,就是个子矮点,在你们县帮着找个合适的对象吧!"小陈是河间人,说:"行啊,我还真认识一位在我们县电线厂上班的姑娘呢,就看人家田师傅愿不愿意。"保国听后非常高兴,随口就说:"可以啊!我能从陕西到河北,还怕见你们河间的姑娘吗?"

一句看似玩笑的话,当时谁也没当真。

一天,下班的时候,小陈对保国说:"田师傅,你下班到我家去,我说的那个姑娘在我家等着见你呢。"保国这才明白,原来他当时不是说说而已,而是真的在为他物色对象呢。

相亲嘛,应该打扮一番,可保国当时实在没有什么像样的衣服,只有一身工作服,穿上它,加上脚上沾满油渍的翻毛皮鞋,一看就是个石油工人。

保国与姑娘见面的第一感觉是人家比自己高。她皮肤白净,头发高高地向上盘起,一双丹凤眼洋溢着饱满的青春活力,是他心目中所期望的美丽姑娘!

3

田安国在行政办公室工作的几年时间,是他人生的重要转折期——从一个普通学徒工迈进了"白领"的行列。行政办公室的工作氛围、周围人的综合素质、学习意识等,是工厂环境无法比拟的。

1979年的元月,一年一度的公司总结表彰大会即将进行,田安国要在主席台上为领导们服务，面对台下数百名参加会议的代表，紧张的心情可想而知。其时，办公室的两个主任忙得不亦乐乎，他们最担心的是田安国这个新手不能消除怯场的心理。他能不能应付那么大的场面？

会前，李强副主任事无巨细地交代他如何处理问题，甚至跟他讲了几个主要领导抽烟、喝茶的习惯，并且还特意从基层调了两个年轻漂亮的女孩协助他。

两天的会议结束，田安国的表现受到了上下一致好评，赢得方方面面的称赞，其中一个叫吴文萍的姑娘对他的钦佩之情溢于言表。这个祖籍江苏的姑娘是机修厂的车工，父亲是转业到大庆的老石油工人，母亲是随矿家属。吴文萍20岁左右，中等个头，身材苗条，青春靓丽，一笑俩酒窝，非常迷人。

19岁的田安国从未经历过这样的浪漫。按说，男孩到了青春期，已是情窦初开的年龄，对漂亮女孩非常敏感。但因为生在农村，在那样艰苦的条件下，人的生存问题是放在第一位的，一般十几岁的男孩很少考虑自己的婚事，想得更多的是如何帮家里改善生存环境，或考虑自己的前程问题。到了20多岁家里人自然会替你考虑婚姻的问题，母亲会托村里能说会道的媒婆给儿子介绍媳妇……

安国离家时才16岁，还没到考虑这个问题的时候。那时候，他很害怕和女孩子接触。记得刚到华北油田那年冬天，他在任丘大街上找理发店，里面都是女孩在剪发。安国转了几家，发现都是年轻女孩在剪，于是硬着头皮进了一家理发店坐了下来。剪发过程中，他感到浑身不自在，简直如坐针毡。由于过度紧张，竟出了一身汗。

剪发的姑娘见他如此紧张，只好休息了一会儿，让他平静下来……此后，他和女孩说话还会脸红，但毕竟没那么紧张了。

如今，安国与女同事在一起，已经变得很自然了，但在油田上班后工种不定，身如浮萍，哪有心思考虑这些事啊！

吴文萍的表白很直接："我喜欢你，发自内心地喜欢你！"

面对突如其来的爱情，安国感觉有些蒙，不知所措。幸好这个叫吴文萍的姑娘落落大方，她的美丽、善良和热情让他感觉无法抗拒。

表彰会议结束后，吴文萍便经常寻找各种理由和田安国见面。那时候不到25岁的年轻人在油田是禁止谈恋爱的，他们机关有一对年轻人就因为谈恋爱被下放到基层干体力活去了。

冀中平原的春季是多姿多彩的，桃花开过，梨花争艳，怒放的油菜花给华北平原披上了亮丽的新衣。和煦的春风轻轻摇着河岸的柳树，在阳光照耀下，嫩绿的枝条显得婀娜多姿、风度撩人。

这是一个适合恋爱的季节。两人从开始以借书为名你来我往，到后来送各种吃的东西。他们的交往日渐频繁，一日不见心就发慌，但谁也没有挑明关系。

这样的约会是甜蜜的，之前从未注意过自己衣着的田安国懂得穿戴整齐了。每天出门的时候，他会用梳子蘸着水把头发理顺，甚至站在镜子前认真地端详自己的模样。镜子里自己的脸显得比以前胖了些，也变得白净了许多。嘴唇上不知什么时候已生出一层毛茸茸的胡须，喉结变得突出，眼睛炯炯有神，像个男子汉的样子了！安国的眼睛很大，双眼皮很深，笑起来有一种迷人的风采，令女孩为之倾倒。还有到了油田之后，他的个头猛地往上蹿了不少，不再是以前那个又黑又瘦的小男孩了。机关办公室的工作让他增长了不少知识，开阔了眼界。更为难得的是，在主任和副主任的帮助下，安国变得成熟了、稳健了，做事有礼有节，工作有条不紊，得到领导的高度认可。

吴文萍当时也不到20岁，她性格开朗，一头如墨的黑发扎在脑后，前面散散的几绺刘海活泼可爱，衬托得脸蛋更加圆润。一件红色的上衣将腰束了起来，显得凹凸有致，别有风采。白色的衬衫领子翻了出来，与红色的外衣形成鲜明对比。这在当时是一种非常时髦的着装——女为悦己者容，很显然，女孩是花了一些心思打扮的。蓝色的裤子下摆有些宽，是当时流行的小喇叭。这种喇叭裤在之后的几年大为流行，红遍全国。吴文萍手腕上戴着一个银质镯子，与纤细白皙的手腕相得益彰。她的一身装扮是那么精致，甚至有点讲究，却让人感觉不出半点多余和累赘，仿佛她本来就应该穿成这样。

爱情的火焰开始在两个年轻人心中熊熊燃烧，谁也难以控制它的温度。然而相见时的他们却要保持高度的克制，甚至在外人看来，他们只是最普通的同事，或者只是仅仅认识，彼此并不熟悉。事实上，两人真正在一起的时间并不多，情窦初开的他们想着法制造偶遇的机会，机关里看见对方不敢打招呼，马路上相遇假装不认识，相约电影院却又不敢坐在一起……幸福与纠结交织在一起，他们就像电影里的地下工作者一样，刻意保持着一段相思的距离。

一天，吴文萍给安国带来一本书，是安国喜欢看的《铁道游击队》。书被装在一个文件袋里,安国准备拿出来翻阅,吴文萍匆忙制止,让他回去了再看。这个举动在安国看来有些多余——不就一部书嘛!别人即使看见了也无妨啊!何况当时机关单位都在鼓励青年学习,许多人重新走进高考考场,实现自己的人生梦想。

吴文萍送完书就准备离去。安国看着她,不知该说些什么。

吴文萍嫣然一笑,欲言又止的样子,终是忍着笑、扭着好看的腰肢走了。安国望着她的背影呆愣愣地站了好久,直到单位同事喊他,才回过神来。

回到宿舍后安国打开了文件袋。书一看便是从公司工会图书馆借的,上面贴着标签。安国翻开扉页,一个粉红色的信封掉了出来。

安国下意识地关上了门,拉上窗帘,似乎这是一封重要的地下情报,事关他们秘密的爱情。长这么大,第一次有人给他写情书呢。

安国屏住呼吸,闭上眼睛静了三秒,然后拆开信封,一行行清秀娟丽的字映入他的眼帘。

信的开头称谓为"安国",简单讲述了他们认识的过程,然后便是对安国浓浓的思念之情,温度逐渐升温,文字开始变得滚烫黏稠起来……信的最后有一句话:"亲爱的,你能接受我的爱吗?"

安国把信捂在胸前,以免咚咚狂跳的心蹦出来。

他闭上眼睛站了很久,发现脸颊还是滚烫烫的,于是打了一盆冷水把脸浸在里面,让自己平静下来。

之后的几天时间,安国都不敢去见吴文萍。他怕自己情绪失控,突然抱住她狂吻她的眼睛……那眼神幽怨痴迷、期期艾艾、楚楚可怜,如沙漠中的一汪甘泉,令人无法抗拒……眼下,他们的恋情还不能公开,否则对两人都没有好处,那样的结果对他和吴文萍来说,都有些太残酷了。

是的,如果他和吴文萍都下放到农场去劳动,怎样面对为他的工作东奔西走的两位兄长?如何面对他寄予厚望的父亲、母亲还有伯父?如何对得起亲手栽培他的办公室主任张荣庆和李强副主任呢?那个时候,即使吴文萍愿意跟着他去受苦,她的家人还会同意他们在一起吗?

一番冷静思考后,田安国觉得这件事需要降降温才行,否则会把两个人都烧坏的。

一连几天，他对吴文萍态度冷淡，好像没看过那封信一样。这期间吴文萍约过他几次，安国均以工作繁忙而婉拒了。

事情在一段时间后有了变化。安国进入机关办公室工作以后，机关司机周师傅对他关爱有加，看到他单身一人，出门在外，经常在周末的时候带他到家里做客。周师傅的妻子是河北人，高喉咙大嗓门，一副大大咧咧的样子。她性子直爽，做事麻利，见不得老公老实木讷的样子，回到家里两人经常发生口角，争论不休。这个时候，周师傅的爱人便会让安国来评理。安国让双方换位思考，设身处地为对方想一想。本着大嫂在家里操持家务，又要管教孩子，所以周师傅应该理解她的辛苦这样的原则，安国两边说和。大嫂指着周师傅一顿数落："你看看，你看看，人家小田都说我在家里比你辛苦，你回来就知道颐指气使，指手画脚，在家里啥都不干！"说完便动手包饺子。大嫂的饺子做得非常有味。多年以后，安国还记得那种清香醇厚的味道。

夫妻床头吵架床尾和——安国放大夫妻双方优点的调解方式令周师傅夫妇都很满意。他们觉得这孩子会来事、懂事，所以两口子都很喜欢他。安国成了他们家里的常客。

一天，周师傅找到安国说，他们要回东北老家一段时间，想让安国给他家照门，然后把钥匙给了他。

周师傅的家远离机关单位，安国虽经常去，但除了周师傅一家人，别的人都不认识。照门的第二天，他想约吴文萍来好好谈谈。这件事，一味地躲着也不是个办法呀！那天看见吴文萍，姑娘的眼睛红红的，哀哀怨怨，看得他心里很不是滋味。

那是一个周末，吴文萍拿着他给的字条，很快便过来了。进屋后，安国给她倒了一杯水，然后拿出买好的水果递上去。吴文萍没有接他的水，也没有吃苹果，她就那样直直地看着他，眼泪哗哗地流了下来。

"别哭，让人看见了还以为我欺负你了呢。"安国慌忙拿毛巾，让她擦脸。姑娘没有接，而是掏出自己的手帕擦了一下淌到嘴角的泪，哀婉迷离地盯着他，看得安国浑身不自在，只能嘿嘿地傻笑了。

"田安国，这些天为啥躲着我？"吴文萍哭了一会儿，感觉情绪稳定了许多，看着他问。

"没有啊，这些天办公室事多，每天被领导'抓壮丁'，忙得不亦乐乎呢。"

"哼！想不到你也是一个会说谎的人，算我看走了眼。"

"没有啊！不过，吴文萍……你看……关键是单位的规定，一旦有人告发，咱俩就都完了。"

"我不管那么多！谁愿告就告去，我不在乎的。还有，把我的信还给我！"

"信？哦，在我宿舍藏着呢，你放心，别人看不到的。"

"田安国，你安的什么心啊！"吴文萍突然又激动起来，眼泪唰唰地又下来了。

"别！唉，你看……咋又哭了呢？"安国一时慌了神，拿起毛巾递给她。

"呜呜呜！"吴文萍再也忍不住了，一下子扑进安国的怀里。

"别哭……小声点，这是周师傅家，让邻居听见可不好。"安国说。

"我不管！"姑娘一边紧紧地搂着他，一边用一双粉拳在他的肩膀上捶着。

安国苦心修筑了十多天的情感大堤在一瞬间决口，爱情的洪流像火山一样突然爆发，两个年轻人被深深地埋了进去，难以自拔……

那是一段幸福与痛苦交织在一起的爱情。两个人爱得轰轰烈烈，提心吊胆。这件事如果让领导知道，后果将很严重。他们就那样痛并快乐着，演绎着一场甜蜜幸福的危险游戏。后来，周师傅一家回来了，两个人没了相会的地点，只能努力地克制着。那种煎熬令他们几乎崩溃。每天上班按部就班地做好工作，剩下的都是思念了。

那种煎熬令安国无法忍受，几次他都准备冲出去与她相会——什么单位规定、世俗偏见，统统见鬼去吧！吴文萍对他的思念似乎更加强烈。安国每每看见她哀怨的眼神和嘴边的火泡，就知道她被折磨得多么残酷了……

不久，吴文萍被调到攻关队担任绘图员。攻关队是科研所的前身，就在安国他们机关的后面。每天上下班，他们办公室门前那条路是吴文萍回家的必经之处，安国工作的小会议室窗台上经常有她送的东西。吴文萍家里只要做好吃的便忘不了安国，饺子、油饼、包子、带鱼等。

沉浸在幸福中的田安国完全没有意识到，危机正在向他一步步逼近……

4

保国心仪的姑娘名叫章敏丽。初次见面两人说了些什么保国已想不起来了。过了几天,小陈说:"田师傅,小章说她父亲想见你。今天晚上带你去她的厂子,怎么样?"

小章的父亲是河间电线厂的电工,父女俩在同一个厂上班。

下班后,章敏丽来了,姑娘显得很主动,落落大方的样子。章敏丽带着田保国去她们工厂。

配电室在厂子的最后面,两人通过一条又窄又长的甬道来到她父亲工作的地方,小章给父亲做了一番介绍后便离开了。

保国这时候突然觉得有些紧张,虽然与章敏丽也是一面之交,但她的离去还是让他感到了一种无助。这件事看来姑娘是愿意的,只要通过小章父亲这一关,估计问题就不太大了。自己的职业以及自身条件并不算好,做电工的父亲见多识广,他能看得上这个其貌不扬的未来女婿吗?

小章走后,保国与她的父亲东拉西扯地谈了起来。未来岳父问了保国的家庭情况和工作情况,保国一一如实回答。他又询问了油田工作的特点和劳动强度,然后说:"别看我有三个女儿,无论哪个走远了,我和她妈都舍不得哩。你们油田是流动单位,你家又那么远,将来要是去别的地方,敏丽她妈恐怕不愿意。"保国明白他的意思,说:"我的家庭成员大多都在油田,将来回陕西的可能性不大。石油工人流动性大,如果调往别处是组织的事,自己做不了主。"两人大约谈了有一个小时,保国起身告辞,小章父亲送他到门口。

后来,章敏丽对保国说:"那天晚上我父亲给了你很大的面子。之前有人给我介绍过勘探三部的钻井工人,不是留着长发、穿着喇叭裤,就是光头形象,一见面就天南海北一阵乱吹,说他一个月能挣多少钱,家里在大城市,等等。我爸一听就觉得不靠谱,把他们晾到一边了。"

"这么说,你父亲对我的印象还算不坏嘛,没有赶我走啊。"保国笑着说。

"我爸说你是个诚实的人,有啥说啥,不会说谎。"敏丽说。

"那咱俩的事……"保国问。

"我爸说你啥都好,就是个子矮了点,让我看着办,他没意见的。"敏丽说完,脸蛋红红的,像熟透的樱桃。

就这样,两个朴实的年轻人便开始了交往。

没有花前月下的浪漫,没有甜言蜜语的呢喃,没有山盟海誓。恋爱期间,他们仅仅在一起看过一场电影,吃过一顿饭。由于工作性质不同,常常是保国下班了敏丽在上班,时间很难凑到一起。

那时候,章敏丽下了夜班还要回家种地。他们家里有几十亩承包地,种麦子和花生。敏丽的弟弟还小,家里的活主要靠母亲在干。农忙时,保国下了班就去帮他们家干活,第一次体会到摘棉花的不易。

干农活是保国的长项,锄地、割麦子,一个人能顶他们好几个。那年的国庆节,保国带着章敏丽去了一趟北京,见了大哥,他们二人的事就算是定下来了。

事情的进展是如此简单顺利,令保国感到有些意外。都说爱情是甜蜜又苦涩的事业,必然经历一些浪漫和曲折,甚至必要的磨难和考验。然而他和章敏丽似乎就是前生注定的一对,两人一见钟情,相互爱慕,这场爱情于是便只剩了甜蜜蜜了。

由于保国已不再年轻,与章敏丽家里商量后,他们准备尽快完婚。那时,保国手里只有400元钱,一没房子,二没家具。好在单位临时借给了他们一间平房,两张单人床拼在一起就算是婚床了,家具和被褥都是章敏丽家给做的。保国给媳妇买了一辆自行车,又花30元买了一套西服——算是新婚的礼服。章敏丽是个懂事的姑娘,她知道保国家的情况,所以结婚的时候没有向保国提任何条件,因陋就简的情况她也未曾有半句怨言。她的父母也都通情达理,令保国十分感动。

保国和敏丽决定旅行结婚。他们决定先去北京,然后再回老家。临行的前一天,保国对敏丽说:"你在家等着,我明天上午来接你。"保国在单位请假开了个介绍信,忙活了一上午,然后急匆匆骑上自行车向敏丽家奔去,在半路上碰见敏丽父女俩。原来敏丽见保国迟迟不来,于是便让父亲送她过来了。没有过多的仪式,敏丽父亲甚至连口水都没有喝,保国感到深深的内疚。

那天下午,他们到了任丘市三哥卫国的家。卫国也是刚结婚,暂住在供应处的宿舍楼里。他临时借了一间屋子,作为保国和敏丽的婚房。

那时,老六治国也准备结婚,于是决定与四哥保国一起旅行结婚。他们经北京回到老家旬邑后,整个梁庄都沸腾了起来。街坊邻居蜂拥而至,看田家老四、老六从城里带回来的媳妇。

冬日的旬邑气候寒冷,可保国家的院子却热闹非凡。两个儿子同时从外面领回了漂亮媳妇,父母高兴得合不拢嘴,接受来自四面八方亲友的祝福。

这件事一时成了塔坪镇的新闻,大家议论纷纷,交口称赞。保国的父母一向为人低调,从不张扬,母亲这回却一反常态,带着两个媳妇走亲戚,赶大集。这个没念过一天书的老四保国在家时受人歧视,说不下对象,如今不但吃上了公家的饭,还娶回了漂亮媳妇!母亲多年的病体似乎一下子好了。她脸上挂着笑,大声地说着话,忙得不亦乐乎。

在保国和治国的记忆里,那是母亲最快乐的一段时光。

5

安国所在的行政办公室里有4个打字员,一个是他们的副主任李强的夫人,叫马娜,还有一个叫苑春丽的。苑姐对安国格外关照,直到几十年后的今天,安国都50多岁了,只要一打电话,她还叫他小田。

一天,苑姐把安国叫到僻静处,悄悄地问他是不是在谈恋爱。田安国的心倏地一阵狂跳,脸一下变得通红,赶紧问她是怎么知道的。

原来苑姐的父亲和吴文萍的父亲都是从同一个油田来到华北油田的,彼此都很熟悉。吴文萍的父母向她打听田安国的情况,这说明吴文萍已经把他们的关系告诉了自己的父母,而且她的父母也不反对。这当然不是问题的关键,关键是马娜想把她的妹妹介绍给田安国!

安国这下才明白为什么马大姐对他那么好,周末常常叫他到家里吃饭,什么好吃就做什么,安国爱吃什么她就给他做什么。

安国在一瞬间陷入了两难的境地,一时不知如何是好。

好在马娜还没有向他挑明这件事,但过几天她的妹妹就要从东北来任丘了,表面是来看姐姐的,实际上是来相田安国这个"对象"的。

19岁的田安国第一次遇到这么纠结的事儿——一边是相爱着的姑娘,另一边是对他有知遇之恩的上司和大姐!都说爱情是甜蜜蜜的事业,可也不能这么"甜"啊!

如何能够躲开这次"相亲"而又不影响他们之间的关系,还要做好他和吴文萍恋爱的保密工作，成了田安国的当务之急！

焦虑之中的他感觉一时没了主意，于是向苑姐求助。苑姐提醒他可以利用休探亲假什么的，随便找个理由避开这次"相亲"。请假直接向张荣庆主任请，选择好时机，不留漏洞。

在苑姐的点拨和配合下，田安国在得知马大姐妹妹来华北的确切时间后，立即申请回陕西休假！马大姐的妹妹当然不知内情，按时到华北油田"探望"姐姐，一场小小的爱情危机就这样被暂时平息了下去。

安国回到阔别两年的陕西老家旬邑，探望了两年未见的父母。

两年不见，眼前的老七长高了不少，也结实了不少，脸上已经没有了当初娃娃的稚嫩，变得成熟多了。

安国见过父母后便决定赶往槐庄子去看伯父。

伯父见到安国后非常高兴。他看上去有些憔悴，岁月的磨难让眼前的老人苍老了许多。当时，伯母已经过世了，留下伯父一人孤单地在槐庄子生活着。安国回去的时候借了台照相机，在伯父的窑洞前、山间小路上和田间地头，为伯父留下了一生中唯一的一组照片。安国还特意在那棵老槐树前为伯父留下一组珍贵的镜头。

几年不见，伯父真的老了，嗓音明显沙哑，动作迟缓，走起路来颤颤巍巍。他像一头老黄牛一样一辈子面朝黄土辛勤劳作，身体最后的能量也将耗干了。

安国赶着毛驴下到沟底驮了两桶水，亲手为伯父擀面做饭。

伯父坐在炕头品尝着安国带给他的北京二锅头，抽着大中华烟，笑眯眯地看着他，眸子纯净得像个孩童。这是安国和伯父最后一次见面，后来的日子，槐庄子便只有在梦中反复出现了……

伯父没有儿子，只有改花一个女儿。他很想在众多侄子中过继一个给他做儿子。安国父亲知道老哥的心事后，郑重其事地对他说："别看8个娃，我都指望不上，你还能指望他们哪一个呢？"他接着又说："只要我有一口气，就亏待不了你老哥！"在伯父病重的日子里，父亲兑现了他的承诺。他把自己的哥哥接到塬上家里，一直在身边伺候着，端茶倒水，热汤热饭，请医生看病，熬药喂他喝。梁庄的人都被感动了，说就是亲儿子也不见得能做到这样啊！

伯父的葬礼上，出"子服"的难题摆在了父亲面前。父亲说服了众多亲友，毅然决定把8个孩子的名字都写上，落款是"侄儿服侍"。这一举动使得见多识广的阴阳先生大为感慨："不愧是上下塬的能成人呀！"

几年后，父亲又亲自操办，为伯父伯母举办逝世三周年祭奠活动，接待了300多位客人。在当时农村温饱问题还没有解决的情况下，是一次少有的隆重祭奠活动，受到人们的交口称赞。后来，父亲提出给伯父伯母墓前立碑，在当时立碑尚未普及的情况下，成为梁庄的首例。父亲说："以后我死了，你们弟兄还知道你伯父埋在哪儿呢。"

……

安国回到老家后，见到了自己的亲人，特别是看望了疼爱他的伯父，一时间便忘记了恋爱所带来的烦恼。蓝天白云，乡道田野。"绿树村边合，青山郭外斜。"这里储存着他童年和少年的记忆，几年来魂牵梦萦，斩不断，理还乱。华北油田在一瞬间变得虚无缥缈，遥不可及。几年来那里所发生的一切——那些人，那些事，感觉似乎都是一场梦。梦醒时分，他就在旬邑，在生他养他的这片土地上。

安国知道，今生即便自己多么飞黄腾达，无论到天涯海角，最终他的根还在这里……

当田安国再次回到工作岗位上后，感觉一切都趋于平静，好像什么事都没有发生过一样。安国暗自思忖：难道是我自作多情，是杞人忧天？

百思不得其解。

李强夫妇一如既往对安国和蔼友善，苑姐视他为自己的亲弟弟一样，处处照顾，关怀无微不至。然而令人没有想到的是，安国和吴文萍之间的爱情却出现了很大的问题。

矛盾因何而起，安国已很难说清。也许从陕西旬邑老家回到华北油田以后，两人之间忽然有了一道无形的隔阂，彼此变得不信任了。

也许最初的激情燃烧以后，双方都不再那么冲动，开始冷静地审视对方了。看到吴文萍坐在别人的自行车上毫不避讳的时候，安国的心便开始隐隐作痛。两人相聚的时候自然就有了争吵，面红耳赤，不欢而散。吴文萍我行我素，认为安国不该如此小心眼。

冷静下来的时候安国深刻地检讨自己，觉得吴文萍的话也许有些道理，但是当他看到吴文萍和别的男人一起看电影时，酸水便肆意往胸口涌，心口疼痛，说不出话来。

矛盾因此而起，且越来越尖锐。每次见面不再是恩恩爱爱，激情似火，而是以争吵开始，以争吵结束。日子开始变得百无聊赖，平淡如水。不见想见，见了就吵，矛盾进一步升级。于是，这段青涩的初恋，很快便无疾而终了。

失恋的悲剧令田安国痛苦万分，他一时怎么也走不出心里的阴影，第一次有了要离开华北油田的想法。周师傅让他到家里吃饺子，安国拿起一瓶二锅头一饮而尽！

他烂醉如泥，躺在床上几天都缓不过劲来……

苑姐知道安国和吴文萍分手后，开始也觉得不可思议——因为他们曾爱得那么深！当安国深陷失恋的旋涡难以自拔的时候，苑姐给予了他最大的安慰。苑姐说："小田，爱情这东西强求不得，该放手时当放手。有些事轻轻放下，未必不是轻松；有些人深深记住，未必不是幸福；有些痛淡淡看开，未必不是历练……小伙子，放下吧。也许爱情的这扇门关上了，另一扇便会打开，阳光和煦，温馨浪漫。大姐相信你一定会找到真爱——一位更加适合你的美丽姑娘！"马大姐也安慰安国说："有时候，人生就是这样，你想要的不一定能够拥有。珍惜的一旦失去，就要坚强起来。过去的事就让它过去吧，因为我们已无法挽回。小田，不要沉溺在过去难以自拔，这是无能的表现。是男子汉，就应该振作起来，直面人生！"

有些事，与其去排斥它，不如去接受它。

爱情像一场暴风骤雨，来得快也去得疾。吴文萍曾像只小鸟一样和他依偎，给他温暖，最终却又决然地从他的身边飞走了。

两人的恋情虽然结束了，但吴文萍的父母对安国依然很好，甚至在20多年后他回华北油田办离职手续时，吴叔、吴婶还夸他是个懂事、孝顺的青年呢。世事难料，37年以后，田安国竟然在新加坡和吴婶、吴文萍还有吴文萍的妹妹不期而遇——吴文萍的妹妹就住在离他们的住地不到一公里的地方！

时移世变，白云苍狗。这个世界真是太小了啊！

第九章

1

春节过后不久,安国突然接到家里的来信,说母亲病了,在县医院已经被确诊为乳腺癌中晚期!没什么医学常识的他并没有感到特别紧张。因为从小到大,记忆中母亲常年有病,家里的小院子一直残留着浓浓的中药味儿,中药渣在前院堆成一座小山——邻居家做醋都要到他们家来要那些药渣。

然而当外科医生的三哥卫国得知消息后,感到特别紧张,马上让家里的兄弟陪母亲来华北油田总医院治疗。

母亲被送到任丘后,安国和三哥卫国做了一番分工。卫国主要负责医院内的事务安排,安国负责医院外的事务协调。

当时,卫国就在华北油田总医院外科工作,安国在油建一公司机关行政办公室当通信员。在办公室张主任的关照下,小车队专门安排了一辆红星小面包车供安国使用,这在当时已经是非常高的规格了。

这辆车在安国母亲手术、住院、出院治疗期间,提供了诸多方便。

安国母亲的手术是在1980年秋天做的。在老三卫国的精心安排下,总医院外科主任亲自主刀,卫国也一直陪伴在左右。手术整整进行了一个上午,母亲患病一侧的乳房需要全部摘除。

病房外,田建国及几个弟弟焦急地等待着。儿时关于母亲的记忆,一幕幕地浮现……

建国生于1945年。那一年,母亲才16岁。第二年,蒋介石发动全面内战。1946年年底,国民党胡宗南的军队向陕甘宁边区关中分区大举进攻,不久,旬邑便沦陷了。这时，国民党地方政权组织一批特务，专门抓捕共产党的干部以及支持革命的群众。这些特务多是本地人，熟悉当地情况，经常跟随国民党正规部队到解放区挨村挨户进行所谓的"剿匪"。他们不穿军装，但手里有武器，可以随便抓人甚至杀人，当地老百姓称他们为"便衣队"。

建国父亲抗战期间曾经为陕甘宁边区警备一旅三团采购物资，因此成为"便衣队"搜捕的对象。母亲抱着襁褓中的建国和父亲一起逃出梁庄，向南朝柏林寺的方向跑，途经桑村、麻村、牙里河等地。他们在这些人烟稀少的川道和深山里躲藏，常常几天吃不上一顿饱饭。父母轮流抱着儿子东讨西要，颠沛流离半年多，直到1947年春，解放军收复关中以后他们才回到梁庄。

这个时候，国民党的军队还没有完全撤离，时不时回来骚扰，住在村里很不安全，母亲于是抱着儿子到邻村的马家堡暂住在亲戚家。

两岁的小建国已经很久未吃过饱饭了，看见人家碗里剩余的一点咸菜，一把抓起来就往嘴里送。母亲见此情景，眼泪唰唰地流了下来，嘴里喃喃地说："这一年在外逃难，几乎没吃过一顿饱饭，把孩子饿成这样啊！"不料，便衣队闻知他们娘儿俩的藏身之地，欲扣起来做人质，要挟建国的父亲。父亲没有办法，只好通过贿赂这帮家伙，把妻儿救了出来。

时局稍微好转后，建国父亲开始在梁庄修建自己的房子。父亲花了200多块银圆买下了一块被称为"麻地壕"的地，请来木匠、泥水匠等一大帮人做土坯、毂窑洞。母亲以她弱小的身体每天要做20多口人的饭，还要照看只有三岁的儿子，其辛苦程度令人难以想象。

那时候，农村做饭方式非常原始，烧的是劈柴，通常必须有一个人专门拉风箱，往炉灶里不断鼓风，另一个人则专门和面、揉面、擀面、蒸馒头或下面条，还要洗菜、切菜、炒菜，碰到人手少的时候，所有这些活全部落在母亲一个人的肩上。其时母亲不过才19岁，搁在现在还是在父母跟前撒娇的孩子呢，却要挑起如此沉重的生活担子！

房子盖好后，家里人口逐年增多，家务活越来越多，每天从日出到日落，母亲几乎没有任何闲暇的时候。10多口人的衣服要靠她一针一线地缝，衣服脏了，她要到村中的大涝池里去一件一件地洗。

那时候，做10多口人的饭可不是仅仅在家里"做"那么简单，把地里的粮食变成餐桌上的饭是一个极其复杂的过程——首先要到碾子上去碾，然后用石磨子磨成面，再到厨房加工。每个环节都靠手工，这些活主要由母亲来完成。忙碌了一整天，晚上睡觉之前她还要负责烧炕。好不容易坐到炕上，浑身累得像散了架似的，但母亲还不能睡，她必须打起精神，挑起那黄豆般的油灯开始纳鞋底或缝补衣服。建国高中毕业的时候，母亲的身体已经明显支持不住了，经常躺在床上起不来。当时，母亲才30多岁，完全是超负荷的劳动累出来的病啊！

在建国的记忆里，母亲的能干是出了名的。他们兄弟八个，年龄相差二至三岁，八个孩子的衣服、鞋子全是母亲一针一线做出来的。他们从小到大，没穿过破烂的衣服，没穿过露脚趾的鞋。

那时候，农村人家里孩子普遍较多，五个以下算比较少的，但一般家庭都是大的带小的，一帮孩子别说穿新衣服，就是干净的衣服也很少穿。建国兄弟几个一个个衣着整洁、干干净净的样子令亲戚和邻居都觉得不可思议，村人纷纷投来羡慕的目光。当然，大家交口称赞的便是他们的母亲，大家觉得这简直就是一个奇迹，不可思议！建国父亲一辈子走南闯北，见多识广，在他们那个偏僻的小县算是个不大不小的名人。当地有人曾夸张地说，出了旬邑县城东门打听田玉成的名字，没有不知道的。可仅靠父亲的能干，没有母亲的配合，这个家就不可能有那么长时间的兴旺。有人说："老田这个人固然有本事，做生意、种庄稼、务牲口样样都能干，可没有他那个当家的（妻子）也不行呀！钱再多，乱花起来就没个数了；粮食再多，一浪费很快就完了；孩子多，不好好教养便都放羊了！"在建国看来，村人说的话都是事实，母亲就像他们家的"总理"一样，天天筹划着吃、穿、用这些事，既要保证全家人吃好、穿好，保证孩子们上学、亲友之间的应酬，有时还得接济一些生活更困难的亲戚。

那时候，比起一般家庭来，他们家在农村确实比较富裕一些，加之伯父的倾力接济，很少有缺吃缺穿的时候，但建国的母亲从来不乱花一分钱。母亲喜欢赶集，可很少在集市上买自己喜欢吃的东西。她赶集的主要目的是了解行情，搞市场调查，然后花最少的钱办尽可能多的事。比如，母亲买做衣服的布大多是减价布或者商家卖剩下的布头。作为一个女人，她并不完全依靠男人，不轻易开口向父亲要钱，而是想各种办法自己搞创收。母亲除了操持家务外，养鸡卖鸡蛋，栽花椒树卖花椒籽。后来学会使用缝纫机裁剪衣服以后，她还帮人做衣服挣点手工钱。作为庄稼人，母亲深知粮食的来之不易和珍贵，她精打细算，惜粮如金。三年困难时期，工作组常常挨家挨户搜查余粮，母亲将她结婚时娘家陪的嫁妆柜腾出来存放了好几斗小麦，使全家人在灾荒年间还能吃上十分稀罕的白面。

　　母亲就是这样靠她的勤劳和智慧配合父亲，使这个家渡过了一个又一个难关。

　　母亲热爱生活，也很会生活。建国记得小时候母亲不知从什么地方弄来了牡丹花种，种在院子里。不久，那牡丹开得又红又大，一下子给他们这个农家小院增添了不少情趣，引来邻家的婆姨、女子前来赏花。后来，父亲找人在院子中间打了一口井，把淘出来的土堆在前院，形成一个土台。母亲在那块不大的台子上用她那双会"变魔术"的手打造出一片奇妙而诱人的小天地，台子上种了花椒树、桃树、黄瓜、西红柿、辣椒等。春天，母亲带着大一点的孩子撒种施肥，观察出苗情况，不时浇水、松土、拔草；夏秋季节，那块土台子生机盎然，黄瓜、西葫芦、豆角爬过院墙，常常引得路人驻足观赏。那土台上的小菜园子给家里的餐桌上提供了新鲜而丰盛的蔬菜，几棵花椒树上长出的花椒叶和花椒除了供自家吃外，卖的钱成了家庭一笔重要的副业收入。

　　花台上留下了母亲辛勤耕耘的汗水，也留下了她的自豪和喜悦。在那样的年代，全国农村普遍贫穷落后，物质匮乏，衣食不足，可对建国兄弟来说，有了母亲无微不至的呵护，他们的童年便成为一段让人留恋不已、回味无穷的美好时光。

　　母亲一生爱干净。记忆里，家里的院子从来都干干净净的，屋里井井有条，就连厕所、猪圈也很干净卫生。母亲见不得脏和乱，她自己更是家里讲卫生、爱整洁的模范，无论什么时候，她首先把自己收拾得利利索索，从来不会因为干活劳累而不讲究仪表。在建国的记忆里，母亲的头发总是梳得那么整齐，衣着从来都那么整洁。即使经常被病魔折腾，她看上去还是那么年轻，头发乌黑，皮肤白净，仪态端庄，举止得体，神态安详，丝毫看不出岁月对她的摧残。

　　儿行千里母担忧。建国考上大学以后，据说母亲常常坐在大门口等送信的邮递员，看有没有儿子的来信。后来，老二、老三陆续参军了，母亲几乎天天盼着信来。如果有一段时间收不到孩子们的信，她就会焦躁不安，茶饭不思，夜不能寐。再后来，其余几个孩子也像小鸟一样羽翼丰满，一个个飞出去了，昔日热闹的农家小院突然变得空空荡荡，母亲一下子感到很不习惯，心里空落落的。在孩子们看来，母亲一生坚强，很少看见她流泪哭泣，实际上她是一个感情非常脆弱的女人。在众人面前，她装作若无其事，等孩子们走远了，眼泪扑簌簌便下来了……建国劝她说："娘，你就别操这么多心了，我们都大了啊！"母亲叹了一口气说："娃，不由人呀！等你们有了孩子，就知道做父母的难处了。"兄弟几个工作以后，想得最多的就是把母亲接出来，让她在外面享几年福。母亲先后在老三、老四、老五那里住过或长或短的时间。她到哪里都闲不住，不是帮着做饭，就是收拾屋子……

时间不知过了多久，手术室的门终于打开了。母亲在医护人员和卫国的簇拥下被推了出来。躺在手术床上的母亲面无血色，神态安详，感觉像睡着了似的。建国感觉自己在一瞬间眼眶里蓄满了泪，强忍着才没有让掉下来。

母亲苏醒后尽管没有掉一滴眼泪，但那痛苦的表情一直刻印在安国的脑海里。在以后的几天里，母亲甚至连一声疼都没喊过，那坚强的神态让人难以置信。

在母亲住院的那段日子里，三哥卫国常常亲自和护士一起给母亲换药，安国不忍目睹，只能跑到病房外躲避。

母亲手术后又进行了多次化疗，原来一头乌黑漂亮的头发几乎掉去了一大半，而化疗所带给她的痛苦远不止这些……在患病的7年里，母亲曾经历了一次大手术、两次小手术，还有多次化疗，那一次次的折磨曾带给她巨大的肉体和精神创伤。这些，都被坚强的母亲用7年时间默默地承受了下来。那种坚强的力量至今仍在激励着她的儿子们，在人生的大道上披荆斩棘、阔步前进。

随着对母亲治疗过程的了解，安国才渐渐明白了这种病的凶险性。

那是一段提心吊胆的日子。由于他们都没成家，术后的母亲只能在卫国、保国、安国还有建国北京的单身宿舍轮流住。安国在那段艰难、揪心的日子既要想办法为母亲治病，又要想办法安排母亲和其他陪护兄弟的食宿。当时单身宿舍一般都住着三四个人，用母亲的话说就像逃难的一样。然而当时的条件，也只能那么凑合了。后来，每每回想起那一段艰难的岁月，安国都会感觉无限愧疚，常常，这种内疚之情会折磨得他夜不能寐，寝食难安。

几乎在母亲患病做手术的同时，伯父在老家也病倒了！父亲和二哥在老家想办法为伯父治病，安国及其他几个兄弟在河北、北京为母亲治病。直到疼爱他的伯父过世，安国也没能回去送老人家最后一程。这成为他心中最大的一件憾事。

2

母亲的病在老三卫国的精心照料下很快有所好转，建国托人在北京找到的意大利进口化疗药很快也用上了。那时候一个疗程需要400多元的费用，他们的工资一般每月只有几十元，好在兄弟四五个一起凑，把自己的一点积蓄都拿了出来。安国那时一个月只有30多元的收入，能力实在有限。不久卫国成了家，有了固定的住所，母亲也结束了隔三岔五东搬西挪的窘境。眼看着母亲的病一天比一天好起来了，兄弟几个悬着的心终于落地了。病情平缓的几年里，母亲甚至回到老家和正常人一样生活着，还为老四和老六在老家补办了婚礼。母亲定期到医院检查，治疗的效果比卫国预想的还要好。卫国是医生，知道乳腺癌的严重和可怕。

可是谁也未曾想到，一场突如其来的变故断送了母亲的治疗成果，不到两年，母亲便匆匆地离开了他们。

那是1984年的春节前夕，安国去北京接八弟爱国到任丘和他一起过年。安国在北京沙滩北街大哥的住处见到了弟弟，告诉他下午4点到中国历史博物馆门前找他们的班车。随后，安国便带团到中南海去参观了。

下午4点，安国左等右等就是不见弟弟的踪影。那时候又没有电话，因为要乘班车回去，安国只好失望地随车回到了任丘独自过年。

大年初二的早晨，安国突然接到五哥少国从河北徐水县打来的电话，说出大事儿了——弟弟爱国在北京煤气中毒了！

"没事吧？怎么回事呀？煤气泄漏了吧？"

"人不行了。"

"什么？那赶快去医院抢救啊！"

"没用，人已经殁了……"

安国的脑海一片空白。他感觉两腿发软，一屁股坐在地上站不起来了。要知道几天前他在北京刚与八弟分别——当时安国在大哥床上午休，爱国一个人独自坐在小桌旁写东西。安国问他在写什么，爱国躲躲闪闪没有正面回答——谁知那竟是他的绝笔信呀!

安国回过神来后急忙打电话给三哥卫国。大哥建国当时也在卫国家里过年。这一噩耗,让他们几个兄弟怎么也无法接受,但事情确确实实地发生了!

安国在油建运输大队管车辆的一位朋友听到这一消息后,马上派了一辆东风大卡车拉着他们兄弟三个赶赴北京友谊医院。

看到躺在冰冷的太平间里的八弟,兄弟几个的心也和冰块一样寒冷。

那个天寒地冻的下午,安国和三哥坐在大卡车上面,护送八弟的灵柩前往河北省徐水县五哥的工作单位所在地。那几个小时是安国人生中感觉最漫长的一段时光,一路上三哥流着泪给他们讲述小时候理发的故事,兄弟几个的眼泪在寒风中似乎结成了冰……失去感觉的他们到了徐水县后,僵硬的双腿几乎无法迈开,连车都下不了。然而他们却还幻想着弟弟能忽然站起来,与他们同行……

此刻,安国忽然想起大唐诗人李叔霁的一首诗:"忽作无期别,沈冥恨有余。长安虽不远,无信可传书。"

天堂路漫漫,无信又无期。八弟,我们的思念你收到了吗?

在徐水等待着舅舅陪父母到来是安国人生中最难熬的日子。如何向父母交代这件事呢?大哥把他们一个个带出来,安顿了工作,如今,最小的一个弟弟却突然撒手人寰。这种结果是他无论如何也无法接受的。

在隔壁邻居家的房间里,兄弟几个像等待着被审判一样忐忑不安。母亲跌跌撞撞地来了,一下子扑倒在地,哭得撕心裂肺、痛断肝肠,兄弟几个的心也在跟着颤抖、滴血……

突如其来的打击让母亲的病很快就复发了。人说人生有三痛:少年丧父、中年丧妻、老年丧子。母亲一生虽历尽磨难、坎坎坷坷,但她是个不愿向命运低头的人,处处都想着比别人做得更好一些。后来,自己的几个儿子先后走了出去,家里的经济条件也发生了转变,母亲再不用每天起早贪黑地给孩子做饭、缝洗衣裳了,却遭受到这么沉重的打击!确诊乳腺癌后,母亲靠着常人难以想象的坚韧意志硬是挺了过来,谁知命运的恶神却在这里等着她——真是在劫难逃啊!

一直以来,安国都很钦佩母亲,刚毅不屈,乐观向上。母亲的一生历经坎坷,饱受磨难,为了他们兄弟几个呕心沥血,几乎耗尽了自己的生命。母亲的坚强感染了他们,她像一棵崖畔上的酸枣树,无论土壤多么贫瘠,遭受多大的风雨,都经受得住考验,并且在秋天的时候结出红彤彤的果实。母亲告诉他们一些重要的东西:爱、宽容、仁慈。母亲有一颗善良的心,对别人也十分关怀。母亲对生活的执着和热情影响着自己的孩子,让他们也学会了坚强,学会了面对困难不屈不挠地抗争。

尽管大哥建国和当医生的卫国想尽了一切办法,还是无法改变残酷的现实。两年多后,母亲带着对亲人、对生活的无限眷恋离开了人世,留给儿子们的是无限的伤痛和不尽的遗憾……

第十章

1

田安国在机关做通信员两年后,面临着重新选择。

是留在机关工作,还是再回到基层做工人?他这个只读了两年中学的人不可能在机关找到合适的工作,最可能的结果是当司机,因为司机对文化程度要求不高,并且在当时是个热门职业,令人羡慕。还有,司机相对比较自由,跑一回运输回来可以休息几天,虽说有些辛苦,但待遇比一般工人要高许多。趁自己还年轻,多挣点钱也是不错的。

当时油田上司机有很多种,机关小车队相对比较清闲,如果技术好的话,可以给领导开车,能受到方方面面的照顾。但安国感觉自己的个性不适合伺候领导,那样的活有些太委屈自己了。开油建公司的工程车太辛苦,工作环境比较恶劣,估计自己吃不消。

相对而言,跑运输要好一些,只要完成规定的任务,不需要看别人的脸色。

主意拿定后,安国决定要求去运输大队当司机,这也是在机关工作过的文化程度不高的人的最佳选择。

他找到许文理书记谈了自己的想法。许文理书记对安国一直比较欣赏,觉得他有魄力、有个性、有前途。

听了安国的想法,许书记语重心长地对他说:"小田,你去开车没有任何好处。人家老家在当地的人还可以图个方便,你老家在陕西什么也图不上,家里人还会为你提心吊胆呢。这件事,你回去和家里人好好商量商量,不要匆忙做决定。"

安国想当司机,倒没有考虑这么多,纯粹就是解决工作问题。至于那些方便和好处,他压根就没有想过。

安国找到打字室的苑姐，谈了自己的想法。

苑姐也建议他不要去开车。苑姐说："小田呀，等你以后成了家，如果开车回来晚了，家里得操多大的心啊！"

安国又把自己的想法同三哥说了，三哥卫国也不同意他去当司机。三哥说："这件事大哥肯定也不会同意的。当初你四哥不想当厨师，一心想当司机，大哥坚决不同意。开车这样的技能人人都能学会，随着车辆越来越多，会开车的人也会越来越多，到那时就不是一种职业了。"

在领导和亲朋好友的劝说下，安国放弃了当司机的想法，最后选择了去机关工会管理的电影放映队，当上了一名电影放映员。

20世纪七八十年代，看电影是人们非常重要的，也是难得的娱乐方式。安国小时候也经常看电影，《洪湖赤卫队》《地道战》《地雷战》《小兵张嘎》《闪闪的红星》等。那时候，公社都有电影放映员，每个月在各村轮流放电影，一部片子放到最后都花了。因为没有电，放电影时便成了农村盛大的节日。社员们会早早吃完饭，搬上小板凳在大银幕下面耐心等候。小孩子等不及，跑前跑后上蹿下跳，兴奋得像一群麻雀。放映地一般都是村里的打麦场，那里平坦宽敞，可以坐许多人。有时候附近村子的年轻人也会赶来看电影，看完后乘着月光再赶回去。在村民的心目中，电影演员似乎都是些神人，是不吃五谷杂粮的，要不那么多的台词怎么就能记得住？还有想哭就哭、想笑就笑的本事，一般人是做不到的。有一次听说邻县拍电影，村里几个年轻人跑了上百里路赶去看热闹，回来后炫耀了好长一段时间。

放映员的工作专业性很强，又十分辛苦，常常是早出晚归，为前线会战的工人送去少得可怜的文化娱乐活动。开车几个小时，行程100多公里到前线放一场电影是经常的事。到了现场架杆搭线是最难的工作了，挂收银幕也是一项难度很大的"技术"活，看似简单，实际操作起来很不好弄。

安国当放映员没有接受正规培训，他是跟着师父边学边干的。

第一次跟随师父去会战前线放映电影的那天晚上，安国特别激动。曾几何时，想看电影没法去看，现在却可以放电影给大家看了。当时，他什么都不懂，就跟着师父学，师父怎么做他就跟着怎么做，有不对的地方师父就帮他马上纠正过来。就这样，在一次次的放映过程中，田安国边学边干，技术越来越娴熟，工作也做得越来越出色。

20世纪80年代初期,电视逐步走进寻常百姓家,但那时的电视节目以及播出时间都很有限,所以人们最主要的娱乐方式仍然是看电影。那时政策刚刚解冻,复映了一批中外优秀影片,比如《大浪淘沙》《甲午风云》《刘三姐》《铁道游击队》《野火春风斗古城》《永不消逝的电波》《英雄儿女》《冰山上的来客》等,这极大地激发了人们对电影的热情。一些新拍的优秀电影也给安国留下了深刻的印象,比如1977年的反特电影《黑三角》、1979年的《保密局的枪声》、陈冲和刘晓庆主演的《小花》,还有《熊迹》《猎字99号》《生活的颤音》《小字辈》《苦恼人的笑》《瞧这一家子》。有门路的人还可以看到一些来自西方的作为"反面教材"的影片,比如日本的《山本五十六》《啊,海军》《望乡》等。

可以说那是中国电影的一个黄金时代。一个有力的证明是,1981年《大众电影》杂志的发行量由1979年复刊时的50万册逐渐上升到960万册。这个黄金时代一直持续到"第五代导演"的崛起。

安国对一些引进的影片印象尤其深刻:罗马尼亚电影《沸腾的生活》,结尾处很抒情,主题音乐好像是电子音乐,轻摇滚风格的,当时听着新鲜极了,也好听极了;前南斯拉夫电影《桥》,其中的插曲《啊朋友再见》风靡一时;前南斯拉夫电影《瓦尔特保卫萨拉热窝》,安国印象特别深的是里面的一句台词:"大地在颤抖,仿佛天空在燃烧,暴风雨就要来了。"其中的"瓦尔特拳"(瓦尔特打的一种特狠的掏心拳)在孩子们中间风靡一时。还有《追捕》《生死恋》《尼罗河上的惨案》《冷酷的心》《简·爱》《巴黎圣母院》等,观众百看不厌,许多人一部片子看了十多遍还不过瘾。

当时,擅长抒情的朝鲜电影也大受欢迎,比如《卖花姑娘》《金姬和银姬的命运》《鲜花盛开的村庄》《看不见的战线》等等。特别是《卖花姑娘》,主人公花妮、顺姬姐妹俩的悲惨命运,看过的人几乎没有不落泪的,尤其是女观众,个个都哭成了泪人。第一次看不知道,第二次看肯定都是带着手绢去的。此外,朝鲜电影里的插曲或凄美婉转,或温馨悠扬,都特别好听,有些人就是为了学唱里面的插曲,把电影看了一遍又一遍。有时候常常是好几个电影放映队同时在播放一部电影,但是因为只有一套胶片,所以只能同部影片的多卷胶片在不同的地方放映。路途短安国就骑自行车去送,路途长的话安国只能搭乘便车去送。

一次，安国搭乘的便车半路坏了，为了不耽误电影播放，他只好跑着去送胶片。冬天天气很冷，每个放映员都配备一件棉衣，如果突然下雨，大家总是顾不得自己被淋湿，先用棉衣包住设备。有时候，安国会一个人扛着大机器独自去放映电影，但是工人们都十分热情，会主动帮忙挂银幕、搬器材等。在高度紧张的工作环境中，田安国培养出极强的应变能力。他是个完美主义者，无论做什么工作，都力求做到最好，令人无可挑剔。这种严格要求自己的作风给他以后做大事业奠定了良好的基础。

作为放映员，露天放映一旦遇到天阴下雨，辛苦就可想而知了。在外面放电影一般要选好天气，雨雪天肯定不行，风太大也不行——银幕刮得挂不住，雾太大不行——秋天雾多，电影放到中间时，一般雾就浓了，根本看不清银幕上的影子，许多人提前离场。遇到这样的情况，放映员一般都会在第二天重放一遍……

2

20世纪80年代初，"陈琳英语"风靡全国，随后的"follow me"更把英语热推向了高潮。

田建国从加拿大回来后感觉自己大开眼界，他极力劝三弟、七弟学习英语，并与他的母校北京外国语学院英语系副主任徐国良联系，给安国弄到了一个英语外培班的名额。外培班的实质是，各大部委选派人员，委托北京外国语学院将其快速培养成英语人才，以解决自己部门当时急需英语人才的难题。他们选送的人员大多是具有一定英语基础和工作经验的专业人才，田安国这个由大哥教了几天的人怎么能跟得上他们的学习进度？

关于去北京学习英语的事儿，还得从头说起。

按说安排一个电影放映员去北京学习英语，这本身就说不通，况且又不是石油系统教育部门的正常渠道所为。安国按照大哥的安排找了他们油建一公司的党委书记许文理帮忙。许书记有一次生病住院，安国在医院护理了一段时间。他的热情大方、细心周到、体恤入微让这位书记十分满意，甚至在田安国离开通信员岗位以后，许书记生病住院还点名要他去陪护呢！

田安国找到许书记说明原委，没想到书记表示大力支持，同意推荐安国去北京学习英语。

安国天资聪颖，反应敏捷，记忆力超群，加之他做事严谨、有条不紊，有想法，有毅力，有韧性，求上进，不服输。这是大哥督促他学英语的一个主要原因。

安国长这么大以来，可以说只要是他想做的事情，几乎都能做好。因此，大哥开始让他学英语的时候，安国虽心中无数，但并不十分排斥。

然而，真正接触到英语课本的时候，安国感觉自己彻底蒙了！

那时候农村初中还没有英语课，大多数农村孩子只是在数学公式里见过几个英文字母，常见的也就那么几个，26个字母怎么背，根本不用关心。这些英文字母长得和汉语拼音很相似，但发音完全不同。安国虽然见过大哥从北京带回来的英文课本，翻开来，感觉像看天书似的，一个单词也不认识。大哥给他们读了一段，兄弟几个虽洗耳恭听，但还是一句话也听不懂。母亲说："这外国话听起来叽里呱啦的，还是我们中国话好听。"父亲说："那外国人听咱们说话，一准也难以听懂。"父亲问建国中文好学还是英语好学，建国说："当然英语好学了，只要你积累一定的词汇量、懂得语法就能阅读外国文学了。咱们汉字要一个一个地记呢，并且好多字还一字多义，一字多音。外国人学汉语，比咱们学英语难多了。"

因为安国没有基础，大哥让他从26个字母开始背诵，然后每天学习几个单词，第二天抽查。这些单词大哥念一遍，他跟着念一遍。开始的时候怎么说都感觉舌头不配合。好不容易读准了，一会儿工夫却又忘记了，抓耳挠腮就是想不起来。大哥看到他的窘样，便重复一遍。安国在心里默默地念——一遍，两遍，三遍……二十遍，三十遍……这个词终于记住了。然而第二天起床后，却又完全忘记它的发音了。

怎么办？安国从小到大，还没有什么事情难倒过他。在梁庄时，作为"怪猫"，他总是有办法解决那些看似棘手的问题。比如大牛、二牛兄弟俩不交作业，老师没办法，家长也没办法——然而安国就有办法！初到机关当通信员，他认识的汉字不多，普通话不标准，于是咬着牙每天勤学苦练，不到半年时间就能熟练地读报写公文了。面对这洋文，他相信自己总能找到解决问题的办法。

经过一番苦思冥想后，这个办法还真的让他找着了！

安国在大哥要求他每天记住的英文单词下面标注了汉字，比如"Good morning"他注上"咕嘟冒宁"，"Good afternoon"他标注"咕嘟阿福特努"。有些则是联想式的，比如"new shoes for you"他注上"柳树发芽"，"school girl"他标注"死蝈蝈"，不一而足。安国感觉这些汉字只要能提示他就行。这样一来，第一天背会的单词，第二天不至于彻底忘记读音了。

这个小发明曾令他沾沾自喜了一段时间。——哼，看样子这世界上的事，真没有难得住我"怪猫"的啊！刚开始时的那种"老虎吃天，无处下爪"的感觉没有了，他认为自己已经找到了学习英语的最佳方法。

大哥知道他发音不准，但并未严格要求，只是强调让他先记住单词，积累词汇量。一段时间以后，大哥发现安国的发音越来越不靠谱了，仔细观察后才发现他的"发明创造"，并且由于严重依赖于自己的汉字标注，安国忽视了单词本身的拼写，学习方法出现了较为严重的错误——必须尽快纠正。

大哥说："学英语必须多听、多读、多背诵，可以说，没有一个汉字可以准确表达英文的读音，所以标注汉字的做法对发音准确性非常不好！其次，这对学习音标非常不利，学会使用音标是最正确的学习方式。唯一可以借助汉语的方式就是利用一些有趣的谐音记住比较难的词，但是不可以利用这个方法来学习单词发音，发音一定要根据音标才能准确。这个方法最好还是不要依赖，因为这对你英语口语能力的培养很不利，发音容易被影响成中国式发音，所以最好还是通过记忆音标的方法记忆单词，没有其他捷径。"

大哥的话，安国很不以为然。他表面上接受，频频点头，但内心是非常排斥的。

有时候，一个人的最大优点往往也是他最大的缺点。安国的优点是倔强、执着、有韧性、不服输，但表现在一些方面往往就体现为偏激、固执甚至是钻牛角尖。尽管大哥在他的心目中至高无上，但安国固执地认为大哥是在有意刁难自己。虽然嘴上不敢公开对抗，行为上却体现出来了。他变得焦躁不安，甚至失去了学习英语的兴趣。

面对这个比自己小15岁的弟弟，建国觉得不能硬来。建国知道安国的脾性，安国虽然很聪明，但自尊心太强，有时会固执己见、刚愎自用。必须打开他的心结，让他感受到学习英语的乐趣才行。

建国制作了一些英语小卡片，正面写上英语单词，背面翻译成汉语。有些简单的物品比如苹果、橘子、葡萄、汽车、自行车、飞机等，干脆就画出来，一目了然。还有吃饭的时候，他用英文问一些饭菜名，让安国说出来，然后再翻译成英语……经过一段时间的培训，安国已经认识许多食品、物品的英语单词了，甚至能写出来，只是他的发音还是不太标准。

安国没有想到，自己真正的尴尬还在后面呢！

田安国背会了26个英文字母，认识了一些简单的英语单词后，在大哥的鼓励下，自信满满。

北外培训班如期开学，安国满怀信心地来到学校。他想，在专业老师的教导下，自己的英语一定能够学好的。

上课了。老师来到了教室，说了一句："Good morning students！"（同学们，早上好！）同学们齐刷刷地站了起来，喊道："Good morning, teacher！"（老师，早上好！）

"Please sit down."（请坐下。）老师说了一声，同学们便都坐下了。

"同学们用英语简单地介绍一下自己吧。"老师微笑着看着大家说。

"My name is Anguo Tian and I am 24 years old. Now I work in Huabei Oilfield. My hometown is in Xunyi County, a place of great beauty in Shaanxi Province. I sincerely welcome all of you to visit my hometown in the near future."

（我的名字叫田安国，今年24岁。我来自华北油田。我的家乡在陕西旬邑县，那里是个美丽的地方，欢迎大家有机会去我的家乡看看。）

这段话来之前大哥就叫他背过，说一开学老师可能会问。一些简单的问候语安国也会，大哥给他教了不少。比如"Glad to meet you""Excuse me，Sir""I'm an oil worker"等。

老师满意地点了点头，示意他坐下。

上课了，英语老师打开教案，开始讲课。安国认真地盯着前面，看老师的粉笔在黑板上欢快地舞蹈着，写出一串串漂亮的英语。同学们都聚精会神地跟老师互动着，可是，安国就是听不懂他们在说些什么。他想问，但看见大家都没有问的意思，便打住了。兴许再听听便会好些了……

一节课很快过去了，安国听得一头雾水。再看同学们，大家的兴致都非常高。哼，都给老子装吧！像我这样有基础的人都听不懂，你们是超人吗？

安国在心里安慰自己。

他拿着课本想认真地研究一番，可是那些语句怎么读，什么意思，就是弄不明白。

一连几节课，安国都听得稀里糊涂。老师讲到第几页，讲什么内容，他一句也听不懂。好在刚开始的时候跟着大家混，也没觉得什么。郝丽老师每次看到他的时候，甚至会微笑着打招呼。

郝老师上英语课总喜欢问同学们什么东西用英语怎么说。一个女生上完厕所回到教室跟老师说："厕所有好多蚂蚁。"郝老师忽然想到最近刚教过蚂蚁的英文单词"ant"，于是就想考考这个女生："蚂蚁怎么说？"女生一脸茫然，说："蚂蚁它……它什么也没说呀……"同学们哈哈大笑。郝老师也笑了。她把英语单词重复了一遍，让女生一定记住。有一次她出了一道题："Hey, buddy! If you have something to say, then say! If you have nothing to say, then go!"（嘿，老兄！如果你有话要说，那就说！如果你没有什么要说的话，那就去吧！）这句话浅显直白，大家都知道什么意思。但郝老师说："怎样把这句话翻译得高贵优雅有内涵？"一个学生想了想答道："众爱卿，有事启奏，无事退朝！"大家又笑。郝老师也笑了，说："你太有才了。"课堂上气氛很热烈。

然而外培班的英语课不是一个老师在带，田安国最怕杨鑫楠教授的牛津基础英语课。

杨教授是个做事严谨的人，课堂纪律严明，对于基础比较差的学生毫不客气。杨教授布置作业，安国听不明白是什么，所以也无从做起，多次受到老师的批评。后来，杨教授几乎每节课都要点他的名，同学们的哄笑声让他恨不得找个地缝钻进去。

安国的自尊心受到严重打击，一向爱说爱笑的他变得沉默寡言了。那一本本厚厚的教材，安国认识的单词凤毛麟角。安国觉得这条路曲折又漫长，看不到光明，也看不到希望，没有尽头呀！他决定不受这份"洋罪"的折磨了，放弃这次学习，回油田继续上班。

"不行，我不同意。这件事你不能半途而废，必须坚持下去！"大哥的态度非常坚决。

"你同意也好，不同意也罢，我主意已定，明天就回油田，不再丢人现眼了！"安国的倔脾气上来了，连大哥也不惧。他边说边开始收拾自己的东西，情绪很激动。

"你这样回去，给单位怎么交代？"大哥说。

"谁爱学谁学去，反正我不学了！"安国说。

"你说不学就不学了？有这么简单吗？你有没有想过当初你这个名额是怎样争取来的？我费了多大的周折也就算了——我是你大哥，无所谓。可是你想没想过许书记？是他给你开的先例，特批你脱产学习的，你现在回去，如何向许书记交代？说你听不懂，记不住，不是这块料？这些理由成立吗？你现在回去，油田上所有的人都会小瞧你田安国的！除非你选择离开那里！"大哥义正词严地说。

安国收拾东西的手停了下来。他想说什么，嘴唇动了动，终是什么话也说不出来。

"每个人接触新事物，都有一个适应的过程。就拿我来说，当初考进北外，也是顶着很大的压力。因为咱们旬邑条件差，我和那些来自城里的学生不可能在同一起跑线上，但我克服了各种困难，咬着牙坚持了一段时间，没有落伍。安国呀，任何语言都是一门学问，学习有一个循序渐进的过程，不可能一下子就融会贯通。比如你刚进小学认识汉字，词汇积累到一定的程度才能读书看报。当然，汉语是我们的母语，有一个天然的氛围，只要你认识了就会说，会写了就会读。英语不同，它不仅仅考验你的词汇量，还有语法以及读写顺序，和汉语是截然不同的。即便每个单词好像都认识，但是放到一起成为句子之后依然看不懂。有时即使词汇量补过了，语法补过了，可是文章依然看不懂，这才明白原来自己的逻辑训练非常不足，文字倒是搞懂了，可内容却理解反了，于是开始迷惘……再过一段时间，发现自己单词没问题，语法没问题，逻辑没问题，可英语还是不行。这是因为各种知识积累欠缺，比如学科背景、文化背景等。所以要学会一门语言，做到融会贯通，必须花大气力，下大功夫，不要蜻蜓点水，把它当作轻而易举的事情。"大哥见安国情绪稳定下来，循循诱导。

"这件事你不要急躁。咱们现在制订一个学习计划吧。安国，我明天就去给你买一台录音机。不想学成哑巴英语，就必须反复地听。因为'说'是由'听'而来，'写'是由'读'而来；'说'是模仿'听'来的，'写'是模仿'读'来的。一门外语，听多了就能说，读多了就可以写了。"大哥见安国已经完全平静了下来，接着说。

"第一阶段，你一盘磁带反复听——听听听，听他个半个月或几个月，其目的不是要你把它听到'滚瓜烂熟'，而是要听到'开窍'的那一刻。其实有些时候，'开窍'就是那么一瞬间的事情，从那一刻开始，英语就变得像你的家乡话一样清晰、入耳，这样你就没有语言障碍了，学起来就得心应手，如鱼得水。"大哥兴致勃勃地说。

第二天大哥便买回来一个砖头块似的录音机。安国把这个机器放在杨教授讲课的课桌上，录制老师讲课的全部内容。回到大哥的住处，兄弟俩一句一句地听。在大哥的帮助下，安国把老师讲的英文全部写出来，然后再翻译成中文。他利用一切可以利用的时间反复朗读、背诵。

此后，安国每天早早起来，在景山公园、在故宫护城河边大声朗读英语⋯⋯这样，一个学期下来，他的学习有了飞跃式的进步。也就在那个暑假，大哥让他把上学期的全部课程重新复习了一遍。

为了提高安国学习英语的兴趣，大哥经常寻找一些有趣的英文小故事让安国看。大哥把这些英语小故事写在纸片上要求安国把汉语故事写出来，不会的词可以查字典。

安国认真研究了一番，借助《英汉对照词典》，把内容翻译了出来。

大哥看完后哈哈大笑，夸弟弟有天赋，翻译得好。接着，大哥又拿出一张纸片，上面写着另一则英文短故事，安国继续翻译⋯⋯

第二学期开学后，杨教授一如既往地想作弄田安国。因为在他看来，田安国一定是走后门靠关系进来的。对待这种不学无术的人，他一向毫不留情。

杨教授在黑板上写了一段英语，让田安国站起来朗读。

一些同学捂着嘴笑了起来，大家不约而同地看着田安国，等着看他的笑话。

安国站起来，清了清嗓子，然后环视了一下同学们。大家又发出轻轻的哂笑声。

安国让自己镇静下来，从容不迫地朗诵道：

The most precious is life. It gives us just one time. People's life should be spent this way: when he look back no regrets for wasted years not because of mediocrity and shame. As he was dying, he was able to say, I have devoted my whole life and energy to the most magnificent cause, the struggle for the liberation of mankind.

"翻译一下，什么意思？"老师的表情有些怪异，难以置信的样子。

"人最宝贵的是生命。它只给予我们一次。人的一生应当这样度过：当他回首往事时不因虚度年华而懊悔,也不因碌碌无为而羞愧。这样在他临死的时候就能够说:'我已把我整个的生命和全部精力都献给最壮丽的事业——为人类的解放而斗争。'这是苏联作家尼古拉·阿历克塞耶维奇·奥斯特洛夫斯基《钢铁是怎样炼成的》里面的精彩名句。"安国增加了一句解释,显得镇定自若,胸有成竹。这本书他上中学的时候就看过,并且牢牢地记住了那个长长的作者名字。

"嗯,进步挺快。老师再写一段话,你可以翻译吗?"杨教授认为这段话安国一定是死记硬背的,所以并不代表他的真实水平。

"好吧,杨老师您请。"安国感觉很平静。

同学们不约而同地望着他,都为安国捏了一把汗。

杨教授微微一笑,拿起黑板擦迅速擦掉黑板上的内容,然后唰唰写了一段话:

Real knowledge, like everything else of value, is not to be obtained easily, it must be worked for, studied for, thought for, and more than all, must be prayed for.

杨教授写完后,微笑着看着安国,目光咄咄逼人,透着一股挑衅的味道。

安国不慌不忙地先是朗诵了这段话,然后走上讲台,用粉笔写下了汉文:

真知如同珍宝,不是轻易获得的,必须学习、钻研、思考,最重要的是必须有强烈的求知欲。

同学们报以热烈的掌声。杨教授也频频点头,但还是感觉有些难以置信。于是他又用英语同田安国交流了几句,发现他是真的有了很大的进步。

真是"士别三日,当刮目相看啊"!

此后,杨教授的课堂不再是安国的"恐惧"了,反而成了他最喜欢的课堂。杨教授一扫原来对他的偏见,不但对安国非常客气,还号召全班同学向安国学习,把学习搞上去。

新学期开始后,田安国的英语口语一跃排到班上第一位,其余科目也都排在前几位。老师同学们不知道发生了什么,都用惊奇的目光望着他,询问安国用什么方法取得如此惊人的进步。安国半开玩笑地告诉他们:"我用'农业学大寨'的精神学的!"记得跨越了最初的学习障碍后,他曾感叹地对大哥说:"如果能把一门外语攻克下来,以后学什么都不会困难了!"眼下,他正在享受剧烈阵痛后的喜悦。

这种成功的喜悦带给他的不仅仅是一时的名利双收，而是自强不息、百折不挠的拼搏精神，令他终身受益。

3

北京外国语学院，这个著名的学府曾是大哥田建国学习的地方。安国有幸在 20 世纪 80 年代初在那里度过了一段美好的学习时光，那里的学习氛围令他至今难忘，老师们的敬业精神更是让他十分钦佩。田安国的英语几乎从零开始，在一帮已经有一定基础的学员中能够脱颖而出，除了大哥建国的悉心指教，与学校其他老师的谆谆教导也密不可分。

安国刚进校时，给他教口语的李兵老师见他发音不准，特别是发不准 N 和 L 的读音，每节课都要单独给他开小灶，陪他练习发音。李老师的那种敬业精神，那种一丝不苟的精神让田安国深为感动！后来，李兵老师被调到中央电视台教授英语。

在北外学习期间，来自陕西财经学院的韩志勇先生和来自郑州解放军电子学院的教授张荣光先生，跟安国同住一间宿舍。他们本身就是所属院校的英语讲师，这次到北外是进修的。这两位老师对安国的帮助也非常大，安国课堂上弄不懂的东西，一回到寝室两位现成的老师便给他开小灶。特别是来自西安的韩志勇老师，他跟安国大哥的经历十分相似，教安国学习的方法和建国的方法也很相似。韩志勇除学习英语外，当时还正在学习日语，那种刻苦学习的精神令安国很受感动。除此之外，两位舍友加老师还经常带安国参加他们班的学习活动，那时候经常有北外的著名教授给他们讲课，甚至还有当时在中央电视台担任英语主讲的英籍华人彭文兰女士给他们授课，让田安国这个旁听生受益匪浅。后来，安国和韩志勇老师一家人成了好朋友，每次安国回到西安，韩老师一家人都会热情地招待他。韩老师的儿子韩宏后来还在田安国单位的西安分公司工作了一段时间呢。

天有不测风云。正当田安国的学习渐入佳境的时候，一场突如其来的变故使他不得不终止了在北外的学习。

田安国恋恋不舍地离开了心爱的北外校园，忐忑不安地回到了华北油田油建一公司，等待命运给予他的审判！

事情是这样的。派系林立的油建一公司领导层发生了严重的内斗，许书记——这个非石油嫡系出身的公司领导在这场斗争中没有什么把柄可以让别人抓，因为他刚被委任为油建一公司党委书记不久，家也不在本公司，又没有什么亲属在公司内部工作。不甘心就这样放过他的那帮人搜肠刮肚也找不到什么好料把他拉下马。突然，许书记推荐田安国到北京学习的事被他们翻了出来。这一把柄令他们一下子像打了鸡血似的兴奋异常，他们告许书记徇私舞弊，贪赃枉法。

许书记因为这件事被上级处分，田安国的大名也上了油建一公司的党委文件。油建一公司派人到北外要求终止田安国的学业，遣送他回华北油田。

这一场突如其来的打击使安国第一次见证了官场的残酷无情及某些人的卑鄙无耻，使他对油田从内心产生了极端的厌恶情绪，为日后毅然决然地离开华北油田埋下了重重的伏笔。

在安国看来，许书记清正廉洁，克己奉公，一身正气。然而正是因为他的凛然正气触及了某些人的利益，成为一些人前进路上的绊脚石，他们才不惜一切代价想把他拉下马。无奈即使他们拿着放大镜仔细寻找，也抓不到许书记贪污的证据，于是许书记推荐田安国去北外学习的事情便成了最大的突破口。

田安国回到华北油田油建一公司后，被下放到油建一公司工人俱乐部，继续从事放映员的工作。刚开始的时候他是沮丧的，感觉这个世界充满了险恶，阳奉阴违，尔虞我诈；一些人为达目的不惜运用一切手段，令人发指。

他自以为已看透了世界，看穿了一切。

那段时间，大哥不断地给他以精神上的鼓励和慰藉。大哥说："人生旅途漫漫迢迢，会遇到各种各样的障碍。有人愈挫愈勇，逾越鸿沟，成为强者；有人望而生畏，裹足不前，障碍便成了一道深渊，人生一败涂地。'宝剑锋从磨砺出，梅花香自苦寒来。'古往今来，能够成就大事者，无不经历坎坷磨难。有些事，如果你不给自己烦恼，别人也永远不可能给你烦恼。你烦恼是因为你自己的内心放不下。你永远要宽恕众生，不论对方有多坏，甚至伤害过你。你一定要放下，才能得到真正的快乐。"

是的，大哥的话说得很有哲理。一个人一生中最大的敌人不是别人，而是自己。人生的旅途上，使人痛苦的往往不是生活的不幸，而是希望的破灭；使人颓废的往往不是前途的坎坷，而是自信的丧失；使人疲惫的往往不是路途的遥远，而是心中的郁闷；使人绝望的往往不是挫折的打击，而是心灵的死亡。

心灵一旦死亡，人便如行尸走肉，失去了活着的任何意义。

大哥送给他一句英国哲学家洛克的名言："人生的磨难是很多的，所以我们不可对每一次轻微的伤害都过于敏感。在生活磨难面前，精神上的坚强和无动于衷是我们抵抗罪恶和人生意外的最好武器。"

安国从最初的震怒与沮丧中挣脱出来：无论如何自己在北外学了那么多的东西，也不枉出去了一次。至于被遣送回来也不是什么丢人现眼的事儿，自己不过是一场政治斗争的牺牲品罢了！

安国带着深深的内疚去看望许书记。安国以为，作为公司的一把手，为了一个和自己非亲非故的人受到这么大的伤害，许书记内心一定不好受。然而没想到许书记见到他的时候竟然先向安国道歉，表示对不起安国，没能让他把学业继续下去。

安国一时不知说什么才好，望着许书记憔悴的脸庞，他感觉自己的眼睛湿润了……

以后的很长一段时间，田安国都没有勇气去面对许书记。许书记因为他从书记的岗位上被拉了下来，变成了油建一公司有名无权的巡视员。大家都认为田安国从此会变得一蹶不振，甚至在油建一公司消失。然而没有人知道，此刻他的心里憋着一股愤怒的焰火！安国每天早晨5点多钟起床，跑到单身宿舍楼的楼顶，以大声朗读、背诵英语来发泄自己内心的郁闷。他立志一定要把英语学好，活出个人样来，让那些伤害他的人看看！

第十一章

1

安国从北京回来继续做放映员的工作,很少再到基层去,而是每天在电影院上班。除了放映电影,他还负责售票。电影票分为红、白、蓝、绿、黄等几种颜色,每天使用一种。负责售票的除了他,还有另外两位工作人员。其中一位大姐对安国非常好,常常在他售票时用饭盒带饺子给他,令他十分感动。后来,这位"贴心"的大姐索性要求替他售票。

大姐说:"安国呀,咱电影院工作忙,休息时间少,作为年轻人,想谈个恋爱啥的都没有时间。大姐周末家里没事也是闲着,就替你售票吧。你放心,该干啥就干啥去,这里不会有错的!"

开始的时候安国觉得让人家代替自己上班挺不好意思。但大姐强烈要求,也就随她去了,自己落个清闲。后来一琢磨,觉得这事不会这么简单:哪有周末放着老公孩子不陪,坐在电影院替别人上班的道理?安国仔细研究了一番,发现这里面有大猫腻!只要在那些红、白、蓝、绿、黄等几种颜色的票上稍做文章,一个月的收入何止那点工资啊!

意识到这一点以后,安国就不再让大姐替自己售票了。大姐见安国态度坚决,知道他意识到了什么,也就不再强求。安国想到了举报,后来又怕弄个两败俱伤,就罢了。只是对那位大姐敬而远之,从此不再与其来往了。

随着许书记因推荐田安国去北京学习英语被处分的那件事逐渐淡出人们的记忆,新一届油建一公司领导班子也安稳了下来。

在行政办公室曾担任过秘书的赵云龙赵秘书成了油建一公司的党委书记。这位年轻的来自大庆油田的嫡系油田子弟学识渊博，记忆力超群。令人佩服的是，各基层单位在大会上的汇报材料，特别是那些冗长烦琐的数字，他不用笔记录，听完汇报后能毫无差错地一一复述出来，并提出他的疑问——简直就是一位奇人。

赵云龙在行政办公室当秘书时曾经常让田安国帮他抄写材料，特别是给领导写发言稿，要求安国用方格纸一字一句认真抄写，便于年纪大的领导在主席台发言时能看得清楚。田安国怎么也没想到，几年前给领导们写发言稿的人，现在居然成了领导的领导——真是世事难料啊！与此同时，一批有着专业知识的年轻人被提拔到领导岗位上，其中有一位叫范宇的工程师担任油建一公司主管科技的副经理。这位曾被田安国不小心用自行车撞过的领导每次见到他都要叮嘱："不要把英语忘了，单位一定会起用你。"范宇的话点燃了田安国心中的希望，让他满怀信心。

田安国认识范宇时还是机关通信员，当时范宇是运输大队的技术员，来机关参加会议时被慌慌张张的田安国骑自行车给撞了。这也应验了"不打不成交"的谚语。

范宇后来成了安国人生当中又一个重要的贵人。

1984年夏天，工会准备借调田安国到科研所情报室担任翻译，力主起用他的范副经理反被主管工会的陈副经理当着田安国的面数落了一通。军人出身的陈副经理不理解地问道："用人家还要留个尾巴！什么叫借调？你用就用不用拉倒，要么直接调走，要么让人家在工会踏踏实实地待着。你们不用我们还要重用呢！唉！你们这些小知识分子呀，真是办不成大事啊！"被数落了一通的范副经理立马改口，说："调调，直接调过去！"有了这两位副经理的"鼎力合作"，田安国便被顺顺当当地调入了科研所，担任英语翻译。

英语翻译这一头衔在当时令很多人羡慕，安国又一次站在了油建一公司的舞台上被灯光聚焦。

工作调动后，田安国一扫从北外被遣送回来的阴霾，感觉扬眉吐气，神清气爽。大哥、三哥等兄长也替他高兴，特别是大哥嘱咐他到科研所以后一定戒骄戒躁，努力学习，踏踏实实把业务搞上去。

然而到科研所报到的第一天，田安国便遇到了一股寒流。

那天早晨，科研所的书记把田安国领到情报室报到，并把他介绍给情报室负责人刘丽萍女士。刘丽萍既没有什么客套话也没有和他打个招呼，直接向书记和田安国发难："我们情报室用得了这么多人吗？来了坐哪里？"书记冷冷地说了一句："那就在走廊给搭个桌子吧！"然后头也不回地走了！

书记走后，田安国愣在了那里，走也不是，站也不是。那个刘丽萍脸上没有表情，几乎没有正眼看他一下。

报到第一天便遭遇了这样的尴尬。那一幕羞辱让田安国刻骨铭心，终生难忘！

原来刘丽萍的先生是公司主管生产的副经理刘大成，田安国当通信员时刘大成是调度长。那时的刘调度相当友善，想不到几年后当了副经理的他完全换了另一副嘴脸。日后这两口子一个在科研所作梗，一个在公司添堵，给田安国设置了重重障碍。

科研所的全称是"华北油田油建一公司施工技术研究所"。这个名不见经传的科研所开发了全国石油系统第一条黄夹克管道防腐保温生产线。所谓黄夹克管道防腐生产线是20世纪80年代初国内向西方学习的新的石油管道防腐保温技术，即是在石油输油管道上涂敷一层防腐底胶，然后用高密度聚乙烯包裹管道并使用黄色色素，这样在金属管道上就形成了一层黄色的塑料"夹克"。这种管道简称"黄夹克防腐管道"。后来这个科研所又研发了保温夹克管，即注入聚氨酯保温层，又加敷了外保护夹克层，这样的石油管道叫作"黄夹克防腐保温管"。

那时候，科研所的一切工作都围绕着石油管道防腐保温的新技术研究、开发、推广进行。田安国在科研所的情报室工作，承担搜集、翻译、整理国外相关文献、专利以及专业年会论文的任务，同时参与新项目的情报调研。田安国在其后的五六年时间内，几乎每年都要承担石油部下达的情报调研项目。

安国还记得上班的第二天，情报室的负责人刘工让他翻译一篇美国专利文章，是关于管道防腐保温技术方面的。那篇专利文章全是一些专业术语，安国看得似懂非懂。整整一个上午，田安国翻译不出一段话。没有专业知识的他怎么也搞不懂什么是"穿外套"或"穿大衣"的管道。那是个什么样子呢？原想着自己的英语已经很不错了，来到科研所后更是踌躇满志，准备大展宏图，谁知当头便是一棒。他感觉自己有些蒙了。

安国知道，要想在科研所站稳脚跟，必须恶补专业知识才行。要不自己还会像一只皮球那样被踢回去的。他决定拜华北油田设计研究院情报室的所长王向农为师。王向农是位谦谦君子，英语自学成才，并且积累了丰富的油田专业技术知识。大哥建国还向安国介绍了在油田总部担任翻译的赵元一。每当在工作中遇到了什么困难，安国就马上骑上自行车去找他们。两位老师总是不厌其烦地给他讲解。到后来，他们俩讨论问题的时候，田安国还能偶尔解答他们一时无法回答的问题。令安国特别感动的是王向农先生，他对安国的帮助可谓不遗余力，尽心尽责。

当时的情报室有10多个人，翻译员继田安国之后陆陆续续又来了三四个，另外还有三个工程师、一个晒图员、两个打字员。

不久，一个叫杨蓉芳的美女来到了情报室，翻译组也有了一间专用的办公室。这位比田安国年长五六岁的美女安国以前见过，那时他在当放映员，公司组织的一些文体活动，每次都少不了杨蓉芳。杨蓉芳能歌善舞，篮球、排球、乒乓球、羽毛球样样都会，中、长跑等体育项目也样样在行，令人刮目相看。

杨蓉芳是东北人，个头一米七左右，说话声音清脆洪亮，办事风风火火，具有大连人的干练和豪爽。她内柔外刚，漂亮的外表下是一颗纯真善良的心。杨大姐的到来让死气沉沉的情报室一下子有了生气和活力。三四个翻译员在一起，经常会碰撞出耀眼的火花，他们讨论问题的声音经常从屋子传到楼道，然后又传到外面，其中杨大姐的笑声最爽朗，远远便能听见。后来，安国经常和她到北京中国专利局、中国文献馆、石油部情报室查找资料。

那是一段忘我工作的日子，他们常常一块面包一瓶汽水就在专利局坐上一整天。一个夏天的中午，为找一份石油管道内防腐补口技术材料，他们累得腰都直不起来了，等到准备离开专用局时，安国才发现自己的后背长满了痱子，奇痒无比。

田安国没有想到，在科研所，一场小小的风波正在等着他们呢。

由于那次查找资料的工作并不顺利，安国让杨大姐打电话给刘工，告诉所里他们需要在北京多停留几天。随后的几天里，他俩奔波于专利局与石油情报所之间。杨大姐的老公见太太没按时回来，急忙跑到所里问刘丽萍，没想到这位经理太太用鼻子"哼"了一声说："我不知道，你问田安国去！"

田安国和杨蓉芳历经艰难终于完成了工作任务。回到科研所后，他们还在兴高采烈地谈论如何找到那份资料，计划着两人怎么分工翻译。不承想第二天上班的时候，杨大姐红肿着双眼来了。

蒙在鼓里的田安国还以为人家得了什么眼疾，傻傻地跑上去关心。一向爱说爱笑的杨大姐不理他，弄得安国一头雾水。后来他才知道，由于刘丽萍的挑拨，杨大姐回家后老公就和她大吵了一架，她感觉十分委屈。好长一段时间，情报室没有了杨蓉芳的笑声。

在科研所工作的那几年里，田安国不仅英语文字翻译能力有了大幅度提高，而且积累了不少油田建设的专业知识。他在翻译国外大型石油机械设备材料的过程中又对机电设备有了初步的了解，这为他日后在德国从事啤酒酿制行业积累了一定的知识。他所承担的石油部情报调研项目《聚乙烯管道在油气储运中的应用》《管道内防腐技术》《热收缩带管道补口技术》《管道内防腐补口技术》等获得了石油部及华北油田情报调研二、三等奖，有个项目还获得了河北省情报调研一等奖。

多年以后，田安国在石油部情报所的资料库里还检索到了自己当年的那些翻译作品。

另外，他还多次与杨蓉芳合作完成了多项情报调研项目。他们在自己所承担的项目中，均署上对方的名字，因为在项目的完成过程中他们都给予了对方大力的支持。在那个不计较个人名利的年代，他们努力地工作着，愉快地合作着，快乐地学习着。杨蓉芳的先生本来就是田安国所尊敬的一位大哥，他的家人到北京时安国还亲自陪送过。那场误会之后，安国与他更成了亲密的好朋友。其后在北京学习的日子里，田安国在科研所的一切事务都是由杨蓉芳大姐帮忙打理，连工资奖金以及单位发放的一切福利都是杨大姐两口子帮忙带给他的。那些日子，田安国每当遇到什么不顺心的事或碰到什么难题，都会找他们两口子倾诉或讨个主意。多年以后他们仍保持着密切往来，成了要好的朋友。

1985年，石油部也加入了请高等院校代培英语人才的行列，委托的学校不是北京外国语学院，而是北京语言学院出国人员培训部，主要为各油田从事地面建设的单位培养前往伊拉克承建石油管道建设工程的英语口语人才。石油部给了华北油田两个名额，范副经理把田安国叫到办公室，说自己力主推荐他去北京学习，但前提是必须参加考试，择优录取。安国理解范副经理的良苦用心：考试凭借自己的实力，别人也无话可说。

田安国信心十足地参加了考试，并以第一名的成绩顺利得到了这一难得的机会，再次到达北京，走进了大学校园。

这一次，他的心里装着的是满满的自豪和对未来无限的憧憬……

2

北京语言学院位于北京学院路，是全国著名的汉语语言教学与研究学府。它不但担负着世界各地来中国学习汉语的人员的教学任务，还负责向外输送汉语教学人才。

这个像小联合国似的学校聚集了来自世界各地的学生，其中来自朝鲜、阿尔巴尼亚、罗马尼亚等一些国家的免费生最多。他们的待遇比田安国他们县的县长工资还高，每月有400块钱的伙食费。他们住在留学生公寓，有专用的留学生食堂。另外，他们还有国家发的补助——这批人成了语言学院令人羡慕的对象。与此形成鲜明对比的是欧美国家的学生，大多是自费生，还有一些是利用假期来中国自费学习汉语的学生。这些形形色色的学生使得这座校园充满了神秘的气氛，在20世纪80年代的中国独树一帜。

"出国人员培训部"是改革开放以后的产物，它主要负责国家公派人员的短期语言以及不同国家法律宗教等基本知识的培训，以便这些人出国后尽快适应不同国家的生活、工作。另外北京语言学院还聘用了大批的外教，由此可以看出这个学院雄厚的实力。

田安国他们20多个来自不同油田的学生组成了石油部短期英语培训班，一对美国夫妇给他们教口语，阅读课由一位多年在国外从事汉语教学的女教师教。另外，学校还设有听力、影像、欧美概况等课程。由于田安国有以前所打下的坚实基础，在这个班上就成了一名佼佼者。同学们的羡慕及老师们的器重，与当年他初到北京外国语学院学习的情景形成鲜明的对比。尤其是负责他们这个班的由石油部派来的管理者对田安国更加重视。田安国后来被借调到石油部科技司工作了一段时间，与这段学习不无关系。

在北京语言学院学习的一年里，田安国广泛地接触了来自不同国度的学生，在操场、在食堂、在商场……这些不同肤色的学生用英语、汉语结结巴巴地交流着。芭芭拉、玛迪娜、乌迪几个来自德国的留学生和安国成了好朋友。安国的大哥那时候在文化部演出公司工作，他常常送给弟弟一些免费演出票，这成了安国和留学生交流的一种工具。中国学生感兴趣的是来自国外尤其是欧美国家的演出，而那些外国留学生对中国京剧、杂技的兴趣尤为浓厚。

不久，建国带着安国参加了一个在北京国际展览中心举办的展会。在晚宴上，安国不仅结识了一批来自德国的商人，还结识了克林格策、博尔斯这两位日后打交道的商场老手。还有一个叫库克的德国人经他们介绍与华北油田做过一单奔驰卡车配件生意，后来成为田安国在北京语言学院学习德语的老师。

芭芭拉是田安国接触到的第一批德国人之一。没想到，学英语的他从此跟说德语的人结下了不解之缘。芭芭拉和她的母亲来自德国斯图加特，这对母女给安国留下了非常深刻的印象。芭芭拉在斯图加特的家里住着来自广东的留学生，他们不仅给芭芭拉母女带去了中国美食，而且带去了浓郁的中国文化，最终激发了芭芭拉到北京学习汉语的兴趣。

认识芭芭拉是一次偶然的机会。那天，田安国晚饭后在校园散步，发现路边的一个外国女孩蹲在地上，摆弄着她的自行车。女孩手忙脚乱，面对掉了链子的自行车显得手足无措。当时，田安国和另外两位同学走上前用英语问她需不需要帮忙，没想到她用半生不熟的汉语结结巴巴地说："可……可……不可……以帮助我一下吗？"几个中国学生忍不住笑了起来。看着他们三下五除二把自行车链子重新挂上，这位金发蓝眼的女留学生感动得不知道该怎么办好。随后，女孩邀请他们到学校的咖啡店喝咖啡聊天，这样几个人才知道她叫芭芭拉，来自德国斯图加特。

大家开始用英语交流起来，芭芭拉对几个男孩的修车手艺十分钦佩，在她眼里，这些具有修车手艺的男孩跟修奔驰、宝马的技师没什么两样。从此以后，他们成了朋友，田安国通过芭芭拉又认识了几个在北京语言学院学习汉语的德国留学生，其中包括来自德国慕尼黑的美丽女孩玛迪娜和来自汉堡的乌迪。芭芭拉说话慢声细语，时不时脸上会泛出害羞的红晕，一个西方女子身上透着一股东方的古典神韵，那种深邃的美像磁铁一样吸引着田安国他们。

在后来的一段日子里，芭芭拉和田安国骑着自行车走遍了北京的大街小巷。一次，他们甚至骑着自行车到安国大哥的驻地——北京沙滩乙二号大院找他，弄得那些"小脚侦缉队"们很是紧张。

德国留学生的适应能力让田安国十分佩服。寒风肆虐的北京,他们头戴棉帽或围一条棉围巾,外穿一件黄大衣,脚踩自行车穿梭在北京的大小胡同里。他们朝气蓬勃,乐观向上,身上洋溢着一股清新的活力,不知疲倦。他们爱憎分明,喜怒哀乐溢于言表,很少遮遮掩掩,与受过传统教育的中国学生形成鲜明对比。

芭芭拉学习勤奋,为人和善,做事严谨,凡事都提前计划好。在田安国的印象中,似乎从未看见她有什么不高兴或生气的时候。后来,她来北京旅行的时候,安国一帮同学陪她逛了颐和园、长城,一起看京剧,吃烤鸭。芭芭拉对中国传统文化产生了浓厚的兴趣。

田安国他们班有四个女生,其中一位来自大庆油田的女生叫杨敏霞,她不善言辞,显得默默无闻,所以开始并没给安国留下什么深刻印象。特别是上课时老师的提问,杨敏霞基本都回答不上来。这位祖籍甘肃玉门的姑娘比田安国大一岁,父母是转战到大庆的老石油工人。安国这个活跃于班内班外的半个北京人(有大哥在北京)整天忙着学习与交际,不是陪那些外国留学生看什么演出,就是陪他们去爬长城、购物或逛四合院,根本没有注意到班上还有这么一位女同学在默默地关心着他、观察着他……直到后来有一天,同住一个寝室的来自辽河油田的刘明亮突然对他说:"田安国,杨敏霞爱上你啦!"安国赶快制止他胡说八道,因为同学们都知道杨敏霞在大庆油田有一个做医生的男朋友,差不多快要结婚了。后来,刘明亮又多次提醒,说"小杨一定是爱上你了"。安国压根没把这句话当真,以为是舍友的玩笑话,所以也没重视过,与杨敏霞一如既往地正常交往着。那些日子,作为安国"半个老乡"(杨敏霞祖籍甘肃,与陕西相邻)的杨敏霞,每天早晨早早给安国送来他爱吃的早餐,只是用电加热器煮的面条里的荷包蛋由一个变成了两个。

时间过得飞快,一晃,第一学年不知不觉就结束了。大家纷纷回到各自的油田与家人团聚去了,只有田安国留在北京继续与那些留学生学习交流,于是同学们顺便把自己的私人用品存放在他的房间。这些东西几乎塞满了半个屋子。

暑假还没过半,一天上午,杨敏霞突然提着一大包东西笑眯眯地出现在田安国面前,并急切地告诉安国自己和大庆油田的对象吹了!

田安国再傻,此刻也明白她的良苦用心了。

那以后，杨敏霞像换了个人似的，变得爱说爱笑，青春洋溢。田安国陪着她逛了北京许多名胜古迹，还带她见了大哥及病中的母亲，家人都以为杨敏霞就是安国的对象了，并送上对他们的祝福。

那段时间，杨敏霞像对待小孩一样为田安国洗衣做饭，安国则每天在静悄悄的校园陪她练习口语，两人几乎形影不离。因为当时要攒钱为母亲治病，田安国节衣缩食，显得有点小气，而杨敏霞则处处大方，感觉就像一个富家女。

很快，暑假结束，同学们都回到了学校。刘明亮见田安国和杨敏霞已经打得火热，一下子神气极了，逼着他请客，只有知心大哥贺君并不看好这段恋情。贺君同样来自辽河油田，与田安国住在同一宿舍，已经成家。他帮助田安国分析他们的现在与未来，感觉两人不会有理想的结果。因为在那个年代，仅调动工作一项已是横在他们面前的一座大山，还有他们的性格差异以及以后的发展等。总之贺君十分不看好这段恋情，提醒田安国谨慎。

田安国没有想到，这段感情的发展被贺君不幸言中了。在结束了北京语言学院的学习后，大家各自回到了自己的工作单位。几个月后，田安国与杨敏霞的那段温馨浪漫的爱情便宣告结束了！

分手的时候，姑娘那悲痛欲绝的神态及伤心的泪水深深地刻在了田安国的脑海里，令他在很长一段时间里每每想起那段恋情都深感内疚与不安！

安国在北京语言学院学习的那段日子，还有一段不得不讲的故事。大哥建国在德国斯图加特认识了一个来自浙江的开中餐馆的华侨叫周忠义，周忠义有一个儿子叫周海涛。当时周海涛到北大读书，由于初来乍到，对北京的一切都不熟悉，所以大哥让安国尽量抽时间给予关照。

一天，周海涛拿着大哥写的信来北京语言学院找安国，热情好客的田安国倾其所有，把自己当成大款一样陪着他买书购物，陪他骑单车游览北京城，还带着他去华北油田、白洋淀等地游览。

那个年代归国华侨头顶都自带一个五颜六色的光环，安国看在大哥写信的分上，宁愿自己不吃不喝，也倾囊而出把他接待好，宁愿自己睡在马路上也要给他安排上好的酒店，宁愿自己走路也要想着法儿给他弄好车。令他万万没有想到的是，这位周公子完全把他当成了一个跟班随意使唤。最让田安国感到惊讶的是，他用回国华侨的指标帮安国买了一台电视机，然后冷冰冰地问安国要了700多块钱的好处费。要知道那 700 多块钱是安国当时差不多一年凑的收入呀！安国无可奈何，东拼西凑才凑齐了那 700 多块钱巨款！

多年以后，田安国到了德国工作学习，好朋友带他去斯图加特玩，顺便找到了周家开的饭店。不愿管田安国一顿饭的周海涛竟然告诉饭店的人员，说他不在德国，但他在北京结交的女朋友"出卖"了他，证明周海涛当时就在德国。后来，田安国看到北京各大媒体把周海涛当作"华侨青年典范"来宣传，感觉真是哭笑不得。

3

安国在北外和科研所的几年时间学到了许多知识，为他以后改变自己人生轨迹奠定了坚实的基础。与此同时，四哥保国在事业和爱情方面也获得了双丰收，道路越走越宽，顺水顺风。

时间改变着生活。保国结婚后，他所在的采油三矿由原来的科级升为处级，成立了招待所。田保国被调到招待所工作，妻子敏丽的户口也迁进了他们厂。一年后，他们有了自己的宝贝女儿，保国感觉自己心里每天都甜蜜蜜的。

1985 年五一前夕，保国接到通知，领导准备派他到唐山商业技术学校学习，进修三级厨师课程。这一走大约得半年时间，保国感觉非常为难，因为当时女儿还不到半岁，他们住在一间小平房里，没有卫生间，生活很不方便。可这次学习对他而言是个难得的机会，放弃太可惜了。

保国回家和妻子商量，没想到妻子听后非常兴奋，说："你放心去吧，我一个人带孩子没问题，实在不行我就回娘家住。"保国非常感动，敏丽真是个通情达理的妻子啊！

保国到达唐山后，他们那个三级厨师班已经开课半个多月了，一上课，他什么都听不懂，最难的是抄笔记跟不上。当时正是五一假期，全班就他一个人在宿舍。保国借来同学的笔记本，抄了三天才把前边的课都补上了。

1985 年的唐山已经从地震废墟上站了起来。马路宽阔，街道两旁高楼林立，居民的住宅楼感觉比华北油田职工的住宅楼还要好。闻名于世的唐山瓷器、开滦煤矿和唐山钢铁厂是这座城市的标志……到处呈现着一派生机勃勃的景象。

那时的唐山还残留着大地震留下的痕迹。保国他们学校是栋平房，周围是一些居民用油毛毡搭建的棚子，看上去破败不堪。

保国上的这个三级厨师培训班学员大多是来自唐山周边各县的饭店和一些企业及唐山市各酒店的学徒，年龄大的50多岁，小的十七八岁，人员结构复杂，文化水平参差不齐。他们的两位老师在河北省乃至北京烹饪界都小有名气。闫老师有几十年的烹调经验，技术一流；王老师在北京的"仿膳"学过宫廷菜，理论实践都很过硬。重要的是，这是学校开办以来第一届三级厨师培训班，想借此机会提高学校的知名度。因此，校领导非常重视，老师也认真负责。然而这批学员水平相差太悬殊，有一部分学生是几年前从这所学校毕业的，听老师的课自然很轻松，像田保国这样从来没有学过烹饪理论的学员听起课来就相当吃力，让老师很犯难。经常是老师讲了半天，其他同学早就明白了，保国感觉还是一头雾水。有一位女老师讲营养学，其中涉及化学方面的知识。没上过一天学的田保国感觉像听天书，根本不懂。老师急得满头大汗，费了很大力气才使保国勉强弄懂了什么是六大营养，什么是碳水化合物。开办他们这个培训班学校是花了本钱的，采用理论与实践相结合的方法，效果非常好。学校每周安排两次实践课，保证每个学员都有上灶操作的机会。老师教得认真，学员也非常刻苦。临近考试的时候，两位老师都不回家，而是和他们吃住在一起，每天教他们练食品雕刻等基本功。保国因为知道自己的底子薄，基础差，所以比其他学生更加努力。

每到周末，别的同学都回家了，保国自己花钱买土豆学雕花。学校附近有家小饭店，锅贴做得特别好吃，一到中午顾客排着队去买。保国一顿吃四个锅贴没问题，但他只买三个，剩下的钱全买了土豆。在班上，他是去得最晚、基础最差的学员，但因为学习踏实，经常受到老师的表扬。保国非常珍惜这次学习机会，他把所有的时间都用在了学习上，清东陵和山海关近在咫尺，他都没有去过。

保国当时的学习动力主要来自两个方面：其一，他认为既然入了厨师这一行，就一定要做到最好；其二，那次单位派了两个人去学习，另外一位同学家在附近，他叔叔是华北油田管理局的局长，他每天一下课就回家了，根本不把学习当回事。假如他们两个都考不上三级厨师，拿着公家的工资和奖金，每天还有七毛钱的补助，回去后如何向单位交差呢？

人在一些特定的时刻，脑子里会冒出一些"奇怪"的念头。有一天，保国突然想：

如果自己有了厨师证,说不定就有出国的机会呢。综合自己看书的体会,他觉得这可能就是自己最大的梦想了。因为小时候生活在旬邑,保国的梦想一直是当个好社员,挣许许多多的工分,让父母和兄弟们吃饱饭。然后,随着年龄的增长,梦想也在一点点地长大,他觉得自己的梦想不应该仅仅定位在吃饱饭上,而是在村里活出个人样来,像父亲一样,一辈子轰轰烈烈,十里八乡只要提起来,都会竖起大拇指说:"了不起!"后来到了油田,他有了新的梦想,那就是识文断字,摘掉"文盲帽子",成为一名优秀的石油工人。

他把自己的想法同大哥说了,大哥鼓励他一定好好学习,实现自己的人生梦想。大哥说:"一个人一定要拥有自己的梦想。梦想就如同航海的灯塔,有了梦想你的人生便有了方向,不再感觉迷茫。梦想没有大小之分。梦想是让人坚持的动力,是让人行走的力量。我们的生活总是千变万化,总有那么多不如意,那么多不顺心,但是只要你坚守自己的理想,就不会被打倒,再大的风浪也阻挡不了你前进的脚步。保国你记住:人生中不管遇到再大的困难,坚持就是胜利,无论怎样,你都不要认输。不认输,便可能成为赢家。"

大哥关于梦想的理论给了保国很大的鼓舞。他憧憬着自己的未来。如果时光倒流,这几年来发生的事,以前的自己肯定不敢相信:先是懵懵懂懂成了一名石油工人,然后又成了一名厨师,娶上了心仪的漂亮媳妇,有了一个活泼可爱的女儿——而眼下,他又被单位派送到专业的学校学习厨师技艺。

如今,他有了自己人生的新梦想,那就是拿到厨师证,争取到国外去,看看洋人的世界是什么样子。保国除了学习厨师课程,经常找来一些杂志阅读。在一本期刊上他看到了这么一段话:"梦想和青春一样,是一种信仰。有梦想的生命,就是总有雨露浇灌的花草,由内而外散发出的生命力,如此鲜活。追逐梦想的人意志一贯坚定,哪怕路上有太多的艰难险阻、荆棘坎坷。追梦的人,总被那些不相信梦想的庸人评头论足。没关系,因为梦想永远是梦想,不会凋零。"保国把它抄在自己的笔记本上,鞭策自己心无旁骛,奋勇前进。

有了新的梦想作为动力,保国的学习更加用功了。临近考试时,他几乎没睡过一个安稳觉。考试的时候,实际操作是做四个菜,其中一个自选菜,要求自备食材。那天,附近饭店送来的学员为了彰显高端大气上档次,用的是海参、鱿鱼、大虾,有的甚至有专车给送原材料。保国没有钱买这些昂贵的原料,只好买了些精猪肉，计划做一个"滑溜肉丝"。这道菜看似简单，却能体现刀工的水平，看着美观，吃起来清爽。当他做好准备以后，才知道30多个学员中选做这道菜的就有十几个。这样就有了竞争，高手云集，保国感觉自己根本拿不到高分。

怎么办？看来必须换菜才有希望。保国突然想起老师教过的一道菜叫"枇杷果"，用的原料也是精猪肉，就是把肉丝做成丸子的样子，炸成金黄色，盘底铺上菜松，找几个辣椒把插在丸子上，形似枇杷果。于是，保国临时改变主意，把"滑溜肉丝"改成了"枇杷果"。这道菜外形亮丽，造型可爱，香脆可口，令人垂涎欲滴。

果然，田保国获得了成功，"枇杷果"奠定了他考取三级厨师证的基础。后来，担任评委的王老师问他："保国，枇杷果是你做的吧？"保国说是。王老师高兴地说："你做得很好！就是要做老师教你们的才能成功。"

"可是王老师……我看那天一些同学是准备了海参、鲍鱼、大虾的，他们咋没有通过呢？"

王老师说："咱们考试的原则就是用最普通的原料做出最好吃的菜来。那些名贵的材料，他们肯定做不好！"

那一届厨师班，30多个学员学了半年，真正拿到厨师证的还不到三分之二，而保国这个从一开始就不被大家看好的"差生"，居然顺利地通过了考试！

第十二章

1

从北京语言学院学习归来的田安国像脱胎换骨似的，充满了自信。但苦于有能力却没有学历，他只能尴尬地处在以工代干的位置，凡是需要学历作为硬件的机会皆与他无缘。大哥提醒他可以参加高等教育成人自学考试，考试不受性别、年龄、民族和已受教育程度的限制，均可依照国务院《高等教育自学考试暂行条例》的规定参加自学考试。自学考试由全国考委颁布专业考试计划、课程自学考试大纲。自学考试毕业证书获得者的工资待遇与普通高等学校同类毕业生相同；在职人员的工资待遇低于普通高等学校同类毕业生的，从获得毕业证之日起，按普通高等学校同类毕业生工资标准执行。

高等教育成人自学考试给了田安国新的希望。目标确定后，在繁忙的工作之余，安国把一切可利用的时间都用在了自学考试的复习中。他报考的是英语专业。英语专业的自学考试不仅仅考几门英语，还要考大学语文、教育心理学、语言学概论、哲学（或政治经济学）、中国近代史等课程。

当时，因为国家高等教育自学考试刚实行不久，安国没有复习资料，没有课本，也没有老师辅导，一切都得自己想办法解决。那时候他在研究所工作，还承担着石油部和华北油田下达的情报调研项目，每年几万字的调研报告得自己亲手翻译、抄写，整理三四遍，最后打印成册前还得逐字逐句校对。有时他还要参加学术会议、外事接待工作等，这些工作都要花费大量时间。

那段时间，安国每天朝气蓬勃，信心满满，浑身似乎有用不完的力气。别人要用三至四年时间，他只用了两年半便取得了自学考试英语专业的大专文凭。当时参加自学考试的人不少，但能坚持下来并最终拿到文凭的人并不多。田安国作为一个来自偏远农村的初中毕业生,通过自己刻苦的学习,居然拿到了英语专业的大专文凭。

拿到毕业证的那天,喜悦与自豪让田安国第一次有了炫耀的欲望。这个时候,他才意识到大哥是多么富有远见卓识啊!大哥在四五年前便督促安国学习英语了,到了1986年,英语带给田安国的优势越来越明显,他们这些懂英语的人自带神秘的光环,在油田成了香饽饽。单位培训、技术资料翻译、孩子们的英语辅导等,不时有人找上门来。

更重要的是,他找女朋友也变得比过去容易多了。

三月的和风吹绿了草皮。杨柳吐翠,桃花争艳,香飘满园。改革开放的春风吹暖了燕赵大地,也吹热了人们的心房。街上行人已不再是清一色的灰鼠皮制服,男人穿起了西服,女人烫起了卷发,穿上了鲜艳的衣服。

1986年,比起十年前,人们的生活观念已发生很大转变,除了物质方面的渐渐丰腴,许多人不再为温饱而奔波,开始追求精神方面的享受。出国潮汹涌澎湃,英语热席卷全国。英语变成了一种与时代接轨的代名词。

当然,这股旋风也席卷了华北油田。油田职工总医院办了一个护士英语口语班,田安国被聘任为英语老师。

从认不全ABC到当英语老师,不过几年时间,田安国觉得自己的身份转换也太快了。十年前,他还在黄土高原的那个小山村里当社员,每天早出晚归,与社员们战天斗地,发扬"一不怕苦,二不怕死"的精神,誓叫山河换新颜。那时,他常常从睡梦中惊醒,渴望再次回到学校,继续中学的课程。他梦想像大哥一样出人头地,走出黄土地……如今,自己不但走了出来,拿到了梦寐以求的大专文凭,还当起了英文教师!

护士英语口语班的组织者叫梅婉婷,一位来自四川绵阳的女护士。安国母亲在第二次手术期间,就住在她负责的外一病房。

安国常听母亲提起她,说那个病区里有个护士,人不仅长得非常漂亮,而且为人和善,业务水平一流。但遗憾的是田安国虽多次去医院,偏偏没碰上过。母亲说起梅姓女孩的时候,眸子里满是暖意,喜悦之情溢于言表。对于儿子每次都与其擦肩而过,流露出一丝丝的遗憾。

护士英语口语班如期开班。那些白衣天使们在病房里个个是行家里手,但学起英语来似乎比普通人强不了多少，安国甚至感觉她们和自己当初一样笨拙，对英语完全"不来电"。

安国还记得第一节课开课前的情景。一群平日里穿着白色护士服的护士换上了五颜六色的衣服，有的短发齐肩，有的长发飘逸。她们有说有笑鱼贯而入，各自寻位子坐好。第一次面对如此多的美女，安国感觉心如撞鹿，怦怦乱跳。

"田老师好！"一位皮肤白皙、身材丰腴、神采奕奕的女孩向他打招呼。

"你好！"安国微笑着点了点头，见她在前排找了个座，从书包里拿出教材和笔记本，面若桃花，神态自若。

这位女同学着装入时，一双水汪汪的大眼睛黝黑发亮，眉毛弯如新月，巧笑倩兮，美目传情。她嗓音清脆、甜美、委婉动听，有点像邓丽君。一头黑色的长发随意披在肩上，斜斜的刘海刚好从眼皮上划过。她长长的睫毛忽闪着，泛着水光的眼睛仿佛在说话，小巧的鼻子高度适中，湿润的嘴唇让人想入非非；一件白色的上衣没有任何装饰，穿在身上却丝毫没有平庸之感。

安国突然有种似曾相识的感觉。借着扫视其他学生的机会，又偷偷地瞄了她一眼，发现女孩也在笑眯眯地望着他。四目相对的那一刹那，安国的心突然像被什么击中似的，强烈地晃动起来，他几乎要站立不稳了……

姑娘叫梅婉婷，就是母亲曾多次提起的那个美丽的川妹子。

安国没有想到，教这些护士们英语口语实在费力，因为她们的基础各不相同，几节课下来他口干舌燥，嗓子都哑了，她们还是眨巴着一双双无辜的眼睛愣愣地看着他——反正就是记不住，也不会写。不知从哪天开始，有人给他备好一个保温杯，安国口干舌燥时，端起来美美地喝一口。杯里的菊花茶加了蜂蜜，甜丝丝的，一种久违的被人体贴关心的滋味让他不由自主地想起了杨敏霞——那个对他关爱有加的女孩……安国的眼眶在一瞬间湿润了。他赶忙找了个借口，去洗手间平复自己的情绪……

保温杯是梅婉婷给他带来的。每天上课，她都在第一排认真地听着，记着。恬静，安然。

以后的日子里，梅婉婷不断在那保温杯里换着内容：胖大海、菊花茶、绿茶、红茶……田安国也心安理得，美滋滋地享受着。他不再觉得教英语课有那么累，反而觉得课时太短，一周一次课实在太少。梅婉婷偶尔因上夜班而不能参加学习，那节课就会变得枯燥无味。

那段时间,安国的母亲在大哥那里暂住。一次,安国去看母亲,母亲高兴地告诉他那护士来看她了,还带了许多东西呢!母亲埋怨儿子怎么不陪着人家姑娘一起来。安国感觉很纳闷,一时怎么也想不到是谁。

难道是李玉静?——别人介绍过的一位女护士,安国在北京学习时他们见过几面,李玉静也知道这里的地址。但是他们已经好久没来往了呀!因为母亲的病已经到了晚期,安国只好假装是自己安排的并用自己最近很忙来搪塞。可是这个护士究竟是谁呢?满腹疑问的他一直在脑子里寻找,也没找到合适的答案。

那些日子,田安国一边忙着工作,一边夜以继日地复习,准备继续参加自学考试,一边还要准备每周一次三个课时的英语教学。

日子过得飞快。自从弟弟过世后,安国的体重一下子降到不足50公斤,加上头发留得又长,戴着一副黑边眼镜的他显得很单薄,感觉一阵风都能刮走,样子实在让人不敢恭维。

由于生活没有规律,加之学习工作任务太重,不久,田安国便病倒了,不得不暂时辞去了那份当英语老师的差事,让自己休整一番。他去了一趟医院,医生说是有些感冒,还有肠胃上的毛病,要他注意饮食,不要过于劳累。

才过了清明,太阳已经很有分量了,暖烘烘的。李花谢了,桃花开了;桃花谢了,梨花开了。千树万树的梨花,白皑皑的像雪一样。

几天来,安国感觉吃什么都没有胃口。中午时分,大家都出去吃饭了,他躺在床上想看一会儿书,感觉头晕,浑身发软。

"田老师在吗?"门虚掩着,外面传来女孩甜美的声音。

"哦,哪位呀?找我吗?"安国忽地坐了起来。因为与别人合住,屋子里显得凌乱不堪,到处都是乱放的衣服。

门被轻轻地推开了,屋里一下子显得亮堂了许多。

"田老师,你身体不舒服吗?我来看看你。"来者是梅婉婷,那个有着一双水汪汪大眼睛的明眸皓齿的女孩。

"梅婉婷……你怎么来了?呵呵,你看这宿舍乱七八糟的,哎,这里有凳子,坐下吧。"安国忙准备起身,给她倒水。

"田老师你坐着吧,身体不舒服,我来给你倒杯水吧。"女孩放下手里的东西,东张西望地寻找暖水壶。

"不用,应该是我给你倒水才是。"安国终是坐不住,跳下床找到玻璃杯子用开水烫了一下,搁了些糖冲上开水,热情地招呼她坐下。

梅婉婷接过水,说了声谢谢,然后搁在桌子上,开始收拾安国的床铺。

堆满书籍常年挂着蚊帐的床不到几分钟便被她收拾得井井有条。梅婉婷拿起刚才带来的一张很大的布贴画,贴在他床边的墙上。布贴画的背景是西方风景,两个着装时尚的年轻人手拉着手,眺望远方。

布贴画风格明快,用色饱满,让房间顿时充满了温暖的气息。

"哪儿弄的?外面有卖这个的吗?"安国感觉眼前为之一亮,他很喜欢这幅画的风格。

"我做的……不好,不好意思。"婉婷的脸蛋泛起了一朵红云,白里透红,像绽开的桃花。

"啊,你做的呀!真浪漫!这是国外的风景吧?两个年轻人无限向往的样子,携手并进啊!"安国感觉很意外。想不到这么美丽的女孩,还如此心灵手巧呢!

"今天是你的生日,我做了这幅画,送给你,希望你能够喜欢呢。"姑娘嫣然一笑。

"啊?我看看……是呀!今天是我的生日呢,你看我都给忘了!谢谢你,婉婷!"安国很高兴。

"田老师喜欢就好,不用客气。哎,没吃饭吧?我给你带了吃的呢。"梅婉婷像变魔术似的从包里拿出一个饭盒,里面盛着热腾腾的面条。

"我做的担担面,生日吃,长寿。赶快,再泡就烂了。"梅婉婷打开饭盒,拿出筷子,含情脉脉地看着他。

"你怎么知道我喜欢吃面呢?"安国感觉不好意思,盛情难却,只好接了过来。

"陕西人嘛,听说都喜欢吃面……嗯,尝尝,看看味道怎么样!"

"嗯……好吃!"担担面香喷喷的,安国吃了一口,感觉有些辣。突然想起她是个川妹子,担担面嘛,不辣就没有味了。

"是不是味道重了些?我喜欢麻辣味。"

"很好,很好!"安国被辣得龇牙咧嘴,但感觉很过瘾。碗里除了肉丝,还有豆豉、菠菜和葱花,油汪汪的。面条又细又长,下面还埋着颗鸡蛋呢。

好久未吃到这么可口的饭食了。几天来，安国第一次感到这么有胃口。安国吃得满头大汗，酣畅淋漓。梅婉婷把房间打扫了一遍，看见他吃得那么香，会心地笑了。

"咦，你咋知道我住这里呀？"安国不解地问。

"鼻子下有嘴呀！嘻嘻。"梅婉婷嫣然一笑，脸上又浮起了红云。

"医院离这里挺远的，你怎么过来的？"安国问。

"骑单车呀。我每天上下班都是骑单车的。"姑娘眨动着一双大大的花眼（花眼：方言，美丽明亮的眼睛），萌态十足。

"田老师，你最近瘦了不少呢。"她关切地说。

"是吗？我感觉一直就这个样子呢。"安国知道自己最近瘦得厉害，但在女孩子面前，还是不能表现得太在意。

"是呀！你一请假，英语课大家都觉得没意思了。那个黄老师根本不会调动大家的情绪，听得人昏昏欲睡。"梅婉婷说。

"人家黄老师可是外院的高才生呢，讲得应该比我好才对。"安国听说了这一情况。他请假后的这段时间，黄老师带班，许多护士都不去了。

包括梅婉婷。

"一副高高在上的样子，徒有虚名而已。"婉婷说。

俩人聊着各自的工作、学习甚至父母兄弟姐妹，当话题说到田安国母亲的病情时，梅婉婷突然说："那天我去北京看望老人家的时候，感觉她情况还是不错的。"

"原来是你啊！我母亲说了……一个护士，长得很漂亮……没想到是你呀！"这个问题困惑了他很长时间，一直猜不到是谁。

这姑娘真是有心啊！

一种感激之情油然而生，眼前的姑娘不但美丽动人，并且如此有情有义，令他十分感动。看着她那双会说话的大眼睛，安国在一瞬间有想要抱着她痛哭一场的冲动……然而姑娘开口"田老师"长闭口"田老师"短的，使他很快便冲淡了那份冲动。

"说说看，你是如何知道我母亲在北京的地址的？"安国深吸了一口气，平复了一下自己的情绪。

"这是个秘密。"梅婉婷笑眯眯地看着他,一脸的顽皮。

"呵呵,我很好奇哎!"母亲住在北京沙滩北街乙2号院里的一排小平房里,那地方实在难找。

"哎,田老师,问一个人你认识吗?"梅婉婷突然变得有些神秘兮兮。

"说名字我听听!"安国饶有兴趣。

"嗯……你是不是认识我们医院儿科的护士李玉静?"她笑眯眯地看着他。

安国吃了一惊。这个李玉静是别人给他介绍的对象,极少有人知道,她是如何晓得的呢?

"李玉静长得漂亮,人也很不错呢。"梅婉婷依然一副笑嘻嘻的样子。

"李玉静……别人介绍的。我在北京学习的时候见过几面,好久没来往了。"安国如实相告。

"这件事……你咋知道的?"安国依然觉得很奇怪。

"这也是秘密哩。"她诡秘地一笑,把话题岔开了。

2

1986年的下半年,安国母亲的病情急剧恶化,到了12月的时候,兄弟几个商量后,决定送母亲回老家,做好了最坏的打算。母亲在病重的时候,念念不忘梅婉婷是个好女孩——人漂亮,有心意,会疼人。

为了母亲的心愿,对梅婉婷也动了感情的田安国平生第一次鼓起勇气写了份情书,忐忑不安地夹在书里,放到梅婉婷宿舍的床上。信中除了赞美她的美貌、善良,感谢她对母亲及自己的那份深厚的情义,还表达了对她浓浓的思念之情。

为了显得浪漫,安国特意制作了一个粉红色的信封,外面写上"婉婷亲启"几个字。这几个字他反复练了好多遍,看上去潇洒飘逸,都不像他的字了。他把信封搁在一盒点心下面。点心是特意在商店选购的,果仁的,她喜欢吃。去的时候梅婉婷正好不在,同宿舍的女孩用暧昧的眼神望着他,他也冲着她微笑着点了点头。

"梅姐出去了,一会儿就回来。坐吧。"女孩很热情地给他倒了一杯水。

"谢谢!不用了。我先走啦。"安国礼貌地向她挥了挥手,告辞了。

他骑着自行车，一路飞快，似乎怕梅婉婷即刻追上来，把情书退还给他……又期待立即便见到她，看她那一双水灵灵的大眼睛眨呀眨的，让人心旌荡漾……

安国沿着会战道一口气回到宿舍，感觉浑身都出汗了。虽是12月的寒风，却一点也不觉得凌厉，甚至有些暖烘烘的味道。

安国躺在床上，心里美滋滋的。梅婉婷看到他的信，第一时间会如何反应呢？她会很激动吗？会来宿舍找他吗？

也许会，也许不会。根据各方面的情况综合判断，这姑娘是爱他的。比如她在上课的时候给他准备保温杯，保温杯里盛的是甜蜜蜜的饮料；她送自己布贴画，给自己带饭、买药、嘘寒问暖、关怀体贴……还有，她去北京看望自己的母亲，虽然至今弄不明白她是如何知道地址的——足见姑娘是有心之人。她关心他的婚姻状况，知道他和李玉静的关系……种种迹象表明，她对自己是有心的。

是的。作为油田总医院的院花，生活中的梅婉婷是矜持的，甚至是冷艳的，骄傲得像个公主。可是每当看见安国，那朵花便盛情绽放，明媚娇艳，多姿多彩，令人心猿意马，欲罢不能……

那天是周末，大家都出去了，宿舍就安国一人。天色将晚，屋里的光线渐渐暗了下来。这个时候，只听门吱呀一声，一看，原来是梅婉婷来了！

"你，哦……梅婉婷呀！"安国慌忙坐了起来，因为对方没敲门便进来了，感觉有些突兀。

梅婉婷双手背后，笑眯眯地看着他，一言不发。安国忙起身寻找开关，婉婷制止了。

"别开灯……我喜欢朦胧的感觉。"婉婷说着从后面拿出他的信，在他眼前晃了晃，笑靥如花。

"哦……你这么快就看了？"安国突然觉得两颊发热，感觉有些窘，目光不敢与她对视。

"嗯……田……田老师……"婉婷的声音像从水底浮起的夜雾，柔柔的，凉凉的。

"婉婷，别叫我田老师。叫我……安国吧！"

"嗯……你感冒好了吗？"

"好啦！一见你，再重的感冒都会好的。"

"想不到……你还会甜言蜜语呢。"

"怎么？难道我不食人间烟火吗？"

"不是……感觉有些道貌岸然……"

"什么？你说我道貌岸然？"

"嘻嘻……"婉婷不好意思地笑了，那模样，像一朵携雨带露的玫瑰，娇艳极了。安国呆呆地愣了一下，一把揽住她的腰。梅婉婷象征性地挣扎了一下，顺势倒在他的怀里……一股类似薄荷的味道扑面而来。俩人紧紧地搂在一起，彼此能听见对方的怦怦心跳。

"告诉我，你是怎么知道我母亲地址的？"安国把脸贴在了她的鬓上，幽幽地问。

"这个很重要吗？"婉婷抬起头，眸子里满是火焰。

"婉婷，我写的信你看了吧？"见对方不愿意透露，安国转移了话题。

"还没有……你带的点心，很好吃。"婉婷依然深情地望着他，满是柔情，满是蜜意。安国感觉自己浑身燥热，难以自持了。

"婉婷，你……爱我吗？"安国的脸紧贴着姑娘的耳廓。婉婷的耳朵凉凉的，高挺可人，白皙匀润，温婉纤柔。玲珑小巧的双耳与她那粉嫩圆润的脸庞巧妙地结合在一起，感觉浑然天成，妙不可言。

"嘻嘻，你说呢？"一双有些调皮有些狡黠的大眼睛望着他，安国心如撞鹿，怦怦乱跳。他轻轻地吻了一下她的耳廓，然后是脸颊。朦胧中，尽管看不清她刘海下的容貌，却可以清楚地看见她的两边脸颊连同后面修长白皙的脖颈整个都红了，嫣红透白煞是好看，像一枝傲雪的寒梅，伫立在幽静的山谷中，恬静优雅地径自绽放。姑娘的红唇娇艳欲滴，他略一迟疑便深深地吻了上去……

"嗯……嗯……田老师……"婉婷突然推开了他，面露愠色。她掏出手帕揩了揩自己的嘴，拂袖而去。

"婉婷！哎，梅婉婷，你等等！"安国慌忙坐起，趿上鞋准备追赶……

"婉婷？婉婷是谁啊？"屋里的灯突然亮了起来，舍友不知啥时候已经回来了，笑嘻嘻地看着他。

"啊？你……没看见……"安国懵懵懂懂地说。

原来是一场梦！梦中的情境是那样真实，以致感觉嘴上还留着她的唇香呢。他下意识地摸了一把，怅然若失。

接下来的日子，安国每天都在艰苦地等待着。煎熬中度日的滋味真不好受，他日不思食，夜不能寐。

冀中平原落了一场大雪，白茫茫的，把一切都裹了起来，显得异常圣洁。他感觉他们的爱情也像这雪一样晶莹剔透，洁白无瑕。日子一天天地翻了过去，平静得像这场雪，海晏河清，波澜不惊。

——难道梅婉婷没有看到他的情书？那个女孩把点心吃了，信也收起来了吗？不会。作为舍友，女孩没理由那样去做的。

——难道是自己写的信冲撞了她？这个看起来柔情蜜意的女孩有时候会风风火火的。毕竟，她是带着辣味的川妹子呀！

安国在脑海里搜寻自己写过的话语。那些话语是他精心打磨后落在纸上的，自认为每一个字都非常得体，不至于冒犯啊！

——难道是她故弄玄虚，考验他的耐心吗？可是开场的戏都是她组织的啊——就像那个护士英语口语培训班一样——她演得生动活泼，引人入胜……为什么突然就刹住了呢？

安国决定去医院看看她。他骑着自行车来到油田总医院。医院门前车水马龙，来往的人行色匆匆。

安国把自行车存好，来到梅婉婷上班的楼层。

护士室就在前面，只要走过去，便能看见她。

突然，一个问题跳了出来：见到她怎么说？憨愣愣地问："婉婷，你收到我写的情书了吗？"——人家不说他是疯子也是傻子；说："你上班着吗？我路过，顺便来看看你。"这样的话无异于"此地无银三百两"，过于简单直白了。护士室有许多女孩都认识他，肯定会爆发一片"田老师好"的问候。那样的氛围，适合向她表白吗？

不如不去。

安国快步走下楼梯，生怕碰见一个熟人，骑着车子逃也似的离开了医院。

回到宿舍，床边的布贴画依然鲜艳，两个年轻人手拉着手，卿卿我我，秀着恩爱。

这是她亲手做的布贴画，那对年轻人代表着什么意思呢？

这个有些神秘、有些浪漫、有些任性的女孩呀，真的让人不可思议呢！

一个月过去了，风平浪静。安国每天上班下班，路过医院的时候，忍不住就往里面看上几眼。

两个月过去了，还是没有她的任何信息。不知是医院忙还是怎的，他再也没有见到她。

冷静下来的时候，他开始认真思考这件事了。也许人家跟你套近乎，不过是想多学几个英语单词，练练口语而已。田安国呀田安国，你还真把自己当盘菜了呢！

那段时间，母亲病情恶化，兄弟几个陪母亲离开任丘回到陕西，安国和几个哥哥安顿好家里的事后又回到华北油田，还是没有梅婉婷的任何消息。

母亲的病情进一步恶化，令人揪心。安国将这件事深深地沉到了湖底，一门心思陪母亲治病去了。

3

1987年年初，田安国怀着悲痛的心情回老家参加完母亲葬礼后，返回了华北油田。

那段悲伤的日子，安国感觉一切都不重要了，只有学习能冲淡那种彻骨的哀伤。每天除了上班，他把研究所里带回来的英文专业书籍打开，一本本地阅读。那些在别人看来枯燥无趣的文字很难走心，可一旦钻进去了便难以自拔。他常常一个人看到昏天黑地，才发现自己还没有吃饭。没有规律的生活让田安国的肠胃炎再次发作，经常折磨得他一整夜不能休息。曾经意气风发阳光帅气的他头发蓬乱，形容憔悴，眼睛深陷，两颊内凹，颧骨高耸，体重再次下降到不足48公斤，成了油建一公司职工医院的常客。

夜深人静的时候，梅婉婷会莫名其妙地闯进他的脑海——她面如满月，目若青莲。那张看上去饱满圆润的贵妃脸像从最标准的唐代仕女图上走下来的美人一样，饱满靓丽。与一般美女的大眼睛不同，她的眼睛大而有神，似乎眸子里有水波荡漾，仿佛无时无刻不在默默倾诉着什么；坚毅挺直的鼻梁，有女性的俏美又有点阳刚之气；一双柔软的樱唇，呈现出一种近乎透明的宝石红，温暖湿润，仿佛看一眼便能让人沉醉；一头柔美的乌亮长发，流瀑般倾泻下来，恰到好处地披散在微削的香肩上……

恍惚中他们来到一处宽阔的水域。芦苇丛生，青莲朵朵，阳光在水面上星星点点地跳跃……突然，一阵轻歌飘了过来：

> 甜蜜蜜，你笑得甜蜜蜜
>
> 好像花儿开在春风里
>
> 开在春风里
>
> 在哪里，在哪里见过你
>
> 你的笑容这样熟悉
>
> 我一时想不起
>
> 啊，在梦里
>
> 梦里，梦里见过你
>
> 甜蜜，笑得多甜蜜
>
> 是你，是你，梦见的就是你……

随着邓丽君的歌声，一叶小舟从芦苇丛中荡了出来。舟上，一个酷似邓丽君的女子手如柔荑，肤如凝脂，螓首蛾眉，巧笑倩兮，轻盈地飘了过来。

"你会唱邓丽君的歌曲呀！"安国满心欢喜。因为梅婉婷长得像邓丽君，他想，如果她再会唱邓丽君歌曲的话，那简直就是大陆版的邓丽君了！

"我喜欢邓丽君的歌，温婉秀丽，甜美动人。"梅婉婷一边撑舟，一边笑嘻嘻地望着他。阳光从后面裹了上来，给她那丰润的脸颊镀上了一层亮色，在水面上熠熠生辉。婉婷一袭白裙，肌肤胜雪，美若仙子……

"这里是白洋淀吧？"安国去过白洋淀，景象和这里很相似。

"是呀！你看那满塘的荷花，都开了。"她的声音甜美滋润，摄人心魄。

"看过孙犁的《荷花淀》吧？"安国咽了一下口水，镇定自己。

"看过，写得真美啊！"她眉飞色舞。

"你还喜欢看书？"安国有些吃惊。这么美的女子，如果还喜欢读书，那是绝佳的了。

"工作忙,看得不多呢,和田老师不能比。"婉婷有些不好意思起来。

"婉婷,求求你,不要叫我田老师了。你一叫老师,我就不好意思了。"安国感觉有些窘。

"那我叫你什么呀?"声音软软的,像从水面上浮上来似的。

"叫……叫我小田吧!"在华北油田,许多人都把他叫小田呢。

"人家可是比你小的……哎,叫你田大哥吧!"婉婷调皮地歪着头,看着他柔柔地笑。

"好啊!叫田大哥,没问题的!"安国很高兴。

"田大哥……田大哥!"姑娘笑成了一朵花。

"婉婷,把船摇过来。你歇会儿,我来撑吧!"安国感觉自己还在水面上轻轻地浮着。

突然,一阵大雾弥漫,小舟在一瞬间便看不见了,只留下一串银铃般的笑声,渐行渐远……

"婉婷,等等我!"安国从睡梦中一跃而起。同上次一样,梦醒时分,眼前是他的宿舍。

舍友回家了,屋子里黑魆魆的就他一人。

那一夜,田安国辗转反侧,无法入眠。直到窗外开始泛白,他才迷迷糊糊地睡着了。

英语专业书感觉越来越枯燥,他开始看唐诗宋词。安国上学的时候就非常喜欢古诗词,苦于找不到,见一首抄一首,然后背诵。他喜欢李白的浪漫、苏轼的豪放和柳永的婉约。近期更是迷恋柳词,耳熟能详的不少。

尤其喜欢那首《雨霖铃·寒蝉凄切》:

寒蝉凄切,对长亭晚,骤雨初歇。都门帐饮无绪,留恋处,兰舟催发。执手相看泪眼,竟无语凝噎。念去去,千里烟波,暮霭沉沉楚天阔。

多情自古伤离别,更那堪,冷落清秋节!今宵酒醒何处?杨柳岸,晓风残月。此去经年,应是良辰好景虚设。便纵有千种风情,更与何人说?

是呀,"多情自古伤离别……便纵有千种风情,更与何人说?"

婉婷,我的思念你知道吗?

4

过完年,安国已经27岁了。一晃,来华北油田已经整整10年,他从一个青涩的少年已然步入了大龄青年的行列!油田上不断有人给他介绍对象。老同事见面的第一句话就问:"小田,有没有对象?别太挑剔了,差不多就行啦……"

安国感觉不胜其烦,他开始躲着熟人,害怕节假日尤其怕过春节,看人家成双成对,挈妇将雏,自己孑然一身,孤零零的很尴尬。

不是没人给他介绍对象,而是他不想去看。理由主要有三:我最近身体不好,没心情;感觉自己还年轻,想再耍几年,不想被婚姻绑架;谢谢你的好意,我已经有了女朋友,暂时保密!

当然,以田安国当时的身份,追求他的女孩也不少。尤其是那些已跨入剩女行列的姑娘们,更是显得有些迫不及待,甚至直截了当。

油田总医院的一位护士在英语口语培训班的时候十分活跃,她说自己是田老师的崇拜者。培训班就要结束的时候,她给安国写了一封信,情意绵绵,热情似火。安国感觉自己与她不来电,所以女孩多次暗示他都装着不懂。

某剧团的一位演员经人介绍认识了安国。女孩一米六八,身材苗条,鸭蛋脸,丹凤眼,长脖细项,梳着个马尾辫,非常漂亮。她着装时尚,青春靓丽,热情大方,与安国见面之后便主动出击,频频约会。按说这么漂亮的女孩,男孩都会喜欢,可是安国与她在一起,总觉得不自在。也许是对方过于热情,安国便显得有些被动,甚至木讷了。后来,安国了解到了女孩的真实想法:原来她听说安国的大哥在北京工作,想借助安国把她调到北京,参加国外演出……这样的女孩功利心太强,安国以两人性格不合为由而疏远了。

油田机关单位的一位女会计是个大龄剩女,很会体贴人。得知安国身体不舒服,天天来给他送饭。女会计个头不高,体态丰腴,显得比较成熟。她有一双勾魂的眼睛,盯着你便不放,让人无处可逃。女会计说:"安国呀,看你瘦的,一阵风都能吹倒。要不搬我那里住,用不了一个月时间,保证让你胖起来。"那天见宿舍没人，女会计从后面紧紧地搂住了他，主动索吻后便开始解他的扣子……安国抓住了她的手，说："我们现在还没发展到那一步呢。你知道，我不是那种随便的人。"此后无论女会计多么殷勤，他都表现得麻木不仁，不痛不痒。女会计觉得无趣，只好放弃了。

除了这几个女孩以外，别人介绍的也不少。一开始他还答应去见，后来索性连见面的兴趣都没有了。他感觉自己一直在等待——等待一个人的出现。可是等谁呢？有时候，连他自己也不太清楚……

5

一年很快又快要过去了。1987年年底的一个周末，梅婉婷忽然出现在了田安国的面前！

她是如何进来的？敲门了吗？似乎敲了，但每天都有人来，都会敲门。她是路过顺便进来看看，还是专程前来找他？为什么过了这么久才出现呢？还有，眼前的这个女孩，真的是那个令他魂牵梦萦、茶饭不思的梅婉婷吗？！

安国呆愣愣地站在那里，一种说不出来的爱恨交织让他不知道该说什么。也许一切都是虚妄，云烟散去，一切皆如故。

"田老师，不认识我了吗？我是梅婉婷呀！"一年多没见，她似乎比之前更加靓丽，更加迷人了。那眼波摄人魂魄，令人意乱神迷，不能自已。

"你又瘦了不少哩！哎呀，这么大个人了，咋就不会照顾自己呢？"见安国面露不悦，梅婉婷搁下手中的小包，开始给他收拾床铺。床铺乱糟糟的，一些未洗的衣服与书堆在一起，发出一股男人特有的汗腥味。

"田老师，有理不打上门客哩，我来了你也不打招呼，也不说话……"突然，她抬脸看见了床边墙上的布贴画，自嘲道，"还以为田老师早把它扔了呢！"

安国嘴唇嗫嚅了几下，脸上露出一丝笑容。四目相对的那一瞬间，不争气的眼泪突然夺眶而出，怎么也收不住……想想这一年来母亲去世、疾病缠身、孤独郁闷、思念成疾，似乎都因她而起。他像个受了委屈的孩子，喉部发涩，鼻子发酸，嘴角颤动……执手相看泪眼，无语凝噎……

姑娘望着他，眼泪也下来了。两个人几乎同时用力，紧紧地把对方揽在怀里，哭成了一团。他们越搂越紧,几乎就要窒息了。安国用力在她胳膊上捏了一下,梅婉婷一声尖叫,用力想推开他。

"你——,干吗掐我呀!?"圆如满月的脸,泪痕还挂在上面,如梨花雨后,携雨带露,娇羞明艳。

"我怕……又是在梦里呢。"安国轻舒了一口气,眼睛里喷着火焰。

"田老师,你梦见我了吗?"婉婷掏出手帕,擦去两人脸上的泪痕。

"婉婷,不要叫我田老师好吗?"安国望着她,望着那美丽的人儿。

"嘻嘻,那我叫啥子呀?"似乎是梦中的情景再现,姑娘调皮地盯着他。

"叫……叫我田哥吧!我比你大,呵呵。"安国说。

"哦,田老师……田……大哥。"姑娘脸上的红云又飞了起来。

"不是田大哥,是田哥。"安国纠正道。

"田……哥!"婉婷软软地叫了一声,捂着嘴笑了。

"来,把桌子收拾一下,我带好吃的来了。"婉婷变戏法似的从身后提起一个棕色的大提包,里面装着几听罐头,还有面包、肉松、榨菜、花生米、白酒和方便面,摆了满满一桌子。

"这么丰盛呀!都是你带来的吗?"看着满桌的好吃的,安国有些不敢相信自己的眼睛。

"是呀!不是我带来的难道是飞来的吗?"婉婷偏着头,调皮地笑了。

罐头有鱼肉的、牛肉的和火腿的,都是他喜欢的口味。不知这姑娘有何等神奇的本领,侦查能力超级一流,不服不行啊。

罐头依次打开,白酒也打开了,两人各斟了一杯。两个人吃着菜,喝着酒,诉着衷肠。

"婉婷,这一年多时间,你咋失踪了?"安国问。

"没有呀!我每天都在医院上班呢。"姑娘巧笑倩兮,灿若夏花。

"那……我写给你的信,看了吗?"这件事曾让安国纠结了好长时间,终于等来了问的机会。

"什么信,啥时候写的?"婉婷的眼神有些困惑。

"什么?你一直没有收到我给你写的信吗?"安国感觉很诧异。

婉婷轻轻地摇了摇头。

事到如今，也没有追究下去的必要了，毕竟隔了这么久，有些事，是说不清的。

"婉婷，上次分别后，有没有再想起过我？"安国想知道，自己这一年来究竟是不是在单相思。

"想呀！天天都在想你哩。"几杯酒下肚后，姑娘的脸蛋红得更鲜艳了。

"可是这么久了，为啥今天才记得来看我呀？"安国喝酒后脸也涨得通红。

"那你也没有来找我啊！"姑娘微微一笑。

"我去找过的……不过没有进你们护士室……"安国说。

"我也找过你的，你不在。"姑娘侧着头，笑眯眯地看着他，很难分清她的话是真是假。

"哦！我们喝酒吧！"安国感觉很高兴。无论如何，这姑娘是念着他的，想着他的，也许还来找过他，正好他不在呢。

那晚，他们把一瓶55度的衡水老白干都喝完了，两人喝着喝着便相拥在一起。梅婉婷毕竟是女孩，不胜酒力，醉倒在安国的怀抱中……

一觉醒来，已是第二天凌晨了。

那一夜，她的话语像春风一样柔和，她的体香像美酒般迷人，她的柔情像久违了的母爱，让安国感到温暖。吻着她的唇，安国感觉自己又一次醉了，一切好像在梦中……

很快，他们便陷入了热恋。总医院女生宿舍的那盏灯无数次带给安国温暖和幸福，从油建到总医院的那条路承载着安国太多的美好与期盼。每到周末，他们便把爱情转移到安国的小屋里，那种温馨和浪漫让多少单身狗浮想联翩。他们相拥走在街头，拥有院花头衔的梅婉婷美艳如花，吸引了无数异性频频回头。

在安国的小屋，婉婷那拿手的川菜在楼道飘香，他的病也好了大半，感觉神清气爽，笑容再次挂在了脸上。梅婉婷不但美貌多姿，并且能歌善舞。她长得像邓丽君，也喜欢唱邓丽君的歌曲，委婉处如山涧潺潺流水，柔情蜜意、百转千回；忧郁处如黛玉望月伤悲，看花坠泪，听者愁肠百结。余音袅袅、不绝如缕。

你问我爱你有多深，

我爱你有几分？

我的情也真，

我的爱也真，

月亮代表我的心。

你问我爱你有多深，

我爱你有几分？

我的情不移，

我的爱不变，

月亮代表我的心。

轻轻的一个吻，

已经打动我的心，

深深的一段情，

教我思念到如今……

　　往往，听者就安国一个，观众也是他一人，然而她倾情演绎，全力投入，听得他神魂颠倒，如痴如醉，便忍不住拥她入怀，从耳廓开始，吻遍脸庞……

　　那是一段甜蜜的岁月。有星辰相伴，有明月为证。两情相悦，爱意浓浓。安国觉得自己是世界上最幸福的人了。

　　转眼便是春节了。安国决定带着婉婷去见父亲及哥哥嫂子。一家人对梅婉婷自是非常满意，每人都给了红包，祝愿他们百年好合，恩爱终生。接着，他又随梅婉婷去了四川她的老家，拜见未来的岳父岳母大人。

　　从河北任丘到四川绵阳，坐火车要走两天多。一路上，他们有说不完的话。因为第一次去见老丈人和丈母娘，安国觉得还是有点紧张。自己的个头有点矮，而且家在农村，他们会看上他这个女婿吗？当地都有什么习俗？特别是婚俗方面的，他想详细地了解一番。婉婷说："我们那里传统的婚俗很烦琐，有六礼，一曰纳采，二曰向名，三曰纳吉，四曰纳征，五曰请期，六曰亲迎。"这就是传统婚礼所分的六个阶段，俗称"六礼"。许多地方都很流行。

　　"什么是纳采、向名？纳吉、纳征、请期和亲迎呢？"安国不解地问。

"这个嘛，我也是小时候听我奶说的。'纳采'是议婚的第一阶段，男方请媒提亲后，女方同意议婚，男方备礼去女方家求婚，礼物是大雁，一律要活的。"

"为啥要用雁？"安国问。

"因为雁为候鸟，取顺乎阴阳之意。后来又衍生了新意，说雁失配偶终生不再成双，取其忠贞之意。'问名'就是求婚以后，托媒人请问女方出生年月日和姓名，然后准备合婚的仪式；'纳吉'是把问名后占卜合婚的好消息再通知女方的仪式，这个仪式又叫'订盟'，是订婚阶段的主要仪式。"

"那我上哪儿去捉大雁啊？"安国笑着问。

"哼！这就是你的事了，与本姑娘无关。"婉婷故弄玄虚，卖着关子。

"那么……本相公捉不到大雁，岂不是要白跑一趟了吗？"安国装出很急躁的样子。

"嘿嘿，傻样！用大雁求婚是古俗，现在早就不用了。"婉婷点了一下他的额头，把削好的苹果切了一块，塞进他的嘴里。

"现在不用大雁，用啥？"安国问。

"用首饰、彩绸、礼饼等。农村人用猪、羊等，这叫送定或定聘。"婉婷说。

"还有三个没解释呢。"安国接着问。

"第四个是'纳征'。定聘后男方家将聘礼送往女方家，是成婚阶段的仪式。这项成婚礼又称过大礼。后来这项仪式还采取了回礼的做法，将聘礼中食品的一部分或全部退还，或受聘后将女方家赠男方的衣帽鞋袜作为回礼。聘礼的多少及物品名称多取吉祥如意的含意，数目取双忌单，图个吉利；第五个'请期'，即男方送完聘礼后选择结婚日期，备礼到女方家征得同意时的仪式；还有一个是'亲迎'，就是新女婿亲自前往女家迎娶的仪式。这项仪式往往被看作婚礼的主要程序，前五项则是议婚、订婚等过渡性仪式。"婉婷侃侃而谈，安国听得饶有兴趣。

"那咱们准备的这些东西，行吗？要不到绵阳后买一头猪或一只羊赶过去吧！"安国笑着说。

"我们家才不稀罕呢！"婉婷娇嗔地看着他，把剩下的苹果全塞进安国的嘴里了。

"婉婷，除了'六礼'外，能说说婚礼的流程吗？"

"这个流程嘛——主要有三项：亲迎、拜堂、入洞房。'亲迎'是吉日一到，新郎要带着迎亲队前往女方家迎亲。男方至女方家迎亲，古时要先进雁为礼。古书上说雁一生中只有一个配偶，之后便与配偶形影不离，二者中若死去一只，另一只则形只影单，终生不再另寻配偶。人们以进雁这种习俗表达夫妇坚贞不移、琴瑟合鸣、白头偕老的美好愿望。男方的花轿抵达女方家门前时，女方家一定大门紧闭，这叫'拦门'。男方在外叩门，催请新娘上轿。这时，便要有一番礼节性的对答，女方家院内必有人隔门要红包。拦门到了一定的时间，男方才能进门。进门后除了特别的寒暄，男方要送上礼品，这些礼品因家庭条件的不同而存在着极大的差异，但都是图喜庆的物品。娶亲的归途，必须走另一条路，表示'不走回头路'。如果路上碰到庙、井、祠、坟、大石和大树等，都要用一张毡把轿子遮起来，为的是辟邪。

"第二项是拜堂。娶亲的花轿及迎亲队回到男方家门前时，男方家亦照例大门紧闭，说是可以杀杀新娘子的性子。大门打开之后，花轿抬进庭院，要先过火盆，送亲人和新娘的兄弟就随着花轿进入庭院休息，男方家以酒筵相款待。我奶奶说旧社会结婚的时候，新娘进门后要撒些谷、豆、草等，用意是辟邪——三煞（青羊、乌鸡、青牛之神）。三煞忙于啄食，就危害不到新娘了。后来新娘子下轿后撒的都是彩色纸屑，图的是个红火吉利。下轿的时辰一到，把花轿抬到大门口。此时新郎官先向轿门作三个揖，由送亲太太掀开轿门，由伴娘搀新娘下轿。然后新郎递给新娘一个小瓷瓶，瓶内装有五谷及黄白戒指两枚或四枚。新娘把宝瓶抱在怀里，然后由伴娘及送亲太太搀扶，姗姗而行。另由两人前后接铺红毡，使新娘脚不沾地。此时新郎已站在天地神案前，手持弓箭向新娘身上轻射三箭，借以驱除邪魔。射箭的姿势是射一箭退一步，然后新娘跨马鞍，走火盆，这些礼节过了之后，就在供案前举行结婚大典，俗称'拜天地'。"婉婷说。

"程序这么烦琐呀！要是记不住该怎么办呢？"安国问。

"这个你放心，结婚时都有主事的人，他们懂得怎样安排的。新人拜过天地之后，就引新娘进入洞房。新郎、新娘进入洞房后，仪式也是一系列的。"婉婷说。

"都入洞房了，还有啥仪式呀？剩下的事情应该都是两口子的事了吧？"安国笑嘻嘻地说。

"想得美！进了洞房，程序多着呢！首先是坐帐，亦称'坐福'。新郎新娘双双坐在洞房的炕沿上或床上，新郎将自己的左衣襟压在新娘的右衣襟上，表示男人应该压女人一头。还要撒喜果于帐中，称为'撒帐'，一般所撒的物品有枣、栗子、花生等，利用谐音表示'早立子''花着生'。接下来的节目就是吃子孙饽饽。子孙饽饽是送亲太太从女方家带来的。吃过子孙饽饽，再吃长寿面。长寿面是由男方家准备的，取'子孙万代，长生不老'的意思。然后是喝'合卺'酒，又称交杯酒。用一条红线，两头各系一只酒杯，新郎新娘各饮半杯，再交换杯子喝尽杯中酒。交杯酒礼是在洞房之内举行，这个时候还需要在院里再摆一桌酒席，俗语叫'团圆饭'，席间新郎、新娘坐上座，其他宾客均坐陪座，表示从此成为一家一姓。接下来便是闹洞房了。这个习俗从古有之，全国各地似乎都差不多。

"闹洞房除逗乐之外，还有其他意义，比如把洞房闹得热闹红火，驱除冷清之感，增加新婚的欢乐气氛，我们那儿又叫'暖房'。旧社会时男女结合多经人介绍，彼此并不熟知，闹洞房能够让他们彼此消除拘谨呢。"婉婷说。

"没看出来呀，你知道的这么多呢！"婉婷一口气说了这么多，安国感到十分钦佩。

"都是听我奶奶讲的。小时候奶奶给我们讲过许多故事，鬼呀神呀的，啥子都有，吓得我们夜里不敢睡。后来她给我们又讲当地的风土民俗故事，我们都喜欢听，所以就记住了。奶奶说，女孩儿长大都是要嫁人的，所以这些规矩都要懂得呢。"婉婷说。

"其实你说的这些风俗，许多跟我们那里都差不多哩。"安国说。

夜幕降临的时候，列车开始穿越秦岭隧道。熄灯后车上静悄悄的，只有铁轨与列车之间发出的咣当声不绝于耳……

第二天中午，他们来到了绵阳。绵阳是座美丽的城市，具有两千多年的建城史，可谓历史悠久，钟灵毓秀，人杰地灵。它兼有北方的豪爽和南方的娟秀，青山绿水，与冀中平原风光截然不同。当然，与陕西旬邑的风格更不相同。

终于到家了。梅婉婷热情地介绍了她的家庭成员：爸爸、妈妈、弟弟、妹妹。看到女儿带着未婚夫远道而归，家里人自然高兴，气氛热烈而祥和，没有想象中的尴尬。婉婷回到家里后立即换上了地道的四川话，跟安国说话时便即刻转换频道，用普通话讲。两人经过精心准备的礼物老人都十分满意，看样子他们是愿意接纳这位女婿的。安国悬着的一颗心总算平安落地。唯一令他没有想到的是梅婉婷的父亲梅昌平与他是有过"交情"的。几年前，安国从北京外国语学院被迫终止学业，回到华北油田油建一公司。三哥卫国得知总医院缺少一位电影放映员，经多方活动后准备给安国办理调入手续，谁知却被另一位叫梅昌平的老放映员"截胡"了。不承想，今天竟在此情此景下见到了这位梅昌平先生，阴差阳错，对方成了自己的准岳父……好在梅先生似乎并不清楚事情的来龙去脉，要不那场景想想都令人尴尬啊！

梅婉婷的父亲准备好丰盛的酒席，招待女儿和女婿。有几个菜是梅婉婷亲自下厨做的，因为她晓得安国的口味，不能太辣也不能太麻。席间，女儿女婿眉目传情，两位老人会心地笑了。当地的春节很热闹，鞭炮声此起彼伏，空气中氤氲着浓浓的年味。按照当地风俗，婉婷带着安国拜访了她的姑妈、姨妈，每到一家都有隆重的酒席接待，安国不胜酒力，婉婷便出面护航，场面十分热闹。

走完亲戚，婉婷带着安国去逛街。节日里的绵阳浓妆艳抹，彩灯高悬，一派祥和气氛。四川人有喝茶的习惯，特别是大碗茶更是流行于各地。茶具由茶盖、茶碗、茶托三件组成，多为瓷器，茶托也有金属制成的。茶托下有一圆形凹坑，茶碗圈足刚好放入其中。当茶客在茶馆坐定后，喊一声："泡茶——"掺茶的师傅便会应声而至，一手提开水壶，一手夹一摞茶具来到桌前。只见他一挥手，茶托子满桌开花，放在客人面前。接着，把装好茶叶的茶碗一一放在茶托上，左手扣住茶盖，右手提壶嘴一翘，桌上滴水不洒。吧嗒一声，茶盖翻过去将茶碗盖住。茶盖讲究盖而不严，既可保温，又能透气，并可用来搅动碗中茶水，调匀茶味。而且隔着茶盖品茶，可免茶叶入口，既科学又艺术。

绵阳大街上到处都是茶舍。婉婷挑了一家干净整洁的地方与安国刚坐定，沏茶的师傅便过来了……

第十三章

1

田保国顺利地拿到了三级厨师证，回到单位后，把老师教过的菜及看见老师做过的菜都在他们采油三厂招待所食堂一一展示了。招待所的餐桌上焕然一新，改变了过去的老三样：鱼香肉丝、麻婆豆腐、西红柿炒鸡蛋。餐桌上第一次有了海参、鱿鱼等海鲜。

唐山的学习为保国打开了一扇烹饪技术的窗户。透过这扇窗户，可以看到外面丰富多彩的世界。一个冬瓜在厨师手里可以变成二龙戏珠、熊猫吃竹等栩栩如生的艺术品；最不起眼的萝卜、土豆在厨师手里瞬间可变成盛开的鲜花。

保国载誉归来，招待所的菜品焕然一新，领导自是非常高兴，大家都对他刮目相看，然而保国并不满足自己的现状。

学习归来的那天中午，妻子敏丽回娘家收麦子去了。保国迫不及待想见到妻子和女儿，于是骑着自行车来到她家。

院子里静悄悄空无一人，进屋一看，妻子怀里搂着女儿，大概是刚收麦子回来，一身脏衣服，头发乱蓬蓬的，在炕上睡着了。见此情景，保国鼻子一阵发酸。他暗下决心，一定要刻苦学习，用一技之长改变命运！

保国通过单位同事介绍，决定去北京鸿宾楼饭庄再次进修。这家北京赫赫有名的清真饭馆坐落在长安大剧院旁，是一座不起眼的三层小楼，迎门招牌"鸿宾楼"三个字系郭沫若先生手书，可见它在北京的名望。

对保国来讲，鸿宾楼确实是另一番天地。如果说在唐山学习更多的是听老师的话，而这里更多的则是看，看师傅们怎样做。

首先，鸿宾楼内部分工很明确，如做凉菜、配菜、烤鸭、面食、原料初加工等，都有独立的操作间，互不干扰。鸿宾楼是个清真饭店，当时北京正在开两会，一些少数民族代表就在这里就餐。代表们的每一道菜都要留下小样，有专人负责。如果有代表因吃饭而导致身体不适，就要从每道菜查起。这里的原材料都是指定供应商供应，出了问题要追查到源头。

保国先在凉菜间学习，跟师傅学做各种拼盘和凉菜的初加工。按计划，每个案头都要实习之后才能上灶。这期间，大哥建国带团去丹麦演出，认识了广东大厨黄师傅，他们那里正好要办一个"二级厨师培训班"，大哥让保国去考试。这样一来，鸿宾楼的学习时间只好缩短，保国就直接上灶了。

20世纪80年代的鸿宾楼还在烧煤，并排十几个灶，头三个灶是厨师长和最拔尖厨师的岗位，剩下的是学徒和实习生的。一般老百姓和散客大多吃的是实习生和学徒炒的菜，很难品尝到高级厨师的手艺。整个操作间热得跟烤箱似的，保国他们这些学员一上班就是帮师傅生炉子、打扫卫生，等师傅炒菜的时候，他们就得站到屋顶上去，连看人家做菜的机会都很少。

保国经常是厚着脸皮站在两个师傅中间看，人家大概见他年龄大了，也不好意思说什么。站头灶的胡师傅是特二级大厨，年龄和保国差不多，性格冷漠，很难相处。当时的鸿宾楼包间要提前两个星期预订，包间里最高档的菜都由他做，一把炒勺在他手里上下翻飞，看得人眼花缭乱。胡师傅做三丝鱼翅，从把三鲜底炒好到最后鱼翅下锅勾芡调味，整个过程不到一分钟，出锅时离盘子有半尺多远竟能准确地将菜盖在底料上，干净利索得像杂技演员表演。

保国每天主动帮他打扫卫生，时间久了，胡师傅有时便让他炸羊肉串，有的菜装盘时他会留一点汁，说："老田，你尝尝，回去照这样做。"胡师傅技艺如此之高，却在关键时刻出了错：他在考特一级厨师做鳜鱼时，竟然忘了去鱼鳃，成了他一生中的"滑铁卢"，也成为厨艺界的一个笑话。大哥建国曾多次给保国说：细节决定成败，许多事功败垂成，就因为忽略了一些细小的环节。

大哥给他讲了两则故事。

第一则故事：大清帝国刚建成北洋舰队时，邀请日本海军上校、浪速号驱逐舰舰长东乡平八郎来参观。在水师提督丁汝昌的陪同下，东乡平八郎登上了镇远号巡洋舰。当时北洋舰队所有的大型军舰都是英国制造的，很是威武雄壮。东乡在参观结束后向日本当局报告："清朝海军虽然吨位多，但不堪一击！"

果然，在1894年的中日甲午海战中，日本海军一举击溃了北洋舰队，"来远""威远""靖远"号相继被击沉，丁汝昌自杀。

那么，东乡的判断何以如此准确呢？原来在镇远号上，他发现了两件"小事"：大炮的炮筒上挂着水兵洗过的衣服；下船之后，他的白手套因抚摸栏杆、扶手变得很脏。这两件事让他觉得，清朝海军缺乏严明的纪律，就算武器再精良，也不会打胜仗。小事永远是大事的根，每一棵生命之树的衰荣都可以从它的根上找到答案！

第二则故事：有一家制药厂和德国一家公司谈合作事宜，如果洽谈顺利，将能成功引进外资，进行新一轮的项目研究开发。在洽谈过程中，德国公司提出要到这家企业去考察一下，哪知道在工厂考察时，厂长随意地吐了一口痰，还用脚使劲地蹭了一蹭，然后继续为外商讲解。看到这一个小细节，德国公司立刻宣布取消投资项目。

在鸿宾楼进修让保国大开了眼界，在唐山时老师讲的许多珍贵烹饪原料如鱼翅、鲍鱼、燕窝等，在这里不仅亲眼看到了，并见识了它们的做法。

七月流火，保国登上了去往广州的列车，经过一昼夜的旅程后到达广州车站。大哥的朋友——东山宾馆厨师长黄先生亲自前来接他。黄先生用车把保国送到越秀区的一栋楼里，和一位中年人交代了几句后就走了。原来这里是粤菜培训中心，这位中年男子就是这里的主任。保国初到广州，感到一切都很新奇。和北方城市不一样，这里处处是绿树和鲜花，当时北方城市以自行车为主要交通工具，这里则是摩托车。保国还发现这里的人生活节奏很快，不像北方城市的人整天悠闲自在，做什么都慢腾腾的。这里许多人下班后又从事另一份职业。广州夜生活丰富多彩，珠江边上摆摊设点，卖什么的都有。

说实话，保国对考二级厨师心里是没底的，不知道需要学习多长时间，也不知道难度有多大。没想到，他们只学了两个星期。和唐山的学习相比，这里的从业者文化素质较高，对保国来说，最难的是听不懂他们的广东话，尤其是和岁数大的人说话，几乎一句也听不懂。有天上课时，培训中心请来一位看上去年纪很大的老人给他们讲课，老人讲了整整一个上午，保国一句也没听懂！好在最后有一位年轻老师给他做翻译，保国才略懂了一二。粤菜的做法和北方菜截然不同，它不大讲究刀功，用的工具比北方轻巧。北方菜讲究味浓，宽汁厚芡，南方菜要求清爽少汁，尽量保持原料的本色。例如：同样是清炒肉丝，在这里不能有一点汁；做拔丝山药，老师的评判标准是只要出丝就成。

没想到，考试的时候，保国没费什么劲就顺利通过了！

来一次广州，保国感觉没学到多少东西就回去，心有不甘。再说即使离开，也应该去拜访一下黄师傅。拜访总得带上礼品，可是买什么呢？保国犯了难。

商场里琳琅满目，保国头一次看见美国蛇果，又红又大，和北方的不一样，价格很贵。保国买了几斤蛇果和一条烟，然后给黄师傅家里打了个电话，汇报了自己的考试情况，说了登门拜访的事情。黄师傅表示欢迎。

到了他家，保国顿时眼前一亮：三大间住房，客厅里清一色的红木家具，精雕细刻，品位不凡。墙上挂的是名人字画，彰显主人身份，家里名牌电器应有尽有，极尽奢华……没想到，一个厨师长竟能住上这么好的房子，在华北油田就是厂长也没这么奢侈呀！可见当时北方和南方的生活水平差距之大。与人家的摆设和气派一比较，保国感觉自己带去的礼品实在太寒酸了，黄师傅看也没看一眼。他有些局促不安，说明自己的来意："来一次广东不容易，想多学点东西。"黄师傅答应带保国到他工作的东山宾馆学习，保国非常高兴。东山宾馆是广州军区办的，黄师傅是那里的厨师长，据说他手里有许多绝活，闻名遐迩。

广州在20世纪80年代无疑是中国最开放的城市，各种新鲜事物层出不穷，令人眼花缭乱。然而东山宾馆却保留着一些古老的风俗。吧台后面坐着一位老先生，戴副老花镜，所有包间的菜单都送到他那儿，他用毛笔工整地抄写两份。保国始终没有搞明白，都什么年月了，他们为什么还采用这种老办法抄菜单？都说广州人的节奏快，如果你见识了他们喝早茶的工夫，就知道慢的一面了。

东山宾馆有两个餐厅，每天早晨爆满。有些老人从早上6点来，一直坐到上午10点要吃中午饭时才走，天天如此。他们手里拿着一份报纸，要几样小吃，一壶茶，然后优哉游哉地在那里消磨时光。

保国在东山宾馆学习了近一个月，主要是看人家做菜，上手的机会不多。干得最多的是帮他们剁鸡爪，一次剁好几箱。后来，他把他们做凤爪的方法加以改造，以适应北方人的口味，成了他们招待所的一道招牌菜。

2

1988年农历正月十六,田安国和梅婉婷在任丘市民政局办理了结婚登记,成了一对合法夫妻。

订婚后,同事们都嚷着要吃他们的喜糖。婉婷去商场买了最好的大白兔奶糖,分发给大家。众人又嚷着要喝他们的喜酒,这件事两人其实也在筹划了。婉婷主张在"五一"结婚,安国算了一下,觉得时间太仓促,估计来不及。"五一"放假,他们去了一趟白洋淀,准备好好放松一下。

白洋淀位于河北省中部,是河北第一大内陆湖,总面积366平方公里,距任丘市不足60公里,汇集了上游自太行山麓发源的9条河流之水,形成一片由3700多条沟渠、河道连接的146个大小湖泊群,湖群中岛屿和湖畔分布有36个村庄。秋季芦苇收获后,淀水一片汪洋。夏季芦苇密集,水道形成苇墙中的迷宫,其景色非常独特。抗日战争期间,白洋淀发生了许多传奇的故事,电影《小兵张嘎》及作家孙犁的《荷花淀》使这里声名大噪,成为人们向往的旅游胜地。

5月的白洋淀芳草萋萋,绿水盈盈。许多地方都还没有开放,游人不多。荷叶已铺满水面,荷花含苞待放,暗香浮动。小舟往来穿梭,有的船头站满了鱼鹰,或养精蓄锐,或蓄势待发。

两人租了一条小船,驶向淀里。到处是绿色的芦苇荡,成群的野鸭在水里嬉戏,悠然自得。阳光洒在水面上,风过处,泛起一串串金色的涟漪。

"婉婷,那天我梦见你就是撑着这样的船,穿着白色的长裙,从绿洲里驶出来的。"安国给婉婷讲了自己的梦。梦中的情景真真切切,恍若在眼前。

"田哥,你想象力可真丰富呀!嘻嘻。"婉婷眯起一双大眼睛,望着远方。

"不是我想象的,而是梦中的情景……你像仙女一样翩然而至,长裙飘飘,婀娜多姿。雾起时,你便不见了,留下一串银铃般的笑声……"安国感觉自己仍沉浸在那美妙的梦境中。

"我成妖了吗?化作一团雾气,跑了……呵呵!"婉婷回眸一笑,灿若桃花。

安国突然想起了一首诗:"轻罗小扇白兰花,纤腰玉带舞天纱。疑是仙女下凡来,回眸一笑胜星华。"他把这首诗给梅婉婷朗诵了一遍,声情并茂。

"我有这么美吗?"婉婷又笑了。

"俊眉秀眼，顾盼神飞。文采精华，见之忘俗。"安国文绉绉地说。

"一年不见，成诗人了呀！这么浪漫呢。"婉婷侧着脸，一双大眼睛眨呀眨的，明澈如山间的泉水。

"古人的诗，喜欢而已。记住了，便不由得卖弄一番。"

"继续卖弄，我想听呢！"

"东风杨柳欲青青，烟淡雨初晴。恼他香阁浓睡，缭乱有啼莺。眉叶细，舞腰轻，宿妆成。一春芳意，三月和风，牵系人情。"

"这是谁的词？好有意境呀！"

"这是北宋词人晏殊的《诉衷情》。婉婷，跟你失去联系的那一年，我熟读了几百首宋词，特别喜欢婉约派的几个词人，如晏殊、晏几道、秦观、柳永、李清照等，百读不厌。"

"我也喜欢李清照的词：常记溪亭日暮，沉醉不知归路。兴尽晚回舟，误入藕花深处。争渡，争渡，惊起一滩鸥鹭。"

"这首《如梦令》我也喜欢。"

"昨夜雨疏风骤，浓睡不消残酒。试问卷帘人，却道海棠依旧。知否？知否？应是绿肥红瘦。"

"好一个绿肥红瘦，太贴切了！婉婷，唱首歌吧！"湖面水波荡漾，小舟慢悠悠的，驶进了一片荷花塘。

"想听什么？"

"你随便唱，我都喜欢呢！"

"哦，那好，还是唱邓丽君的歌吧。"婉婷清了清嗓，撑开花伞，轻轻地唱了起来。

  我衷心地谢谢你，
  一番关怀和情意。
  如果没有你，
  给我爱的滋润，
  我的生命将会失去意义。
  我们在春风里陶醉飘逸，

仲夏夜里绵绵细语。

聆听那秋虫,

它轻轻在呢喃。

迎雪花飘满地。

我的平凡岁月里,

有了一个你,

显得充满活力。

歌声婉转悠扬,千娇百媚,如冰玉相撞,莺声燕语,令人沉醉……

后来的日子,他们还去过两次白洋淀,但都没有这一次感觉浪漫和潇洒。

那年秋天,也就是1988年的8月6日,田安国与梅婉婷在油田举办了隆重的婚礼。

婚礼在油田招待所举行。在任丘,当时算是最好的饭店了。安国的几个哥哥忙前忙后,不亦乐乎。亲戚、朋友欢聚一堂——李强太太、苑大姐、杨蓉芳、赵姨等这些一直关心着安国的好朋友均到场祝贺!

当然,这场婚礼最高兴的莫过于田安国的老父亲了。看着儿子找到了心仪的女孩组成家庭,老父亲高兴得合不拢嘴,接受所有人的祝贺。大儿子建国通过奋发图强考上了大学,留在了北京,老二、老三参军后复员,找到了工作,这些他都觉得很正常。然而老四、老五、老六、老七如今个个都有了体面的工作,并且找到了自己心爱的媳妇——这是老人家没敢奢望过的。想当年他走南闯北,栉风沐雨,经历大风大浪,甚至出生入死,最终也没走出旬邑。孩子们能走出农门并且在油田扎根落户,大展宏图,除了老大、老三不遗余力的提携,与他们自身的努力也分不开呀!特别是这个老七,从小就野心勃勃,聪颖机智,心比天高,不安于现状。到油田后又学会了外语,拿到了大专文凭……如今又找了个这么漂亮的媳妇,怎能不让人感到欣慰呢?

在安国的婚礼上,科研所的领导范宇先生作为他们婚礼的证婚人发表了热情洋溢的讲话;大哥田建国作为亲属代表送上自己的祝福。

大哥说:"大家好!在这庄严而热烈的婚礼上,我代表全家、代表我兄弟安国万分感激百忙中赶来参加婚礼的各位领导和亲朋好友,感谢大家的光临!感谢你们给今天的婚礼增光添彩;感谢你们带来了友情,带来了吉祥,带来了美好的祝福!

"田安国与梅婉婷二人,从相识到相知,从相知到相爱,从相爱到步入婚姻殿堂,历时三年有余,今天结为百年之好,实属'良缘由夙缔,佳偶自天成'。身为大哥的我,由衷地高兴。此时此刻,我给兄弟和弟媳说三句话:第一,在今后漫长的人生道路上,希望你们把家庭当作宁静的港湾,把婚姻当作人生的新起点,用自己的聪明才智和勤劳的双手去经营生活、经营爱情、经营事业;第二,在今后的日常生活中,希望你们尊老爱幼,同甘共苦,互敬互爱,互相体谅,做一对模范夫妻;第三,在今后的事业上,希望你们相互支持,相互帮助,共铸辉煌,做一对好搭档!从今以后,无论是贫困还是富有,你们都要一生一世、一心一意、真心相爱。像天上的比翼鸟、地上的连理枝,爱情永笃,形影相随,永远相陪伴,永远不分离!

"再次感谢大家的光临和祝福,敬祝大家身体健康、万事如意!谢谢大家!"

在那个喜庆的日子里,他们没有忘记给过世的母亲烛台祭香,告慰母亲的在天之灵。

3

新房不大,但温馨而浪漫。婚前的几天尽管十分忙碌,但婉婷还是一丝不苟地把自己的爱巢筑得简单时尚,富有诗情画意。

宾客散去,自有一些关系特别好的同事要来耍房。这些同事主要来自科研所和总医院。苑大姐、杨大姐等嚷着要吃喜糖也不是一天两天了,梅婉婷的几个好姐妹早就翘首以待,等着这一天了。

嚷得最凶的是总医院的护士。她们先是要求安国与婉婷跳交际舞。这个节目难不倒他们,婉婷的舞姿曼妙,安国也勉强跟得上。接着几个年轻的女孩要求安国和婉婷唱歌。他们平日在一起的时候,基本都是安国听婉婷在唱,邓丽君的歌曲他百听不厌。今天要求两人二重唱,是有一定难度的。

"来一首王洁实、谢莉丝的《九九艳阳天》!"一个小护士喊道。

"好！来一首！"大家跟着起哄。

一对新人对视了一番，确认对方都会唱，然后轻轻地点了点头。

"唱呀，赶快唱啊！别只顾眉目传情了呀！"护士们嚷道。

"那我先唱，唱得不好可不要笑！"安国说完便先唱了头两段：

  九九那个艳阳天来哟，

  十八岁的哥哥呀坐在河边。

  东风呀吹得那个风车儿转哪，

  蚕豆花儿香啊麦苗儿鲜。

婉婷清了清嗓子，接着唱：

  九九那个艳阳天来哟，

  十八岁的哥哥呀想把军来参。

  风车呀跟着那个东风转哪，

  哥哥惦记着呀小英莲。

  ……

"好！再来一首要不要？"科研所的同事喊道。

"要！"大家异口同声地说。

"婉婷是川妹子，唱一首四川民歌怎么样？"苑姐提议。

"唱啥子哟！好久未唱了，歌词怕想不起来呢！"婉婷说。

"随便唱吧！唱错了我们也听不出来呀。"几个小护士簇拥着，婉婷像公主一样靓丽。

"那好吧。我唱一首四川民歌《康定情歌》。这首歌田哥应该也会唱，我们就合唱吧。"婉婷看了一眼安国，见他轻轻地点头，知道错不了。

"好！你们珠联璧合，再次奉献吧！"几个男同事喊道。

"那我们就开始献丑了。田哥，开始吧。"婉婷说。

  跑马溜溜的山上，一朵溜溜的云哟。

  端端溜溜地罩在，康定溜溜的城哟。

月亮弯弯,康定溜溜的城哟。

……

一曲唱罢,掌声雷动。杨大姐提议进入下一个程序:由嘉宾出节目,一对新人来做。

第一个节目叫零存整取。李大姐准备了12颗大小适中的硬水果糖,让新郎按照1-12的顺序,每次用口含一颗糖说"老婆,我爱你",直到含住12颗糖。再由新娘与新郎口对口将新郎的12颗糖"转移"至自己口中,含着糖说三遍"老公,我爱你"。再将糖吐到一个盘子里,大家检查是否有被新人吞掉的糖,少一颗,罚一遍,直到满意为止。

这个游戏看似简单,实则很有难度。婉婷口小,12颗糖塞得满满的,想要笑又笑不出来,结果一激动,一颗糖咽了下去。嘉宾检查的时候发现少了一颗,立即增补,他们不得不又做了一遍,结果安国不小心又把一颗糖给吞进肚子里了……

第二个节目叫白头偕老。科研所的同事不知从哪里找来一个大圆盘,里面盛满面粉。他们在面粉里埋了一颗糖果,然后要求新郎新娘采取吹面粉的方式把糖果找出来。一对新人刚吹了几下,已是满头满脸的面粉了,大家边笑边喊:"百年好合,白头偕老!接着吹啊!"

……

热闹而有趣的闹洞房活动持续了约一个多小时,宾客们终于散去。屋里顿时静悄悄的,就剩了他们两个。婉婷弄了一盆热水,用毛巾给安国揩了脸,然后自己也洗了一把,接着又把房子收拾了一遍。忙了一天,早就累了。安国一屁股坐在沙发上,不想再起来了。安国说:"婉婷呀,今天太累了,别收拾了,明天早晨起来慢慢收拾吧。"婉婷说:"这屋子乱成这样,我不收拾是睡不着觉的。"安国知道她是一个非常讲究卫生的女孩,接近于有洁癖,也就由着她了。

婉婷扫完地,又把床上细细地整理了一遍,这才坐下来,依偎在安国的身旁。安国给婉婷倒了一杯水,里面搁了糖,用勺子搅了搅,又吹了吹,然后一勺一勺地喂她喝。婉婷忍不住亲了他一口。婚礼上收拾好的头发已经散乱,安国拿起梳子替婉婷梳了几下,说:"一梳梳到头,两梳梳到尾,三梳梳到白发与齐眉……"婉婷说:"田哥你真会说话!"

那一夜，他们拉了很长时间的话，久久难眠。

4

新婚是甜美的。拥有如此美丽动人的新娘，安国感觉自己是这个世界上最幸福的人了！

给他惊喜的不仅仅是这些——这个看似娇弱无力宛若公主的新娘非常能干。每天下班回到家，她都会把房间收拾得一尘不染，从医院穿回来的鞋从来不允许放进房间（她去医院也从不用手碰门把，而是用脚触碰来开门）。她厨艺极佳，不但会做许多川菜，还会做很多的小吃，家常饭也非常拿手。每天下班后，她都会骑车绕到菜市场，买回新鲜的原料，用心烹调。家里虽然只有两个人吃饭，但婉婷从不马虎，餐桌上总是花样翻新，惊喜不断。她喜欢静静地坐在那里，看丈夫吃她做的饭菜，安国发出由衷的赞叹声，便是对她最好的奖赏。吃完饭如果还早，他们会走出厂区，到安静的地方去散步。出门以后，安国想牵着她的手，婉婷婉拒了。他们像同事一样随意地走着，不会靠得太近。即使这样，婉婷婀娜的身姿仍然吸引了不少路人艳羡的目光。远离厂区以后，婉婷恢复了少女的本性，变得活泼开朗，又唱又跳，与丈夫或相互依偎，或追逐嬉戏。她会把自己喜欢的歌一遍遍地唱给他听，然后听他诵唐诗宋词，或唱英文歌曲……秋日的冀中大地夜雾如水，秋虫呢喃。他们拣一处僻静的地方相拥而坐，看星河欲转，弯月如钩。

回家了，踏着一地的星光。

"累了吧？我的小燕子，我可以背着你呢。"

"你能背动我吗？我可有 100 斤呢。"

"小看我了。我在农村劳动的时候，背 100 多斤重的青草一口气爬到塬上，歇都不歇的。"

"那是过去，现在养尊处优了，还行吗？"

"当然行。来！"安国说着弯下腰，把妻子背了起来。走了几步便气喘吁吁。婉婷笑成一团，就下来了。

"刚才没背好……歇一歇，再来。"安国有些不服气。

"好啦，亲爱的老公，我已经很满意啦！"婉婷边说边在安国的脸上亲了一下，以示安慰。

回到家里，婉婷烧好洗脚水，两人洗漱罢，看了一会儿电视，婉婷便睡着了。

安国睡不着，看身边心爱的人嘴角翕动，那么安恬，那么甜蜜。婚后的日子原来可以这么浪漫，这么温馨。两情相悦，爱如潮水。亲爱的人儿，你把心交给了我，今生今世，我愿为你赴汤蹈火，矢志不渝！

护士工作是十分辛苦的，特别是在普通外科病房上夜班的护士，一旦碰到手术，这一晚连打个盹的时间都没有。安国看在眼里，疼在心里。他竭尽所能，变着法儿为妻子准备晚饭。每到夜班，12点左右的时候，安国便会把不重样的饭菜送到妻子的手里。看着她津津有味地用餐的样子，他的心里比自己享用还要幸福。一帮护士姐妹们凑了上来，婉婷便让她们分享自己的美食。姐妹们品尝后赞不绝口，夸婉婷有眼力，找了个这么懂得疼人的老公。两人心有灵犀，相视一笑。护士们说他们在公开秀恩爱呢！

秀就秀吧！这种秀只要能坚持一辈子，就是极好的。许多人爱得轰轰烈烈，高潮迭起，婚姻进入间歇期以后反倒不知所措，于是过山车似的，一下子跌入谷底，"情途末路"，劳燕分飞。那种爱还不如平平淡淡的生活。爱要长久，就需相互付出，努力经营，才会比翼双飞，天长地久。

那段时间，婉婷每四天便会有一个夜班。清晨，当别人还在被窝里的时候，婉婷拖着疲惫的身体回到家里。这个时候，安国已经把早饭准备好了，换洗的衣服也已备齐，等待妻子归来。婉婷享受着丈夫给予的关怀和温暖，幸福得像个公主。

那段时光是他们最值得珍惜的一段时光，夫妻两人卿卿我我，琴瑟合鸣，举案齐眉，令人羡慕。安国也在不知不觉中成了油田总医院的"五好丈夫"，每天其乐融融，幸福感爆棚。

安国的幸福观是：人活着就是为了快乐和幸福，你之所以爱她就是想让她快乐和幸福。因为她快乐所以你快乐，因为她幸福所以你幸福。快乐与幸福如影随形，密不可分。

妻子正常上班，安国的工作也一如既往地忙。每天早上7点，无论天寒地冻还是刮风下雨，自行车都是他唯一的交通工具。会战道上车水马龙，行人如织。从总医院到油建一公司，骑车大约需要40分钟。一路上或迎着朝阳，沐浴春风；

或冒着细雨，款款而行。这样朝七晚六的生活不正是他想要的吗？工作、学习、家庭生活不正是他的全部吗？这一切对安国来说，快乐而知足。

　　幸福的大门似乎已经向他们敞开。安国感觉他们的爱情无坚不摧，可以化解一切矛盾。

　　然而蜜月就是蜜月，不是蜜年，更不会甜蜜一辈子！

第十四章

1

虽然蜜月早已度完，安国却把以后的日子每天都当成了蜜月。也许糖多了不甜，面对丈夫无微不至的关怀，安国感觉婉婷似乎有些疲惫，更多体现出来的是一种麻木的状态，没有婚前的那种感觉了。这个他当然能够理解，因为婉婷每天在医院上班，很辛苦。他在科研所坐办公室，相应要轻松许多。进入科研所以后，安国一直保持学习的热情，每天回到家里，忙完家务等待婉婷回家的时候，他都会选择与书为伴，沉浸在知识的海洋里。

是否因为自己读书学习而冷落了婉婷？婉婷在家的时候喜欢看电视，特别是电视连续剧，常常被剧情所动，哭得稀里哗啦的。这个时候，安国便会放下书去安慰婉婷，谁知她越哭越伤心，弄得他手足无措，呆愣愣地不知该如何是好了。

"婉婷，你是不是不喜欢我看书？要不，我陪你看电视剧吧。"安国给婉婷倒了一杯水，搁上蜂蜜，拌匀后递给她。婉婷嫣然一笑，深深地给他一个吻，然后望着他，娇滴滴地说一句："我的小冤家哎！"这个时候，安国感觉心都要醉了。婉婷爱吃瓜子，安国把皮剥了放在盘子里；屋里没卫生间，婉婷晚上起夜他都会陪着她；如果节假日两人都在家里，安国会在婉婷起床之前把早餐做好；婉婷生病了，他会守在跟前喂汤喂药，寸步不离……

11月6日是梅婉婷的生日，也是他们结婚三个月的纪念日。想起那年他还是单身，婉婷来给他过生日，除了精心制作的大幅布贴画，还带来了不少好吃的东西，他被感动得一塌糊涂，于是一鼓作气写了那封情书，谁知竟如石沉大海。一年后，这个神秘的女孩突然出现，向他发起了爱的攻击……

这是婉婷婚后的第一个生日，安国决定给她一个惊喜。他去菜市场买了婉婷喜欢吃的菜品和苹果、橘子、香蕉，去蛋糕店订制了一个蛋糕，准备了一盘生日快乐的录音带……然后，安国又精心揉面，做了又细又长的长寿面……一切准备妥当，想象着婉婷回来后看见这么丰盛的生日餐，一定会回报他一个大大的吻呢！

想着想着，安国会心地笑了。

11月的日头短了不少，婉婷下班回来，天已经完全黑了下来。

安国接过婉婷的自行车放好，递上干净的鞋让婉婷换了，接过外套，然后打了热水让她擦脸。

"今天下班晚了吗？"安国看了看墙上的石英钟，发现已经快8点了。

"没有，路上车子太多，有些堵。"也许是累了，婉婷有些无精打采。

"来，先喝水，再吃饭。"安国把早就弄好的蜂蜜水递了过去。

"不喝，让我歇歇吧。"婉婷还是提不起精神。

"你趴在沙发上，我给你捶捶背。"安国把婉婷按在沙发上，给她按摩了一会儿。婉婷感觉好多了。

"先吃饭，菜一会儿就凉了。"

婉婷准备掀开餐桌上蒙着的桌布，安国让她等等。他让婉婷坐在椅子上不要动，然后熄了灯，点燃蜡烛，按下录音机播放键。《祝你生日快乐》的乐曲欢快地响起，安国跟着也哼了起来。

一曲唱罢，安国打开灯，让婉婷吹灭蜡烛。桌布下盖着热腾腾的饭菜，每盘菜上面都扣着碗。安国说："宝贝别急，先吃长寿面再说。"他盛了一碗自己亲手做的面，西红柿鸡蛋汤，炝了不少辣椒，红艳艳的，看上去很诱人。他把面端到她的跟前，见婉婷无动于衷，于是捞起一筷子，准备喂到她的嘴里。这时，他发现婉婷的眼睛里布满了泪水，盈盈欲滴。

这是一双多么动人心魂的眼睛呀，像极了秋夜点缀夜空的星，明亮，干净，不惹俗世尘埃。可是她哭了，哭了。是感动的泪水吗？安国认为是的。婉婷被他的爱感动了！一天来的辛劳烟消云散，脑子里满满都是幸福。那么，她应该也是幸福的。可是那眼神怎么如此惆怅，如此忧伤呢？她碰到了烦心的事，或者在单位受气了吗？

不是。婉婷说她没有受气，也没有遇到什么麻烦的事儿。她好像很委屈，很伤心。这种状态进一步发展，眼泪终于喷薄而出，无语凝噎变成了大声啜泣，以至于涕泪交流，泣不成声。

"宝贝，怎么啦？你到底怎么啦？是我不好吗？惹你生气了？"可怜的丈夫此刻已经完全蒙了。他惴惴不安，手足无措。

婉婷只是哭泣，浑身颤抖。安国弄了热毛巾递给她，婉婷平息了一会儿，躺到床上去了。

那一夜，安国精心准备的晚餐，谁也没动一筷子。

原来婉婷每年过生日，总有那么一大批朋友或追随者为她举办生日聚会，鲜花红酒、祝福欢呼，热闹非凡。结婚后的第一个生日便如此冷清，与以前的场面形成鲜明对比，她心里极不平衡，于是伤心落泪，在所难免了。

生活中的梅婉婷性格开朗，喜欢交际，朋友众多，和田安国这个工作认真、喜欢学习、不善应酬、对跳舞唱歌不太热衷的人来说，是来自两个世界的人。一边是两个人如胶似漆地彼此相爱，另一边是生活在两个不同精神世界和追求不同生活目标的人。两颗相爱的心在这种矛盾中被肆意地蹂躏着，痛苦不堪。

长期以来，梅婉婷的生活其实是简单随意的：工作和娱乐。上班的时候，她是个敬业的小护士，工作一丝不苟，很少出错；下班以后，她追求时尚，崇尚自由自在的生活。她喜欢看电影，喜欢去卡拉OK，与一帮年轻人嗨歌到深夜，不醉不归；喜欢朋友的聚会，欢天喜地，无拘无束……如此一来，田安国便成了古板教条、格格不入的书呆子了。安国知道，自己的家庭背景和婉婷不同。婉婷出生在工人家庭，从小生活在城市，接受的教育和生活环境与生在农村、长在农村的他大为不同。他深爱着婉婷，不能没有她，所以如果不能改变对方的话，自己就需要做出改变才行。

有段时间，婉婷的脚踝做了手术，上下楼梯不方便，安国每天背着她上下三楼。

这一背就是三个月。

婉婷的脚伤好了后，安国觉得应该带她出去散散心，放松放松。他买好电影票邀婉婷看电影，陪她进卡拉OK，与一帮年轻人嗨歌，陪她去公园浪漫……渐渐地，他发现她并不乐意自己出现在那样的场合，甚至在一些公众场合有意与他疏远，走在大街上也要和他拉开一定距离，令安国十分尴尬。两个人看电影的时候，她始终不说一句话；在公园里散步，她感觉闷闷不乐，了无生趣。可是一旦回到那帮"朋友"的阵营，她会在一瞬间转换频道，载歌载舞，成了人见人爱的大明星……

作为油田总医院的院花，梅婉婷除了完成工作任务以外，各种应酬也不少。单位活动、朋友聚会、文艺演出等占据了她大部分的业余时间。婉婷既然是鲜花，安国觉得自己就做她的绿叶吧。花儿迎风怒放，大红大紫，也是绿叶的骄傲啊！

此后的日子，无论婉婷回来多晚，安国都要等她回来，并且把自行车从一楼扛到三楼，从未一个人先睡过。婉婷要什么，他只要力所能及，便给她什么，没有条件，也不问为什么，只要婉婷觉得这是幸福的，每天笑逐颜开，心花怒放，自己受点委屈又算得了什么呢？

你若开心，便是晴天。

2

20世纪80年代末的中国，进入了轰轰烈烈的改革开放时期。尤其在80年代，政治文化气氛开始变得宽松，人们对新思潮兼收并蓄，如饥似渴。普通人谈论哲学、文化、政治、历史已经不是一件令人侧目的事情。社会正在悄然地发生着改变，农民能吃饱了，工人薪资上升了，读书人可以高考了，商人可以经商了。随着改革开放的进一步推进，人们的思想开始解放。一些公职人员纷纷下海，创办乡镇企业，有的在短短一两年内便迅速崛起，车房兼备，成为先富起来的一群人。

解决温饱问题后的人们思想经历了一次次的浪潮冲击，爱情观、婚姻观、世界观也发生了很大的变化。许多人在排斥中接受着，在放弃中坚守着，在混乱中觉醒着，在无奈中忍受着……贫贱时期可以相濡以沫、同甘共苦，虽百事不顺，然同心同德。突然之间，面对灯红酒绿的世界，人们内心波澜起伏，婚姻的大堤受到猛烈的冲击：一些饱经风雨的，尚且坚固；一部分根基不稳的便土崩瓦解，分道扬镳了。

一个人的时候，田安国常常在想：婚姻是什么？难道在一个红色的本子上写上男人和女人的名字，然后盖上一个章，就能相守一辈子吗？然而现实就是现实，有时，得到的会和想要的有一段距离。婚姻本身就是一个空盒子，更需要婚姻中的两个人不停地往盒子里递放情感、温馨、仁爱、包容、信任。毕竟生活中，婚姻会伴着两人走过后半生。唉，珍惜此刻所拥有的吧，千万别等到失去后才去后悔啊！

有时候，他又觉得，婚姻中的两个人就像是行走在沙漠里的一对游客。开始的时候感受着脚下的绵绵细沙，背着满满一壶的幸福，激情澎湃地去实现自己的梦想。慢慢地，时间长了，走得也远了，当初的激情已经被沙漠的险恶所磨灭，取而代之的是身心的疲惫。再次举目，沙漠的尽头还很遥远，回去的道路又不见了踪影，猛然间才醒悟，原来梦想不一定都是美好的。

其实不管痛苦还是甜蜜，都是人生旅途中必不可少的经历，不管道路是否难走，付出是否快乐，错误是否是罪过，都不要忘记，人生的风景就在于此，不经历风雨，怎么见彩虹？见了彩虹的人也不要忘记，远处还有更美的风景，只是道路会更凶险，一路走好，一路保重，将每一种感受都细细珍藏，才是人生真正的财富。婚姻需要相互搀扶，不要丢下任何一个人独自前行，没有了彼此的关爱，谁也挺不过沙漠中的风暴。爱情需要两个人的经营，不要自私到独自喝完了共同的甘露，没有谁能忍受一直艰苦跋涉而没粮没水的旅行。

田安国感觉自己正行走在沙漠里，一场风暴铺天盖地而来，风沙弥漫，遮天蔽日，前方的道路已被遮掩，伴侣已独自远行，自己正在苦苦地寻找着来时的路……

一晃，安国来到华北油田已经10多年了。十几年来，油田发生了天翻地覆的变化，除了原油产量大幅度提升，环境也今非昔比，会战道从最初的石子路变成了宽阔的柏油大道，两边高楼林立，各种商铺、饭店如雨后春笋般拔地而起。以前难得一见的高级小车开始司空见惯，浩浩荡荡的自行车群不再孤单，各种摩托车开始冲上马路，博取人的眼球。个体户老板已不再是另类的代名词，鼓起的腰包给他们罩上了一圈耀眼的光环，令无数女人为之倾倒。

春江水暖鸭先知。整天忙于交际和各种应酬、迷恋于灯红酒绿的世界的梅婉婷再也坐不住了。每次参加朋友聚会她都高度兴奋，载歌载舞，可回到家里的时候，面对冷清清的屋子和痴痴等她的丈夫，情绪便一落千丈。以前每到加班，丈夫做好饭送到医院，在众姐妹羡慕的目光中，她曾感到十分荣幸。下班后拖着疲惫的身体回到家中，丈夫无微不至的关怀也曾令她感动落泪。渐渐地她便觉得司空见惯，变得麻木，甚至感到越来越无法忍受这种现状了。那些老板开着自己的小车，挎着珠光宝气的女人出入高级酒店和娱乐场所。他们挥金如土，风流倜傥，而自己的丈夫每天骑着破旧的自行车上班下班——这样的丈夫除了一味地对她好，还能给她带来什么呢？

她不想安于现状，随波逐流。她想打破眼前的平静，过那种自由自在的浪漫生活，活出真我的风采。

梅婉婷的应酬越来越多，已经不局限于朋友和同事的聚会，而是经常陪着那些有钱老板们混饭局。酒足饭饱之后再陪人家去歌舞厅。她经常喝得醉醺醺的，深更半夜才回来。安国既担心又心疼——担心婉婷在外面遇到坏人，上当受骗；心疼她夜以继日饮酒作乐，会弄坏身体呀！

常常，饭做好了，等不到人回来。安国骑行10多里到总医院，人家说梅婉婷早就下班了。回到家里，他呆呆地坐在门口，痴痴地等到深夜……想起不知谁说的一句话：守住了寂寞，便是守住了幸福，耐不住寂寞必然守不住繁华。安国很珍惜这段爱情，不想让它在风浪中颠沛流离，最后跌入湖底。

"婉婷，今天能不能不要出去了？我买了好多菜……你好久没吃我做的菜了呢。"周日清晨，安国对妻子说。

"不行，我今天答应人家要去打理生意呢！"婉婷边梳洗边说。

"你能帮人家打理什么生意呀？"安国有些困惑。

"哎呀就是帮老板洽谈生意嘛！说白了就是陪陪酒吃顿饭而已。"婉婷轻描淡写地说。

"吃完饭再去歌舞厅，然后喝得醉醺醺再回来吗？！"安国有些愠怒。

"是呀！那你说我一个女人家，能帮人家干啥子？在医院上班辛辛苦苦一年能挣几个钱？靠你那点工资？呵呵，这一年多来，你给我买了几件衣服？这些名牌的服装动辄几百块，你买得起吗？还有这些名贵的香水、化妆品，靠你那点工资，一个月都不够买一瓶呢！老公，现实点啊！你以为我愿意出去吗？有本事你给我弄个公司，我自己打理呀！"婉婷眼睛红红的，感觉十分委屈。

是呀，作为一名院花，嫁给一个无权无势来自农村的穷小子，本身在她们医院就是个新闻。妻子喜欢娱乐，追求时尚，自己没有能力满足，有什么资格限制她呢？

经过一番冷静的思考，安国决定在商场给妻子弄个铺面。弄铺面需要很多钱，自己手头根本没有结余，只好向几位大哥求助。在兄弟们的支持下，他们在任丘最繁华的人民商场租了一间铺面，专营品牌服装。这些服装进货要去广州，婉婷平日上班，铺面雇人销售，节假日她便去南方进货，忙得不亦乐乎！

　　一次，婉婷从南方进货回来，带着一个人，说是自己刚认的"干舅舅"。这个"干舅舅"50岁左右，看起来像个绅士，洋气，体面，不动声色，像个优雅的男人。他长着一双冷漠而阴郁的眼睛，脸上的表情复杂而细腻，冷淡而高傲，有种说不出的味道。婉婷似乎对他很崇拜，眼神暧昧，让安国心里很不是滋味。

　　"干舅舅"住在当地最好的宾馆，出入出租车接送，风度俨然矣。那些日子，婉婷动不动就去宾馆找他，他们一起吃饭一起去歌厅跳舞唱歌。婉婷说这是一个品牌服装厂的大老板，可以给她以极低的价格进货，合作好了可以发大财呢。

　　安国感觉妻子的心已经离他越来越远，完全沉迷在灯红酒绿的世界里了。她不知是否考虑过，自己满心欢喜津津乐道的，丈夫内心感受如何。结婚一年多了，她还在惦记着别人对她的追求、对她的恭维，惦记着曾经的众星捧月……问题看起来有些严重了。但安国觉得婉婷还是十分爱他的，难得在家的时候，她会把家里收拾得一尘不染，然后做最好吃的川菜犒劳他。安国曾看过一段话：婚姻中，经济是基础，爱情是房屋，性爱是食物，孩子是财富，尊重是护符，糊涂是幸福，甜言蜜语是油盐酱醋，相互猜忌只能走向坟墓。在家的时候，婉婷会动情地给他讲故事、唱歌，说一些情意绵绵的话，让他开心。关于那些闲言碎语，以妻子的洁癖，相信不会那么龌龊的。

　　春日明媚的中午，安国接到科研所的通知，让他去北京学习一段时间。如果在以前，他肯定会非常高兴——因为他渴望学习，喜欢学习，通过学习充实自己，让自己的人生之路更加精彩。然而那是以前，一个人吃饱了全家不饿。现在结婚了，自己离开这么久，婉婷如果上夜班，谁去给她送饭呀？

　　回到家后，他把这个消息告诉了梅婉婷。婉婷说："这是好事呀！别人争还争不来呢！"安国说："我离开这么长时间，你怎么办呀？"婉婷咯咯咯地笑了，说："我在医院上班也不是一天两天了，老公，你放心地学习去吧，我会照顾好自己的！"

　　妻子的话令安国十分感动。即便如此，临走时他还是给苑大姐、李大姐等交代，要她们多照顾妻子，同时告诉婉婷有什么事可以去找她们。婉婷说："大男人家，咋这么婆婆妈妈呢？去吧，我会照顾好自己的。"说完给了丈夫一个长长的吻……

　　北京的学习不是特别紧张，不像他以前在外院及语言学院时那样，分秒必争。

北京的春天暖洋洋的，每天下课还早，别人都出去逛街，他则躺在床上看书。周末大家相约一起去八达岭长城，兴致都很高，唯有他显得闷闷不乐。暮春的八达岭郁郁葱葱，阳光明媚，游人如织。一些情侣手牵手向前跑着，一路欢声笑语。

安国突然想起了妻子。这个时候，她应该是一个人待在家里的。那个面积仅有20多平方米的小屋，装满了他们的柔情蜜意。他在想，自己不在的这段时间，婉婷会不会孤单？几天前曾跟她通过电话，婉婷鼓励他好好学习，不要想家。那饱含深情的柔声细语通过线路传了过来，一瞬间，他的眼睛竟有些湿润，难以自持了。此刻，如果妻子也在北京，两个人一起爬长城，追逐嬉戏，该有多好呀！他想还是自己不好，妻子经常出去参加那些活动，是因为她十分寂寞呀！她想要的那种生活自己不能给她，让妻子十分委屈。安国决心好好工作，干出一番名堂，出人头地，让妻子也跟着扬眉吐气，过上她想要的那种生活……

学习班周期为一个月。两周后，安国按捺不住，打电话说想回去看她。婉婷劝他不要回来，因为周末要陪领导，还有活动要应酬。她说："两情若是长久时，又岂在朝朝暮暮？"安国想了想觉得也是。这一年来他们的婚姻虽然没有出现明显的裂痕，但双方已龃龉不断，自己也感觉十分郁闷。出来这么长时间，正好冷静冷静。还有，距离产生美，每天厮混在一起，时间久了便会觉得腻味，隔开了反倒强烈地思念对方，想起夫妻恩爱时的甜蜜，恨不能立刻回到她的身旁！

想来妻子也是这样。她虽然颇多应酬，但只要回到家里，回到那个爱的小巢，还是像小鸟一样依偎，柔情蜜意，爱如潮水……每当这个时候，即使有再多埋怨，瞬间都烟消云散了。

临近学习结束的时候，安国去了西单和王府井，用自己省吃俭用的钱给妻子买了件漂亮的连衣裙。这条白色的裙子是一个她喜欢的品牌，那天正好商场搞活动，以一个他能够接受的价格买了下来。他想象婉婷穿着这件白裙时飘逸的样子，夏日的街道上，她光彩照人，像仙女般飘过，引无数人回首注目。

买完裙子后，安国又去了卖副食品的柜台。婉婷最爱吃松子和开心果了，然而这两样东西价格昂贵，买完后身上仅剩了回家的路费。想想回家后妻子开心的笑颜，安国心里美滋滋的。

从北京到任丘160多公里，3个多小时就到了。安国归心似箭，提着大包小包往家里赶。按说妻子应该知道他要回来的,分别30多天了,满满的都是思念。已是中午时分,由于早晨急着赶路没吃饭,这会儿早就饿了。想着妻子可能做好的饭菜,安国的口水都快下来了……

然而到达家门口的时候,安国看见婉婷坐在一个三轮摩托车上正准备出去。摩托车上有两个男人,一个长发及肩、尖嘴猴腮;一个圆头阔脸、剃着光头,脖子上戴着粗粗的金链子,感觉不三不四,很不地道。

看着丈夫兴冲冲地回来了,婉婷显得有些尴尬,说:"老公,我有事要出去呢!你午饭怎么吃呀?"安国没好气地说:"你走吧!我回去自己解决!"婉婷冲他挥了挥手,摩托车司机一脚油门,风驰电掣而去。

望着妻子远去的背影,安国感觉浑身发软,腿像灌了铅似的难以挪动。看样子,自己不在的这些日子,她每天都在外面跟那些不三不四的人在一起。他把精心包装过的开心果及松子丢进垃圾桶,垂头丧气地回到家里,一屁股坐在沙发上,眼泪止不住地流了下来……

如果说婚姻是一种水果,有的婚姻像橘子,剥开哪一瓣都是甜的;有的婚姻像椰子,挺大的壳,原来里边没有多大甜头。

安国开始认真地思考他们的婚姻,怀疑婉婷是否真的爱他,是否出于真心嫁给了他。他是不是她无奈之下的选择?如果一切仅仅只是维持一种表面的稳定,这段婚姻还有凑合下去的必要吗?

那天晚上,婉婷直到深夜才回来。她打开灯,发现丈夫蜷缩在沙发上睡着了,脸上留着泪痕。根据厨房的情况来看,他什么也没吃。

安国听见妻子回来,坐了起来。他揉了揉双眼,说:"你还晓得回来呀?看看几点了?"

"哦,今天应酬多,走不了。哎,你还没吃吧?我现在给咱做吧。说,想吃啥子呢?"婉婷笑嘻嘻的,脸上扑了一层厚厚的粉。

"这段时间我不在家,你天天都是这样吧?"安国气不打一处来。

"没有呀!偶尔出去一趟嘛。今天是欧总公司三周年店庆,我帮他打理下。"看着丈夫怒气冲冲的样子,婉婷并不恼,似乎早有心理准备。

"你自己的铺面都倒闭了,还有能耐给别人打理生意?简直就是笑话!"安国冷笑了一声。

"做生意有赚就有赔嘛,我也不想让它倒闭呀!亏了那么多钱,我比你还心疼呢!哎,冰箱里还有面条,我给你做碗担担面吧!"婉婷知道安国爱吃面。她做的四川风味的担担面,他百吃不厌。

"你要吃就做,我不饿!"安国仍是气鼓鼓的样子。

"那不行,人是铁饭是钢,一顿不吃心发慌嘛。老公,知道你生我的气,但不能跟肚子过不去啊!"婉婷说着便进了厨房,兀自忙活去了。

安国感觉自己憋得慌,看见桌子上有一瓶白酒,打开后仰起脖子咕咚咕咚就灌了下去。

他酩酊大醉,一直睡到第二天上午才醒来……

此后的日子,安国感觉自己像换了个人似的。上班时没精打采,翻译老是出错,已经被领导批评过好几次了。这样的情况以前几乎没有出现过。他不再喜欢看书,拿起来就觉得烦。郁闷、痛苦、无奈疯狂地折磨着他。下班后他不愿回家,而是找人打麻将,经常玩到深夜。喝酒成了他排解痛苦的渠道,常常烂醉如泥,被人搀扶着回去……

作为妻子,安国的变化婉婷是十分清楚的,看着丈夫如此折磨自己,她感到很无奈,也很内疚。过年了,任丘爆竹声声,喜气盈盈,家家都沉浸在新春的欢乐中,或举家欢庆,或走亲访友。安国哪儿也不想去,从大年三十开始便沉浸在麻将桌上,不愿回家。正月初三是安国的生日,梅婉婷在家里精心备好了一桌酒菜,邀请同在医院工作的三哥、三嫂来,想一起为安国庆贺。

安国早晨出门的时候,婉婷已经告诉他,中午按时回来。可是12点过后,左等右等就是不见他回来。看着满桌的饭菜和蛋糕,他们只好出去寻找,费了很大的周折,最后在油建一公司的单身宿舍找到了他。安国当时正紧张地战斗在麻将桌上,任凭妻子的眼泪怎么流,就是不愿意回去。三哥卫国看不下去了,一把掀了麻将桌,安国这才悻悻地离开麻将桌,很不情愿地回到家里。

那一夜,他们的冷战正式拉开序幕。

3

许多时候,现实生活中,总是能感受到爱情与婚姻的区别,爱情能够很浪漫,很温馨，但是婚姻呢？婚后还有多少人能过着诗情画意的生活呢？

对于爱情来说，婚姻又是什么呢？是港湾？是围城？还是坟墓？不管是什么，婚姻当中的大多数人已经或者正在往这个泥潭里陷。陷进去便难以自拔了。爱与恨，痛苦与欢笑，本来是两组反义词，可在婚姻里，它们不但不相悖，而且还是密不可分的双胞胎，有谁能把它们分开呢？

田安国陷入痛苦的状态不能自拔。他有些自暴自弃，抽烟酗酒打麻将，成了他生活中的重要板块。曾几何时，这些不良嗜好令他十分厌恶，避之不及。人啊，此一时彼一时，不需三十年河东三十年河西，有时候一件事在一夜之间便可以改变一个人，变得不可理喻，面目全非！

那段时间，无论婉婷回来早晚，对安国来说都不那么重要了，甚至置若罔闻、熟视无睹了。有一次婉婷半夜发高烧，他打麻将不知去了何处，苑姐赶来将人送到医院，第二天早晨他回来后赶到医院，发现三哥、苑姐等人都在那里。三哥狠狠地教训了他一顿。安国觉得很解气，他甚至希望三哥狠狠地打他一顿，那样心里也许才能好受一些。

婉婷从医院回来后，形容憔悴。美丽的大眼睛不再有神，看得他心一阵锐痛。安国向医院给婉婷请了假，让她好好休息几天。婉婷躺在床上，眼睛里尽是泪水。安国的心里酸酸的，很不是滋味。

几天的悉心照料，似乎又回到了初婚的时候，两人互相检讨，相互许愿共同维护他们的婚姻，让爱情之树枝繁叶茂，永葆青春。

由于夫妻冷战，安国心里一直憋着一股气，他选择了一种近乎堕落的生活方式来折磨自己。长时间熬夜，生活没有规律，身体的各种机能都变得非常脆弱，他动辄感冒，高烧41摄氏度，昏迷不醒。这个时候，婉婷是个全职的好太太，她几乎24小时陪护在他身旁，以一个护士所能做到的一切，悉心照料丈夫。因为高烧不退，安国感觉冷得浑身打战，婉婷流着泪一遍一遍地用酒精擦拭他的身体，用湿毛巾给他降温。她半夜起来给丈夫熬粥，做菜汤，热牛奶，然后一勺勺地喂他喝下去。

那时，安国由于患结肠炎，左下腹疼痛，精神不振，迟迟不愈，体重下降到不足50公斤。慢性结肠炎病程较长，治疗起来相对比较困难。各种药物都不见效，婉婷十分着急，到处寻找有效的办法给丈夫治病。

那段时间，婉婷把家里的活都包了，看似柔弱的她干起活来非常麻利。她扛着一袋面一口气爬到三楼，扛着自行车上下楼梯，风风火火地去菜市场。家里换煤气罐，她不让安国干，自己扛着就去了。听说胎盘能补身体，她想办法从妇产科弄来了胎盘，给丈夫补身体。她是个有洁癖的人，清洗胎盘的时候几次恶心到跑出去，但还是咬着牙把它清洗干净，做好焙干，然后弄成粉末冲开来让丈夫一点点地喝掉。安国摇着头不想喝，她便把他揽在怀里，像待小孩似的哄。"小冤家，乖乖听话，喝下去就好啦，啊！"胎盘具有补气养血的作用，主治气血亏虚、肺气不足、感寒加重、消瘦乏力等症。那段时间，安国感觉妻子像母亲一样心疼他，令他感动落泪。

在妻子的悉心照料下，安国的脸恢复了红润，身体也一天天地好了起来。

一晃，结婚已经三年了。三周年纪念日，他们邀了医院和科研所的同事及亲朋好友，庆祝他们的爱情。这期间，苑大姐关切地询问他们什么时候要孩子。因为那一年安国已年过30，婉婷比他小几岁，但也早到了该生育的年龄。苑大姐以过来人的口吻说："孩子是婚姻的纽带，一旦有了孩子，就有了一种责任，夫妻两人的注意力就不再完全是对方，而是有了共同的担当。孩子牵着父母的手，两只小手牵起一个家。婚姻爱情的旅途中，有孩子的家庭，一路上的景色美丽动人，风光旖旎，丰富多彩；没孩子的家庭，时时含着寂寞、孤独和艰辛。这样的日子，是很难长久地维系的。"

是啊，如果说爱情像一股清澈的泉水，滋润着爱人的心田，但许多人很难耐得住清澈见底的寂静。随着岁月的流逝，泉水有时会变得不再清澈，甚至变得浑浊。可是一旦有了爱的结晶，泉水便会溅起朵朵浪花，变得不再寂寞，爱的小溪会变成欢乐的海洋，天伦之乐甜蜜幸福，其乐融融。孩子是家庭的阳光，是未来的希望。

关于孩子，安国的心里曾无数次憧憬过。在油田上，他们的结合属于典型的郎才女貌。安国才华横溢，勤学上进，谈吐不凡；婉婷美若天仙，楚楚动人。两人都相貌端正，圆脸盘，大眼睛，他们的孩子一定会非常漂亮，非常优秀。

这样的孩子无疑是值得期待的。

那段时间，梅婉婷正在卫校学习，有天她突然说："老公，我们班结过婚的女孩都怀过孕，就我没有呢。"安国说："你不是一直要求采取措施吗？怎么能怀得上呀？"婉婷笑着说："老公，我问了我们班的同学，人家说她们也采取措施呢，可是都怀孕了。该不是你有什么问题吧？要不咱去医院检查一下吧。"安国有些生气："我能有什么问题呀？好端端的！"婉婷说："老公，你不要生气嘛。要不我们都去检查一下，说不定有啥子问题呢。"安国想了想，说："要检查就都检查。如果有问题，也不一定就是我的问题呢。"

第二天一大早他们就去了医院，检查的结果是两人都一切正常。

不久，婉婷便怀孕了。安国欣喜若狂，激动的心情无法言表。婉婷也很高兴，毕竟作为一个女人，结婚几年一直没有孩子，会成为别人的话柄的。她把自己怀孕的消息告诉卫校学习班的同学，大家都替她感到高兴。可是一个非常客观的问题摆在了面前：婉婷目前正在卫校学习，如果现在怀孕，意味着辛苦两年的深造将化为泡影。

这个孩子来得也太不是时候了呀！

回到家里，她将这个顾虑告诉了丈夫，两人怎么合计，在孩子出生时她都毕不了业。婉婷选择将孩子流掉，安国坚决不同意。孩子是无辜的，既然他选择在这个时候到来，就一定要给他来到世界上的机会。至于卫校学习，也耽搁不了多少时间，唯一担心的是拿不到毕业证。这个毕业证也许会影响到婉婷以后的薪资调整和晋升机会。但是如果和孩子相比，安国觉得什么都是可以放弃的。

婉婷也显得非常矛盾。一方面她很珍惜这次学习的机会，另一方面她也想把这个孩子生下来。毕竟，这是他们的爱情结晶。三年来婚姻风声鹤唳，某些方面其实也是因为没有孩子所致。她也憧憬自己的孩子究竟是什么模样，无论男孩女孩，长得像谁，应该都是十分可爱的。

两人在纠结中一时不知如何是好。一晃几个月便过去了，孩子在肚子里一天天长大，安国对妻子关怀备至、体贴入微。想着再过半年就可以见到自己的孩子了，激动的心情难以名状，他常常会在梦中笑醒……

然而他做梦都没有想到，妻子在丈母娘的怂恿下，决定将这个孩子打掉！得知这一情况后安国急忙往医院赶，然而孩子在他从单位赶往医院的时候，已经被处理掉了！

面对刚刚做完流产手术的妻子，安国一股无名之火直往上蹿："这么大的事，你们好歹也得跟我商量一下吧？孩子都几个月了，说处理就处理掉了！？"

"不是给你说了嘛！"丈母娘一边招呼女儿，一边满不在乎地说。

"说了也需得到我的同意再做手术吧？我还在路上，你们就擅自做主把孩子打掉了。有这样打招呼的吗？"安国非常生气。

"安国，婉婷刚做了流产手术，不能生气的，请你不要和她较劲。你们还很年轻，等婉婷学习完毕再要孩子也不迟嘛！"岳母不紧不慢地说。

事已如此，再生气也没有用了。安国在怜惜、痛苦和幽怨中照顾了妻子一个星期。他的心中对婉婷的母亲产生了深深的怨恨：怎么可以替我做主，不经过我同意就陪着女儿打掉孩子呢？女儿不懂事，难道妈妈也不懂事吗？！真是岂有此理！

旧的心结没有打开，新的心结又产生了。在以后的几年中，流产的阴影一直伴随着他们。在这样矛盾痛苦的生活中，日子一天天在流逝，爱在一天天被消耗着。

两个相爱着的人像两团熊熊燃烧的火球，在相互消耗着能量。能量消耗殆尽的那天，火球将会熄灭，他们的婚姻，也就到头了。

梅婉婷又恢复了原来的放荡生活，经常陪人去吃饭，跳舞唱歌。一次，安国说他要去三哥家，结果三哥不在，他就回来了。回到家后婉婷已经出去了。由于忘带钥匙，进不了家门，安国只好去娱乐场所找她。

在一家舞厅里，安国发现妻子正搂着一个男人跳交际舞呢。一曲舞罢，两人来到吧台要了些小吃，凑在一起吃东西，显得异常亲密。他浑身血往上涌，走上前准备干涉，谁知婉婷已发现了他，认为他在监视自己，说了声："卑鄙！"扭头离开了。

回到家里，两人大吵了一架。婉婷说："你不在家，还不让我出去。跳舞的人多了，又不是我一个，凭啥限制我的人身自由啊？"安国说："舞厅里都是一些不三不四的人，你跟那些人混在一起，会有好果子吃吗？"婉婷说："你不要只说我，你天天泡在麻将场，那些人难道就高尚了吗？咱是猪不嫌乌鸦黑，以后我不干涉你去打麻将，你也不要限制我的自由！"安国说："你以为我愿意打麻将吗？以前我怎么不打呢？还不都是因为你！"婉婷说："因为我个啥子？我做好饭都喊不回来你，还好意思说呢！"

两人谁也无法说服谁，吵架拌嘴成了常态。婉婷我行我素，业余时间几乎都泡在外面了。

后来的日子，两人虽经常冷战，但婉婷只要回到家，还是把屋里收拾得干干净净，一尘不染的。她喜欢把家里收拾得井井有条，床铺像宾馆一样干净整洁，绝不允许别人乱坐。即便是安国回来，也只能坐在沙发上。

然而有一天安国回到家里，发现妻子跟她闺蜜的老公待在屋里。令他感到十分诧异的是，那个男人居然坐在他们的床上！

那张床除了他们二人，即便是三哥来，也没有在上面坐过。

见丈夫突然回来且面露不悦，婉婷忙说单位来了客户，要她去陪人家跳舞。见丈夫没有反应，婉婷娇滴滴地问："老公，你说可以吗？"当着别人的面，安国忍气吞声，只能说："去吧去吧！"妻子离开后，他一把将床单扯掉，扔在地上。

婉婷回来后看见床单，知道他生自己的气，便把床单收起来扔进洗衣机里。

安国火冒三丈地质问："这样的应酬，你为什么要去？！"

"那个人是我闺蜜的老公，不去不行呀！"婉婷说。

安国怒火中烧："你闺蜜的老公，他为什么不让自己的老婆、妹子去陪客？你是小姐吗？让陌生的男人搂着……你不嫌丢人现眼吗？！"

几年来，夫妻虽经常冷战，但田安国从未像今天这样破口大骂，不留一丝情面。

两人越吵越凶，互不退让。盛怒中的田安国抓起一只泡菜坛，用力地砸在自己的头上！

一坛子泡菜合着鲜血从安国头上流了下来。

梅婉婷吓得大哭起来，她花容尽失，浑身乱颤……

第十五章

1

20世纪80年代是中国大变革的时代,每一个角落都发生着日新月异的变化。华北油田地处京津冀三角地带,交通便利,信息灵通,更是沐浴着改革开放的春风。虽然原油产量逐年下降,每个单位却在不断地扩展,各级官员的职务逐年升迁。

田保国所处的采油三厂地处河间县,在大变革中由原来的科级升为处级。建厂初期盖的小平房已不能满足需要,各项基础建设都在上马,和外界的联系剧增,保国所处的那个小小的招待所经常人满为患。客人来了就要吃饭,饭菜是一个单位的门面,从某种意义上来说,还是一个单位实力的体现。领导对饭菜的要求越来越高,以前的鱼香肉丝、麻辣豆腐、西红柿炒鸡蛋等家常菜已拿不出手,上不了台面了。那时候,粤菜在北方还没有普及,保国从南方带回来的海参、鱿鱼、大虾、凤爪、酸辣鱼片等带有南国风味的新菜品在河间地区一下子吸引了各方来客,受到各级领导及食客的赞赏。

1990年的河间县升级为河间市,两位年轻的知识分子分别担任书记、市长。他们决心再现昔日"河间府"的辉煌,于是大兴土木,在紧挨采油三厂的地方盖起了一座六层高的现代化办公大楼,同时还修建了一座四层楼的宾馆。以前油田所盖的成片楼房在这四周都是农田的土地上显得鹤立鸡群,现在河间市的这两栋楼明显高过了采油三厂的楼房。随着油田和地方联系越来越多,双方互相攀比起来。

新领导上任后,河间市盖起了一座"燕赵大酒楼"。这是一座古典式建筑,成为新时代河间市的地标建筑。

燕赵大酒楼落成的那天，市政府大宴四方宾客，酒酣耳热之余，河间市委书记不无得意地在华北油田三厂和勘探三公司领导面前说："怎么样？比你们油田的强吧？"油田三厂的沈副厂长是甘肃人，性格豪爽，说话直来直去，他回答道："房子盖得不错，饭菜嘛，你们的驴肉火烧我都吃腻了，没有什么新鲜玩意儿呀！"他说的是实情。"驴肉火烧"是地方名吃，当地人请客，常以此招待客人。接着，沈副厂长话锋一转，毫不客气地说："哎，我说李书记，你们的厨师离了酱油还会做菜吗？下个星期到我们三厂喝酒，在座的一个都不能少，咱们比一比，看谁家的饭菜好！"

几天后，保国刚上班，蔡厂长叫住他。他心里纳闷："厂长叫我做什么？"头一次去厂长办公室，他有点忐忑不安。

蔡厂长见了他很客气，说："小田，沈厂长在河间市领导面前夸你菜做得好。星期天我们要请市领导和勘探三公司领导来吃饭，你用心给咱好好搞几样菜，一定要赛过他们的燕赵酒楼和勘探三公司的菜品。"

这次宴请领导如此重视，保国在菜品上颇动了一番脑筋。他准备的菜品有鸿宾楼的冷拼和酸菜鱼片，有南方的凤爪和工夫汤，以及唐山学的海参、鱿鱼、干贝、大虾、芙蓉蛋白等，凑成一桌几乎完美的酒席。菜品中雕刻的各种花饰，为酒席起到了画龙点睛之特效。还有他从父亲那里学会的酸辣肚丝汤，一上桌便使那些即将醉倒的客人再次清醒了过来……

那天的宴席十分惊艳，大家赞不绝口。席间，河间市领导和勘探三公司的领导特地跑到厨房来感谢保国。领导拉着他的手问："你这手艺在哪儿学的？"沈副厂长得意扬扬地说："我们小田是从唐山、北京一路学到广东！怎么样，服不服？"客人们异口同声地说："服，服了！我们的饭菜确实不如你们。"

此次以后，华北油田三厂招待所在河间市声名大噪，客满为患。一时间，田保国也成了当地的红人。

1989年，华北油田搞了有史以来规模最大的一次烹饪技术比赛，取得前几名的可涨一级工资，诱惑力很大，报名参赛的有100多人。保国对此并不感兴趣，因为他已分到了两室一厅的房子，孩子上学看病不用花钱。保国拿着双份的奖金，单位每次涨工资，都有他的份，因此，他没有报名。可是出于为本单位争荣誉的考虑，领导一定要他参加这次比赛。这样一来，他们三厂包括自愿报名的共有四五个参赛者。

然而临近赛期，只剩下两个人，其他几个自动退出了。后来进入决赛阶段，只剩下保国一个人了。比赛分理论和实际操作两部分。理论是保国的短板，没有考好，实际操作他有多年的实践经验，心里有底，届时就看临场发挥了。

华北油田有几十个处级单位，局里有三个招待所，里面有许多师傅都是在北京、天津各大饭店进修过的，可以说是人才济济、高手如云，竞争十分激烈。

实际操作比赛设在采油三厂技校的大餐厅里，摆了个一字长蛇阵，技校的学生把里面挤得水泄不通。

主办单位没有经验，准备不足，课桌上摆个案板，临时支了个液化气灶，不但火小，而且还晃晃悠悠的。比赛时，出什么洋相的都有：有切到手的，有把液化气灶弄翻的，有的干脆就没有动手。

结果百十号人进入决赛的仅有二十来个，保国便是其中之一。

考试或者参加比赛，不但要有过硬的技术，还必须有良好的心理素质。比赛时看的人多，参赛者心里一紧张，平时干得得心应手的事这时候都忘了。保国在唐山学习期间，有一位师傅平时菜做得很好，可是一到考试就紧张，几次考三级厨师证都失败了。

华北油田烹饪技术大赛进入决赛阶段。决赛的技术含量更高，除了两个热菜，还有一个花色拼盘，要求用有限的原料，做成不同形状的冷拼。

保国做了扇面冷拼。最难的是整鸡去骨，要求把一只鸡的骨头弄出来，鸡还要完整无损，且有时间限制。保国当年在唐山考试的时候便干过这活，一只活鸡，要求在半小时内宰杀、出骨一并完成。

这次比赛用的是死鸡，更难弄。事后他才知道，所有参加决赛的人，将近一半都不知道从哪儿下手。

保国当时只顾埋头干活，没有注意别人。当他把整鸡出骨做完，摆好盘，一抬头，才发现周围围了那么多人！

其实参加比赛他也紧张，只不过他对付紧张的办法是埋头干活，不在意别的，也就是师父说的"目空一切"。只有目空一切，你才能专心致志地把事做好。

事后，保国听他们焦主任说："小田，你今天把在场的领导都吸引住了，全场只有你做得又快又好。"

华北油田烹饪技术大赛使保国在华北油田餐饮行业名声大噪。由于理论没有考好，他也不知道自己得的是什么名次，但榜上有名，为采油三厂争得了荣誉，受到了领导的高度赞扬。

人的欲望是永远无法满足的。保国刚参加工作时，每月挣30元，干了一年省吃俭用，给自己买了块手表，兴奋得睡不着觉。后来工资渐渐增长，家里的情况也得到很大的改观。然而在那个风起云动的时代，改革开放的浪潮汹涌澎湃，许多人经商都发了大财，成了先富起来的一部分人。保国每月工资虽然有300多块，心里也开始不平衡了。由于他在油田上的声望，有人找他合伙开饭店赚钱。妻子章敏丽也支持他，说："凭你的手艺我们一定能够发财。"

保国内心很纠结，但思来想去，还是舍不下那份工作，就婉拒了。这个时候，他迎来了自己人生的一个转折点——出国的机会来了。

大哥建国通过朋友得知德国慕尼黑的饭店需要一名中国厨师，保国有二级厨师证，材料发过去后对方很满意。然而油田领导却舍不得让他走，怕他一去不返，令保国颇费了一番周折。保国想起了一首歌："从来不怨命运之错，不怕旅途多坎坷，向着那梦中的地方去，错了我也不悔过。人生本来苦恼已多，再多一次又如何……"

田保国找到领导，说自己还很年轻，在德国学会手艺，几年后还要回到油田来工作呢。再说自己又不会英文，老婆孩子都在这里，怎么会一去不返呢？

保国经过一番周折，终于拿到了赴德国的工作签证，到慕尼黑一家叫"丽豪酒家"的中餐馆当大厨。为此，大哥帮他准备了近两年时间。

那个时候，持因私护照出国工作的人非常少，人们都很羡慕他有这样的机会。他所在的华北油田采油三厂领导也非常支持，承诺出国期间保留他在华北油田的编制。临走的那天，单位还派了辆专车送他到北京机场。

那天上午，大哥和三哥送他到机场，保国登上了去德国的飞机。

当飞机从跑道上徐徐升起时，保国从飞机上往下望，偌大的北京城变成了各式建筑星罗棋布的《清明上河图》，他的心随着飞机的升起也悬在空中。此时，保国感觉自己没有一点喜悦，忐忑和焦虑涌上了心头，感觉自己像一把黄土高原上的蒿草，被连根拔起，抛上了天空……

保国第一次坐飞机就飞了将近10个小时。

当飞机到达法兰克福机场时，保国感觉自己基本上蒙了，脑子里就记着大哥叮咛他的一句话："法兰克福机场特别大，我在那里都找不着方向，你一定要注意。"同时，大哥嘱咐他出门一定要照看好自己的东西。

为了取行李，保国在电梯上来回跑了三趟，遇见一位从云南来的女士也要去慕尼黑，于是一同出了机场。

在机场出口，保国看见一位留着长发、穿一身脏兮兮牛仔服、又黑又瘦的华人小子，手里举的牌子上写着他的名字。保国赶紧上前搭话，对方勉强能讲几句普通话。小伙子用车把保国和云南来的那位女士送到火车站。就在小伙子给保国买火车票的空当，由于时差和心里紧张，保国随身携带的那个小黑包被一个黑人偷走了！

这个黑包是六弟治国送他的，在上飞机时断了一根带子。包里有几张照片和大哥写给朋友的两封信。

那个小偷也太不走运了。保国想，那个小偷之所以盯上他，大概是看他穿着一身还算上档次的西服，另外一眼看出他是第一次出国的中国人。虽然丢的那个小包里面没什么贵重物品，但保国心里十分别扭，窘迫得一句话也说不出来，只能自认倒霉了。

在德国坐火车跟国内大不相同，跟国内坐公交车差不多，没有排队和检票，自由上下。

在去往慕尼黑的火车上，保国同云南来的那位女士聊了起来。她大约40岁，家里有未成年的儿子，是公派到慕尼黑学习环保的。女人说她的同事有的已在慕尼黑学习了。令保国感到奇怪的是，她并不会讲德语，英语水平大概也是能读不能说的那种。那时候，公派出国的人对手持因私护照的出国打工者很羡慕，因为他们出国执行公务，任务结束后必须回国，出国期间没有工资，如果有，也必须上缴国家，只能按照国家规定领取一点生活费。而保国将要开始的工作每月有1600马克的工资，折合人民币8000多元，相当于国内工薪阶层两三年的工资。并且只要老板和自己愿意，可以长期干下去。在有的国家，还可以拿到长期居留证，即绿卡。因此，当这位云南女士得知保国是自己出来当厨师时，表现得极为热情，临别时留下了她的地址和联系方式，说："如果有可能的话，我也想到你工作的餐馆去刷盘子呢。"

列车到慕尼黑火车站时已是晚上 10 点多，保国的老板李海洋和先一年到这里的王利民一同到车站接他。

好不容易到了住地，保国的心总算踏实了，心想有王利民这么个同事先到这里，工作会顺当些。他们的住宿条件很不错，两居室，24 小时有热水，地上还铺着地毯。同屋还住着一位越南籍的张姓华人，是个大厨。

一路劳顿，加上倒时差，保国那天休息得早，第二天早晨 9 点钟就上班了。

丽豪酒家位于一座 U 字形大楼的一层，饭店装修豪华，地上铺着红色地毯，桌椅古朴典雅，中国特色浓郁。墙上镶着放大的《清明上河图》和《万里长城图》，异国他乡，让人感觉很亲切；屋顶上悬挂着数十盏中式宫灯，古色古香；大厅里播放着悠扬的中国古典音乐，听起来十分悦耳。这样的饭店在当时的中国极为少见。丽豪酒家厨房不大，但整洁明亮，清一色的不锈钢厨具。最使保国惊奇的是那一套不锈钢抽风设备，实在是先进。保国当时曾在国内一些大饭店进修，也没见过这么好的设备。看到这样的豪华饭店，保国心想，这里的菜肴一定很精美，否则怎么配得上这么富丽堂皇的装饰呢？想到这里，他不免对自己的厨艺产生了怀疑，自惭形秽了。

然而出乎保国的意料，丽豪酒家的所谓中国菜不过是一些简单而快捷的小炒和米饭而已，和他想象的相差甚远。按理说这样的饭菜是难不住他的，但是一上班他就搞得狼狈不堪！

原来这里的工作流程跟国内大不相同，所有的菜品、甜点都是从电脑里打出来的代码，厨房里的墙上贴着中文菜谱，这就要求厨师将代码和菜谱在第一时间对上号，不能有丝毫差错。看到代码，必须迅速知道它所代表的是什么菜，怎么做，用什么铺料，等等。这就需要把厨房里上百种菜熟记于心。对于连时差还没倒过来的田保国来说，要在很短的时间内记住这么多菜名，实在太难了！

没办法，他只好硬着头皮死记硬背。

上班头几天，老板娘明显对他很不满意。特别是中午的套餐，要求快，而他往往拿着菜单对着墙上的中文菜谱找老半天，这样就慢了好几拍，急得老板娘抢过去自己干，要么就亲手教他怎么做。保国心里一紧张，更是错上加错。那位越南来的大厨在一旁看他的笑话，说："从大陆弄来这么个大笨蛋，还想当大厨？真是开玩笑呢！"保国万万没想到这里的厨房流程会是这个样子，自己在国内学会的那么多菜品，几乎都用不上。

怎么办？继续干还是离开？现在如果回去，自己将会成为油田的笑话，也无法向大哥和单位的领导交代。不回去，英雄无用武之地，有劲使不上，待下去会有什么前途呢？

2

有些伤口，时间久了就会慢慢长好；有些委屈，受过了想通了也就释然了；有些伤痛，忍过了疼久了也成习惯了……然而却在很多孤独的瞬间，又重新涌上心头。

一次次看似偶然，却又好像是命运的安排，田安国的婚姻走到了尽头！

梅婉婷是个生活在矛盾、虚荣中的女人。她知道田安国深爱着她，安国相信，婉婷也是真心爱他的，但外部的花花世界却不时诱惑着她，一心想要过上流社会生活的她甚至在人前不愿承认自己的妈妈是个家属工，不愿和个头不高的丈夫出去散步，看电影也不愿跟他坐在一起。自尊心极强的田安国被妻子多少次伤得体无完肤，爱与恨让他甚至产生了要报复她的想法，幻想着自己有朝一日出人头地，但成功将与她无关。

然而关起门来，梅婉婷却是一个让安国着迷的美丽女人。她的体贴、她的柔情、她母爱般的温情让他无法割舍……直到有一天，他亲眼看到那一幕，安国的心才彻底地死了！

1989年年初，田安国动了出国的念头。大哥建国找到了在德国的朋友吕德杰先生发邀请函、办担保、找学校。

吕德杰因为喜爱中国文化和中国人，给自己起了个中国名字。他是一个量子物理学家，在慕尼黑一家有名的研究所工作。德国人一般不与亚洲人深交，更不会轻易为外国人特别是中国人做经济担保。经济担保意味着担保人要把自己的财产公开，包括不动产、工资收入、纳税等，一旦被担保者在德国从事违法活动或发生债务纠纷，担保人就要承担相应的法律责任。安国所认识的几个留学生得知这一情况后，非常吃惊。他们纷纷问他："你是怎样交上这个朋友的？"

出国所需的各种手续办好后，安国便开始申请护照。那个年代申请护照手续十分烦琐，要办的证明文件数不清，几乎对申请成功不抱希望的田安国只能按大哥的要求一步一步来。

科研所按上级单位要求在内蒙古二连浩特油田建了一条黄夹克防腐保温生产线，所里轮流派各部门人员前往那里工作。

安国于6月份被派往二连浩特。

二连浩特市位于内蒙古自治区正北部、锡林郭勒盟西部，是中国对蒙古开放的最大公路、铁路口岸。"二连浩特"是蒙古语，"二连"以附近的额仁淖尔（湖）命名，系"额仁"的讹音，意为"斑斓"，"浩特"意为"城市"，"二连浩特"意为斑斓的城市。那里紧邻蒙古国，草原辽阔，风景优美。广袤无边的大草原像一块天工织就的绿色巨毯，绿浪逶迤，绵延不断。在草原与蓝天的交会处，牛羊相互追逐，牧人举鞭歌唱，处处都是"风吹草低见牛羊"的景致，令人神清气爽，心旷神怡。

那时候，安国正在办理出国护照，大家都很关注。毕竟在那个时候，油田上能够走出去的人并不多，而他又精通外语，所以这一切似乎天经地义，感觉是铁板钉钉的事了。作为妻子，梅婉婷更是莫名兴奋，一改与丈夫的冷战关系。油田总医院的护士们议论纷纷，围着她问长问短，言语间无不透着艳羡的味道。

"梅姐，田大哥就要出国了，你激动吗？"护士甲问。

"人家出国，我激动个啥子哎！"梅婉婷故作镇静地回答。

"我不信。田大哥出国后，还不把你也带出去呀！"护士乙说。

"就是啊！田大哥去德国留学，怎能舍得把你留在家里呀！"护士甲说。

"就是，梅姐如花似玉，田大哥含在嘴里怕化了，捧在手里怕摔了。看你们如漆似胶的样子，咋能分开呢？"护士乙说。

"梅姐出国了，可不要把姐妹们给忘了呀！"护士丙说。

"你们瞎嚷嚷些什么呀！八字还没一撇呢！"婉婷嘴上这么说，心里美滋滋的，吃了蜜似的。

是呀，梅婉婷早就幻想着有这么一天呢。国外的生活多么优越呀！那里灯红酒绿，薪酬丰厚，物美价廉，简直就是人间天堂呢。她从小天资聪颖，美丽大方，受人夸赞。可惜小姐身子丫鬟命，心比天高，命比纸薄。身为护士，整天伺候病人，干的都是些脏活累活，结果又嫁了个没甚本事的男人，只知道傻傻地待她好，过着平平淡淡的日子，令她精神沮丧，心绪不宁，因此才经常出去和那些老板鬼混。如果丈夫能够出国，想来用不了多久，她也能出国了。听说国外的薪酬是国内的十几倍甚至几十倍，到那时候自己喜欢的品牌再也不愁没钱买了！

想到这些，梅婉婷心花怒放。她一反常态，果断终止了与外面的交际，一心一意对丈夫好。姐妹们都说她有眼力，找了个绩优股，看来的确要跌进福窝了！

安国到达二连浩特不久，梅婉婷便兴冲冲地到草原看他来了。

安国在二连浩特建黄夹克防腐保温生产线，每天大部分时间在户外，风吹日晒，要干苦力活。自从调到机关办公室工作，后来又到科研所，好些年没下过这样的苦了。

刚开始的几天，他累得吃不下饭，回到宿舍倒头就睡，浑身散了架似的。十多天后，安国便适应了。

妻子的到来令安国十分兴奋。那段时间他们的关系已有所缓和，婉婷变得像初婚时温柔浪漫，小鸟依人。夏日的草原鲜花盛开，绿草葳蕤。沐浴在晚霞中的草原美丽无比。走在草地上，那种柔软而富于弹性的感觉非常美妙。

工作之余，两人携手漫步在无边无际的草原上，憧憬着他们美好的未来，甚至计划着国外的浪漫生活。太阳落下去了，薄薄的雾气袅袅升起，与远处白色的蒙古包上腾起的炊烟合二为一，显得神秘而浪漫。风有些凉，安国与妻子紧紧地靠在一起，听婉婷唱那些草原歌曲……

"老公，听说德国人喜欢吃面包、牛奶和香肠，好像还有生菜。你去了能适应吗？"婉婷依偎在丈夫的怀里，关切地问。

"德国应该有许多华人的，他们能适应，我也能适应吧。"安国说。

"可是别人的肠胃都很好……你出这么远的门，会照顾自己吗？"婉婷还是不放心。

"会的，相信我——我适应能力很强的。亲爱的，为了你，我也会照顾好自己呢。"安国笑着说。

"老公，你会想我吗？"

"当然会呀！我恨不得把你一起带出去呢！"

"那你想我了怎么办呀？"

"给你写信呗！"

"信太慢了，我怕是等不及呢。"

"那我就给你打电话。"

"打电话不现实的，一来国际长途太贵，二来两地有时差呀。"

"没关系，听大哥说德国那边可以边读书边勤工俭学的。我把挣到的钱都用来给你打电话，怎么样？"

"这个倒不必呢……小冤家，你有这个心意，娘子我就满足了。"

安国将妻子紧紧地揽在怀里。此刻，他感觉自己是这个世界上最幸福的人了。他希望他们就这样相依相偎，此情不泯，地老天荒。

梅婉婷短短一周的草原之旅好像为他们扫除了过去的种种不快，那些横亘在他们之间的屏障似乎从来就未曾出现过。初恋般的美妙又回到了他们的生活里，两情相悦，柔情蜜意，爱意浓浓。

一周时间很快就过去了，恋恋不舍送走了心爱的人，安国又投入紧张的工作中去了。那些工作都是体力活，非常辛苦，可是有了爱的滋润，一天下来也不觉得累了。

两个月后，大哥给安国联系到了学习德语的学校，在王所长的照顾下，安国提前结束了这次轮换。

田安国归心似箭。从二连浩特到任丘没有直达车，他只能先到安定，然后再回华北油田。想起草原上那七天的浪漫爱情、临别时妻子难舍的眼神，安国的心怦怦直跳……人说小别胜新婚，何况他们这次分离已经快两个月了！这期间虽然通过两次电话，但因为用的都是单位电话，纵有万般风情，也只能化作简单的问候。

安国回到家里，妻子还没下班。家里一尘不染，一切都还是原来的模样，氤氲着一种熟悉的味道。

安国出去买了些菜，准备给妻子一个惊喜。

中午时分，三哥卫国来了。

好久未见，三哥阴沉着脸，令安国心里感到不安。难道是老父亲发生了什么事情？母亲去世后，家里最令人牵挂的就是老父亲了。三哥把父亲接到油田上，就住在他家里。

"安国，马上去我家，有重要的事情要商量！"没等安国开口，三哥一脸严肃地说。

"三哥，是不是咱爸身体不好了？"安国忐忑不安地问。

"咱爸身体好得很！"三哥边说边往外走。

老父亲身体没事，那应该就不是什么大事了。难道是自己出国的事有了波折？也不对。这件事三哥应该当面跟他说，没必要转弯抹角呀。

一路上，安国都在心里琢磨着家里究竟发生了什么事情。想了半天也想不出来，那应该就没什么大事吧。这时他又想起了妻子的笑脸，想象着她晚上下班以后，看见丈夫从天而降，又做了那么多的好吃的，该是多么高兴！这个夜晚将注定是浪漫而温馨的……

想到这里，安国忍不住笑了。

"你笑什么？安国，晚上不要回去了，就住我家里吧。"三哥见他笑眯眯的样子，忍不住说。

安国见三哥表情非常严肃，不像是开玩笑，满脸不解地问："三哥，告诉我到底发生了什么事情！"

三哥咳了一声，说："你老婆最近和一个叫李晓的人鬼混在一起，说不定她晚上会把人带到家里去的。"

"哪个李晓？"安国觉出了不好。因为油田总医院有一个叫李晓的纨绔子弟，以勾搭美女护士而出名。他曾混迹社会，是第一批到过"花花世界"深圳的油田人。

"就是总医院的那个李晓嘛！声名狼藉，影响很不好！"三哥进一步证实了安国的猜想。

安国的脑袋嗡地响了一下。这个李晓他怎会不知？每次见到他那双眼睛色眯眯地盯着女人看，感觉很猥琐，让人十分讨厌。有一次他们散步时看到李晓，婉婷悄悄地拉着安国的衣襟告诉他——这个人就是那个被传患上艾滋病的总医院纨绔子弟李晓，是个玩弄女人的高手。婉婷还告诫丈夫不要跟这样的人来往，会坏了名声的。

"怎么会呢!？"婉婷再风流，水性杨花，也不会和这样的烂人来往啊！

三哥说："你不在的这几个月，梅婉婷与李晓来往频繁，打得火热。我听到风声后注意观察，有天中午竟碰到那个李晓就在你家里呢！这期间，李晓经常开着车拉着婉婷到处和他的那些狐朋狗友聚会。油田上议论纷纷，我听到都觉得害燥呢！"

三哥是不会说谎的，何况这么重要的事情。但安国没有亲眼看见，还是觉得难以置信。因为就在两个月前，婉婷还跑到草原上信誓旦旦地说喜欢他，一往情深地爱着他。他们还一起憧憬到国外后的生活呢！她是个虚荣心和自尊心很强的女人，怎么会一转身就将他忘了，投进流氓的怀抱里呢？还有，婉婷是有洁癖的，别说是有艾滋病的李晓，一般猥琐的男人她都是不屑一顾的。

安国觉得难以置信。他坚持晚上要在家里住，并立即回到了家，等待妻子下班归来。

安国回到家后，仔细地把屋里检查了一遍，看到家里的一切都似乎未曾改变，唯一新增的是一部电话机。这部电话，线是从婉婷母亲承包的同在一栋建筑里的招待所拉过来的，号码与她妈妈办公室里的相同。生活中的梅婉婷有洁癖，什么在她眼里都感觉不干净，作为丈夫，安国怎么也不相信妻子会和外面不干不净的男人有什么瓜葛。

习惯难受，习惯思念，习惯等你，可是却一直没有习惯看不到你。

等待的过程是煎熬的。安国买了一大堆菜，此刻已没有任何心情做饭了。他犹如一头困兽在屋子里转来转去。妻子暮翠朝红，云心水性，见异思迁，曾与不同的男人跳舞吃饭，关系暧昧，给他戴上一顶顶鲜艳的绿帽子，令他颜面尽失，尴尬万分。风乍起，吹皱一池绿水。一次次决心分手，一次次原谅迁就——她怎能仗着他深爱着她肆意妄为、不思悔改呢？

终于挨到时候。妻子下班回来，看到丈夫满脸怒容，一种从未有过的尴尬与陌生横在了他们面前！屋里空气似乎已经凝固，令人窒息……

尽管如此，安国还是想从妻子的嘴里亲口证实她和李晓没关系。婉婷见丈夫怒火中烧，知道了事态的严重性。她讷讷地跟丈夫解释了自己如何认识李晓，如何跟他来往，并强调除此之外跟李晓没有更多的关系了。她那一对晶莹的眸子，仿佛一对黑色的水晶棋子，只是荡漾着不属于她这个年纪的那种天真，似乎还有一些无辜和忧郁。

安国在心里长舒了一口气。他宁愿相信妻子的话，相信他们之间不过是普通的来往，没有那些龌龊的内容。他问妻子为什么要装这部电话，婉婷说："你不在，为了和母亲联系方便，所以才拉的线。"安国说："这部电话除了你妈，其他人知道号码吗?"婉婷平静地摇了摇头。正在这时,电话铃声大作。婉婷略为犹豫,拿起电话大声地说道:"李晓,我先生回来了,请你以后不要再来找我了!"

这番看似表白的话让田安国彻底绝望了!

安国冷静思考后没有做任何表示,他决定晚上去看望婉婷的父母。

到了婉婷父母家里,一阵寒暄之后,安国把从内蒙古带回来的土特产放下,单独和婉婷的爸妈聊起了这件事。

岳父岳母自觉理亏,说女儿年轻不懂事。安国怒气冲冲地说:"女儿年轻不懂事,难道你们做父母的也支持自己的女儿和这些不三不四的人来往吗?你们助纣为虐,还把招待所的电话串联到我们家,方便他们随时联系。梅婉婷与你们在同一家医院工作,作为父母,你们就不怕别人说闲话吗?那些流言蜚语传到耳朵里,你们是不是感觉倍有面子,非常享受?这件事,你们不在乎我田安国的感受,难道也不在乎你们自己的名声吗?"

田安国义愤填膺的一番话令老两口面红耳赤,哑口无言。一家人看着他默默地走出了那座平房小院,消失在茫茫夜色中……

3

那场风波表面平息后,田安国抓紧时间办理出国手续,并很快去北京学习德语。拿到学习德语 300 课时的证明后,他又赶紧返回华北油田,继续办理出国手续。

"落花有意,流水无情。日历随着时间流逝,却怎么也翻不过心痛的那一页。我放下尊严,放下个性,放下固执,都只是因为放不下你。闭上双眼,最挂念的是你;张开眼睛,最想看到的是你。如此执迷不悟,算不算刻骨铭心?爱到痛了,痛到哭了,选择了放弃,或许放弃是一种无奈的绝望,使人痛彻心扉。让爱放手,又何尝不是一种解脱呢?"一个人的时候,安国在笔记本上写下了这段话。

不久,安国的结肠炎又复发了,在医院中医科住了三个多月,在名医老乡张宽治的精心医治下,逐渐好了起来。

在办理出国护照、公证、签证等手续的那两年里,安国和婉婷各自扮演着自己的角色。在家形同陌路,在外还是一对"恩爱夫妻"。

那些日子,田安国害怕天黑却喜欢黑夜,害怕未来却止不住梦想。痛彻心扉他不肯认输，不算要强却活得那么倔强……他感觉自己很矛盾很悲哀，心中却不肯放弃理想。虽然别人看到的都是他的笑脸，可他一个人时总会黯然神伤。伤心中忘记一切，天亮后希望一切重来。

那漫长的等待让田安国几乎崩溃绝望。梅婉婷见出国无望，于是便逼着与他离婚。田安国也觉得他们的婚姻形同虚设，不如快刀斩乱麻，做个了断。于是，在结婚4年后，他们又一次踏进了任丘市民政局的大门，用两张红皮的结婚证加上50元钱，换来了两张绿皮的离婚证书。

去时是一对夫妻，回来时已成了两个路人。两人达成对外保密的协议，共同把这出戏演到1992年田安国出国以后，才向外界宣布了他们离婚的消息。

离婚的时候，安国把家里的一切包括分到的福利房，都给了梅婉婷。

离婚后，两人的关系又回到原点。他们彼此多了一份尊重。安国似乎又成了田老师，婉婷又成了他的学生。已经解除婚姻关系的两个人在一起开诚布公地总结他们的过去，给对方以真诚的建议和批评。安国说爱情不是慈善事业，不能随便施舍的。梅婉婷说感情是没有公式、没有原则、没有道理可循的。她调侃田安国再写情书时不要写成给妈妈找儿媳妇，应该写成给自己找情人。

安国这才明白那封所谓的求爱信婉婷是收到了，因为自己写得太含蓄，对方摸不准他的真实意图，所以迟迟未决。如果不离婚，婉婷会不会一辈子都将这件事埋在心底呢？

既然夫妻做不成了，做朋友也是可以的。结婚的原因是来电，离婚的原因是短路。亲爱的，你不过是仗着我喜欢你啊！

两人成了无话不谈的朋友。安国建议婉婷再找对象时不要对自己未来的先生要求太高：既能挣大把钱，又能干家务，还能陪她浪漫到底。他真诚地告诉她：这三个功能得三个丈夫，一个人太难。

田安国明白了一个道理：在这段感情里，原来他们是这样势均力敌，结果统统惨败。她毁掉的，是他关于她的那个梦想；而他欠她的，是一个本来承诺好的世界。一对没有共同生活理念的人错把浪漫当爱情，把爱情当婚姻，又把婚姻当游戏，这种注定了的悲剧是怪不得别人也怨不得别人的。他们一直是彼此精神世界里的陌路人——这是造成他们婚姻失败的真正原因。

离开华北油田的那天下着春雨，淋过雨的空气，疲倦了的伤心，田安国记忆里的童话已经慢慢融化。

把行李搬出那个曾经的家时，一种悲凉的情感让安国忍不住泪流满面。一段感情再也不可能续燃，一种声音再也不可能回旋。安国清楚，有的人即使再留恋，也注定要放弃；有的东西即使再喜欢，也不属于你。那个曾经深爱着的女人，再也不会与他相依相偎。一双手再也握不住那掌心的温度。与其在别人的生活里跑龙套，不如做精彩的自己……

田安国知道，一切都即将成为过去，再也不可能回到这个曾经温暖的家了！他把自己所有的爱留在了这里，把痛苦装进心里，然后漂洋过海，去那遥远的他乡慢慢消化……

回望那栋熟悉的单元楼，安国悲从中来，泪如雨下。因为大家都不知道他们已经离婚，不明真相的范大哥还以为他舍不得妻子，乐呵呵地劝他不要太伤感。此情此景，梅婉婷也潸然泪下，无限悲戚。此情可待成追忆，当时只道是寻常。

她执意要送安国到北京。

雨继续下着，不紧也不慢。路的中间是梧桐树，新叶新绿，颜色醉人。只是吉普车里的两个人，悲从中来，无限唏嘘。"梧桐更兼细雨，到黄昏，点点滴滴……"这次第，怎一个"痛"字了得！

范哥开着车子，被他们的"深情"所感动，不时调侃两句，说一些祝福的话语。两人"执手相看泪眼，竟无语凝噎"……

到达北京后，他们登记了两个房间。因为没有结婚证，安国选择与范大哥住在一起。范大哥百思不解，以为他们在开玩笑，逼着安国与妻子一起住。

安国啼笑皆非。

当法航飞机载着田安国划过长空飞向那遥远欧洲的时候，他空空荡荡的心就像飘在空中的一片落叶，不知将落在何方……回想他们的爱情，感觉像一盏灯，开始的时候火苗那么旺，熊熊燃烧，后来一点点一点点地消耗，到最后灯火逐渐暗淡，一阵风吹过，彻底熄灭了。

不是所有的故事都有圆满的结局，爱情也一样。岁月会磨炼你的意志，淡化你的颜色。

有些事，一转身就是一辈子。那些岁月留下的伤痕，只能任时光去处置了……

第十六章

1

20世纪80年代末到90年代初,在国内办理护照非常麻烦,程序之复杂,时间之长久,令许多准备出国的人望而生畏。

故事再回到1989年的那个春天。

从1989年年初田安国动了出国的念头,到1992年手续办妥,整整花了4年左右的时间,其中的艰辛与曲折,一言难尽!

当时出国的第一个条件也是20世纪中国人各种证件中最难取得的一种——首先要有前往国的邀请函、经济担保书、学校入学通知或录取证书,包括对方寄来信封的原件,然后向所在工作单位提出申请。也就是说田安国得先向科研所领导提出申请,而且要最基层领导也就是情报室负责人签字同意,然后经所里的书记、所长开会讨论同意后,才可以正式开始办理出国手续。

所里领导签字、盖章后递交上一级单位,再经油建一公司党政联席会议讨论通过。过了这一关还须到户口所在地公安部门履行一切手续,然后再到华北油田公安分局相关科室正式申请办理护照,分局领导签字同意并加盖公章后,再到河北省公安厅外事处递交全部申请材料。这一切没有任何差错的话,几个月后才可拿到护照。

田安国打通这一关用了一年多时间。

首先,他需要过情报室和科研所这一关。经过认真考虑分析后,他把突破口和希望放在了所长王振川身上。这本来属于书记的管辖范围,但到科研所报道那天发生的"羞耻"一幕几年来挥之不去,在科研所里的那几年,田安国几乎与这位工人出身的书记没打过交道。刘丽萍似乎与他有前世的冤仇,从他报到的第一天起就不待见他。田安国很知趣,在科研所工作的几年里,对她一直是敬而远之。

安国选了一个周末的晚上,特意到所长的家里,把出国的计划毫无隐瞒地告诉了他,也顺便告诉他范宇经理非常支持——因为所长是范副经理提拔上来的,他也知道上级很器重田安国。安国当时最担心的是主管他的刘工和所里书记为难他,没想到开明的王所长一口应承了下来,令他喜出望外。

很快,所里的手续就办妥了,但到了油建一公司党政联席会上就没那么顺利了。那位主管生产的刘副经理也就是刘丽萍的老公站出来首先发难:"我们家养大的鸡要跑到别人家鸡窝去下蛋呀?这怎么行?!"另一位重要人物愤愤地说:"田安国在油建一公司,工作任他挑,都快成学习专业户了,现在翅膀硬了,油田放不下了啊!"这种情况是范副经理始料不及的,他带着自嘲的口吻说:"田安国即使到国外下蛋,那也是为国争光嘛!"范副经理担心这件事如果处理不好会形成否定性决定,那样就没有回旋余地了,于是改口说:"这事又不是什么重要的事情,等研究研究再说吧。"其他几位比较关心安国的人也纷纷表态,说这件事可以先放一放,等以后再说。

这样一来,田安国的第一次出国申请,在油建一公司便搁浅了。

安国得到消息后十分沮丧,骑着单车失魂落魄地往家里走。

祸不单行。安国回到家后才发现,车把上挂的黑色皮包只剩了一个提环,装着全部出国申请文件的黑色皮包不知道什么时间丢到什么地方了。

真是屋漏偏逢连阴雨啊!

他欲哭无泪,两腿发软,一时连那三层楼几乎都爬不上去了……

安国在一瞬间陷入绝望的境地。他不敢把这一消息告诉大哥,只能和三哥商量对策。

三哥鼓励他千万不要放弃,一切从头再来。

双重的打击让田安国对出国一时没有了信心,可开弓哪有回头箭?华北油田那么多人都知道他要出国留洋,再待在科研所也没什么发展前途了!

安国强鼓起勇气,决定从头再来。

最难办的是要请吕德杰教授重新给他发邀请函、担保书以及歌德学院的入学通知书,这在当时是十分困难的。没有人愿为一个非亲非故的人冒那个风险,何况,吕德杰教授已经帮过他一次了。

大哥建国抱着试试看的心态，又一次找到了有菩萨心肠的这位德国老人，没想到对方痛快地答应了，并为此再次公开自己的财产等个人隐私。

很快，吕德杰教授又一次为安国办理了必需的一切文件。这位安国人生中的第一位德国贵人在他后来到达德国后，继续给予他诸多方面的帮助。安国也一直与他们夫妇保持着友好往来，后来还曾带着新婚的太太探望过他们。

当然，这些都是后话了。

办理留学手续需要的证件很多，比如毕业证、户口本、身份证、结婚证等。中学毕业证书是三哥从河北沧州请人帮忙补办的，20世纪70年代的；北京一外的结业证书是大哥请他的"战友"帮忙办的；北京语言学院的结业证是安国亲自找他们小车队队长帮忙办的。接着是补办户口本、身份证。结婚证还有一份原件可用，家属同意出国证明重写公证……

补办全这一切手续已经到了1989年年底了。公司行政办公室老领导李强时任主任，他和范宇副经理为田安国能顺利拿到出国护照费尽了心血，当时，要没有他们两位的鼎力相助，安国的出国手续几乎是不可能办下来的。

1990年，春节刚过，公司党政联席会议上，已是常务副经理的范宇和办公室主任李强在那位刘副经理去厕所的间隙，把田安国的出国申请塞进会议议程，并形成决定记录在案。这样安国的出国护照申请在油建一公司就有了通行证。

安国赶快到油建一公司公安分处填写了护照申请表，由分处以公函的形式密封送到上一级单位，即华北油田公安分局外事科。不谙世事的田安国没想到这一关走得异常艰难！安国事后才明白一些手中有权的人会把手中的权力用尽，用得淋漓尽致，让他们那些办事者欲哭无泪，哭笑不得！

那段时间，急等消息的他几乎天天去华北油田公安分局外事科询问打听，但那位负责人就是不予正面回应，直到安国堵得他没有办法，负责人竟然说油建一公司公安分处还没把申请函等资料送过来。安国立刻赶回油建一公司公安分处去问同事的老公（时任这个分处的副处长），对方感到很诧异，说早就送去了，还让安国看了回执。

田安国又一次找到华北油田公安分局外事科，这次人家干脆不见他了！

田安国感到莫名其妙，向他们科室其他人询问情况，结果大家都说不清楚。

问谁清楚，答曰：只有他们科长清楚。问科长哪儿去了，答：不知道！

田安国再次感觉欲哭无泪,他又不能天天在公安分局守着。对方的这种死拖硬磨能把人活活急死!歌德学院的入学通知只有几个月的有效期,如果已经开学了,即便办好护照,德国使馆也不会给他发签证呀。

安国无计可施,只好打听这位科长大人的社会关系,寻找突破口。

经过一番周折后,依然一无所获。

那个时候的他还有点腼腆,又不懂社会上那一套江湖之术,只能软磨硬泡。直到有一天,这位科长被他逼急了,脱口而出:"我总不能空着两手去给你找局领导啊!"安国恍然大悟,赶快找大哥托人从北京出国人员服务部弄来了两条中华烟、两瓶茅台酒作为开路先锋。在那个商品短缺的年代,这两样东西总算让主管领导签字同意了。

安国好不容易过了这一关,还有另一关在等着他,那就是到河北省公安厅申请办理护照。那位科长尝到了甜头,迟迟不把相关资料送到河北省公安厅去。

安国这个时候已经有了一点经验,他干脆双管齐下,一边继续想办法弄那个年代紧俏的商品,一边打听科长的家人情况。直到有一天听说科长的岳母在华北油田总医院住院,安国赶快找三哥和当时在医院工作的梅婉婷,找到科长岳母住院科室的主治医生帮忙,情况才有了真正的转机。

科长大人的态度发生了180度的大转变,不但说话和颜悦色,而且主动联系河北省公安厅外事处的熟人,并打破常规亲自带着安国和申请材料一同赶往石家庄。

在石家庄,安国准备的茅台酒和中华烟都派上了大用场。中午酒足饭饱之后,他们其中的一个人突然说:"主管局长今天下午不是要去北京开会吗?如果今天他不在护照上签字就麻烦了。"安国闻讯后万分着急,要求他们带自己去见这位局长,遭到拒绝后,安国央求人家告诉自己局长的办公室在哪儿。那些已经拿了他东西的人毕竟"吃了人家嘴软",把安国带到局长办公室门外就溜走了。当过通信员的田安国知道规矩,所以不敢贸然打扰局长。他站在门外足足等了一个多小时,局长大人终于出来了。他发现了站在门口的田安国,主动问他有什么事儿。安国见这位局长慈眉善目,几乎是带着哭腔把他的事情原委告诉了他一遍,并一再强调如果不能及时拿到护照,去德国留学就会泡汤。这位与安国仅一面之交的局长大人要求主管人员立刻去办理田安国的手续,并拿来让他签字。慌乱中,办事人员把安国的籍贯"陕西"的拼音写成了"山西",于是将错就错,在这本护照上,田安国便成山西人了。

局长签字后,田安国一阵狂喜,他还以为立即便能拿到梦寐以求的护照呢。可是那位华北油田公安分局外事科的科长大人说必须回油田履行正常的取护照手续,说着把安国的那本护照装进了自己的手提包里。

回到华北油田后,安国赶紧备好取护照的"正式手续",终于拿到了这本经过千辛万苦、费了九牛二虎之力才弄到的护照。

没想到,弄到这护照才仅仅是他出国路上九九八十一难的前半段,后面等待他的是"小鬼"们给他设置的一道又一道的关隘,每一道都崎岖艰险,难以逾越……

2

田安国经过千辛万苦,终于拿到了出国护照,长舒了一口气。他开始着手办理各种公证手续了。他想,公证机关应该不会那么拖拉吧?弄得好的话,他很快就能出国了。

因为任丘市没有涉外公证机关,必须到上一级管辖机关沧州市公证处去办理。没有经验的他刚到沧州市——这个当年戏剧中的林冲发配地,就先碰了一鼻子的灰。原来一切公证的资料必须有辖区派出所或类似公安机关、行政机关出具的证明函,也就是需要有权力的机关证明你的这个原件的真实性。比如要有单位证明你田安国就是田安国,然后公证处才可再证明你的身份,只有这个被德国驻华机构认可的公证处的公证书才被德方接受。

当时安国需要办理的公证主要有无犯罪公证、出生公证、父母公证、婚姻公证、学历公证、职业或工作公证等。这其中无犯罪公证比较简单,只要辖区派出所开一个证明就可以,但诸如父母公证就比较难了,因为他祖籍陕西,父母均是农民,且母亲已经过世,无论辖区派出所还是工作单位都无人能证明他的父母是谁。

田安国回到陕西老家,他只能在生产大队也就是村上开个证明,无奈河北沧州公证处又不认陕西一个村的证明信,得县级公安机关证明才管用。但因为田安国的户口早已迁出,县级公安机关不愿意承担责任,好在安国在老家托亲戚找朋友,终于弄到了这份证明文件。其他证明诸如学历证明要到他们油建一公司教育科去开；工作或职业证明，要到油建一公司行政办公室去办；婚姻证明要到任丘市婚姻登记处去办。问题是那个年代很多小地方的国家行政机关没有这个先例——比如任丘市民政局婚姻登记处就拒绝开具类似证明文件。他们认为有结婚证就足以说明情况，为何还要脱了裤子去放屁——多此一举呢？然而田安国没有这个证明文件，就过不了公证处那一关呀！这种啼笑皆非的事情，实在让老百姓不知道该怎么办。

田安国无可奈何，只能又托关系找门路，弄得人家没有办法，给了他一张盖了公章的空白信，让他自己去填写——因为他们也不知道该怎么填写。当安国来回穿梭于任丘、沧州无数次后，终于备齐了这些证明文件。油建一公司行政办公室主任不惜冒着违规的风险一下子给了他好几张加盖了公章的空白证明信，免得他来回再跑。

本以为这下总算可以了，结果又碰到一个难缠的"小鬼"——沧州市公证处的唯一一位懂点英文的什么小负责人给他竖起了一道障碍。

这位从部队转业到地方的英文翻译的英语水平实在不敢恭维，可他们公证处只认他的翻译。他所翻译的东西害得田安国从沧州到北京跑了无数趟——因为公证文件翻译不合格。那个时候德国领事机构要求申请前往德国人员的公证书通过外交部认证处认证，也就是证明这份公证是合法的公证机关出具的。

被打回来的这些沧州公证处的公证，田安国还得跑回去重新办理。

无可奈何之下，他把自己翻译的文本带上，并说明这是外交部认证处给的范本，但人家并不买他的账，还拿出一本英文书让他对照！安国真是被他折腾得没了脾气。要知道安国去沧州找他十次，能够碰到他五次在上班已属万幸了！后来，那位英文小负责人实在对田安国的英文翻译件挑不出任何毛病，鸡蛋里挑骨头，说他用的打印纸和他们公证处的不同，不能用。

田安国无可奈何之下抱着自己的英文打字机再次来到了沧州市公证处。公证处办公室的一位老大姐实在看不下去了，当着田安国的面把那个人臭骂了一顿，这件事才算得到了解决。可是这个时候，他的无犯罪公证已经过了一年有效期，无奈安国只能重新办了一次无犯罪公证……

田安国办好了一切手续之后，去歌德学院学习德语的机会已经错失了，因为人家不可能无休止地给他发入学通知书！这时的他身心疲惫，也没有颜面去科研所上班，不争气的结肠炎又趁机复发了，安国在华北油田总医院中医住院部一住就是三个月。

眼看着出国的事就要泡汤，婚姻也早已亮起了红灯，田安国已没心思也无脸面再回情报室上班了。他不知道自己的路在何方。

北京的大哥、医院的三哥，还有在德国中餐馆工作的四哥都为他捏一把汗，安国也在寻找能够接收他的新的工作单位。

快到了山穷水尽的时候，安国突然接到四哥保国从德国打来的电话。四哥兴奋地告诉安国，他们的老板愿聘请安国去德国当厨师，而且已经向他发了律师起草的工作合同。

这一消息就像黑夜里的一盏明灯，一下子让安国看到了希望，照亮了他前行的道路。

然而冷静下来之后，新的问题又来了！不管四哥向他的老板怎么吹嘘，他大变活人的谎话怎么圆呢？因为安国不是厨师，更没有什么从业资格证书，这么短的时间，他从哪里去弄个三级以上的厨师证？不但要公证，还要到国家劳动人事部去换成国家级的三级厨师证呢！

这件事看起来很滑稽，非常不靠谱啊！

然而事情已经到了这种地步，为了能够出国，办理护照、公证等相关文件前后折腾了几年，如果此次机遇再错失，估计他再也没有什么机会了。

前面的路一片迷茫，后面的路已经堵死。那个时候，所有油田上的人似乎都在等着看他的笑话呢！梅婉婷从最初的兴奋到最终的摊牌，也是因为受不了这样无休无止的折腾呀！接下来的路无论如何艰难，只能硬着头皮向前走了。

大哥托人给他办好了三级厨师证后，安国赶快找了一家饭店去快速学习，还要再次办理厨师证、工作履历公证等手续。好在他还保留有李主任给他留的那几张空白证明信。

再次来到沧州市公证处办事，反而容易多了。他们问他为何要公证厨师证，田安国说为了出国勤工俭学啊！这次明明有问题的公证，反倒在他们那里没有了任何问题，真让人有些啼笑皆非……

田安国从准备留学到去中餐馆当厨师，是在极其保密的情况下的"大变活人"，这些过程甚至连当时的妻子都不知道，更不用说油建一公司的同事和领导了。为了应付德国领事馆的电话核查,安国不惜"斥巨资"在家里安装一部电话(20世纪90年代初期国内居民安装一部电话需要5000元到7000元,还要托人找关系。当时人均工资不足100元,这笔巨资相当于两个人全年的工资,所以一般家庭是安装不起电话机的)。

安国在德国领事馆递交签证申请时,把工作单位核实联系电话填写成自己家里的电话号码,然后24小时守在那个电话机旁焦急地等待。

在那百无聊赖的日子里,无法再忍耐下去的梅婉婷逼着他办理了离婚手续。安国虽然感到无限伤感,但却得到了精神上的一种解脱——华北油田对于他来说,彻底无牵无挂了!

一天过去了,两天过去了……终于,德国领事馆的核查电话打了进来,田安国以油建一公司行政办公室主任的身份接听了来电,把背了无数遍的台词重复了一遍。

不久,安国终于拿到了前往德国中餐馆当厨师的工作签证,一场惊心动魄的出国悲喜剧终于落下了帷幕……

第十七章

1

说说慕尼黑这座城市吧。

慕尼黑位于德国南部阿尔卑斯山北麓的伊萨尔河畔,是德国主要的经济、文化、科技和交通中心之一,最早的居民点可以追溯到罗马帝国时期。它保留着原巴伐利亚王国都城的古朴风情,被人们称作"百万人的村庄"。慕尼黑是德国第三大城市,算上周边人口接近280万,是巴伐利亚州的首府。这里不仅有世界名车宝马,也有著名的基姆湖、天鹅堡等旅游景点。作为巴伐利亚州的首府,一年一度的啤酒节可谓慕尼黑最盛大的节日。来自世界各地的啤酒爱好者云集于此,慕尼黑一时人海如潮,车流滚滚。通往市区的道路甚至开始拥堵。一些西亚富豪将自己的豪车空运过来造势,当地民众则统一换上巴伐利亚民族服装,十分养眼。

田保国到达德国慕尼黑后,用了将近两个星期才慢慢适应了厨房的工作流程。为了适应西方人的快节奏生活,这里的餐馆都把原料加工成半成品,以提高出菜速度。用的原料主要是牛肉、鸡肉和鸭肉,猪肉很少,海味只有虾仁,且用的机会不多。要说操作难度较大的活,就是打春皮卷和拆鸭子,把一公斤面粉外加几个鸡蛋调成糊状,用三个平底锅在半小时左右的时间里打出上百张春皮卷,且要薄厚一致,确实很难。保国用了近一个月时间才掌握了这门技术。拆鸭子属于粗加工活,但量很大,所以干起来非常辛苦。冬季生意好的时候,丽豪酒家一次要进七八十只鸭子,先解冻,再清理内脏,往往是外面热了,里面还是冰块,需要手伸进去把冻成冰块的内脏掏出来。这项苦差事对关节的损害特别大,干上几年,关节一到冬天便会疼痛,僵硬得不听使唤。

把煮熟的鸭子去骨后拆成两半,以备做"广东鸭"用。拆鸭子是老板娘的绝活,她手下的功夫很快。要是生意好，老板娘可以一边高兴地和厨师们聊天，一边像变戏法似的两只手一掰，将鸭子骨肉分离。半只鸭子用油一炸，盘底铺些绿豆芽，把鸭子切成条状，码在上面，浇上黑乎乎的海鲜酱，就可以卖23马克，折合人民币100多元，简直就是国内一桌饭菜的价格！这道菜老外特别喜欢，所以也成为饭馆的主打。

西方许多饮食习惯和东方是不同的。在国内，"唱戏的腔，厨师的汤"，这个真理在这里却被颠覆了。在国内，大家吃北京烤鸭一定要喝鸭汤，大补，润肺。在这里，每次拆完的鸭子骨架能装好几袋子，除拆下些碎肉做春卷馅外，鸭骨全被扔掉了。保国他们每天炒菜用的全是清水，为了调味，老板买味精像买面粉一样整袋往回搬。保国曾不解地问老板娘："为什么不用鸭骨做汤？"老板娘说老外不喜欢那种味道。保国心想：老外在北京吃烤鸭喝汤怎么那么喜欢呢？更可惜的是，他们煮了鸭子剩下的油，淡黄色，清亮透明，香味四溢，要是在国内这是饭店烙饼、和馅、炒素菜难得的油脂，可惜在这里全被倒掉了。即使倒掉，也不能随便往下水道一倒了之，而是要装在空菜籽油桶里。油桶外观漂亮，每只能装十公斤鸭油。他们把鸭油装进铁桶里，放进冷库冰冻，然后再同其他垃圾一起倒掉。

驰名中外的北京烤鸭在这里变得面目全非，厨师将冷冻的大个鸭子给腹腔内放一些葱姜大料，用一根铁钳缝合住，用食用色素上色后，在电烤箱内烤熟。炸一盘虾片，把鸭皮揭下，盖在虾片上就上桌了。剩下的鸭肉用一个大鱼盘炒个素什锦。把鸭肉码在上面浇上汁，再用半个苹果做个鸭头，外加四碗酸辣汤，鸭饼就是把他们打的春卷皮变小而已。就是这么一道菜，350马克还需提前预约。这在国内简直就是天价，令人匪夷所思！至于其他菜可以用粗制滥造来形容。他们的牛肉切得像筷子一样厚，鸡肉切得条不像条、片不像片，完全颠覆了国内对菜品的一些要求。这里的所有肉类都是过完油后再用自来水冲洗干净，既没了肉味也失去了养分。

西方人对中餐的最深印象就是"热"，所以冬天是中餐馆生意最好的季节。特别是一下雪，几乎所有的中餐馆都爆满，往往是排队等座。外面大雪纷飞，坐在中餐馆先来一碗酸辣汤，外加一个炸春卷，吃得全身发热。德国人特别能吃辣，他们吃辣简单而不用油炸，买来整桶的鲜辣酱直接往菜里加。吃着又热又辣的中国菜，喝着冰镇啤酒，感觉悠然自得，十分惬意！

中餐馆如此不伦不类却生意火爆，似乎令人难以理解，保国过了一段时间后才弄明白其中的原委。原来海外的中餐馆几乎都是家庭式经营，老板大多没受过专业训练，为了生存，往往是夫妻二人开个小店，一个在里面炒菜，一个在外面招待客人。他们一年到头一般只休息两天，外国人过节放假，中国人忙生意。中国的重要节日，华人餐馆更是忙得不亦乐乎。

丽豪酒家的老板李海洋夫妇就是这样忙碌了几十年，在这里养育了三女一男，50多岁了还租住在公寓里。

李海洋是香港人，祖籍广东潮汕，17岁跟哥哥去英国打工，在餐馆当服务员，后来到德国娶了个老婆，两口子开了个小餐馆。老板娘炒菜，老板接待客人，生意不错，但十分辛苦。李海洋夫妇育有三女一男，最先生的是一对双胞胎女儿，接着是儿子，还有一个小女儿。有一次老板娘不知为何生儿子的气，边哭边给保国讲他们充满艰辛的创业史。她说："我生完孩子刚三天就下厨房干活，没办法呀！孩子没人管，我就背上孩子炒菜。"保国听完后惊得说不出话来，这些海外华人看上去十分光鲜，可是他们真的是用生命在那里拼搏呀！

李先生人很和善，言语不多，永远是一件白衬衫、粉色领带、深色裤子，讲普通话时结结巴巴，看不出他高兴和生气有什么两样。而他太太则是个喜怒形于色的女人，生意好时一边唱着歌一边进厨房，生意不好时满脸肌肉下垂用潮州话骂着脏话闯进来。两个双胞胎女儿帮助父母打理店里的生意。说来也奇怪，这双胞胎的老大长得十分漂亮，温文尔雅，说话不紧不慢，老二却生得很丑，风风火火，动不动就和父母顶起牛来，有时候真让人怀疑是不是在医院抱错了。

丽豪酒家有130多个座位，这样的店在国内最少得请十来个人，而李老板最多时才请四个人，最少时除了一名厨师，就靠他一家人。老板最小的女儿只有十一二岁，从学校回来放下书包就洗杯子。德国的学校到下午两点就放学了，所以小女儿几乎一下午都在店里干活。当时许多中国家庭的孩子大多娇生惯养，大学毕业后在家里什么都不干。李海洋人长得很帅，约一米八的样子，皮肤白净，干净整洁。每天上班时，雪白的衬衫系着得体的粉色领带，显得温文尔雅、风度翩翩。如果不是开餐馆，人们还以为他是个学者呢。李海洋不抽烟，也没有其他什么不良嗜好。他虽然生活在西方花花世界，但严于律己，他的身上更多的是中国人传统的勤劳和保守，甚至性格也显得孤僻。在家里，他勤俭节约，对自己的子女严格要求，不允许他们乱花钱。他最爱的小女儿每天的零花钱只有5马克。儿子小龙正在上高中，有一次银行卡透支，眼看就要被起诉，李老板坚决不管。小龙没办法，只好求大姐解燃眉之急。

这个李老板一天到晚好像只是工作。保国刚去慕尼黑的那天晚上，李老板去车站接他时身上穿着件黄色羽绒服，三年后他离开时，李老板仍然穿着那件羽绒服。几十年的劳作使他的背驼了，最可怜的是那两只手，大概是常年洗杯子，干燥得像鸡爪子一样，看上去很吓人。然而就是这样节俭的一个人，对他哥哥却很大方。有一次两口子闹矛盾，老板娘哭着向保国诉说："李海洋的哥哥在英国，几十年来没干成一件事，他嫂子爱打麻将。一家人没有正当职业，经常向他们要钱，李海洋有求必应，最近又背着我向他哥哥汇钱。现在餐馆生意不好，我们一家人省吃俭用，节省下来的钱都好过了他那游手好闲的哥哥了！"每当这种时候，李海洋总是埋头干活，任由妻子哭闹……真是家家都有一本难念的经啊！

天气转暖的时候，各中餐馆便开始裁员，这成了不成文的规矩。丽豪酒家的大厨越南华人老张被解雇了，D先生成了大厨，保国做他的助手。

D先生是河北沧州人，曾在华北油田第一招待所担任厨师兼副所长，和保国一家并不认识。保国第一次听说他的名字是在他们油田组织的烹饪技术大赛上，他当时是评委，保国是参赛者。D先生之所以名气较大，据说是在北京饭店学过谭家菜，回来后便成了华北油田烹饪行里的大腕。D先生名气大的另一个原因是因他老婆的事。20世纪80年代，他因公出过一次国，在出国期间老婆因跳舞跟别人跑了，和他离了婚。这成了华北油田当时的一大新闻。离婚在现在看来并不是什么大事，但在那个年代往往成为人们津津乐道的新闻。D先生来到丽豪酒家当大厨，也是保国大哥建国给联系的。建国当时介绍D先生出来出于两个原因：一是因为保国没有出过国，他一个人出来建国不放心，想找个出过国有经验的人来带他；第二，建国担心保国工作单位有人拿此事找他麻烦，有华北油田招待所副所长在这里，可做挡箭牌，有人问起来好解释。后来，建国所在的单位还真有人拿这件事告他的状，说他利用出国的机会把自己的弟弟弄到国外。好在这期间没有任何违法乱纪之事，纯属劳务输出，此事最终不了了之。

当时，建国和保国慕名找到D先生后，他喜出望外。对D先生来说，这就像大上掉馅饼一样，是件美事。当时在国内办护照比现在考驾照还难，保国办护照时，D先生热情相助。他中等身材，微胖，两只小眼睛滴溜溜转，善于察言观色，是个会交际的人。D先生走起路来两只肩膀向上耸着，有点像戏曲舞台上的架子花脸。他干起活来确实干净利索，出国的目的是想在国外闯出一番自己的事业。D先生先保国一年来到这里，凭着自己的精明能干，和李老板一家关系处得很好，特别是老板娘，对他很满意。

保国与D先生相处了一段时间后，发现这个人很不地道，鬼得很。他经常背着保国和建国在德国的朋友联系，却从来不带保国去。老板娘在工作时和保国聊聊天，多说几句话便会引起他的不满。D先生总是要求保国无论大事小事都经过他批准，不准擅自做主。他把在招待所当副所长的那一套带到了国外。尽管老板一家对他很好，但D先生对这里的工作很不满意，认为整天做一些粗制滥造的家常菜，发挥不出他的技能。

眼看一年过去了，就要回国休假，D先生拿到第二年的签证后，是去是留成了摆在他面前的一个难题。那段时间D先生很苦恼，下班后与保国经常在附近的小花园休息，抱怨这里的饭菜档次太低，同时感叹国内所学的烹饪技术无用武之地。他想拿到签证之后不在这里干了，又怕把保国一个人扔在这里对不起保国大哥的嘱托。有天夜里，他们正在闲聊，走出一对男女，女的主动用中文和他们搭讪，说："我就住在这栋楼的二楼，听见你们说话就下了楼，想认识一下——这是我丈夫。"女人说着便把那个男的介绍给他们。她的丈夫很绅士，用德语和他们打招呼。谈话之间，他们知道该女子叫张莉，是位杭州姑娘，长得很漂亮，在德国留学后嫁给了这位德国人。她丈夫长得很帅，是名医生。在这里能遇见中国人且住得这么近，保国备感亲切。

眼看D先生回国休假的日子到了。临走那天，他打理好行李，还在犹豫。保国9点钟上班，D先生出去打了个电话，决定不再回来了。保国中午回到住处才发现，D先生把所有的东西都带走了，偌大的一个公寓就剩了他一人。

D先生走了，在这个语言不通、工作单调的环境里，自己怎么能熬得下去呢？保国这时想起了法兰克福火车站偷他皮包的黑人——自己要是死在这里也不会有人知道呀！

保国越想越觉得害怕，他工作和居住的地方大约相距两公里，中间要穿越一个铁路桥洞，每天晚上下班都在11点左右，他一个人骑着自行车在昏黄的路灯下赶路，没有行人，少有车辆，偶尔有火车从头顶上飞驰而过，更增加了阴森恐怖的气息。即使如此，保国常骑着车子围着他的住地漫无目的地转悠，不愿回到那间寂寞无比的屋子。

那段时间，保国每天都盼着忙忙碌碌，忘记寂寞。回到公寓后一个人面对墙壁，整个屋子静得可怕，只有他自己的呼吸声。这时，他突然想起了那位住在附近的张莉女士，于是写了张字条贴在她家门上，内容大概是说：我的同伴回国了，不再回来了，我不会德语，希望能得到你的帮助。

过了不久，张女士到店里来看他。她大概见过类似保国这样的人，说了一些安慰的话，并说有困难可以随时找她。顿时，一股暖流涌上保国的心头！说来也怪，从此他感觉自己似乎有个靠山了，心里踏实了许多，也不觉得那么寂寞了。更为巧合的是，张莉女士和保国的大哥认识。建国 1989 年带河南濮阳杂技团在德国演出时，张女士在那台晚会上担任报幕员和串场。只是此时保国并不知道她的那段经历，她也不知道保国就是田建国的弟弟。

D 先生走后，保国虽然一个人感到形影孤单，但老板一家待他的态度却越来越好了。D 先生走的那天，保国一个人去上班，老板娘给了他 20 马克的小费，安慰他那失落的情绪。

厨房里一成不变的重复劳动，保国已能干得得心应手了。唯一折磨他的就是寂寞，感觉十分难耐。后来，他索性把自己变成了一台没有思想的机器，上班干活，下班睡觉。

这样自我麻醉后，日子感觉好过了许多。

2

整整一个夏天，丽豪酒家的生意都很清淡，这是老板最难熬的日子。当时许多中餐馆冬天辛辛苦苦赚的钱，夏天要赔进去一大部分。

李海洋也不例外。尽管多年来他们两口子勤勤恳恳，一年四季只是在圣诞节时才关门休息两天。李海洋刚到德国时，中餐馆生意相当不错，这家饭馆周围有许多大公司，特别是西门子公司的一个部门就在这栋楼上办公，餐馆门庭若市。随着中餐馆井喷式的扩展，加上杀鸡取卵的经营者放弃从香港或大陆雇用专业厨师而改用廉价的难民做厨工（其中部分原因是德国对从中国聘用厨师的审批越来越严，并不时设置许多苛刻条件），到了1994年左右，中餐馆在德国的生意开始大幅度下滑甚至一落千丈。有生意忙死没生意愁死的李海洋夫妇对于德国社会发生了什么或正在发生什么几乎不知道或者漠不关心。生意萧条时夫妇二人开车到附近其他中餐馆参观，发现餐馆里客人寥寥无几，李海洋顿时感觉寻找到了安慰，回来后哈哈一乐，说大家都没有生意！心理平衡了许多。如果看到哪家店里高朋满座，他顿觉沮丧无比，骂骂咧咧回到店里，像泄了气的皮球瘫在那里。这些华人小老板生活精打细算甚至有点抠门，但他们却愿意花钱订阅价格不菲的香港报纸，因此对中国内地和香港发生的大到政治事件、小到明星演员的绯闻逸事了如指掌，说起来头头是道。随着时间的流逝，保国逐渐褪去了对德国社会和华人老板们的仰视。他怎么也无法想象这些曾经让人羡慕无比的华侨们竟然在海外过着这样"牛鬼蛇神"般的日子：他们干着牛一样的活，过着鬼一样的日子，住得像蛇一样蜷缩，回到国内却神气得不得了。一辈子按照这种方式生活，人生还有什么乐趣和幸福可言啊！

看着老板赔钱，保国也感到着急，好在厨房里由他做主，他便想办法节约原料，降低成本，把损失降到最低程度。

保国调整了厨房的用料，肉片尽量切得薄一些，用鸭架子调汤，味精比原来少用了三分之一。之前，他曾亲眼看见那个越南大厨老张把一桶因松肉粉放多下锅时全碎了的牛肉，偷偷地倒掉；有时鸡肉切多了一星期都没用完，放臭了，最后只能倒掉。保国改变了过去一次加工一箱牛肉、鸡肉的做法，改为每次少切，这样虽然麻烦，但能节省原料。对此，老板看在眼里，记在心里。他心里明白，保国打理厨房后成本比以前降低了不少，所以即使在生意不好的日子里，他还经常给保国小费作为鼓励。

不久，店里来了位服务员。小伙子个子不高，但看起来很精干。他姓张，讲一口标准的普通话。开始，保国还以为他是北京人呢，后来才弄明白，原来他是柬埔寨华人。

小张的到来缓解了保国的寂寞。每天中午小伙子都会到保国的住处休息，给他讲柬埔寨波尔波特，即"红色高棉"执政时的暴行，真是骇人听闻！

保国问小张普通话怎么讲得如此标准，他说："我是你们大陆派去的老师教出来的。"

在德国餐馆，老板对服务员不提供住宿，工资也很低。服务员的收入主要靠客人给小费。如果餐馆在富人区且生意好，服务员的收入比大厨还要多。小张曾对保国说："在冬季，我一个月可以挣到5000马克！"但他们这些人干了多年也没储蓄，没有家业。往往是冬天打工挣的钱，夏天出去玩，钱花光了再回来打工。小张刚去了趟东南亚旅游，他凭着人长得精明帅气且又能说会道，竟然在泰国骗得了一位珠宝商的女儿的芳心，并且把这位富家千金带到德国同居。他在店里刷盘子，他那"临时"太太在一旁玩。这个女子长相秀丽，一身珠光宝气，服饰考究，有大家闺秀之风范。

这样的富家千金，他一个端盘子的哪能养得起？等到把他的钱花光之后，这女子就跑回泰国去了。

保国虽然到德国已经两年多了，但是因为每天在餐馆工作，与外面几乎没有接触，所以德国社会的本来面目他并不知道，或者说是知之甚少。小张经常在外面混，见多识广，令保国大开眼界。

小张说在德国开豪华大奔的一般有两种人，一种是大公司的老板，一种便是妓女。保国大惑不解地说："妓女怎么能开得起豪华大奔呢？"小张脸上露出一副神秘的表情："有些流动妓女开着改装过的大奔，晚上在火车站附近拉客，谈好价钱把客人拉到一个僻静的地方，车的前后座放平就是床。"他还说这里的妓女都有营业执照、保健医生，还向政府缴纳税金，是合法纳税人呢。

"怎么样，阿田，哪天晚上我带你去见识一下？入乡随俗嘛，你也得体验一下这里的夜生活！"保国赶忙摇头，借口说："干了一天活累得要死，哪有心思干那事呀！"而实际上，他心里想的是大哥的嘱咐和家里的老婆孩子。

一个人在国外不能胡来，不能做对不起家人的事啊！

这一年的夏天，生意清淡得没法说。冬天最好的时候一天可以卖到四五千马克，而夏天最差的时候一天只做了4份餐，卖了120马克，日营业额五六百马克成为常态。终于到了秋季，迎来了著名的慕尼黑啤酒节，世界各地的游客蜂拥而来，啤酒和香肠吸引着四方游客，中餐馆也能在慕尼黑啤酒节所带来的商机中分得一杯羹。

生活是一辆永无终点的公共汽车，当你买票上车后，很难说会遇见什么样的旅伴。

厨房来了位姓金的小伙子，瘦高个儿，长腰脸，小眼睛，留着个汉奸头，形象类似舞台上的三花脸，十分猥琐。他补着两颗金门牙，一笑闪闪发光，说话大嗓门，粗俗不堪。看他一眼，就有呕吐的感觉。

阿金是老板给保国叫来的帮手。这家伙什么都不会干，纯粹是个棒槌。

刚开始的几天，保国为了教他弄得手忙脚乱，教他背菜谱不认识几个字，繁体字对他来说如同天书。老板娘对阿金极为不满，想辞退他，阿金急得哭了，央求保国在老板面前替他说好话。阿金说："哥，你是大厨，只要你说句话，我就能留下来，求你了！我和你不一样，我是借着高利贷跑出来的，快一年没找到工作了。和我一块儿出来的那几个朋友都找到了工作，每个月向家里汇钱。我没有办法，只有干着急。"说着便给保国跪下了。保国是个软心肠，听了他的叙述，觉得很可怜，尽管心里很烦他，但有个人做伴总比一个人孤单强，于是就答应帮他一把。当老板娘准备辞退他的时候，保国说："阿金虽笨，但很勤快，什么活都抢着干，这几天进步挺快，已经学会打春皮卷了。"

就这样，阿金被留了下来。

俗话说，可怜之人必有可恨之处。这个阿金不仅不感激保国，而且后来在保国离开丽豪酒家回国后，给田安国制造了很多麻烦。等他站稳脚跟后，千方百计想把安国挤走，自己取而代之。后来，他的阴谋居然得逞了！保国知道后，感觉自己真是在现实生活中扮演了"农夫与蛇"中那个农夫的角色。

当然，这也是后话了。

那天，阿金对保国千恩万谢，说了许多让人肉麻的话。从此，保国有了个说话的伴了。

原来，阿金是从福建偷渡来的难民，他给保国讲了他那偷渡的经历，听起来惊心动魄。

整个偷渡过程组织严密，分工细致，有点像电影里的地下工作者过国民党关卡，层层突破，步步惊心。

从借高利贷到办假护照，直到他们被送到目的地，偷渡的组织者——"蛇头"全程负责。阿金说，他一共花了18万元。为了保证信誉，开张支票一撕两半，一半交给"蛇头"，另一半留给家人，等到了难民营，偷渡者往家里打个电话说人到了，家人才把手里那一半支票交出去和另一半对接上，这样"蛇头"才能拿到钱。阿金说他们先从北京飞到俄罗斯，再坐火车到捷克，每到一站都有专人接送。临走时，每个人带了不少行李，手提个漂亮的密码箱，打扮得像外交官或商人似的。

到了捷克，十几个人被关在一间小黑屋里，吃的仅是一点面包和水。蛇头看得很严，不许偷渡者离开屋子半步，要是谁不老实就往死里打。

阿金在黑屋里被关了六七天后，有天晚上接到消息，说准备组织他们偷越德国边境。

"蛇头"先把他们从国内带来的东西全部没收，光密码箱就放了一屋子——可以想象，他们组织了多少偷渡者！不但东西没收了，身上还不能有任何证明你国籍的东西，就连衣服上的中文商标也要撕掉。

越境偷渡是九死一生的冒险，冰天雪地里，向导领着偷渡者在山里寻找能越过边境的地方。

德国的边境把守得很严，偷渡客们几天几夜就在山里转悠，等待时机。饿了，啃一口面包充饥，渴了吃口雪。实在体力不支时，嚼点随身带的人参补充能量。有时转悠了好多天找不到合适的突破口，只好再次回到黑屋子里等待。有人要冒好几次险才能过去，有些倒霉的家伙干脆就过不去。

阿金他们还算幸运，在一个大雪之夜，他们终于越过了德国边境。折腾了这么长时间，大家都精疲力竭，形容枯槁，一个个看上去人不像人、鬼不像鬼，就剩下一口气了。德国边防军人发现后，把他们送进了难民营。

难民营对偷渡者来说就像天堂一样。这里有医生给他们看病，有牛奶、面包。吃的穿的用的，一应俱全，甚至连衣服都有人给洗。各种水果定时发放，每月还有400马克的零花钱。

保国开玩笑说："要是德国佬再给你们每人找个老婆，你们就什么都不缺了呀！"阿金说："难民营有的是女人，非洲来的女人一年生一个孩子，从来不知道孩子的父亲是谁。"

阿金他们进入难民营寻求庇护的理由听起来荒诞无稽，其中最主要的是两个理由：一是参与某些政治事件；二是因为多生孩子受到"迫害"。阿金自己也承认，那些所谓的政治事件发生时，他正在湖南打工，根本没有参加，完全是瞎编的。而西方政府竟然相信这些所谓"难民"编造的谎言。联合国难民署在德国纽伦堡设有机构，有专门的法庭。进入难民营后有人找你谈话，做笔录，然后到法庭陈述。最重要的是，你在法庭上的陈述一定要和你第一次笔录的供词一致，如果不一致，法庭通不过，就有被遣返的可能。

在当时的德国，有些中国人专门吃这碗饭，从中文翻译到律师，专门替难民打官司，形成一条龙服务。西方某些国家借助中国的一些政治事件大做文章，给投机钻营者提供了发财致富的机会。一些人打着受到政治"迫害"的幌子偷渡到西方国家，编造谎言，获取庇护，达到自己不可告人的目的。假如那些"人权组织"和"难民救济署"知道了这其中的内幕，不知会做何感想。

拿到难民证，阿金他们就可以在欧洲任何一个国家打工了。当时在中餐馆打杂，每月最低工资是800马克，加上难民营的400马克就是1200马克，相当于6000元人民币。这在20世纪90年代初期可不是个小数目，一个县长一年也挣不了这么多。干上几年，如果混得好，当上了所谓的大厨，一月就能挣到2000多马克，折合人民币10000元。当时国内一些农村正在大力鼓励所谓的"万元户"——那可是少数致富能手一家人努力奋斗一年的收入啊！

3

一天，保国刚上班，老板娘接了一个电话，因听不懂对方的话，便叫保国来接听。保国一听，是个女性的声音，对方听到他的声音便亲热地叫了起来："是田哥呀！我是D先生他表弟的媳妇，你帮我问问李老板，我们的签证什么时候下来。"

保国听了一头雾水，问老板娘是怎么回事。老板娘说是D先生给饭店找厨师。保国这才明白是怎么回事，一股怒气直往脑门子涌。他边干活边想：D先生，你这个王八蛋！你跑到斯图加特挣大钱，我还得替你瞒着。我哥帮你联系出国没得到一分钱好处，圣诞节他带团演出还专程到店里看你，而你连份小小的礼物都没有准备，真是个没有良心的东西！现在你又背着我们给李老板找厨师。你在国内就和安国打得挺热乎，两人甚至谈论将来怎么发展、创业，你也知道安国正在寻找出国渠道，如今你在德国站稳了脚跟，怎么就把你的朋友田安国给忘了呢？你的良心让狗吃了吗？

D 先生的所作所为是当今社会上一些人自私自利的典型。涉及利益问题,他们首先为自己考虑,什么朋友、友谊忘得一干二净,甚至背信弃义,连起码的道德都不讲了!

当时,建国正带团在英国演出,下班以后,保国赶紧给大哥打电话说了这一情况。大哥说:"你给你们老板说说,看能否让安国去。"一句话点醒了梦中人!对呀,安国能来多好呀!

整个下午,保国脑子里盘算着怎么给老板说这件事。李老板两口子太诚实,D先生说他回国不来了,他们竟然就信了,脑子也不转一转:他既然回国不来了,还要第二年的签证干什么?对这样的老实人应该单刀直入,实话实说。

下班以后,保国对李老板两口子说:"D 先生给你们介绍厨师,用谁不用谁是你们的权利,但我要告诉你们的是,D 先生现在还在德国。"他们听了非常吃惊。保国接着说:"如果你们相信我,叫我弟弟来,我们哥儿俩给你们干。"

"你弟弟也是厨师?"李老板有些诧异。

"他干厨师好多年了。"保国撒了个谎。

"那你怎么不早说呀?"李老板着急地说。

"你们也没给我说过要厨师呀!"保国不紧不慢地说。

大家都笑了。

大哥建国的性格向来平静如水,宠辱不惊,快 50 岁时才有了儿子,对全家来说都是件激动人心的大事。他当时在英国带团演出,给保国打电话,平静地说:"保国,你嫂子生了,是个男孩,母子平安,我得赶快回去。"保国把老板同意安国可以来这里做厨师的事告诉他,建国十分激动,说话的声音都变了调:"是吗?这么快就答应了?这真是太好了呀!"后来保国才知道大哥当时为什么那么激动,因为那段时间安国正在最艰难的时候,出国手续迟迟办不下来,家庭又在闹矛盾。作为大哥,他怎么会不着急呢?

第十八章

1

1992年秋天，经过了"九九八十一难"考验的田安国终于来到了德国慕尼黑——这座以啤酒闻名于世的国际知名城市展开热情的双臂欢迎他的到来。安国虽然精通外语，可毕竟是第一次走出国门，所以一切看起来都那么新鲜，到处鲜花绿草，蓝天碧水，中世纪哥特式建筑高耸入云，风格别致，与国内有天壤之别。

安国在北京告别了大哥和几位挚友，搭乘法国航空公司北京至巴黎的航班，然后在巴黎换机，顺利抵达慕尼黑国际机场。他的雇主丽豪酒家的老板李海洋先生从机场把他接到住地。兴奋的保国已备好拉条子和德国香肠、啤酒在等着七弟的到来。

没有忐忑不安、没有诚惶诚恐、没有陌生感，因为四哥已把吃的住的一切都安排得妥妥当当，甚至安国到来之前，保国把这家酒店的菜谱都帮他抄好了。安国是有备而来的。

安国第一次国际旅行就飞了10多个小时。旅途的劳累、6个小时的时差以及巨大的感情起伏带给他精神和体力的消耗让安国极度疲惫，但却又睡不着觉。听着四哥不停地介绍和问长问短，安国感到了亲人的温暖。特别是当四哥多次提起梅婉婷的时候，安国不得不把他们早已离婚的消息告诉了他，惊讶得他一时没有了言语。保国怎么也没想到安国和婉婷这一对郎才女貌、情深意切的夫妻早已分道扬镳了！

冷静下来的时候，保国想起安国签证快下来的时候他打电话，每次电话那头都能听到一个甜美的声音："是四哥啊！您等等，我给您找安国去！"有一天，这个熟悉的声音突然变得冷冰冰了，保国心里不禁咯噔一下，一种不祥之感涌上心头，但没想到问题有这么严重。多么美好的一对夫妻呀，说散就散了。他甚至有些自责：签证拿到了，却把弟弟的家给拆散了！

那是令多少人羡慕的一对啊！多年以后，老父亲住在方舟的大别墅里，还惋惜地叹了一口气："唉！有人把福拿脚踢了……"老人家不管走到哪里，都随身带着一本相册，里面有他最喜爱的孙子和孙女的照片。梅婉婷那张笑容灿烂、有着一双会说话大眼睛的照片也在其中。

这是老人家唯一携带的一张儿媳妇的照片。

休息了一个晚上后，安国跟着四哥来到位于慕尼黑的丽豪酒家上班。对于第一次走出国门的安国来说，丽豪酒家的干净漂亮令他眼前一亮，特别是厨房的布置、设施、用品等，完全颠覆了他印象中厨房的样子——原来德国餐馆的厨房这么讲究！不锈钢设施全部被擦得锃光瓦亮，厨房专用洗手间和五星级酒店差不多，两个冷藏室食品堆放得井井有条，洗碗机带蒸气消毒功能，操作台、出菜口设计合理，地板、墙面、天花板没有任何油污……安国出国之前也常到北京学习，见过豪华的酒店饭店，然而这样整洁大气的厨房，平生还是第一次见到。

厨房的活安国适应得很快，干活很顺当。因为四哥保国提前把丽豪酒家的菜谱抄给了他，安国博闻强记，早在国内就背熟了。拆鸭子和打春皮卷的技术保国已传授给了他，再加上他年轻潇洒，所以来了没几天，老板娘就夸他："阿田啊，你很聪明呀，学得很快呀！"老板娘说着瞅了保国一眼，笑着说："比你哥刚来时可强多了呢！"

新的生活就这样开始了，这是田安国迄今为止从事的第九种职业：

第一种职业，农民。这个身份在16岁之前应该都算，虽然他在生产队只干了几年活，然记忆的底板上永远都保存着那些艰难的片段，当然也有欢乐和泪水。

第二种职业，汽修工。刚刚摆脱农门的安国，对外面的一切都充满了好奇，初到油田，感觉懵懵懂懂。做汽修工的时间不是很长，所以记忆也很模糊。

第三种职业，铆工。这个工种的主要场景几乎都在大庆。飞溅的钢水，沉重的大锤，稚嫩的臂膀，以及无助和无奈。

第四种职业，农场种水田。这个职业颠覆了安国对油田的所有期冀。每天繁重的劳动又脏又累，感觉还不如回去干农活。安国对自己的前途充满了困惑，一度甚至想要放弃，最终咬着牙坚持了下来。

第五种职业，通信员。从种水稻到在机关办公室当白领，安国感觉自己像坐过山车一样，一时很难适应身份的转变。在办公室工作那几年有太多值得回忆的内容——那些人、那些事，值得永恒地记忆。

第六种职业，放映员。这是一个非常浪漫的职业。尽管也曾艰辛，也有酸楚，但一路上伴随的除了文艺，还有歌声和笑声。

第七种职业，出纳。这个职业来得莫名其妙，安国没有任何思想准备。闲暇的时候，安国总结那段日子的具体工作，居然想不起究竟都做了些什么！

第八种职业，英文翻译。这个职业是建立在两次去北京学习的基础之上的。在华北油田，能够进科研所工作的除了大学生便是研究生，很少有像他一样自学成才的草根。科研所的工作逼迫他不断学习，不断提高，从开始面对一堆专业资料发蒙发呆，到后来成为所里英文翻译的中坚力量，伴随他的除了刻苦钻研，还有鲜花和爱情……

第九种职业，厨师。同四哥保国一样，走出旬邑之前，做梦都未曾想到自己会从事这个职业。保国是误打误撞，找到了一条最适合自己的道路；安国勤学苦练，几次深造，志存高远，雄心万丈，结果被逼到这条道上来，纯属慌不择路，万般无奈啊！

生活中，大多数人想着改变世界，却很少有人想改造自己。洪水来临的时候，如果你还不做出行动，那么被卷走的人中肯定有你。浪涛中，如果你还执迷不悟，不能及时做出调整，前面等待你的可能就是万丈深渊……

在安国看来，很多时候，人生便是个圆。有的人走了一辈子也没有走出命运画出的圆圈，然而，圆上的每一个点都有一条腾飞的切线。我们的生活很精彩，我们的生活很无奈。现实生活没有导演，但每个人都像演员一样，为了合乎剧情而卖力地表演着。有人演着演着融入了剧情，演得惟妙惟肖、炉火纯青，最终功成名就、大富大贵；有人迫于无奈仓皇上阵，忍气吞声，随波逐流，最终兵挫地削，鼓衰力竭，意夺神骇，伤夷折衄。许多时候，人的命运是掌握在自己手中的。要么你驾驭生命，要么生命驾驭你，你的心态决定你是坐骑还是骑手。生活是一面镜子。你对它笑，它就对你笑；你对它哭，它也对你哭。

安国忽然之间便成了三级厨师，还是这9个职业中唯一有职业证书并且被国际国内所承认的职业。

多么令人啼笑皆非啊。

然而生活就是这样,你要想不被淘汰,就需要不断地做出调整,咬紧牙关迎难而上,才能适应瞬息万变的生活,立于不败之地,逆风飞翔,成就你的人生梦想。否则一辈子浑浑噩噩,醉生梦死,最终将一事无成,成为社会的弃儿。

阿金是个非常善于钻营的人。安国到丽豪酒家以后,阿金发现保国已经没有什么利用价值了,于是千方百计和安国套近乎。这个从福建海边偷渡过来的渔民大字不识几个,却颇有心机,精于算计。为了能当上丽豪酒家的大厨,他机关算尽,煞费心机。

阿金给安国兄弟讲了难民营的情况。阿金说难民营里人员很复杂,什么人都有,又有黑社会操纵、赌博、吸毒、卖淫、打架,以强凌弱,什么事都可能发生。阿金在里面属于弱者,他经常下班还要到那里帮人家打扫房间、洗衣物、干杂活,否则就会有人收拾他。他多次叫保国随他去难民营玩,保国想了想,总觉得自己是堂堂正正出来打工的,跟他们不是一路子人,所以就没去。安国是个好奇心很强的人,经不住阿金的一再诱惑,去了一趟难民营,回来后给保国说,有一种上当受骗的感觉。阿金在难民营是个被人瞧不起的小角色、受气包,他无非是想拉着安国这个长得帅又会讲英语、德语的朋友,给自己充面子罢了。

住在对面的张莉不久生了个女孩,从老家杭州请来个姑娘给她看孩子。按照德国法律,保姆只有半年居住权,这个姑娘半年后不想回国,竟然也跑到难民营去了。

2

安国到来之后,厨房里四哥是大厨,他和阿金当帮厨。

对于四哥,安国由衷地钦佩。四哥年长他6岁,干活麻利,快人快语。和他年龄相仿的同村那一批人几乎都没上学,所以他是他们兄弟之中唯一一个没进过校门的人。但自从大哥、三哥把他弄进油田当了工人,已经20多岁的他不仅刻苦学习摘掉了文盲的帽子,还考取了二级厨师证。四哥识字后喜欢看书,他阅读了大量经典小说,而且练习书法,学习写作,成了他们兄弟们中的传奇人物。

对于那个从福建常乐偷渡来的"难民"阿金,安国嗤之以鼻,十分看不惯。

安国感觉他和老电影《林海雪原》里的"一撮毛"长得一模一样。镶着两颗金色大门牙的阿金最恶心人的不是他说话有气无力、好像嘴里含着一个玻璃球似的含混不清，而是他经常用穿"沙爹"的大竹笺剔牙，然后把那脏物拿出来再吃下去——那一幕什么时候想起来都觉得恶心无比，令人无法容忍！

安国便是在这样一个环境下开始了自己的"留洋"生涯。在国内虽然工资只有100多元，但曾经体面的工作让他很是受用，一夜之间从翻译沦落为厨房洗碗打杂的人，那种落差也实在太大了！而且不正常的劳作时间让他感觉自己是一个游离于那个世界之外的人。外面的阳光与自己无关，车水马龙、灯红酒绿统统都与自己无关。

每天早上10点厨房开始一天的序曲，餐厅的生意正式开张：锅碗瓢盆各就各位、剁肉切菜、和面摊皮、打汤备料、油锅汤料……这些哪样都不能马虎。准备工作刚就绪，一眨眼工夫午饭时间就到了。中午是一天之中最忙的时候，一阵风似的生意经常让人想起卓别林演的摩登时代里的镜头，每个人都像机械木偶似的团团转。那一个多小时里安国几乎连上洗手间的时间都没有。

午饭要一直忙到下午两点左右，他们匆匆吃点东西，赶紧回去午休，下午4点半再到厨房上班，比早上的准备工作更复杂。6点左右的时候，客人陆陆续续便来了，一直忙到凌晨1点左右，拖着疲惫的双腿回到住地，洗漱完了上床已是凌晨两点以后的事了。

这样的工作、生活状况之下，外面世界发了什么，是个什么样子，他们一概都不知晓。一周仅有的一天休息时间，还要根据店里的生意临时安排。累了一周，睡到10点以后起来，大半天就没了。接下来便是洗衣服、收拾房间、写信、寄信，这些事情又占了一部分时间。在头一年里，安国几乎想不起来有过什么真正的假日。

在四哥耐心细致的帮助下，安国很快就掌握了除主厨外的一切工作。从各种工具设备的使用到厨房工作流程，从打春卷皮到做酸辣汤，从卤汁鸭子到腌制各种肉，从油炸咕老肉到烤制北京鸭……这些技能很快被安国掌握后，那个阿金还是个打杂的。

老板一家开始对安国另眼相看，生意好时老板娘会满脸堆笑，捧着一杯啤酒进来递给他说："阿田喝了吧，免得浪费。"保国见了，会心地一笑。德国啤酒口感醇厚，回味甘爽，安国一下子便喜欢上了这种味道，下班后弄来一箱啤酒，边听音乐边喝啤酒，慢慢便上瘾了，大腹便便，感觉像个小老板。老板女儿人长得还不错，在餐厅当服务员，性格稳重，很有修养。老板娘对安国很有好感，保国担心弟弟会成为老板娘的上门女婿。

老板娘还会算命。

一天，她要了安国的生辰八字，第二天一上班就大声嚷嚷，说安国40岁要发大财。安国那时权当一句中听的恭维话而已，想不到日后还真应验了！老板娘接着兴冲冲地要安国伸出手让她看，她看得很认真，然后说："阿田呀，你要结几次婚呢！"大伙儿都笑了。保国打趣说："你也给我看看。"老板娘看了看他的手后郑重其事地说："你不可以的。"

转眼圣诞节到了，保国辛苦了一年，老板给了他600马克的年终奖。安国刚来没几天，老板便大方地给了他200马克。哥儿俩都很高兴，尤其是安国，兴奋得眉飞色舞。

很快，到了四哥休息的时候，安国就开始上灶掌勺了，这对于想以厨艺为职业的人来说，是一个质的飞跃。也许他有做厨师的天赋，学什么都很快，好像做菜对他来说没什么难的。他把厨房收拾得井井有条，菜品按照餐馆的要求去做，味道不比四哥差。渐渐地，他也适应了眼前的身份转变。是呀，都说干一行爱一行，我田安国要么就不做，做就做出个名堂来！

20世纪90年代初，慕尼黑中餐馆的生意还算好，有时忙起来安国连饭都吃不上。不到三个月，安国感觉走路困难，肛门周围发干疼痛，还以为生了痱子什么的。四哥提醒他一定是因为长期站立，得了痔疮，还说自己早就患上了这个病了。四哥说他带了马应龙痔疮膏。兄弟俩同病相怜，还多亏了它。

在那个特殊时期，有这么一份脑力与体力并举的工作，不仅有丰厚的收入，还可以抵消精神上的痛苦。另外，因为有兄弟做伴，日子倒也过得充实。

入夜的时候，万籁俱寂，四哥与他拉上一阵话便睡着了。自从安国到来以后，四哥的精神状态一直不错。似乎，他来这里做厨师的主要目的，就是把手艺传授给这个弟弟。安国虽然年纪比他小好几岁，但从小心高气傲，做什么事情都很有灵性。就拿学英语这件事来说，油田上多少人都打心眼里佩服他，年轻人甚至崇拜他。可惜，学了一肚子的文化，最终和自己这个大老粗一样，到餐馆打工来了。想到这里，保国的心里便有些不是滋味。但为了安慰弟弟，只能用薪资方面的待遇来说事了。

是呀，在国内混得再好，也拿不到这么高的工资啊！

四哥睡着了，安国辗转反侧，怎么也睡不着。他在思考一个问题：人活着究竟是为了什么？千百年来，这个问题一直萦绕在人们的脑海里，也一直困扰着人们。对他来说，人活着就是活着了，为活着本身而活着，而不是为活着之外的任何事物而活着。正因为活着，所以活着。这句话看起来似乎有些莫名其妙，但也是一句最受用的话。

偶然和必然？命运与意志？生与死？理性与情感？价值与非价值？——这些疑问在"人活着是为什么"的问题面前都变得无意义了。婚姻？家庭？事业？爱情？——这何尝不是一种借口，去诠释活着的另外一种理由，只不过听起来显得堂而皇之一点罢了。

如果是为了婚姻，一纸婚书成就了一段婚姻，柴米油盐地过日子。性格合得来还能凑合着过，如若彼此志趣不同，岂不是一种精神折磨？为了固守婚姻，有很多人放弃了自己，放弃了自己所喜爱的东西，到头来终还是一个"空"字。为了放弃婚姻，有很多人编织了一个个美好的梦，到了最后还是搬起石头砸了自己的脚，左右为难呀！

如果是为了家庭，亲情可以说是这个世界上最温暖人心的，也是最让人放不下的，也是安国在思索这个问题时最想说服自己接受的答案。对，也许活着是一种责任，为了繁衍下一代，为了孝敬父母，男人要养家糊口，女人要生儿育女，就这样循环着过下去……但最终呢？还是劳苦愁烦，转眼成空呀！

如果是为了事业，从打工者到老板个个都在拼搏，奋斗多年终于有了非凡成就，有了一笔丰厚的钱财。反过来说，人若赚取了全世界又有什么益处呢？生不带来，死了你还能带去吗？金钱能买保险，但不能买生命；金钱能买药品，但不能买健康。人生在世，还是虚空呀！

如果是为了爱情，可惜现实中的爱情都是昙花一现，缥缈不定。在这个世上，没有一种感情不是千疮百孔的。所谓的唯美只是存在于小说剧情里，摊开的是思念，紧握的是幸福。然而在生活中，最亲近的人往往是伤害你最深的那个人。缘分依旧，而情却不再，所以聪明人是不会在爱情的殿堂里做自欺欺人的白日梦的。

稍纵即逝的似水光阴，足以引出世间的万千苦难，在你一放手、一转身的一刹那，有些事情会完全改变。太阳落山了，当它第二天重新升起来时，有些人，有些事，也许就会跟你永远分开了。人生在世好像过眼云烟，一代过去，一代又来，其实都是风，其实都是影，能留住什么呢？

从某种角度来说，人活着好像就是为等待死亡。因为活着只是一个过程，最终的结果是死亡。也许，人活着就是要尝遍人世间的酸甜苦辣、喜怒哀乐，经历从婴儿到老人的一个过程吧！能看，能想，能爱，能恨——这就是活人与死人的区别。不要想着死后会怎样，谁也不知道。所以要好好地活着，宽待自己，好好珍惜身边的人！

窗外，一轮明月渐渐地爬了上来，树影婆娑，暗香浮动。这样的月，这样的夜，使他想起了二连浩特的草原。草原上月光如洗，微风拂面。那个曾经深爱着的人紧紧地依偎着他。他捧起了她的脸，她的脸温润洁白，圆如满月。长长的睫毛，微微翻起的双眼皮，水汪汪的眼睛炯炯有神。那双眼睛饱含着的感情是期待的、冲动的，甚至有些淡淡的忧伤。安国俯下身子吻了下去，眼睛即刻便湿润了……

往事如风，不堪回首。曾经，他们是那样地相爱，虽有离别，甚至猜疑，但还是幻想着能够继续携手，浪迹天涯。如今万里之遥，劳燕分飞，天各一方……"今宵酒醒何处？杨柳岸，晓风残月。此去经年，应是良辰好景虚设。便纵有千种风情，更与何人说？"

安国想起过去那些伤感的事，不知道自己未来的人生又是什么，失眠就会如影随形，经常半夜醒来再也睡不着。这个时候，他带的宋词三百首便成了最好的精神食粮。他喜欢婉约派词人的诗，特别是柳永、李清照等人的词，耳熟能详。

常言道：熟读唐诗三百首，不会作诗也会吟。渐渐地，安国感觉自己也有了写诗的冲动，于是在半夜爬起来，写下了人生的第一首诗歌《山长路远》：

遥望故乡茫茫天，

碧云春城气象千。

孤魂却绕梦中恋，

人生自古难如愿。

愁雨蒙蒙春风寒，
午夜梦醒难再眠。
孤壁浊影烛光残，
把酒四顾心惘然。

碧水鸳鸯绕白帆，
客把啤酒坐两岸。
低头眼前落花残，
举头似见南飞雁。

写完后，他感觉非常兴奋，把四哥摇醒，给他念了一遍。四哥揉了揉眼睛，说了句："好！"便又睡着了。

安国睡不着，他感觉自己还是有话想说。怎么办呢？那就接着写吧：

任凭狂野的心，
在梦的天空随意飞翔。
任由纷乱的思绪，
漫步在无边无际的海洋。
任性的情感
在夜色里膨胀，
如同脱缰的野马
驰骋在美丽的草原上。
双翅已经扇动，
那浩渺的天空，
才是你的梦想。
尘世间污浊迷茫，
扭曲的灵魂在彷徨。
蓝天、草原、大海，
还有那没被现代文明

践踏的山林村庄。

一定能够找到

你心灵栖息的地方……

3

安国在丽豪酒家虽然辛苦，但每天忙忙碌碌，日子过得快。工作虽说枯燥，也不是他想干的事情，然而一个月1600多马克的工资相当于当时在国内他四年多的收入。那种诱惑足以让人克服一切困难，想想就觉得有了动力。保国知道弟弟内心不甘，安慰他说："安国，你就权当判了三年有期徒刑，换来的是一年相当于国内40年的收入！有了钱，回到油田上那些龟儿子再也不敢小觑咱们了！"

休息的时候，保国带着弟弟去慕尼黑游玩。以前休息时保国也曾出去过，但异国他乡，语言不通，一个人转悠总觉得索然无味。那时候他就盼着安国能够早点过来，一来兄弟俩可以做伴，二来安国精通英语，也懂德语，逛街的时候就不是盲目乱转了。

对于从国内来的人来说，慕尼黑给人最深的印象便是干净、整洁。这里绿地很多，一般住宅就七八层高，楼与楼之间空间很大，不像国内楼盘栽葱似的盖得密密匝匝。慕尼黑城市规划很前沿，许多道路几十年甚至上百年来一直保持着原样，一些道路之间有大片的森林，非常茂密，很少像国内的城市道路一样，这儿挖个深坑，那儿用铁皮围着，一年四季尘土飞扬，交通堵塞。慕尼黑整个城市地铁四通八达，与地面铁轨遥相呼应，组成了一个立体的城市交通框架，方便快捷，安全通畅。地面上很难找到公共厕所，大多设在地铁的出入口；停车场及大型垃圾桶都在地下，所以市容就显得干净、整洁，处处鲜花绿草、音乐喷泉，温馨而浪漫。双休日的公园草坪上到处都是一家老少在晒太阳，野餐。人们散去之后，草坪上连一张餐巾纸也没有遗留。公园里看不见类似保安的管理人员，只有几位修剪花草的园丁。

慕尼黑公园里有一条小河，河水清澈见底，成群的野鸭在河面嬉戏，河里的鱼儿有两三斤重，成群的游客在这里游玩。

市政府的坶利业广场是游客必去的地方，广场周围的建筑向游客展示着这座城市悠久的历史，各种雕像、喷泉吸引着游人拍照留念。

玛利亚广场位于慕尼黑市中心，广场建于1158年，是慕尼黑最大、最主要的广场。因慕尼黑的新、老市政厅都在广场周边，玛利亚广场又有慕尼黑"城市客厅"之称。这里不仅是慕尼黑的交通枢纽，也是举行各种政治、文化活动的场所和市民休闲娱乐、集会的场所，拜仁慕尼黑足球队也在这里庆祝胜利。无论何时，玛利亚广场总是热闹非凡。

玛利亚广场并不大，但处处可见慕尼黑的历史底蕴和文化积淀。广场正中有一根圣母柱，顶端是金色圣母玛利亚雕像，她左手持权杖，右手怀抱圣婴，圣洁端庄。广场北边气势宏伟的哥特式建筑是慕尼黑新市政厅，每到中午11点至12点，游客可以在广场上欣赏市政厅钟楼有趣的木偶舞蹈。玛利亚广场上的青铜雕像喷泉是鱼泉许愿池，正对着新市政厅的入口。广场西北面引人注目的圆顶建筑是圣母教堂，登上塔楼可以俯瞰慕尼黑全城。这里也是拍摄玛利亚广场的好地方。东北边的尖顶建筑则是慕尼黑旧市政厅。

在玛利亚广场，除了欣赏精美的建筑外，还可以看到慕尼黑市生机勃勃的一面，白天的广场总是人头攒动，有轨电车川流不息。这里有诸如Swarovski（施华洛世奇）的品牌商店，也有富有当地特色的露天美食广场和花鸟市场。在附近的餐厅坐下来喝一杯啤酒，看看街头艺人们的精彩表演，或是去古老的教堂参观，都是不错的体验。教堂街边的商店陈列着各种旅游纪念品和世界顶级奢侈品，吸引着世界各地的游客前来购物。

德国人工作认真，生活简单，仿佛每周一家人在一起吃顿中国餐便是最好的享受。他们如果喜欢哪种菜，可以一成不变地吃好几年。在丽豪酒家，长期就餐的就有几位老太太，每个周六上午去教堂做完祷告来此就餐，每次就点那几样菜，连坐的位子都是固定的。还有一个固定食客是个建筑商，开的是奔驰500，每到周末便把他的大奔停在餐厅后院，一家人一起吃饭。德国人本来吃辣就很厉害，这一家人更是出了奇地能吃辣，每次固定的四个菜，服务员都会特注：加辣！要比平常的辣菜还要辣上两倍他们才会满意。周六在丽豪酒家吃完饭后，这家人往往星期天下午会再来一次。后来听老板娘说，这家人是他们的好朋友，原来开小店时这家人就经常光顾，他们搬到这里后这家人也常来光顾。他们有一双儿女送到乡下读书，周末接回来，星期天下午再送回去。德国人的教育观和我们国内正好相反，他们觉得城里太乱，有条件的人都把孩子送到乡下去读书了。

慕尼黑市郊坐落着许多小别墅，一般都是漂亮的二层小楼，房子不大，占地却不小，没有我们的红砖碧瓦，全是用树木做的围墙，修剪得整齐美观，给人的感觉好像不安全，但仔细一观察，在树木中间有一道不起眼的钢丝网。把园林和安全结合得如此完美，令人叹为观止。住在这些小别墅里的人，才是这座城市里真正有钱的人。一到夏天，在开满油菜花的乡间田野上，看见星星点点的别墅，美得简直就像一幅油画，令人赏心悦目。保国和安国兄弟俩常常下了班骑着自行车在这些油画般的风景里徜徉。安国感慨地说："别墅，别墅！可惜全是别人的啊！以后等我有了钱，一定也要买一栋别墅，让咱老爸享受一番。"10多年后，安国在江南方舟买了一栋三层的小别墅，实现了让父亲有生之年住上别墅的夙愿。

德国人工作勤奋，吃饭简单。有两句话形容德国人与法国人的区别："德国人吃饭是为了活着，法国人活着是为了吃饭。"这句话应该是改编自亚里士多德的名言，他的原话是："他们活着是为了吃饭，而我吃饭是为了活着。"亚里士多德生活在奴隶社会，奴隶主们多无所事事，混沌度日，然而也有一些特殊的奴隶主利用这种清闲的生活从事哲学与科学的研究工作，如亚里士多德本人。他的这句话便是把自己和那些整天浑浑噩噩的人区分开。

世界上即使最发达的国家也有不少穷人，德国也不例外。

在一个大雪纷飞的下午，有两个男孩在丽豪酒家吃完饭没有钱结账，老板选择了报警。警察叫来了孩子的父亲。孩子父亲一进来就打他的大儿子，嘴里不停地说着什么，样子很激动。安国兄弟后来才知道，他们是住在德国的土耳其人。还有一次保国和老板的儿子小龙在厨房干活，有个老外砸他们的门，小龙打开门和他说了些什么后把他们送出了门，回来后告诉保国是要饭的，让保国别理他。也许是残酷的生存环境使这里的华人变得如此冷漠，在保国看来，两个小孩吃完饭没钱就算了，不值得报警。德国的警察也很敬业，这点小事他们也管。有人找上门来要吃的，怎么也得给点吧？可他们不这样做。在这座美丽的城市里，多数人生活得确实很幸福，但是也有吃不上饭的不幸者。

在他们住的地方附近有位漂亮的金发女郎，不知什么原因坐着轮椅，常带着她那两只可爱的小狗在街上玩。一次，安国和保国上班路过她家门口，她正要开车出去，正在很吃力地把轮椅往车里挪。安国上去帮了她一把，她很感动，一再道谢。从此，女孩一看见他们就高兴地打招呼。

在西方人眼里，中国是贫穷落后的代名词。圣诞之夜安国和保国在一个朋友家吃饭，朋友叫了辆出租车送他们回去。司机是一位白发老太太，她问安国："你们是日本人？"答："不是，是中国人。"她又问："是香港来的？"答："不是。"又问："是新加坡来的？"安国大声地说："不是，我们是北京来的！"原来，那天他们都穿着西装，打着领带，特别是安国，显得儒雅而有风度，老太太怎么也难以把眼前的这两位乘客和中国内地联系在一起。保国用汉语对安国说："真是井底之蛙！在中国，像这样的老太太早就在家里享清福了，哪像她这么晚了还要出来跑出租呢？"安国笑了笑，没有说话。

中国是个文明古国，有着辉煌灿烂的历史，屹立于世界东方。然而文明，特别是在精神层面的传承，近现代以来几近缺失。我们习惯了在大庭广众之下大声喧哗，习惯了坐公交、地铁以及购物时的拥挤——因为这一切似乎都司空见惯，我们也不觉得有什么不文明。然而欧洲的许多国家，公众场所大多是静悄悄的，很少有人大喊大叫；乘坐公交或参观游览，大家都是自觉地排队，井然有序，即使在餐厅就餐，如果里面已经坐满，人们便会在旁边排队静候。餐厅里放着优美的音乐，大家都在安静地用餐，小声地交流，让人感觉幽静又舒服。在德国，只要你在街上的斑马线上一站，所有的汽车都停下来等你过去，而行人也不会闯红灯，即使晚上一辆车也没有，大家也会静候在那里等绿灯亮起。一些古老的街道尽管很窄，但很少堵车。因为秩序井然，所以道路通畅。再看看我们的有些城市，双向八车道的马路经常堵得水泄不通，行人和摩托车、自行车在车流里随意穿梭，成为城市交通安全的最大隐患。

德国人的住宅阳台上只有鲜花。一到春天，家家阳台上的鲜花竞相绽放，成为一道亮丽的风景。

整个冬天，慕尼黑的天气阴沉沉的，下雪的日子多。这个阶段，餐馆的生意非常好，周末常常爆满。老板娘哼着小曲儿穿梭于厨房和餐厅之间，李海洋那张平时表情僵硬的脸上也有了笑容。厨房里，安国兄弟虽然很辛苦，但大家的精神都很振奋。

一年一度的圣诞节到了，中餐馆只有在这时才关门休息两天。这难得的两天假期保国和安国兄弟俩很想出去玩玩，可大街上静悄悄的，没有行人，也少有车辆。商店关了门，就连往日最热闹的玛利亚广场上，也只有鸽子咕咕叫着在觅食，偌大的城市空荡荡的，空旷得有点让人害怕！

春节是中国最重要的节日，合家团聚，包饺子、吃年夜饭，这些在海外都没有，有的只是工作。大年三十的晚上，兄弟俩忙到快零点才下班，本来还准备了点酒和菜，想庆祝一下，可是拖着疲惫的身体回到住处时已没了这种心情，心里有种说不出来的凄凉。此时已是国内的大年初一了，亲人们聚在一起开始拜年，哥哥、嫂子、年迈的父亲，对保国来说还有老婆和孩子……此刻，他们一定在思念着这里的亲人呢！

第十九章

1

不久，大哥的朋友吕德杰夫妇前来看望安国。

安国会讲英语这件事，四哥一直对李老板保密，给安国强调不要让他们发现他会讲英语，因为华人老板从大陆聘请的工人大多超时工作，他们更希望雇用两眼墨黑的工人。如果你会讲英语，一不留神可能就会惹出乱子来。鉴于此，安国最初和外面的交往像地下工作者一样秘密进行，电话只能打到餐厅，内容都由老板或其女儿传达。

大哥在慕尼黑的另一个朋友也和安国联系上了，他开着一家裁缝店，当年中国杂技团的演出服出了问题，都是由这个朋友进行处理的。后来他们为和中国人做生意，成立了一个叫 August Trading（奥古斯特商贸）的公司。公司真正的老板是莫妮卡，她的先生叫劳伦斯，还有一个来自奥地利的叫弗兰克的合伙人。

由此，安国和这个奥古斯特商贸公司的一段"恩怨情仇"悄悄地拉开了序幕……

一个人如果对某件事情不懂，装懂还可以蒙人，就像某大学的那位假教授，弄了个假文凭在大学教了几年书，学生们还觉得他教课认真，是个不错的教授。但要一个懂的人装不懂，那可是一件受罪的事情。郁达夫当年在南洋逃难时遇到日本兵问路，一车人都不懂日语，曾留学日本的郁达夫最后实在憋不住了，便用娴熟的日语对答。日本兵喜出望外，如获珍宝。然而，一代英才最终因为会日语而不愿当汉奸，在印尼的苏门答腊岛招来杀身之祸。

安国现在就遭受着这样的折磨，会两门外语而不敢说，说了怕露馅。他的本职工作是英文翻译，为了出国，弄了个厨师证，突击学了几个菜，以大厨的名义来到丽豪酒家打工。

最先看出破绽的是老板的律师，起因是李老板带安国去办签证，律师向老板要安国的资料，先用德语说，老板没听懂，接着用英语说，老板还是不明白，急得安国自己主动把资料拿出来递给了律师。律师用疑惑的眼神看着他，盯了半天，心里已明白了大半。

安国真正放开说外语是在一个大雪纷飞的晚上，大哥的朋友莫妮卡女士过生日，在丽豪酒家聚餐。等安国和保国忙完了厨房的活儿，莫妮卡也邀请他们一同参加她的聚会。

聚会时大家有说有笑。听着安国那一口流利的英语和德语，看着他在德国人面前那潇洒大方的神态，李海洋夫妇大吃一惊！他俩在欧洲待了几十年，外语也说不了几句，律师询问有关办理签证的问题竟然都听不懂，出门办事还得带上儿子小龙做翻译。这对夫妇经营了大半辈子中餐馆，哪见过这样的"大厨"呀！顿时，李海洋的脸上显露出极为不自然的表情，碍于客人生日聚会的气氛，又不得不装出一副笑脸，对莫妮卡女士说："祝您生日快乐！"心里对安国这位来德国不久的中国"大厨"产生了重重的疑问。

此后，安国再也不藏着掖着了。以他的性格，"露馅"是迟早的事。

这里该让另一个人出场了！

她叫梅婉婷。

千万不要误以为她就是田安国的前妻梅婉婷，此梅婉婷非彼梅婉婷，她们并非同一个人：一个来自四川绵阳，是安国的前妻；另一个来自江苏南通，当时正在北京外交学院国际关系系学习。安国是在北京的一次外事接待活动中认识她的。当她得知安国的太太和她同名同姓时很是好奇，并约定一定要见面认识一下，所以一直保留着安国的联系方式。安国到北京取签证时联系过她，也把离婚的消息告诉了她，这个梅婉婷还为此惋惜了好一阵子呢。

没想到，他们之间后来竟然发生了一些浪漫而又不可思议的事情⋯⋯

奥古斯特公司当时是个名不见经传的小公司，急于寻找新商机的他们对田安国的到来满怀希望。他们当时正在和慕尼黑1860足球俱乐部开展合作，提供各种各样的球迷用品，包括球迷用的旗帜、毡帽、围巾、小挂件等。这些产品建国已经在中国天津帮他们找到了供货商，但双方之间的联系与沟通经常出现问题。安国的出现让他们看到了解决这一问题的希望。

慕尼黑1860足球俱乐部（TSV 1860 München）成立于1860年，他们的主场位于安联球场，和同城对手拜仁慕尼黑足球俱乐部共用一个球场。1911年，俱乐部首先采用狮子作为标志的顶部装饰。20世纪20年代中期，他们在高级别的联赛角逐，在1927年打入德国冠军赛的半决赛。慕尼黑1860在1931年曾经尝试争取德国冠军，但却以2∶3的成绩败给柏林赫塔。两年后他们再次打入德国冠军赛的半决赛，这次他们败给了沙尔克04。沙尔克04后来在纳粹德国垄断了德国足球。1942年，慕尼黑1860击败沙尔克04夺得德国足协杯冠军，赢得首个锦标赛，比同市对手拜仁慕尼黑还要早三年。在慕尼黑市内，南部的人较支持慕尼黑1860，而拜仁的支持者主要集中在城市北部。两支球队的德比大战是球迷关注的热点，是这个城市足球最辉煌的时刻。

自从奥古斯特公司与中国天津供货商之间搭建起桥梁后，安国那可怜的每周一天的休息时间便被他们完全剥夺了，甚至连中午午休的那两个半小时也变成了工作时间。

那段繁忙而充实的日子，每日清晨9点半左右，安国都会收到奥古斯特公司伙伴们的来电或传真，边洗漱边接电话已然成了他的常态，有时甚至忙到四哥准备的早餐都来不及吃。如遇急事，劳伦斯便开着他那辆白色大奔早早在餐馆附近约定的地方等他，避免老板全家和同事看到。中午安国急忙赶到奥古斯特公司参与集体讨论后，劳伦斯直接将他送回餐馆上班。晚上下班他一进屋就立刻与国内的安定外贸公司取得联系。

公司的另一位同事弗兰克来自希特勒的故乡奥地利，他满脸胡须，精通三国语言和电脑，令田安国非常崇拜，每次与他出去吃饭喝酒，弗兰克的个人魅力都会吸引女士们的注意。多年后，安国再次拜访在慕尼黑经营一家红酒馆的弗兰克，纵然彼时的他早已失去当年的卓越风采，但依然谈笑风生，似乎早已忘却了当年在奥古斯特公司的不快和痛苦。而正是这个长相酷似梁山好汉鲁智深的人，提醒并帮助保国拿回了在德国辛苦工作三年所缴纳的个人所得税。弗兰克常常称自己是成吉思汗后代并痴迷于中国传统文化。他喜欢给安国讲述成吉思汗率军攻打欧洲的故事，并时常询问安国关于中国老子、孔子、墨子的问题，令安国十分汗颜。

因为安国当年除了对"文革"后期的批林批孔稍有了解外,对这些传统文化几乎一无所知!

在慕尼黑啤酒节来临之前的两三个月,安国几乎每天中午都要去他们公司上班,因为那时候他为奥古斯特公司找到了制作慕尼黑啤酒节纪念品的生产商。

那是一段让田安国看到希望的日子,再苦再累再忙,他都心甘情愿。他们的承诺、他们为他规划的未来、他们向他承诺的报酬等,都让安国充满希望并兴奋不已。那时安国身不由己,不能陪他们回中国洽谈业务、签订合同,这时远在北京的梅婉婷便成了他们的翻译和联络人。

安国与奥古斯特公司合作的那几年,也是这个公司生意蒸蒸日上的时期。慕尼黑啤酒节上的毡帽大多来自安国为他们找的安定市外贸进出口有限公司,慕尼黑1860足球队的球迷用品也逐渐由这个外贸公司提供。那段时间,安国既要忙餐厅厨房的繁重工作,又要花几乎全部的业余时间为这家公司处理与国内外贸公司的业务。为了便于工作,奥古斯特公司还在安国的住处配置了传真电话,由于时差关系,他经常要深更半夜起来工作。

9月中旬,一年一度的慕尼黑啤酒节拉开序幕,来自世界各地的啤酒爱好者云集于此,热烈而浪漫。啤酒节前夜,街上几乎没有人。啤酒节当天,所有商店停止营业,大家身着民族服装,集中喝酒狂欢,没有人在意赚钱。这就是德国。

慕尼黑啤酒节与英国伦敦啤酒节、美国丹佛啤酒节并称世界最负盛名的三大啤酒节,每年大约有600万人参与其中。啤酒节又称"十月节",起源于1810年10月12日,因在这个节日期间主要的饮料是啤酒,所以人们习惯性地称其为啤酒节。啤酒节每年9月末到10月初在德国的慕尼黑举行,持续两周,到10月的第一个星期天结束,是慕尼黑一年中最盛大的活动。啤酒节从1810年开始,有着200多年的历史。其间因第一次世界大战停办5年,因第二次世界大战停办7年。自1946年以来,啤酒节规模越办越大,真正成了一个盛大的民间节日,并已走出德国,曾在中国大连、北京,日本东京等地成功举办。

9月的阳光和煦饱满,色彩温润。这是慕尼黑最为惬意的季节。每年啤酒节开幕那天,慕尼黑都要举行盛大的开幕式。开幕仪式由慕尼黑市市长主持,在临时搭建的啤酒节大棚里举行。中午12时,在12响礼炮声和音乐声中,市长用一柄木槌把黄铜龙头敲进一个大啤酒桶内,然后拧开龙头,把啤酒放出来,盛在特制的大啤酒杯中。市长饮下这第一杯酒,盛大的啤酒节便正式开始了。

啤酒节开幕的当天上午,来自德国各个州的人们穿上富有特色的民族服装盛装游行,演奏音乐,浩浩荡荡地穿过慕尼黑市中心街道,最后来到啤酒节的现场。人们把自己打扮成古代衣着考究的贵族公爵、身披绫罗绸缎的王妃贵妇,驾着鲜花装扮的古典马车。马车上拉着装满啤酒的酒桶,展示丰收的喜悦。啤酒女郎花枝招展,接受人们热情的祝福。参加啤酒节的人上至白发苍苍的老者下到坐在婴儿车里的小孩。他们扮演的人物也是丰富多彩,有阿尔卑斯山下的牧童、莱茵河畔的磨坊主、科隆教堂的修女、北德普鲁士的老翁、伐木的工人等。马车上有城堡、狩猎的山民及森林里的狐狸、熊、鹰等。盛装的乐队浩浩荡荡,长号、短号、架子鼓应有尽有。天虽有些冷,但气氛十分火辣,快乐和自豪写在每个人的脸上,感染着来自世界各地的围观者。晚上在啤酒节大棚里,狂欢才真正开始。人们载歌载舞,边大杯喝酒,边尽情歌唱,认识不认识的人都会相互邀请一起喝酒,然后跳舞,合影留念。

啤酒节热烈的气氛像慕尼黑的朝霞一样浓烈鲜艳。每届啤酒节要消费约600万升啤酒、70万只鸡、100头牛,同时为慕尼黑带来10亿欧元的收入。

安国与保国在弗兰克的带领下第一次来到慕尼黑啤酒节。哥儿俩身着印有啤酒节图案的T恤,吸引着过往游人的目光。啤酒节的现场人如潮涌,熙熙攘攘,让他们大开眼界。膘肥体壮、装扮华丽的高头大马骄傲得像王子一样,目空一切;穿着巴伐利亚民族服装的男男女女让安国联想到电影《茜茜公主》里的场景;各色美食、纪念品摆放得琳琅满目,其中一个摊位竟然还出售中国油条。当看到经他们组织出口德国的毡帽、T恤在现场售卖时,安国的内心感到无比自豪。几千平方米的啤酒节大棚里到处人头攒动,手持特大啤酒杯的人们载歌载舞。安国在热闹氛围的催化下,不知不觉间两大杯啤酒下肚,他只觉得晕晕乎乎,酒醒时已是半夜,猛然间发现身上的特制T恤早已不见踪影。四哥气愤地告诉他衣服被奥古斯特公司的人要走了!田安国此时已有所觉醒——连一件T恤都舍不得给他的奥古斯特公司还能兑现承诺支付他5%的佣金吗?!

一个人的时候,田安国经常想:德意志日耳曼人是一个非常优秀的民族,产生了那么多思想家、诗人、艺术家和科学家,如康德、黑格尔、费尔巴哈、马克思、叔本华、尼采、海德格尔、歌德、海涅、席勒、舒曼、罗伯特、贝多芬及爱因斯坦。他们作为人类的骄子，为世界做出了卓越的贡献，同时，德国也产生了希特勒这样的混世魔王，给欧洲带来了毁灭性的灾难。

2

看见弟弟这么拼命地工作，保国心里很不是滋味。每天夜以继日，他担心弟弟身体吃不消。为了减轻他的负担，回到公寓后都是保国洗衣服做饭。

一天，安国正在利用休息日在奥古斯特工作，一对慈眉善目的德国老年夫妇的到来让这家公司的大小老板们倾巢出动。

安国正在纳闷的时候，来自奥地利的合伙人弗兰克把他介绍给了这对夫妇，并让安国递上安定外贸进出口公司德国办事处总经理的名片（这是他们对外介绍安国的头衔）。这对中年夫妇便是在德国巴伐利亚啤酒界享有盛名的鲁道夫·卡斯巴瑞先生和他的太太，卡斯巴瑞先生是一个创立于1788年的酿酒世家的第十七代传人。这也是田安国与这位德国恩师的第一次邂逅。从此，安国与这位德国老人及其家族结下了不解之缘。是这位德国老人把安国带进了德国的啤酒行业，从而改变了他的人生，并指引着他在这个行业不断发展。卡斯巴瑞先生把自己家族几百年的酿酒技术从实践到理论都传授给了安国，成就了安国的德国啤酒之梦。也是在老先生的帮助下，安国在家乡陕西咸阳的旬邑县建起了凯德瑞啤酒生产基地。

田安国和卡斯巴瑞先生及其家族的合作从那时起一直延续着，20多年来，彼此往来密切、互惠互利，已建立了真挚而深厚的友谊。后来，安国还专门写了一首诗：

　　卡斯巴瑞一片天，
　　老兵新传旬邑县。
　　巴伐利亚慕尼黑，
　　田家老七传经典。

那天中午，在一个装有啤酒生产机器的餐厅，安国也应邀参加了公司的午宴。弗兰克带着他详细参观了这个餐厅的啤酒生产设备，并喋喋不休地给安国介绍着。安国当时一头雾水，根本没弄懂那是什么东西，只是觉得那紫铜包着的设备非常漂亮。到德国后，尽管他非常喜欢德国啤酒的味道，但真正的德国啤酒也没喝过几种。当时，这个行业对他来说完全是陌生的，甚至连啤酒酿造的中文专有名词都没听说过，至于一些英文的生产设备名、酿酒技术和原料……他感觉自己像听天书一样，根本弄不明白。

弗兰克将厚厚的一沓文件递给田安国，还附送了他一台自己淘汰的手提电脑。原来这是一套自酿啤酒设备的技术说明资料，急需安国在一周内翻译成中文。安国当年在华北油田长期担任英文翻译，还曾多次获得省部级科技项目的情报调研奖，接触过无数与石油油气管道、油田地面建设相关的英文技术资料，所以他想当然地认为翻译这份啤酒设备技术说明资料对他而言就是小菜一碟，当即不假思索地告诉弗兰克没有问题，一定按时完成任务。然而当弗兰克把那台手提电脑打开，教他将翻译的材料打成汉字储存在这台电脑上时，安国的汗一下子从头上冒了出来。要知道，在国内他们都是手写翻译，之后交由打字室用铅字打印成册。更何况他从未接触过电脑。弗兰克也只是简单地指导了他如何使用电脑敲字便匆匆离去。出国之前，田安国只见过美国和日本专家到油田讲课时用过手提电脑，也知道原来工作的科研所似乎有一台台式电脑放在所长办公室里，仅此而已。他茫然地盯着这台电脑不知所措，除了觉得它外观时尚、新奇好玩、可以向伙伴们炫耀外，完全不知道该怎么操作。

晚上回到住处，田安国再次打开那套微型啤酒酿造系统的英文技术说明。草草翻看了前几页，竟然没弄懂意思；再翻到最后部分沿用西门子公司的国际通用商业条款，更是一头雾水。从麦芽处理系统到糖化、过滤洗糟、煮沸、回旋、前酵后酵熟化等，更难的是自动控制部分的说明与编程！从未接触过啤酒行业的他连中文专业术语都不知道，又如何将这份资料翻译出来呢？

要是大哥在身边就好了，起码许多专用名词可以请教他。可是大哥远在天边，帮不了他的忙啊！

那些日子，安国天天苦思冥想，费尽心思琢磨着那些句子及它们的原理。因为没有中文的啤酒酿造技术资料可以参考，也没有什么专业技术人员可以咨询或请教，所以翻译起来感觉真是鸭子上树——举步维艰呀！什么叫两个大的不锈钢釜？什么叫类似游泳池的wirlpool（漩涡）？什么叫芽浆？怎么把youngbeer（鲜啤）翻译成专业的中文？总不能翻译成年轻的啤酒吧？还有那极其复杂的自动控制系统的控制原理及操作方法，以及最后一部分由西门子公司制定的商业合同条款，等等。

那边的弗兰克却很着急，在安国午休时多次前来查看翻译进度，还亲自带着安国到一家装有这种设备的餐厅观摩。

在科研所工作了几年，一直从事专职翻译工作的田安国，这才发现英文专业技术翻译这碗饭实在不好吃。没办法，他只能硬着头皮似懂非懂地把这份资料翻译成他也几乎看不明白的中文。好在他们也不懂中文。

那套啤酒设备技术资料历经整整一个多月后终于被他翻译成册，可惜译文质量极差。多年后，田安国真正进入这个行业并负责在深圳安然居大酒楼与德国专业人员安装、调试、操作了一套设备，花了一年多时间后才准确完成了资料的中文翻译，并在随后几年的实际使用中反复修正，才最终得以定稿，完整地翻译出标准的《德国卡斯巴瑞自酿啤酒系统技术说明手册》。

3

不知不觉中，安国在德国工作已经快一年了。按合同他工作满一年后，有20余天的有薪事假，没想到奥古斯特公司早已为他做好了安排。

一天中午，田安国刚回到住所，莫妮卡和弗兰克便出现在他面前。他们把他带进了一家购物中心的服装店，不仅为他选购了一套体面的洋装，而且从衬衣到领带、从袜子到鞋、从腰带到领夹，从头到脚从里到外进行了全新包装。

站在镜子前的田安国第一次发现，沾上洋气的自己竟然还"一表人才"，简直帅呆了。

这么帅的帅哥，才华横溢，品貌兼备，在国外打工又兼洋人的一份工作，可惜还是个单身！唉，不说也罢！说多了心里就不是滋味……

不久，安国便陪着奥古斯特公司的人员踏上了第一次回国之旅。这次回国除探望在华北油田的老父亲、见见兄弟朋友们外，还有一个特别期待相见的人。

这个人便是毕业于北京外交学院已参加工作的梅婉婷。

安国初到德国的时候，怎么也无法摆脱前妻的影子。是啊，都说一日夫妻百日恩，更何况他们在一起共同度过了一千多个甜蜜的日子。尽管生活中会有酸楚和无奈，但更多的画面还是值得珍藏的。离婚以后，两人心平气和地相处了一段时间，岁月似乎又回到了从前的轨道，两个放下心结的人开诚布公地相互批评，总结他们爱情的得失。离婚的时候，安国什么都没有要，唯一带走的东西便是婉婷在他生日时送的那幅布贴画。布贴画上两个年轻人手拉着手凝望远方……如今，物是人非，携手的那个人已离他而去，形单影只的他只好远渡重洋，来到德国餐馆打工……

对第二个梅婉婷的关注，也许最初只是因为名字。是啊，她与妻子长得一样美丽，共用一个名字——这便足够提起他的兴趣了。更何况与妻子分手以后，孑然一身，漂泊在异国他乡，孤独、寂寞、痛苦、徘徊，是这个梅婉婷在这一年的时间里不断写信鼓励他，给予了他强大的精神支持和某种甜蜜的希望……

一年的书信往来，两人已经成了无话不说的好朋友。安国十分渴望见到她，而这个梅婉婷也在期待着安国的归来！

当飞机徐徐降落在北京首都机场的时候，安国的心情与一年多前离开时已大不相同，也与刚到德国时的那种苦闷有所不同。中餐馆厨房虽然劳作辛苦，但有丰厚的收入；奥古斯特公司带给了他新的希望，令人无限期待；而梅婉婷的出现无疑给他增添了精神上的无限动力。所以当他走下飞机的时候，已经有了点踌躇满志、春风得意的味道了！

在田安国生命的旅程上，注定有一些人的名字会被镌刻在他的脑海里。

梅婉婷——这个熟悉而又陌生的名字、这个让他浮想联翩的名字、这个承载着他的幸福与悲伤的名字、这个让他爱恨交织的名字——又一次闯入他的生活。

这个梅婉婷学识渊博，聪明伶俐，端庄大气，美丽中透着江南女性的灵气，身上散发着一股学生妹的质朴气息。

这样一位高知的红颜知己，一年来一直在关心着他，安慰着他，鼓励着他。每周一封来信成了安国在慕尼黑苦闷日子的精神食粮。信中他们谈古论今，谈天说地，谈情说爱。如今，马上就要见到她了，怎能不让他春心萌动，想入非非呢？

安顿好随行一起到达北京的劳伦斯和弗兰克入住酒店后，安国便赶往大哥给他安排的兆龙饭店入住。和大哥用过晚餐以后，安国便急切地等着梅婉婷的到来。

北京的冬季寒冷而又干燥，交通、通信条件无法与慕尼黑相比。安国只能坐在那里苦苦等待，心里笼罩着一股焦虑甚至忐忑不安。因为他们毕竟只有几面之交，一年多的书信往来尽管拉近了彼此的关系，但那些不过是"纸上谈兵"呀！作为一个高级知识分子，她那么美丽，那么博学，那么矜持，像个骄傲的公主，而自己目前像根浮萍一样漂泊不定，居无定所。她与自己书信往来也许不过是消遣解闷，现在自己真的回到了北京，这个谜一样的女人会来吗？

安国正在胡思乱想，酒店的门铃响了起来。容不得他想太多，她便笑盈盈地出现在了他的面前。梅婉婷一袭黑色的毛皮大衣显得雍容华贵、卓尔不凡；大衣裙摆处露出肉色的紧身袜，十分性感；一双黑色的高筒靴漆黑明亮；精心打理过的头发有着自然的起伏弧度，松散地搭在肩上，像绸缎一样散发着幽幽的光。清澈明亮的眸子，弯弯的柳眉，长长的睫毛微微地颤动着，白皙无瑕的皮肤泛着淡淡的朱色，粉嘟嘟的双唇如玫瑰花瓣含苞待放，令人神魂颠倒，难以自持。

眼前的这个女人比上次相见时又多了几分妩媚和高贵，安国一瞬间愣在那里，眼睛痴痴地望着她，傻傻地笑着。

"怎么，田大哥不认识我了吗？"梅婉婷轻启朱唇嫣然一笑，安国慌忙接过她手里的东西，在替她脱去大衣和围巾时，一股幽香扑面而来。两人一下子便紧紧地拥抱在了一起……

初冬的北京寒气袭人，但有爱的日子一切都是温暖的。安国带着这个新的梅婉婷一起游览北京故宫、长城、颐和园、北海公园，还有全聚德、东来顺等地。两人像一对久别重逢的情人，珍惜在一起的分分秒秒。他们像初恋的年轻人一样追逐嬉戏，欢乐歌唱。劳伦斯和弗兰克见他们在不同的场合大秀恩爱，感到十分羡慕，安国也似乎忘了此次回国的真正目的，与这个梅婉婷一起坠入情网，如胶似漆，难以自拔。

完成了安定外贸进出口公司的新订单，安国便赶到任丘华北油田去探望快80岁的老父亲。父亲虽然年迈，但精神矍铄、红光满面，令人欣慰。老父亲详细询问了他和老四在德国的情况，对儿子现在的情况感到满意。安国见父亲身体健康，一颗悬着的心也就踏实了。

安国来去匆匆地完成了这两项使命，送走了两位德国伙伴后，与梅婉婷又一次缠绵在了一起。已经被他征服的她不再是羞羞答答的女学生了，学会了主动调情与配合。原来高知女生的调情也别有一番风情，她的有些狂野的浪漫让他们共坠爱河，飘飘欲仙。安国感觉自己被她挟裹着一起翩翩翱翔，进入了那种神仙般的境界。她贪婪地索取着，一股神奇的力量让他如猛虎般把她再次带到了一个姹紫嫣红、五彩缤纷的世界。那个销魂的夜晚，他们的爱如潮水般汹涌……

时间飞一般地过去了。归程的那天，两人恋恋不舍地来到北京机场。"惜别伤离方寸乱，忘了临行，酒盏深和浅。好把音书凭过雁，东莱不似蓬莱远。"他们久久地凝望着。

"千金纵买相如赋，脉脉此情谁诉？"

第二十章

1

结束了这次不寻常的回国之旅，田安国满载而归，回到了慕尼黑，这时丽豪酒家厨房的工作已让他觉得有点不适应了！

奥古斯特公司对拓展在中国的生意更是充满了信心。特别是安国带着他们参观了华北油田机械制造厂，在北京见到了油建一公司的老领导范宇。范副经理那时已经担任华北油田驻京办的主任，正在负责筹建华北油田北京办公大楼。这位老领导一如既往地支持安国的发展，并为他这么快在德国有所成就由衷地感到高兴。范宇还答应把啤酒自酿设备的项目增加到他们办公大楼里，这让丹尼尔和弗兰克十分兴奋，也让田安国充满期待。

田安国回到慕尼黑后，奥古斯特公司马上派人前来看他，他们还让弗兰克为他介绍了他们为田安国设计规划的"未来书"。"未来书"声称，奥古斯特公司由四个股东组成，莫妮卡、丹尼尔、弗兰克和田安国。此时的田安国已有些基本常识了，对此有所顾虑，经与大哥沟通后还是决定暂不加入这个公司为好，因为他的签证限定只能在德国中餐馆打工，如果加入别的公司可能违法。还有这件事一旦让丽豪酒家的老板知道了，他将面临很大的麻烦。所以安国还是坚持以佣金方式跟他们合作，对此他们表示理解并承诺等安国结束丽豪酒家的工作以后，再以奥古斯特公司的名义聘用他。

这一计划让田安国感到十分欣慰。

不久，安定外贸公司的于经理一再催要按约定应支付给他们的前期佣金，经过田安国反复要求，莫妮卡最终同意把大约8000马克的佣金打到了安定外贸公司于经理的户头，但承诺给田安国的那部分佣金却没有兑现。要知道安国不仅花了大量的时间处理这些贸易活动，还用在中餐馆辛辛苦苦挣的钱支付着一切费用，包括这次回国的部分费用。这期间，大哥和四哥也一再提醒他要注意与他们打交道的分寸和原则，因为这还牵扯到日后在国内推销啤酒自酿设备承诺给合作者的佣金。

一年多来，通过田安国，奥古斯特公司为慕尼黑啤酒节提供了几万顶毡帽，为慕尼黑1860足球队提供了4万条围巾、数千面专用旗帜，这几项工作的佣金已达上万马克。而这其中的大量工作是由在安定工作的安国的五哥帮忙安排的，佣金也是由奥古斯特公司主动提出从佣金总额中分出来给安国兄弟俩的。但这一次却只支付了应给安定外贸公司的那部分，这让安国有点失望和担心。如果推销啤酒自酿设备出现这样不能兑现承诺、不守信用的情况，他将如何向国内合作者交代呢？失信将会给安国带来很大的麻烦。

田安国一时陷入了进退两难、喜忧参半的窘境。为安全起见，他在大哥的指导下要求奥古斯特公司写了一份啤酒自酿设备佣金协议。之后安国在喜和忧、希望与失望交织的心情下继续着与奥古斯特公司的合作。

那段时间，每当他们到公司处理急事的时候，安国都期盼着这次他们能把那些佣金支付给他，但一次次都让他失望了！

很快，四哥保国就要结束与丽豪酒家三年的合同了。德国当时给来自中国的厨师只发三年的工作签证。如果想要继续在德国工作，必须在合同结束后返回中国重新申请签证。

一般情况下，再次返回德国工作的可能性几乎为零。

由于安国已经能够完全胜任大厨的工作，李老板因此没有计划从国内再聘请新的厨师。另外，在德国中餐馆的生意一直下滑，丽豪酒家的生意也一落千丈，安国和阿金两个人基本能够应付厨房的日常工作了，这样也能为李老板省下一个人工的费用。

安国送走了四哥，曾经两个人的房间突然变得冷冷清清。那天晚上，无限伤感的他把自己灌醉了！

慕尼黑的冬季寒冷而又漫长，走在曾经走了无数次住所与餐馆之间的那条小路上，安国忽然感觉自己被孤独、寒冷所包围。

接下来的日子,担任了大厨的田安国和那个来自福建的偷渡客之间摩擦开始增多了。

四哥在时,这个阿金在他们兄弟两个面前像狗一样顺从。特别是有一次老板娘要炒掉他时,是安国兄弟俩替他求情,才让他再次留了下来。阿金对他们兄弟俩感激涕零,甚至把德国难民局发给他的免费购物卡送给安国使用。在阿金的请求下,安国还曾经为他的一个朋友在难民局做过翻译。

除了日常工作之中的摩擦外,安国最不能容忍的是这个阿金经常带着那些不三不四的偷渡客朋友到他们住所来。这些有着黑社会背景的偷渡客让安国感到很不安全!

不久,阿金介绍了一个"难民"同乡来丽豪酒家厨房上班,两头忙着的田安国根本没有意识到危机正在一步步向他袭来。

一直没有把这个看起来十分猥琐的阿金放在眼里的他,最终竟然被阿金砸了自己在丽豪酒家的饭碗。令他更没想到的是,让李海洋全家厌恶的这么一个人日后竟做起了丽豪酒家的大厨!

这也注定了丽豪酒家的生意走向没落的命运!

那是9月的一个晚上,忙完了一天厨房工作的田安国正准备下班,突然被老板李海洋叫到了餐厅的一个角落。

李海洋结结巴巴地对他说:"阿……阿……阿田,我不能给你延长签证了,因为你还在做其他工作。"一时没有反应过来的他不明白老板在讲什么。当安国问他是什么意思的时候,李海洋说:"你……你明天不用来上班了,我们不再聘用你了。"安国这回算是听明白了——他被丽豪酒家给解雇了!

没有任何心理准备的田安国被这突如其来的消息打蒙了!他已经忘了自己是怎么走出这家餐馆的,竟然忘了换掉工作服。

走在那条上下班的小路上,安国感到的不单单是孤独和寒冷,更多的是陷入绝望!听着隔壁房间阿金和他的难民同乡庆贺胜利的笑声,一种屈辱、愤怒和无可奈何包围着他,令他几乎陷入绝望的境地。

为什么自己会败在一个奸佞小人手里?还有那个李老板夫妇平日里不是口口声声说很喜欢自己吗?怎么说翻脸就翻脸了呢?自己不管咋说有厨师证,干活也卖力,从未出过差错,那个阿金除了阴谋诡计,还有什么呢?

还有，为什么四哥干了三年都好好的，没有被辞退。自己究竟是怎么了？

安国是个性子耿直的人，直肠子，感情容易冲动，快人快语。他最讨厌那些遮遮掩掩吞吞吐吐的人，看不惯就说，说完就过去了，从不计较什么。他棱角分明，原则性很强，有些事宁折不弯。

这种人作为朋友可以深交，在社会上混却经常吃亏，遭人暗算在所难免。

初到国外，安国一腔凌云壮志，一度踌躇满志。许多时候他是不拘小节的，总觉得自己心地纯正，无须拐弯抹角。这样即使得罪了人自己也不知道。四哥保国虽没什么文化，但善于观察总结，阅历丰富。刚到丽豪酒家工作的时候，工作、生活和老板一家在一起，吃饭同桌，还有两个大姑娘在左右，稍不留神便会招来不必要的麻烦，甚至会砸了饭碗，保国因此小心翼翼、谨小慎微。老板的儿子李小龙心高气傲，待他很不友好。寄人篱下，保国只好处处忍着，事事小心。一天，小龙不知干了什么坏事，老板追着打，一直追到厨房。见此情景，保国赶紧将老板拦住，回头对小龙说："你还不赶紧出去！"小龙转身从厨房后门溜走了。老板气得脸色铁青，老板娘在一旁边哭边骂道："臭小子，你去死了算啦！"保国知道他们就这么一个儿子，小龙一定是闯了大祸。他作为一个外人，不能问人家为什么打儿子，只能充当和事佬，两头劝，说好话。保国对老板两口子说："小龙这孩子其实不错，一放学就到厨房帮忙干活，菜也学着做得可以了。要是在大陆，像他这样的青年只要好好念书，什么事都不用做，一家人还得哄着呢！"听了保国的一番话，老板两口子的气渐渐消了。过了几天，小龙买了份意大利面请保国吃，特意感谢他替自己说好话。保国说不用谢，并劝他："你还年轻，现在店里生意不好，你爸爸妈妈多不容易呀。你好好念书，不要惹他们生气。"从此小龙一改以往的态度，见了他便田哥长田哥短地叫，显得很亲热。

一天上班时，李老板手捧一大束鲜花，对保国说："阿田，今天是我太太的生日。"他并没有吩咐保国做菜，可是为了让他儿子尽孝心，所以让小龙炒了几个菜。保国按照北方人生日吃长寿面的习惯，特意为老板娘做了满满一碗面，竟然是一整根面条。老板娘高兴地道谢说："阿田啊，我从来没吃过这么漂亮的面条，谢谢你！"并给了他20马克的小费。老板之所以能爽快地答应请安国来他店里打工，主要还是看准了保国的老实和勤快，心里大概想的是："阿田的弟弟肯定和他哥一样老实勤快！"

是的，安国和四哥一样都是个实在的人，也很勤快。可是他年轻气盛，性格刚毅，说话莽撞，不是所有的老板都喜欢的。

安国望着四壁斑驳的白墙，一股浓浓的孤独感油然而生。他几次欲拿起电话向大哥倾诉，却又止住了冲动——实在不忍心让远在国内的大哥为他着急担心啊！他感觉万分自责，后悔自己辜负了两个哥哥曾经为他出国付出的诸多心血。愧疚、无助、愤怒、懊悔折磨得他如同一头四处冲撞的困兽，无法挣脱那无形的牢笼……

突然，他想到了奥古斯特公司。

是呀，有他们在，我还怕什么呀！

安国几乎不假思索地拿起电话就打了过去，发现已是凌晨，公司怎么会有人接电话呢？

焦躁之际安国不经意间看了眼手表，才发现是半夜3点多。看着地上七倒八歪的啤酒瓶，听着窗外淅淅沥沥的雨声，在酒精的作用下他仍无法抑制烦躁不安的心情，凌晨4点多的时候直接把电话打给了莫妮卡。莫妮卡被电话从梦中惊醒后十分不悦，听完他的诉说后久久没有出声，安国只能模糊地在电话里听到她和丈夫丹尼尔在用德语谈论着什么，最终丹尼尔告诉安国，说弗兰克明天会和他联系。安国放下电话后察觉到了一丝异样：莫妮卡往日接到他的电话都很热情，从未如此冷淡过。今天怎么啦？大概是因为半夜吵醒了她所致吧？明天就好了。

伴着些许安慰，安国迷迷糊糊地进入了梦乡。

一觉醒来已是早上8点钟了。因为不愿和狡诈的阿金打照面，安国一直等到他出门上班才出屋洗漱。那间被阿金弄得脏乱不堪的洗手间令他倍感恶心。

整整一个早上，安国都坐在电话旁焦急地等待。

中午的时候，得知这个坏消息的H教授夫妇特意赶来看他，令安国十分感动。H教授夫妇反复仔细查看了安国与丽豪酒家之前签订的合同，认为事情并非那么简单，但他们不是律师，无法为他出谋划策。曾担保安国到德国留学的善良老人吕德杰也打来电话安慰他，问他是否需要帮忙聘请律师打官司。让田安国万万没想到的是，曾与他在奥古斯特公司短暂共事的两名同事竟前来住所看他。这两位德国人之前从国外回到家乡与奥古斯特公司合作开展生意，与安国常聚在一起喝酒聊天，最后不知何故突然与公司决裂，不过二人却一直与田安国保持着朋友关系,不时向他询问中国市场的情况,准备着手到中国做生意。二位前同事看过安国的雇佣合同后认为情况对他有利,答应帮忙咨询律师并拿走了那份合同复印件,令安国稍感安慰。

一整天几乎就这么度过了,却始终未收到奥古斯特公司的音信。直到晚上7点左右,田安国才接到丹尼尔的电话。与往日他那浑厚磁性的男中音不同,安国明显感受到他声音里透着的丝丝冰冷:"马克(安国的英文名)先生,请带上我们借给你的自行车到公司来!"

凉意瞬间袭遍全身。安国的住地离奥古斯特公司将近20公里,之前通常由他们接送他去公司,偶尔安国也坐地铁换乘公交,但从未骑单车去过那里。

此刻,安国毫无选择余地,只能立刻骑着那辆单车从丽豪酒家赶往奥古斯特公司。

一路上他都在想象着莫妮卡会在奥古斯特公司给他安排什么样的职位。一年多来,他曾利用几乎所有的业余时间往返在这条路上,给奥古斯特公司打工。后来莫妮卡一度要求他入股,安国感觉时机不成熟,所以就拒绝了。如今自己被丽豪酒家炒掉,再也不用在这条路上来回穿梭,可以安心地在奥古斯特公司工作了。如果合作愉快的话,自己就可以在慕尼黑站稳脚跟了。届时如果梅婉婷愿意的话,也可以到德国来工作。她的外语水平甚至比自己还要好,在这里工作应该没有问题的。

夜幕降临后的慕尼黑静谧、寂寥,除了朦胧的灯光交替闪烁,感觉和乡下一样安静。这座城市除了玛利亚广场等主要场所和街道,大多数地方进入夜间后都显得十分安静,不像国内城市,喧闹的夜生活一直会延续到深夜。

说来也怪,他竟然凭着记忆中的那条行车路线找到了公司所在地,到达这家公司的时候已是万家灯火。一路疾驰,安国早已累得几乎虚脱,浑身大汗淋漓,衣服全湿透了。也许是心里在鼓着一股气,往常骑车没这么快的。他想莫妮卡和弗兰克、丹尼尔等人应该早就守在大门口,等待着他的到来。

然而,眼前并没有想象中一帮人的问长问短,只有弗兰克一个人坐在那里等着他,没等安国说明原委,弗兰克便冷冷地说:"马克,我们帮不到你!"

安国在一瞬间愣住了。他呆呆地站在那里,像一棵被雷电击中的树快要站立不稳。一股寒风裹着湿冷的气流迎面袭来,安国只觉得浑身一阵颤抖,汗水与泪水纵横交织……

安国努力使自己平静下来，他提起了自己的佣金。一年来自己起早贪黑含辛茹苦几乎牺牲了所有休息时间为这家公司卖命，至今还未拿到一分钱的佣金呢!

见安国提到了佣金，弗兰克早有准备地拿出一份清单，冷冷地说:"公司赔了五十万马克，你持有公司25%的股份，应承担12.25万马克的份额! 还有公司每次派车接送你的费用(以的士标准计价)、到中国为你购置服装的费用、礼品费用、机票、配置传真机费用、午餐费用、给你印刷名片的费用等，合计18.5万马克!"

"我什么时候成了你们的股东？有什么凭证？我在协议上签过字了吗？"安国愤愤地质问。

弗兰克摊开双手，耸了耸肩膀，强调和重复他在转达莫妮卡和丹尼尔的意思。

"马克，我和你一样没有任何权力。"弗兰克说。

安国非常愤怒，要求莫妮卡和丹尼尔出来跟他解释。弗兰克得意扬扬地说:"亲爱的马克，他们已经下班了，再也不会见你了! 今晚叫你来的主要原因，是让你把我们的自行车送过来。马克，你做得很好，现在可以离开了。"

安国感到自己怒火中烧，他真想冲上去掐着弗兰克的脖子，然后揪着他一起去见那个可恶的女人莫妮卡和她的丈夫丹尼尔。他万万没有想到，一向以诚信闻名于世的德国人也会这么耍流氓! 那个莫妮卡立眉吊眼、尖下巴、刀片嘴，长得像极了中国动画片《葫芦兄弟》中的蛇妖。这个女人像毒蛇一样阴险，当她需要你的时候可以百倍地对你好，取得你的信任，一旦发现你没有利用的价值，便会一脚踢开，毫不留情。

如今，安国不幸遭到了这条毒蛇的暗算，她不但不给他支付佣金，还猪八戒倒打一耙，说安国欠他们18.5万马克! 真是卑鄙下流，厚颜无耻啊! 还有这个自称是成吉思汗后代的弗兰克，上次一起去中国的时候自己一路上照顾他，想不到回到德国也是这副小人模样，与莫妮卡狼狈为奸，沆瀣一气，落井下石!

安国迈开灌了铅似的双腿离开了奥古斯特公司，一种被欺骗被羞辱的愤怒与憎恨充斥着他的每一个细胞。这时弗兰克喊着他的名字追了上来，要回了单车钥匙，并将那份羞辱安国智商的账单硬塞到了他的手里。

天空飘起了蒙蒙细雨，泪水和雨水混杂在一起，田安国机械地迈着脚步，漫无目的地往前走去……

一连两天，安国都遭到了小人的暗算。四哥离开德国的时候曾告诫过他，要他注意提防那个阿金。安国虽然讨厌他，但一直觉得他是难民，家里贷了那么多的高利贷，所以对他更多的是包容和同情。还有他以为凭借自己的聪明才智及勤奋，只要在厨房把活干好，就能继续干下去。至于兄弟俩几次包容阿金，也是觉得他可怜。谁知这条冻僵的蛇一旦醒来，首先咬的便是需要报恩的农夫……莫妮卡一伙不同，他们充分利用了安国的憨厚和诚恳。他们深知即使对田安国做得再过分，他一个中国人在这里形单影只、举目无亲，能奈他们何？

雨越下越大，安国找了一处地方避雨，良久，他变得冷静下来。遇到疯狗，只能自认倒霉，还能做什么呢？临走时，他留给了这位弗兰克先生一句话："不要得意太早。有朝一日，你和丹尼尔会和我一样的下场——咱们走着瞧！"弗兰克冷笑了一声，耸耸肩，摇摇头走了。

安国一语成谶。多年以后，当田安国再次来到慕尼黑见到这位聪明但没有头脑的弗兰克先生时，他的不幸结局被安国言中了。至于那位丹尼尔先生也被莫妮卡一脚踢开，赶出了家门，流落到中国天津一个德式餐厅打工！

安国在天津奇遇这位"老朋友"后，不慌不忙地走到跟前问："亲爱的丹尼尔先生，你还认识我吗？"丹尼尔做梦也未曾想到会在这里遇见"马克"，他拼命地摇头，装聋作哑。安国说："丹尼尔先生好健忘呀！我还欠你们18.5万马克呢！告诉莫妮卡，让她到中国来找我！"丹尼尔压低嗓门恶狠狠地说："马克，请不要坏我的好事！"安国哈哈大笑，丹尼尔失魂落魄，竟然吓得从后门跑了！

仇恨永远不能化解仇恨，只有宽容才能化解仇恨，这是永恒的至理。

后来，安国意识到他和丹尼尔还有弗兰克毕竟都是受害者，于是尽弃前嫌，还帮丹尼尔找了一分收入不错的工作。

当然，这些都是十几年以后的事情了。

带着被欺骗、被愚弄、被羞辱的心，安国一个人走在大街上。街上的行人越来越少，树影婆娑，寒风阵阵，冷雨凄凄，他感觉自己从来没有这么孤独和无助过。接下来的路该怎么走？回国还是继续在德国发展？如果继续在德国发展的话还在中餐馆打工吗？哪里有中餐馆招聘厨师呢？如果回国的话再回科研所工作吗？说自己在慕尼黑餐馆打工两年，上当受骗，灰溜溜地回到油田上来了吗？

不！想想自己为了出国受尽屈辱，千辛万苦才来到这里。这条路既然已经迈开步子，开弓没有回头箭，无论如何崎岖，如何艰险，都要坚定不移地走下去！

2

签证的有效期只剩下一个多月的时间了，陷入绝境的田安国一时不知道该怎么办！

几天后，丽豪酒家的律师约他见面。

还是在这个餐厅的那个角落，有着绅士风度的这位律师早已在那里等候他，双胞胎姐姐以翻译的身份也坐在那里。心里有了一点底气的田安国已不再胆怯，也不再仰视他们，因为这之前大哥的朋友H教授夫妇已经看了他们的合同，一位早前与奥古斯特公司闹翻后自加拿大返回德国的前"同事"也帮安国看了那份合同，都认为事情并非李海洋想得那么简单。他们提前解除合同，就必须对田安国进行必要的赔偿，包括返回中国的机票。

一番寒暄之后，安国要求用英语和这位律师交谈。那位漂亮的双胞胎姐姐惊讶地看着田安国用英语和他们的律师交涉。告密的那个阿金想必也无法告诉他们安国的英语水平这么高。

律师感到十分惊讶，询问他在哪里学的英语，安国只告诉这位律师一切按德国的有关法律规定办理，其余话题他觉得没有解释的必要。

不一会儿，律师跟李老板商量之后提出了如下解决方案：支付田安国三个月的工资6000马克，允许他在德国寻找其他的中餐馆打工，安国可以在餐馆提供的宿舍多住一个月，并支付他回程的机票。

安国经过短暂考虑之后，同意了这位律师开出的条件，并立刻拿到了由李老板和律师共同签字的允许他可以在其他中餐馆寻找工作的证明函。

安国穿过厨房离开这家他工作了近两年的餐馆时，那个小人得志的阿金正站在大厨的位置上，吆三喝四地指挥着别人给他当帮手，感觉就像杂技里的小丑一样滑稽可笑！

回到住处，田安国的心里踏实了不少。他给自己煮了碗面，从冰箱拿出香肠与大葱、辣椒、黄瓜、西红柿混杂做了一道类似老家陕西旬邑的凉盘子，所不同的是德式香肠代替了猪头肉，德国啤酒取代了中国白酒。自创的中西合璧的吃法让安国很是受用，不知不觉间几个喝空的啤酒瓶像他一样倒在了地上……

这是他三四天来睡得最踏实最久的一觉。安国被H教授的电话叫醒，一看已是次日八九点钟。H教授得知昨晚的事情后非常高兴。接着吕德杰教授也打电话过来，问他周末是否方便到家里共进早餐。

然而他们都解决不了他的实质问题。

田安国依然没有工作。

那段时间，一切能想的办法安国都想了，甚至打电话给那位在斯图加特的周海涛。他到处碰壁，只能开始做返回中国的准备，这是万般无奈的唯一退路。无论如何，祖国的怀抱是敞开的，回到油田也不一定就去科研所上班，自己也可以下海做生意当老板呀！

那天，田安国一个人在街上转悠，感觉百无聊赖，心灰意冷。这座美丽的城市在他眼里也失去了光彩。当初它曾那么热情地接纳了他，如今却又变出一副冷冰冰的模样，拒人于千里之外。

安国走累了，坐在花坛旁休息。

突然，他想起了慕尼黑金城饭店的老板欧伟雄先生。这个来自香港的只有20多岁的欧先生不但是当时慕尼黑最年轻的华人餐厅老板，而且经营的金城饭店也是当年慕尼黑最好的中餐馆之一。

令人啼笑皆非的是，介绍他认识这家餐厅和欧老板的人，还是那个阿金的一位姓叶的难民朋友。当时奥古斯特公司让安国找一家好的华人餐馆以便接待来自国内的客人，为此安国曾带着莫妮卡等几个人在欧老板的餐厅吃过几次饭，也顺便和他聊了啤酒自酿设备和他们与慕尼黑1860足球队合作的事。欧先生那时并不知道田安国在丽豪酒家当厨师，之后安国利用休息的时间还单独拜访过他，因此就和这位年轻、帅气、富有的老板有了三四次交情。

他现在还记得，欧先生那时穿着件褪了色的圆口T恤衫，上面还残留有点点滴滴的油渍。他们一起把两个文件箱搬到车上后，欧伟雄急匆匆地说他还要赶回店里去炒菜。他说恰巧店里大厨今天休息，所以不能耽搁太长时间。说完便开着他的宝马一阵风似的走了。

那时以为他们的交情也就到此为止了，所以田安国也没把这件事放在心上，不得不把全部心思放在收拾东西准备回国上。

安国一边收拾东西一边借酒浇愁。郁闷、消沉、绝望和痛苦折磨着他，心里非常难受。他想起了李清照的《声声慢》，此刻这首词似乎最能代表他的心情：

寻寻觅觅，冷冷清清，凄凄惨惨戚戚。
乍暖还寒时候，最难将息。
三杯两盏淡酒，怎敌他，晚来风急？
……

就要回国了，回去干什么？回到哪里去？怎么向关心和支持他的亲戚朋友交代呢？

临行时的豪言壮语还在耳旁回荡，享受众人羡慕、信任、期待的目光，特别是上次回到北京与梅婉婷卿卿我我、恩恩爱爱的那几天，自己对未来充满了期冀，牛气冲天，豪情万丈……如今，仅仅隔了才几个月就灰溜溜地回去了，如何向她自圆其说呢？

还有，那些煞费苦心坑害他的人知道了他的这种结局，岂不欣喜若狂？他们会不会也勾结在一起，来个落井下石，让自己在华北油田声名狼藉，一败涂地？为了这次出国经历的那些"门难进、脸难看、事难办"的磨难，几经波折，难道就是为了得到这么一个结果吗？！

田安国越想越苦恼，越想越难受。那段日子，啤酒成了他唯一的朋友和知己，成为他精神的麻醉剂。

第二天中午，欧先生打电话请安国吃饭。这个时候，甭说有人请他吃饭，就是有人打个电话安慰几句，安国也不会那么难受了！

有人请吃饭是件好事，安国爽快地答应了。

坐在那家意大利餐厅，安国并无心思享受那美酒佳肴。他左顾右盼，看餐厅人来人往，生意兴隆。眼前的这位年轻帅气的老板更是让他非常羡慕。他长得英俊潇洒，一张娃娃脸胖乎乎的，带着几分略显稚嫩的成熟；他的眼睛又亮又大，睫毛很长，非常好看；饱满红润的脸蛋笑起来有一对酒窝，憨态可掬，样子很迷人。

"你要能做厨房就好了。"安国正在走神，欧先生像是问他又像自言自语的一句话，让他一下子来了精神。

"你这话是真的吗？"安国赶紧问。

"是呀！你如果能做厨房就能帮到我。我新开了一个叫紫荆花的餐馆，还有从中国大陆聘请厨师的名额呢。"欧伟雄不紧不慢地说。

田安国喜出望外！他赶紧告诉了欧先生自己来德国的实际情况，并把在丽豪酒家工作的情况做了介绍。

欧伟雄听后感到十分惊讶！他一直认为田安国是国内派来与那家公司做生意的呢。

看了安国护照上的签证，欧伟雄笑着说，即便是他的餐厅没有名额，也会请他开餐馆的朋友们帮忙的。

安国本以为是欧先生为他安排的送行宴，没想到柳暗花明，峰回路转啊！

从大悲到大喜只是一顿饭的工夫，安国感觉自己的人生就是这么曲折离奇，这么富有戏剧性。悲喜交集，感慨万端！

接下来不到一周的时间，欧先生为安国办好了一切手续，包括租房、搬家、申请电话等。

田安国人生当中又一个也是最重要的贵人，在他走投无路的时候出现了！此后20余年，他们如同兄弟般在一起做事，分享成功，分担困难，成就了伟安达公司辉煌的今天。

在一本中文杂志上，安国看到了这样一段话："感谢伤害你的人，因为他磨炼了你的心志；感谢欺骗你的人，因为他增长了你的智慧；感谢中伤你的人，因为他砥砺了你的人格；感谢鞭打你的人，因为他激发了你的斗志；感谢遗弃你的人，因为他教导了你该独立；感谢绊倒你的人，因为他强化了你的能力；感谢斥责你的人，因为他提醒了你的缺点。怀着一颗感恩的心，感激一切使你成长的人！"

是呀，感谢命运，感谢生活，感谢生命中遇到的每一个人！

3

不久之后,那两个曾与田安国一起共事过的德国朋友托马斯和汉斯来看望他,并将律师的反馈意见告诉了他。根据德国相关法律,雇主如无故提前解除雇佣合同,应向雇员支付剩余期限内的全部工资。换言之,因为三年合同尚未到期,丽豪酒家老板应向田安国支付剩余一年的薪水和返回中国的机票。

由于不懂德国劳动法等相关法律,病急乱投医的田安国被炒鱿鱼后曾到慕尼黑黄金地段的一个律师楼咨询并与对方签订了合同,聘请律师为他处理与丽豪酒家的纠纷,一旦走投无路时,可以帮他申请延长签证。

在汉斯他们的陪同下,田安国来到慕尼黑劳动法庭立案。这一切他并未向欧伟雄透露分毫,生怕引起他的反感——毕竟,他要状告的是他的同行啊!

开庭前的那段日子里,托马斯和汉斯热心地帮安国计算能够获得的补偿金数额,安国遥想三年后德国政府返还他的个人所得税金,加上自己近两年的存款,折合成人民币足足有30余万元!这笔钱当时在国内可不是一笔小数目,可以办许多事的!

安国非常兴奋,沉浸在即将获得的美梦中不能自拔……

金城饭店在慕尼黑中餐馆中当属本地最具人气的华人餐馆之一了。这家由欧先生继承自父辈的餐馆店面不大,却吸引着大批食客到访,每逢周末尤其是天气凉爽时生意则愈加火爆。大雪纷飞的日子里,室内已满座的金城饭店甚至将平日老板坐的办公桌充当了临时餐台,而室外的食客们仍坚持不懈地打着伞耐心地排队等座。欧老板和太太、妹妹以及几名来自越南、柬埔寨的华人雇员忙得不亦乐乎。这个时候,赋闲在家的田安国便会到店里帮忙,做一些诸如清洗烟灰缸、收洗空盘子、打扎啤等杂活。在老板的安排下,他端着热气腾腾的梅酒分发给雪中等座的客人帮他们御寒。餐馆的贴心服务赢得了大家的一致认可。年轻的欧伟雄经营中餐馆很有自己的一套法子,无论是当大厨、当跑堂、采购、账目梳理、报税,还是雇请工人等,他几乎里里外外一把手。待忙完了一天的工作,精力充沛的欧老板时常带着安国去吃夜宵或打保龄球。这家位于慕尼黑1860足球俱乐部附近的保龄球馆一到深夜便成了华人的专场,大家可以花20马克兴致勃勃地小赌一局释放压力,尽情地大口喝着啤酒畅聊。在那段日子里,欧伟雄和他的几个朋友对田安国照顾有加，其中一位祖籍台湾的梁老板在交往中逐渐成了安国的朋友。梁老板全名梁达夫，在慕尼黑富商名流聚集的Greenwalt（格林沃特）小镇经营着一家"龙门饭店"。他本人体格健硕，留着一头标志性的长发，性格豪爽。在他们打保龄球期间，梁先生经常会给安国点一杯他钟爱的Pils（比尔森）苦啤酒。这种用高脚杯盛放的啤酒的泡沫极其丰富细腻，十分考验扎啤机的打酒技术。安国最初在金城饭店学习打酒时，常犯许多低级错误，他原以为啤酒泡沫越少越好，结果往往让欧老板返回吧台自己重新打酒，这样不仅浪费了不少啤酒还连连遭到客人投诉。在欧伟雄太太和妹妹的耐心帮助下，田安国花费较长时间终于学会了如何使用扎啤机打各种啤酒，并学会了如何清洗扎啤机。闲暇时，欧先生让安国跟随自己去采购餐厅用品，安国便可以顺便给自己买些方便面之类的便宜吃食和用品。有一次欧先生还开着车带安国到莱比锡找他的一个朋友玩了几天。在失业的日子里，有这样一位朋友关心并帮助他，日子感觉过得没那么消沉了，但每当看着日益减少的存款，联想到灰暗的将来，安国的心情便瞬间跌落谷底！

终于到了开庭的日子，在汉斯的陪同下，田安国人生中第一次走进了慕尼黑劳动法庭的仲裁庭。田安国看着身着异服的法官及两边面无表情的列席人员，感觉自己反倒成了那个即将被审判的人。丽豪酒家的律师早已没了先前的客气，目中无人地站在一侧，安国和聘请的律师站到了另一侧，汉斯先生则坐在旁听席上。全场一片肃穆，感觉空气都快要凝固了。

一开庭，安国方的律师便向法官陈述了诉求，这时对方律师出示了一份田安国曾签署过的文件。

正是因为这份文件，安国竟在短短的十分钟内被判为败诉！田安国感觉一头雾水，完全搞不清楚是怎么回事。不是说这官司只要打就能赢吗？怎么很快便败诉了呢？他把问询的目光投向自己的律师，律师责问他何时签署的那份文件，为何不告诉他？

田安国早已将那件事抛到脑后，丝毫不懂德国法律的他这时才意识到当时签署的竟是一份和解文件，签署的那一刻也就预示着他放弃了所有追诉权！汉斯无可奈何地埋怨他不该随便签署文件，更不该自己花钱聘律师，因为德国劳动法庭可以免费向被雇佣者提供律师服务。

最终这场官司不仅以失败而告终，更是几乎花光了田安国那几千马克，这可是丽豪酒家赔偿他的钱啊！

残酷的官司让田安国从虚幻的美梦中惊醒，一切又重回原点。然而这种情况下，他又能做什么呢？田安国失去了固定经济收入，花光了自己那点银行存款，不得已开始动用大哥汇给他的钱。

焦灼不安的气氛弥漫在小屋里，田安国常常在半夜惊醒，然后久久难以入眠，胡思乱想中他甚至想到了死亡！为了防止有一天自己死在房间无人知晓，他特意在欧先生那里留了一把门钥匙，并告诉他如果电话不在转机上又无人接听，可能他已经死了！欧伟雄只当他是在开玩笑，边摇头边收起了钥匙。此后，欧先生便经常约他外出，让他放松心情，消除郁闷。一次，安国边泡热水澡边听着四哥留给他的侯宝林相声卡带，这时大门咣当一声响了——火急火燎的欧伟雄看到安国正优哉游哉泡着热水澡听着相声，大为恼火，用广东话吼道："神经病呀，吓死我了！电话无人接听，还以为出了什么问题呢！"当时欧伟雄正在炒菜，放下炒勺就驱车过来了。

在欧先生的引见下，安国与在慕尼黑经营龙门饭店的老板梁达夫先生一见如故，从此开启了他们三兄弟伟（欧伟雄）安（田安国）达（梁达夫）的辉煌事业，开启了一段新的人生征程！

第二十一章

1

鱼因水而生而活,水因风而散而传,风因树而显而动,树因水而绿而茂,鸟因树而鸣而乐。世间万物都是在平衡中运行着,人生也是如此。有生就有死、有丑就有美、有恶就有善、有白天就有黑夜、有失就有得……这世间的一切都是辩证地存在的,互有因果,互有对应。

对田安国来说,如果没有那个奥古斯特公司,他就不会知道什么啤酒自酿设备,也不会认识卡斯巴瑞先生,后面与德国啤酒的故事也许就不会发生;如果没有那么一个恶心的福建偷渡客阿金,他就不会认识在欧伟雄餐厅打工的姓叶的福建人,与欧伟雄之间的故事也许就不会发生;如果丽豪酒家的老板不轻信小人谗言炒他的鱿鱼,三年打工结束后,安国也许和四哥一样再回到华北油田,续写那里的故事;如果没有奥古斯特公司的背信弃义,那这套啤酒设备的订单自然就成了那个公司业务的一部分,他能从中拿到一点点佣金就不错了……

命运有时候真不是掌握在自己的手里,好像冥冥之中有一种无形的力量在操纵着这一切……

安国当时只是挂名在欧先生的餐馆——慕尼黑金城饭店,并非餐馆的正式员工,这样他的住所就像一个小办公室一样,在那里与国内的客户、德国的公司和个人取得联系。

没有了正常的收入,手里的那点存款和大哥汇给他的钱也坚持不了多久,安国每天都在苦思冥想,不知道接下来的路该怎么走。自己的路又在何方。

那段时间,苦恼伴随着失眠,安国感觉自己已经到了崩溃的边缘,痛苦如影随形,每天都在叠加。

每到周一，安国跑到附近便利店花不到10马克买一张Lotus彩票，给自己一个希望，周六晚上9点守在电视机旁等来的是一个又一个失望。好在那失望只有不到40个小时，却可以麻痹另外的100多个小时。于是下一个周一，安国又会心疼地花10马克给自己再买一个希望，在希望与失望交替之间打发着那难熬的日子……

其实在德国有许多中国人是生活在夹缝中的。他们出国前都曾风风火火，甚至叱咤风云、名动一方，可是来到德国以后，西方世界完全不是他们想象的那种样子。少数人如年轻漂亮的杭州姑娘张莉，她德语学得好，后来嫁了个德国医生，很快融入德国上层社会。大多数人并不能如愿以偿。

H女士本是中国一所名牌大学的教授，年约50岁，一米六五左右的个头，皮肤白皙，身材丰盈，说起话来声音清脆悦耳，可以想象年轻时绝对是个美女。她曾到过许多国家，最后落脚在慕尼黑，和原来的丈夫离婚后嫁了个匈牙利籍男子。这个男人秃头、大胡子，两只大眼睛向外鼓着，活生生一个黑旋风李逵的模样。单从长相上看，他根本配不上H教授。大胡子的工作是在一家医院拍X光片，他最大的毛病是酗酒，且脾气暴躁，经常莫名其妙地发脾气，H教授总是像哄小孩一样地哄着他。H教授在一所大学图书室做管理图书工作，两个人租住在一间两居室的公寓楼里，日子过得并不富裕。H教授说她选择定居国外的主要原因是为了把儿子办出国。儿子来了，身边有个亲人，对她来说，精神上有个寄托；对儿子来说，在德国这个发达的国家可以接受到更好的教育，有更多的发展机会。在那个年代，有不少像H教授这样的人为了孩子，想方设法要拿到西方国家的永久居留权——绿卡，为此不惜委身于自己不喜欢的人，过着并不富裕也不怎么如意的生活。

在德国生活多年，H教授对海外华人有深刻的了解。这是一个让洋人感到"神秘"的族群，过着洋人无法理解的生活。一次聊天，H教授说她看过一本书，叫《不死的中国人》，它的作者是一名意大利记者。这位记者跑遍意大利全境，采访了大量生活在意大利的中国移民，写出了这本书，可以说是一份调查报告。这里面写中国移民和我们一百多年前在美国受尽排挤和歧视的先辈华工们的生活状况几乎没什么区别。书里讲了一些故事，比方说意大利有个水稻种植区，因为当地劳动力不足，所以就用小时制来雇佣中国人割水稻、除杂草。一段时间后，意大利庄园主发现中国人一干就是十几个小时甚至20多个小时,许多人不分昼夜,最后脱水累倒在地头。意大利人赶紧送他们去医院。从医院回来之后他说:"咱们这样啊,定个规矩,每天最多干十个小时,再多了不成。"第二天,意大利人跑到地头一看,中国人都跑光了!他赶紧跑到工人宿舍,发现宿舍还有两个人在打包行李准备离开,就问:"你们为什么要走啊?规定十个小时是为了你们的健康啊!"中国人说:"我们是出来挣钱的,你一天只让干十个小时,剩下十几个小时不就浪费了吗?我们又不是来度假的!"你看,这就是中国人。

这本书写道,中国人不仅干活在行还不花钱。首先他们肯定不买不动产,也不买大件商品,因为来就是打工挣钱的,买大件东西回头变卖就贬值。他们几乎不怎么花钱。在意大利,一个典型的中国移民如果单身的话,一个月挣2000欧元最多花200欧元,如果拖家带口有老婆孩子,花400欧元就不得了啦。如果花500欧元那就得开家庭会议,得批判,觉得太奢侈了!他们什么也不舍得买,就知道攒钱。同样,中国人也不理解意大利人每年都要度假,是过日子的人吗?意大利人不理解中国人,觉得这个族群怎么可以不度假不休息,动不动开一个店就24小时营业。一家人就睡在店里,这叫什么生存状态啊!

作者写道:说到根本,中国人还是一百多年前的习惯——玩命地干活,坚决不在文化上跟你融合。所以意大利人说我们为什么要这个族群?他们不喜欢我们的食物,不喜欢我们的文化,不喜欢我们的制度,他们从来不为尤文图斯队和米兰队喝彩。我们为什么要和他们做邻居,然后搞在一起呢?所以说虽然时隔一百多年,中国移民的海外处境至今没有变。

安国认识的另一位华人是L先生。L先生出国前是国内一家颇有名气的报纸的记者。他个子不高,瘦小精干,典型的知识分子模样。一天他给保国打电话,说有事找他。保国让他来饭店,他说在保国的住处等。保国下班后见到了他,记者解释说:"我要是去饭店找你,你老板不高兴,会给你带来不必要的麻烦。这里的老板最怕外人来找自己的大厨。"看来他很懂华人圈里的规矩。当时保国已经很长时间没有理发了,L记者给保国理了个发。L记者一家人租住在一个斗室里面,条件很差。家里如果来了客人,就需要在厨房铺个垫子临时凑合。L记者说他曾和老婆在公园里卖炊饼,保国听了心里很不是滋味——这么一个大记者,在国内牛皮哄哄,见了像他这样的厨师肯定连招呼都不会打,在国外却沦落到这种地步。再一想也可以理解，在国外，首先要生存，挣钱吃饭养家。如果不想回国，你就得放下身段，放下所谓的架子和尊严。此次他来找保国的目的是想开个饭馆，看他能否帮他找个厨师。保国说没问题，他在唐山烹饪学校学习过，他的老师是做宫廷菜出身的，也想出国，但后来没了下文。这些知识分子怀着美好的憧憬走出国门，没想到在国外谋生也不容易，想回国又怕丢面子，只好在外面硬撑着。

目前的安国，何尝不是这种情况呢？

2

几年的德国生活让安国感受到了一个全新的世界，而这个世界完全不同于国内那个熟悉的天地，更不像当年只是从西北农村到华北平原、从农业学大寨到工业学大庆、从华北油田到北京城那样同在五星红旗下的地域变化，而是完全不同的两种社会制度、完全不同的两个民族、两个世界。哪怕都是黄皮肤黑眼睛，但来自不同社会制度、不同地域、不同背景下的华人，其方方面面的差异也是巨大的！

由于以厨师身份到慕尼黑中餐馆工作，安国接触到的第一批华人就是打工店里的华人老板李海洋一家人，其次是与自己一样的华人打工者。随着渐渐熟悉那里的生活，安国又认识了诸如香江楼李老板夫妇、金城饭店的欧伟雄夫妇及妹妹，通过龙门饭店的梁达夫先生结识了他的姐姐、姐夫、哥哥等，还有来自广东在慕尼黑机场附近经营一家名叫"北京楼"的李先生和他的儿子，以及来自越南和柬埔寨的许多华人们，并和几个来自国内的留学生打工者建立了良好的关系。在金城饭店，田安国认识了一个来自北京的德文名字叫Efa的漂亮女孩，通过她结识了她那帅气纯朴的德国男朋友，随后又通过在中国大使馆担任商务处秘书的王晓林先生结识了来自国内长城公司驻慕尼黑办事处的工作人员，还给他们当过几次翻译。

安国挂靠在欧伟雄先生饭店的那一年几乎赋闲在家，因此有充足的时间了解慕尼黑的华人世界，有时他还会跟随欧伟雄及梁达夫周游德国和欧洲各国，他们的朋友很快成了大家共同的朋友，这些华人分别居住在汉堡、莱比锡、柏林、法兰克福等地，有的还住在奥地利。这些早期来到德国的华人大部分来自香港和台湾，有的从爷爷辈或父辈已经居住在欧洲大陆，他们中的大多数都在所居住的城市里经营着中餐馆。至于后来在中餐馆见到的打工者，多数同阿金一样来自福建、浙江等沿海地区，皆为偷渡客，德国人谓之"难民"。那段时间，德国的中餐馆至少在巴伐利亚一带的中餐馆厨房几乎都在雇用这些"难民"。他们鱼龙混杂，文化程度普遍较低，素质也不高。安国曾在一次休息的时候随阿金去难民营参观，在那里不仅体会到了德国政府对难民的友好和善待，而且深深领教了中国难民们内部形成的等级森严的组织结构，往往一些年轻的女孩便成了帮派统治者奴役的对象。

欧伟雄当时是慕尼黑最年轻最富有的华人餐馆老板，他从父辈手里以租买形式（边经营边偿还父亲开店的花费，直到还清，店才正式归他）接手这家餐厅后，与太太及妹妹精心打理，生意红红火火，到了周末更是客人爆满，外面要排长长的队伍。常常，安国看着那些吃饱了还坐在那里的客人，恨不得把他们扔出去！

年轻的欧老板生活方式和李海洋夫妇截然不同，生意清淡时他会约朋友们喝酒放松，晚上收工后不是去酒馆喝酒、打保龄球，就是与朋友们一起去有名的意大利、巴西、法国餐厅享受一番，活得十分潇洒。他的朋友圈子广泛，不仅和圈子里的朋友往来频繁，而且还和意大利同行也成为朋友。他们在一起商讨商机，关心祖国发展，经济危机时抱团取暖，互惠互利。在田安国认识他们之前，欧伟雄经常回香港利用闲钱投资股票，梁达夫则和几个朋友在国内与合作伙伴做生意。尽管他们的那些投资大多以失败告终，但为日后他们三人的合作奠定了基础。与他们相处一段时间后，田安国发现了他们的一个共性，那就是爱国。他们对祖国抱有纯朴而深厚的情感，看到当地媒体对中国的歪曲报道时会愤慨，遇到有人污蔑中国时会义愤填膺，坚决给予还击。对那些来自国内吃着国粮骂着政府的人会敬而远之。这一点令田安国非常感动，他回国后常常给亲戚朋友讲："在国内受了那么多年空洞的爱国主义教育，还不如在国外两年活生生的现实爱国教育，把我由一个有些偏激的愤青教育成了能客观看待社会、客观看待政府的朴素的爱国者！这应该是我在国外两年最大的收获了！"田安国发现，这批来自香港、台湾的老华侨们热衷于与中国有关的事务：中国领事馆开张他们会送花篮恭贺；领事馆国庆活动，他们再忙也要去参加；中国领导人到访，只要有要求，他们都会积极参与接待。1999年澳门回归，中国驻慕尼黑领事馆举办大型庆祝活动，欧伟雄和梁达夫邀请田安国一同前往，安国到现场后一看，那里几乎成了这些老华侨们的聚会专场！多年不见的老朋友们都来庆祝祖国的大喜事了。他们兴高采烈，载歌载舞,显得特别激动。他们在来自大陆的同胞遇到困难时都会伸出援助的手,梁达夫先生及太太和到慕尼黑踢球的国内球员邵佳一成了朋友,给其家人在慕尼黑诸多关照。同样,他们对被奥古斯特公司欺骗又失去了工作的田安国更是格外同情,热情关照。

通过一番仔细观察后,田安国发现德国的华人世界里有三种不同的群体:

一、老一代的华侨大多有着朴素的爱国情结。他们对国家、对民族有着深厚的感情和认同感,如梁达夫、欧伟雄,以及香江楼、北京饭店、文华饭店的老板们等。这些老一代的华人主要以经营中餐馆为生存之道,他们热爱祖国,豁达开明,乐于助人。如田安国遇到困难时,萍水相逢的欧伟雄、梁达夫先生便倾力相助,不图回报。

二、一批新华侨——他们大多是20世纪七八十年代通过不同途径从国内沿海一带迁徙到德国的新华人,他们其中一部人曾在大陆不同区域担任过政府职务。这些人不仅熟知国内发展机遇,还在国内有着盘根错节的人脉关系,而且特别善于在所在国家建立商业关系并带领着没有语言障碍的子女与国内开展商业往来。在国内推销国外著名品牌,作为代理商赚取佣金是他们的首选。那位周先生便是典型的代表。他们没有老华侨的爱国情结,利用商机赚钱才是他们最主要的目标。

三、20世纪90年代新到德国的华人——主要以留学生和偷渡到德国的所谓"难民"为主。留学生们主要是学习各种专业知识,并利用休息时间在中餐馆打工,以补贴他们在德国的学习生活费用。那些所谓的难民们基本上都是从沿海一带偷渡到德国或其他欧洲国家的"淘金者"。这些人花了大价钱跑到德国,赚钱还债是他们的唯一目标。

3

一天,田安国从金城饭店回到住处,看到地上有几页散乱的传真文件。起初,这些文件并未引起他的关注,毕竟自他搬到这里后,偶尔也和安定外贸进出口公司有传真往来。但当安国不经意间瞥了一眼"中国驻德国大使馆"几个字时,顿时精神为之一振。中使馆商务处秘书王晓林先生是安国五哥的中学同学,安国曾带奥占斯特公司的丹尼尔到波恩特意去拜访过他,王先生后来也到慕尼黑来看望过田安国。

这份传真正是王先生发来的：

安国弟：

深圳有家企业正急于采购一种叫"微型啤酒设备"的机器，不知你是否有这方面的信息？随附该企业信息。

王晓林

短短的几行字令安国兴奋不已！他立即将地上剩余的几页传真捡起来仔细查看，发现采购机器的是"深圳安然居大酒楼责任有限公司"。安国看到这家企业致中国驻德国大使馆的公函及其欲购买的设备详细说明时，瞬间感到热血沸腾——这不正是自己之前为奥古斯特公司翻译过的设备资料吗！他不但翻译过该设备的技术说明，还曾在丹尼尔的带领下现场查看过设备。此外，公司接待卡斯巴瑞夫妇的餐厅也装有该啤酒设备，安国回国期间更是向华北油田在建的办事大楼推荐过该设备呢！

这个雪中送炭的喜讯让田安国兴奋不已！屋里连日来的沉闷气氛一扫而空。

田安国拿着中国使馆王晓林先生发来的这个委托函，新的问题又出现了！让他翻译的那份资料上没有任何与卡斯巴瑞公司的联系方式，安国当初与这位先生见面时，也只是打了个招呼，并没有交换名片。

那个年代不像今天这么方便，通过互联网几乎能找到你想要的任何信息。再说那是在德国又不是在中国，除语言外还有许多障碍。要想在偌大的慕尼黑找到一个仅仅知道名字的小公司，谈何容易！

安国趁着兴奋劲从床上爬起，开始逐一翻找名片，令他沮丧的是竟没有一张名片与啤酒设备相关！他绞尽脑汁努力回想，终于记起还有两箱工作文件存放在欧老板那里。然而此时已是凌晨了。

安国辗转反侧，好不容易熬到第二天清晨，便迫不及待地给欧老板打了个电话，请他一有时间马上将文件送到自己的住处。过了一会儿欧老板便将文件送来了，安国急忙一遍遍地翻找，却怎么也找不到与那种啤酒设备相关的资料——箱子里只有他当时翻译的技术说明手稿！

大脑的热度渐渐退去后，他感觉有些发蒙。之前与卡斯巴瑞夫妇见面只是互相打了个招呼，并未留名片，而所有与之有关的资料仍存放在奥古斯特公司，老奸巨猾的莫妮卡怎么可能告诉他联系方式呢?

毫无办法。安国焦急地在房间走来走去,一时不知该如何是好。

只能再次求助于从事餐饮生意的欧伟雄了。可惜他也对这种设备毫无头绪,答应询问朋友看看情况。

人在处于困境的时候往往会死钻牛角尖,进入思维误区。安国一方面不得不向催问他的王晓林先生隐瞒实情以防生意被他人抢走,一方面又寻找不到设备商的任何信息,一时焦头烂额,生物钟也彻底紊乱,昼夜颠倒,感觉疲惫不堪。王先生曾多次强调购买方是深圳一家背景较深的军工企业,生意洽谈力求稳妥,不得出现任何纰漏,安国连连称是,有苦难言。

一番盲目忙乱后,他决定到金城饭店散散心。

安国坐在自己喜欢的座位上,手捧着啤酒,不禁回想起从前与霍伊博格老先生在此用餐的情景。突然,他想起自己有一张他们合伙人劳伦斯先生的名片!这两个来往几十年的生意伙伴曾像兄弟般要好,但不知何故竟突然在几个月前分道扬镳,而且关系闹得十分僵。

敌人的敌人不正是朋友吗?安国突然觉得自己有了头绪,立马返回住处找到劳伦斯先生的名片后电话联系。这位游走于亚洲各国的老商人似乎忘记了田安国是谁,直到安国费尽口舌甚至将几年前他们在北京见面的经历讲述了一遍后,劳伦斯才勉强回忆起来,但仍警惕地反问他是不是正和霍伊博格的女儿莫妮卡合作,为何联系他。安国于是如实地将自己受骗的惨痛经历告诉他,劳伦斯这才放下戒心,热情地与他寒暄起来。当他得知田安国正在寻找微型啤酒设备时,面带得意地说当初正是他向莫尼卡推荐的这种设备。安国随后将中使馆委托寻找设备的情况告诉他,并约定第二天见面详谈,劳伦斯先生答应了。

安国立即将这一好消息告诉了欧老板,让他约劳伦斯先生到安国最喜欢的一家德式啤酒餐厅见面。

慕尼黑的玛利亚广场附近有一家巴伐利亚风格的啤酒餐厅,名字与劳伦斯先生重名。那是一个周末的清晨,安国坐在餐厅楼上靠窗的位置点了一份慕尼黑白香肠搭配甜芥末酱,又要了一个散发着麦香味的面包圈。他手捧大杯的慕尼黑小麦啤酒,望着窗外古朴的街景,耳畔传来教堂的阵阵钟声,此情此景,仿佛将他带入《茜茜公主》那个年代的悠然生活。慕尼黑白香肠、面包圈、甜芥末酱和小麦啤酒是巴伐利亚当地百姓的传统早餐,当教堂钟声敲过十二响,白香肠即停止售卖。如果这时仍有人点白香肠,那么此人肯定是个新来的。安国初来乍到时曾多次犯了这种小失误,那时欧老板有空便会带着他到这家餐厅吃早餐,安国很喜欢这家餐厅的慕尼黑白香肠。约劳伦斯先生到这家餐厅见面的原因很简单:餐厅位置易找、周围环境优美,顺便解解馋!

上午 10 点左右,劳伦斯先生和太太如约来到这家餐厅。早已等候在二楼的田安国一下便认出了这位身材高大、声音洪亮的"老相识"。一阵寒暄后,安国把欧伟雄介绍给了这对夫妇,并告知对方他们是生意合伙人。

看了中国使馆给田安国的信函,这位老先生确信这单生意是真的。他们马上分头行动,安国负责与中国使馆以及深圳的这家企业联络,劳伦斯先生与设备制造商舒尔茨联系,而非卡斯巴瑞公司,这让安国有点纳闷,但那时他并没有多想。

担心再次被骗,安国要求明确双方的佣金分配比例。劳伦斯先生主动建议道:"因为是你现成的生意,佣金 80% 归你,20% 归我。"这番大度的话让田安国对这位经验丰富的老商人肃然起敬,安国和欧伟雄十分满意。这样,他们便结束了第一次会面。

之后不久,他们双方决定分工协作,劳伦斯负责联系设备厂商,安国负责尽快告知王晓林先生,最好他们能够与深圳安然居方面取得直接联系。

安国在周一早晨与王先生通了电话,王先生埋怨他为何之前迟迟没有回复,况且过了这么长时间,他也不确定安然居是否已经找到了这种设备的供应商。田安国听后感到非常着急,告诉王先生希望能够直接和安然居取得联络。这个不成熟的想法立刻便被驳回!王先生说最好还是以中使馆商务处的名义与安然居联系后,再让那边主动接洽你较为妥当。安国听后略感轻松,只能守在传真电话旁等待王先生或安然居的消息……

约 12 点时,劳伦斯先生打来电话,告诉田安国已经约好了去工厂的时间。

一头已经敲定,而另一头却仍需等待。倘若安然居已经找到了供货商,他们所做的一切终将是竹篮打水,届时如何向劳伦斯先生交代呢?

焦虑再次笼罩在田安国的心头,他感觉自己像漂浮在汪洋大海上的一只小船,刚刚看见海岸线,一阵潮水又将他裹了进去,随时都有被巨浪吞噬的可能。

4

苦苦等待是一种煎熬，更是对毅力和耐心的极大考验。一连7个小时，田安国焦急地守在电话传真机旁，焦躁的等待中他只能一口接一口地喝闷酒，不时在心里默默计算着国内与慕尼黑的时差，甚至将床头的闹钟调成了北京时间。时钟嘀嗒嘀嗒地走着，坚定而有耐心，每一下都撞击着他的神经。就这样一直等到夜幕降临，始终未听到电话传真机传来的任何声音！

之后的两天时间，田安国都是在焦虑的等待中度过的，感觉一天比一个世纪都要漫长，每一分钟都是在煎熬中度过的。那两天，他甚至连下楼买啤酒都是跑去跑回，生怕错过了那个极为重要的电话！随着时间一点点拉长，他变得像一头困兽般狂躁，心中无数次在嘶喊，神经已非常脆弱，感觉随时都有崩溃的可能。屋里听到任何动静他都会立即直奔传真机旁，然后死死地盯着它，期待奇迹的发生。

这期间，欧伟雄打电话告诉他已经约好了周四早上7点去工厂，万事俱备只欠东风！安国更是感觉如坐针毡，恨不能插翅飞回国内，看看那边究竟发生了什么！因为怕错过电话，一连两天两夜他都没有休息。熬到第三天晚上后，不堪疲惫的他将电话转到传真功能后，便迷迷糊糊睡着了……

睡梦中他真的飞回了深圳，来到安然居大酒楼。酒楼里正在施工，人来人往。安国问一位施工人员是否在安装一种自酿啤酒设备？施工人员看了看他，轻轻地点了点头。安国感觉自己的头在一瞬间膨胀起来，都快要爆炸了！完了！这件事因为自己耽搁，人家已经与别的公司合作了……这时搁在桌上的一个电话突然响了起来，安国立即抓起来听，里面传来欧伟雄的声音："田大哥你在哪里？劳伦斯先生要起诉你，要求你赔偿他这些天的损失呢……"安国急忙问他要赔偿多少，欧老板说5万马克！安国说："凭什么啊？再说我哪有那么多钱给他啊！"欧伟雄说："因为这件事你们已经签了合同，人家律师会在法庭上出示证据。"安国说："那我该怎么办？"欧伟雄说："你先回国躲一躲吧，这件事我来处理……"

安国做了一夜的梦，一觉醒来发现天已大亮，条件反射般瞥向传真机，欣喜地看到飘落在椅旁的纸页，迫不及待地念了起来：

田先生，

　　我是深圳安然居大酒楼责任有限公司的采购部经理赵永安，我方急于购买小型啤酒设备，请尽快帮忙解决，如有进展请与我直接联系。

深圳安然居大酒楼责任有限公司
采购部赵永安

　　安国大喜过望，心中的一块石头轰然落地，只觉身轻如燕，兴奋得跳了起来！他立刻将这一消息告诉了王先生。王先生的口气倒是十分平静，或许处理过诸多大事的人对这种小事已见怪不怪。得知消息的欧老板似乎也很淡定，看来沉不住气的只有自己了。

　　田安国吸取之前的教训，请深圳安然居的赵先生出具了一份委托函，委托他在德国帮助他们寻找设备供货商。随后他又与安定外贸公司协商，让对方出具了一份函件，授权他为该公司在慕尼黑的代表。由于田安国之前协助安定外贸公司与奥古斯特公司联络生意并且为他们争取到了令其满意的佣金，因此他提出的要求得到了对方的大力支持，甚至指定专人负责处理与他相关的信函。

　　接下来安国便开始为次日的工厂之行做准备了。名片只能临时用之前奥古斯特公司为他制作的应急，他用涂改液把名片上的公司信息涂掉后写上自己的现住址和电话。一番忙活后，几张不伦不类的名片便搞定了。

　　这次出行是田安国和欧伟雄的首次生意之旅，安国没想到这样的旅行日后成了他们生活的常态。彼时的欧老板开着自己那辆黑色宝马，伴随着阵阵港台音乐飞驰在巴伐利亚的乡野间，显得朝气蓬勃，意气风发。安国心有旁骛，疲惫地坐在副驾驶座上思考着即将谈判的内容。

　　行驶近200公里后，他们抵达了Bamberg（班贝格）小镇，劳伦斯先生已先于他们到达了那家工厂。安国以为这就是他近期寻找的卡斯巴瑞啤酒设备制造厂，内心激动不已。然而到了工厂见到的老板并非卡斯巴瑞先生，令他有些纳闷。这是一位个头不高、不善言辞、长相酷似马克思的大胡子老板。田安国和欧伟雄、劳伦斯先生跟随接待人员参观工厂后便回到了接待大厅。奇怪的是工厂的接待人员始终只和劳伦斯先生热情地交谈着，然后劳伦斯再向田安国和欧伟雄转述工厂的意见，看来工厂似乎并不打算与他们交换名片。不仅如此，安国预想中的坐在会客室与对方谈判的场景，也换成了站在办公楼的大厅与对方短暂的交流。见此情景，安国示意欧伟雄趁他和劳伦斯先生谈话之际，收集并带走宣传栏内放置的各种资料。

一出工厂大门，劳伦斯先生即表示由于这单生意需要他做大量的准备工作，要求与田安国重新谈判佣金的分配比例，将原定的二八分成改为五五分成。安国尽管心中不快，但为了不影响生意，还是答应了他的无理要求。这个时候，安国来时的激动心情早已荡然无存，一连串的问号反复出现在他的脑海。

怀着这种莫名的心情，他们启程前往慕尼黑。路上，当田安国翻看欧伟雄带回的资料时，内心的疑问越来越多：资料中涉及技术生产的内容全部用 Kasper-Schulz 作为品牌名，但销售广告宣传材料则标着另一个名字。宝马在田间飞驰，两边是一望无际的绿色，不时点缀一些红顶的哥特式建筑，旁边是悠闲吃草的马儿或牛群。瓦蓝色的天空衬着白云，与地面的湖水交相辉映，别有一番浪漫的风味。

一路上，欧老板仍旧边开车边听着音乐，田安国则不断思考着刚才所见的种种奇怪现象，特别是劳伦斯的善变，脑海中不禁再次浮现当初在奥古斯特公司被莫尼卡一伙儿欺骗的那一幕。他估计，自己之前的信息资料包括在慕尼黑和安定外贸进出口公司的电话传真地址，都被这家伙与工厂做了佣金保护协议，否则工厂人员不可能不与他们交换名片。所幸他并未将中国使馆公函及深圳安然居酒楼出具的委托函交给劳伦斯，这样的话，至少离开他，劳伦斯他们根本联系不到设备购买商。安国接着仔细查看，发现每份资料的页脚都印着公司的地址、电话和传真。他的心情随即好转，不等抵达目的地就迫不及待地让欧伟雄用他的手机试着拨打资料上的电话。欧伟雄拨通号码后，一个浑厚的男中音在耳畔响起"Grussgott, Brauhaus System Caspary, Schugraf is speaking.（您好，这里是卡斯巴瑞啤酒自酿设备，我是舒格拉夫）"安国立即接过电话自报家门，等再三确认这就是他一直苦苦寻找的卡斯巴瑞公司后，不禁长长地舒了一口气！

第二天，劳伦斯和太太带着一双儿女急不可待地来到慕尼黑与田安国会面，这次地点定在欧伟雄的金城饭店。美食美酒享用过后，老奸巨猾的劳伦斯再次提出佣金分配方案，竟然要求三七分，即他本人占70%，田安国只占30%！

三次见面，三次更改佣金比例，这种情形下，田安国心中已有了思量：坚决不能和这种老狐狸做任何生意，否则绝对出力不讨好，最终可能会落得竹篮打水一场空。心中有了这个主意后，安国显得不慌不忙，他边与劳伦斯闲聊边察言观色，言语间已多了几分敷衍和搪塞，耐心也消磨殆尽。

几天后，田安国和欧伟雄再次踏上征途。不过这次他们不仅充满了斗志和信心，而且拥有了自主权，不再是任人摆布了。

这是田安国人生中第一次在生意场上试水，或许就是从那时起，他才真正步入了商业之路。

5

卡斯巴瑞公司位于巴伐利亚风景优美的基姆湖畔，巴伐利亚路德维希国王曾在此修建自己的行宫。一路上，梦幻般的景色尽收眼底，安国感觉自己如同误入纯净的童话世界，重温电影《茜茜公主》中茜茜第一次与王子相会的场景。绿色的草甸像青青的麦浪随风翻滚，间或透出基姆湖亮丽的蓝波，映衬出一幅立体交错、层次分明的风景画卷。安国虽来德国近两年时间，但大多数时间都是在餐馆度过，即使休息最多也就是在慕尼黑城里看看建筑，很少这样亲密地与大自然接触。此刻，他仿佛忘记了这次出行的真正目的，像一位观光客，完全被这葱茏明媚的景色折服了。

汽车行驶到一栋大木屋前停了下来，欧伟雄告诉安国，这就是此行的目的地。安国一下车便看到一个高大的身影在木屋旁的花园内来回走动，这时另一名身高约两米的中年男子向他们走来——他就是之前接电话的舒格拉夫。田安国站在他面前，身高不到一米七的他感觉自己像个小矮人。

寒暄几句后，舒格拉夫将他们迎进屋内。这是一间充满艺术气息的住所，却又不失温馨。那位刚刚在花园里忙碌的长者走了进来，他身材高大，一头银发，戴着一副茶色的眼镜，显得精神矍铄，目光透着一股德国人特有的敏锐。他的体形有些偏瘦，因此显得更加挺拔，神采奕奕。他伸出一双大手笑容满面地说："欢迎你们，我的中国朋友！"

这位亲切的老者便是让田安国费尽周折迫切寻找的卡斯巴瑞先生！

酷爱茶艺的卡斯巴瑞太太亲手调制茶品，安国坐在木质的大房子里细细品味，茶味香醇，丝丝温暖直抵内心深处。提及自己家族的啤酒史，老先生如数家珍般滔滔不绝，并向他们详细介绍了1788年卡斯巴瑞家族第一代传人如何在慕尼黑开启了家族的酿酒生涯，并展示了当年的酿酒日记原件。

鲁道夫·卡斯巴瑞先生是Caspary（卡斯巴瑞）酿酒世家的第十七代传人，他生于1937年6月28日，毕业于德国著名的慕尼黑工业大学，并取得了酿酒师和机械工程师证书。从1984年开始，作为家族第十七代传人，鲁道夫·卡斯巴瑞先生继承其家族产业，在40多年的酿酒生涯中，他将自酿啤酒理念与现代餐饮文化巧妙地融为一体，首次将微型自酿啤酒设备引进餐厅。自此以后，他在巴伐利亚州开始设计并生产卡斯巴瑞酒吧式自酿啤酒系统。

Caspary家族的啤酒故事开始于公元15世纪到16世纪，其祖先居住在特里尔城的一个小村庄，历任宫廷侍臣。1788年，Caspary家族取得酿酒权证书。随后其家族长子约翰·巴蒂斯特·卡斯巴瑞在特里尔城街道680号创办了自己的酿酒厂，至今已有230多年的历史。

中午时分，卡斯巴瑞夫妇邀请他们来到附近一家名为"一棵树"的啤酒餐厅用餐。坐在啤酒花园沐浴着阳光，安国边品尝现酿的鲜啤边欣赏周围如诗如画的美景，那一刻的闲适令他终生难以忘怀，成了他品味人生的美好开端。对田安国而言，啤酒从此成为他生命中不可或缺的一部分，它不仅改变了他的人生，更让他情不自禁地将毕生精力投入到了这个魅力无限的事业之中。

担心再出变故，田安国立即以安定外贸公司的名义与卡斯巴瑞公司签订了项目保护协议，也就是佣金协议。看着那白纸黑字的协议上注明着18%的佣金，幻想着拿到佣金的那一天，自己一下子便会成为百万富翁，田安国感觉非常兴奋。

那天夜里，田安国无比激动，他再次失眠了。人的生命似洪水奔流，不遇着岛屿和暗礁，难以激起美丽的浪花。然而这次漂流也太富有挑战性了，以至于他都感觉自己快被抛进漩涡，沉入水底了！

围绕着成功做成这一套啤酒自酿设备的故事，是田安国人生的第一堂生意课，也是他踏入德国啤酒行业的敲门砖，从此开启了他与德国啤酒的不解之缘，也开启了他与卡斯巴瑞家族的不解之缘。卡斯巴瑞老先生用他一生的经验、智慧和家族230年的酿酒历史陪伴着他。安国与这个家族的渊源也由此开始，翻开崭新的一页。

第二十二章

1

这里需要再提提那个奥古斯特公司。

鼠目寸光的那帮人以为不再需要安国和他大哥建国就可以在中国开展他们的生意了。这帮人丧心病狂地欺骗和伤害了田安国,在他最为痛苦的时候给他伤口上撒了把盐。他们觉得这还不够,竟然厚颜无耻地给华北油田机械厂、华北油田驻京办、安定外贸公司分别写信,污蔑、诋毁田安国的人格。时过境迁后,安国真的庆幸自己早早看清了他们的嘴脸,否则还不知道被他们骗到什么时候呢。

后来的日子,每当安国到慕尼黑时,总愿意到那个地方去转转。那里早已人去楼空,骗子们也销声匿迹,不知去向。唯有街道两旁的大树仍郁郁葱葱,路边绿草葳蕤,鲜花烂漫,人来人往。

前面讲到了因果。中国有句谚语:"恶有恶报,善有善报。不是不报,时候未到。"奥古斯特公司破产已成必然,几个骗子聚在一起,骗局总有被揭穿的时候。

贪得无厌的老狐狸劳伦斯先生不久也谢幕归天了,这个消息令田安国多少感到有些突然。也许在进入天堂的那一瞬间,他还在惦记着这笔能够得到70%佣金的订单,可惜他这辈子无论积攒了多少财富,死后一切都与他无关了。

这个世界你生不带来,死了也是无法带走的。

没有主见的李海洋夫妇听信了那个难民阿金的谗言赶走了田安国,生意每况愈下,那个难民带着自己的难民朋友带给李老板的也只有灾难!丽豪酒家举步维艰,难以为继,不久就易了主人。北京的一位女主人把它变成了一家自助中餐厅。

有一年,田安国应名仕啤酒总部邀请参加慕尼黑啤酒节,为中国代表团服务的一位华裔女士引起了他的注意——原来她是李海洋老板双胞胎的老二。

安国冰释前嫌，善意地跟她打招呼，自我介绍是曾给她家店里打过工的阿田。女孩看样子很尴尬，讷讷地说她不记得了……

很快，田安国和卡斯巴瑞公司的执行董事道格拉夫一起来到了深圳，经过艰苦的谈判，终于签订了一套20HL的啤酒自酿设备销售合同。陪同田安国来的梅婉婷也帮忙做翻译。安国一直好奇深圳的这位老板是个什么人，买一套啤酒自酿设备竟然会惊动中国驻德国大使馆。

原来深圳安然居的这位邱老板和时任国家某部委办公室主任的L先生关系非同一般。世间的事有时就是这么奇妙而又滑稽，如果他没有那么神通广大的关系，安国也不会成为这种关系的受益者。

邱老板对梅婉婷的才华赞不绝口。安国不了解他们之间的关系，竟然留梅婉婷给他工作了一段时间。这位只有小学四年级文化程度的邱老板聪明绝顶，他最大的强项便是能够打通上层关系，开一个自酿啤酒城和粤菜馆，竟然挂靠在北京某部队驻深圳办事处的名下！无论前期银行贷款还是后期的经营管理都一路绿灯，顺风顺水。

安国完成合同的谈判签订后，必须尽快回到慕尼黑，那里还有许多事情要做。他也想尽快把这一好消息告诉欧伟雄，以分享这来之不易的成果。

时间已经到了1996年的秋季，安国在德国的签证已无法再延长，几年迟迟没有结果的移民加拿大当厨师的签证却意外获得了批准！

眼下有两条路可供他选择：要么回到中国，要么去加拿大当厨师。

安国一时没了主意，感觉很纠结。

刚到德国不久，安国便去英国代表大哥参加他一位老朋友的葬礼。好朋友骆洪钺正在德国攻读博士学位。

他乡遇故知，情义格外浓。他们在一起规划未来，盼望着有朝一日兄弟合作，做成一番大事业。没想到骆洪钺毕业后去了加拿大，并建议安国也移民加拿大。此时已拿到加拿大移民落地签证的田安国开始了新的纠结：是做成现在的这一单生意，还是去加拿大坐移民监呢？如果不能亲自把深圳安然居的这套自酿啤酒设备跟踪到底，特别是后期的安装、调试、尾款收取等，佣金就有可能泡汤，他的许许多多与之相关的梦将随之破灭。

大哥当时的意见是让他去加拿大工作，安国觉得把自己的一生和厨房餐厅联系在一起，心里实在不甘。

有时候，人生最怕你没得选择，最难的是有太多选择，难上加难的是你不知道选哪一个是对的……

2

欧伟雄原籍广东深圳。他的父亲早年偷渡香港，那时他还很小，寄居在姑姑家里。父亲在香港学会了厨师的手艺后来到德国，先是在餐馆打工，后来自己开了家饭店，在巴伐利亚州开了十多个餐厅，生意兴隆，在华人圈很有影响。那时候，欧伟雄兄妹二人也在父亲的饭店工作。父亲后来与母亲离婚，与一位德国女人结婚，有了自己的家庭。

父亲再婚后，母亲回到了香港，后来也再婚了。

母亲再婚后，欧伟雄选择了与妹妹一起谋生。他带着妹妹来到火车站，当时有一趟内地到香港的火车，欧伟雄抱着一个白色的泡沫箱，里面装满了冰棍和可乐，卖给旅客，赚的钱便是他和妹妹的生活费。后来他们又回到了德国，来到父亲的家里。父亲的德国太太长得非常漂亮，对欧伟雄兄妹也很好，喜欢抓他俩的学习，但是兄妹俩一直很排斥，直到后来懂事，才觉得自己辜负了那个德国妈妈的一片好心。

随着年龄的增长，欧伟雄与父亲之间产生了矛盾，于是自己开始经营饭店。他父亲在改革开放初期又回到了深圳，在深圳买田置业。当时他与德国太太已经离婚，在深圳又找了一位比他小很多的女孩结婚，欧伟雄兄妹非常排斥。父亲在德国后期迷恋上了赌博，当年赚的钱也挥霍得差不多了，回到深圳后便经常打电话找儿子要钱。后来父亲得了尿毒症，欧伟雄从香港给父亲买了一台透析的机器。为了给父亲治病，欧伟雄几乎花光了所有积蓄，甚至负债累累。尽管父亲从他小时候开始便无暇顾及他们兄妹，很少管他，但作为儿子，欧伟雄尽到了自己的责任，令人十分钦佩。

田安国遇见欧伟雄的时候，他刚刚20岁。当时的欧家餐厅正处于鼎盛时期，欧伟雄一身名牌服饰，少年气盛，香车宝马，风流倜傥，身家千万。安国当时的情况则十分落魄，几乎不名一分。那个时候，两人除了年龄之间的差异外，精神面貌及经济情况也形成巨大的反差。若干年后，当他们成了无话不说的兄弟，田安国一直还是弄不明白欧伟雄在当时的情况下为什么要帮他。那种帮不是简单的扶贫或者同情心泛滥，而是发自内心的一种真诚的友谊。也许命中注定他们就是一对好朋友，无论何时，一旦相遇，这种友谊便会持续发酵，成为一生值得信赖的好兄弟！后来，欧伟雄在德国餐厅也出现了问题，生意每况愈下，加之他父亲那段时间又要看病，危难之中田安国伸出了友谊之手，帮他渡过难关。

梁达夫祖籍广东佛山，父亲当年在山东参军，后跟随国民党到达台湾，再没有回来。梁达夫从台北到达德国后，先是在汉堡欧伟雄父亲开的餐厅打工。当时他在厨房，来自香港的太太做跑堂，两人日久生情，擦出了火花。后来他们有了一些积蓄，于是便来到慕尼黑开了一家中餐馆，叫"龙门饭店"。由于经营有方、诚信待客，饭店口碑良好，经营20多年，至今仍生意兴隆，成为当地的一个餐饮品牌。

梁达夫给人的第一印象是像香港的梁小龙。他前额开阔，颧骨高耸，眼睛炯炯有神，一头长发在后面扎了个马尾，一看就像个带头大哥。生活中，梁达夫为人豪侠仗义，乐善好施。三人合作以来，虽互有摩擦，但都能以大局为重，关键时刻心往一处想，劲往一处使，伟安达集团业务越做越大，生意繁荣兴盛、蒸蒸日上。

3

田安国在做出艰难的抉择后，带着为深圳安然居聘请的德国酿酒师卡尔·意德来到了深圳，开始准备设备的安装、调试工作。

20世纪90年代中期的深圳飞速发展。到处都在建设，三天一层楼，被称为"深圳速度"。伴随着越来越多的投资客出现，一片片民用住宅在荒山上建起来。作为老深圳人那时候出门都会经常迷路，隔几天，外面便是另外一个样子。高楼大厦如雨后春笋般冒出，路边总能看到有人抬头数楼层数。

安国来到了深圳这座在中国改革开放最前沿的城市，深切地感受到了这里日新月异的变化。

这里有必要普及一下啤酒以及小型自酿设备方面的知识，因为后面将会多次提到并大力推广和应用。不感兴趣的读者可以跳过。

啤酒的起源与谷物的起源密切相关，人类使用谷物制造酒类饮料已有8000多年的历史。已知最古老的酒类文献，是公元前6000年左右巴比伦人用黏土板雕刻的献祭用啤酒制作法。公元前4000年美索不达米亚地区已有用大麦、小麦、蜂蜜制作的16种啤酒。公元前3000年啤酒酿造开始使用苦味剂。公元前18世纪，古巴比伦国王汉穆拉比（Hammurabi？～公元前1750）颁布的法典中，已有关于啤酒的详细记载。

公元前1300年左右，埃及的啤酒业作为国家管理下的优秀产业得到高度发展。拿破仑的埃及远征军在埃及发现的罗塞塔石碑上的象形文字表明，在公元前196年左右当地已盛行啤酒酒宴。啤酒的酿造技术是由埃及通过希腊传到西欧的。1881年，E.汉森发明了酵母纯粹培养法，使啤酒酿造科学得到飞跃性的进步，由神秘化、经验主义走向科学化。蒸汽机的应用、1874年林德冷冻机的发明，使啤酒的工业化大生产成为现实。目前全世界啤酒年产量已居各种酒类之首，已突破10万毫升。

在中国北方米家崖考古遗址发现的陶器中保存着大约5000年前的啤酒成分。考古学家在陶制漏斗和广口陶罐中发现的黄色残留物表明，在一起发酵的多种成分包括黍米、大麦、薏米和块茎作物。和古埃及人一样，中国远古时期的醴也是用谷芽酿造的，即所谓的蘖法酿醴。《黄帝内经》中记载有醪醴，由于时代的变迁，用谷芽酿造的醴消失了，但口味类似于醴，用酒曲酿造的甜酒却保留下来了。

"啤酒"的名称是由外文谐音译过来的，拿啤酒的"啤"字来说，中国过去的字典里是不存在的。后来，有人根据国外对啤酒的称呼（如德国、荷兰称"Bier"，英国称"Beer"，法国称"Biere"，意大利称"Birre"，罗马尼亚称"Berea"，等等，这些外文都含有"啤"字的音），于是译成中文"啤"字，创造了这个外来语。又由于具有一定的酒精度，故翻译时用了"啤酒"一词，一直沿用至今。正因为啤酒以大麦芽为主要原料，所以日本人也称啤酒为"麦酒"。

19世纪末，啤酒输入中国。当时中国的啤酒业发展缓慢，分布不广，产量不大。1949年后，中国啤酒工业发展加速，并逐步摆脱了原料依赖进口的落后状态。

啤酒以大麦芽、啤酒花、水为主要原料，是经酵母发酵作用酿制而成的饱含二氧化碳的低酒精度酒，被称为"液体面包"，是一种低浓度酒精饮料。啤酒乙醇含量低，故喝啤酒不但不易醉人伤身，少量饮用还对身体健康有益处。啤酒花含有单宁、维生素、酒花油、苦味素等，具有强心、健胃、利尿、镇痛等医疗效能。

啤酒按工艺可分为干啤酒、全麦芽啤酒、头道麦汁啤酒、黑啤酒、低（无）醇啤酒、冰啤酒、果味啤酒、小麦啤酒、淡色啤酒、浓色啤酒、黑色啤酒、鲜啤酒、熟啤酒等种类。

原始的啤酒生产是在木桶中发酵，过滤非常落后，几乎不经过滤，甚至酒中还残留有麦秸和麦皮，生产量很小。随着生产力的不断发展，酿造者们为获取更多利润，通过物理和化学等人为手段，逐步解决了过去不能实现的外观透明、长时间贮存、批量生产等问题。这样，啤酒原始的丰富内涵发生了巨大改变。随着英国人戴维·布鲁斯在20世纪80年代初在伦敦市和郊区建起轰动一时的自酿啤酒厂，自酿啤酒厂便从伦敦向世界进军，在世界范围内刮起强力的自酿啤酒旋风。

自酿啤酒的出现大大地丰富了啤酒业更深层次的内涵，同时，也增添了其新的风采和魅力。

微型自酿啤酒设备生产的鲜啤酒，被誉为啤酒精品中之精品。其发展不仅能丰富我国啤酒品种、满足消费者更高层次的需求，而且对促进我国啤酒业健康发展，对啤酒生产过程中节约能源、减少污染、保护环境都有积极的意义。而自酿啤酒的突破就在于集原始和现代生产工艺之大成，形成独特的酿造工艺，继承和发扬了原始生产状态下啤酒的优良内在品质。

改革开放20多年来，中国啤酒业取得令世人瞩目的巨大成就。中国啤酒产量由20年前的四五千万升发展到现在的506.15亿升（2015年数据），产量已连续12年位居全球首位，并拉动全球总产量连续29年刷新纪录！

由于中国独有的市场经济特色和地域广阔特色，私营股份制企业一枝独秀，而自酿啤酒的发展是大势所趋，使中国啤酒业呈现出百花齐放、百家争鸣的格局。这一特有的市场现象，是众多对中国市场虎视眈眈的国外知名啤酒望洋兴叹，不能垄断或称霸中国啤酒市场的重要原因。中国和美国啤酒年产量接近，分别为4400多万吨和近3900万吨。与美国相比，目前中国的自酿啤酒市场潜力巨大，发展前景广阔。自酿啤酒以其卓越的质量、投资小、经营方便、耗能少且无污染、利环保等绝对优势，赢得广阔发展前景和强大的生命力。

4

田安国来到深圳后,吃惊地发现梅婉婷还在深圳为邱老板帮忙。他们的情感在那次北京之行达到高潮,此后便逐渐降温,似乎前面的一切铺垫,就是为了那次狂欢。后来,他们的联系便越来越少,最近一段时间甚至失去联系了。

许久未见,闲暇之余,安国的脑海里还会浮现出她的身影,那如花的笑颜、如水的柔情、如梦似幻般的缠绵迤逦……一个人想着的时候,梅婉婷的面容时刻变幻着,一会儿是他的前妻,花容月貌,千娇百媚;一会儿是恋人梅婉婷,雍容华贵,冷艳旖旎……两个都是如花似玉的女子,在他人生的某个时刻,曾经给予他关爱和欢乐,成为他生命乐章上的重要章节……如今,一个梅婉婷已离他远去,另一个刚进入他的生活。她们像两团炽烈的火焰在暗夜中相遇,火焰熊熊燃烧之后,四周一片黑暗。

这段时间,田安国一直忙于自酿啤酒设备的事,其他方面几乎无暇顾及。猛然间看见梅婉婷还在深圳邱老板的公司,心里掠过一丝不祥的预感。

果然,梅婉婷看见他时,已经没有了热情期待的眼神,他们之间多了一种无法言表的生疏。在邱老板的晚宴上,梅婉婷被安排坐在了一个来自北京的年轻人身旁。而这位来自北京的年轻人显然是邱老板的贵客,邱老板对他的殷勤让田安国十分好奇。后来安国才知道,原来他是北京某部办公室主任 L 先生的公子!

晚宴上,田安国和德国酿酒师被安排坐到了另一侧。宴席上,梅婉婷和田安国几乎没有互动。按说他们是一对恋人,这样的场合也许说话不方便,但眼神是可以交流的呀!梅婉婷表现出来的状态在别人看来似乎与田安国根本不认识,更别提有多么深厚的关系。而她与邱老板他们似乎非常熟,打情骂俏无所不能。本来就十分敏感的田安国这时已经明白了一大半!过去一年多的各种打击和挫折已经让他快到百毒不侵的境界,心底对女人的看法则发生了质的变化——贪慕虚荣、水性杨花、朝秦暮楚、见异思迁……唉,一言难尽啊!

那次深圳相遇,两人都觉得有些尴尬。看样子这个梅婉婷已另有所爱,他们的恋情注定是露水之缘,昙花一现。这样虚浮的女子,空有满腹学识,可惜了一身好皮囊呀!他们的感情在安国最为落魄的时候突然爆发,令他几乎猝不及防……然后,这个谜一样的女子便翩然而去,像一阵风、一阵雨、一团雾、一朵云,留给他的是火辣辣的甜蜜及湿漉漉的记忆……

不久，梅婉婷离开深圳回北京去了。几年后，她随一个已有两个孩子的加拿大作家远渡重洋去了。

梅婉婷的这桩婚姻在外人看来是不可思议的。为了移民海外，梅婉婷以常人难以想象的毅力花了几年时间，用法语攻读下了法学博士学位，以她的美貌和年轻聪颖找了一个带着两个孩子的中年男人做老公。她不仅被对方限制不准生孩子，而且双方离婚后，她不能留在加拿大。这样的不平等"条约"不仅剥夺了她做母亲的权利，而且离婚后还得离开学习工作了多少年的加拿大。

高智商、低情商的梅婉婷还没有走出那段不平等的加拿大婚姻，就在一次飞行途中，认识了一个以色列裔的加拿大老人。两个相差二十几岁的"父女"很快坠入爱河，不久便在香港结婚。

这个谜一样的奇异女子让田安国感觉非常困惑，他感叹自己确实不大了解女性。难道她们是来自另一个星球上的生物吗？怎么从吴文萍开始，到两个梅婉婷，一个个都那么不着边际、不可思议呢？

深圳安然居啤酒自酿设备是田安国经手的第一套设备，从合同谈判、合同执行、设备运抵报关卸载、就位安装、调试运行以及后期服务等，他都亲力亲为。卡尔·意德——一个游走于世界各地的德国酿酒师，不仅有丰富的酿酒专业技能，而且对卡斯巴瑞啤酒自酿设备十分熟悉。他曾经是美国加利福尼亚、日本东京相同啤酒设备的合作酿酒师。

对田安国来说，有这么一位好老师在身边，他是不会放过学习机会的。再说安国又是卡尔·意德先生在深圳唯一能够交流的人，安国集翻译、助手、朋友于一身，几乎与卡尔·意德形影不离。

那段时间，一双雨靴、一件白大褂、一个小日记本、一支笔成了田安国的标配。

安装调试工作结束后，田安国也该离开深圳了。

正为下一步去向闹心的他被邱老板和他的财务总监汪先生约出来吃饭。两位有一搭没一搭地和田安国闲聊了起来。财务总监问他喜不喜欢深圳，在得到安国肯定回答后突然问他可不可以留在安然居工作。安国心里一动，暗自高兴，但还是尽量掩饰着兴奋。这时，邱老板开始表态了。邱老板说如果安国能留下来的话，将安排他担任啤酒城副总经理，主管生产和出品，看看安国有什么要求和条件。安国告诉他们，让他考虑一下再做答复。

第二天一上班，邱老板就把田安国叫到了他的办公室。财务总监、秘书、办公室主任等一大帮人坐在那里，没等安国说话，老板便介绍说："田先生愿意留下来做我们啤酒城的副总。"安国微微一笑，感觉有些无奈。

就这样，田安国稀里糊涂地从安装啤酒设备的一方，变成了客户方的副总经理。

有了这样一个宝贵机会，田安国决定，首先着手重新翻译这套啤酒设备的使用说明书。

看着自己原来那不伦不类的翻译，真是汗颜！田安国开始从麦芽粉碎机到糖化过滤洗槽、从回旋到煮沸、从酿造自动控制系统到前后酵工艺流程，从制氮、空气压缩机到冰水机等，一一重新学习了解。

那位德国酿酒师尽管在日常生活中弄出了很多匪夷所思的奇闻，但工作中那一丝不苟的精神却深深地感染着安国。每天上班时，安国跟在他的后面，从麦芽粉碎、酿酒用水处理、糖化、过滤、煮沸、回旋、冷却、前酵、后酵，德国酿酒师做什么，他就做什么；酿酒师怎么记录，他也怎么记录，最后相互比对。就像当年学习英语、在科研所做翻译时一样用功。那段时间，他知道了世界上著名的啤酒酿造师，如瑞典的 Andreas Larsso、英国的 Gerard Basset、瑞士的 Paolo Basso、法国的 Eric Zwiebel、意大利的 Enrico Bernardo、法国的 Olivier Roussier, Philippe Faure-Brac、德国的 Markus del Monego 等人。他们都是这个行业的翘楚，受人尊敬。

很快，田安国就对啤酒酿制和设备操作有了基本的了解，并能单独做酿酒前的准备工作以及之后的收尾工作了。后来，他除过在安然居的工作外，还结交了几个在深圳操作其他类似酿酒设备的中国酿酒师。

阳光酒店的刘建龙是科班出身，是曾在德国留学的酿酒师。安国从他那里学到了许多酿酒的基础知识。那个时期，刘建龙成了安国的业余专职老师，无论啤酒酿造专业知识还是啤酒酿酒设备的技术翻译，他都是一位良师益友。

在深圳短短的 9 个月里，田安国已经从一个单纯的翻译变成一个具备了啤酒酿造专业知识及啤酒自酿设备操作使用、维护等专业知识的"技师"了，这为他日后从事这个行业奠定了非常重要的基础。

安国在深圳期间还有一段小插曲。那个卡尔·意德先生在安然居工作了半年后，竟然被一个当红明星的父亲挖走了！那个叫 HB 的自酿啤酒城在香港富丽华酒店。几年后，这家啤酒城便倒闭了，它的设备还是田安国带人拆卸，卖给了江苏的一位老板。

卡尔·意德的突然辞工让邱老板非常恼火，也让田安国非常紧张。在等待另一位德国酿酒师到来之前，安国一下子被逼成了这里的临时酿酒师。

田安国一时被逼上梁山，只好硬着头皮上手，谁知酿出来的酒很不错，连那位偶尔从香港来深圳潇洒的卡尔·意德先生也不敢相信，田安国能独立酿酒，并且和他酿制的啤酒品质不相上下！

不久，另一位出自德国酿酒世家的名叫安尔波特的人来到了深圳，成为安然居的第二任酿酒师。

安尔波特很年轻，文质彬彬，为人厚道，工作勤勤恳恳，做人中规中矩。严谨的德国人对传统产业的要求十分精细，要成为一名专业酿酒师，需要经历三年枯燥重复的基础工作之后才能进入大学获得专业酿酒师的资格。安尔波特热爱啤酒酿造，他说："第一次接触到啤酒酿造，我还是一名普通的酿酒学徒，在那个时候就深深爱上了酿酒。我陶醉于酿酒的每一个过程，我想把最纯正的德国啤酒带给每一个人。"

他手里还有一门啤酒酿制独门绝技。

田安国离开安然居后，到江苏江阴朝阳山庄安装一套新的啤酒设备。他先到上海送卡斯巴瑞公司派来的试车技师，等回到江阴时发现前酵仓里正在发酵的小麦啤酒已过度发酵，这样后酵就会出现先天不足，最终酿出来的啤酒二氧化碳含量低，泡沫不丰富，会严重影响啤酒的口感和品质。

见此情景，田安国非常着急，赶快给安然居的酿酒师打电话咨询。安尔波特先生听了安国的描述之后，乐呵呵地对他说："马克，不用着急，你不是还酿制了大麦啤酒吗？等大麦啤酒的残糖量降到 5% 左右的时候，从前酵把大麦啤酒发酵液按我说的比例打到小麦啤酒的后酵罐里，不但能够解决小麦啤酒的问题，而且还能变成另一种口感的小麦啤酒呢！"安尔波特的这一技巧不但解决了田安国遇到的问题，而且让他掌握了酿制 soft 小麦啤酒的技术。

时至今日，卡斯巴瑞先生都对这一方法称赞有加。田安国阴差阳错，无意中学到了一门啤酒酿造技术。

那几年，田安国每销售一套啤酒设备就等于再培训一次自己。

在安装调试天津美迪的那套啤酒设备过程中，他有幸师从卡斯巴瑞先生。这位功力深厚大师的工作方法、敬业精神、酿酒技术让田安国大开眼界。

卡斯巴瑞先生全心全意、孜孜不倦地把他的酿酒技术毫无保留地传授给了田安国，安国成了卡斯巴瑞家族酿酒技术、工艺配方在中国的持有人。在此后的20余年中，安国与这位大师及其家族一直紧密合作着。在安国与新加坡伯利公司收购兼并江南方舟青云山啤酒厂的过程中，特别聘请这位酿酒世家的传人担任他们的技术顾问，田安国又一次师从这位酿酒博士。

现在，田安国他们自己的啤酒厂正在传承这个巴伐利亚酿酒世家的经典杰作。10多年来，卡斯巴瑞先生每年都要亲临中国进行指导，安国每年也要到德国去探望这位恩师，继续着他们跨越了两个国度、跨越了两个世纪的传奇故事。

5

有必要把安然居和邱老板以及那套啤酒自酿设备的结局做个交代。

深圳安然居大酒楼这个挂靠在北京某部委名下的企业关系强大，在无任何固定资产抵押的情况下能从几家大银行贷款上亿元，开办这么一个啤酒城和粤菜馆，不得不让人佩服他的资金运作能力和特殊"技巧"。这几家银行以资金监管的名义经常派人到这个企业考察调研。田安国和那个酿酒师除正常工作外还有一份兼职工作，那就是陪同这些银行人员吃饭喝酒以及参观他们的酿酒设备。这时的邱老板就会夸大其词地把田安国说成什么留洋博士，把德国酿酒师说成什么德国著名酿酒大师，他们的薪金报酬能被夸大数倍！安国一开始听得目瞪口呆，后来渐渐就习惯了。

那段时间，他才真正有机会领略了一些南方商人的精明、善变、狡猾和阴险。

田安国他们安装调试完设备，酿造出合格的啤酒后，老奸巨猾的邱老板却拒付卡斯巴瑞公司9.6万马克的尾款，其荒唐可笑的理由可以载入诡辩无赖的国际案例：这个邱老板从合同条款生产国德国寻找突破口，认为既然你的原产国是德国，设备的任何配件都必须产自德国，否则你就是欺骗！啤酒设备配套的空气压缩机是产自意大利的国际一流产品，他认为与合同条款不符，据此拒付尾款。合同原文中明明注明按欧盟标准生产却被他忽略，而这个空气压缩机总货值才不到一万马克！

卡斯巴瑞公司答应给他换一套原产德国的空气压缩机，遭到拒绝。这个一向把自己伪装成企业家的邱老板简直就是一副流氓无赖的嘴脸！

田安国和道格拉夫先生反问道："你的座驾奔驰也是原产德国，但坐垫是意大利上好的牛皮、轮胎是法国的米奇轮、音响是日本的，请问你是不是也要拒付奔驰尾款或状告奔驰公司？"对方说："这个我不管，反正我按合同执行，拒绝付款！"

与这么一个早已设计好圈套不讲道理的人辩论，其实是对牛弹琴！因为你无论怎么说，他都会坚持自己的无赖立场，让你哭笑不得。

唉，又是一场活生生的生意场上的闹剧啊！

这场闹剧不仅让卡斯巴瑞公司对邱老板这类人的诡辩与狡诈佩服得五体投地，也让田安国有苦难言，哭笑不得。其最终结果是：卡斯巴瑞公司损失 9.6 万马克，田安国因为没有经验，被迫承担了其中 6 万马克的损失！

这位无耻的邱老板"节省"了 9.6 万马克却失去了设备的售后服务资格，导致了这套设备后来报废。

这次事件中没有赢家。卡斯巴瑞公司从此与中国客户签订合同时加了一项新的条款：德方安装人员到达现场后买方即需付清全部尾款，否则不予安装调试设备。田安国得到的教训是佣金必须按照买方付给德方货款的比例付给他。

顺便提一下这个安然居和得意堡啤酒城的命运。

破产倒闭是这家企业早就算计好的结果。邱老板之流转移资金到香港后，利用关系在北京饭店开了一家粤菜馆，玩了个金蝉脱壳之术，就把债权债务推得一干二净！致使粤菜馆拖欠银行贷款和利息上亿元，欠那个深圳房东房租上千万，最后邱老板只花几十万元便把这套抵押给债主时估价几百万元的啤酒设备买走了，让田安国他们佩服得五体投地。然而邱老板花几十万元捡来的大漏也成了一堆废品。最终这件事成了没有赢家的棋局！

卡斯巴瑞先生由于健康原因，把公司交给了道格拉夫先生经营。道格拉夫担任公司执行董事，全权掌管公司的一切事务。卡斯巴瑞先生有两个女儿，一个在军方担任外科医生，另一个在某公司任职。当时和田安国签订佣金协议的是道格拉夫，而他还会从安国的佣金中抽取提成，这些卡斯巴瑞先生并不知情。几年后，为了挽救公司，卡斯巴瑞的大女儿夏洛特辞职回来帮助自己的父亲，这就有了雇用田安国在中国担任办事处负责人的故事。

尽管安然居项目中狡诈的邱老板让安国损失很大，但安国并没有因小失大，计较自己一时一事的损失而弄僵双方关系，反而因为此事让对方认识到他的人品，为后来双方的合作留下了很大的空间。相反那个道格拉夫离职后窃取公司的商业秘密，与女友组建了一个类似的公司，回过头又与卡斯巴瑞打官司，让老人家再次受到伤害。

道格拉夫从此在这个行业臭名昭著，不仅自己组建的公司歇业倒闭，在德国乃至欧洲其他啤酒设备制造公司，也没人敢雇用他了！

第二十三章

1

深圳,这座年轻美丽的城市处处充满了活力。田安国尽管出国前早已有所耳闻,但不身临其境,就体会不到它真正的魅力之所在。

对于这个生长在大西北、成长于华北平原、"留洋"于慕尼黑的人来说,这里的一切他都充满了好奇。深圳处在亚热带,一年四季春暖花开、气候湿润、雨水丰富,郁郁葱葱的热带植物与山水相伴,蔚蓝的大海近在咫尺,好似一幅流动着的南国山水画卷。而最吸引他的莫过于这座年轻城市的创业者与寻梦人的创新、包容精神,来自五湖四海的年轻人辛勤地耕耘在这块肥沃的土地上。因为这是一座移民城市,所以大家几乎没什么地域之见——既没有上海人对外省人的那种高傲和排异,也没有北京人那种自恃在天子脚下的王者之尊。大家来自全国各地,操着不同的口音,为了一个共同的目标——赚钱谋生走到了一起,所以不存在排外的现象。

和许多人一样,田安国这个北方人对深圳这座城市从最初的好奇到喜爱、从喜爱到迷恋、从迷恋到热爱,最后扎根这座城市,成为这座美丽城市的创业者之一,赶上了中国黄金十年的发展机遇。

田安国能有今天来之不易的一切,离不开他人生中最为重要的一个人,那就是他的太太——叶雯。

在深圳安然居工作期间,银行经常派人前去跟踪了解货款的使用情况,田安国和那个德国酿酒师也经常被派去接待。

一次,深圳农行一行男男女女十余人前来了解情况,安国在带领他们参观啤酒设备及酿酒过程后,大家坐下来品尝各种现酿啤酒。这时,一位河北籍的在农行工作的女孩向他索要名片。由于安国不是安然居的员工，从德国回来也没带那么多的名片，有些尴尬的他只好到办公室弄了几张同事的名片，涂改后装在口袋下了楼，可那位年轻的农行女孩似乎忘了向他索要过名片这回事，安国也不好主动去搭讪。

当大家准备离开的时候，坐在田安国斜对面的另一家银行的一位女孩主动站起来对他说："大家交换个名片吧。"安国顺水推舟，拿出经涂改后手写上他自己名字的那张不伦不类的名片。

在交换名片的过程中，田安国仔细地打量了一番这位一直默默无闻、静静地坐在一边很少说话的女孩：她端庄秀丽，皮肤细腻，长相斯文，有点林黛玉的韵味。清澈明亮的眸子，弯弯的柳眉，长长的睫毛微微地颤动着，透着一股清纯和自然美。她身材苗条，一身得体的职业装衬出女孩独特的气韵，显得简单素雅，落落大方。

她叫叶雯，是农行深圳分行信贷处员工，一位来自东北的姑娘。在之前参观啤酒设备时，叶雯好像用英语问过他们几个问题，所以安国便多看了她一眼。叶雯似乎注意到安国的注视，二人目光在一瞬间交会，安国的心只觉一阵颤动——这个女孩似曾相识，或者在梦中见过，于是便产生了一种莫名其妙的亲切感。

也许这便是心灵感应吧。多年以后，叶雯也谈到了这个问题。当时的田安国年轻帅气，富有才气，在人群中显得那么与众不同，所以她就多看了一眼，谁知安国也在悄悄地观察着她，叶雯在一瞬间脸颊飞上红晕，她不好意思地侧了头，把注意力转向别处。

当时大家正在参观，谁也没有注意他们擦出火花的瞬间。参观就要结束的时候，叶雯忍不住要了安国的名片。她感觉自己以后可能会需要联系他，至于是不是工作的需要，当时并没想那么多。

匆匆送走了这批银行人员后，田安国和卡尔·意德便开始了忙碌的工作，此事很快就被忘在脑后了！毕竟，电光火石之后，女孩便离开了。他给了她自己的名片，也留下了她的联系方式。

不久，田安国又参与到了江苏江阴市朝阳山庄一套啤酒设备的谈判中。这个中石油下属的南方企业采购设施的怪现象，让他感到困惑不解。他们不是一次订购全套设备，而是想起吧台就订吧台，想起啤酒桶才来订购啤酒桶！

一天，对方突然把几十万元货款从公司账户打到了田安国在深圳农行新开的私人账户里，这样如何解付这批货款就成了一个难题。

田安国到银行跑了几趟，还打电话求助农行那几个经常来蹭酒喝的员工，但都毫无结果。

眼看这批货款就要被退回朝阳山庄，安国忽然找到了农行叶雯的名片，却又担心对方也不肯帮忙，毕竟，他们只有一面之交，她很可能都想不起他是谁了呢！但根据多年走南闯北的经验，叶雯的眼眸除了清澈透亮，还透着一股真诚，是个值得信赖的姑娘。安国突然想起那天她也要过自己的名片，感觉还是特别留意他的，甚至说对他是有好感的。

转眼又想：也许这一切都是他的臆想，人家姑娘根本就没有别的意思，仅仅只是因为工作的需要，所以才交换名片。这是银行职员的一种职业行为，没有更深层次的意义。自己一通胡思乱想，纯属自作多情，一厢情愿啊！

然而无论如何，这件事已是刻不容缓，容不得他再等下去。

安国感觉自己像热锅上的蚂蚁，焦头烂额之际，顾不了那么多了。他拿起电话打了过去，先介绍自己，唯恐人家想不起来，又说了他涂改过的名片。对方没等他把话说完，便热情地说："田安国，我记得你。"安国如释重负，松了一口气。接着他便把事情的原委给她讲了一番，看看叶雯能不能帮上什么忙。

说实在的，那天打叶雯的电话，纯属万般无奈，有病乱求医，没抱多大希望的。他甚至想到人家会不会听完便挂了电话。

然而出乎田安国意料的是，叶雯听完他的陈述以后，让安国中午到深圳农行分行营业部大厅去找她。她说话温文尔雅，柔声细语，不紧不慢。

叶雯说："我可以试试。"

安国当时十分着急，于是早早便赶到了那家深圳农行，去找这个只有一面之交的姑娘。一路上，他脑海里一直在回忆着她的模样：瓜子脸、柳叶眉、丹凤眼、樱桃嘴……身材苗条，亭亭玉立……

在农行营业大厅，安国定定地注视着从楼上办公区域下来的每一位年轻女孩，生怕对方换了服装和发型，他认不出她，她也认不得他，那就尴尬了。

正在发愣之际，身后一个温和清晰的女声和他打招呼，转身一看，姑娘正在笑眯眯地看着他呢。

安国忙冲着她点了点头，说了句："你好！"叶雯也笑着点了点头，然后领着他来到了营业大厅，拿着安国的存折到一个窗口去了。

不一会儿，叶雯便返回到安国身旁，笑吟吟地对他说："可以办理了。"安国喜出望外，跟随着她又来到了那个窗口。

很快，事情就办妥了。安国不由得再次打量这位说话不紧不慢、和颜悦色、高挑瘦弱的女子，发现她是个十分耐看的美女，举止优雅，楚楚动人。他一再谢过之后，兴奋地返回了安然居。

一件十分棘手的事情就这么轻而易举地解决了。田安国对叶雯心存感激，可又不知道该如何表达自己的谢意。

那时候，田安国被安然居聘请为副总经理，这样他就不得不回到慕尼黑处理回国工作的相关事宜。安国在慕尼黑退掉住房，处理完一切不必要的用品后便匆匆返回深圳上班了。

田安国从德国回来后给叶雯带了点小礼品，表达他的感激之情。

他约了她，在离农行不远的硬石餐厅，他们又见面了。

这一次，他们像老朋友一样聊了很多。安国谈了自己的过去，包括在华北油田科研所工作，在北京读书，在德国打工，甚至谈到了自己曾经的婚姻。看着对方有些纤弱的身影，安国一直以为她是个江南女子，清秀文静，一颦一笑风姿绰约，如夏日荷花，亭亭玉立。这次才弄清楚，原来她是北方人，出生在沈阳，父亲在深圳教育局工作，毕业于深圳大学金融管理系，还有一个正在读书的妹妹。母亲自己做老板，生意做得很大。

由于安国在北京的学习经历，两人聊天时，自然会聊到北京。安国发现叶雯对北京有一种特殊的感情。原来她奶奶在北京，叶雯小时候曾在那里生活过一段时间，而且她奶奶家离安国大哥住的地方很近，在北京美术馆后街，与北京沙滩北街也就两三站的路程。这样一来，两个人的距离一下子被拉近了许多！似乎冥冥之中他们便有千丝万缕的联系，这次深圳相会，不过是早就写好的剧本。

这次相聚，他们交谈甚欢，感觉话语投机，兴趣相合，大有相见恨晚之感。其后的日子，他们偶尔也会打个电话，彼此问候一下。他们怎么也没想到，一次看似偶然的机会，把两个年龄、履历相差悬殊、工作性质及生活方式不同、家庭背景和教育背景不同的人联系到了一起……

田安国那年已经 37 岁，成了父亲、兄弟们重点关心的对象。结婚已是摆在他面前的老大难问题了。

安国离婚后，带着一颗受伤的心远涉重洋，在德国慕尼黑谋生。一晃五六年过去了，几年里，他独自一个人在舔舐伤口，慢慢疗伤。他感觉生命就像一个疗伤的过程，受伤，痊愈，再受伤，再痊愈。每一次的痊愈好像都是为了迎接下一次的受伤，然后在不断的受伤与愈合中，学会成长。

安国刚到慕尼黑的时候，什么都不习惯，夜不能寐，食之无味。白天还好说，厨房紧张的工作可以麻痹自己，到了晚上，尽管干了一天活很累，但想起妻子的某些瞬间，就怎么都无法入睡了。他逼着自己看书，一本宋词被他翻烂了。"寻寻觅觅，冷冷清清，凄凄惨惨戚戚……""今宵酒醒何处？杨柳岸，晓风残月。此去经年，应是良辰好景虚设。便纵有千种风情，更与何人说？"那些诗词，似乎就是专为他写的。

常常，安国把自己折腾到实在疲倦不堪了才睡下，梦中依然是忧伤的泪……

如今，一晃自己都快奔四了，人到中年了，事业根基未稳，爱情无从说起。亲人的心情他懂，老父亲养了他们弟兄八个，他希望每一个都活得潇洒，过得幸福啊！自己目前的状态，业无所成，居无定所，老人家怎么能不操心呢？

然而要想一下子找到合适的对象结婚，谈何容易呀！年龄相仿的女性大部分已经成了孩子的妈妈了，年龄小的有很多顾虑。对于他来说，问题真正的症结在于工作飘忽不定、生活居无定所、事业没有着落。找个跟他年纪差不多的将面临更多的问题——要么拖儿带女、人老珠黄；要么好高骛远、挑三拣四；要么性格古怪、难以相处。找个各方面条件比他好的吧，谁又愿意嫁给他这个有过婚史并且说不定要靠对方生活的人呢？找个各方面不如他的人，谁晓得她经历了多少感情风暴甚至伤痕累累性格扭曲呢？

田安国一度产生了独居一生的想法。是的，一个人生活其实也是个不错的选择。做一个潇洒倜傥的钻石王老五，把自己的情感包裹起来，禁锢于心，这辈子剩下的也许都是酸酸的回忆了。

2

长兄若父,这是中国千百年来的传统。孟子《跬道》曰:"理亦无所问,知己者阒奢。良驹识主,长兄若父。"一家之中,兄长吃的苦无疑要比弟弟妹妹们多,承担的责任也多。特别是有些家庭父母早逝,兄长挑起家里的担子,照顾自己的弟弟妹妹,代替父母抚养他们成人。更多的是父母健在,没有抚养能力,兄长义不容辞挑起了这副担子。

田建国便是这样的模范典型。他生在农村,父母都是农民,靠着顽强的毅力考上大学挣脱农门以后,站稳脚跟后的第一件事不是自己的终身大事,而是想尽一切办法把还在农村苦苦挣扎的几个弟兄拉出来。

那时候,农家孩子想要走出农村,是一件比登天还难的事情。首先是农村户口限制了你,许多招工招干与你无关。即使在外面找到临时工,要想转正,首先必须农转非才行。许多人在国营企业苦苦干了十多年,最终还是临时工。临时工和正式工之间无论工资还是福利,都有天壤之别。即使这样,许多人依然不愿意回去。毕竟,没有比农民更辛苦的工作了。

田建国深知这一切。他在农村生活了近20年,深知农民的艰辛。那时候,许多家庭辛辛苦苦干一年,连肚子也填不饱。农民走到哪儿,感觉都比人低一等。而那些在外面工作的人,一个个都活得光鲜滋润,形象体面,令人羡慕。几年的城市生活使他深刻地体会到了这一点。

还在上大学的时候,田建国就苦思冥想着怎样把几个弟弟拉扯出去。老二、老三参军了,走得虽然艰辛,却是一条好路。但总不能让所有的弟弟们都参军吧?特别是老四保国甚至连一天学都没上过,待在农村连媳妇都讨不到,成了父母的一块心病。老七安国聪明伶俐,可惜过早辍学,以他倔强得有些固执的性格,待在农村不会有啥出息的。当时已在华北油田做医生的老三卫国也意识到了这一点,于是率先把安国拉扯出来。后来,在大哥的帮助下,老四、老五、老六也相继挣脱农门,来到华北油田,成为一名石油工人。

作为兄长,能把兄弟们拉扯出来,给他们找到正式的工作已实属不易。接下来的路要靠他们自己去走,无论走得好坏,谁也不能再怨兄长安排得不好了。

然而建国不是这样,他把自己的几个弟弟不但拉扯出来,还要让他们一个个干出一番事业来。他督促老四保国学习识字,手把手教他摆脱文盲身份,然后督促他学习厨艺,考取二级厨师证,甚至走出国门去德国打工,后来成为华北油田享有盛名的厨师。建国还督促老三、老七学习英语。为了让安国学习英语,他费尽口舌,甚至不惜兄弟反目,一再给他创造学习机会,最后鼓励他出国打拼,造就了一个成功的企业家。

兄弟们每前进一步,大哥都感到十分欣慰。

如今,老七安国已年近不惑,还是孤身一人。安国有过一段失败的婚姻,受到了伤害,感情很脆弱,身体也不太好,需要尽快找到一个合适的女人组成家庭,摆脱漂泊流离的生活。

大哥给安国介绍了一位来自东北长春的大龄评剧演员,非常漂亮。

长期以来,安国对于从事文艺行业的女性一直不敢高攀,更别说与其成为夫妻。曾经有一位北京歌舞剧团的演员苦苦追他,安国经过一番慎重考虑后选择放弃了。这一次,为了不让大哥失望,他勉强同意与对方见面。

1997年圣诞前夕,风韵犹存的评剧演员在姐姐的陪同下来到深圳与安国相亲。安排好她们的食宿后,安国继续忙安然居啤酒城圣诞前的一切准备工作,助手阿曾偶尔帮他陪同长春来的姐妹俩在深圳转转,安国下班后也会去酒店与她们聊天。

双方彼此观察了一段时间后,都还觉得不错。那个话剧演员褪去演员的光环,感觉还是一个比较实在的女人。她会偶尔去田安国的住所帮助他打扫卫生、收拾房间,这让安国改变了演员不食人间烟火的固有想法,开始在心里准备接纳她了。

由于安国每天的工作都很忙,一晃,姐妹俩来深圳快十天了,安国和对方还是没有实质性的进展。

安国的大哥和对方的姐姐都很着急,两人不断给自己的人做着工作,希望尽快促成这桩婚事。

为了弄清楚对方是不是真的爱他这个人,而不是冲着所谓"留洋"归国人员这顶光环而来,一天,安国借着酒后"壮胆",把自己过去和现在的状况和盘托出——全部家当加起来还不到40万元的财务状况,希望她能全面了解自己的真实情况。虽然那位和安国大哥很熟的姐姐一定了解他的情况,但安国觉得只有亲口告诉对方,才显得更有诚意。

对方听完他的自述后，表示要认真考虑一番。圣诞节来了，姐妹俩决定去中英街玩玩，放松一下心情。这个时候，安国心理的天平开始倾向于"差不多就行了"的思想，只要对方没别的意见，就确定关系。那些天，没见过什么世面的助手阿曾也一直在安国耳边夸那个演员如何漂亮懂事，安国带着她们去阳光酒店刘建龙工作的啤酒屋，这位老师也对女孩赞不绝口。

既然大家都这么认可，说明这桩婚事不会太离谱的。安国决定在圣诞之后便与对方挑明，确定婚姻关系。

然而就在圣诞之夜，一个突然打来的电话让即将发生的一切完全改变了轨道！

那天晚上，田安国陪着长春来的姐妹过圣诞节。那时候圣诞节刚传入中国不久，主要在沿海城市盛行。平安夜即狂欢夜，大街上的年轻人蜂拥而至，欢呼热闹。许多街道人山人海，水泄不通。这个纯属西方的节日进入中国后被完全篡改了模样。西方国家的平安夜大街上空无一人，车辆稀少，人们放假后与家人聚在一起，享受"圣诞老人"带来的安静祥和。国内的青年们完全把它变成了自己的狂欢节，呼朋邀友倾巢而出，一直闹到大半夜。

街上正在热闹，安国突然接到一个电话。

这个电话是已经久不联系的叶雯打来的，打通电话的她却又突然挂断了。

安国觉得很奇怪，想了一下觉得可能是她打错了。他犹豫了一下，觉得应该借着圣诞节问候一下，于是便回了过去。

电话很快便接通了，那头的她却在哭泣着。

安国感到紧张迷惑，不知道发生了什么，于是反复询问，奈何她却什么都不说，只是问他有没有时间，可不可以去接她。安国愣了一下，问清楚她的位置后说："你等会儿，我马上过来。"

来不及向长春来的姐妹告别，安国便来到大街上拦车。奈何圣诞节的的士很难挡，好不容易才打上。

安国一路疾驰来到叶雯所说的地方，见她抱着一把吉他孤零零地站在路边，心里稍微踏实了一点。走近时，发现她满脸泪痕，显然是刚刚哭过。

12月下旬的深圳有些阴冷，风很凉。叶雯伫立在风中，显得形单影只、楚楚动人。这样一位恬淡静雅的女子，家境富裕，工作安稳，什么样的伤心事使她如此悲戚呢？

看见匆匆赶来的田安国，叶雯的情绪稳定了许多。安国帮她拿上吉他，来到了秀水花园的咖啡厅，点了两杯咖啡和一盘甜点，微笑着说："小叶，怎么啦？谁惹你不高兴了呢？"

咖啡厅里面放着轻音乐，如山间小溪、林间鸟鸣，舒缓而宁静。叶雯轻叹了一口气，显得平静了许多。

原来在农行组织的圣诞之夜联欢表演中，叶雯的个人吉他演奏演砸了！

生性要强的她心中极其郁闷，却又不知找谁倾诉。痛苦惆怅之际，突然想起了田安国——那个谈吐儒雅做事稳重的大哥哥一样的男人，给她留下了深刻的印象。

听着叶雯懊恼的倾诉，安国开始不断安慰她那要强而又脆弱的心，并告诉她没人在乎她的表演，大多数人都沉浸在圣诞狂欢中。这时的叶雯早已恢复了原来的模样，小鸟依人的样子非常可爱。

不知不觉中，安国便握住了她的手，叶雯没有拒绝。

安国的心里忽然有了一种异样的感觉。那种心如撞鹿的感觉许久没有了，她的一颦一笑、一举一动是那么的亲切和熟悉，像极了那个曾经让他神魂颠倒、到现在仍然不能忘却的女孩……那个女孩曾经在梦中多次出现。如今，她款款而来，如仙女临风，似梦似幻。此刻，她就坐在他的身旁……

送叶雯回到布欣花园已是第二天凌晨了。

安国准备返回，在路边等了一个多小时，竟然没见到一辆的士。

怎么办？这个时候要走回去，估计天亮也不一定能到。还有晚上在大街上是否安全？深圳是个移民城市，人员庞杂，做什么的人都有。万一被打劫了，抢两个钱倒无所谓，如果人身安全受到威胁，该怎么办？自己既不威武又不高大，虽走南闯北，出国留洋，却没学会任何护身的功夫。如果遇到歹徒相逼，只能听天由命了！

夜已深了，大街上欢乐的人群早已不知去向。喧闹了一天的城市突然静得有些异样。风裹着寒气吹了过来，冷飕飕的，安国感觉浑身打战，不住地抖动起来。

无奈，安国不得不又返回叶雯的住处。

灯还亮着，说明叶雯还未休息。安国按响门铃，说明情况。打开房门的她也正担心他这个时候打不到的士，所以一直没睡。

进屋后,安国感觉已经疲惫不堪,于是就躺在她房间的沙发上睡着了。

几个小时后,天便亮了。安国醒来后,发现身上盖着一床被子,心里顿觉暖烘烘的。他起来向叶雯致谢后,赶紧返回安然居酿酒去了。

这一夜之后,安国心理的天平已经向那个温暖的小屋倾斜了,再见到漂亮的演员姐妹时,那种欲拒还迎、转瞬即逝的暧昧之感已经荡然无存了。

也许对方也察觉到了他那微妙的变化,第二天便返回东北去了。

东北来的演员姐妹离开后,安国突然觉得心里空落落的,仿佛自己被抛弃了似的。因为那个时候,他和叶雯之间的事情实在不太靠谱。也许她仅仅是一时冲动才给自己打了那个电话。通过几次接触,姑娘对他产生了一种信任。也许打电话给他也仅仅是把他作为可以信赖的大哥,并没有其他方面的意思呢!叶雯年轻美貌,聪颖过人,工作稳定,收入丰厚,拥有那时无形却价值极高的深圳户口……自己年纪一大把,事业未竟,居无定所,一点优势都没有啊!

有时候,爱情真的是一种机缘,如张爱玲所言:"于千万年之中,时间无涯的荒野里,没有早一步,也没有迟一步,刚巧赶上了。"无论多大的世界,等到你与他相逢时,小得只剩下了一个路口,绕不过去,这是命中注定的。命中注定的意思是,你必然要遇到她,她必然要邂逅你。也因此你才明白,命运中的那些阴差阳错,生活中的那些风尘仆仆,不过是为了两个人马不停蹄地走向彼此。也许这便是机缘,不能不说是一个奇迹。

回想自己与叶雯的这段交情,两个素不相识、年龄悬殊、背景不同的人,在深圳这座城市邂逅了。如果最初的邂逅就那么一晃而过,留下的也许仅仅是一段短暂的回忆,往事如烟,很快便会从记忆中抹去。然而因为银行转账的问题让他在无奈的情况下拨通了她的电话,于是便有了后来的回国相聚,以及倾心交谈。如果事情到此为止,也算不上是什么机缘,关键是她在最伤心的时候需要安慰,第一时间想到的便是他,于是便拨通了他的电话,他搁下正在陪同的重要"客人"直奔她处。这个时候,他们之间已不能不说是一种心灵的呼应了,彼此虽不一定产生了那种情愫,但至少是把对方当作自己值得信赖的朋友了。

也许冥冥当中有一股神奇的力量在帮助着他,几天后,一场少见的重感冒向田安国袭来。他头晕目眩,四肢无力,浑身发软,感觉自己孱弱得像个婴儿,需要照顾。

元月是深圳最冷的时候，安国租住的小屋寒风飕飕，他裹了厚厚的被子仍冷得浑身发抖，恶心呕吐，涕泪横流……他嘴唇干裂，嗓子感觉冒烟，爬起来想给自己倒杯水，一阵眩晕后重重地又倒在了床上。

安国已经两天没吃东西了，似乎也不觉得怎么饿，此刻，只是想喝一杯热开水，驱走腹中的寒气。然而他试了几次都无法下床，世界在一瞬间似乎离他而去，他被抛弃在了这所偏僻的民房里，外面的阳光沙滩、蓝天碧野、灯红酒绿、车水马龙……一切都与他无关。

需要赶快和外面联系，找人带自己到医院去。大哥远在北京，三哥他们在河北任丘，千里之外，爱莫能助。公司里的人感觉都不靠谱，安国倔强的性格拒绝让他们看到自己这副模样。

那么，在深圳，还有谁值得信赖呢？

他想到了叶雯，这个看似柔弱，骨子里透着一股内敛和力量的女子。

孤立无援的他只好打电话向叶雯求助，叶雯接到电话很快便过来了。

叶雯来的时候带了些感冒药，见他感冒如此严重，准备打电话叫120送他去医院治疗。

安国有气无力地说："我只是感冒，吃点药应该就能好。"叶雯见他嘴唇干裂，立即倒了一杯热水，扶着他起来喝掉，然后又用药棉蘸着盐水给他湿润。接着，她跑到外面买回了一碗热气腾腾的臊子面，安国苦笑着摇摇头，说不想吃。叶雯说："你忍着也得吃，哪怕吃下去再吐出来，哪能几天水米不进呢？再强的身体也会垮掉的。"叶雯说这话的时候，眼睛微微有些湿润，似乎安国是她的一位亲人，他病成了这样，自己竟不知道。

安国坐起来，强忍着将那一碗汤面吃了下去，发了一身热汗。叶雯说："你不要动，把被子捂严，发一身汗就好了。"然后她又烧了一壶水，用毛巾给他热敷。她做这一切的时候娴熟利索，根本不像一个柔柔弱弱的女子。一切都感觉很自然，像是他的一位姐妹。

叶雯招呼他把药吃掉，让他睡一会儿。

安国闭上眼睛，哪里睡得着？屋里乱七八糟，几天没有收拾了。叶雯开始给他整理衣物，把脏衣服泡在洗衣机里，把屋子认真地收拾了一遍，然后用手摸他的额头，看看是否还发烧。

安国被深深地感动了，眼泪止不住地流了下来，弄湿了枕巾。叶雯拿起毛巾给他擦了擦，轻声地问："好点了吗？"

一种久违了的母爱般的温暖包围着他，一种想要有个家的强烈欲望驱使着他，一种想要踏实过日子的想法使他心潮澎湃，难以自持。此刻，他多么想一跃而起，握着她的手，对她说："叶雯，嫁给我吧！做我的新娘吧！今生今世，我不会让你再受委屈，我们在一起，一定会过上好日子的！"

一连几天，叶雯利用中午和下午下班后的时间精心地照料着他。安国的病情明显好转，已经可以下床走动了。

一个人的时候，安国脑子里都是叶雯的身影——她的善良，她的优雅，她的柔情娴雅、蕙质兰心，她的有些矜持却不乏温暖的微笑……一转身，感觉满满一屋子都是爱。

那个暖冬，那个春节，那个深圳的春天，永远定格在了安国美好的记忆里！

3

道格拉夫离开卡斯巴瑞公司后组建了自己的公司，并极力拉拢田安国为他的公司做代理。安国不清楚到底发生了什么事情，于是写信给卡斯巴瑞公司。

卡斯巴瑞的大女儿夏洛特把情况简单告诉了他，并希望田安国能继续与卡斯巴瑞合作。安国抱怨安然居拒付尾款9.6万马克自己不应该承担6万马克，即使承担也应该只承担与佣金相同比例的损失即18%。夏洛特解释说，这是道格拉夫经手的，她无力改变，希望以每月付1200马克的基本薪水和5%的项目佣金提成作为新的合作条件。这个建议出乎安国的意料，对于他肯定是个利好消息。

很快双方签署了新的协议，田安国以卡斯巴瑞公司驻中国办事处酿酒技师的身份开展工作，不但承担新项目的前期谈判和信息传递，还要承担已有啤酒设备的售后服务。

安国辞去了在安然居的工作后，来到北京，参与国家贸促会培训中心的项目。这次他不再是个翻译，而是负责这个项目的设备安装、试车和人员培训工作的德方代表。有了近两年的学习实践，田安国已经完全可以单独承担这些技术性很强的工作了。

北京雁栖湖培训基地设施完善，环境优美。田安国在那里工作的三个多月里，不仅受到了设备购买方高规格的款待，而且对方还为他配备了一男一女两个助手。从深圳前来探望他的叶雯也同样受到极好的礼遇，他们在那里度过了几天美好的时光。

雁栖湖位于北京郊区怀柔城北8公里处的燕山脚下，北临雄伟的万里长城，南偎一望无际的华北平原，是一处风光旖旎的水上乐园。

雁栖湖水面宽阔，湖水清澈，每年春秋两季常有成群的大雁来湖中栖息，故而得名。雁栖湖内人文景观与自然景观融为一体，春夏浓荫蔽日，金秋一片火红，万里长城隐现在层峦叠嶂之间，千顷湖面，碧波荡漾，百舸争流，景色非常壮美。

清晨，安国带着叶雯爬到后面的山上，看旭日东升、霞光万丈，湖面波光粼粼，与朝霞交相辉映，非常壮丽；晚上，他们在夕阳西下的雁栖湖边散步，微风拂面，杨柳依依，湖光山色，令人心旷神怡；周末他们去爬慕田峪长城。安国在北京上学的时候，曾几次登上八达岭长城，对于慕田峪虽然向往，总觉得以后有机会再去，没想到这一次是陪着自己心爱的人来了。

慕田峪长城于公元1368年由朱元璋手下大将徐达在北齐长城遗址上督建而成，是明朝万里长城的精华所在。此段长城东连古北口，西接居庸关，自古以来就是拱卫京畿的军事要冲，有正关台、大角楼、鹰飞倒仰等著名景点。此段长城墙体保持完整，较好地体现了长城古韵。其历史悠久，文化灿烂，在中外享有"万里长城，慕田峪独秀"的美誉。景区内山峦逶迤，植被葳蕤茂密，景观十分壮美。

在长城，叶雯骑着毛驴，安国牵着缰绳，徜徉在古老的风景风情中，尽情地享受着大自然的美景。那些美好的时光为他们的感情增添了几分浪漫，叶雯良好的修养、为人处事的谦和、把握有度的礼仪受到了培训班学员的交口称赞。

恋爱中的他对她又多了几分敬重！

回到深圳不久，他们便登记结婚了。婚礼很简单，只邀请了至亲挚友参加，安国的大哥、四哥从北京和任丘赶来，欧伟雄和梁达夫从德国赶回来为安国祝贺。

人的一生会遇到两个人：一个惊艳了时光，一个温柔了岁月。

拥有这么一位爱妻，安国对未来生活充满了美好的憧憬……

第二十四章

1

安国与叶雯结婚后,决定去欧洲蜜月旅行。旅行可以是散心,也可以是学习,只要有善于发现的眼睛、愿意倾听的耳朵和包容差异的心,旅途便处处有收获。

选择地点时,在众多的旅游胜地中,叶雯建议去欧洲,她不要只有风景的地方,要有历史、有文化、有故事、有传说才可以。风景会震撼你的眼睛,文化会冲击你的心。旅行途中,与其他地方的人建立联系,到不同的环境感受世界,审视自我,完成一次精神的洗礼。

他们的第一站是巴黎。这座有着1400多年历史的城市,不仅是文化之都、艺术之都、浪漫之都、时尚之都和花卉之都,也是欧洲的政治、经济、科技、文化、商业、娱乐中心和公路、铁路交通中心,还是世界航空运输中心之一,有着多姿多彩的传统文化。

这里到处都弥漫着艺术的气息,徜徉在巴黎街头,随处可见哥特式的建筑,看起来威严中略有些阴森,内部却是绚烂的装饰与斑斓的色彩,强烈的反差碰撞出极致的美。

漫步塞纳河畔,想想几百年前同样徜徉在这里的艺术家们,感觉自己已经穿越时空,与他们心灵相通,共享这片充满艺术的天空。对于安国来说,他已经多次往返于欧洲和中国,也来过巴黎。但一个人看风景的心情和两个人完全是不同的,特别是和自己心爱的人一起,那种激动的心情更是难以名状。叶雯第一次来,感觉一切都那么新奇,安国于是便成了她的导游,滔滔不绝地讲述着这里的历史。

他们手拉着手,沿塞纳河往前走,看婆娑的树影和倒映的云朵在水中呢喃。相隔不远便有石桥相连,桥墩斑驳深沉,记录着古巴黎的一段段历史。桥下穿梭着各种船只，构成一道流动的景象。坐在船上看岸边的风景，岸边的人们向他们挥着手，他们便成了挥手者眼中的光景。这样的船每隔几分钟便会有一艘，而他们热情不减。孩子们甚至跑到桥上，冲着他们大声打招呼，直到有人与之互动，方满意而归，等待下艘游轮的到来。

女人是巴黎最美的风景。地铁上，随处可见浪漫女郎，风度翩翩，清香迷人。衣着时尚的年轻人秀恩爱，感觉那么随意，却那么自然。他们这对来自东方的情侣不觉缩短了距离，紧紧地拥在了一起……

对于叶雯来说，这次来巴黎的主要目的便是接受这里的文化熏陶。她认为，每个人的一生中都应该去一次巴黎。这里不仅时尚、浪漫，还有世界最繁华的街道，最奢侈的宫殿，最养眼的女人，以及瓦蓝的天空、洁白的云朵、丰满的文化和可以触摸的历史。

巴黎的历史是装在卢浮宫里的。这不仅是法国文化的精髓，也是世界艺术的盛宴。这座历经800多年的曾多次扩建重修的皇家宫殿将巴黎和法国的历史错综地交织在一起，位居世界四大历史博物馆之首。

那天，他们在卢浮宫整整转了一天，甚至连中午饭都忘记吃。两个志同道合、意趣相投的人沉浸在浓郁的文化氛围中流连忘返，不能自拔。

从巴黎飞往慕尼黑的飞机只需一个多小时。梁达夫与欧伟雄开着车到机场迎接他们。三个最好的兄弟在深圳分别后，异国他乡再一次相聚。梁达夫在自己的龙门饭店为他们准备了丰盛的酒席，隆重款待一对新婚的伉俪。

这次蜜月旅行，安国在德国只安排了一处地方，那便是慕尼黑。

这是一座以啤酒闻名的城市，啤酒的味道弥漫在空气中，浸染着每一个游人。无疑，慕尼黑对田安国的意义已不仅仅是一座欧洲城市，而是一种情结。在这里他曾生活了三年，收获了欢乐也经历了痛苦，看透了人生也看好了人生，于山穷水尽之际看到了希望，为之后步入商海奠定了坚实的基础。

他们入住的是五星级的喜来登酒店。安国打工的时候曾多次从楼下路过，每晚价格不菲的房费令人望而却步。那个时候他就想：等自己有了钱，也在酒店住上一晚，体验有钱人的成就感。如今，自己心爱的人就在身边，与她在这里共度良宵，无疑是最浪漫的事了。

安国与妻子一起，站在酒店高层的窗前看慕尼黑的黄昏。同巴黎一样，远处高耸挺拔的是哥特式的大教堂，低一些的则是巴洛特式的建筑群，透迤起伏的绿将低矮的建筑遮了起来，整个城市沐浴在一片曚昽的光晕中，显得安详、和谐。太阳穿过厚厚的云层往下坠，耀眼的光芒给云层镀上了一层闪光的亮边，也给高高的塔顶镀上了一抹红晕。暮霭氤氲在城市的上空，低矮的建筑因此而变得模糊，彼此连成一片，感觉像绘画里中世纪的欧洲风光。有那么一会儿工夫，太阳是挣脱了云层的，光芒瞬间放大，地上变得明亮了起来。

与深圳的繁华和喧闹不同，慕尼黑显得低调沉稳、端庄大气。不同的感受是来自方方面面的。先是那蓝得像宝石的天空就令人十分喜欢，随便怎么拍，景色都是美的，跟明信片似的。要知道这也是一座工业城市，并且有着悠久的历史，为什么它的云就那么白，草就那么绿，空气就那么清新呢？一路走来，满目的绿是新鲜的，云朵懒洋洋地在山间溜达，优哉游哉，矜持而浪漫。

慕尼黑的街道看起来很普通，没有国内城市的宽敞和时尚，甚至也没有那么笔直。一组古老的拱形建筑横在中间，车辆鱼贯而行，有凿穿时空之感。有的建筑样子已很陈旧了，如果在国内的城市，不知被拆迁队连夜拆除多少次了，岂能容它堂而皇之地碍人眼目？桥头的人物雕塑有些沧桑，样子也不是十分张扬，比不得不锈钢的耀眼，更不及喷绘的艳丽，连同那些几十年甚至上百年的各式建筑、街道和树木，构成了这座城市的主要内容。它们看起来是那样朴素，毫不起眼，氤氲着浓浓的德国味道。街上很少有修修补补的围栏，也鲜见建筑工地的彩钢瓦和隔离栏，似乎很久以来它们一直就是这个样子的。安国带着叶雯去他前些年打工的地方，感叹那里的一草一木都没有变化，只是树更高了，楼还是那些楼，路还是那条路，地铁站也还是当年的地铁站。

叶雯第一次到德国，看见什么都觉得好奇。走在慕尼黑的街头，她看到了许多行为艺术展示。一个人把自己涂成金属的颜色，长时间保持一个动作站在街上，远看像一尊雕塑，走近时，他突然向你一眨眼，便使你大吃一惊，退后去再看时，他却又纹丝不动。这是典型的欧式行为艺术，街头的艺人喜欢用自己独特的方式愉悦过往的人们，并以此博得欣赏者的一点小费。他们友善随和，不少人还有不错的艺术素养。他们自视清高，所以并不会勉强和乞求别人。这种状况他们在巴黎的塞纳河畔也曾见到，每遇施舍的人，扮演者都会鞠躬答谢，其余时间则尽职尽责地表演着，成为城市的另一种景观。

几天后，梁达夫再次邀请安国和叶雯到他们的饭店做客。龙门饭店位于慕尼黑郊外的格伦沃尔德小镇，距离慕尼黑有20公里，乘坐有轨电车往返很方便。电车没有售票员，乘客自觉按乘坐距离买票，没有检票员，一路上也不抽查。田总说，一般人都不会逃票，在这里，很少有人拿自己的信用不当回事。

梁达夫的太太是香港人，温柔贤惠，勤俭持家，几十年来跟随丈夫在德国打拼。每天她起来最早，晚上休息最晚，毫无怨言。特别是第二天早晨，叶雯发现她竟然在楼下卖早点，感觉很奇怪。因为他们在德国已经算有钱人了，房和车不用说，钱估计这辈子也花不完。叶雯说："你何必这么辛苦？"她说："习惯了，如果不卖早点，那些每天上班路过这里的人吃什么呀？"原来她完全是在坚守一种信用和承诺，对别人，也是对自己。

那天的晚餐非常丰盛。第二天，梁达夫夫妇请他们去意大利餐馆吃饭。梁总的太太待人和蔼，言谈得体，举止优雅，完全颠覆了内地人对香港人的印象。

2

在他们的行程单上，是有新天鹅堡和基姆湖的。新天鹅堡是慕尼黑的一张名片，金碧辉煌，靓丽时尚。安国和叶雯从天鹅堡回来后便去了基姆湖畔的HART（哈德），拜访卡斯巴瑞先生。

德国的公路不是很宽，但路况很好，不限车速。梁达夫的宝马一脚油门便飙上200码，令人心脏忽地一晃，感觉快要跳出来。车速快，并不妨碍欣赏路旁的美景。在德国，公路两旁并不会刻意种上一排排树木，而没有这些树木的遮挡，你就可以看得很远，即便是车速很快，那如画一般的田园山水，仍一目了然，令人心旷神怡！成片的油菜花黄得耀眼，不知为何现在才盛开！"长恨春归无觅处，不知转入此中来。"9月的秋已很浓烈，这里却满目绿浪，春意阑珊。德国的乡间拥有世上最好的土壤，但是除了种植一些酿酒用的大麦、葡萄之类，好像就不再种其他什么东西了，任由草地森林肆意生长！齐整的草坪铺遍山峦，浓密的树林苍翠茂密。在欧洲，无论高速路还是乡间小道，几乎没有裸露的土地。人们闲散地住在山坡上，一栋木质结构的房子，一座篱笆合围的小院，一群懒洋洋的牛羊……

诗意浪漫，闲适安宁。这种景致只有在新疆的草原上能见到，比如那拉提的空中草原、江布拉克的空中麦田、巴音布鲁克的梦幻溪流，童话似的，美得令人心颤。很少看见劳作的人们，即使那些村舍，也少有人影。倒是地上的那一个个草卷十分引人注目，令人体会到这田园风景油画般的美。

　　一路上，湖光山色令人赏心悦目。那些红色尖顶的教堂，蓝色的房子，绿色的草地，悠闲的马儿。马儿毛色发亮，看见人便走了过来，以为要喂它们吃东西。湛蓝湛蓝的天上飘着几朵白云，随便取一处都是美景。

　　卡斯巴瑞先生家的房子掩映在一片绿丛里。从外面看普普通通，可是里面豁然开朗，空间十分巨大。地上堆满了油画，是卡斯巴瑞太太的作品。卡斯巴瑞先生拿出自己的收藏品让他们欣赏，有中世纪的家具、瓷瓶、青铜器和酒具，还有两百多年前的挂钟等，做工精致，工艺上乘。阳光透过落地窗洒了进来，整个屋子都被照亮了。木质的旋梯通往二楼，那是主人的卧室。

　　他们来到室外，草坪上栽着许多果树，苹果红彤彤的，只是个头不大。卡斯巴瑞先生说这些苹果完全靠自然生长，不施任何化肥和农药。屋旁的遮阳伞下有一个圆形的大石桌，先生沏了一壶茶，同安国交谈起来。他们的话题看起来很热烈，眉飞色舞的样子，叶雯虽然一句也听不懂，但看着丈夫与这位德国老人如此愉快地交流，心里充满了敬意。

　　安国对叶雯说："几年前，正是这位老人把我带到了啤酒行业。这些年来，我每年都要到慕尼黑拜访卡斯巴瑞先生。"尽管他目前的业务已很娴熟，在国内也算得上是专家，但是在先生的面前，田安国虔诚得如同一位小学生。每年，安国都会把自己工作上积攒的问题摆出来，听卡斯巴瑞先生一一讲解。先生年过七旬，腰板硬朗，精神矍铄，思维敏锐，言辞犀利，成为田安国的精神导师。

　　聊完该聊的事情，他们便一起去基姆湖，准备在湖边用餐。

　　基姆湖的美在于靠近山麓，湖区风景与周边山峦完全融合，不分彼此。午餐是在湖边吃的。阳光明媚得有些刺眼，湖上五光十色，波光粼粼。他们就餐的地方是一家意大利餐馆，比萨、面条和烤肠是这家的特色。他们就着湖光饮着啤酒谈天说地，对面的金发美女不时对他们微笑点头，看起来很友好。叶雯突然想起6个小时的时差，这个时候，国内已是午夜了，而这里却湖光山色，阳光灿烂，正是浪漫的好时候呢！

到欧洲后,叶雯最大的痛苦是不习惯这里的饮食。尽管在慕尼黑安国带着她吃了最好的白肠以及土耳其比萨,带她去中国餐馆吃炒菜米饭,但更多的时候,他们只能入乡随俗,吃当地的西餐。在因斯布鲁克,叶雯跟着安国进了几家餐馆发现都没胃口,硬着头皮要了一份沙拉,吃了一口就不愿再吃了。无奈,吃惯了中餐的胃,对西餐有一种本能的抗拒。后来他们找了一家麦当劳,才算把肚子安顿了下来。

3

经过欧洲十多天的蜜月之旅,叶雯感觉自己收获颇丰。一直以来,欧洲都是她非常向往的地方,但由于工作繁忙,没有找到合适的机会来。这次来欧洲旅行还有一个重要的因素,那就是她想去丈夫工作过的地方看看。慕尼黑对她来说充满了神秘和诱惑。她知道,那是丈夫的伤心之地,也是幸运之地。他在慕尼黑遭遇了阿金那样的小人,莫妮卡、丹尼尔、弗兰克那样的骗子,但却收获了欧伟雄、梁达夫二人兄弟般的友谊,遇见了卡斯巴瑞那样的恩师,把他领进啤酒王国的大门。所以从某种程度上来说,慕尼黑是他的一块福地。

在慕尼黑,安国带着她重走了那条当年他每天都需要往返的街道,安国说有一次他的自行车被盗了,眼看上班时间快要到了,只好乘坐地铁。谁知上车后才发现自己竟没带钱。慕尼黑的地铁是没人检票的,但车上有乘警在巡查,抓住了罚款50马克,所以一般很少有人逃票。安国经常乘坐地铁,很少看见查票,所以就抱着侥幸心理想混过去,谁知屋漏偏逢连阴雨,那天他便被逮住了,罚了相当于票价10倍的钱。几个月后,那辆被盗的自行车又神奇地出现在公寓楼下,可惜已经破烂不堪了。

安国还带着叶雯参观了骗子公司的所在地——那个令他黯然神伤的地方。睹物思情,安国有感而发,写下了一首诗《征途》:

当再次来到

丽豪酒家的门前,

那紧闭的老窗帘

似乎在诉说着当年

慕尼黑寒冷的冬天。
来自黄土高原的青年,
艰难地行走在
大雪纷飞的夜晚。
突然有一天,
老板砸了我的饭碗。

站在奥古斯特公司门前,
回到不堪回首的1995年,
失业的痛苦还在漫延,
不承想背信弃义的你们,
在我的伤口撒了一把
带辣椒的黑盐。
那个风雨交加的夜晚,
一场骗局演绎在人间,
曾经的屈辱,
至今仍无法释然。

慕尼黑的天空
黑云密布,
走投无路的我
忽然想到了金城饭店,
你就像天使出现在我面前。
顿时柳暗花明,
我的一切开始改变。
还有难忘的龙门饭店,
我们的传奇,
始于慕尼黑伊萨尔河边。

恩师卡斯巴瑞的木屋，
　　阳光依旧那么温暖。
　　当年那个无助的青年，
　　双鬓已经花白。
　　站在你的面前，
　　遥想二十年前的那个夏天，
　　我的人生翻开了
　　不一样的诗篇。
　　德国啤酒，
　　成就了伟安达的今天。

　　然后，安国带着叶雯领略了慕尼黑的旖旎风光。这座城市对安国来说，意义非凡啊！

　　这次旅行最大的收获当然是爱情。

　　婚前，他们尽管有过多次交流，但情侣之间毕竟还有一定的距离，保留着最后的矜持。双方展现出来的都是单调的一面，很难洞察对方的真实面目。婚后，夫妻水乳交融，心理的最后防线彻底打开，开诚布公，把自己毫无保留地展示给对方。安国发现，叶雯虽然年龄比他小10多岁，但思想成熟，做事谨慎，有条不紊。她很有思想，只要提出来的问题，必然深思熟虑，令你无从反驳。一直以来，安国已经形成了做事条理分明的习惯，然而和叶雯相比，发现自己还是有些粗心。她像一台计算机一样，只要交代给她的事，无论何时提起，每个细节她都能对答上来，纹丝不乱。自己今后经营公司，规模会越来越大，他庆幸自己找了这么好的一位"大管家"，称心如意，如意称心啊！更为难得的是，叶雯出身富有家庭，身上没有一点骄奢放纵的习惯，没有小女人的那些不良习俗，不拜金，不挥霍，不追求名牌，不爱慕虚荣。她的身上透着一股雍容华贵的气质，坦荡从容，落落大方。作为妻子，她的爱情意绵绵，温暖和煦，洋溢着一种神奇的力量。

　　对于叶雯来说，通过这次蜜月旅行，她对丈夫的认识从感性已完全上升到了理性——欧洲之行，她见识了一个才思敏捷，博闻强识，懂得体贴人、爱护人的丈夫。他出身农门，靠着坚强的意志和毅力，自学完成了学历考试，摆脱工人身份的羁绊;在毫无基础的情况下,先后三次去北京学习外语,通过常人难以做到的刻苦努力,掌握了英语和德语两种语言,从而改变了自己的命运。他的身上透着坚忍和睿智,善良和正义,给人以积极向上的力量。生活中,他既像一位大哥对她关怀备至,体贴入微;又像一位父亲勇于付出和担当,宽厚大度,休休有容,令人感动。

第二十五章

1

叶雯的妈妈是一位经验丰富的女商人,她曾担任深圳富丽集团电子计算机公司的经理,后来辞职创业,在香港成立了鹏飞集团,在深圳成立了华顺和鹏飞两家公司,专注于计算机行业。毕业于哈工大的她利用自己的专业知识和香港、深圳的商业优势取得了不俗的业绩。

叶雯母亲准备带着小女儿移居澳大利亚,力主把成立于1996年的鹏飞公司转让给女婿,这个公司没任何遗留问题。安国当时正处在与卡斯巴瑞公司的"蜜月期",不以为然,但在妻子叶雯的强烈建议下,最终还是花了让他心疼的1万余元,把深圳鹏飞实业有限公司转到了他和叶雯以及叶雯舅舅的名下。当时的田安国没有任何经营公司的想法,也没有这方面的经验,他感觉拿到这么一个空壳公司很是无奈,不知道怎么经营,用它来干什么。

那个时候,安国与卡斯巴瑞公司的合作刚开始不久,那桩和安然居的小型啤酒设备业务让他赔偿了6万马克,他赔光了积蓄,几乎倾家荡产。紧接着便是结婚,婚后,安国发现自己已经举步维艰,没什么钱了。在这样的情况下,让他拿出1万多元购买这么一个闲置的空壳公司,安国心里很是想不通,于是便向太太叶雯抱怨,不明白要这么一个公司干什么。

"我做自己的啤酒设备生意,用得着这样一个公司吗?"安国说。

"别着急,也别只看眼下,说不定将来会有用呢。"叶雯也觉得有些为难,顿了顿接着说,"再说要重新注册一家实业有限公司并非易事,我妈妈不会害咱们的。"

埋怨归埋怨,木已成舟,性格要强的田安国便开始琢磨怎样经营这家公司了。

那段时间，欧伟雄和梁达夫也正在深圳度假，他们三人常常喝酒到深夜才回家。啤酒是欧和梁从德国带回来的，每次他们回来都要带一两箱德国"Bai Long"易拉罐小麦啤酒与深圳的朋友们分享。那时候，深圳还没有纯粹的德国进口啤酒，新鲜的滋味和醇厚的口感令人非常迷恋，回味无穷。

一次，当他们又在为怎么分那两箱啤酒而纠结时，安国突然脱口而出："每次都这么麻烦，咱们还不如进一个货柜算了！"一语点醒梦中人！三个人几乎同时发出惊呼："对呀！我们为什么不能从德国弄一个货柜试试呢？"几个人非常兴奋。

那天，他们一直谋划到深夜才各自回家。

安国兴冲冲地回到家，灯还亮着，打开门，发现叶雯一个人坐在沙发上，脸上垂着泪。

"这么晚了，咋还没睡呀？"他关切地问。

"这么晚了，你还晓得回来？！"叶雯反唇相讥，眼泪夺眶而出。

"宝贝咋啦？身体不舒服，还是谁惹你生气了？"安国说着便把手放在妻子额头上，看看是否发热。

叶雯一挥手推开了。

"咋啦？一个人在家里害怕啦？"安国满脸赔笑。

"你说说，连着几个晚上了，每天都是半夜三更才回来。这个家你如果觉得厌烦，以后就不要回来了！"叶雯揩了揩眼泪，正色道。

"哎呀！你看看，我这些天只知道和朋友谈事，一兴奋，就把我们的小宝贝给冷落了啊！对不起对不起。老公不是有意冷落你，以后改邪归正，好不好？"在安国看来，叶雯像个孩子似的可爱。有时候她是沉稳的，沉稳得与实际年龄有些不符；有时候她是泼辣任性的，像个天真烂漫的小女孩，需要用心去呵护。

第二天，安国决定早早回家给妻子做饭，安抚她受伤的心。然而晚上，欧伟雄与梁达夫一如既往地约他谈事。

三兄弟这几天都比较兴奋，聚在一起便有说不完的话。他们谈到了德国啤酒在中国市场的各种可能性，谈到了选购哪种啤酒更适合国人的口味，如何定制集装箱，以及运输的成本和啤酒的利润等问题。三个人都在德国打拼过，特别是欧伟雄和梁达夫已经在那里定居了20多年，是地道的德籍华人，对德国啤酒有着深刻的见解。谈兴正浓时，几个人像打了鸡血似的，不约而同想起了喝酒。可惜带回来的德国啤酒已经没有了，国内其他品牌的啤酒又少了些滋味，于是就拆了两瓶白酒，一喝便是深夜。

那天，叶雯下班后便回到家里，她做了好几个菜等丈夫回来。昨晚她感觉十分委屈，在安国一番安慰后，心绪平复了下来。她知道他在外面打拼很不容易，也知道他朋友多，重情义，但无论如何不能不顾家呀！如果一个人的心中只有事业和朋友，把妻子置之度外，那为何还要结婚呢？

正常情况下，叶雯下班回到家里后不久安国便回来了，因为他们的单位离家的距离都差不多。安国早上走的时候让她按时回家，承诺他今天会早早回来的。谁知饭做好后左等右等——等到夕阳西下、华灯初上，等到晚间新闻播报结束、小区万籁俱寂，还是未见他的身影。

满桌的菜早已冰凉，叶雯感觉自己也没了胃口，委屈的眼泪不由得扑簌簌又落了下来。她几次拿起电话，拨通又挂掉。索性倒在沙发上，嘤嘤地哭了起来。

叶雯哭了一会儿，便睡着了，一觉醒来发现已是凌晨1点，安国还是没有回来。会不会有什么事情？她拨通了他的电话，安国说自己正在往回赶。从他语无伦次的话来判断，应该喝了不少酒。

那晚，叶雯忍不住终于爆发了。她又哭又闹，无论安国如何解释，就是不肯原谅他。

随后的日子，安国收敛了几天。几天后他又回到了从前的样子，每天在酒吧泡到深夜才回家。回家后他也不做解释。那时的他只知道兴奋，忽略妻子独守空房的苦闷。安国认为叶雯不理解他的苦衷，限制了自己的自由。

他们的矛盾在一天天加深，双方都觉得对方不可理喻，互不相让。

夫妻陷入一场冷战之中。

那段时期，田安国和殴伟雄、梁达夫三个人天天在琢磨怎么做德国小麦啤酒的进口生意。他们觉得"鹏飞"这个名字有点俗气，第一次想到用"安伟达"三个字，但发现已被人注册了。无奈，安国干脆用"伟安达"去试着注册，结果通过了。这样，由他们三个人名字中间的字组成的"伟安达"便代替了原来公司的名字"鹏飞"，只是原来设想的田安国在前、欧伟雄在中间、梁达夫在最后的次序发生了变动。当然，这些都不是什么原则性问题。"伟安达"三个字让学习英文的田安国很快想到了"Winda"这个名称，即英文"win"——胜利成功和中文"da"——达到的组合体"winda"。"深圳伟安达实业有限公司"（Shenzhen Winda Industry&Commerce Ltd.）就这样于1998年秋季在深圳诞生了！

终于有了自己的公司，还有现成的办公地点。安国的岳母一再推荐她雇用了多年的会计张钰萍，希望她留下来帮安国。岳母说这个张会计人品好，业务强，值得信赖。后来的实践证明，这个张会计确实是一个忠诚可靠、认真负责的好员工，她在伟安达公司一直工作到退休，工作方面没出现任何大的差池。

这里有一则小故事，是关于发财树的。

接手公司以后，喜欢干净整洁的田安国和张会计把办公室从里到外清扫了一遍，清理出来了一棵装在白色塑料花盆里叶子已经枯萎的发财树。这盆发财树至少有一个月没有浇过水了，盆里的土早已干裂，树身也变得枯朽不堪。安国让员工把它放在大厅的角落里，准备抬到楼下扔掉，但多次想起又多次忘记。

一天，安国到公司后把喝剩下的茶顺手倒在了那个花盆里。几天后，他发现从那根枯朽的树丫上竟然生出了一个嫩芽！

安国非常惊喜，赶紧告诉张会计不要扔了，这盆花的生命力是如此顽强，令人感动。发财树不但要留，还要请张会计这个懂得养花的南方人精心照看呢！

有了专人照料，发财树迅速长出鲜嫩的叶子，朝气蓬勃，葳蕤葱茏，成为大厅里的一道绿色的风景。后来，这棵发财树一直陪伴着伟安达公司发展壮大，风雨兼程20年，成为伟安达的一棵幸运树、吉祥树、幸福树。

安国觉得有必要作一首诗来赞美它：

枯木逢春长新芽，
茁壮成长伟安达。
鹏城创业好兆头，
花开迎岁满庭芳。

这棵发财树成为伟安达蓬勃兴旺的象征，神采奕奕，焕发着盎然的青春活力。

2

1998年底,田安国再次踏上了德国慕尼黑的土地。慕尼黑,这个世界啤酒之都不仅拥有厚重的啤酒酿制历史以及啤酒文化,而且引领着当今德国乃至世界啤酒酿造技术与啤酒文化产业的发展。1614年,Bai Long啤酒就诞生于这个神奇美丽的地方,得益于未经任何现代工业污染的阿尔卑斯山冰川水的滋润,一代又一代的Bai Long人用其精湛的技艺演绎着它的美丽传说。时间过了360余年,田安国这个来自中国黄土高原的人和两个分别来自香港、台湾的旅居慕尼黑的华人把这一古老的啤酒带到了中华大地,就像当年把中国古老的茶文化带入欧洲一样,充满了传奇色彩……

在欧伟雄、梁达夫两位伙伴的陪同下,田安国走访了四五个德国巴伐利亚啤酒厂。

通过综合对比,最让田安国青睐的是Ludiwisch这个拥有几百年历史、有着巴伐利亚路德维希王室纯正血脉的啤酒厂。

亚路德维希王室的传人路德维希二世亲自接见了他们三人,但遗憾的是这家啤酒厂海外部的负责人不愿跟一个名不见经传的公司合作。

遗憾而归的田安国在两位伙伴的陪同下,在那个小镇上品尝了这个工厂酿制的小麦黑啤(黑麦王)。那是一款让田安国流连忘返的好酒,安然居第二任酿酒师阿尔布莱特曾隆重向他推荐过这款酒,甚至还让他的妈妈给安国带了几瓶到深圳。一直主张首选引进Bai Long啤酒的梁达夫异常兴奋,他马上通过负责他餐厅的Bai Long啤酒公司客户经理联系到了该公司的出口部。第二天,他们三人便来到了这个拥有360余年酿酒史、位于慕尼黑市中心黄金地段的啤酒厂。

Bai Long啤酒公司出口部的一位H女士接待了他们。当田安国跟她提到想要在中国经销Bai Long小麦王啤酒的时候,H女士瞪大眼睛看着他不住地摇头,表示不解。安国问她为什么,H女士的回答也让田安国有些吃惊。这位外形强悍、说话干脆利索的女士郑重其事地告诉他:"马克先生,小麦啤酒只是在巴伐利亚流行的一款啤酒,连德国其他地区的人都不喜欢它,你们中国人能喜欢我们的小麦啤酒吗?"安国反问这位女士她是否喜欢吃中餐,得到H女士的肯定答复后,田安国也郑重其事地说:"中餐不一定只是中国人喜欢,也许你们德国人或美国人也喜欢。"看到中方态度如此坚决，H女士赶忙补充说："我只是担心你们赔钱，没有别的意思。"安国微笑着说："H女士，谢谢你的好意！赔钱是我们的事，请放心。"

田安国表示希望拿到独家代理权，哪怕只有小麦啤酒的独家代理权也好。出人意料的是，他的要求当场便遭到了H女士的断然拒绝，毫无商量的余地！安国要求对方给些广告支持，哪怕是啤酒杯垫，也被这位女士拒绝了！

田安国感觉极其失望。他没想到代理销售别人的产品还要这么低声下气地求人家！

然而人家就是这么厉害，不合作便拉倒，他们不谈条件。

一行三人无可奈何，只能接受对方的一切条件。就这样，在极其严苛的条件下，在权益得不到任何保障的情况下，伟安达公司开始了与Bai Long啤酒公司单相思般的"合作"，因为实质上，他们只是一个简单的进口商。

带着不知道是高兴还是失落的心情，田安国踏上了返程的航班……

回国后，安国觉得最重要的事情不是关于公司的业务，而是修复他和妻子的关系。结婚还不到一年，他们的婚姻便出现危机，这是他无论如何不能接受的。

首先是检讨自己。

叶雯比他小10多岁，风华正茂，嫁给他已经够委屈了，自己却不知道疼惜，一味地维护自己的男子汉形象，与妻子针锋相对，寸步不让，这无疑是非常不理性的一种行为。夫妻间最重要的是信任。因为两个人在不同环境生长，有不同的性格、不同的习惯、不同的爱好，所以在一起生活难免会有不适应，会有摩擦。这就需要彼此多点宽容，多点谦让，多点谅解，做事站到对方角度考虑一下。日常生活中，夫妻间要懂得尊重，遇到摩擦不能斤斤计较，红脸不用怕，吵架不记仇。平时要多想对方的好处，欣赏对方的长处，体谅对方的难处，包容对方的短处。想想自己重感冒的那一次，他们还没结婚，叶雯无微不至的关怀令他感动得热泪盈眶。那时候，安国曾暗暗发誓：如果娶叶雯为妻，今生今世，一定要善待她，呵护她。可仅仅因为她对自己发脾气就开始冷战，完全不顾她的感受，这样无疑是非常自私的，需要纠正。夫妻之道，千言万语可归纳两个原则：一是努力使自己被对方欣赏；二是努力去欣赏对方。爱情的真正魅力在于相悦。欣赏是花，爱情是果。回想欧洲的蜜月之行，两人亲密无间，爱意浓浓，每天有说不完的话，道不完的福,彼此是那么信任,那么热恋着对方……后来是怎么啦?那些柔情万丈的话都抛到九霄云外了吗?也许叶雯是一个过于理性、过于慎微、过于精致的女人。人无完人,她有自己的缺点。夫妻之间贵在相互宽容——宽容是爱情的最高境界。能够正常运转的婚姻不仅意味着丈夫与妻子的互相迁就,而且意味着理想与现实的互相妥协。家事无对错,只有和不和。家是讲爱的地方,不是讲理地方。

其次是思考爱情。

《圣经》上说:"要想别人怎样对你,你就要怎样去对待别人。"夫妻之间要懂得给予。大多数人将爱看成是"被爱",而不"去爱",只想让自己如何变得可爱,而不是主动地学会如何去爱对方,怎样去关心对方的精神需要。爱意味着关心、责任、尊重,是分担而不是迷恋。爱是最纯粹的东西,不夹杂任何条件和功利。无论是男人还是女人,都兼有疼人和被人疼两种需要。夫妻就应该像一双筷子,生活中的酸、甜、苦、辣、咸一起品尝。一句话,一个微笑,一件小礼品,一顿可心的饭……也许都是小事一桩,微不足道,但是只有这种小爱才能在漫长的岁月中,一点一滴地渗透到心窝里,融化在血液中,才能天长地久。两个相爱的人如果期望爱情"增长",首先要学会适应、改变自己,而不是试图强行去改变对方。双方应该各自把自己调整到一个适度的空间,在温润的爱情土壤中,让两棵个性之树自由成长,自然可以收获幸福的果实。

安国和妻子经过一番推心置腹的交谈,设身处地为对方着想,相互理解,终于尽释前嫌、和好如初了。

3

德国巴伐利亚是一个有着悠久啤酒历史、隐藏着丰富的啤酒文化、聚集了现代啤酒新技术的神奇的地方。一年一度的慕尼黑啤酒节不仅吸引着世界各地的啤酒爱好者,而且向世界集中展示慕尼黑拥有数百年历史的七大啤酒酿酒厂的经典杰作。这里是巴伐利亚人传统文化的表演舞台。

"Bai Long"是世界上最好的鲜酿啤酒的代名词,客人多是冲着这股最新鲜、最地道的口味而来。而为了保证鲜啤纯正的口感,Bai Long 鲜啤一直沿用最传统的德国啤酒酿造技术，遵循于1516年颁布的最严格的啤酒酿造法《德国啤酒纯净法》，只用大麦、啤酒花、酵母及水四种天然原料，在丰富了啤酒的口感之外，也最大限度保留了营养成分。

Bai Long 啤酒也是慕尼黑啤酒节的佼佼者。田安国虽然在丽豪酒家工作期间也曾参加过慕尼黑啤酒节，但对它的真正故事却知之甚少，只知道这期间中餐馆生意特别清淡。回想那三年，他虽然也品尝了不少慕尼黑的啤酒，但对其历史、品种、特点和所包含的啤酒文化却知之甚少，直到这次与 Bai Long 啤酒签订了进口协议之后，他才重新开始了解、学习、琢磨慕尼黑啤酒的相关知识与背景。

首先要给这款啤酒起一个响亮的中文名字，这是他们的头等大事。作为一款德国老牌的啤酒，没有一个朗朗上口的中文名字，怎么在市场上销售呢？田安国与他的团队苦思冥想，先后起了几十个名字，一番推敲后感觉都不合适。

就在他们几乎陷入困局的时候，一个学日语的在公司临时帮忙的深圳大学的学生对田安国说："田总，干脆用"柏龙"算了，'柏'代表德国柏林，'龙'代表中国，这两个字合在一起既寓意深刻又容易被人记住。"安国听了大学生的陈述，眼前一亮，觉得很有道理。是呀，"柏龙"——多么富有诗意和贵族气息的名字！"柏"字除了具有柏林的含义，还有松柏精神的含义。松柏斗寒傲雪、坚韧不拔，乃百木之长，素为正气、高尚、长寿、不朽的象征。"大雪压青松，青松挺且直。要知松高洁，待到雪化时。"它不畏严寒风雪，毅然耸立，代表一种自强不息、百折不挠的战斗精神。柏树在国外也是一种情感的载体，素为人们所喜爱。龙的形象可以说在中国无处不在，家喻户晓。龙作为一种中国人喜爱的形象，数千年而不衰，并被不断赋予吉祥、和谐、积极进取、不怕困难等含义，和团结凝聚、奋发开拓的精神，是中华民族的象征和精神力量的体现。"龙的传人"已经成为流传在中国的最有亲和力和号召力的字眼，在国际上有很高的认知度。

这样两个富有内涵的汉字组合在一起，珠联璧合，相辅相成，相得益彰，自然是响当当的了！

就这样，Bai Long 的中文名"柏龙"便诞生了。

接下来的问题便是如何推广这个品牌了。安国那些日子查阅了大量 Bai Long 这款啤酒的历史、文化及生产过程等资料，脑袋天天围绕着这个问题在转来转去，不知耗费了多少精力和时间。他酝酿了很久，终于总结出了一段话：

> 360余年酿酒史，
>
> 阿尔卑斯山冰川水。
>
> 瓶内二次发酵工艺，
>
> 慕尼黑经典杰作。
>
> 柏龙——啤酒王国里的贵族！

寥寥数语，高度概括了柏龙啤酒的酿造历史、水质来源、制作工艺及贵族血统，言简意赅，朗朗上口，卓尔不群，不同凡响！

做好了这些准备工作后，接下来便是着手实施进口了。那时候，国家政策规定进出口产品必须由有资质的进出口贸易公司代理，不像现在任何一个公司只要在海关备个案就可以了。

找到这样一个公司不难，难的是要向海关、商检、质检、卫检还有深圳酒类专卖局等多个部门申请批复，拿到相关批复或证照后才可进口销售。

这其中最难的是国内要求的许多文件要由国外生产者提供，而柏龙啤酒总部又不是专门按中国政府的要求设置那些文件的，他们甚至很难理解我们要这些文件的理由。有些文件他们从来都没听说过，感觉莫名其妙。

田安国和他的伙伴们处处碰壁，甚至一度想要放弃。

伟安达公司花了不该花的钱，费了不该费的事，用了不该用的时间，总算把一切搞定了！

时间到了1999年的夏天，第一个货柜的柏龙啤酒终于从深圳登陆中国市场了。

然而，对于中国啤酒市场两眼墨黑的田安国他们把销售想得有点太简单了！

通过市场调研发现，深圳几乎所有像样的场所都被几家大的啤酒商垄断了，这些商场小到几万元大到几十万元的进场费首先便吓退了他们这些不知深浅的"试水者"。即使掏得起这入场费，货到了这些场所，未必能卖得了。什么经理提成、服务员好处费、店庆活动、促销活动……还要配置冰箱、专用酒杯、小纪念品等，这样算下来不赔死你也得把你弄残了！

田安国搞不明白在这种条件下别的啤酒商是怎么赚钱的。如果再把人工及费用、业务人员提成、物流、仓储、广告用品等这些加上，岂不是永远没钱赚吗？

经过一番详细了解后，安国终于弄明白，人家这些大品牌啤酒代理商后面，有厂家作为坚强的后盾在支持着。这些支持项目包括广告、入场费、奖品、酒具、灯箱甚至参加啤酒节专用拨款、开拓大客户专项资金等。

这些德国公司是不可能支持的，哪怕一个啤酒杯垫他们都不给提供。

田安国感觉非常懊恼，后悔自己没有在进货之前了解清楚就贸然闯入这一行业，全凭自己的喜好就在中国从事啤酒销售！

那时候，他们几乎什么都没有。啤酒存放在欧伟雄租住的一套住房里，公司就几个员工。没有任何广告宣传品，杯垫都是梁达夫和欧伟雄从德国扛回来的。当时就富苑酒店一个客户，他们用行李推车坐中巴送去。田安国与德国厂家再次沟通，对方说他们的任何广告品都要代理商掏钱购买……

怎么办？眼看着这批货物已临近保质期限，田安国感觉欲哭无泪。

欧伟雄和梁达夫虽来自德国，也是一筹莫展。

面对如此窘境，他们真不知道该怎么办了！

1999年，那个艰难的冬天就要来临了。如果手里的这批货在春节前不能卖出去，保质期到三月底的这批货便只能扔掉！

田安国当然不愿坐以待毙，就此罢休。

集思广益，联络所有的朋友，动员他们一起想办法！

华北油田的老同事、老上级，这几年的啤酒设备客户……大家虽然都很愿意帮他，但爱莫能助，无法打开局面。无奈，大哥建国出面找到东北的朋友帮忙。最后，能想的办法都想到了，能想到的人都想到了，但除大哥的朋友帮忙买了一点作为春节礼品外，他们的柏龙啤酒几乎无人问津！

这一次，安国感觉真的是走投无路——他完全没辙了！要知道，那个时候一个40英尺的货柜单运费和关税差不多10余万元人民币，货值总计约25万元人民币。这对于安国来说，相当于一半的家产呀！

扔掉不甘心，卖又卖不出去，万般无奈之际，田安国忽然想：何不用这批货去砸出几个客户来，总比报废要强吧？

有了主意后，田安国反倒觉得轻松了许多。他们经过反复选择后，决定从深圳蛇口海上世界周边的酒吧、西餐厅着手，并在圣诞节前以赞助的形式建立关系。与此同时，他们又给深圳电视台购物频道赞助了一批啤酒，柏龙啤酒以赠品的形式搭配给购买其他产品的客户。

就这样,他们总算把这个货柜剩余的约四分之三的货物在保质期之前处理掉了!

一下子赔了20余万元,田安国心里拔凉拔凉的……

心灰意冷的他就这样迎来了1999年的春节。

4

生意的不顺带来的是经济危机。

年关年关,对于田安国来说,真是一关呀!

首先是没钱给员工发工资,一天天拖,一天天等,终于等到妻子叶雯的年终奖发下来了,在手里还没暖热就直接送到公司,发给了张会计和出纳叶小华。安国这样总算可以心里踏实一点地过年了。

安国与妻子搬到了农行分配的福利房,新房连家私都没置办齐全。好在太太没有半点怨言,这样他心里还好受些。

春节的喜庆略微冲淡了安国心头的郁闷,叶雯奶奶和姑姑的到来使这个家里增添了人气——特别是这个80多岁的老奶奶,让他第一次感受到了"奶奶"的含义。从小没叫过奶奶的他有一种异样的亲切感,在德国餐厅学的手艺终于派上了用场,他认认真真地做了一桌饭,搞得很丰盛。

老奶奶吃了一口便赞不绝口,说:"小安国做的菜有馆子味!好吃。"这句夸赞的话让安国很是受用,心里乐滋滋的,跟吃了蜜似的。

叶雯奶奶虽然没什么高深的文化,但是她的话很有哲理。老奶奶告诉孙女儿:"话到口边留三分,即使夫妻,也不能完全口无遮拦。常言道:'良言一语三冬暖,恶语伤人六月寒。'说出的话,泼出去的水,想要收回很难了。日常生活中,多发现对方的长处,少盯着对方的缺陷。要学会说话,比如夸一个女人漂亮,如果她不漂亮,可以夸她很有气质;如果既不漂亮,又没有气质,可以夸她善良;如果这些她都没有,就夸她健康,她也是喜欢的。同样,夸一个男人,如果他不英俊,就夸他博学多才;如果他无才学,就夸他憨厚老实;如果他这些都没有,就夸他聪明能干……人啊,很少一无是处的。三人行,必有我师嘛!"

奶奶的话很有道理。许多时候，人是需要不断鼓励的，这个不分年龄和阶层。比如孩子考出了好成绩，你的赞扬便是他前进的动力。如果他拿着一个不错的成绩单回来，家长无动于衷，那么他便对考出高分失去了兴趣。同样，夫妻之间也要学会适当鼓励。风尘仆仆回到家，妻子做了几道菜等待着你的归来。你吃上一口，说这菜不错，她的心里一定是喜滋滋的；即使不合你的口味，也不能说令人扫兴的话，那样气氛会瞬间变得很糟糕。会来事的妻子看到丈夫干家务活便给予鼓励，丈夫感觉这是一件有意义的事，后面会越做越好，越做越有劲。有些女人则不然，丈夫好不容易打扫了屋子，或洗了一大堆的衣服和床单，妻子检查一番后发现一些角落还有灰尘，一些衣服没洗干净，于是一番挖苦和数落，丈夫的心情肯定会受到影响，下次干活也不会积极了。

同样，家庭成员之间也需要相互鼓励，互相尊重，这样才能和睦相处，其乐融融。

安国受到叶雯奶奶的一番鼓励后，热情高涨，一连几天做的菜都不重样。屋子里欢声笑语，一扫年前销售啤酒带来的阴霾。

春节过后，终于有喜事降临了——妻子叶雯怀孕了，39岁的他终于要做爸爸了！

要做爸爸了！这个梦，已经做了10多年。随着年龄的不断增长，看到身边朋友同事都有了可爱的孩子，自己年近不惑……如果第一个孩子没有被处理掉的话，他也该10岁了！10多年来，他一直在想着那个孩子的模样，并多次在梦中梦见他胖乎乎的样子，冲着他喊爸爸……

如今，美梦成真，变成了可喜的现实。一个人的时候，安国忍不住便笑了。他在想这个孩子要随他，浓眉大眼一定很可爱；随了叶雯，眉清目秀模样很标致。他们的基因注定了这个孩子将来一定会很优秀，会大有出息！

安国异常兴奋，暂时把烦恼放在了一边。

从医院检查回来的路上，B超中那个小小的影儿深深地印刻在了他的脑海里，怎么也挥之不去……这个龙年一下子让他充满了希望与期待！再大的困难，他觉得自己都有勇气克服了。

春节过后，朝阳山庄请田安国带人去检修他们的啤酒设备，由于经营不善致使连年亏损的他们已经对这项投资失去了信心。

这个中石油南方某公司的领导对田安国非常信任。这种信任既有他来自石油系统的原因，更多的是在这套设备的安装、维护、使用中，田安国尽心尽力的工作和专业能力。他们希望田安国能以自负盈亏承包经营的形式与他们合作，寻求朝阳山庄连年亏损的解决方案。

因销售柏龙啤酒失败的田安国正走投无路，双方因此一拍即合，这种合作方式不但能让他重操旧业，温习学到的酿酒技能，还有了一个新的希望和期盼。双方在特定的条件下很快就达成协议。这样，田安国就成了这个小小的"啤酒厂"的经营管理者。

啤酒自酿设备本来应该与餐厅的经营联姻，使消费者身临其境感受啤酒的酿制过程，增加就餐的趣味和体验感，这也是卡斯巴瑞先生发明这套设备的初衷。然而朝阳山庄的决策者们在设备运到他们酒店后突然改变原有方案，自酿设备不是按原先设计的安装在酒店的餐厅里，而是安装在远离闹市的某县级市保税区仓库！

这一匪夷所思的举动让当初来这里安装的田安国和德方工程技术人员困惑不解。今天的结果是早已注定了的。

承包经营这样一套自酿啤酒设备，只能以对外销售桶装啤酒为主、店内消费为辅的策略进行。好在当时有几个优秀的员工辅佐，他们敬业、负责的精神让田安国至今回想起来都很感动。

他们之中，尤其是以黄振华为代表。这个朝阳山庄临时聘用的锅炉工在以后的几年刻苦钻研，不仅弄通了这套啤酒设备的使用维护，而且学会了啤酒酿制工艺，还成了卡斯巴瑞酿酒设备拆卸、安装、试车的技师。后来，这个"学徒"不仅超过了田安国这个师父，而且能从田安国的类似工程中分得一杯羹。安国不时聘请黄振华为他们的项目服务，并给他提供丰厚的报酬。

黄振华后来在深圳伟安达公司效力多年，在那艰苦创业的几年里立下了汗马功劳。

有了这样一批优秀的员工，田安国就不需要长期被这个项目所困，他在张家港市打开了几个具有代表性的客户后，经营开始向良性循环方向发展——至少不会继续赔钱了。

经营管理那个小小的啤酒厂，为田安国日后与他人合作收购江南方舟啤酒厂、建立伟安达啤酒厂积累了宝贵的经验。

那段时间，田安国因经常往返穿梭于深圳和江苏张家港之间，实在没时间照顾已经怀孕的妻子。好在三哥卫国那个时候已经来到深圳工作，他和叶雯同路上下班，也好有个照应，安国可以安心地经营他的自酿啤酒厂去了。回想年前贸然从德国进回的那一集装箱柏龙啤酒，赔掉了他20多万元。幸亏自己灵机一动，眼看啤酒离有效期越来越近，以赠品的方式送了出去。

伟安达成立伊始的第一笔啤酒业务就这样以惨败而告终。

塞翁失马，焉知非福？几个月后，本以为到此为止的柏龙啤酒的进口销售却突然有了转机！

首先是深圳电视台购物频道决定专门安排一档节目，现场电话热线销售柏龙啤酒；其次是北京凯宾斯基酒店采购部要长期从他们这里进货；伟安达公司以赠送啤酒的形式开发的那几个客户，最近不断打电话询问有无新货到达。

这些利好消息让田安国看到了新的希望！他赶紧与在德国的欧伟雄、梁达夫商量订货事宜。好在那个时期他俩经济实力雄厚，付货款不是问题，田安国在国内只需要筹措运费和关税就可以了。但销售队伍的建立、专用仓库、送货车辆等一系列问题，还在等着他去解决。公司张会计以极其优惠的价格把她的一个铺位租给公司当仓库，安国与妻子抽奖得到的那辆长安奥拓"兼职"做了他们的送货车。田安国和陈鹏既是销售人员又是司机兼送货员，出纳叶小华兼文员。每天只要客户有需要，一个电话他们便送货上门，服务周到。

就这样，伟安达公司柏龙啤酒销售的雏形便在深圳形成了。

那个创业的年代，只要有生意，哪怕是个电话咨询，他们都会半夜爬起来去见客户。当时，少得可怜的那几个客户便是他们的上帝，几乎有求必应。无论什么时候，只要五洲宾馆的电话打来，他们即刻送货；只要海燕海鲜餐厅的林老板一打电话说有客人投诉，田安国便立即赶过去，不厌其烦地给他们解释德国酵母型小麦啤酒与国内啤酒的不同。这款云雾状的德国酵母型小麦啤酒被那个时候的客户误认为质量有问题，因为它和传统清澈透明状的淡爽型大麦啤酒差别很大，往往被认为过滤得不够彻底。这种现象成为他们销售当中碰到的最大问题，为此，他们不知花了多少时间向每个客户解释说明。如今，这款啤酒已经在内地普及，如果这款小麦啤酒没有这种云雾状的酵母在杯中出现，反倒要被客人投诉了。当然，他们当初曾经花了几年时间来宣传，消除人们对它的误解。如今那些搭着柏龙以及德国酵母型小麦啤酒赚钱快车的人们，哪里知道伟安达公司当年付出的艰辛和努力呢！

在这样忙忙碌碌的工作中，不知不觉一年的光景就快要结束了！对于田安国来说，这一年还真有点峰回路转的味道：本以为没有了指望的柏龙啤酒销售突然出现了转机；为寻找工作而焦虑的他被朝阳山庄当成了"救星"……

当然，那个最大的喜讯无疑便是他要做爸爸了！

秋天是收获的季节。农人春耕夏播，辛勤耕耘，秋天收获的是沉甸甸的粮食和果实；城里人春天播种希望，辛苦打拼，秋天收获的是丰厚的回报；学子春天刻苦努力，秋天收到的是大学的录取通知书……秋天是丰饶的季节，是对人们劳作一年的回报。

2000年11月18号早晨6点58分，田安国与叶雯夫妇的爱女瑞钰在深圳北大医院出生了！

这个让他们期盼已久的小生命，一下子让田安国欣喜若狂，幸福像花儿一样肆意绽放，无边无际。

孩子出生前，安国曾给她想了许多好听的名字：男孩就叫田世伟、田馨伟、田嘉伟……女孩叫田馨雅、田雨辰、田一涵……可当他第一眼看到爱女的时候，她那洁白如玉、一尘不污、白白胖胖的样子，让他一下子全部否定了那些准备已久的名字，觉得哪个都不合适了！

眼看办理出生证的期限就要到了，叶雯一再催促丈夫尽快给孩子把名字定下来。然而安国越是着急，越是找不到感觉！急得他抓耳挠腮，坐卧不宁。

想不到幸福和甜蜜的事情也很磨人呀！

一天早晨，安国起来翻阅着皇历，查看着北方的时节，龙年农历十月二十三，也该是北方的秋冬季节的交替时节了。俗话说瑞雪兆丰年，何不用"瑞"字？女儿洁白如玉的长相岂不像美玉晶莹剔透吗？玉——瑞钰。

——田瑞钰！

安国来不及刷完牙，马上把这个名字告诉了妻子叶雯。有些矜持的她想了半天，觉得不错，于是便点头同意了。

千禧之年的这个春节真是喜事连连。而最为奇特的是安国的农历生日正月初三恰巧和叶雯的阳历生日元月26日是一天！

2001年元月26日即正月初三，夫妻俩怀抱着这个天使般的爱女，照了第一张他们的全家福。

那一年，安国41岁，叶雯28岁。

5

春节过后，伟安达公司面临的头等大事是重组销售团队，这其中的最大困难便是资金。

田安国、欧伟雄、梁达夫三个人对伟安达的一期投资为25万元人民币，欧总和梁总分别占公司30%的股份，田安国占40%。然而他们第一年便几乎把公司的首期投资赔光了！

那时聘请一个销售经理月薪至少需要5000元，而田安国的月薪才3000元。除了销售经理，还要搭配一两个业务人员，员工宿舍也要考虑在预算内，这样粗略算下来，费用需要增加20余万元。2001年伟安达全年公司运营费用需要约50万元人民币，以进口销售三到五个货柜为基准，大约又要赔20余万元！

这件事，怎么向欧总、梁总解释和说明呢？如何征得他们的同意，取得两位投资人的支持就至关重要了。

田安国把公司的预算与两位投资人做了汇报，没想到欧总和梁总什么都没问就表示全力支持。梁总一句"你是老大，你说了算！"让田安国感到的是比金子还宝贵的信任！

有了女儿瑞钰后，田安国总觉得那辆长安奥拓实在不安全，特别是在滨海大道看到了一辆长安奥拓被撞得只留下了半截车头的那场交通事故后，便下定了决心要贷款买一辆新车。

苦于没钱付首期，考虑再三，安国决定向欧总借10万元，没想到殴总听到后，建议安国与他合买一辆大众帕萨特轿车，他掏10万元作为首付，月供的钱则由田安国负责。安国心知肚明，当然知道欧总这是在变相资助他，又担心他自尊心极强的他不愿接受，便想出这么一个折中方案。

田安国把这些默默地记在了心里。他只能用把公司经营好、让大家赚钱来回报两位投资人的支持和信任了。

随后,新买的帕萨特轿车替代了长安奥拓,成为安国的座驾。长安奥拓则成了柏龙啤酒在深圳的专用送货车。

这辆车一直用了10年,后来,当田安国要把帕萨特卖掉的时候,女儿含着泪依依不舍的表情,至今想起来还让人心疼!

不久,北京五星啤酒在深圳的原班销售团队被田安国聘请为柏龙啤酒的第一批市场营销人员。这批人员尽管带着浓厚的五星啤酒的气息,但他们对深圳啤酒市场的了解、对啤酒市场营销黑幕的介绍让田安国不寒而栗!

经过对这批市场营销人员短期的培训,田安国要求把工作的重点放在深圳蛇口海上世界周边的西餐厅和酒吧,摒弃他们原来把啤酒销售的重点放在什么卡拉OK歌舞厅或其他类似的娱乐场所的做法。

"我们要用'柏龙——啤酒王国里的贵族'这一销售理念选择我们的客户。柏龙啤酒必须做到选择客户,而不是客户选择我们。如果客户达不到我们的条件,不允许销售柏龙啤酒。"在公司销售人员动员大会上,田安国郑重其事地强调。

新加盟的销售人员尽管对他的这种销售理念困惑不解,但他们只能试着接受。后来,只要销售人员来给田安国谈什么进场费、店员好处费、礼品等,基本都被他一一拒绝了。

在公司,田安国身体力行,事必躬亲。他除了亲自参与大客户的开发,还带领员工在仓库一箱一箱地卸从德国运来的货柜。当白色的T恤变成蓝色的时候,这批员工才真正明白了伟安达公司不是他们所想象的什么德国大牌公司,想要通过什么手段捞取额外好处,或者在这里蒙事,都是不大可能的。

在销售过程中,田安国规定,如果那些老板们有什么条件,必须由他亲自和他们谈,这样就杜绝了销售人员私下交易、欺骗公司的漏洞。这些日后也成为伟安达公司的一条无形的"游戏规则"。伟安达公司后来能够发展壮大,屹立不倒,和他们当年的忠诚、敬业、团结、拼搏的创业精神密不可分。

就这样,经过半年多的努力,柏龙啤酒在深圳的销售渐渐有了起色,他们也开始找到了一点点市场的感觉……

第二十六章

1

田安国与柏龙啤酒结缘还要追溯到20世纪80年代末。

那是在北京的一次国际展览会结束后,大哥带着他去参加一个德国展团的晚宴。也就是在这个宴会上,安国认识了莫妮卡的爸爸Heuberge和劳伦斯先生,他们用空运到北京的Bai Long啤酒招待客人。

那是安国第一次品尝德国啤酒,一向对啤酒不感兴趣的他只记住了那个"老人头"标志,至于什么是"慕尼黑小麦啤酒",更没什么概念或感觉。那时,英文不是很好的他经常听到Heuberge先生夸赞慕尼黑啤酒如何甘醇,如何清爽,如何芬芳!后来安国到了慕尼黑,丽豪酒家销售的也是Bai Long啤酒,那个老板娘的有意奖赏,让他加深了对这款啤酒的了解。在奥古斯特公司工作期间,安国经常到旁边的一个小酒馆去借酒浇愁,那里也只卖Bai Long啤酒。弗兰克也向他介绍过这个牌子的啤酒,还带他和四哥保国去过慕尼黑啤酒节Bai Long啤酒棚。这样,只要田安国去买啤酒,就一定会首选Bai Long,因为当时他只认识这款啤酒。

那个时候,他不知道一个牌子的啤酒会有那么多的品种,什么酵母型原味小麦啤酒(小麦王)、酵母淡爽型小麦啤酒、不黑不白小麦啤酒(黑麦王)、黑啤、大麦啤酒(淡爽啤酒)、比尔森、无醇小麦、无醇大麦等。因为在他的印象当中,啤酒都像青岛啤酒一样只有一种口味,尤其是在20世纪八九十年代的中国。但到了德国特别是在慕尼黑,琳琅满目的啤酒让他发晕发蒙,所幸的是田安国至少还知道Bai Long啤酒,这样,它就成了他的唯一选择,但经常会闹出笑话来。

不懂啤酒的他这次拿的是小麦啤酒,下次拿的是大麦啤酒,还有一次竟然拿的是无醇小麦啤酒。有一段时间,田安国感觉很纳闷,不知道为什么这个牌子的啤酒一次跟一次都不一样，他还以为德国啤酒就这样。直到有一次 H 教授夫妇来看望他和四哥，当安国拿出 Bai Long 啤酒招待他们的时候，这位来自捷克的教授问他不开车为什么喝无酒精啤酒。安国说自己只认识这款啤酒，这时 H 教授才发现他犯了和他自己当年一样的错误！

后来，这位来自中国科技大学的教授认真仔细地向田安国"灌输"了德国啤酒的基本知识。当时，她还拿出了当教授的那股认真劲儿，以 Bai Long 啤酒为例，一一向安国解释不同品种啤酒的特点和德文名称，并把各种品种的中文德文名称写到小卡片上，便于他去商场选购。

可以这么说，H 教授才是田安国的第一任德国啤酒老师！

深圳伟安达公司在第一年的啤酒销售中遇到了重重阻力。

重整旗鼓的田安国一直在琢磨失败的原因。当欧总和梁总回到国内旅游度假的时候，他们三个人几乎走遍了深圳大大小小有名的啤酒消费场所，包括那时风靡深圳的自酿啤酒屋。那些廉价的啤酒在这些不同的啤酒消费场所被奉上了神坛，而柏龙这款品质几乎无可挑剔的优质德国啤酒却被丢在一旁，很少有人问津！

问题出在哪儿呢？

应该不只是市场的不规范或所谓的潜规则所致，因为并非每个场所都要进场费！

几个人经过大量的考察，结合自己的消费体验，各种啤酒口味品质综合比对、价格参照等，他们决定从宣传定位、客户选择、价格链条三个方向入手，打造"柏龙——啤酒王国里的贵族"的身份与口碑。

具体方案如下：

一、继续与深圳电视台购物频道合作，德国啤酒专家卡斯巴瑞先生及梁达夫、田安国亲自参与节目制作，增加节目的专业性，扩大影响。

二、参加深圳世界之窗组织的一年一度的国际啤酒节，以最好的形象、差异化很大的慕尼黑小麦王和黑麦王打造最吸引人的展位，并从深圳大学艺术系聘请各方面条件优越的女生，作为德国柏龙啤酒形象大使，参与整个啤酒节的活动。争取在短时间内集中让深圳的啤酒爱好者熟悉这种德国品牌的啤酒。

二、选择五洲宾馆这样的最具影响力的五星级酒店作为突破口，树立柏龙啤酒的高端形象并严格筛选客户群,达不到"贵族"标准品位的酒吧、餐厅不许销售柏龙啤酒,特别是不能销售到杂乱的"娱乐"场所去。

四、"360余年酿酒史,瓶内二次发酵工艺,阿尔卑斯山无污染冰川水,慕尼黑经典杰作,柏龙——啤酒王国里的贵族",这一宣传语伟安达公司的销售人员、电话语音、公司一切对外市场宣传活动必须坚持沿用,让它深入到每个消费者的脑海里。

五、为客户配置专用酒具、杯垫、灯箱等形象宣传用品,重点支持认可这一品牌的客户,帮助蛇口海燕西餐酒吧装饰打造具有典范意义的德国啤酒花园,使这一品牌闪亮登场。让这个酒吧成为柏龙啤酒的形象店,迅速扩大这一啤酒品牌在深圳餐饮业的影响力。

通过上述活动,柏龙啤酒逐渐在深圳打开了局面,在市场产生了一定的冲击效应,柏龙啤酒名副其实地在深圳成了啤酒王国里的贵族!

尽管他们在深圳逐渐打开了局面,但由于市场需要大量的投入,柏龙啤酒的进口销售还在赔钱赚吆喝的窘境中。而现有销售人员的素质、忠诚度、敬业精神和稳定性都不适合这款啤酒未来的发展。对于田安国来说,最大的困难则是资金问题,梁总和欧总那时不存在这方面的问题,他们可以按时支付德方的货款,解决了公司运转的基本问题。

就在田安国为销售队伍存在的问题头痛的时候,在华北油田工作的侄子田晓东决定辞职来深圳与他一起打拼,让他十分欣慰。田晓东是安国二哥兴国的儿子,大学毕业。此次辞掉公职选择到伟安达公司工作,也是下了一番决心的。

不久,另一位年轻人姚毅也来深圳加盟到伟安达公司。姚毅是安国三嫂的侄子。两位受过高等教育又有亲戚关系的年轻人为公司注入了新的活力,让田安国有了调整公司销售队伍的空间。他们聘请的原北京五星啤酒在深圳销售团队的负责人是一个叫Judy的当地富家女。她个头一米七五左右,长得非常标致,女中音般的嗓音、男人般的行事风格、得体的服饰以及香港女人常用的香水味和伟安达这个小小的公司极不相称。让田安国纳闷的是,这么一个有品位、有长相、不缺钱的女人却没有男朋友!

原来,深圳原住民有一个特殊的村规:男人可以找不是本村的女人结婚,随即这个女人和生的孩子就可以享受一切本村村民待遇,而村里的女孩如果嫁给一个外村的男人，就会失去一切村民待遇。这个村民待遇是指，一年可以分到少则十几万元多到几十万元的村民分红，还包括其他诸如土地、住房、孩子上学、退休养老等村内福利。这些福利足以让这些女孩子宁愿嫁给本村那些三不青年（不读书、不工作、不做生意），也不敢嫁给一个外地优秀的美男子，或独了终身。

这个Judy就是这么一个纠结的深圳原住女村民！她来伟安达公司的时候，带来一名司机和两名业务员，以每月5000元底薪加提成的条件，成为伟安达公司的第一任销售经理。不久，她带来的一位业务员辞职不干了，只留下其中一个来自江南姓谢的业务员。这个业务员脸上长满了疙瘩，身上带着一股子匪气。有那么几次，当这位业务员向田安国提出申请向客户经理提取佣金才能付货款时，事必躬亲的田安国亲自拿着现金和他一起去见那个所谓的店长。到了那家店门口时，业务员说人家不愿意见老板，只能由他单线联系。

原来，让田安国产生怀疑的这位业务员是Judy的马仔，而且关系非同一般。后来，田晓东以及西安的一位老朋友的儿子韩宏的到来，让这个三人组再也不敢为所欲为了，但梁总、欧总对Judy抱有厚望，特别是因为她是广东人，语言交流没有障碍。几个人一见面就说广东话，田安国一句也听不懂，这让他心里特别不舒服！

那段时间，他们互动频繁，经常一起去见客户或者聚会，这些活动几乎都不让田安国参与。Judy抱怨田安国拒付进场费、不给客户工作人员提成，是对她工作的不支持。不明真相的两位股东对田安国也有了意见和看法。

很快，Judy便带着她的马仔离开了伟安达公司，另谋高就去了！离开时她特别提醒另外的两位股东，要他们提防田安国这个人，避免他和自己的亲戚控制伟安达公司的命脉……

2

尽管柏龙啤酒的销售有了很大的起色，但随着市场开拓费用的不断增加，对于田安国自己而言，经济危机的雾霾不但没有减轻，而且还在不断加重。

田安国没有想到，这次帮助他缓解危机的竟然是一位大嘴巴的马来西亚商人，而其中真正的原因还是他自己的看家本领——啤酒酿酒技术和啤酒自酿设备操作技能。

21世纪初期,在汹涌澎湃的市场大潮冲击下,深圳风靡一时的自酿啤酒屋像一股风似的几乎全军覆没:黑巴得、阳光酒店、黑豹、华威大厦、得意堡啤酒城、长安大厦等,这些拥有自酿啤酒设备的啤酒城,几乎无一例外全部倒闭了!

这些曾经花了数百万元从国外购买的啤酒自酿设备许多变成了一堆废铁,难以摆脱被贱卖的命运!

离火车站不远的华威大厦有一个自酿啤酒城,由于经营不善而倒闭。那套来自德国的啤酒设备被扣下冲抵房租。这个华威大厦的房东不知道从什么地方得到信息找到田安国,希望他能收购他们的啤酒设备,以便尽快腾出地方租给下一个客户。

田安国对华威大厦是有印象的。

他初回深圳时,经常光顾各个自酿啤酒城,所以对这套啤酒设备十分了解。安国知道这套设备尽管没有卡斯巴瑞啤酒设备那么好,但除糖化设备无法与之媲美,其他部件质量相当不错。凭着他对这类设备的了解,如果能用低廉的价格把它买下来,再转手卖出去,一定会有丰厚的利润空间。但同时又有很大的风险,因为自己手里一没有资金、二没有客户、三没有长期存放设备的场所。设备如果不能在短时间内找到用户卖出去,他将面临更多风险,弄不好会使自己的经济危机雪上加霜,有可能"偷鸡不成反蚀一把米"!

无巧不成书,这个时候,安国认识的一个曾在宝安黑豹啤酒城当过酿酒师的年轻人打来电话,向他询问有没有二手的德国啤酒设备,他的一位马来西亚的朋友要买一套运回吉隆坡。

这简直就像老天有意安排的情节!当年,田安国在安然居工作时,只是接待过这位年轻的酿酒师,并在离开安然居时向邱老板推荐过他,没想到几年前的那点善举有了这样意想不到的结果!

几天后,来自马来西亚的一个做珠宝生意的偕老板来到了深圳。这位说话高门大嗓、脖子手上戴着珠宝、穿戴土洋结合的偕老板到了他们伟安达公司,脸上明显露出一种不屑一顾的表情。但当他看伟安达所经销的柏龙啤酒以及卡斯巴瑞啤酒设备并和田安国用英语夹杂着德语交谈之后,态度来了个180度的大转弯。偕老板告诉田安国,他有几个朋友要在吉隆坡开一个啤酒城,这次派他来在深圳寻找二手德国啤酒自酿设备，并一再强调钱不是问题，而且都是用现金支付。田安国告诉他，这件事最难的是把设备出口到马来西亚。偕老板哈哈一笑，说："别说是啤酒设备，就是导弹武器，我们都有办法运到马来西亚去！"

双方经过一番协商，决定把交货地点放在深圳，田安国他们只管把设备包装好，负责装上车就可行。这样一来，公司的风险便大大降低了。

这位大老板临走时，要田安国送他些柏龙啤酒带回吉隆坡。安国以为他只要两罐作为样品，于是就让员工准备了四罐送他。谁知他很不满意，说要带两箱回吉隆坡，并一再强调他自己掏钱买。结账时，他非得让田安国给他7折的优惠，安国哈哈一笑，觉得这老板很有意思！

为了让这位大老板满意，安国破例买一送一。偕老板非常高兴，要他们用长安奥拓送他到皇岗口岸，然后扛着两箱柏龙啤酒回马来西亚去了！

有了这么一个可能的买家，在没有任何协议、定金的情况下，田安国贸然决定买下华威大厦的这套设备。一番讨价还价并保证各方佣金后，他们以35万元人民币买下了这套当年花了五六百万元港币从德国进口的设备。

接下来，田晓东领着人配合黄振华还有安然居的阿曾，夜以继日地拆卸、搬迁这套设备。田安国一边筹措资金，一边与马来西亚的那位偕老板商谈着合同条款。然而，当这套设备搬进他们的啤酒仓库后，这个偕老板却突然没有了消息！

华威大厦的经办人、介绍他们认识的中间人像逼债似的天天来要佣金。眼见又一个年关要来临，本来就资金紧张的田安国已经到了山穷水尽的地步。有一段时间，他甚至到了没钱给车加油的地步，只能坐着大巴从山东大厦到投资大厦，然后步行约15分钟穿过两个桥洞，到位于新闻路的公司上班。

离春节大约还有一个星期左右，两个来要佣金的债权人几乎天天到他们公司来"坐班"逼债。田安国无可奈何，只好用妻子叶雯给他办的农行信用卡家属附属卡透支了5万元，给了其中的一个，另一个还是守着不走。当时妻子叶雯的年终奖又还没发，走投无路的他只好又用叶雯的信用卡透支了5万元。

田安国打发了这两个债主，又面临着公司人员的工资及业务人员的提成等开销。家里一点钱都没有了，每天他坐大巴、挤公交兼步行去上班，大家都感觉不可思议。安国笑着说："我在锻炼身体呢！"

入夜，孩子睡着了。深圳的冬天有些冷，安国躺在床上辗转反侧，怎么也难以入睡。他知道，叶雯也没有睡，跟他一样在想心事呢。这个比自己年轻 10 多岁的女人家境富裕，工作薪资丰厚，然而却选择嫁给了自己。婚后除了那段时间抱怨他回来晚，夫妻有过一段时间的冷战，自从有了孩子后，两人甜蜜如初，叶雯便死心塌地地跟他过日子了，风雨兼程，无怨无悔。

"睡吧，明天早晨还要上班呢。"见丈夫翻来覆去，轻轻叹息，叶雯柔声地说。

"嗯，你也睡，累了一天了。"安国说。叶雯除了上班，还要照看孩子，里里外外，比他还要辛苦。

屋里静极了，只有女儿瑞钰均匀的呼吸声。

"叶雯，跟我结婚，让你受苦了。唉！"

"我没觉得呀！"

"公司举步维艰，生活难以为继，外面债台高筑……"

"困难是有，但我相信是暂时的。咬咬牙，说不定我们就挺过去了。"

"想不到你年纪比我小，心比我宽多了。"

"遇到困难，就要坚强一些呢。"

"叶雯，这件事，把你也连累了。"

"说的什么话！我是你的妻子呀。夫妻本是同林鸟，大难来临，更应该抱团才对，你说是不是？只要心往一处想，劲往一处使，就没有渡不过的难关。"

"话是这么说呢。可惜许多人是做不到的。"

"还差多少呢？"

"5 万元就能救急。"

"要不我再想想办法吧。"

"你的信用卡主卡副卡都透支了，有什么办法呢？"

"我找朋友看看。"

"这怎么行？"

"没事，我试试吧。"

……

第二天，叶雯找她农行的一位闺蜜又透支了 5 万元，这样，安国才终于渡过了那个让他至今回想起来还心酸难过的年关！

第二十七章

1

对于田安国一家来说，2002年的春节因为老父亲的到来变得欢乐而热闹。女儿瑞钰6个月大的时候，他们回北方省亲，80多岁的老父亲便随他们一起来到了深圳。

那时候，父亲住在谁家，谁家的春节就热闹异常。安国一家尽管那时住在山东大厦，条件有限，然而十几口人的热闹场景冲淡了生意的不顺与挫折。特别是女儿瑞钰对爷爷的依恋，让他和妻子很是感动。

那段日子，女儿每天早上一醒来，就跑到爷爷房间去要这个吃拿那个玩，她不是用小手摸爷爷的胡须就是拿着爷爷的拐杖指手画脚。特别是当父亲训斥她的时候，瑞钰竟跑到爷爷的床前寻找安慰——她用两只小手捂着眼睛趴在爷爷怀里哭泣的一幕，如今想来依然温馨。懂得孩子心理的老父亲总是变着法儿逗孙女开心，那段时间不管是看电视还是出去散步，吃饭还是睡觉，瑞钰总是跟爷爷如影随形，安国用一张张照片记录下了那些幸福温馨的时刻。

至今，只要一提到爷爷，女儿还是会忍不住热泪盈眶。

欢乐幸福的春节毕竟是短暂的。节后，乍暖还寒，田安国既要面对啤酒销售淡季的来临，又要考虑如何处理这套压在仓库的二手啤酒设备。

资金短缺是头等难题，特别是在一个月内必须偿还用信用卡透支的那15万元，否则，利息、罚款加信誉危机是他和叶雯所无法承受的。

他们先是用叶雯农行发的年终奖勉强偿还了她那位闺蜜的5万元，但还有10万元的缺口搅得安国天天心神不宁。眼看着还款日期一天天临近，他苦思冥想也没什么良方。这点钱要是放在几年前，也许不算啥，可如今家里举步维艰，一点积蓄都没有啊！在自酿啤酒纷纷不景气的深圳，安国当时头脑一热买的这套设备，如今变成了烫手的山芋。马来西亚的那个所谓的大老板带了两箱柏龙啤酒回台后，至今杳无音信。安国当时真是有些过于乐观了呀！

向欧总和梁总说？想想这几年来这两位股东已经给公司投入了那么多，却一直没有得到回报。欧总已经给了他10万元买了车，这件事说什么也开不了口呀。

向岳母借？叶雯母亲在做生意，有的是钱。但是他们家的传统和西方国家一样，即使亲人之间也很少在经济上有瓜葛。记得有一次叶雯舅舅生病了，向姐姐借钱都遭到了拒绝。叶雯宁可信用卡透支也不愿意向母亲求助。所以，自己还是免开这个尊口吧！

向朋友借？安国在脑子里把自己的朋友过了一圈，觉得都没办法开口。首先油田上的人不可能借，他是个好面子的人，离开华北油田好多年了，在外面混了这么久，现在还要开口向别人借钱？——笑话。

钱必须还。如果逾期被银行拉入黑名单，信誉度是很难恢复的。

田安国无计可施，只好向哥哥们求援。大哥、四哥、六哥很快想办法凑了十几万元救急钱，总算让他渡过了那个难关。

安国常常想：真应该感谢父母亲，给了他六个哥哥！每当他遇到过不去的坎时，几个哥哥就会倾其所有给他帮助——没有前提，没有条件，手足之情骨肉相连，感人肺腑！

田安国暂时缓解了信用卡危机后，开始为躺在库房里的啤酒设备发愁了。

这台设备一天不处理，他的经济危机便无法缓解。

然而，上哪儿去找这套设备的买主呢？

正当安国非常愁闷的时候，那个马来西亚大嘴巴的偕老板忽然又冒出来了！这次他没提前发传真，甚至连个电话都没打。

偕老板一见面就夸张地说："田老弟呀，我们差点再也见不到面了呀！"

"发生了什么事情呢？"安国将信将疑地问。

"哎呀田老弟呀，我差点就见上帝了，但因为和你这个老弟的事没办完，又被撑回来啦！"偕老板有些夸张地说。

随后，偕老板便给田安国讲述了他心脏病怎么复发，又怎么起死回生的事情。安国只能微笑着恭维他："大难不死，必有后福。"宾主相视一笑，尽释前嫌，气氛在一瞬间变得缓和起来了。

那天中午,爱吃水晶鸡的偕老板还是要田安国安排他去他们曾经去的那家饭店去解馋。

饭桌上,偕老板高谈阔论,大侃保健养生的道理。同样的一瓶北京牛栏山二锅头,只是在喝的时候从脖子上取下挂着的一块"石头"绕杯子转了几圈,说是有什么磁化作用。偕老板说:"田老弟呀,可别小看了这块石头,用它处理过的酒,对我的病有很好的治疗作用呢!"田安国当时关心的是他们还要不要这套二手啤酒设备,对他的所谓保健磁疗丝毫不感兴趣,脸上强颜欢笑,内心着急万分。然而这位偕老板却一点也不着急,他一再跟安国扯那些没完没了的闲淡,就是不切入正题。

安国有些耐不住性子了。

从上次买啤酒的情况来看,这个老板估计徒有其表,根本没有购买啤酒设备的实力。说不定这次回来又要耍什么花招呢,自己可没有闲置的时间供他浪费,不行了就拉倒吧,让他赶快走人。

"偕老板,不好意思,我打断一下——请问我们的那单生意还要不要继续下去呢?"安国打断对方的话,单刀直入。

"哎呀田老弟呀!我是冒着巨大的健康风险来见你的呀!只要你配合我,咱们就一定能说服其他投资人买你手里的这套设备。"偕老板满脸诚恳地说。

田安国感觉自己把这桩生意想得过分简单了。这个偕老板葫芦里卖的是什么药,他并不知道。也许,他又是只要几箱啤酒便打道回府——或者他在深圳有其他业务,到这里不过是吊吊他的胃口,伺机寻找什么发财的良机。

事已至此,安国心里对这件事已经不抱什么希望了。至于库房里的那套设备,只能听天由命了。不过,出于好奇,他想看看这个偕老板到底想干什么。

午餐后,陪同偕老板来的那位酿酒师要求田安国给他10万元的佣金,并说这10万元是他和偕老板的辛苦费。酿酒师说完便拿出早已准备好的佣金协议,让他签字。

田安国这才明白:原来这位黄姓酿酒师才是左右这单生意吃两头的掮客呀!自己真是太天真了,竟把他当成了朋友!

有佣金,说明这桩生意并非空穴来风,那么他的啤酒设备就有希望解套了。

田安国思量再三，权衡利弊，感觉自己别无选择，只有接受他的条件，否则这个黄姓的酿酒师会领着这位马来西亚老板再去看其他的设备去。

他知道，深圳目前有好几套啤酒自酿设备在那里闲置着哩！

看来，这单生意的最大受益者不是别人，还是这位广东籍的黄姓酿酒师啊！后来的情况也证明了安国的判断——那位姓黄的酿酒师被聘请为这套设备在马来西亚的酿酒师，几年后他回深圳度假，扬扬得意地向田安国炫耀加入马来西亚国籍的过程。

几天后，偕老板又一次返回了深圳。这次他主动和田安国他们谈起了这单生意的细节。

安国让侄子田晓东与对方谈判。侄子大学毕业，仪表堂堂，很有气质。经过艰苦的讨价还价，双方最终达成了协议，以总价108万元、由伟安达公司负责把啤酒设备装上车的条件成交，并立即签字生效。

看着签字后的合同，田安国长舒了一口气，感觉自己总算可以睡个安稳觉了。这套啤酒设备前后折腾了他大半年，因为占用了大量的资金，公司负债经营，几乎无法运转，整天要债的不断，弄得他焦头烂额，年都难过。

现在，总算熬到头了！

然而田安国又一次过于乐观了。后面发生的事又一次把他推到了提心吊胆、寝食难安的境地！

为了避免节外生枝，发货的那天，田安国早早赶到仓库亲自监督装货，不承想当装满了三个集装箱设备的货柜准备起运时，偕老板却付不出一分钱来！

安国在一瞬间感觉自己又被人晃荡了！他恼羞成怒，义正词严地说，如果偕老板不能付款便立即卸货，所有因此产生的费用，概由对方承担！

见田安国态度非常坚决，偕老板也慌了。他几乎是带着哭腔向田安国求情："田老弟呀！我用性命担保，钱在路上呢！我东莞的朋友正提着现金往深圳赶啊！求求你先把货发走吧！"

安国知道，他们从新加坡运往吉隆坡的货船船期无法更改，如果不能把设备装上货船这一单生意只能泡汤。

怎么办？都说商海险恶，大浪滔天，一不留神便会翻船。这里面的漩涡暗流涌动，防不胜防啊！

田安国感觉自己又一次被这个老谋深算的偕老板逼到了死角。现在面临的形势非常严峻：不发货生意泡汤，发货有可能血本无归！

怎么办？田安国和侄子田晓东商量了一番后，迫于无奈，只有冒险发货这一条路了。

田安国对偕老板说："发货可以，必须有人质。"自告奋勇当人质的偕老板拿下手上的大绿宝石戒指对他说："田老弟呀，我这个戒指价值连城，比你的身家性命还贵呢！"接着他又摘下腕上的劳力士大金表，掏出身上的翡翠宝石，还给安国女儿送了一个翡翠佛手，以表诚心。

安国同意了偕老板的要求后，让侄子晓东等人拿着偕老板的旅行证件，"押着"他回到了酒店……

接下来的三四天安国是在焦躁的等待中度过的。

上百万元的啤酒设备发走了，偕老板没付一分钱。

田安国提心吊胆，害怕早晨一觉醒来，那个偕老板跑了，落个人财两空！他在酒店外面安插了几个人暗中盯梢，侄子田晓东在明处和他周旋，田安国则以关心他的生活为名，经常约他出来吃饭、喝酒。

那几天的时间是如此漫长，安国感觉度日如年！每天如坐针毡的他，差点被这件事弄出心脏病来了！

首先是不能让人跑了，这个人必须守住。然而这个人要是根本就没钱呢？守着他又能怎么样？那些被他吹得天花乱坠的珠宝首饰究竟是不是真的都很难说，即使是真的，又能值几个钱呢？还有，如果最终他还是没钱，便只好打官司。可是大陆与国外的官司打起来一定很麻烦，不知要折腾到什么时候，说不定官司没打赢，倒把自己给整垮了！

如今，那批设备已经运到马来西亚了，木已成舟。后面的事，只能听天由命了。不过有一点令他感到安慰——这个偕老板似乎胸有成竹，不像要跑的样子。他吃得好睡得香，死心塌地地待在酒店，优哉游哉。

田晓东得出的结论与他相同——事情可能会成。

时间在一天天地过去，伟安达公司看似波澜不惊，一切都在正常运转着，实则空气几乎凝固，令人窒息。特别是田安国和侄子田晓东，感觉神经已绷到了极限，快要崩溃了。

终于有一天，偕老板主动打来了电话！

一听他那高门大嗓、理直气壮的声音，安国已猜到了八九分。

"田先生，来数钱吧！"偕老板在电话里大声地喊叫着。

"哦！等着，我马上过去。"安国异常兴奋，一骨碌爬了起来，飞也似的直奔公司。

公司里，田晓东、张会计、叶小华，还有那个等待佣金的酿酒师陪着那位"可爱的"大嘴巴马来西亚老板，都在等待着他的到来呢。

送钱的人提着两旅行袋的现金等候着交接，安国悬着的心随着这两口袋现金的到来也安安稳稳地落了地！

恢复了常态的偕老板要求和田安国单独谈谈。

原来他要求田安国给他开一张218万元的发票，并主动在原合同的基础上加了10万元的好处费。对于田安国他们来说，开一张英文收据并非什么难事，但这单生意的起起落落让他备受折磨，到这时他才明白了整个事情的来龙去脉！

原来这位偕老板也是一个吃佣金的捐客，他是在为另一个大老板做事，并利用这个机会狠狠地宰了他朋友一刀，田安国也被他顺便宰了一小刀！而那个酿酒师则扮演着替偕老板寻找设备吃佣金、货比三家寻求利益最大化的角色。不明原委的田安国他们如果不是既专业价格又合理，说不定那套设备就会砸在手里！

又是一堂活生生的生意课！奥古斯特公司老板莫妮卡、老狐狸劳伦斯先生、丽豪酒家老板李海洋、深圳安然居邱老板、卡斯巴瑞公司道格拉夫、马来西亚的偕老板、黄姓的酿酒师，还有那个恶心的福建偷渡客阿金……

安国的脑海里像过电影的快镜头，闪过一个个人物的面孔，一幅幅画面、一幕幕精彩的情景剧，真是一堂堂现实而生动的人生课呀！

战争年代，敌人造就了无数英雄，和平年代，生意场上的对手造就了一个个商业才子。田安国所经历的这些事是从课堂或书本里所学不到的。那一次次的挫折与磨炼，硬生生地把他这个英文翻译一步步地推到了老板的位置。

人生就是这样，许多时候，我们真的应该感谢那些"敌人"，因为他们给你制造了许多看似不可逾越的障碍，你需要拼尽全力才能跨越，跨越之后才发现又遇到了更加强劲的"敌人"。这个敌人给你设置的障碍几乎是致命的，他们不可能给你演习的过程，真刀实枪、残酷博弈，稍不留神便会跌入谷底，永无翻身之日。然而有些人不畏艰险，欣然接受挑战，于是便攀上了巅峰，取得了人生的胜利。这个时候，当你回首往事的时候，才发现自己成功之路上的动力，竟是那一个个拼命阻挠自己的"绊脚石"。

他们是你最好的"老师"。

如今，田安国也深刻地认识到，自己应该感谢一路上遇到的"老师们"，他们倾尽全力，从不同角度用不同方式对他进行了严格的培训。

2

尽管与那个马来西亚商人打交道险象环生，但销售那套二手啤酒自酿设备给伟安达带来了丰厚的利润。这不仅缓解了公司经营和田安国个人的经济危机，而且使公司从此摆脱了经济窘迫，步入了良性循环。

利好的消息接踵而来。

田安国所承包经营的朝阳山庄啤酒屋也有了利润收入，合同到期后，安国与业主友好分手，对方得到了他们所开拓的市场，并沿用了他们的经营模式，田安国则获得了20余万元的收入，实现了双赢的目标。

田安国有了时间和精力，开始实施柏龙啤酒的销售计划，确定以深圳世界之窗每年一度的啤酒节为突破口，大力在深圳市场宣传这一来自德国巴伐利亚的王牌啤酒，使深圳的啤酒爱好者接受、喜欢这一品牌，打造柏龙啤酒在行业引领消费时尚的品牌形象。另外，他积极寻找合作伙伴参加青岛和大连的国际啤酒节，增加柏龙在国内啤酒界的知名度。

经过一番讨论，伟安达公司决定把重点放在了六七月份深圳世界之窗的啤酒节上。尽管他们已经参加过两届这个啤酒节，但迫于当时条件有限而无法真正实现他们的目标和预期效果。这一次他们有了底气，经过仔细研究、总结前两届经验，并参照慕尼黑啤酒节，准备打造深圳世界之窗啤酒节高端品牌参展商的地位。

参加啤酒节的活动从3月份开始筹划，包括展位设计，啤酒品种选择，啤酒节专用酒具、饰品，设备配置，纪念品定制等，特别是参展人员的招聘培训及服装设计制作，每个环节都要考虑周到，绝不马虎。

欧总和梁总特别从慕尼黑购买了拜仁球队的纪念品在柏龙啤酒展台设立专门

区域，以吸引足球爱好者的目光。伟安达公司从深圳大学艺术系招聘了几个优秀漂亮的女大学生作为形象大使，又从英语系招聘了10多位素质高的女生，经过短期培训闪亮登场，同时又给世界之窗从俄罗斯外聘的演出团成员赠送免费酒券。

一系列动作的强势实施，使柏龙啤酒的展台一下子成了大众瞩目的热点。

啤酒节上，当地电视台的报道、报纸的宣传、世界之窗的对外宣传和内部接待，柏龙成了绕不开的品牌。特别是欧总带回来的拜仁慕尼黑足球队饰品，成了球迷们的新宠，这给本来已经很热闹的柏龙区域锦上添花。

很快，柏龙啤酒的热度开始在深圳地区升温，而主打产品"小麦王"更是一枝独秀。小麦王以其色泽金黄、泡沫细腻丰富、伴有香蕉余味的果香以及与众不同的云雾状酒体，征服了无数深圳的啤酒爱好者。还有另一款用酵母型小麦加黑麦麦芽酿制的黑啤酒（黑麦王）让喜欢德国黑啤酒的人们品尝到了这款与众不同的德国巴伐利亚黑小麦啤酒。这款啤酒的德文直译名字叫"不黑不白的酵母型小麦黑啤酒"，为这款啤酒译一个好的名字颇为费神！经过反复推敲，最后将名字定为"黑麦王"。但遗憾的是这款既有黑麦麦芽焦香、小麦啤酒果香，又有大麦啤酒清爽的啤酒销售得并不理想，只有酵母型原味小麦啤酒（小麦王）独领风骚。

这一史无前例的宣传营销模式取得了很大的成功，竞争对手北方啤酒的深圳代理商立即推出了自己的小麦王啤酒，简单的名称复制非但没有影响伟安达公司的生意，反而帮助他们扩大了小麦王啤酒的知名度，使小麦王啤酒很快在深圳啤酒市场成为一种时尚，而来自慕尼黑啤酒节上的王牌啤酒柏龙和深圳伟安达公司则成了最大的赢家！

在一系列措施实施的同时，田晓东带领着销售人员以蛇口海上世界为中心，选择有影响力的客户打造柏龙啤酒形象店。

当年在蛇口最具影响力的西餐酒吧非海燕莫属！这个拥有数百平方米的花园聚集了大批西方常住人士的酒家，老板是一个来自潮汕地区的创业者。这位林先生十几岁来深圳创业，和田安国的经历有着惊人的相似。与安国经历不同的是，他一直在深圳打拼。林老板不仅有潮汕人的聪明，而且兼有北方人的厚道。这些优秀的品质为他与安国成为好朋友奠定了基础。

田安国带着在德国学习和积累的经验，首先在海燕打造德式啤酒花园，使它成为深圳第一家柏龙啤酒花园。

经过一番用心的包装推广，很快，海燕酒家的影响力超出了他们的预期。它的影响范围不仅包括了整个深圳，而且扩大到了全国各地。因为蛇口海上世界是全国著名的旅游景点之一，邓小平唯一一个为商业场所的题词就悬挂在明华轮上。这个海燕西餐酒吧就在它的旁边，来这里旅游照相的人们不断在为柏龙啤酒做着免费的广告宣传。伟安达在四川的分销商就是通过在蛇口海燕品尝到柏龙啤酒而找到伟安达的，而向他们提供伟安达信息的正是林老板。另外，这位朋友还打破生意场上的禁忌，向他餐厅对面的邻居——一位经营日式料理的陕西老乡推荐柏龙啤酒。不久，这位陕西乡党在明华轮上租下四号甲板，专营柏龙啤酒，打造出一个船上柏龙啤酒花园，啤酒销量甚至超过了林总的海燕。他们珠联璧合，成了深圳海上世界的"柏龙双雄"，为柏龙啤酒在深圳打开销路立下了汗马功劳。至今"柏龙双雄"仍然傲视群雄，屹立不倒！

除了以海上世界、世界之窗周边的西餐酒吧、啤酒花园为主轴，田安国他们还把销售增量部分放在新开的餐厅和五星级酒店的餐饮场所。这种以点带面的"组合拳"，为他们在深圳打开柏龙啤酒的销售市场起到了四两拨千斤的作用。

接下来，如何把这一成功经验推广到其他主要市场去，成了伟安达的下一个主要目标。

实施这一方案的关键因素是人。要建立一支优秀的员工队伍谈何容易！忠诚、专业、敬业是伟安达用人的三大标准。对公司不忠诚，本事越大危险越大。只有愚忠没有专业素养、没有专业知识或一技之长的人如何使用？即使具备了忠诚又有专业知识，但做事不认真、不勤奋、不敬业，一切都等于零。

这三个看似简单的条件，实际操作起来非常困难。好在伟安达从一开始就打下了以这三个条件为宗旨的基础，也有了类似张会计、田晓东、叶小华等好的班底，形成了自己独特的风格，这也成为伟安达成功的又一法宝。

不久，田安国他们便从参与啤酒节的员工中发现了一批优秀的有培养价值的人才。啤酒节不仅成为他们拓展市场的舞台，而且成为公司发现人才、培养人才的速成班。

为了扩大柏龙啤酒在全国的知名度，伟安达公司决定带这款啤酒参加在全国有影响力的啤酒节。

他们首先选择了青岛国际啤酒节。

在组织参与青岛和大连的国际啤酒节的过程中，伟安达的管理者不仅沿用了在深圳积累的经验，而且直接把慕尼黑啤酒节上成功的亮点"德国慕尼黑啤酒女郎"直接聘请到青岛，引起的轰动效应远远超过花巨资在电视台做广告。

当他们与合作伙伴隆重推出"慕尼黑啤酒节啤酒女郎亲临青岛啤酒节"的宣传时，青岛市各大媒体蜂拥而至，电视台"免费广告"的宣传持续到啤酒节结束。

在那次市场策划当中，梁达夫发挥了无可替代的作用。

在田安国和青岛王总有了这个想法后，不知道梁达夫用了什么办法，竟然真的找到了那个叫贝拉的女孩！她是一位为慕尼黑柏龙啤酒节大棚工作了多年的柏龙啤酒女郎。

贝拉和另一个同事为青岛国际啤酒节开启了"啤酒女郎"的先河，后来的几年中，各大参展商竞相模仿。这些德国啤酒女郎们双手捧起十几个大扎杯的绝技在青岛这个中国的啤酒之都征服了无数啤酒迷，也让那年的青岛啤酒节精彩不少，而柏龙啤酒的大棚则成了那一届青岛国际啤酒节的宠儿。

柏龙啤酒在中国的知名度越来越高，销量以年增长30%以上的速度递增。这一快速增长的态势引起了德国柏龙总部的高度重视。由于德国媒体对青岛国际啤酒节的关注程度极高，柏龙啤酒在青岛国际啤酒节上的表现让他们感到颇为意外和自豪。他们主动派海外市场部的负责人希勒先生前来深圳与伟安达公司接洽。这一重大的态度转变为后来伟安达与柏龙啤酒公司10余年的合作奠定了良好的基础，同时也让田安国深切体会到了德国人那种现实主义的风格。

他们真是非常务实，不见兔子不撒鹰啊！

那次会面，田安国和这位身高两米多的希勒先生建立起了良好的合作互信关系，为日后双方合作解决遇到的困难开启了通道。不久，希勒先生派亚洲地区总代表汉斯前来深圳与田安国会面，成了伟安达公司与慕尼黑总部间沟通的桥梁。

一系列的变化增加了伟安达公司销售柏龙啤酒的信心，另外，田安国期待已久的伟安达在中国独家代理柏龙啤酒的协议也终于签署了！

多少年的辛苦付出，终于被这家傲慢的德国啤酒生产商所认可，不知道是该高兴还是该悲哀！他们花费宝贵的时间，甚至赔上身家性命，用自己全部的经验和智慧，在不取一分钱报酬的条件下，在中国的市场销售别人的产品。这期间，德国柏龙总部几乎没有任何实质性的支持，田安国和他的伟安达公司的权益得不到任何保障。从某种角度来看，这难道不是一种悲哀吗？自己上门去销售别人的产品，还要低三下四地求人家让自己销售，因为对方从一开始就不相信中国市场能消费他们的优秀产品。

这便是德国人的傲慢与偏见！

3

伟安达与德国柏龙啤酒公司的合作，从一开始就充满了不确定的因素，没有任何安全感。

田安国的恩师卡斯巴瑞先生一直在告诫他要有所防备，防止不惜一切代价做大做成功后，被人家抛弃或甩掉。这是大的国际公司的一贯做法。他和舒尔茨公司的合作就有过这类惨痛的教训。

1998年，田安国他们登门求德国柏龙啤酒公司时，对方连一纸协议都不愿立，一个杯垫或酒杯都不给，他们对偌大一个中国市场忽略的程度令人吃惊！后来，伟安达公司千辛万苦、连滚带爬用了5年时间、赔了5年本，才逐渐打开了市场销路，拓开了巨大的中国啤酒市场。至此，这个德国巴伐利亚著名的啤酒公司才开始关注中国，关注田安国领导的伟安达公司。

柏龙啤酒在中国市场能够取得巨大成功，田安国总结出以下三个重要条件和因素：

一、品质高端的产品及其悠久的历史；

二、伟安达公司和田安国本人锲而不舍的精神和专业素质；

三、柏龙啤酒在北京和上海啤酒自酿餐厅的影响。

早在20世纪80年代末90年代初，德国柏龙酿酒公司就在中国有生意，分别在北京和上海开设了啤酒餐厅，在北京的中文名字叫"普拉拉啤酒餐厅"，而上海的则称为"柏龙啤酒餐厅"。

伟安达公司把 Bai Long 这个德国原装啤酒进口到中国后，统一使用中文名称"柏龙"，而德国公司同一品牌的啤酒在中国市场上则使用不同的中文名称。仅此一条，就可以看出这家德国公司从一开始对中国市场的忽略，更别说有什么计划和部署了。

应该说，是伟安达这些热情而有远见的分销商们，把柏龙啤酒硬拉进了中国的啤酒市场！

想当初，田安国和他的伟安达团队就德国柏龙啤酒如何打开中国市场、从哪里入手等问题，做出了周密而详细的计划。

公司确定先把深圳这个年轻而容易接受新鲜事物的城市作为"登陆"点，在取得基本成功后进军大上海，把比较自我又传统味十足的北京作为他们的最后目标。如果在上述三大地区取得了成功，就意味着在全中国取得成功，拿下中国市场指日可待！

有了这样一个规划，伟安达公司前三年把主要精力放在以深圳为中心的大广东地区，取得了小小成功后，田安国亲自组建了上海销售团队，并找到了一个合伙人成立了上海分公司。之后，他们便声势浩大地登陆上海滩了。

就在伟安达公司以衡山路一带的酒吧为突破口，有声有色地开始柏龙啤酒在上海市场的发展时，来自德国总部的一纸传真让他们傻了眼！这份传真的内容大概是：由于上海柏龙啤酒餐厅的反对，德国公司不得不遗憾地通知伟安达公司，停止在上海的一切柏龙啤酒销售行为！

对这个愚蠢的决定，田安国百思不得其解！他写信反问他们："难道你们为了保护在慕尼黑的柏龙啤酒餐厅的生意，也要停止在慕尼黑销售柏龙啤酒吗？"对方没有更多解释，只是冷冰冰地再次通知他们，如果不停止柏龙啤酒在上海的销售，将取消他们的进口权！

这种决定令人匪夷所思，简直是滑天下之大稽！

多少年以后，田安国终于找到了问题的答案。

原来，上海柏龙啤酒餐厅的老板是个泰国人，他用"糖衣炮弹"打中了德国公司总部的一位市场高管，这位高管无形中成为上海柏龙啤酒餐厅的代理人。为了保证这家啤酒餐厅在上海的垄断地位，他们不惜牺牲柏龙啤酒在整个大上海的市场，于是便有了那个阻止伟安达公司进军上海市场的一纸传真！

随着这位被"糖衣炮弹"打中的高管光荣退休，德国公司海外市场部迎来了一位年轻的高管希勒先生。

第一次和希勒见面，田安国便忍不住把"上海事件"告诉他，这位有着丰富国际啤酒市场运作经验的人惊讶得不停摇头，表示无法理解。

然而，伟安达公司已经失去了那两年开拓上海市场的黄金时机！两年前除柏龙啤酒外，还没有其他德国啤酒厂商或分销商注意到德国啤酒在上海的市场。另外，柏龙啤酒餐厅对这个品牌的市场效应很大。

伟安达公司的撤离，让柏龙的死对头艾丁格一下子抢占了先机，上海这个本应属于柏龙的大市场，被柏龙公司拱手让给了竞争对手。

这一愚蠢的举动，完全可以载入世界商业吉尼斯大全了！

后来，当伟安达公司再次进军上海市场时，付出了数倍的代价，其恶劣的影响一直持续到现在……

这件事情发生后，田安国一直闹不明白，这么大的一家公司，怎么可以不经过调查研究，不与销售方沟通就做出这一违背常理的决定呢？那个高管拿着柏龙总部的俸禄，怎么可以做出有利于竞争对手的决定，又怎么可能为保护一个所谓的啤酒餐厅，而放弃整个上海的啤酒市场呢？！

这种为了一棵树放弃一片森林的做法，实在是蠢到家了！

然而，这绝不可以用一个简单的"蠢"字来解释，真正的隐情，也许永远是个谜……

新任德国柏龙公司海外市场部高管希勒先生人高马大，看问题也很长远。自从他执掌柏龙出口部以后，田安国和他的伟安达公司的日子便一下子好过起来了。特别是他任命的柏龙亚洲地区总代表汉斯先生经验丰富。汉斯常住新加坡，对亚洲地区的国情十分了解，弥补了柏龙慕尼黑总部与亚洲人打交道的缺陷。他们的到来，让田安国和伟安达公司看到了新的希望，与德国公司代理销售协议中的市场支持力度，是伟安达梦寐以求的条件。

伟安达与柏龙啤酒的蜜月期这才刚刚开始，雄心勃勃的田安国和他的伟安达团队要引领德国啤酒在中国的市场，让"柏龙——啤酒王国里的贵族"真正成为中国高端啤酒市场的王者！

随着柏龙啤酒在中国的知名度越来越高，市场开始出现了被动销售的局面，也就是客户主动找上门来购买柏龙啤酒，或洽谈合作代理事宜。

田安国意识到，经过8年的播种，收获的季节就要来临。他们除在上海组建了德纯贸易有限公司负责大上海地区的销售外，又分别在北京、西安、广州、深圳组建了自己的分公司，还分别在四川、广西、湖南、东北、宁夏、湖北、海南、福建等地发展了分销商。

柏龙啤酒销售分公司如雨后春笋，迅速在全国各主要城市和地区蓬勃发展起来，占领了中国的高端啤酒市场。伟安达公司以"打造王牌啤酒"为宗旨，不断组织、参加各地影响大、品位高的啤酒节活动。他们不再是重复运用聘请慕尼黑啤酒女郎这一初级阶段的品牌宣传手段，而是在柏龙总部的支持下，在慕尼黑聘请啤酒节专业乐队来中国参加各地的啤酒节演出活动。他们自己也在深圳、西安组织啤酒节。

这一创造性的营销手段又为柏龙啤酒赢得了更大的知名度，柏龙啤酒在中国完成了由丑小鸭变成金凤凰的华丽蜕变。

随着柏龙啤酒在中国啤酒市场的成功，田安国本人的知名度在这一行业也越来越高，慕名前来寻求合作的人越来越多。

这个时期，自酿啤酒的销售已经退居次要位置，但伟安达公司仍然保持着与卡斯巴瑞公司密切的合作关系。前面提到过的朝阳山庄的自酿啤酒屋又一次找到了他，他们因经营不善连年亏损，对这个项目已经完全没有了信心，决定关闭啤酒屋，出售这套啤酒自酿设备，希望田安国能够帮助他们找到买主。

事有凑巧，上海的一个上市公司的大老板突然心血来潮，要在上海柏龙啤酒餐厅的旁边开一家啤酒屋与其竞争，而且要在三个月内开业。

这个异想天开的壮举又一次为田安国制造了商机！

田安国没有多想，毫不犹豫地接下了这单生意，并表示愿意提供一切技术服务，包括设备的拆卸、安装、调试和人员培训，并帮助从德国聘用酿酒师。

然而这单利润丰厚的生意让田安国犯了一个生意场上的大忌：他帮助这个客户与上海柏龙啤酒餐厅竞争，从而把自己推到了柏龙的对立面。

泰国老板抓住了这个千载难逢机会，又一次把田安国告到了德国总部，这给刚刚处于蜜月期的双方关系蒙上了一层厚厚的阴影！

不久，梁达夫带着一批慕尼黑华侨在柏龙啤酒餐厅喝酒，他们对柏龙啤酒评头论足，褒贬不一。这件事不知怎么被那位泰国老板知道了，又告到了慕尼黑的柏龙总部，使伟安达本来的危机雪上加霜！

后来，他们把这笔账一股脑儿都算在了田安国的头上。

如何化解这场信任危机，如何向他们解释，成了摆在田安国面前的一道难题……

　　痛定思痛，田安国认为：这道难题的始作俑者不仅仅是那个陈姓的泰国老板，还有自己这个头脑简单、没有城府、被兴奋冲昏了头脑的商场新手！

第二十八章

1

田安国平生最恨被别人质疑,最无法忍受他人的干涉,最讨厌向别人解释……然而这一次,他不得不考虑一个万全之策了。

思来想去好几天,他决定给柏龙啤酒慕尼黑总部写一封信,内容大致是:关于上海柏龙啤酒餐厅旁边的那个啤酒屋项目,是人家朝阳山庄和上海合伙人的项目,我们伟安达公司只不过在履行当年人家购买设备时的承诺而已。即使我们不承接这个项目,他们也会找其他公司合作。至于梁达夫带的那几个人都是在慕尼黑开中餐馆的,出于对柏龙啤酒的爱护,才对上海柏龙啤酒餐厅的酒品质量提出批评,这纯属普通客户的意见,为什么会有如此奇怪的反应呢?

或许是田安国的反问让柏龙公司觉得有道理,或许他们觉得田安国和伟安达公司对他们变得越来越重要了,希勒先生一封客气的回复使这场风波总算过去了。

然而一向自尊心很强的田安国觉得自己内心受到的伤害却没那么容易抚平,做生意被人牵制的滋味,实在不好受。这样即便是赚钱,他也不会开心。这种店大欺客的做派实在让他无法忍受!

这次风波,更坚定了田安国要走自己的发展道路、创造自己的品牌、养自己"孩子"的决心。田安国在矛盾和内心挣扎中继续着柏龙啤酒的销售,但爱恨交织的感受一直折磨着他那颗不服气、不服输的心。

一天,上海的汉斯先生不约而至来到深圳,带着他的一位新加坡朋友来见田安国。这并没让安国感到意外,因为这位先生经常神龙见首不见尾,要么一段时间内联系频繁,要么一年半载也不见人影!

说起与汉斯先生的交情，还与销售啤酒设备有关。

有一年，汉斯先生计划在北京开设自酿啤酒屋，陪着卡斯巴瑞公司人员查看他所选择的场地。田安国觉得风险太大，但从事钢材生意的汉斯先生自信满满，有点听不进去意见。送走德方人员后，安国带着他去了北京柏龙啤酒屋，给他详细介绍了开设自酿啤酒屋的基本条件及风险测算，并指出："我田安国不能为了那点佣金，让你上千万元的投资打了水漂啊！"

后来的事实证明，在北京那个区域大型餐饮店的投资者，特别像汉斯先生这样没有经验没有资源的投资者均告失败。

有了那次经历之后，汉斯先生对田安国十分敬重，无论把生意转移到上海还是云南，只要涉及德式餐饮或者德国啤酒，汉斯先生都要先咨询田安国，听听他的意见和看法。

汉斯先生这次带着他新结交的新加坡朋友张新社先生匆匆到访，是因为他们有一个大的啤酒厂收购项目需要听听田安国的见解。

田安国在他们自己开的巴伐利亚西餐酒廊招待了汉斯先生一行。

主宾寒暄过后，言归正传。

原来新加坡的几个人正在洽谈收购江南方舟青云山啤酒厂。这批收购者不是冲着啤酒生产与销售来的，而是垂涎这个啤酒厂的那150亩地。

江南方舟青云山啤酒厂坐落于方舟市汉江路，前临长江，右抱昆山湖，优越的地理位置决定了它是一个开发房地产的好地段。

这个独具慧眼的新加坡收购团队主要从事的是房地产项目的开发，背后的主要投资人是在新加坡从事房地产行业的一家上市公司。他们在开发房地产方面是行家里手，但对啤酒行业一无所知。要收购、改造、搬迁、经营这么一个始建于20世纪六七十年代连年亏损、拖着上千名职工的老厂，心里没有任何底气。这时的汉斯先生就想起了田安国这个曾留洋德国的啤酒专家了。

田安国听了情况介绍后，明白了他们此行的目的，但对这家啤酒厂的情况不甚了解的他一时也拿不出什么具体意见。午饭后，他们便热情地邀请田安国跟随他们赶往福州，与其他投资人开会商讨收购方案。

田安国随他们来到了福州，糊里糊涂便参与到了方舟啤酒厂的收购者行列中，变成了这个团队中唯一一位懂啤酒行业的人。

田安国在福州的会议上见到了这个团队的另两名成员，其中一个是新加坡的林总，另一位是从中国移居新加坡的陈总陈明。汉斯先生因为另有打算，没有直接参与这宗收购案。

在福州的会议上，田安国基本理清了事件的来龙去脉。

在这个团队中，城府很深的陈总打通关系并建立了与方舟市主要领导的良好关系，貌似憨厚的林总负责在新加坡寻找有实力的合伙人，能说会道、英语不错的张新社先生负责项目的介绍宣传和文字资料准备工作，田安国则被他们拉进来负责与啤酒厂技术谈判和专业咨询工作。

有了这样一个没有设计规划甚至没有心理准备的机会，田安国的心里倒也平静，或者说他根本就没把这件事当回事。回到深圳后，他继续着柏龙啤酒的销售和伟安达公司的工作。

事有凑巧，那次陪梁总和他那帮朋友去上海，田安国去看了安装在上海八佰伴商场的一套卡斯巴瑞啤酒设备的经营情况，结果他们去的那天是这家啤酒屋的最后一个营业日，第二天就要关门歇业呢。

田安国找到了这家餐厅的负责人，自我介绍之后，对方高兴得差点叫了起来！原来这个餐厅负责人正在寻找这套啤酒设备的制造公司，想尽办法要把设备尽快拆卸搬离这个营业场所，否则昂贵的房租他们将难以承受。

田安国与梁达夫经过一番商量之后，试探着询问对方是否有意出售这套设备。闻听此言，这位经理再次兴奋起来，坦言他们一直在寻找买家，但遗憾的是没人对这套设备感兴趣。

田安国在详细查看过这套啤酒自酿设备的状况后，请对方报个价。

对方报价80万元。

这次该轮到田安国兴奋不已了！要知道80万元的报价不过是这套设备原价的十分之一！

经过一番讨价还价之后，他们最终以65万元人民币的价格达成了购买意向。

田安国感到非常兴奋，他与梁达夫讨论着如何筹措资金，如何等待机会再次出售，利润空间一定会在百万元以上！但这件事由于对方没有再次催问，便没有了下文。

想不到福州会议之后，上海八佰伴的那位经理突然打电话催促他们尽快把设备买走。

这边新加坡收购方舟啤酒厂的团队催促田安国跟他们签订合作意向书，协议标明田安国持有10%的股份——这意味着田安国要投资500万元人民币。

当时，500万元对田安国来说根本是不可能筹措得到的，即便能筹措得到，他也不敢冒如此大的风险！急不可耐的新加坡人派林总和张新社前来深圳和他洽谈，田安国不得不向他们亮出底牌，把自己的困难及资金现状和盘托出，只希望自己以技术入股。然而他们要的是一个懂技术懂专业又有安全感，并且利益跟他们捆绑在一起的长期合伙人。这个时候，田安国想起了上海八佰伴的那套设备。他建议用那套设备以及他的技术专业来入股，再说那套设备在方舟啤酒厂可以用于实验培训并对外展示。没想到对方很快同意了他的这一提议。

田安国和新加坡方面签署了协议后，马上组织人员去购买、搬迁那套设备。

时间好像早已安排好了一样无缝衔接，这种不可思议的巧合真让他不知道该感谢谁！

2004年4月，田安国应邀来了新加坡。虽然不是第一次来，但干净整洁美丽的新加坡还是让他感觉有些流连忘返。东海岸、圣淘沙、鱼尾狮等景点，每一处都感觉那么亲切。那时候他就在想，什么时候条件成熟的话，全家移居到新加坡，成为这个美丽小岛国的一分子。

新加坡的主要合作伙伴伯利公司的创始人卓老先生非常厚道，为人真诚，心地善良，令安国十分感动。安国临走时，卓老先生还不忘给他的家人带上礼品和红包。

田安国一行签署合作协议后，信心满满地返回国内。

安国即刻筹备啤酒厂管理小组，包括邀请卡斯巴瑞先生作为技术顾问，并由何建民推荐的酿酒师张杰做助手并负责技术，由留学奥地利的律师朋友高博杰作为法律顾问，由曾在深圳电视台购物频道工作过的李有明负责市场策划。

这一强大的阵容让其他合作人刮目相看。

安国先后在华北油田、德国奥古斯特公司、深圳安然居大酒楼、伟安达公司工作的经验特别是组织策划深圳、青岛国际啤酒节的过程中积累的经验能力，全部用在了这个项目的筹备上。

经过和方舟市有关部门以及方舟啤酒厂马拉松式的多轮谈判，双方终于在2005年正式签订了收购协议。随即，田安国他们带着工作小组进驻方舟。

一场惊心动魄的收购拥有上千职工国有啤酒厂的帷幕徐徐拉开……

2

始建于20世纪70年代的方舟啤酒厂得益于李四光第四世纪冰川理论的发现。

众所周知，水是啤酒的血液，而冰川水又是酿制啤酒的最佳用水。慕尼黑之所以拥有众多的世界级啤酒厂，除历史原因外，最大的卖点就是拥有上亿年的阿尔卑斯冰川水。柏龙啤酒也是得益于这无污染纯净的冰川水，政府特批的那口水井是柏龙公司每年向参加慕尼黑啤酒节的特邀嘉宾展示介绍的保留节目，以此向外宣传柏龙啤酒的与众不同之处。由此可见，冰川水在这个号称"世界啤酒之都"的城市的重要地位。

我国伟大的地质学家李四光先生在20世纪发表了他那著名的第四世纪冰川理论，青云山地区所发现的第四世纪冰川水恰恰印证了这一理论。而第四世纪冰川水比阿尔卑斯山冰川水的历史还要早数亿年。

方舟市啤酒厂就是在这样的优越条件下诞生的。厂区拥有冰川深水井，生产的"青云山牌"啤酒曾经辉煌一时。据厂里一位老员工介绍，20世纪七八十年代，购买青云山牌啤酒的卡车排着长龙等候在汉江大道，甚至要找厂里或市里的领导走后门特批才能拿到货。

这家啤酒厂还曾是全国500家大食品制造企业、国家啤酒生产定点厂家，属大型2档企业。该厂北临长江，南倚青云山，西接方舟港，东傍长江大桥，地理位置十分优越，水陆交通非常便捷。厂区占地面积16万平方米，自备千吨级水运码头；全厂职工1000余人，其中离退休职工近200人，在职员工1000人，工程技术人员172人，总资产近3亿元。企业曾具6万吨/年的规模，经2000年技改主要设备，已达10万吨生产能力，积累了雄厚的技术力量。在那个年代，其工艺还算先进，某些设备并不十分落后，其主要灌装机和贴标机都是从国外引进的具有20世纪90年代国际先进水平的设备。有德国福肯灌酒机、克朗期贴标机、意大利多标贴标机，以及全自动微机温控设备一套。他们生产的"蓝岛牌"青云山系列啤酒就是采用青云山第四世纪冰川水酿造而成。得天独厚的水质成就了优质的产品，该产品曾多次荣获国家、省、市名优产品称号，产销量、市场占有率在江南省名列第二，销往赣、鄂、皖、闽、苏、粤、豫等省市。除此之外，方舟啤酒厂的副产品还有干化麦糟、冰川水饮料、酵母超鲜酱油等。

由于没有跟上时代的步伐，国营企业的运作机制加上几任领导的不作为，致使一个曾经辉煌一时的企业，一个本来可以在中国啤酒界大有作为的企业和品牌逐渐陨落，最后由于连年亏损资不抵债而倒闭。

田安国抱着重新复活青云山啤酒、创建新加坡伯利啤酒、引进德国卡斯巴瑞酿酒世家的品牌、打造中国王牌啤酒的决心，要在这里干出一番事业。他甚至筹划着将来把这里作为柏龙啤酒在亚洲的生产基地，或者打造中国王牌啤酒以打破外国品牌在中国高端啤酒市场一家独大的局面，为中国啤酒企业的后续发展排除后顾之忧。

信心满满的田安国和他的团队的第一项重要工作，就是接管这个厂之前的调查研究。

这项工作是在不公开的情况下进行的。首先接触这个场子的技术骨干，听他们对现在厂子的情况介绍，包括存在的问题以及他们的建议。同时接触这个企业的市场营销人员，通过他们了解当地啤酒市场的现状，包括销售存在的问题、现有市场的布局以及各地分销商的情况等。同时，他们分头走访了方舟的啤酒市场，了解商家对他们将要生产的啤酒有什么要求或期待。

完成了大量的调查研究后，他们这个调研小组返回深圳，商讨未来工厂的生产、销售、用人等计划，当然也包括设备的改造方案。

2006年春节过后，田安国带着管理团队到了方舟啤酒厂，正式接管了这个啤酒厂的一切事务。

翘首以待的上千名职工对他们这个"新加坡"新主人抱有极大的厚望。而实际上，对于接管这么一个拥有上千职工的大厂，新加坡合作方却没了主意。无论田安国跟他们讨论还是请示，伯利公司的代表和林总总是用"你懂""你看着办""大家相信你"来敷衍。对内，田安国被冠以常务副总经理名号，主管生产和销售。主要投资人、大股东新加坡伯利集团派企业创始人卓久英老先生的大儿子卓北平担任财务总监，他的二儿子伯利集团的总裁卓北新兼任这里的总裁，林广生任总经理，张新社和田安国担任董事。

这里差点忘了交代这件收购案的真正操盘手陈总陈明的命运。在决定这个收购项目的一个关键环节，即邀请方舟市有关领导到新加坡参加招商活动，双方签署收购方舟啤酒厂意向书的那次新加坡之行中，陈总被莫名其妙踢出局了！

由于安国没有参加那次的新加坡招商活动，其间到底发生了什么，是什么原因把一个主导这个收购项目的合作人突然赶了出去，田安国实在纳闷！

要知道，陈明不仅是这起收购案的发起人，还是他和林广生、张新社这"三兄弟"的老大。他们曾在福州成功合作过多个房地产项目，陈明也是主要的操盘手。

后来，安国断断续续从林总那里弄明白了其中的原因。

原来陈明要求在整个收购案中提大约2700万元人民币作为公关费用，说是给主要领导的佣金。这件事在福州会议上林总当着安国的面也说过，也就是说，原本3000多万元的收购价被抬到了约6000万元。在方舟市领导新加坡招商之行中，伯利公司通过林总向方舟市有关领导询问时，被当场否认，称根本就没有佣金这回事。这样一来，他们便认为陈明在欺诈他们。同时被方舟市领导确定的还有啤酒厂用地不可以无条件转换为商业开发用地。这正是陈明一直承诺可以做到的，而且说方舟市政府已经在党政联席会议上通过了红头文件。

这样一来，新加坡合伙人不仅认为陈明在欺骗他们钱财，而且什么啤酒厂土地用作房地产开发根本就是子虚乌有。那次方舟市新加坡招商活动还没结束，陈明就被踢出了这个项目。

知道了这一切，田安国的心里不由得打了一个寒战！

想当初，陈总意气风发地以老大的身份策划主导这个项目，却突然就这么无声无息地被剔除出局了！这会不会成为我田安国的明天？小股东不就是被大股东控制的小卒子吗？这和他们代理销售柏龙啤酒时所处的窘境有何两样？为别人做事、被人控制、随时可能被取而代之，这些就像一个紧箍戴在他的头上……

在田安国的盛情邀请下，卡斯巴瑞先生也来到了方舟，并在张杰的协助下对啤酒的生产工艺、配方、原料以及酿造糖化车间的管理着手进行改造。田安国带领着其他助手按收购合同进行固定资产核实交接、原啤酒厂人员招聘重新上岗、销售团队组建以及产品上市宣传等繁杂的工作。对内，他们打出了"人才就在你身边，您无须舍近求远"的广告；对外，产品未上市前就高喊"好酒就在你身边，您何必舍近求远！喝青云山伯利啤酒，汇聚天下朋友"的口号。这一创造性的开场广告语，一下子引起了厂内厂外的高度关注。

在招聘原工厂人员重新上岗时，他们推出了入职申请表，特别设计了一栏，要求每个人注明自己的特长以及想要从事的工种，对那些自学成才的人给予特别的关注。工人基本工资待遇由原厂每月的300元左右提高到500元，但门槛和要求大幅提高，诸如不可以在外兼职、严查迟到早退、杜绝人浮于事等。

这一系列的举措，让有能力的人有机会升职，让想滥竽充数的人望而却步。那上千人的档案材料以及自荐信"堆积如山"，他们几个人夜以继日地翻看着每一个人的情况，生怕伤到了那一颗颗期待的心。

从第一遍的海选、第二遍的筛选再到第三遍的精选，花费了他们不少的心血。那段时间，田安国每天吃饭、睡觉都拿着资料，甚至把材料抱到寝室反复核对、查看，尽量做到不出现大的偏差。

第一榜招聘人员名单出炉了。他们在张榜公布的同时特别注明，没被录取的人员可以补充材料，在第二榜招聘人员公布前呈送公司人力资源部核查。

在公布了第二榜招聘人员名单后，招聘第三批人员则更为谨慎，因为那预示着原厂职工将有200余人丢掉饭碗。

方舟市政府部门特别担心有人上街闹事，一再嘱咐他们不能出现群体事件，那种无形的压力让田安国寝食难安。曾在大型国有企业工作过的他深切了解失去工作后的艰难生活，还有精神上的压力和伤害，但他们只能招收75%的老厂工人呀！好在他们是在分批一步步招聘，大家在期待与等待中慢慢耗去了能量。还有，他们严格的管理也吓退了一批想混事的人，而且这个厂的不少人已早有副业或第二职业了。

招聘结束后，情况比田安国他们想象的要好得多。

破格录取使用人才，打破了国有企业的人情观，一下子让那些有能力的人看到了希望。有好几个自学成才原来被埋没在车间里干体力劳动的工人，一下子被提拔到了机关各个主要部门——章永春、程琳、付晓明等，一批无权、无势、无靠山却有能力的人，一下子成了公司管理层的骨干力量，这一示范作用一下子让工厂充满了活力。

市场开发等销售工作是田安国的强项。在应届大学生当中招聘的一批新人成了他们的有生力量，原厂的销售人员也继续承担着托底的销量。李有明帮助筹划买断了方舟市的几条主要公交线路的车内广告及车载语音提示广告："青云山伯利啤酒提醒您注意安全。好酒就在您身边，您何必舍近求远！"这一广告用语很快传遍了方舟大街小巷。与此同时，他们为方舟市的每一辆出租车设计了一款广告："喝青云山伯利啤酒，汇聚天下朋友。"每月一箱免费啤酒让方舟的出租车司机们兴高采烈地为他们做着免费广告。随着夏季的来临，他们在方舟南湖广场史无前例的啤酒节活动，把市场宣传活动推向高潮……

3

方舟位于江南省最北部，位于长江、京沪铁路沿线两大经济开发带交会处。这个市区人口不到百万的城市就坐落于青云山脚下，管辖着八县三区，人口总量300万左右。每年有来自全国各地上千万的游客经方舟前往青云山观光旅行。青云山当时属方舟管辖的一个特区。田安国他们这个团队一旦遇到难题，大家不约而同地就想起了去爬青云山，一趟大汗淋漓的爬山后，那些难题似乎不再那么难了。

青云山的美景一直吸引着田安国的目光，在那里，他认识了第一个当地好朋友——袁伟亚。他说话声音洪亮，办事雷厉风行，对朋友热情周到，和安国很快变成了无话不说的"男闺蜜"。田安国一旦在当地遇到解决不了的私人问题，这位热心的朋友就会两肋插刀，倾力相助。教师出身的他既有文人的儒雅，又有做生意积累下来的对市场的敏锐性。袁伟亚的长相很是富态，不了解他的人还以为他是一位了不起的官员呢。

多年后，他们在深圳再次相遇，袁伟亚正在深圳从事房地产的开发。田安国有感而发，写了一首短诗：

老友相见忆当年，
方舟城里青山恋。
举杯畅饮开怀笑，
啤酒结缘十年间。

当年在慕尼黑打工的时候，田安国就有一个心愿，那就是能够住上别墅，过上有闲阶层的生活。他把自己的这个想法告诉了袁伟亚，袁伟亚于是便带着田安国在青云山脚下寻找"风水宝地"。

功夫不负有心人，在袁伟亚的帮助下，他们很快便找到了一个叫"碧云山庄"的别墅小区。小区环境优雅，户型新颖，结构合理，价格低廉。田安国一时冲动，不到 24 小时便以 68 万元人民币的总价，定下了这套处在毛坯状态的别墅。

这套别墅面积达到 350 多平方米，还有 200 多平方米的一个小院，这是田安国所中意的。他喜欢住得接地气点，喜欢在院子种点绿色的蔬菜和植物，与大自然融为一体。方舟依山（青云山）傍水（陶然湖），风景优美，四季宜人。每天繁忙的工作之后，回到属于自己的天地，放松疲惫的身心，享受天伦之乐。这，一直是安国所向往的一种生活。

购买别墅以后，田安国一边紧张地从事着啤酒厂的繁杂工作，一边赶快找人装修这套小别墅。他幻想着早点把老父亲从深圳接到方舟，住在这个小院里，结束老人家不停改换住所的窘境。儿子儿媳再好，也不如住在自己拥有支配权的地方来得踏实、安心。和安国一起来方舟照顾他生活的表弟张耀峰，还有不时来这里的四哥保国分担了他生活当中的许多琐事，装修这套房子的大部分工作由他们两位承担，安国只需要把握大的方案和材料选购就可以了。

别墅装好后，田安国与四哥一起回到深圳，和几个晚辈一起把 80 多岁的老父亲接到了青云山脚下的这栋别墅里居住。

看着气派的别墅洋房，老人家非常满意，那少有的开怀笑容让安国很是欣慰。父亲拄着拐棍敲打着别墅的地面，语重心长地说了那句话："唉，有人把福拿脚踢了呀！"言之切切，意味深长。

在这栋别墅里，老人家度过了几个春节和生日，这里也成了他们田家新的聚点。安国感觉自己已不再孤单，他不仅享受着四哥做的美味佳肴，还再次体验到了老家四合院的那种温馨。

只是母亲的早逝，让这温馨有了一大块的缺憾。

对于田安国来说，经营管理这么一个原国营企业真是困难重重。他既要对原国企员工进行"洗脑"，又要调整或重新设计产品，同时根据新产品改造设备和订制各种包装材料。这些工作必须一环扣一环，任何一个环节出现了问题都会最终波及产品的质量以及产品的销售。其中人是第一要素，与田安国合作的新加坡伙伴们几乎没有这方面的任何经验，他们感觉像老虎吃天无处下口。在华北油田工作过并做过领导通信员的田安国并不胆怯，当年的所见所闻和几年来对伟安达的领导管理让他底气十足。

员工闹事、不服企业的管理是经常发生的事，解决迟到早退这个问题看似简单实施起来却非常困难，开大会都会有人迟到。为了避免简单粗暴的处罚带来负面效应，田安国和新加坡的股东们每天轮流迎送员工上下班，无论刮风下雨还是天寒地冻，这一"善举"在田安国离职前从未中断过。

天有不测风云，一天，啤酒厂发生的保安集体罢工事件把田安国推到了风口浪尖。

按照分工，保安部由总经理林广生管理，田安国是没有权力和责任处理他们和公司的纠纷的，但那天凑巧林总不在，卓老大又不敢管，后勤主管卓连生和他的助手站在一旁看热闹，几十个保安围住了主管李宏伟，那架势似乎要把他从三楼扔下去！

作为副总经理的田安国觉得如果自己不出面平息事态，他们这个企业的权威将颜面扫地。再说遇到这样的事件不担当、无所作为也不是他的性格。

田安国听到吵闹声不断，从销售部循着声音赶了过去。发现事态不对的李有明拉住他，劝田安国不要去蹚那浑水，被安国怒骂了一顿后，个头超过一米八的李有明便紧随着田安国赶往事发地点。

安国来到行政办公大楼会议室，20多个保安根本就没有把他放在眼里，眼里透着不屑的光。

田安国被激怒了，他抓住会议桌上的一个茶杯猛摔在地上，40多只眼睛一下子聚焦在了他的身上！安国的身后站着一米八的李有明，被他力排众议提拔成仓储车间的主任的王刚也赶来压阵，却不见他们新加坡合作伙伴的一个人影！

空气在一瞬间仿佛凝固了，会议室静悄悄的，充斥着一股浓浓的火药味。田安国用愤怒的眼光盯着这20多个保安，一言不发。

一阵无形力量的较量之后，他让保安们选出一个代表当众和他对话，反映他们的问题和诉求。

这时，不知高低深浅的主管李宏伟——这个林总跟前的红人居然站出来指责起这些保安来。保安们本来就是由于和他的积怨太深而闹事，这时他站出来不是在火上浇油吗？

为了不让事态进一步恶化，田安国抓起桌上的另一个茶杯摔在了李宏伟的脚下，并立即暂停了他的一切职务。

这样一来，保安们一下子鼓起了掌，并一一道出了心中的苦水，安国只告诉他们所反映的问题是对的，大部分诉求也是合理的，但采取的方法是极其错误的，是他坚决不能容忍的。

田安国义正词严地说："暂停李宏伟的职务只是第一步，接下来必须处罚这一次带头闹事的保安。大家的合理诉求保证在一个月内答复解决，但处理这件事的带头闹事者将放在首位！"

在大家的一片掌声中，田安国长舒了一口气，两腿无力地离开了会议室。

事后，田安国真是被自己的"勇敢"吓出一身冷汗来！试想那些保安个个年轻气盛、身强力壮，他们当时都憋着一肚子气，弄不好自己将成为事件的导火索，后果不堪设想。

被暂时停职的李宏伟也想通了，晚上请田安国喝了一顿压惊酒。

酒桌上，李宏伟竖着大拇指说："田总，您真是有胆有略呀！当时我都觉得完蛋了，脑子乱哄哄的，被他们吵晕了！是你及时赶到，才控制了事态的发展啊！来，我敬您一杯！"

令田安国感到非常失望的那些新加坡的合作者，竟一个个成为事后诸葛亮！

被田安国第一个革职处理的并不是那些保安们，而是销售部他亲自任命的那个缩头乌龟经理。这个经理明知处理保安闹事事件的田安国随时会有危险，他不但不像李有明、王刚那样站出来为田总助阵，反而关起紧临闹事地点的销售公司大门躲了起来！

这种无用之辈，留他还有何用？

那年5月，造福于方舟市民的劳动公园市民广场就要竣工了，一直筹划着在方舟有大作为的田安国想要借鉴啤酒节的经验，在这个新建成的广场上搞一次声势浩大的产品推介活动。

田安国的这一想法与可爱的袁伟业总经理一拍即合！有着强大关系网络的袁

伟亚和他的公司负责与政府协调，租用广场并负责这次活动电视、广播、报纸的宣传。安国负责场地布置、人员培训安排、啤酒供应及其他一切后勤支援。

很快，声势浩大的青云山伯利啤酒节在新建的方舟劳动人民广场开幕了，这一持续了数天的活动吸引了无数方舟市民的关注。

公司经研究后决定，啤酒节期间，第一、第二天啤酒免费供应，但必须回收啤酒瓶。这一大方的举措迅速传遍方舟大街小巷，并大大提高了青云山伯利啤酒的影响力。尽管新加坡其他投资人特别是伯利派来的财务总监卓先生（卓老大）有不同意见，但田安国极力说服他们并苦口婆心地告诉他们，贡献几千箱啤酒，可以快速让方舟本地人品尝认可我们新的青云山伯利啤酒，这比花那些冤枉钱做电视、报纸上的广告划算得多！

第三天以后，他们采取用空瓶免费换酒的方法，一下子让他们品牌的空瓶在方舟市场变成了抢手货！各个啤酒消费场所，他们的产品销量大增，喝完酒的人们拿着空瓶去换新酒。

又一次成功的市场营销，让青云山伯利啤酒在当地市场大放异彩，那些经营其他外地啤酒品牌的老板们被他们的气势所吓倒，纷纷联络他们甚至请田安国吃饭，打探他们下一步的动向。

有着商业头脑的袁伟亚抓住这一机会，成为青云山伯利啤酒在方舟市的代理商。他在方舟的人脉以及个体公司随机应变的管理机制，加之田安国对他的强力支持，很快便打开了在方舟市区的销售局面。

青云山伯利啤酒在方舟市区的成功销售很快影响到周边县市，那些持观望态度的老分销商们纷纷前来工厂订货。

鉴于此热销场面，青云山伯利啤酒及时推出了自己的广告：

青云山第四世纪冰川水，
德国卡斯巴瑞酿酒技术，
新加坡先进的企业管理，
原汁原味慕尼黑风味。
好酒就在你身边，
何必舍近求远！

这些带有极大诱惑力的广告语，把青云山、伯利、卡斯巴瑞三个品种的啤酒推向了市场销售高潮！

当年7月，深圳的伟安达公司带着柏龙啤酒继续参加青岛国际啤酒节。田安国邀请在青岛的合作人王总参观了他们的方舟啤酒厂后，对方很快为他们免费提供了一个参加青岛啤酒节的小展位。

田安国带着来自新加坡的股东，还邀请袁伟亚以及方舟市的有关领导亲自去观摩青岛国际啤酒节。

尽管首次参加青岛国际啤酒节的青云山伯利啤酒不算成功，但他们啤酒的优良品质以及青云山第四纪冰川水原料给品尝过这款啤酒的人们留下了深刻的印象。他们这个团队也得到了很大的启发，特别是爱琢磨、好学习的袁伟亚收获最大。

参加完青岛国际啤酒节的田安国必须返回深圳，安排处理他们深圳伟安达公司的一些重要工作。

等他再返回方舟时，啤酒厂高层发生的剧烈动荡令他猝不及防、心灰意冷、不知所措！

在田安国离开方舟的那段日子里，林总和新加坡的几个股东搬进了他的办公室，甚至连一张办公桌都没给他留！

田安国回到啤酒厂后，成了无处办公的"流浪汉"，而林总在未和他商量甚至连个招呼都不打的情况下，让袁伟亚——田安国所发展的方舟市区的分销商接管了他们啤酒厂的销售公司。

这一匪夷所思的愚蠢举动可以载入企业管理的史册了！遍查国内国外，没有一家企业会把自己产品的销售权让一个分销商来掌控！

即便袁伟亚是他的朋友，田安国也不会拿原则做交易。

也许是田安国把事情想得过于简单，林总等人认为田安国已完成历史使命，袁伟亚这个当地人对他们更有实用价值。

一出卸磨杀驴的活剧，在这位貌似憨厚、说话前言不搭后语、成事不足败事有余的新加坡林总的导演下，就这样上演了……

4

那位林广生先生长得十分可爱,一米八的个头,方正黝黑经常挂着笑容的脸庞给人一种憨厚的感觉。林先生每一次从新加坡回来,总不忘给他们带礼物,而且经常请大家吃饭。

一个公开的秘密是:林先生是那位大嘴巴伙伴张新社的提款机。

林总最大的特点是不善言辞,而且说话支支吾吾,常常讲了上句就没了下句。他讲的汉语大家听不懂,英语大家更是听不明白。

这样的林总使田安国明白了他为什么会成为张新社的提款机。张能说会道,英语很好,文字处理能力超强,林总面对这么一位能说会道的朋友时,只有挨宰的份。三兄弟中,那位接近谢顶的陈总是一位复活烂尾楼的运作高手,他能处理好与政府的关系。林总能筹措资金,张新社能说会道。

有一件事让安国非常佩服。

一次,在深圳机场,田安国他们的飞机晚点了,手执新加坡护照的张新社一番花言巧语,与机场人员交涉后,竟能让晚到的他们免费改签下个航班。

这样的本事,让人望尘莫及呀!

陈、张、林三位高人联手,能力可想而知了。方舟啤酒厂就是他们三个联手的杰作。玩惯了空手道的他们先是把"伯利"拉了进来,然后林、张又多次南下深圳,说服田安国参与进来。

然而就是这位林总,竟然在公开场合向方舟市领导核实陈明所谓佣金打点领导事件的真实性。不管是真是假,就是借给方舟市的有关官员们十个胆,他们也不敢承认有这么回事啊!

林、张借此机会把给他们赚钱的陈明赶出了这个项目,也搅黄了啤酒厂搬迁、开发房地产的梦想。这一多赢的完美计划本已经过方舟市党政联席会议批准,而且田安国已经看到了那个红头文件。他们承诺搬迁再建年产量10万吨的啤酒厂,吸纳原厂85%以上的人员就业。搬迁后的原啤酒厂厂址,在同等条件下,他们有优先开发权。在啤酒厂的资产和搬迁补偿费用大于那块地的市价时,他们可以以一元摘牌取得房地产开发权。

于是,由陈总运作的这一副三方多赢的好牌,硬生生地被林总在新加坡给搅黄了！

而这一次，他认为啤酒厂一切都已进入正轨，田安国这个强势、专业、太有主见、能力明显超过他们的人，便成了他和其他新加坡投资人的"负资产"。而且这个新加坡的团队多了一个与他们格格不入的中国人，将来很多事情会变得麻烦不断、后患无穷！田安国也一下子明白了为什么林总对他带去的那几个人关爱有加，因为这几个人已和他渐行渐远了。

让田安国做出退出这个投资项目的决定的最后一根稻草是总裁卓业荣的那次方舟之行。这位对安国向来尊敬有加的卓家二公子是新加坡伯利上市公司的总裁，在田安国参加的最后一次董事会议上，他用极不客气的口吻质询安国啤酒生产销售亏损的责任。田安国也毫不客气地告诉他，没有一家啤酒厂第一年就能做到盈利，而他所做的工作已经创造了奇迹！

一向有自知之明、自尊心又极强的安国经过一个不眠之夜，第二天早上来到了总裁办公室。

当田安国提出退出这个项目、辞去这里的一切职务时，新加坡合伙人们喜形于色的表情再次证明了他做出了一个明智的决定。

没有一句挽留的话。他们已经撕下了罩在脸上的面纱，剩下的便是赤裸裸的金钱关系了。

他们第一句话就问："退出有什么条件？"林总与这位卓总裁好像在用安国听不懂的语言为给田安国多少补偿费争论着。不管他们是在演戏还是真的在争论，安国打断了他们并直言相告："我没什么条件，你们看着办，补偿一分钱不给都行！"不知道他们是担心他太了解这起收购案的内幕还是出于其他什么原因，最后以补偿田安国200余万元人民币并带走他投资的那套小型啤酒设备为条件，让他退出了这场游戏。

对于田安国而言，这位爱也不成恨也不成的林总成全了他的全身而退，用陈明的话来说：这位成事不足败事有余的林总，又一次毁掉了一盘好棋！

那天下着蒙蒙细雨，整个方舟灰蒙蒙的，氤氲着一团酸酸的味道。

田安国离开啤酒厂的时候，曾经的合伙人竟没一个为他送行，甚至连句基本的客套话都没有！

这帮合伙人过河拆桥、卸磨杀驴的做法如此决绝，令安国感到无比寒心。

也难怪，古往今来，在中国的历史上，那些良将、名臣们最终的下场都不会太好。尽管他们曾经血溅疆场，战功赫赫，但进入和平年代以后，他们仍保持战争年代铁骨铮铮的棱角，敢于犯上直谏，直言不讳，成为许多人的眼中钉、肉中刺。

回想自己为这个啤酒厂所倾注的心血和汗水，那些筹划初期的一个个不眠之夜，市场调研的一份份报告，招聘员工们的一份份简历，营销策划的一个个方案，啤酒节上的一张张笑脸……此刻清晰地在他脑海里交替闪现。那场惊心动魄的保安集体罢工事件，他几乎孤身深入虎穴，面对20多位保安怒火熊熊的目光，化解了一场即将发生的闹剧。那些风雨无阻的日子，他每天早晨站在工厂大门口迎接工人上班，黄昏再目送他们离开。大雨如注，他依然撑着一把伞站在那里，成了啤酒厂工人心目中的一尊雕像！那些热切的眼神，期盼的眼神，对新厂子寄予厚望的眼神——他都能一一读懂。他来自华北油田，了解基层员工的最基本需求——解决吃饭问题。那个时候，他是拼着一股劲，憋着一口气的。他想，只要啤酒产品质量过关、营销对路，就没有打不开的市场。

他坚信，用不了多久，方舟啤酒一定会大放异彩的。

然而，就像一位将军，战事全面拉开，正要冲锋陷阵，突然被主帅缴了印，并驱逐出主战场，眼睁睁地看着一群士兵在几个毫无作战经验的人的带领下与对手搏杀。将军仰天长叹，徒唤奈何。

战事还未结束，但胜负已定，不可避免。

回首曾经倾注了自己不少心血的啤酒厂，安国倒生出了一种悲凉的感觉。

这个时候，那几个新加坡投资人一定隔着玻璃窗偷偷在乐，但这也离他们哭的日子不远了！

那天晚上，李有明、张杰，还有安国曾领导过的销售部门负责人以及部分车间工人聚在一起，算是为他送行。他带去的其他几个人早已另攀新主了。真是人情如纸张张薄，世事如棋局局新呀。好在安国在方舟已经有了自己的别墅，老父亲、四哥和张耀峰他们临时组织的这个小家庭，还能给他带来一些安慰和温暖。

一场本来已写好的喜剧，对田安国而言则变成了一出小小的悲剧，但同时又是一种解脱。因为他从一开始便已预感到了结局，特别是在陈明被踢出局以后，田安国便对这个没有共同投资理念、各打小算盘而且群龙无首的团队失去了信心。

好在这次退出的时间和条件对于他来说还是相当不错的。

这里有必要交代一下这个方舟啤酒厂的最后结局。

在田安国被他们变相踢出这个投资团队后不久，林总和张新社也被伯利逐出了这个公司的管理团队。

卓总裁派了他的一个亲信做总经理。

这个人到厂后的第一件事是把袁伟亚和他的销售团队以及林总的班底请出了公司。这位不懂啤酒、不懂市场甚至不懂企业管理的刚愎自用的人，终于把这个啤酒厂推到了走向死亡的路上。

田安国离开后，方舟啤酒厂便每况愈下。特别是林总和张新社等人相继离开后，伯利公司管理无序的弊端体现得淋漓尽致，销售市场一片混乱，效益大幅度滑坡，亏损严重。原以为靠着内行打开市场他们接过来就能赚钱的事情，现在举步维艰，几乎到了山穷水尽的地步。

这个时候，他们又想起了田安国，想让他赶来救火。

新任啤酒厂总经理在卓老先生的侄子卓连生的陪同下，到深圳找田安国取经。这一举动令田安国的心里五味杂陈，说不出来是什么滋味，但客观上也让他在心里找到了一点自尊和平衡的感觉。

听完他们的陈述，安国坦然地告诉他们："现在说什么都晚了，无论采取什么措施也没用，纵使上帝，也已经没有回天之力了。"

可怜可悲的方舟啤酒厂又一次面临倒闭！

在方舟市政府有关部门的强力干预下，啤酒厂被一帮浙江人租下给人贴牌生产其他品牌的啤酒了，几年后又搬到了新厂址。那块让新加坡林总、陈明还有伯利公司垂涎的土地还在那里空着，继续等候着它的新主人的出现。

方舟啤酒厂不仅拥有三口青云山第四季冰川深水水井，而且还有一批优秀的勤勤恳恳的专业技术工人，地理位置十分优越。方舟处在全国的重要水陆交通要道，还有"青云山啤酒"这个响当当的名字，别说卖酒，就是卖水也能行销全国。这样一个拥有得天独厚的自然资源、品牌资源、人力资源的啤酒厂，竟然被当地政府当作一个包袱贱卖！

只有亲身参与了这样一个啤酒厂的改制和招商引资的过程，才能深切体会到其中的可悲和无奈。

本来，方舟啤酒厂完全可以通过企业自身股权改制、管理模式改制、引进现代化酿酒技术、市场销售模式创新等方式，让企业获得新生。但决策者放着这些简单有效的方法不用，却偏偏要对外招商引资。招商引资未尝不是一种摆脱企业困境的方法，但也应该选择有啤酒生产酿造技术或市场资源的企业。新加坡这个以房地产开发为主要业务的企业几乎不懂啤酒的生产和市场运作。当时参与考察的领导难道不明白新加坡的优势在哪里，新加坡的这家企业是干什么的吗？和我们中国从事啤酒业的企业相比，他们的优势又在哪里呢？就简单的买卖而言，把方舟啤酒厂卖给谁最划算？这样一个简单的道理，竟然没人去想，没人去问！

尘埃落定后，田安国盘点这场收购闹剧，发现唯一的赢家便是他自己！真可谓"塞翁失马，焉知非福"。在这场生意中，他不仅没有赔钱，而且还赚了几百万。特别是那套别墅，不仅圆了他的梦，还让老父亲晚年有了自己的住所。

然而，最大的收获是他在方舟啤酒厂发现了一批优秀的人才，他们伟安达公司一批重要的管理人员和技术骨干都来自方舟啤酒厂。

田安国原来在啤酒厂时办公室的负责人章永春来到伟安达公司后，担任项目及企业策划部主管多年，现担任他们集团西北片区的执行董事。章永春的太太也在公司财务部门工作；任翔宇是原方舟啤酒厂的司机，现担任他们集团帕那娜餐饮管理公司部门负责人；朱宝金任伟安达公司啤酒厂酿酒师。另外还有三个员工也来自方舟啤酒厂。

一场本来可以书写到商业教科书里当作成功范例的收购，最后以这样的结局收场，这实在让人感到惋惜！田安国那时无法左右大局，最后已经无能为力，甚至连自己都处在被剔除出局的境地，但心里总觉得对不起伯利公司创办人卓久英老先生。想起当年他对公司的殷切期望，对安国和其家人的关心，一股内疚之情油然而生。

后来，安国一家尽管移居新加坡多年，却始终无颜去拜访这位善良的老人。

第二十九章

1

退出方舟投资项目时拉回的那套10HL啤酒自酿设备就堆放在深圳的啤酒仓库里。

黄振华向田安国申请资金，要对那套啤酒设备进行翻新改造，以备有合适客户时随时出售。得到田安国的赞同后，"黄大师"用了不到半年时间就把这套设备维修改造好了。这套二手啤酒设备焕然一新，在等待着他的新主人的出现。

田安国本来想用那套啤酒设备在西安找个地方，开一个啤酒自酿餐厅，于是没事时便到处看商铺。

西京公园西大门对面的西京公园唐坊正在招租，看着那既有中式韵味又有西式风格的几栋商铺，安国有些心动，他问那里的销售人员商铺出不出售。得到肯定答复后，他被他们的出价吓了一跳！开始还以为耳朵出了毛病或对方报错了价。再次核实后，田安国壮着胆子，还了8000元/平方米的价，本想开个玩笑的他，绝不相信他们会把这个层高5.6米~8.3米，带专用观光电梯和300平方米露台的商铺以如此低的价格卖出！

午饭后，田安国接到了这个楼盘销售人员的电话，说已经向老板申请，特批了他出的价，并让他尽快去交"诚意金"——也就是预订金。

田安国没有心理准备，也没那么多钱，甚至对这个楼盘及其附近的情况都没做任何详细了解，他真的被"吓着了"！

没办法，田安国只能给人家撒谎说自己正在去机场的路上。

那位销售人员恼羞成怒，把他数落了一通。田安国非常生气，把电话打回到了那个售楼处，找人家理论。接电话的侯小姐向他道歉后，田安国以为事情也就到此为止了。

不久,他就带着女儿到澳大利亚度假去了。

在澳大利亚休假期间,那位侯小姐反复打电话催问他何时回国,并一再向他推介这个商铺如何物美价廉,如何机会难得。说他们老板要不是急需用钱,绝不会以这个价格出售,让他回国后尽快联络她。

田安国回到深圳后,和太太叶雯说起了这件事,没想到叶雯一反常态地支持买下这个商铺。说叶雯一反常态,是因为平时他看好的这类投资,大都会被她否决。

没抱太大希望的田安国再次返回西安,没想到,那个商铺还没卖出。用侯小姐的话说:是你的怎么也跑不了!

真是无心插柳柳成荫!就这样,田安国东凑西借花了470多万元人民币,买下了位于西京公园对面的室内室外加起来近千平方米的商铺。

事情就是这样,阴差阳错,如果没有伯利公司的那几百万补偿款,这个商铺即使再便宜,他也买不起。田安国尽管对方舟收购项目的失败结局感到惋惜,但每当看到这个物有所值的商铺及后来成立的旬邑啤酒厂时,感恩之心便油然而生。

西安市有位副市长不知在哪里喝过柏龙啤酒,从此对这款啤酒情有独钟,他所管辖的曲江国家文化产业园曲江国际会展中心要组织啤酒节,这位副市长便盛情邀请柏龙啤酒参加2007年的啤酒节活动。

由田安国自己亲自带队的这次活动,几乎倾注了伟安达公司的全部资源,他们调动一切力量,甚至在曲江国际会展中心临时租下了一个玻璃屋,搭建起了一个德式啤酒屋和啤酒花园。他们从深圳餐厅调来了几个得力的骨干,同时从长安外国语大学招了几十名漂亮的女大学生,作为啤酒节服务人员。

装修大气的柏龙展台、德式啤酒花园配上柏龙那醒目的标志、独一无二的餐厅式服务、设计独到的德式服装加上一群美丽动人的外院女大学生服务人员,使柏龙啤酒在那一届曲江啤酒节上独领风骚,吸引了无数酒客的目光。

柏龙一下子在古城西安有了知名度。

啤酒节期间,组委会成员几乎每天都在他们的展台区域安排接待活动,从市里到省里的领导,从当地著名人士到外地重要宾客,使他们的小啤酒屋和啤酒花园异常热闹。没几天，经营啤酒的业内人士甚至酒吧西餐厅的有心人士纷纷来到柏龙啤酒大棚观摩，洽谈合作。

西安德福巷德福楼的王老板就是典型的代表之一。

这位独具慧眼的投资西餐酒吧的资深人士不仅成了伟安达公司忠实的客户，还和田安国成了挚友。通过王总在德福巷的西餐酒吧——德福楼，柏龙啤酒很快在这个不仅有着古老历史而且具有当代标志意义的酒吧一条街德福巷，开启了西安市场。由此，柏龙啤酒在古城西安有了自己的第一批客户。与此同时，西安凯宾斯基酒店、西安索菲特大酒店以及德国西门子驻西安办事处也来找他们合作。

看到有了这么诱人的生意和市场，帮助伟安达公司在西安处理当地事务的一位安国新结交的陈姓朋友，希望与他们合作开发西北市场。正愁没有当地合作人的田安国与他一拍即合。啤酒节后，双方很快便成立了西安柏龙商贸有限公司，柏龙啤酒开始正式进军西北市场。

做生意与人合作就像谈恋爱结婚一样，有蜜月期、相互了解期、矛盾摩擦期，最终结婚生子或双方分道扬镳。只不过生意合作中的顺序与婚姻不同罢了，往往先从蜜月期开始，大多过不了从产生矛盾到对立这个阶段就会为利益结怨而分道扬镳。

伟安达公司与那位陈先生的合作也是一样，不久双方就分道扬镳了！

合作理念和目的不同从一开始就为双方埋下了不和的种子。

伟安达公司希望找到一个有实力的在业内有资源和影响力的合作人，双方强强联合，打开拍龙啤酒在当地的市场。而从事娱乐业的陈先生事业正处在低潮，正寻找新的商机，他以为销售啤酒就像开娱乐场子一样容易赚钱，对与伟安达合作销售柏龙啤酒抱有不切实际的预期，并天真地认为，即使赔了也有他们总公司托底，根本不了解啤酒销售投资周期长、风险高、市场投入大的特点。

除上述矛盾外，双方对经营管理公司的方法也有很大的分歧。田安国特别讨厌对方把自己的前女友塞进这个公司，并对他们财务的一本糊涂账不能接受。

当年双方投入资金的一半被赔了进去，对方希望由深圳伟安达公司承担这笔损失的愿望落空后，便决绝地提出了退股。

田安国亲自飞往西安多次挽留，但他去意已决。

不得已，田安国派副总经理欧伟雄接收了这个一年赔了几十万元的公司，非但没让这位陈先生承担任何损失，而且还多给了他5万元人民币。

实际上，造成公司经营亏损的主要责任者是陈先生和他的前任女友。

这次事件的教训是，在选择合作对象时，他们忽略了人品、能力、资源以及诚信度。从此，田安国再也不敢轻易与人合作做生意了！

痛定思痛，田安国认为，造成这一结果的主要责任者不是别人，恰恰是他自己。

首先，选择了一个错误的合作者——对方在西安市场没有任何啤酒客户资源；其次，在公司的运作过程中，双方没有制定严格的人事、财务管理制度，大甩手把西安分公司交给一个不懂啤酒专业、没有当地啤酒销售资源的人来经营管理。不仅没有得到预期的任何好处，反而使自己花了大量的时间和精力协调处理双方的矛盾。

安国认为，这一赔钱赔时间还赔了朋友的合作，是自己亲手酿制的苦酒，最后还得自己把它喝下去！

让欧伟雄这样一个从小生长在欧洲的华人接管西安分公司，是田安国的又一个重大失误。

对于欧伟雄来说，不要说让他带个人去开发西安市场，就连他的生活都要田安国亲自张罗安排。

开中餐馆出身的欧伟雄，实际上毫无管理经营公司的理念，把他硬拉到这个位置，实在是难为他，也势必滋生出诸多问题和矛盾。因为这件事差点让他们这对情同手足的患难兄弟闹翻了脸。欧伟雄最不能接受的是田安国逐渐形成的强势作风，这和他在德国认识的田安国反差太大了！

两人爆发了激烈的矛盾冲突，一向脾气和耐心比田安国和梁达夫都好的欧伟雄，一气之下返回了德国。

田安国一时内外交困，不得不自己担当起了西安分公司的总经理。

俗话说，不当家不知柴米油盐贵。自己兼任西安分公司老总后，田安国才发现，终端市场的销售真是困难重重。尽管他在柏龙啤酒销售的大方针上一向正确，甚至没有任何失误，但在基本客户的发展、终端销售市场运作、客户的维护特别是日常关系的维护方面，他和田晓东他们差距甚远。这时，他才意识到了田晓东他们领导的销售团队的可爱可敬之处。

一个好汉三个帮。

原来,自己这个"好汉"身边有一群默默无闻的支持者,是他们默默无闻的奉献,任劳任怨的工作,锲而不舍的精神,以及对伟安达公司的忠诚、对柏龙啤酒的钟爱,才托起了他们伟安达公司和柏龙啤酒的一片蓝天!

开拓终端市场离不开一批优秀的员工,被西安分公司困住的田安国这时想到了原方舟啤酒厂的几个优秀员工。

田安国第一个想到的是任翔宇。给领导开车的他曾经在方舟啤酒厂的销售部门工作过,啤酒厂的大环境也让他耳濡目染,受到了啤酒销售方面的熏陶。而他最大的优点是人品好,忠诚可靠,而且年富力强。

田安国下定了决心后,立即让章永春联系到任翔宇,聘请他到西安公司担任经理一职。不久,任翔宇、章永春的弟弟和安国从啤酒节上发现培养的几个业务人员,以及曾在深圳公司工作过的韩宏等一批有经验有激情的员工,还有田安国的侄女田娜两口子,都加盟了西安分公司。

田安国把从业务员招聘培训,到市场分片承包、售后服务和物流配送,财务和行政人事管理,办公仓储等一系列工作安排停当后,把公司交给了任翔宇管理。

做完这一切,安国感觉如释重负,总算可以放心地回到深圳了!

2

西安柏龙商贸有限公司在任翔宇的领导下,经过一番艰苦的努力,打开了柏龙啤酒在西安的销售市场。

田安国每次来到西安,只要去某个餐饮场所或酒吧,发现没有柏龙啤酒,就会询问他们是什么原因。等下次再回到西安的时候,那家店就会有他们的啤酒销售,即使没有,经理也会告诉他其中的原因。田安国每次巡视西安主要的餐饮一条街或酒吧一条街时,一定会有他们的销售人员或促销人员在那里为客户服务。他们的那种无往而不胜的气势、朝气蓬勃的精神至今让他回想起来还热血沸腾。他常常想:如果伟安达今天的领导者和销售人员能有他们的精神,西安公司就一定不会是目前这个半死不活的样子!

任翔宇他们当时的打拼精神,让退出了柏龙公司的那位陈先生后悔莫及。他曾多次找到田安国想要重新加入，被安国毅然决然地拒绝了。安国认为陈先生的气度、心智、人品及诚信，和他们不在一个层面上！

正在田安国为西安分公司蒸蒸日上的发展局面欣喜若狂的时候，发生了一件意想不到的事件，一下子毁掉了来之不易的大好局面，打乱了他们在西安乃至整个大西北的工作部署！

一直想在西安开一个德国花园式啤酒餐厅的田安国不断在寻找合适的地段和商铺，想要建一个自己的样板店，以提高柏龙啤酒的品牌形象，如同在深圳蛇口的德瑞坊啤酒屋一样，起到以点带面的作用。

功夫不负有心人。西安大唐通易坊餐饮一条街上紧邻大雁塔的一个商铺空了出来。

得益于他们西安分公司卓越的工作，柏龙啤酒很快成为德国啤酒在西安的代表。这条街的管理者极力说服他们并以极其优惠的条件，把这一商铺给了他们。带有一个七八十平方米小院子的商铺，真是开设一个德式小餐厅外带啤酒花园的不二选择。

田安国把设计任务交给了西安的一个朋友，并由西安公司经理任翔宇亲自负责安排装修。

当时，田安国全家刚移居新加坡，有太多的事情要回来安排处理，对深圳和西安、上海等地公司的管理有点力不从心，甚至到了放任的地步。

没想到，一桩命案在西安发生了。

为他们装修德式啤酒餐厅的装修公司临时雇用的一个自带电动手锤的街头民工，因自己那个电锤漏电而触电身亡了！

这一重大的人身伤亡事故，一下子把西安分公司、经理任翔宇及田安国，还有他们伟安达公司甚至柏龙啤酒推到了风口浪尖！

如果按责任划分，这起事故的罪魁祸首就是那个电锤！那个电锤的拥有人和使用人就是那位不幸身亡者，雇用他的人是西安分公司聘用的那家装修公司。

事情到了这种地步，谁有钱、谁具有赔付能力，谁就成了这起事故的第一责任人。

当时还在新加坡的田安国被这一突如其来的事件弄得寝食难安、坐卧不宁。他立即指派田晓东和六哥田治国赶往出事地点，并让熟悉西安情况的员工韩宏请了一位姓赵的女律师，协助处理这个事故，并要求任翔宇看紧那家装修公司，不能让他们跑了，指示他们应抱着死者为大、人命关天的态度，处理事件。

这个时候，一向喜爱柏龙啤酒、主管曲江事务的那位副市长让他的秘书直接打电话给田安国施加压力，要求他必须尽快平息事态，避免引起重大社会事件。因为死者家属领着一群人在事发地和他们公司闹事，这两个地方都属曲江，是这位副市长的管辖区。

各种压力让田安国一时透不过气来！

在这次事件中，田安国在北外读书时的室友韩志勇的大儿子韩宏功不可没。这个平时没什么原则、邋里邋遢、经常犯错误的人，这时却挺身而出，协助律师出面与死者家属对话。经理任翔宇紧紧稳住那家装修公司的小老板，通易坊管理公司出面三家协调，最终使这次事件以赔付死者家属40多万元的方式收场。

尽管伟安达公司掏了不该花的冤枉钱，那家装修公司和通易坊管理公司也承担了部分赔款，但总算很快平息了这一有可能造成重大社会事件的事故，安国和政府有关部门都松了一口气！

这次事件的副作用十分严重，让田安国对在陕西的投资心里蒙上了一层阴影。有很长一段时间，他不愿去西安，甚至不愿提到西安这两个字。

这次事件不仅让田安国对在陕西的投资失去了热情，而且严重打击了任翔宇和其他员工的积极性。自认为对这起事故应该承担主要责任的任翔宇承受不了那么大的精神和心理压力，留下了一份"谢罪书"，不辞而别回方舟去了！

田安国不得不面对这个烂摊子，只能硬着头皮又一次返回西安，兼任经理一职。好在梁达夫带着他们在深圳的合作伙伴——一个叫阿瑟的德国人到西安接管了那个死过人的餐厅的装修工作。那个叫德瑞坊的花园式德国餐厅不久也总算开门营业了！

在梁总、欧总、阿瑟和新招聘的姓梁的女店长的打理下，这个店竟然一下子成了那条街的样板店，生意也蒸蒸日上。特别是引起了在西安的德国人以及其他欧洲人的青睐。

然而在田安国的心里，那块阴影却挥之不去！

没有了专心致志又懂市场的经理打理西安公司的日常工作，全靠田安国这个说来就来说走就走、东一榔头西一棒槌的老板兼经理，西安市场上柏龙啤酒的销售开始停滞不前，特别是销售人员的管理、市场的管理、财务人事的管理出现了混乱的局面。田安国的侄女田娜有心却没有能力，而安国又出现了两次重大失误，导致了柏龙啤酒的销售和管理出现了问题，而且也把那个曾经辉煌一时的德瑞坊啤酒餐厅推到了危险的境地。

田安国招聘的西安德瑞坊啤酒餐厅的第一任店长姓梁。这个曾在南方打工多年又从事过西餐厅管理的姑娘就好像上帝特意派给他们的不二人选。在她富有专业精神的打理下，店里的生意一天天在好转。特别是从事餐饮工作多年的梁达夫副总对她的工作十分满意。

有这么一个人能替他们扛起来这副重担，田安国当然也乐见其成。

后来，田安国招了两个学旅游管理的人到店里培训学习，其中一个姓商的女生经常在他面前说店长的不是。

事有凑巧，有好几次他到西安店里，却不见店长人影！

让田安国不满的是，在周末生意最旺的时候，梁店长却把店交给两个实习生打理，自己跑去会男朋友去了。这种问题本可以通过找她谈话、了解原委，要求其改正去解决，然而田安国却把不满藏在心里，冷冷地观察着她的表现。

接下来的一次事件，把田安国对她的不满推到了极点！梁店长的男朋友在接她下班时，在店里替她打抱不平，竟然和客人打了起来！

田安国听到这一消息后，对她的不满转向了愤怒，任凭她怎么道歉、承认错误、表示悔改，甚至流眼泪也没打动他那铁石心肠。田安国毫不犹豫地炒掉了人家，甚至连替代她的人选还没选好，竟然把店交给了两个女实习生去打理。

后来，田安国认识到了自己的错误。

田安国本来可以理智并耐心地听听梁店长的解释，了解事情的原委，即使梁店长和她的男朋友真的有问题，也应该给她改正的机会，而不是自断臂膀，因小失大。更不能因为一个店员或一个普通员工的谗言，就炒自己的店长或经理的鱿鱼。其实梁店长人不坏，只是习气不好罢了，每个人都有坏习气，只是深浅不同罢了。只要她有向善的心，能原谅的就原谅她，不要把她看成坏人。这个世界上没有永远不被毁谤的人，也没有永远被赞叹的人。可惜许多人认识不到这一点，特别是作为管理者，这往往会酿成悲剧。

有了这样一个重大失误，田安国并没有吸取教训，反而在解决西安柏龙公司员工的日常纠纷中，又一次犯了类似的后果更为严重的错误。

韩宏，这个"资深有功"的员工和田娜的先生都在公司担任业务员，按理说经理这一职务交由受过高等教育、英语很好、人又可靠的侄女女婿担任最为合适，就是把公司的股权送他一部分也不为过。在西安历练了两年多的他，能力和经验都应该能胜任这份工作。然而田安国为了避嫌——也就是为了不让梁总或欧总认为他任人唯亲，几次想好的决定都半途夭折。

一天，韩宏和田娜的老公因为工作分歧竟在公司大吵大闹起来。把和睦团结看得比什么都重要的安国竟然一怒之下把他们两个都解雇了！这样一来，西安公司好不容易培养出来的市场销售主要力量被他赶走了。

田安国又一次自断臂膀的愚蠢之举，彻底毁掉了来之不易的大好局面！西安公司从此一蹶不振，走马灯式的换人，最终导致一茬不如一茬、一个不如一个。失去了信心的他干脆卖掉了那个德国小餐厅，甚至琢磨着让西安公司关门歇业。

如果你能像看别人的缺点一样，如此准确地发现自己的缺点，那么你的生命将会不平凡。

吾日三省吾身。田安国就是这样一个人。

经过一番反思之后，田安国感觉十分内疚。自己的武断和莽撞给公司带来了不可避免的损失，一段时间他甚至在心里默默地问自己：是否有能力把伟安达集团做大？这个公司还要不要继续做下去？

他突然对自己的能力产生了怀疑！

有些时候，人是需要沉淀的，要有足够的时间去反思，才能让自己变得更完美。也许每个人出生时都以为这天地是为他一个人而存在的，当他发现自己错误的时候，他便开始长大。

在陕西的投资出现了这样的局面，是田安国所始料未及的！从一开始的埋怨迁怒别人到冷静下来的思考，那一系列的失误不都是自己亲手造成的吗？——为什么会因为一个服务员打的小报告炒掉自己的店长？为什么放着最佳的人选不用反而要舍近求远？为什么让根本就没能力的人去做他豁出命都干不好的事？千兵易找，一将难求是古训，到了他这里怎么就忘得一干二净了呢？

田安国认为，如果自己早点醒悟，早点明白了这一点，他们在陕西的投资就不会是今天的这个样子。

第三十章

1

田安国撤出了方舟的投资项目，留下老父亲在四哥保国和几个亲戚的照顾下，继续住在那栋别墅里。

安国和几个哥哥们不时去方舟探望他们，如果有他们解决不了的什么难题，袁伟亚和当地的几个朋友都会出手相助。

然而，方舟别墅已没了从前安国在那里时的热闹劲儿，真有点门前冷落鞍马稀了！

农历八月二十七日是父亲的生日。

2007年的农历八月二十七日是老父亲89岁寿辰，田安国兄弟8个和几乎田家所有成员二十几口人赶往方舟为老人家祝寿。

孝悌为先，这一儒家思想精髓，这一宝贵的精神文化遗产，深深铭刻在国人的心里，融化在血液里，被一代一代人传承了下来。谁违背了它，谁就会受到诟病、蔑视；谁遵从了它，谁就会赢得赞誉、尊敬。

那天，秋高气爽，天气格外晴朗，那个冷清了许久的小院子一下热闹起来。安国在方舟的几个重情重义的朋友也赶来了。其中最让他感到意外的是，那个方舟啤酒厂主管保安的李宏伟先生，送来了亲自书写在红色宣纸上并精心装裱起来的一个大大的"寿"字，令人赞叹不已。没想到，这个看似粗放的东北汉子竟写得如此一手好字。可悲的是李宏伟后来被新加坡人管理的啤酒厂解职，回到东北大连的他不久便突发心脏病，英年早逝了！这一消息还是几年后陈明告诉田安国的，他难过了很长一段时间！

人生无常，那个体型高大身体结实的东北汉子，怎么说走就走了呢？

除了李宏伟写的"寿"字,王刚也送来了从景德镇特别定制的一尊栩栩如生的瓷寿星。景德镇的陶瓷工艺名震天下,人物雕塑更是巧夺天工、惟妙惟肖。另外,袁伟亚、李有明、章永春等人也赶来为老人家祝寿,大家欢聚一堂,群情激荡。

老人家开心的笑容定格在了那一张全家福上,成为美好的记忆。

2008年的春节,安国和妻子叶雯带着女儿瑞钰来到了方舟陪父亲欢度佳节,那个热闹的碧云山庄九号小别墅又一次聚集了他们田家的大多数成员。

孩子们的笑声、大人们的聊天声、厨房里的锅碗瓢盆声,还有那声声爆竹,汇成了一曲欢快的乐章!

老父亲虽年事已高,每年都会给孙子孙女和儿媳妇们准备红包,这成了春节温馨的一幕。

瑞钰手捧爷爷给的红包兴高采烈,满脸笑容地站到爷爷的身旁,安国手里的相机拍下了那珍贵的一幕。

随着夜幕的降临,到处鞭炮声声,三层小楼的别墅人声鼎沸。平时空空荡荡的别墅这时大家济济一堂,热闹非凡,这让田安国不由自主地想起了小时候春节时老家的那个温馨的四合院……

声声爆竹迎新春,每逢佳节倍思亲。在这个欢乐的日子里,他怎能忘记过世的母亲呢?如果母亲还健在的话,与父亲生活在这栋别墅里,相互照料,颐养天年,那该多好啊!

热闹的春节已过,大家都回到各自的地方忙自己的营生了。偌大的别墅空空荡荡,老父亲显得特别落寞。人越是到了晚年,越是害怕孤独啊。老人想起年少的时候一个人闯关中,风风雨雨,出生入死,书写传奇……

往事如烟,一晃,大半辈子就过去了!

因为每天都在忙工作,田安国一家人几乎很少能吃上顿团圆饭,偶尔聚在一起在家里吃顿饭,女儿反倒会觉得奇怪。

那段时间,他几乎把全部时间和精力都投入到工作中去了!

不知不觉就到了2008年的"五一"了,田安国觉得年事已高的父亲再也不能在外漂泊了。俗话说叶落归根,90岁的老人家万一在百年之后不能落在自己的家乡,那将是他们这些儿女们最大的不孝啊。

安国和当大夫的三哥商量后,便与侄子田晓东一起开车赶往方舟。在那里,安国和四哥他们收拾妥当后，准备把90高龄的父亲送回陕西老家。

在朋友袁伟亚的帮助下，他们包了一个软卧车厢送老人家回归故里。田安国与侄子田晓东先行一步，开着那辆大众帕萨特提前赶往西安，等待着老父亲的到来。

来到西安后，一行人先住在了安国在绿地世纪城的住所。年轻时经常出入西安城的老父亲对古城西安的一切如数家珍。

来到大雁塔附近，三哥、四哥陪着老人家看了安国在西安西京公园对面买的那个商铺，还看了他在西安的公司。

老父亲意味深长地说："安国和我年轻时一样啊！"

这句寓意深刻的夸赞使安国顿时心生慰藉。

一行人来到了咸阳世纪大道，看了安国为四哥装修的那套三居室，老父亲满意的笑容表达了他对这个曾一字不识、从小就帮他务农持家的"老庄稼汉"儿子拥有这样的生活的欣慰。

这样，父亲就住进了位于咸阳世纪大道的丝路花城小区，四哥家的这个三居室很快就成了他们田家新的中心。

筹备父亲90岁寿辰的事宜，早早就被几个哥哥提到了议事日程上。

父亲80岁的生日是在老家过的，时隔10年又一次回到老家庆生，无论是老父亲还是他的儿子们，都怀着一份格外期待的心情。

那天，咸阳铜锣湾大酒店的餐厅被装点一新，亲戚朋友欢聚一堂，六哥治国雇了一辆大巴，专程从旬邑老家把父亲多年不见的亲戚朋友们接到了咸阳，给90岁的老寿星祝寿。安国的发小及中学同学们特意从蓝田定制的玉制祝寿寿联别出心裁，富有新意！父亲的老朋友——年事已高的刘志奇先生特意从西安赶来，他那富有感情的讲话感染了在座的每一位客人。他用"平凡的农民、伟大的人生"经典地总结了安国父亲的一生。

那是父亲在世时他们田家的最后一次大团圆。

安国的侄女田邑特意从法国赶了回来，其他家族成员也从四面八方赶来，为老人家祝寿。

遗憾的是，那次没有留下一张全家福，甚至留下的照片也不多，这成了安国心中的一个大遗憾！

2009年的春节，是老父亲在世时过得最为冷清的最后一个春节！

那年，住在四哥家的父亲只有三哥一家人陪着，过了他漂泊多年后在陕西过的第一个也是最后一个春节。当时，连多年以来一直陪伴着父亲的四哥也回到华北油田陪自己的家人去了。

安国苦思冥想，怎么也想不起来自己一家为什么那个春节也没有到咸阳陪老人家过春节，只记得春节后匆匆忙忙一个人赶到咸阳看望父亲，老人家一见面就把他给孙女瑞钰准备的红包拿了出来。粗心大意的他推脱着说走的时候还会再来看他，那时再拿也不迟，就这样把父亲精心准备的给瑞钰的那最后一个红包给耽搁了！

2009年清明前，安国又一次回到了陕西，处理安排完西安分公司的工作后到咸阳丝路花城四哥的家里看望父亲。

记得那是一个阳光明媚的中午，在四哥家吃了四哥这位一级厨师精心准备的午饭后，安国便开着那辆帕萨特准备返回西安公司。

车子刚一启动，安国看到二哥、三哥、四哥和五哥推着坐在轮椅上的父亲走了过来。

安国停下车来，问他们准备到哪里去。

父亲问："你这辆车是刚从深圳开回来的吗？"

在西安已经用了快一年的帕萨特，在父亲的记忆中还在深圳呢。

安国半开玩笑地说："是的，刚从深圳开回来的。"

"再把你这车坐一回嘛。"父亲慢悠悠地说。

安国下了车子，问父亲想要到哪儿去。

"再去西安城转一下吧！"老父亲说。

安国连忙说："好好好，咱就到西安城去！"

然而车子出了丝路花城大门，刚转向去西安的方向，老人家却说："不去了，不去了，到咸阳转转吧！"

一行五人掉头回来，来到了咸阳湖畔。三哥本来已经买好了船票，但老人家说头晕不愿意坐船，又退了票。

游人稀少的咸阳湖畔有这么一位年逾九秩却气度不凡的老人，吸引了许多年轻人驻足。或许那些年轻人把老人家当成了什么高干或红军老战士了。

回到了四哥家里，他们正等着这位大师傅做的美食。这时，想起一句是一句的老父亲突然对二儿子吩咐道："回去把屋子晾晾吧，男怕节前，女怕节后呀！"

那段时间，安国感觉父亲的精神就有些恍惚，但他思维清晰，说话清楚。父亲说："我是个农民，一辈子跟土地打交道，跟牛、马打交道。离开了土地，就感觉像悬在了半空，心里没底呀！"

安国说："大，我二哥已经回去打扫屋子去了，好了我们一起回去，住上一段时间，咋样？"

父亲脸上露出欣慰的笑容。顿了顿，说："你是个大忙人，摊着那么多的事，哪有时间陪我呀！"

安国说："忙是忙，但只要您老人家愿意，我就留下来陪您。再大的生意又算得了什么？"

父亲笑笑，说："是呀，钱有个啥多少呢？够花就行了，别累坏了身体呢。"

自以为拥有财富的人，其实是被财富所拥有。这一点，老父亲是个明白人，看得很透啊。父亲从小便开始做生意，往返于西安和旬邑之间。

安国想，也许自己就是遗传了父亲经商的基因呢。

"安国，咱村里还有牛没有？"父亲休息了一会儿，突然问。

"牛？应该是有的……不过也不一定，因为现在耕地都是机械化操作，养牛的成本高，用处似乎也不大了。"

安国顿了顿，又问："您问牛是什么意思？想看看吗？"

"哦，没有就算了，我就是问问。这几年住在城里，连个牛都见不到啊！"父亲似喃喃自语，又像在给他的七儿子说。

安国知道，父亲对牛的情感，如同农民对土地的眷恋，那是一种深入骨髓、融进血液的情结啊。

父亲有过一次卖牛的经历。那个时候，安国还小，家里等着用钱，唯一值钱的便是那头黑牛了。

在安国的记忆里，父亲晚上一直睡在牲口圈旁边的小房里，以便夜里给牛喂草。他是个把牲口看得比自己还重要的人，无论是家里养的骡子和马，还是牛或驴，他都会精心饲养。

黑牛在父亲的精心饲养下，膘肥体壮、毛色发亮。

那天晚上，父亲揽了一些牛料来到牛槽前，黑牛看见他就开始甩尾巴，眼睛瞪得瓷圆，脖子抻得老长。

父亲把牛料放进槽里，黑牛贪婪地吃了起来，舌头卷得很快。黑牛4岁了，牙已经换齐了，正是出力气的时候。一头牛在犁沟里顶两头骡子或马。

这头牛从小在家里长大，老牛被卖的时候它还是个小牛犊，正在吃奶。由于家里急需用钱，父亲把老牛卖给了梁家峁的一户人家。晚上老牛没有回来，小牛便对着沟口哞哞地叫，叫得人心慌。母亲让父亲把小牛抱回家里，向邻居借了羊奶给它喝。

第二天一大早，天刚蒙蒙亮，老牛挣脱缰绳从梁家峁回来了，站在栅栏门外哞哞地叫。小牛听见母亲的声音，从圈里跑了出来，娘儿俩一应一合，看得母亲直流眼泪。

父亲发现老牛的身上全是伤，腿也有一些瘸。

中午的时候那家人找来了，那人说这头牛到家后一直叫，躁动不安，半夜它挣脱缰绳后把门撞开跑了。

那人说他家的门很结实，不知道这牛是怎么把门弄开的。

父亲看着老牛和小牛相互依恋的样子，心都软了，于是就不想卖牛了。但那人说不行，已经成交的生意不能反悔，于是老牛又被牵走了。后来听说那头牛每天晚上都叫，也不好好吃草，没过多长时间就病倒了，没有再起来。

老牛走后，父亲给小牛买了一头奶羊给它喂奶。

小牛渐渐长大，跟父亲的感情也越来越深。白天只要父亲在村子里，父亲走到哪里它跟到哪里，赶也不回去。后来它长大了，可以干活了。父亲开始调教它耕地。

小牛一开始学不会，总是不知该如何用力，要不踯躅不前，要不猛地一用力，把犁拽出了犁沟，然后带着犁满地跑。父亲挥动鞭子教训了它几下，小牛不满地看着他，扬起脖子对天长哞，眼睛里是委屈的泪水。

父亲的心软了，不忍心再打它。可是不打不行啊！父亲又扬起了鞭子。父亲说："黑牛啊，你是一头牛，如果不会犁地，那你就是废物了，只有屠宰场的肉牛才不会犁地，你不是那样的牛啊。"小牛似乎明白了父亲的意思，没有开始的时候那么犟了。

几天后，小黑牛就学会了怎样走犁沟，怎样均衡地用力不至于把犁尖弄断。小牛越长越壮，最后体型都超过了它母亲，成了村子里最健壮的牛。父亲喜欢看它耕地时的样子，黑牛全身用力，被汗水浸湿的皮毛像绸缎一样柔滑细腻，闪闪发亮。它很听话，父亲经常说的那几句话它早已牢记。父亲说东就东，说西就西。村里的人都夸这是一头好牛。

"好牛啊！"父亲默默地念着，用手抚摸牛的犄角。

犄角凉凉的，很光滑。这对犄角是父亲看着长出来的，一点点地变长。

2

安国吃过了晚饭便开车回到了西安住地，第二天继续处理应该前天下午完成的工作。

刚回到西安工作的侄女田娜也住在安国在绿地世纪城的住所，准备第二天一早返回深圳的安国吃了安神药，昏昏沉沉地早早睡过去了。

很少关手机的他那天把手机也关了。

半夜时分，一阵咚咚的敲门声把田安国从睡梦中惊醒。睡眼蒙眬的他打开门，看见侄女田娜站在门前，泪流满面。

一声"爷爷去世了"从侄女田娜的喉咙里冒了出来！

安国呆呆地站在那里，半天才醒过神来，不敢相信那是真的！

凌晨4点多钟，两人默默开着车，行驶在从西安赶往咸阳的路上。这个时候，天空下起了蒙蒙细雨，好像在为这位世纪老人哀哀地送行。

安国见到三哥和四哥后，兄弟几个相顾无言，唯有泪千行。

安国摸着老父亲那还存有余热的身体，浑身抖动不已，心痛得像刀割一般难受……

三哥、四哥随着灵车护送着父亲的灵柩回归故里旬邑，安国和侄女田娜开着车急急先行一步也往回赶。

车子行进到乾县的时候，蒙蒙细雨伴着一轮惨淡的太阳慢慢从东边探出头来。安国再也忍不住，又一次热泪盈眶。

侄女田娜也放声大哭了起来……

亲人们急急忙忙从四面八方赶回了老家。

村里的大小事情由长住老家的二哥负责，由在旬邑做苹果生意的六哥协助。安国在很快赶回来的侄子田晓东还有表兄的协助下，处理安排外面的事务。

寿衣按当地最高规格当天全部置办齐全，采购委托县里招商局的一个朋友全权处理，厨师也由安国联系请到了县宾馆的一班人马。寿材是十年前父亲八十大寿时安国委托二哥找到的上好柏木，由五哥找当地名家制作的。乐队也已安排停当。安国感觉好像没有了什么疏漏，和侄子小平这才住在了县宾馆，洗漱换衣服。

一般丧事都会请执客。旬邑有"喜事要到，丧事要叫"的说法。故凡遇丧事，一般在葬日前两天的夜间都要由主家派人到各家各户专门通知。通知到的人家都不推辞，一般在当日下午至傍晚便纷纷来到事主家。先喝茶、闲聊，等人到齐后吃饭（俗称喝汤）。饭后即端上酒菜，让所有执客就座，喝酒、请菜，孝子给各位执客一一敬酒，敬完酒后孝子又给执客叩头。在吃喝过程中，先提名推选大总管两名，然后由大总管（有些地方叫执客头）出面安排一切事宜。等一切就绪，次日下午亲戚村邻即带上礼品，陆续前来行礼祭奠。有些地方还举行迎亲礼，即带上乐人到村口等候来客，来一家或两三家，由乐人边吹边拉迎至家中。

按照当地的风俗，老人去世后安顿停当，先要烧倒头纸，即在逝者脚下放一黄纸糊的瓦盆，焚烧纸钱。这种倒头纸，传说是为前往阎罗所在的丰都城而支付的买路钱。烧化的纸灰，入殓时要同瓦盆一起放入棺材。烧纸时孝子放声痛哭。烧完纸后，主事的人会安排专人分头分路报丧。报丧要报得早、报得快，其他远近亲戚，皆须专人一一通知，不得失误。报丧时，一般先向本族报丧，本族、亲戚闻知噩耗后，前往探丧，在遗体前化纸举哀，起身后安慰家属，并告知出殡时家中要来的孝子，顺便领回孝布。

布置灵堂一般在葬日前三天进行，又叫悬灵，即把两条长凳子放稳，将棺材平稳地置于凳上，也叫升灵。在灵前升挂一张新席，挨席再挂以新床单，前边置一方桌，名叫供桌。两旁贴上对联，中间贴上灵牌，或摆上死者的放大遗像，上书横批。旧时中间放木主，是为神主，摆设瓜果糕点和献饭，又摆上香炉、香筒、花筒、蜡烛等，桌前的上方高处挂以吊子。接着派专人截好柳木棍，每个约二尺长，用白纸涂上糨糊缠好，作为孝子拄杖——俗称纸棍，并在供桌下置以瓦盆，叫纸盆。凡烧过的纸灰皆装入盆内，有的还将食物投赠死者。有些地方的人为显示隆重,还有围"二祭"的,即在离供桌前约三尺处,再置两张方桌,上铺以蓝布,并用蓝布加高桌子的四周,放以古式专用角架,上面放些小碟,碟内盛着经过涂色的用纸、蜡或面粉制成的桃、梨、苹果、点心或特制的花馍等。又放上纸活,如祭楼、花圈、童男童女、马等,不一而足。在供物的上边再覆盖上用蜡制成并涂色的葡萄树,枝、蔓、叶俱全,又装上闪光灯,以图美观。

灵堂布置好之后,即进入服期,孝子开始守灵。

守灵期间,每有亲朋好友前来吊唁,孝子需跪于一旁,跟着磕头。女眷则嘤嘤啜泣,表达对亲人的哀痛。一般丧事主要哭灵的是女儿,由于安国父亲没有闺女,所以儿媳、孙女便跪在两旁,迎接前来吊丧的人们。

这个时候,除了儿子儿媳守灵以外,其他人也不闲着。有动手做彩轿的,有书写挽联、讣告的。有去地里打墓的,也有准备饭菜的。毕竟,逝者已去,活着的人们还是要吃饭的。特别是前来帮忙的人,都很辛苦。

在旬邑农村,一般都是土葬。土葬讲究打墓,条件好的墓堂较大,用砖箍起来,非常结实。条件不好的挖下去后打个土窑,能装进棺材即可。

一般请阴阳先生勘定穴位后,请村里的人修墓。一般墓穴深 6.8 尺到 7.6 尺,其大小由棺木来定。旧时有钱人讲究树石牌楼,有功者要求金鼎御葬,皆以砖箍墓。现在砖箍墓渐渐增多,也有箍寿墓的。修墓不拘快慢,一般要三天时间,早上吃饭后去墓地,中午饭由孝子亲自送去,晚饭回来再吃。送饭必须由男孝子捧送,长子居前,其后按辈分大小排成一列,手端盘子,上放饭菜、酒筷之类。送去的饭菜若未吃完,不能原路端回,宁可全部倒在墓地附近。旬邑人的习俗是:修墓前先请阴阳先生勾穴地,勾穴时要破土,边勾边念《破土诀》。诀云:

  天圆地方,律令九章。

  今辰破土,万事吉昌。

  鬼魅凶恶,远去他方。

  金锄一举,起光安详。

  金锄再举,富贵永昌。

  一画天门开,二画地户闭。

  三画鬼路塞,四画人通利。

老人去世后，尸体一般都会停放几天。一来接受人们的吊唁，二来孝子们准备后事也需要一定的时间。阴阳先生会根据老人的生辰八字及去世时分确定下葬的时间，一般少则三天，多则七八天，不宜过久。特别是夏天，时间太长尸体便会发出异味。不过随着时代的发展，有条件的人一般会租一个冰棺，这样就不用担心尸体腐烂了。

守丧的男、女孝子每天早上烧纸时都要哭上一场，俗称举哀。由于安国兄弟众多，可以轮换着守灵。利用间隙，安国抓紧时间撰写碑文，委托堂弟田晓峰置办的墓志碑急等着雕刻碑文。因为一时找不到合适的撰稿人，安国干脆自己亲手撰写。看着熟睡在一旁的侄子小平，他泪流满面地趴在宾馆的桌子上，逐字逐句地斟酌着碑文的内容：

父亲大人生于民国八年（1919年）古历八月二十七，卒于公元二〇〇九年古历二月二十七，享年九十有一。家父一生经历坎坷，少年父母早亡饱尝人间苦难，青年创业兴家，中年亦农亦商，晚年儿孙满堂，九十有一无疾而终。父亲勤劳坚毅，乐善好施，德高望重，平凡见伟大，为子孙之楷模。

母亲大人生于民国十九年（1930）古历十月二十七日，卒于公元一九八七年古历二月初一，享年五十有八。慈母历尽艰辛养育儿子八人，呕心沥血，积劳成疾，久治不愈而终。母亲一生相夫教子，勤劳睿智，善待乡邻，母仪后人，恩惠世代。

父母二老开创家业先河，教子有方，恩典后代。儿孙立碑，世代珍念。

安国写完碑文后，已经几天没有睡过一个完整觉的他这时真是人困马乏了，眼睛也睁不开了，于是迷迷糊糊地进入了梦乡……

梦中，父亲正被人抬进棺材，突然，父亲的头被重重地撞到了棺材板上，顿时血流满面！

安国被这个奇怪的梦突然惊醒了。

现在是凌晨5点钟左右，田安国再无睡意，在心里一遍一遍地琢磨着这个奇怪的梦，也一件一件在想，还有哪一件事情没有办妥或有疏漏。

好不容易熬到了早晨6点多钟，安国叫上表兄王根怀和侄子田晓东往他们村里赶。

路上，安国给表兄说起了这个奇怪的梦，并让表兄帮他想想还有什么事情没有办妥或有疏漏。

这位对当地红白喜事富有经验的表兄掐着指头一件一件过了一遍，也没发现有什么被遗忘或疏漏的。

过了昌盛村后，安国突然想到，应该到坟地去看看，顺便感谢一下在那里帮忙修墓的人。

安国一到那里，村里帮忙修墓的人七嘴八舌地围拢了过来："七掌柜的，你可来了，给你们几个哥哥都说过了，可没人理睬呀！你们原来修的这墓（十年前父亲八十寿辰时修的）直径不到1.1米，但棺材直径就1米还多，如果不重修墓，到时棺材放不进去可就麻烦大了呀！"安国听到这里，一下子明白了这些乡邻说的可不是什么小事，万一出殡那天棺材放不进墓穴，那可把玩笑开大了！方圆几百里，从古到今，安国还没听说过把人抬回去重埋一次的奇闻呢。

安国赶紧打电话把六哥、五哥叫了过来，并立即请堂弟田晓峰叫了一辆挖土机过来帮助施工。懂土建的五哥现场监工、六哥请阴阳先生重新勾穴定位，并立即采购材料。因为后天就是出殡的日子，这两天又下着雨，施工时间其实只有一天了，这期间不能再出任何纰漏或意外。

安国安排好一切后方返回家里，马上找二哥三哥通报此事。没想到他们俩马上表示反对重修墓穴。

二哥和三哥不同意重修墓穴，认为10年前用青砖修的墓是绝品，还是村里老木匠田娃的收官之作，万万不能改。

而且他俩的态度非常坚决。

安国说服不了自己的兄长，摔门而出，并告诉他们他已找人重修墓穴，回来只是告诉他们一声，此事没有商量的余地！

这时候，安国忽然想起了老父亲给他托的那个梦。

为什么老人家把这个梦托给了他而不是别人？——因为父亲知道只有他这个强势的七儿子才能圆了他的那个梦。

安国事后才知道，老人家在世时曾多次向人提起过此事，说墓穴太小了，担心日后下葬时棺木搁不下。可惜直到他去世的时候，墓穴还是没有改，老人无奈，只能给七儿子托梦了！

事到如今，安国觉得若是能够了却老人家的那个心愿，没闹出让乡邻耻笑的大笑话，就没白得罪两位哥哥。哥哥日后总会有明白的时候，届时一定会原谅他的莽撞的。

葬礼前的一天一般要进行祭奠。祭奠完毕，孝男孝女对死者恋恋不舍，男左女右，坐在草席上守候在灵柩两侧，俗称守灵。这也是孝子最后一夜同死者同室。因孝子悲痛至极，丧事操持全部委托执客头办理，主人可以坐而不问。奠祭之后，仍有亲戚朋友前来吊唁的，待吊唁者化过纸钱后，孝男孝女要叩首谢吊。

出殡前的最后一个环节是祭奠。

祭奠指在家庭所设灵桌上安放死者灵位，用烛光照亮灵堂或院落（现在院落照明多用电灯），首先由孝子献饭，一献酒，二献馔，三献茶。亲戚朋友按次序祭奠行礼。每个亲友奠祭后，孝子都要起身磕头感谢，名叫谢纸。

起灵前，席口备上四盘菜和热馍，执事、客人愿吃者吃。一般人多在自家吃饱，在灵前吃饭者很少。孝子要在灵前上香、酹酒、化纸。正式起灵时，将棺材抬出大门以外，放上灵床抬起。乐人吹打，孝子齐动哭声，长孝子依杖牵缚前行，摔碎纸盆，其他孝子各持纸活，徐徐走到坟地。一些地方还讲究先转饭，即由执事人领路，乐队奏哀乐前导，清晨朝祖拜望。孝子依次捧饭，以示菜肴丰富、厨师手艺不凡、孝子对先祖不薄。再送祖，即快到中午时朝祖拜望，问候祖先灵魂安好，祭礼受用是否称心如意。孝子抱上祖先牌位到坟前火化。再请抬，即邀请乡里乡党前来抬埋，乡亲闻声都会放下农活赶来。有的地方要入席饮宴，有的地方直奔坟地。再行礼，即在村头摆设灵桌，纸扎如金童玉女、金斗银锞在灵桌两边排列。由执事人公布行礼单，行定枢礼、醒枢礼、移枢礼、起枢礼，接着鸣炮告土，祈祷各路神灵开路放行。

起灵时，由孝子举哀，抬埋人从屋内抬好灵柩、龙头棺罩压顶，男孝子用白布挽联扯拽灵柩起动，俗称扯纤。女孝子扶枢随后，执事人前行，手提方盒子祭品，内装香烛纸钱，一路抛洒冥币。旌旗、纸扎悬举于前，乐队细吹细打，乡邻亲友二十四抬，轮流换肩，前呼后拥。孝子手执丧杖，扯拽灵柩，号啕痛哭。大孝子或孝孙头顶纸盆，由舅父或年长者扶定，行至村头十字路口摔碎，俗称摔纸盆。

摔纸盆（即指死者的饭碗）的人，都是家产继承人。长武县彭公乡方庄村民间葬埋人起灵时，法师要唱《发引歌》，歌词是：

灵舆前曰：

灵輀(ér)既驾，荣归佳城。

前拥鼓乐，后随亲朋。

子女扶柩，坦然长平。

凶煞远避，吉星相迎。

父兮父兮，随儿起程。

惟愿我父，早归坟茔。

哀哉尚飨！

3

2009年3月27日也就是农历的三月一日，田安国兄弟在老家陕西省旬邑县梁庄原为父亲举行了隆重的安葬仪式。

四乡八邻的亲戚朋友、咸阳市政府有关部门、旬邑县政府、淳化县政府、甘肃正宁县政府的有关部门派人参加了他们的农民父亲的安葬仪式。

当父亲的灵车缓缓驶离他9岁失去双亲后就开始打工谋生、娶妻生子、兴家创业的村庄时，瓢泼大雨好像在诉说着他那悲壮伟大的一生。

到了墓地，棺椁入穴时，天空又下起了小雪，好像也在为老人家悲伤。

棺轿由16人抬着，路上可换肩，但不能着地，且要平平稳稳，徐徐行进。灵柩一出村，大孝子将头顶用黄金纸裱糊的瓦盆（叫纸盆）破之于村外，外孙在前边举着引路幡，其他人举着各种纸幡和纸亭阁、罐罐纸等烧物。孝子手拿哭丧棒（柳木棍），牵着用白布拴着的"棺轿"（灵车），弓背而行。女儿手扶着灵柩，一路上哭声载道，送丧队伍浩浩荡荡，直送坟地。

下葬时要将棺材平稳地放入墓穴内，定好方向，放好随葬品，点燃长明灯，然后封口。众人随即动手填坑，堆土为冢。下葬时，一些地方还会吟唱《封土歌》，其词云：

四尺崇封，玉骨深藏。

　　水源木本，春露秋霜。

　　一线灵脉，常发其祥。

　　墓前拜别，追远焚香。

　　愿我后昆，百世流芳。

　　自葬之后，人财两旺。

　　子子孙孙，永世其昌。

　　老人落葬后，孝子挽起孝衣，蹬好孝鞋，同抬埋棺木的人等相伴而回，开宴招待宾客，孝子跪拜谢孝。宴席间约定头七、五七、尽七的拜坟祭奠时间。乐队奏乐，送亲友散去。

　　葬礼结束后，雪霁了，明媚的阳光缓缓地铺了下来，暖暖的、柔柔的，仿佛老人家对儿孙们的惠泽，令人感动。

　　那一天三变的奇异天气，成了当地人争相传说的趣闻。

　　安国拖着疲惫的双腿回到了那个曾经热闹的四合院，看着那物是人非的角角落落，失落与悲凉再次袭遍了全身。

　　好在有叶雯和女儿瑞钰的陪伴，他心里多了一份温暖。

　　头七过后，安国兄弟几个都各奔东西了，有种曲终人散的感觉，让人心里很不是滋味！

　　过事、过事，中国的红白喜事特别是在农村，是最容易生惹是非的时期，大家族人多嘴杂、几十年积攒的各种矛盾容易在这个节点上爆发出来，好在他们兄弟们都在不同的地方生活工作，见面的机会少。父亲在世时他们还有机会一年见一两次面，老人家这一走，以后大家见面的机会就更少了。

　　2009年清明节，兄弟们又一次聚在一起，见证了为父母立碑祭文的仪式。田安国亲手撰写的碑文被雕刻在那雄伟的石碑上。一遍又一遍地默诵着那字字句句，他的心里泛起了一丝丝的慰藉！

第三十一章

1

与过去大不相同的是,德国柏龙公司在海外部负责人希勒先生的主导下,加大了对中国市场的支持力度,加上亚洲总代表马丁先生的从中协调,这让伟安达公司对销售柏龙啤酒、发展中国市场的信心倍增。

多少年锲而不舍的坚持终于开始有了回报!

2007年,柏龙啤酒在中国市场的销量出现了爆发式增长,全年的进口货柜从过去一年10到20个增长至60多个,当年的销售量一下子突破了75万升,实现了翻一番的增长。到了2010年,全年进口量达到150个货柜,销量达到220万升,再次翻了一番。后来的几年,他们的销售以年增长30%的速度递增,销量占到了柏龙啤酒亚洲市场的60%以上。

不久,他们的市场销量已处在柏龙市场海外市场前三名的地位,傲视群雄。

打造柏龙啤酒的销售网络,树立它作为贵族啤酒的形象,建立良好的与柏龙总部的合作关系,培养一支素质高、效率高、忠诚、专业、勤奋的团队,是伟安达公司取得成功的四大要素。

伟安达公司除了四大分公司像"定海神针"一样主导着大北京地区、大上海地区、大广东地区、大西北地区外,还在广西、成都、重庆、湖南、长春、大连、沈阳、海南等20多个地区建立了分销商制度,并定期举行会议交流经验、解决问题。他们每年还邀请分销商和重要客户到慕尼黑参加啤酒节,巩固加强与客户的良好关系,增强他们对这一品牌的认知和感情。

另外,伟安达公司还有计划地在几个重要城市与五星级酒店、商会、车商等合作举办柏龙啤酒小型啤酒节,邀请德国啤酒节乐队助兴表演,并赞助德国驻广州领事馆、德国南部商会、奔驰、宝马、奥迪、汉莎航空公司、西门子公司等在全国各地的活动。

这些举措使柏龙啤酒迅速在国内高端消费领域发展壮大起来，知名度随之大增。正如他们当初所期待的那样，柏龙成了啤酒王国里的贵族！

伟安达以其四大分公司——北京伟安达商贸有限公司、上海德纯贸易有限公司、广州铭喜贸易有限公司、西安柏龙商贸有限公司所组成的四大区域，作为支撑点，同时有规划地发展其他分销商，扩大他们的辐射面和市场占有率。深圳伟安达实业有限公司则主要以进口批发为主要业务。这样的布局对柏龙啤酒的发展起到了十分稳定的以点带面的作用，也防止了分销商倒戈带来的毁灭性的打击。即使后来几个分销商自己注册或代理其他品牌，也未对柏龙啤酒的销售产生重大影响。

随着伟安达在中国市场越来越成功的营销，德国柏龙总部对他们的关注度也越来越高，他们得到的市场支持力度也越来越大。与此同时，德国柏龙总公司对他们一家独大的防备也越来越明显！

当伟安达的啤酒年销售以超过30%的速度连续5年引领最大增幅、达到300多个40英尺的货柜的时候，慕尼黑柏龙总部的决策者们不是想办法解决"水货"大量涌入中国市场对品牌和分销制度造成的伤害和冲击，而是把精力用在了怎么防止他们伟安达控制中国市场给他们造成的所谓潜在危机上。

这边，田安国和田晓东领导的市场销售团队在没日没夜没周末没节假日地奔波在中华大地，为了一个客户、为了一个区域、为了一件质量事件在劳心费神地打拼着，那边的德国人却在想，如果Marc（指田安国）和他的伟安达公司突然"变节"，柏龙就会在中国市场全军覆没。

在柏龙公司，以财务CEO施那普拉博士为代表的一方，极力主张限制并逐渐削弱伟安达，最终由他们自己取而代之。

以市场负责人希勒先生为代表的一方则认为，伟安达和Marc不可能在赚钱的时候做出那种愚蠢的事，而且，由柏龙公司亲自领导中国这个完全有别于欧美的市场，将是前所未有的挑战，其代价将无法测算。

可惜，希勒先生的声音在这个公司不是主流。

曾经赔了那么多年好不容易有了今天的大好局面，伟安达公司为什么要去破坏自己赚钱的生意呢？

如此简单明了的道理，竟然成了慕尼黑总部这位博士和其他大佬们劳心费神需要解决的问题。田安国及他的伟安达同僚被他们弄得伤心至极，身心疲惫。

这种同床异梦的"婚姻"开始不停地折磨着柏龙啤酒和伟安达公司！

2011年，那位主管财务的CEO施那普拉博士终于从"财务"的幕后走到了"市场"的前台，邀请田安国到慕尼黑和他商谈将来双方合作的事宜。

田安国要求田晓东、崔晓英和杨律师与他同行，并做了周密细致的准备工作。

面对这么一个大公司，又由CEO亲自组建了由律师、销售部经理、负责亚太的高管组成的团队，无论从人数和个头上相比，伟安达他们都显得又少又低。对方团队中有两个两米以上的大高个，只有这位博士先生和田安国个头差不多。

文质彬彬的施那普拉博士并没有给田安国留下任何恶感，和他说话，让人感觉在和一位教授讨论学术问题，而非做生意。

这着实让田安国感到意外。但进入正题后，施那普拉博士才逐渐露出他那咄咄逼人的以老大自居的做派。对销售和市场不了解的他，甚至没容田安国他们把中国市场的情况介绍完，就急着要谈收购他们伟安达公司的计划。

施那普拉博士对他们的建议根本就不重视，只按他早已想好的计划行事。

当田安国发现对方对他们10余年的辛勤耕耘只字不提，对他们10余年的市场投入丝毫没有一点尊重时，他愤怒了！

田安国不再顾及他是什么CEO，警告他及其他的同事："我能把柏龙在中国扶起来，也能把柏龙踩下去！如果我们的利益无法得到保障，我们的付出没有回报，我将不惜孤注一掷，毁掉这个品牌！想要用1000万元人民币收购我们伟安达，做梦！你们应该算算这10余年雇个总经理的薪酬应该是多少！我既然敢来和你们谈判，就不是空手而来，也不是手里就一张牌！"

看到田安国如此愤怒，这位博士先生的神色一下子变了，要求到隔壁小会议室单独和田安国谈判。

这时候，田安国觉得自己再也不用有什么可保留的了，直接告诉对方："我不单只有一个伟安达公司，还有其他四个控股的分公司控制着北京、上海、广东、西安等地，柏龙啤酒70%以上的销售和客户就掌握在我们伟安达和自己的分公司手里，而非那些不受控制的分销商手里。如果我和我的伟安达集团的利益得不到保障，我们一定会倾其所有，做你的对手。把我当作合作伙伴，我就是一个好的合作者；如果把我当成敌人，那我也一定会是一个非常合格的敌人和对手！"

话说到这种份上，这位博士大人才发现他们的脚踢到了钢板上，而非踩到了一团棉花上。

休息片刻，回到大会议室的施那普拉博士改变了收购伟安达的计划，建议伟安达和他们在中国组建一个合资公司，共同经营柏龙啤酒在中国的未来市场。

田安国和团队几个人商量后，同意了他的建议。

第一次交锋，挫败了柏龙公司收购他们的计划，田安国的心情略微舒展开来。

中午，田安国和他的团队应邀到柏龙公司餐厅吃午饭。田安国心里拿定主意，决心要以时间换空间，索性和这个大牌公司再谈一次"恋爱"！

多年以后，田安国回顾这次"慕尼黑谈判"，感觉颇有点抗战胜利后国共两党"重庆谈判"的味道。其实商业谈判和政治谈判，性质都是一样的，双方都是为了各自的利益在斗争，不同的只是听不到枪声而已。

2

随着柏龙啤酒在中国的知名度和市场占有率的不断提高，困扰伟安达公司的不仅仅是竞争对手、柏龙的老对头——艾丁格（Erdinger），还有诸如教士（Franziskaner）、恺撒（Kaiserdom）、瓦伦丁（Würenbacher）、奥丁格（Oettinger）等品牌的外部竞争和挤压。而来自柏龙内部的水货冲击、产品质量问题、供货不及时，特别是慕尼黑总部对中国市场未来政策的不确定性造成的压力，让田安国和他的团队腹背受敌。

柏龙啤酒由一个地方品牌，在10余年间迅速成长壮大为一个国际品牌，在很大程度上是他们这些海外酒商们把它"生拉硬拽"推到了这样的一个高度。而生产商柏龙公司，他们自己并没有这样的思想准备。

有以下两个例子可以佐证。

其一，柏龙的工厂设计根本就不具备国际贸易的条件，单单装柜空间就无法满足国际市场的需求。到了夏季，伟安达公司的订货周期要几个月。这样不仅耽误了市场，而且造成了他们淡季货物的严重积压，仅此一项每年给伟安达造成的损失达数百万元。其二，柏龙和伟安达进行了长达十几年的合作，竟然不能解决中文标签问题，有些包装用的中文标签至今还未解决。

田安国曾经在一次柏龙啤酒亚太会议上给他们的CEO托尼先生算过一本账："以我们曾经一年150个而非现在的400个货柜来计算，一个货柜2000箱啤酒，每箱20瓶，我们每年要人工贴四五百万个酒标。那得一箱一箱地打开、一瓶一瓶地贴呀！给每一瓶啤酒贴上我们按中国有关规定印制的中文标签，还要严丝合缝，看不出是二次手工贴上去的，然后又要人工把每一箱酒再装起来，堆放好。这样耗时、耗钱、耗人工的工作，到现在还没有完全结束！"

让人更不可思议的是，柏龙公司的5升桶装啤酒国际运输时的包装竟然连个包装箱都没有，只是简单地用塑料薄膜包装。这种简陋的包装在运输过程当中不知出了多少事故，害得伟安达不得不在国内为其设计加工包装箱，然后再运往全国各地销售。

让人百思不得其解的是，柏龙公司不是把精力用在怎么解决这些问题上，而是用在了怎么防范田安国和他的伟安达公司上。

从伟安达公司1999年开始进口销售柏龙啤酒，到2005年柏龙公司派他们的亚洲总代表到深圳见田安国，长达五六年的时间里，柏龙公司没有派一个人到中国来了解或解决伟安达遇到的困难和问题。

当伟安达的啤酒销量达到每年近200个货柜的时候，柏龙公司竟然厚颜无耻地抱怨他们销量没有另一款德国啤酒在中国的销量高！

田安国反问他们："假如我每年订1000个货柜，你们现在的工厂能装出货来吗？你们怎么不打听打听人家那款德国啤酒在中国有没有'水货'进来呢？"

所谓"水货"，就是未经工厂授权进口的同一品牌的外国产品，和伟安达公司通过正式渠道进口的同一产品竞争。柏龙啤酒在伟安达打开中国市场后，每年有几十个甚至上百个货柜的"水货"涌进来。他们没有任何市场投入，低价破坏伟安达用了10多年建立起来的分销商制度，致使他们的许多分销商纷纷放弃了销售柏龙啤酒。

每当伟安达公司反映柏龙啤酒"水货"冲击市场这个严重问题时，德国柏龙公司都以反垄断法进行辩解。而那款奥多姆（Kulmbach）集团的猛士（Mönchshof）

啤酒，当年在中国几乎没有"水货"窜货的问题。

这些在田安国眼里还不是主要矛盾，主要矛盾是柏龙公司对他们伟安达公司的态度，是合作共赢，还是卸磨杀驴，这才是问题的关键。

2011年的慕尼黑啤酒节又来临了。这次来到慕尼黑的田安国，不单单是来欣赏美景、畅饮美酒的，而是要和这位施那普拉博士和他带领的团队商讨双方在中国组建合资公司的细节。

这次会面完全没有了上次会谈的火药味，而多了一份老朋友般的热情与客气。在田晓东、律师高博杰以及在慕尼黑聘请的华人翻译的陪同下，双方开始了与其说是商讨组建合作公司，不如说柏龙采集伟安达公司销售数据的所谓谈判。

在双方的合资谈判中，德国公司更在乎的是各种数据的采集、分析，而田安国更关心的则是合作内容，也就是责、权、利以及合资公司的销售政策、策略、运转机制。

开始阶段，伟安达一直处于被动地位，不得不跟着这位博士的舞曲跳舞，为他提出的各种问题准备数据资料，包括运费、报关清关费用、商检卫检、拖车卸车、仓储管理、销售税费、人员工资、销售费用等，就像对待上级审计部门一样接受质询。而在之后很长时间里，双方把大量时间花在核实分析这些数据和未来合资公司的各种费用测算上，而并非安国他们最关心的合资公司的销售政策、对未来中国市场的规划、伟安达公司的未来角色定位、价格链、区域划分等。

这些巨大的差异，一开始他们并没有太留意，权当不同国家人们的不同思维方式而已。

在慕尼黑会议期间，只有在涉及合资公司的选址、仓储地时，对方才听取田安国的建议。

离开德国返回新加坡途中，田安国回想那几天的谈判内容，越想越觉得不对劲。好像什么都谈到了，但又似乎什么问题都没有解决，什么都没谈，他们好像进行了一次被质询或者说向人家免费提供十几年的经营数据、信息之旅。最后，倒是最新的5年代理协议给了他们肯定的答复。经过对方律师精心准备的那份合同，在后来发生的5升桶装啤酒质量事故后，被证明是废纸一张。柏龙公司为推卸他们的责任设立了很多不平等条款，而责任追究，对他们毫无约束力。用卡斯巴瑞老先生的话说：那完全是一张废纸，对你们毫无意义。

田安国一行回国后，认认真真地按博士先生的要求准备一切他们需要的材料，着手准备在天津寻找合资公司注册地址及仓储选址。

从 2011 年算起，这场马拉松式的合资公司谈判整整持续了四五年时间，中方一切都按柏龙公司这位施那普拉博士的规划、要求、设计在配合着。那几年里，田安国和律师几乎把所有的心思都用在了这个合资公司的谈判和资料准备上，曾经三上德国，两下新加坡，无数次陪未来的合作伙伴们到北京、天津、西安、深圳、上海考察调研。特别是双方确定把合资公司放在天津滨海开发区后，伟安达公司想尽办法使天津滨海新区把他们这个合资项目作为重点招商项目，享受征地、退税等一系列优惠政策。为了将来长远的发展，田安国建议由伟安达在天津滨海新区征地，设计建设柏龙自己的仓储物流中心和营运中心，并把桶装罐装生产线和小型啤酒酿酒设备也考虑进来。有了这个小型啤酒厂的立项可以为将来柏龙啤酒在中国的后续发展解决扎啤生产的难题。因为现在从德国进口扎啤的运输费用大，空桶运回德国耗时烧钱，而柏龙在中国有几十个加盟的啤酒自酿餐厅和十几个德国酿酒师，有成熟的扎啤酿制经验。目前这种进口退桶造成的成本偏高，是阻碍扎啤市场快速发展的瓶颈。另外，5 升桶装啤酒一直是困扰他们的头痛问题！一方面，市场需求大；另一方面，质量无法保障。

然而，柏龙公司根本无法满足中国市场的需求，不得已，几年前让奥多姆集团为其代料加工，包装生产。

顺便介绍一下这个著名的奥多姆。

具有"啤酒之都"美称的奥多姆，位于红美茵河与白美茵河汇合之处。高耸的普拉森堡是该城标志性建筑。巴伐利亚啤酒酿造博物馆也是该城的重要标志之一。

这种 5 升桶装的啤酒曾于 2008 年供给中国市场的一批产品中出过严重的质量事故。最后，柏龙公司决定关闭自己工厂的 5 升桶装生产线，交由这家位于奥多姆的公司代料加工。5 升桶装的啤酒不仅产品经常出问题，而且保质期只有短短的 9 个月，货到中国后就剩下不到 6 个月的保质期，在中国的运输途中也极易出现质量问题。

最要命的是柏龙公司无法控制产品的质量，因为已交由别人代料加工生产，不在柏龙公司的生产厂区和视线范围内。这款由别家公司代料加工生产的啤酒，甚至连包装箱都没有。

试想，几乎裸装的5升啤酒，漂洋过海运到中国，无论春夏秋冬，都要经过赤道炎热的海上运输线，产品质量不出现问题，那才真正奇怪了。

说来奇怪，这种5升啤酒的包装设计发源于德国，但在欧洲市场却很少有人问津，到了中国，却变成了一种时尚消费，大量5升桶装的德国品牌啤酒，充斥着中国的啤酒市场。

田安国认为，如果在中国未来的柏龙基地，能把这些困扰市场发展的棘手问题解决了，凭现在柏龙啤酒在中国的名气，还愁销量吗？

田安国的这一设想和构思并未完全得到柏龙公司的积极响应，他们只是派物流部门负责人多次参与仓储物流的设计工作。

为了这个项目，伟安达特意聘请了国内一线的设计公司"航天建设集团深圳设计有限公司"，为他们未来在天津滨海高新技术产业开发区的中国总部及仓储物流、啤酒罐装包装车间设计规划蓝图，设计费用约80万元。

这里有必要分享一些啤酒知识。

啤酒是一种古老而又现代的饮料。说它古老是因为它有着近千年的历史，这一点大家也许都知道。说它现代，指的是，它汇聚了各种高新技术，是工业革命包装生产的产物。啤酒的酒精含量一般在4%到5%，只有部分黑啤酒的酒精含量高达6%到8%。酿造啤酒的主要原料有水、麦芽、酵母和啤酒酒花。国内大多数啤酒厂家诸如青岛、雪花、燕京等，大多以大麦麦芽为主要原料用罐底酵母低温发酵而成，有些厂家还用大米作为辅料以降低成本。作为啤酒发祥地之一的德国，啤酒品种繁多，特别是拥有近千年啤酒酿制历史的巴伐利亚地区，啤酒品种繁多，大小啤酒厂家林立。主要分为三大类：小麦类啤酒、大麦类啤酒和黑啤酒。

德国巴伐利亚的小麦啤酒以小麦麦芽为主要原料、采用高温发酵的罐顶酵母。其他国家的小麦啤酒只是加少许小麦麦芽，采用与大麦啤酒相同的罐底低温发酵酵母酿制，色泽、口味基本与大麦啤酒相似。不同种类啤酒的饮用方式、酒具等有差异，甚至用的杯垫都不同。比如小麦啤酒用的杯子是无手柄专用杯，而比尔森用的是细高无手柄长杯。

从口味色泽上来看，酵母型小麦啤酒（小麦王）口味饱满，果香（香蕉味）结合麦芽香是它的口味，色泽微黄呈云雾状是它的观感，泡沫细腻丰富挂杯时间长，是它的又一与众不同之处。

大麦啤酒就如同我们常见的青岛、喜力、雪花、燕京一样，没有什么太大区别。只是原麦汁浓度、酒精度数和口味有所区别。

德国黑啤不像英国健力士黑啤那样口味厚重，但小麦黑啤却独树一帜，既有小麦的清醇果味又有黑啤的焦香和大麦的淡爽，是一款味道独特的好酒！类似柏龙萨温特的棕色啤酒又是一款极具特色的啤酒，玛瑙或琥珀一样的色泽，淡淡的焦香味透着清爽的味道，用红酒杯一样的专用啤酒杯加半片柠檬，一种高雅之气油然而生。

日新月异的高新技术让身在中国的人们可以喝到原产德国、英国、美国、澳大利亚等世界各地的啤酒。但不要忘了，啤酒越新鲜越好，并不像白酒那样越是陈年老窖、年代越久远越好。

按理说，喝产地离你最近、生产罐装日期最新的啤酒才对。这也就是为什么在德国特别是在巴伐利亚的一些小镇上都有自己的小型啤酒厂。最近几年开始风靡全国的自酿啤酒屋或"精啤现酿"的出现，就是一种回归啤酒传统的尝试。简单地说，最好的啤酒就是原汁原味不含任何防腐剂的鲜啤，也就是酿制后不经装瓶、装罐、装桶直接打到啤酒杯里饮用。这种原汁原味的鲜啤，如同刚打上岸的海鲜或刚出锅的手擀面一样新鲜，它尽可能保留了啤酒生产中的活性酵母、维生素和微量元素，其口感也是其他包装的啤酒无法比拟的。

其次是桶装的扎啤，如果用海鲜和面条比喻鲜啤，桶装扎啤就如同挂面或冷冻过的海鲜一样。

次之，是瓶装啤酒。再次之，则是各种易拉罐包装的啤酒。如果有用塑料制品包装的啤酒，应该算是最次的一种了。

最后，说到5升桶装的各种德国啤酒忽然之间充斥中国的啤酒市场，田安国这个啤酒专家非常不理解！

且不说这种包装的啤酒质量无法得到保障，单说饮用方式，就特别值得商榷。

当你打开一桶5升装啤酒，差不多需要一到两个小时才能饮用完。在这几个小时内，用什么方法保证这桶啤酒自始至终有充足的二氧化碳？又用什么办法保证它的温度控制在6摄氏度以下？

大家知道，啤酒的最佳饮用温度在4摄氏度到6摄氏度之间，如果高于这个温度，啤酒的口感就会大打折扣。另外，喝一杯啤酒应该换一个干净的啤酒杯，这样才能保证啤酒的质量特别是口感。当你用一个沾着油渍的或被你嘴唇上的油触碰过的啤酒杯反复打酒饮用，这个"不干净"的杯子就会迅速稀释掉啤酒杯里的二氧化碳，那啤酒的口感、品质一定不会是你所期待的。

言归正传，还得回到伟安达与德国柏龙啤酒的关系上来。

伟安达公司用了几年时间，花了上百万元人民币，与施那普拉博士领导的由律师、销售、技术人员组成的强大团队，进行着的马拉松式"联姻"谈判几乎到了收尾阶段，双方已拟定并基本同意了大部分协议条款，最后只差田安国因故退股或退休离开合资公司这一条款了。2014年夏天，一场重大的、造成数千万元的直接经济损失、对柏龙啤酒信誉造成严重影响的产品质量事故，在中国市场发生了。

这一事件给伟安达公司造成了不可估量的损失。

田安国和这位博士的关系一下子由朋友、伙伴变成了真正的对手，一场持续了两年的多次交涉、多方博弈的赔偿案便拉开了帷幕！

第三十二章

1

5升桶装柏龙啤酒包装质量事故是这样发生的。

德国柏龙啤酒酿制有限公司，在奥多姆委托罐装的这种5升桶装啤酒的顶部密封阀出了问题。

这种密封阀，曾在2008年给中国市场的一批啤酒中出过一次严重的质量事故，即阀门漏气，致使啤酒变质。

那次由于涉及数量不大，伟安达公司迅速收回出问题的啤酒，并采用"以一赔二"的方式，承担客户一切损失，总算平息了事态。当时，不但没有对市场造成负面影响，而且让客户特别是分销商们感受到了他们伟安达公司和柏龙啤酒良好的信誉和负责任的态度。伟安达公司还把那一次质量事故变成了柏龙啤酒在中国的一次市场公关活动。后来经过双方友好协商，柏龙啤酒酿制有限公司赔了伟安达几十万欧元，并应他们的要求，不再使用那个型号的密封阀。从此，再也没有发生过类似的事故。

这次又是同样的问题。

事发之前，德方并未与伟安达公司进行沟通，又一次使用了引起2008年质量事故的那种型号的阀门。

这次事故后果更加严重，涉及近百个货柜，货物数量达33万余桶，货值和市场损失达数千万元人民币。

阀门漏气造成了客户大面积退货，使正处销售旺季的伟安达公司一下子无货可售。危害最大最深远的是，伟安达辛辛苦苦用了10余年打拼下的柏龙啤酒在中国的市场面临着前功尽弃的危险，部分产品的市场，诸如这种5升桶装啤酒，一夜之间拱手让给了他们的对手！

市场和客户对柏龙啤酒的品质产生了质疑，柏龙啤酒面临着一次重大的质量信誉危机。

这种 5 升桶装的变质啤酒，从外观上是看不出来的，也不是每一桶都会变质，有 40% 到 50% 出现了漏气变质问题。其他看似没有问题的 5 升桶，一遇到挤压或碰撞，随时就会出现漏气现象。客户从超市买了或在酒吧餐厅点了这款酒，打开一喝，不是没有了二氧化碳和啤酒应有的泡沫，就是颜色变深变黑。本来色泽微黄、泡沫细腻丰富、泛着二氧化碳激发的气泡的口感独特的啤酒完全变味了。取而代之的是，类似一杯隔夜茶水的啤酒放在了你的面前，而且变酸，或者没有了任何味道。

其实，当这一批啤酒一运到伟安达在深圳的仓库卸货的时候，他们就发现德国工厂又使用了 2008 年的"问题阀门"。

伟安达公司随即与慕尼黑供货方柏龙啤酒酿造有限公司出口部联系，指出这与 2008 年的问题阀门一样，极有可能出现相同的质量问题。

令他们没有想到的是，德方回复说 5 升桶的生产商与生产阀门的公司确认过，这两种产品匹配使用没有任何问题。

事实证明，这种阀门有先天缺陷，曾给伟安达造成了几百万元人民币的损失。不承想，几年后，慕尼黑柏龙酿酒有限公司的技术生产部门竟又重新使用了这种阀门，而且，还来函说不会有任何问题！

稍有点科学常识的人，都会发现这种阀门的问题出在哪里。

5 升桶装啤酒的包装桶是铁质的，任何密封阀与铁桶口接触的地方应该用有弹性的食用橡胶密封材质。这样，一旦桶内压力上升或遇到外力作用，铁桶与密封阀之间才会咬合得越紧密，就不会出现漏气致使桶内啤酒变质的现象。而这个问题密封阀门却是用硬质塑料压制而成，与桶的接口之间等于是硬碰硬压在一起，一旦遇到桶内压力增大或外力挤压作用，这个阀门就会被毫不费力地顶出来，甚至你用两根手指压迫密封阀门与铁桶边咬合处，都会立即出现漏气现象。

这种违背材料与力学原理的产品，怎么不会出问题？让田安国感到困惑的是，这么一个简单的道理，德国柏龙啤酒酿造有限公司的技术人员就是不明白。

田安国和他的伟安达公司所担心的事很快发生了。

发往全国各地的这批啤酒很快大面积地出现了质量问题。

这次质量事故发生在8月份啤酒销售旺季，30余万桶的货物让他们一下子陷入了绝境。给客户无货可换，本来就拖欠货款的分销商一下子有了正当理由拒付欠款，堆在仓库里的其他包装的柏龙啤酒也卖不出去，市场销量直线下跌了约70%！

雪上加霜的是，那些"水货"商们进口了大量的这个批次的柏龙啤酒，低价投放到了中国市场。他们才不在乎产品的质量，更别说向消费者负责了。拿钱走人的水货商们连人影都找不到。

结果，全国各地不管是伟安达销售出去的还是水货商销售出去的5升桶装柏龙啤酒的客户们，一下子全部找到了伟安达公司要求退货并索要赔偿。

要区分是伟安达销售出去的还是通过其他渠道进入中国市场的，是项非常困难的工作，因为都是同一公司的产品。产品上还印上了中国总经销商"深圳市伟安达实业有限公司"的地址、电话和服务热线。

这场噩梦般的悲剧愈演愈烈，一时间，公司服务人员一听到服务热线铃响，就神经紧张得快要崩溃了！

发生了这样严重的质量事故，伟安达公司第一时间向德国慕尼黑柏龙啤酒酿制有限公司总部报告。对方先指派在中国的酿酒师赶到伟安达仓库查看情况，确认后，德方意识到了问题的严重性，马上指示他们立即停止销售、封存问题产品，并派人从慕尼黑来深圳进一步核实情况。

伟安达依照2008年发生问题的案例，开始回收这批有问题的产品，并试图和客户达成协议，以一赔二，有的以一赔三，承担一切运输费用，回收这批远远超出他们承受能力的问题产品。

2014年9月，田安国和律师、田晓东、崔晓英紧急赶往德国慕尼黑柏龙啤酒酿制有限公司，交涉这起质量事故。

这次等待他们的是由施那普拉博士领导的一个更为强大的阵容：施那普拉博士本人、律师汉斯、希勒先生和他的助手，以及生产部负责人、物流部负责人、总酿酒师，还有一位在德国啤酒界富有影响力的资深技术专家斯蒂芬·卢斯蒂格博士。柏龙亚洲地区总代表马丁先生也参加了会议。

这种不对等的阵容，显示出双方力量的悬殊。

伟安达方面首先介绍了这起事件的始末以及在中国市场对柏龙啤酒造成的严重危机。同时，崔晓英和田晓东粗略通报了有关损失情况以及市场出现的严峻局面，杨律师则从中国现行法律的角度向他们介绍了这一问题的严重性。田安国则直接向他们指出引起这场质量事故的原因就是那个曾经出现过问题的密封阀，并要求双方迅速制定应急方案，以免对消费者健康造成损害。

这时，生产技术部门那位负责人，顽固地认为密封阀没有任何问题，其可笑的理由竟是5升桶的生产厂家和密封阀门生产厂家的确认函！

田晓东反问他们："为何这种阀门在2008年停用后再也没有出现过类似的问题，而这一次再次使用这种阀门时同样的问题又出现了，对于这一结果你们又做何解释？"

哑口无言的他们马上把话题又转向了运输，认为这批货之所以出现这样的问题是由于运输中的高温。

伟安达公司和柏龙公司签订的进口合同是FCA价，即从工厂提货的离岸价格。所谓离岸价格，就是包括货物的原本价格、保险费和运输费的总体价格。从慕尼黑到中国之间的国际运输公司是伟安达委托的。

柏龙公司把问题归结到运输上，等于说，出现的质量事故和他们生产厂家没有关系。

田安国反问对方："在过去的6年中，气候条件不是一样的吗？为什么从2008年之后到2013年的货物在相同运输条件下没有出现任何问题，而恰恰是换了密封阀又出现了和2008年同样的问题，这不恰恰说明了是这种密封阀的问题吗？"

这时，柏龙公司让这位在德国酿酒界颇有影响的技术专家卢斯蒂格博士出来说话，这位技术专家介绍他对分别从德国工厂和运到中国的5升桶装啤酒取样后在实验室所做的理化指标对比分析，以此证明在运往中国的过程中，运输条件对啤酒品质产生的影响。

在耐心听取了这位老师的数据分析后，田安国向他提出了如下两个问题：

一、您在德国的取样是和运往中国的啤酒是同一批次或同一生产日期的吗？还是德国是新品取样，中国是半年前的产品取样？

二、您有没有在实验室对两种不同密封阀门的5升桶装啤酒做过对比实验，以测试它们之间有无什么不同？

当这位诚实的学者做了如实的回答后，田安国告诉在座的各位："我感谢并尊重这位专家博士的辛勤工作，但请大家注意，你让一个18岁的女人和一个80岁的女人比健康，这本身就选错了比对对象，应该让两个不同的80岁女人比谁更健康才对！再说应该对用两种不同密封阀门的5升桶装啤酒的品质做对比实验，才更能说明问题。"

不仅有学者风度而且有着学者气度的这位专家博士非常客气地表示赞同，并接受了田安国的意见。然后他匆匆离开，去参加另一个重要会议了。

会议休息期间，田安国要求对方把他们从中国寄来的样品拿几桶到会议现场，他要亲自向他们演示，看看到底发生了什么状况。

当那些问题5升桶装啤酒被放在会议桌上后，田安国试图用手指按压阀门周围以证明容易漏气，但却个个没有问题。但当把几桶压在另一桶上时，问题就出现了，被挤压在最底层的那一桶的密封阀在挤压力下慢慢开始出现漏气现象。

直到这时，德方参会人员才把话题转到如何和他们一起应对这场危机、如何解决伟安达所面临的困境的话题上来。

会议开始只寒暄了几句就离开的施那普拉博士，这时突然走进了会场，他直接告诉田安国，如果奥多姆代工罐装工厂和密封阀厂不能赔偿柏龙啤酒酿制有限公司，他们就不会赔偿伟安达公司和中国的消费者。

他的这一惊人之语不仅让田安国感到愕然，而且让其他与会的德方人员面面相觑。

田安国立即严正地指出，合同我们是与柏龙公司签订的，与其他第三方没有任何关系！

上午的会议就这样不欢而散了，郁闷的田安国已经忘了那顿午餐的滋味，愤怒已经充斥了他的全身！

午饭后徘徊在伊萨尔河边，看着那滚滚河水川流不息，遥望着阿尔卑斯山的丽影，回想着这十几年来为柏龙啤酒中国市场发展的呕心沥血，看着慕尼黑这座见证了他人生喜怒哀乐的城市，一幕幕跌宕起伏的悲喜剧在他眼前闪过。

当田安国再次回到谈判桌上时，已经由愤怒转为平静。

最艰难的岁月都挺过来了，今天所遇到的挫折和困难又算得了什么！

身心疲惫的他不想再跟对方理论下去，只提醒他们："打开我们双方签署的合同看看，如果按照施那普拉博士的逻辑，假如我在中国销售冒牌柏龙啤酒，责任是不是该由那些啤酒瓶生产商、啤酒盖生产商、酒标印刷公司、酿制啤酒的啤酒厂来承担？如果是，那我马上回到中国组织销售冒牌柏龙啤酒。"

田安国又问他们："如果按照这一逻辑，我用枪杀了人，是不是也无责任？我开奔驰或宝马撞死了人，是不是该由宝马或奔驰公司承担责任？如果能用书面形式明确回答我的上述问题，我立即返回中国，不要你们一分钱的赔偿！"

这个时候，希勒先生和柏龙啤酒亚洲总代表马丁先生出来打圆场了。他们告诉田安国，柏龙公司一定会和伟安达公司一起面对这场危机。

尴尬的施博士一再声称，他无任何恶意，只想告诉田安国事情的真实情况，希望他不要误解了他。

两天的会议结束后，柏龙公司以免费赠送伟安达15个40英尺货柜的柏龙啤酒作为应急方案，并承诺对伟安达公司的延迟付款做出特别优惠安排。

田安国及随行人员心情沉重，在梁达夫的热情款待下，他们总算轻松了一些。

他们一行去拜访了卡斯巴瑞先生后，便返回国内，继续面对那场史无先例的啤酒销售危机。

2

在两脚离地10多个小时的空中飞行过程中，田安国对整个事件一遍遍地回忆、对不同后果进行一次次设想，对伟安达、柏龙啤酒、柏龙啤酒公司、中国市场一个个分析下来，他逐渐有了清晰的概念和应对思路。

回到国内，田安国马上召集伟安达全体管理层开会研究对策。

会议决定，田晓东、李刚负责市场维护和客户赔偿处理；崔晓英、章永春、田文丽负责各种资料准备、数据收集整理；田安国和杨律师负责法律咨询、准备索赔或诉讼。

最后，田安国要求大家明确一个思路：丢了中国市场，没有了柏龙啤酒，我们就输掉了一切，手里也就没了任何筹码。近期，我们想要打赢与德国柏龙公司的这场索赔战的前提是，尽快恢复发展柏龙啤酒的中国市场。远期，与他们在中国市场博弈的胜败也在这个点上。只要我们做好柏龙啤酒的销售，对方做出任何重大决定前，都会顾忌我们所掌握的市场，否则一切无从谈起。有了这样一个清晰的思路，在错综复杂的形势面前我们也不会乱了阵脚，没了方向。

田安国部署完这一切后，大家分头行动，按部就班，有序地处理伟安达所面临的危机。

柏龙啤酒在过去10余年间以年约30%的速度在中国市场快速发展，伟安达所习惯了的那种销售态势，一下子被这批要命的5升桶装啤酒问题所破坏，持续断崖式的销量下跌致使仓库积压了大量的其他品种的柏龙产品。

这是伟安达公司从来没有遭遇过的现象，即便是Sars肆虐中国、亚洲金融风暴或者是柏龙水货低价冲击中国市场，他们都没有感受到这样剧烈的震动。但这次却大不相同，昨日他们还是市场上的香饽饽，今日却成了无人问津的"垃圾产品"！市场销售人员求着别人也不会被理睬。那些水货商们的搅局更让伟安达雪上加霜，他们对积压在手中的5升桶装问题柏龙啤酒，绝不会作报废处理，而是以半价销售，甚至以销售其他德国品牌啤酒免费赠送柏龙5升桶装啤酒为诱饵向市场倾销。

这已经不是价格的问题了，分明是想用这批有质量缺陷的产品置柏龙啤酒于死地呀！

那段时间，田晓东领导的市场销售人员真是压力如山大！

与其这么被动挨打甚至等死，为何不用手头的这批货进行一场他们从来不愿参与的价格战？为何不进行一次柏龙啤酒回馈中国消费者活动？这样总比眼睁睁看着这批货过了保质期变成了垃圾强，总比一分钱成本收不回来强，总比这么束手待毙强吧！

做出了痛苦决定后，田安国通知田晓东所领导的市场部马上行动起来，以买十送二、买十送三、买十送四甚至更大的优惠政策销售积压产品，顺便与柏龙水货商试试价格战。这一决定意味着他们又将损失成百上千万元的真金白银啊！

田安国没想到，这一场价格战打到了现在还没完，一向价格坚挺的柏龙啤酒再也回不到从前了。柏龙，这个啤酒王国里的贵族不得不放下身段，大幅度降价变成平民，沦落到了不仅要和水货比拼价格，甚至要与那些自己注册个商标在德国代料罐装的"马路天使"们血拼价格。

这真是公主沦落成"坐台女"了！

这种结局让他们这些把柏龙啤酒当皇上、当王子、当公主的伟安达人痛心疾首！但市场就是市场，它既不相信眼泪，也不怜悯失败者，只尊重两者相逢勇者胜的法则。

向慕尼黑柏龙啤酒酿制有限公司索赔也早已提到了议事日程上。

在伟安达公司提供了大量的数据：市场损失统计、客户赔偿清单、回收问题产品的费用、仓库问题产品的数量等，特别是因这次事件而导致的销量损失后，施那普拉博士和律师汉斯先生（一个是财务CEO，一个是德国持照律师），对中方提供的资料展开了详细的研究和核实。

翻译出身的田安国一直要求公司有关人员妥善收集、保管重要的原始资料和数据，多少年前就要求提供给他们德国合作伙伴的任何数据都必须始终如一，并保存这些信息，以备将来对方提出疑问时统一口径回复。

没想到，这一良好的习惯为这次索赔立下了汗马功劳。

德国人的严谨、较真，特别是对你提供的数据的敏感与我们有些国人马大哈、变化多端、喝多了酒什么都说、酒醒后什么都忘的坏习惯形成鲜明对比。如果他们发现你所提供的资料、数据前后不一、相互矛盾，马上就会怀疑资料的真实性和你这个公司或人的诚实，决不会接受所谓疏漏的托词，因为人家会认为这么重要的材料不会有什么人为疏漏，都应该是深思熟虑详细核实过的才合乎逻辑。向柏龙第一次提供的损失统计，特别是成本核算部分，必须以他们在双方合资谈判中的成本为基准，可以有所降低但不可以有重大变化，即使确实发生了重大变化也要主动说明变化原因而非被动接受质询。每一个重要的数据必须有链条支持并能经得起推敲，特别是不能犯低级的错误，诸如汇率、银行利率等这些随时随地可以查得到的数据绝不能出错。

做好了这些布置，伟安达以不变而应万变，不管对方想着法儿将同一数据索要多少次，他们都做到了始终如一，不出现自相矛盾的情况，让对方无机可乘。即使德方协同密封阀生产厂家的保险公司到伟安达公司核实有关损失数据，也让他们找不到任何质疑的理由。

在中方严谨的工作下，施那普拉博士甚至要求伟安达公司按他的设计修改他们的数据，以利于柏龙公司向德国的保险公司索赔。

2014年年底，施那普拉博士亲自带着律师和雇用的中国籍雇员来到深圳，和伟安达商谈赔偿的事宜。

经过多次交锋，他们已经多了点相互理解，并对对方的性格特点有了把握，很少再有唇枪舌剑的局面出现。但伟安达公司还是有所顾忌，不敢把一切原始资料的复印件给他们，特别是牵扯到他们伟安达多年来的财务数据这部分，尤其小心谨慎。如果要给，也必须双方签署保密协议，不允许他们泄露给任何第三方。如果未经中方同意发生泄密事件，产生的一切损失由德国柏龙啤酒酿制有限公司承担。

对方不接受他们这一条件，只好空手而归，事态一时陷入了僵局。伟安达也开始做到德国打这场官司的准备，田安国通过朋友找到了德国的一个律师进行咨询和商量对策。

不知不觉中，这件困扰伟安达和德国柏龙啤酒酿制有限公司的索赔案被拖入了2015年。双方花了近5年时间的耗时、耗力、耗钱的合资谈判自从发生了5升桶装啤酒质量事故后，便没有了下文。伟安达公司精心准备的项目规划设计方案也成了纸上谈兵。天津滨海新区为他们安排的那块位置极佳的土地还在等待着他们，但柏龙在北京的办事处却悄然挂牌开张了。

柏龙北京办事处曾经是双方合资计划的一部分，德方还曾要求田安国到北京与他们一起选址、制订装修方案。谁知这个办事处开张后，竟然没有通知伟安达公司。

让田安国感到心凉的不是合资公司开与不开的问题，作为一家国际化的大公司，单凭伟安达是你在中国目前唯一的客户，也是你全球第三大海外进口商这一点，你的办事处设在中国北京，竟然跟你这里的客户连一个邀请或通知都没有，这合乎做人、做生意的基本常识吗？！你连我们这么一个为你开辟了中国市场，正在承受着巨大压力的销售商都不放在眼里，那么你们未来在中国的目的、计划又是什么呢？

这不得不引起田安国和他们伟安达公司的警觉！

这里必须说说柏龙在慕尼黑雇用的那两位中国籍的一男一女雇员。男的叫魏峰，来自中国河北，学财务专业，女的叫郭静，来自江苏。另外还有一个北京女孩在慕尼黑柏龙出口部工作。

这几个加盟柏龙啤酒酿制有限公司的华人曾让伟安达公司上上下下高兴了好

一阵子。只要伟安达公司的人员到慕尼黑参加啤酒节,都不会忘了给他们带上家乡的特产,只要在慕尼黑邀请柏龙出口部的人员到梁达夫餐厅就餐,都不忘邀请他们及其家人参加。他们无论谁到中国来考察伟安达的市场,田晓东或崔晓英都会全程陪同。那个叫郭静的江苏女孩还到他们伟安达公司实习过一段时间,公司从吃到住到工作都竭尽全力照顾配合。田安国这个曾经在慕尼黑工作过的人为新一代的华人能够到柏龙这样的大公司工作而自豪。他们不像他当年那样只能在慕尼黑给人家刷盘子刷碗,即使到德国公司打工也是拿着低工资干着打杂的活。他们有了中国这个大市场作为强大的后盾,有柏龙啤酒这个著名产品、伟安达公司近20年打下的这一片天地、他们的学业与技能——这些缺一不可的要件,他们才能在这样大公司谋得一席之地。田安国怎能不为他们高兴?而他们的加盟也一定能解决伟安达多年来与柏龙公司的沟通问题。

但后来事态的发展,是伟安达万万始料不及的!

德国柏龙公司派这两位雇员到北京负责柏龙北京办事处的工作,他们竟然连个公事公办的通知都没给伟安达。无论圣诞节还是春节,他们连个最基本的问候也没给安国他们,却私下和伟安达的客户往来频繁。甚至组织参展活动连安国他们都不邀请,却邀请到了伟安达的客户,还私下向他们伟安达的销售人员索要公司的客户名单。当田晓东把那个叫郭静的介绍给自己的客户后,他们很快就成了朋友,而伟安达公司则被她这个没有为柏龙发展过一个客户、卖过一箱啤酒的小丫头晾在了一边!田安国亲自带队参加慕尼黑啤酒节期间,郭静这个负责接待中国团队的人,在整个宴会期间甚至连个招呼都没和田安国打,更别说碰杯寒暄几句,倒是和伟安达带去的客户以及新加坡的分销商们互动频繁。这种不合常理、匪夷所思的无礼举动惹怒了田安国。

柏龙啤酒晚宴结束的时候,他再也无法忍受,在门口臭骂了一通!

那天晚上,田安国是愤懑的、心酸的、痛苦的。回到住所,他一个人打开一罐5升的啤酒,借酒消愁。

反思自己这些年走过的路,可谓惊心动魄、波澜壮阔。常常于山穷水尽之际,突然柳暗花明、阳光灿烂。可以说这一路走来,筚路蓝缕,风雨兼程,痛并快乐着。不过在这个纷繁的社会里,谁不是在经历了痛苦之后才找到自身的价值,才洞悉生命的奥秘和本质?痛苦提升人的灵魂,痛苦又折磨人的肉体。一个强者或智者并非没有痛苦,只不过他善于把痛苦的痕迹演绎成前进的轨迹。快乐与痛苦,就像木船的一双桨。有快乐就有痛苦,如同有欢笑就有泪水,有相聚就有别离,有成功就有失败,有得就有失,有爱就有恨,有生就有死,有圆就有缺……面对痛苦,不要一味地回避和躲让。因有了它,人生才变得多姿多彩,意志才变得坚韧不拔,思维才变得成熟敏捷。

痛定思痛,安国觉得自己要学会迎接痛苦、面对痛苦、化解痛苦,将痛苦化成支撑人生的脊梁。无论遭遇什么不幸,只要你不顾一切地去拥抱生活、寻求快乐,让生命之火熊熊燃烧,就能从痛苦中得到解脱。也只有敢于承受痛苦和不幸的人,才能理解和享受生活;只有经历苦难的磨砺并超越苦难的人,才能真正珍重生命、热爱生活。

那天晚上,安国久久难以入眠,他想了很多问题。

静下心来慢慢思考,是柏龙公司领导者授意他们这么做的吗?但希勒甚至施那普拉博士对田安国和他的团队都相当尊重,即使发生矛盾,基本的客气礼貌还是有的。那就是有人授意他们防范伟安达公司,但作为一个中国人,作为一个晚辈,作为曾被伟安达善待过的熟人,做人起码的礼貌应该懂吧!难道他们的父母、学校、曾经工作过的公司,就没有人教过他们做人的常识吗?!

他们的这种为人将如何在中国开展工作?如何代表柏龙?

面对这样的局面,面对一群唯利是图、毫无商业信用、不按规矩出牌的人,田安国觉得自己没必要气馁。

伤什么心?伤心就是吃饭时饭里面吃出来一粒沙子,或者是一只讨厌的虫子。遇见这种事,倒胃口是肯定的,但不能因噎废食,把这碗饭都倒了,还得继续吃啊!

你把饭倒了就什么都没有了,剩下的只有饿肚子了。

最后需要说明的一点是,并非这两个人对伟安达多么重要而非得花这些笔墨,而是因为他们代表着柏龙公司,从他们身上,田安国似乎感受到了一股敌视伟安达、把他们当对手甚至敌人的暗流在涌动着。

一场旷日持久的官司,双方拼的不仅仅是实力,更是耐力和韧劲。

3

2015年春节过后,田安国应施那普拉博士的邀请,到了北京,与他带领的团队再次商谈伟安达的索赔诉求。

田安国第一次走进他们的这个办事处,心里有一股酸溜溜的感觉。

施那普拉博士领着他参观了一番后,他不得不违心地表现出对这个东西感兴趣,夸赞那个地方设计得好——可那绝不是他的性格。

进入谈判程序后,这位博士又一次重复了他在慕尼黑会议上那个观点,那就是如果奥多姆代料公司和那个密封阀生产商以及他们的保险公司不赔柏龙公司,那么,伟安达公司就得不到一分钱的赔偿。

听到这番话,田安国没有了当年在慕尼黑会议上的那种愤怒,他只想弄清楚,在这位博士和他们律师的眼里,柏龙公司和他们伟安达公司签署的这份合同到底算什么。如果合同无效,那么他们当初为什么要和伟安达签那份合同?既然我田安国按照合同从柏龙公司订的货出了问题竟然和这个公司没有任何关系,那么如果我在中国组织销售假冒的柏龙啤酒,和柏龙公司有没有关系?如果我真的这样做了,柏龙公司是不是不会追究我的法律责任而是去追究酒瓶生产商、酒标生产商、罐装生产商、啤酒酿造商的责任?

话说到这份上,再在这个问题上纠缠下去已经毫无意义,田安国只想知道他们怎么才能获得赔偿。

这时,施那普拉博士抱怨他们不配合他的工作,他说只有你们伟安达公司配合我的工作,才有可能从那两家公司拿到赔款。这时,话题就转到了伟安达向他们提供公司核心文件所要求附带的责任追究条款。

无奈之下,田安国无条件同意了他的一切要求,立即告诉在座的田晓东,通知公司总经理崔晓英按他们的要求把所有对方要求的文件复制传送给他们。

轻松愉快地结束了这次谈判,田安国感觉心情大好。他们去北京烤鸭店品尝了美味佳肴,随后满怀希望的他便到陕西老家寻找童年记忆去了!

2015年的啤酒销售旺季来临了,销售开始有了一点起色的伟安达公司又面临着资金周转的困难。

那场价格战不仅让伟安达公司损失了几百万元,而且柏龙啤酒从此走上了微利时代。与此同时，销售成本包括德国的供货价却不断在上涨，人员工资、仓储费用、物流成本、广告费用、办公费用等以两位数字的速度不断增长。客户拖欠货款，仓库的十几万桶5升桶装问题啤酒每天都在增加着他们的成本。银行收回贷款后，他们的周转资金链基本断裂。

实在无法如期付出货款的田安国不得不写信把实际情况告诉了施那普拉博士和希勒先生，希望他们能够帮助伟安达解决部分资金问题，以解决资金周转的困难。

不久，施那普拉博士和出口部经理希勒先生联合与田安国进行了电话会议，听取了他详细的说明后，他们对伟安达的处境表示同情和理解，因为造成这一后果的罪魁祸首就是那批5升桶装啤酒。

他们也告诉田安国，与奥多姆和密封阀生产厂商及保险公司的谈判进展顺利，伟安达公司所提供的资料准确无误，很可能在近期就有好的结果。

听到这个消息后，田安国感觉轻松了不少，期盼着他们的赔款能够尽快到账，从根本上解决他们的窘境。

不久，担心中国市场生变的柏龙啤酒酿制有限公司同意把伟安达的付款期延长180天，并继续享有5%折扣，还提前把市场支持等其他费用约65万欧元打到了伟安达公司账户上。

这让田安国第一次对这位柏龙的财务CEO施那普拉博士产生了感激之情。

渡过了这一难关后，他们加紧调整市场的销售结构和价格体系，销售态势开始出现良性循环的迹象。

时间像风驰电掣般过去，不知不觉到了2015年的12月份。

离圣诞节还有一个礼拜的时候，风尘仆仆的施那普拉博士带着他在北京办事处的雇员魏峰来到了深圳。

他们没有通报此行的真正目的，田安国以为他又是来讨价还价的。

等了一年半，承受了巨大压力的他，已经失去了耐心。

一见面，这位博士大人又在那里故弄玄虚地大讲什么伟安达运输途中的问题和双方合同中工厂提货的条款等，问题似乎又要回到原点了。

田安国很不耐烦地打断了他的话，问他有没有注意到他们双方合同的规定，其中有一条：柏龙改变任何包装，须经伟安达公司确认同意才可进行。这时，早已知道这桩索赔案结果的魏峰提醒田安国："让博士把话讲完！"

绕了这么一个大圈子后，施那普拉博士才告诉他们，奥多姆、密封阀厂商以及保险公司已同意赔付400万欧元给柏龙公司。

听到这一消息，田安国心里暗暗窃喜，他和杨律师一下子松了一口气。但这位精于算计的不愧为财务专家的博士却说伟安达只能得到322万欧元的赔偿，柏龙要扣除因这次事件曾给伟安达的各种支持费用，约78万欧元，这一下子又让田安国曾对他产生过的那点感激之情荡然无存。

和杨律师、田晓东商量之后，田安国要求休会。他说自己要和伟安达公司财务部门核实后再答复他们。

走出他们在蛇口的帕拉娜啤酒餐厅那间唯一的包间后，他们几个人都认为这一方案可以接受。

这个赔偿在他们的预料之中，也和他们的期望值相差不远。尽管他们的索赔总额高达650余万欧元，但里面包括了未来两年的销量下降的损失。

再次回到谈判桌后，田安国把接受这一赔偿方案的决定告诉了柏龙啤酒酿造有限公司的这位 CEO 施那普拉博士。博士脸上露出轻松的笑容，马上拿出了早已由律师准备好的法律文件让田安国签署，并要求他们放弃其他的要求和权利。

看来这一切都在他们的规划之中，他们怎么抗争，都将无济于事。道高一尺，魔高一丈。从一开始，田安国就把这今天这种可能的结果料想到了，如果没有了这个准备和预见性，那他就和德国人白打了这二十几年交道了！无论是被德国人逼着一次次无偿提供他们几十年积累的核心数据，还是公司经营的"核心"内容，伟安达都已预设了"防护"围栏。他们轻松获取的那些"秘密"，一定会让他们陷入迷魂阵。

一次次的交锋、一场场的较量过后，让田安国生出一种悲情来。这些放下父辈刀枪、脱下军装、穿着西服、手提文件箱的八国联军的徒子徒孙们，到底和他们的父辈们区别在哪里？

当田安国把所有这些串联起来的时候，他内心在问自己："我们是不是还处在觉悟、觉醒期？离与他们平起平坐的实力、心态和自信是不是还有遥远的距离？"

2016年3月8日，伟安达公司拿到了这322万欧元的赔偿款，这件困扰他们达一年半之久的柏龙啤酒质量事故就算画上了句号。

德国柏龙啤酒酿制有限公司及相关联的公司，赔偿他们深圳伟安达实业有限公司现金、市场支持和酒品约400万欧元，这桩索赔案终于落下了帷幕。

这有可能是德国啤酒质量事故历史上最大的一笔赔偿案，也开创了中国经销商向德国食品饮品公司成功索赔的第一案。

未经过漫长的法律程序，田安国仅凭自己和伟安达公司几个人，向这个德国啤酒界乃至世界啤酒界的巨人发起挑战，迫使他们向自己的公司赔偿，也就是迫使他们承认德国的啤酒产品有质量问题，这不能不说是一个奇迹。

相信这也一定会成为我国企业向欧洲企业索赔的范例。

说来奇怪，自从拿到赔款了结这件质量事故后，施那普拉博士就从田安国的视线中消失了。

田安国百思不解：是柏龙公司搬往新厂区后的工作太繁忙，还是自己有什么事让他刻意回避？或者是对方想和伟安达公司划清界限？

隐隐约约，田安国似乎感觉到了有什么事情将要发生。

他尝试着写信询问合资公司为什么有始无终，即使不做了，也应该有风度地拿出大公司的风范来做好收尾工作，承担单方面终止协议应该承担的责任。

不料，希勒先生打电话把他埋怨了一顿。

希勒先生认为田安国写这封信的时机不大合适。

几个小时以后，希勒先生又一次打来电话，遗憾地告诉田安国说，施那普拉博士被柏龙啤酒酿制有限公司董事会解职了。

听到这一消息，田安国忽然有了一种强烈的失落感，还伴随着一种惋惜和遗憾！

突然间自己所熟悉的对手消失了，他不知道柏龙公司下一步在中国的打算。未来又要和一个什么样新对手打交道呢？

伟安达和柏龙公司的关系进入了一个迷茫而不可预测的新时期。

第三十三章

1

田安国的家乡位于陕西省咸阳旬邑县。旬邑有着悠久的历史，是中华民族的发祥地之一。早在四五千年前，人类就在此繁衍生息，夏末商初，周族先祖就曾在此立国兴邦。战国时代，秦人就开始在此设县，一直延续到今天。

在历史的长河中，旬邑曾在不同时期为中华民族的发展留下浓墨重彩的一笔。即使在近代，旬邑人民也曾为新中国的建立做出过重大的牺牲和贡献。

地处渭北高原的旬邑县，北接甘肃正宁县，东邻红色照金，西以彬县为邻，离咸阳市区约100公里。平均海拔高度在1300米左右，最高海拔达1800米。这里不仅有煤炭、石油等天然矿产资源，而且还有被人们称为渭北高原西双版纳的石门山自然森林公园风景区。被誉为世界上第一条高速公路的秦直古道自咸阳、淳化横贯旬邑，连通甘肃正宁县。

从古到今，旬邑及周边县都是以农业为主的区域，传说中的唐朝大将尉迟敬德就曾在此挂职垦田、饲养战马。安国他们村所属的塔坪镇就是传说中的这位将军被明升暗降后发配到的地方。绵延的沟壑把旬邑、彬县、淳化和甘肃正宁连接在一起。几年前开通的咸旬高速以及正在建设的旬邑到铜川的高速公路，将开辟旬邑历史的新纪元。

田安国上小学的时候，一位本村梁姓的班主任老师不知何故对他们家一直抱有敌意。他常常在班上给田安国找碴儿。安国衣服穿得好一点梁老师就骂他娇生惯养。安国从小喜欢干净，每晚睡觉时将衣服叠得整整齐齐放在枕头下，脏了就洗，与整天脏兮兮的一群孩子形成鲜明对比。别的同学欺负他，老师便不分青红皂白，劈头盖脸地先责骂他。考试的时候，对安国更是严加监管，当发现别的孩子答错题时，这位梁老师手指试卷问："老师是这么教你吗？"如果发现田安国左顾右盼答不上题，这位老师便提着教鞭训斥道："娇生惯养不用功，以后肯定没出息！"

在梁庄，只有田安国一家姓田，因此，兄弟几个经常会受到村里大姓人家孩子的欺负。忠科与他一起耍大，时时护着安国。这位来自梁庄大家族的同学便成了安国儿时的精神依靠。只要有谁敢欺负他，忠科就会挺身而出。他们因此成了关系最好的朋友，有苦同吃，有乐同享。

岁月荏苒，光阴蹉跎，他们的友谊经历了50余年的风雨淬炼，如今仍然是最好的知己和铁哥们儿。

在梁庄，善良的父亲与邻里保持着良好的关系。能干的母亲也有一大批忠实的粉丝，她们每天拿着针线活来安国家，与母亲一起拉家常。

这些成了他们在梁庄的立足之本。

那些危难中帮助过他们的村里人则成了他们几代人的朋友。特别是20世纪60年代，安国的大哥考取了北京外国语大学，成了他们这个小山村乃至整个旬邑县的特大新闻。70年代初期，二哥兴国、三哥卫国分别当兵，通过自己不懈的努力，学医提干，转业后都分配了工作，这无疑又成了当地的一大新闻。

20世纪70年代末至80年代初，安国兄弟四个在大哥、三哥的帮助下纷纷到华北油田工作，有的还在那里考进大学读书，为他们家族在梁庄和本县的辉煌史又增添了浓浓的一笔，成为当地的一段传奇佳话。田家兄弟在旬邑特别是塔坪镇声名鹊起，许多父母把他们兄弟作为孩子的榜样挂在口边，到处传颂。

这些对故乡的情结时时在敲打着田安国的记忆，触动着他的情怀。每年清明节回乡参加祭祖活动，这些复杂的情感便会被一次次地推向高潮。想在家乡光宗耀祖，想在家乡扬眉吐气，想在家乡投资做点什么的冲动一直在鼓噪着他，情感推波助澜，不断升温……

一天，在陕西省政府的南粤招商活动中，旬邑县政府的招商团联系到了在深圳打拼的田安国。

怀着对故土的浓厚感情，田安国带领着伟安达公司的主要成员热情地接待了来自家乡的客人。县上领导盛情邀请他回乡投资，参与家乡的建设发展。安国欣然应允，因为这与他的愿望不谋而合。

客观地说，田安国虽然出生在农村，在旬邑待了16年，对农村的基本情况了解一些，但离乡几十年，农村发生了翻天覆地的变化，早已不是30年前的模样。而他走出旬邑后，一直从事的工作与农村毫无关系，包括眼下的啤酒贸易及其他生意与农业也没有关联。他答应回乡发展生态农业，完全凭的是一时的冲动。

双方的洽谈非常愉快。接下来，田安国在甚至连"生态农业"几个字的具体含义都没弄明白的前提下，就贸然投资，成立了"旬邑大秦生态农业实业发展有限公司"。公司成立后，安国咨询了一些专家，又查阅了一些资料，这才了解了生态农业的基本情况。

生态农业最早于1924年在欧洲兴起，20世纪30年代至40年代在瑞士、英国、日本等地得到发展。60年代欧洲的许多农场转向生态耕作，70年代末东南亚地区开始研究生态农业。至20世纪90年代，生态农业在世界各国均有了较大发展，建设生态农业、走可持续发展的道路已成为世界各国农业发展的共同选择。我国在20世纪80年代创造了许多具有明显增产增收效益的生态农业模式，如稻田养鱼、养萍，林粮、林果、林药间作的主体农业模式，农、林、牧结合，种、养、加结合等复合生态系统模式，鸡粪喂猪、猪粪喂鱼等有机废物多级综合利用的模式。

由于自己在这方面知之甚少，田安国聘请了一位农业学院的黄教授做技术顾问。黄教授提出"四位一体"的生态模式，指的是在自然调控与人工调控相结合的条件下，利用可再生能源（沼气、太阳能）、保护地栽培（大棚蔬菜）、日光温室养猪等因子，通过合理配置形成以太阳能、沼气为能源，以沼渣、沼液为肥源，实现种植业（蔬菜）、养殖业（猪、鸡）相结合的能流、物流良性循环系统。黄教授说这是一种资源高效利用、综合效益明显的生态农业模式。运用这种模式，冬季北方地区室内外温差可达30摄氏度以上，温室内的喜温果蔬正常生长，畜禽饲养、沼气发酵安全可靠。这种生态模式是依据生态学、生物学、经济学、系统工程学原理，以土地资源为基础，以太阳能为动力，以沼气为纽带，进行综合开发利用的种养生态模式。通过生物转换技术，在同地块土地上将节能日光温室、沼气池、畜禽舍、蔬菜生产等有机地结合在一起，形成一个产气、积肥同步，种养并举，能源、物流良性循环的能源生态系统。

在黄教授的建议下，田安国又花费数百万元在深圳买了一个"乳酸菌草芬饲料"专利，并在深圳组建了三色生物科技有限公司。按照他的设想，大秦生态农业以养殖、种植、加工绿色食品及生态农庄为主要项目,通过养羊、养鸡,种植苹果,加工果汁,创建生态农庄,发展生态旅游,吸引城市居民到农村消费,带动当地农民致富。

在政府的支持下,田安国先是花了100多万元买下位于梁庄下面的峪子沟。这个峪子沟紧邻村子南边,是梁庄主要的排洪及垃圾倾倒地,水土流失比较严重,成为一道深深的沟壑,如果再不及时治理,整个村庄都会被逐渐蚕食。沟壑三面环山,除了一些低矮的灌木丛,一片荒凉。沟掌有一眼泉,安国小时候常跟小伙伴们在那里玩耍。泉边有小青蛙,晚上月亮升上来的时候呱呱呱响成一片,此起彼伏。顺着泉水往下走,快到沟底的地方有一个大水潭。有时村子井里的水不够吃了,社员们会赶着牲口到沟底驮水,没有牲口的则用肩挑,小孩子两人抬一桶,摇摇晃晃走一路,等上塬后就洒得差不多了。到了夏天,水潭便成了孩子们的乐园,大家比赛跳水,看谁潜得深、游得快。这是一项危险的游戏,曾经有小伙伴溺水,幸亏大人及时赶到,因此安国的母亲是不让他们弟兄几个去耍水的。这潭清水令孩子们十分着魔的另一个原因是里面竟然有鱼!对于出生在黄土高原上的孩子来说,因常年缺水,他们对水生动物充满好奇,最好奇的便是鱼类了。那时候安国还没见过真正的鱼类,只是在彩色的图片里见过。图片里的鱼各种各样,一个个活泼可爱,当然农村人最喜欢的就是金鱼了。安国听母亲讲沿海地区有鱼骨庙,是用一头鲸鱼的骨头搭建成的——安国怎么也想象不来那鱼的身体究竟有多大。生活中最常见的牛和马已经足够大了,然而它们的骨头如果用来做庙的脊梁,似乎还远远不够。

潭水里的鱼是褐色的,有点像枯黄的柳叶,因此当地人就叫它们柳叶鱼。柳叶鱼长不大,顶多指头般粗细,但安国以为那已经很大很大了。看着那些小精灵灵动地在水中游来游去,孩子们都很好奇。安国从水中捉了几条放在罐头瓶里,于是大家都很虔诚地看着那个瓶子,看那些银光闪闪的鳞片在阳光下一闪一闪地晃。回家的路上,他们顾不得肩上柴的沉重,小心翼翼地轮流捧着那个装鱼的罐头瓶子。回到家里每人分得一条,然后放进水缸里。从那以后,他们就天天趴在水缸上看,但由于水缸躲在屋子的角落里,光线不好,所以很少能够看见鱼的身影。偶尔看见一次是往水缸里添水的时候,小鱼被溅了起来,孩子们于是欢呼雀跃,知道它还活着,于是就在心中盼它长大,长到水缸里不能放的时候,再给它找个家。然而小鱼的生命是不会长久的,顶多几个月,甚至几天它就死了。孩子们小心翼翼地把小鱼的尸体拿到太阳底下。看它死不瞑目，于是他们给小鱼堆了一座小坟，跟前插着小石片，然后久久地凝视着它，一时心情都很沉重。小鱼死了，孩子们的梦想并没有中断，他们会继续捉，捉住了还放在水缸里。偶尔有活得时间长久的，发现时已经长了不少，大家于是兴奋得几天睡不着觉，似乎这条鱼真的可以一直活下去呢。

　　后来，随着年龄的增长，安国知道，柳叶鱼就是柳叶鱼，它不会长大，永远不会。等到终于在县城里发现一尺多长的鲤鱼时，他对小柳叶鱼的幻想便一下子破灭了。他想买一条带回去，让母亲做了全家人吃，结果问了一下价格，贵得吓人，只好放弃了。

　　记忆中都是美好的画面，安国兴冲冲地来到沟底，才发现随着垃圾的倾倒及水土流失，泉水早就消失了，荒草遍布。他买了一台推土机，先把路修到沟底，然后把沟底被洪水冲刷的沟壕填平，集中力量在沟掌挖了两天，泉水又汩汩地冒了出来！

　　有了水就有了灵气，大家的兴致一下子就都提高了。峪子沟的沟底是一个平台，大约有上百亩地。两边的山山洼洼约有几百亩山地，田安国让人都栽上了洋槐树。这种树对土壤要求不高，耐寒耐旱，也容易成活，是北方最常见的一种树种，成材期较短，容易见效；沟口两边栽了大量的松树，准备长大后移植到山上。沟掌的部分地势较为平坦，田安国组织人员移植了一些大树。然后在两边地势较陡的山坡下挖了一排窑洞，外面用砖石装饰，门窗统一设计，改造成农家乐。随后将山泉改造成鱼池，吸引喜欢垂钓的城里人来此休闲娱乐。又在台下沟里地势较为平坦的地方种植苜蓿，养殖山羊，打造绿色环保的生态环境。

　　作为伟安达公司的合伙人，欧伟雄和梁达夫对旬邑大秦生态农业项目是持反对意见的，后来见田安国一意孤行，只好保持观望态度。他俩从小在国外生活，对农业一窍不通，知之甚少，所以心里对创建农业项目没有任何把握。

　　除了在峪子沟大兴土木外，田安国还在塬上征了500多亩地，建设生态农庄项目。项目的主体工程是一座集酒店住宿、休闲娱乐为一体的综合大楼，大楼有餐厅，经营各种地方特色的菜肴，田保国担任大厨。鉴于在河北的成功经验，保国对经营酒店充满信心。酒店开业后，县领导欣然前来剪彩，电视台等媒体集中宣传报道，田安国一时成了旬邑的大名人。

2

短短两年时间,田安国在旬邑先后投资了1000多万元,建起一系列生态农业项目,包括苹果园、蔬菜大棚等项目。他计划苹果进入丰产期后再建果汁厂,旬邑有上万亩果园,每年果农把商品果卖掉后剩下的小苹果很难处理,刚好可以做果汁的原料。

田安国踌躇满志,信心百倍,决心在生他养他的故乡大展宏图,回馈父老乡亲。

然而现实是残酷的。

先是养殖的山羊及鸡、鸭、鱼莫名其妙死亡,解剖后发现有人投毒;然后是大片的松树苗开始枯萎,检查后发现被人打了"百草枯";接着是新修的通往沟底的路被人斩断,铲车轮胎被扎爆,各种工具被破坏……损失惨重!

保国开始经营酒店时也是踌躇满志,信心十足。一段时间后他发现情况不妙:首先这里周边都是农村,远离城镇,除了县城少数客人前来消费,几乎没有客源,一天下来的收入连工作人员的工资都包不住,更别提盈利了。安国鼓励四哥拿出自己二级厨师的手艺打出品牌,保国说这里不是油田,菜做得再好,没有客源也是枉然!

酒店难以为继,保国干了一段时间后就辞职了。

旬邑大秦生态农业项目的发展举步维艰。

黄教授提出的"四位一体"生态模式从科学角度来说是没有问题的。塬上有许多旱厕,沼气资源充足,但是要做到以沼气为能源,以沼渣、沼液为肥源,实现种植业、养殖业相结合的能流、物流良性循环,并非那么简单。这种生态模式是依据生态学、生物学、经济学、系统工程学原理,通过生物转换技术将沼气池、畜禽舍、蔬菜生产等有机地结合在一起。由于急功近利,设施建设不规范,加之操作不当,"四位一体"并未达到预想的效果,当地农民使用一段时间后就放弃了。这样非但没有盈利,还造成了资源浪费,人心涣散,对新生事物很难再提起兴趣了。生态农业没有形成规模,花费400余万元购买的"乳酸菌草酚饲料"专利也无用武之地,"三色生物科技有限公司"成了一个空壳,徒有虚名。至此,

田安国开始认真思考自己回乡投资生态农业的现实性,当时的情况是:

一、没有技术;

二、没有资源;

三、没有任何专业团队;

四、没有充足的资金。

在这种情况下,自己便贸然进入了一个陌生的领域,这个项目与他所从事的啤酒生意毫无关系,仅仅凭一时的冲动和热情便盲目决策,失败是在所难免的。他意识到自己已经被一点点成功冲昏了头脑,听不进任何人的意见——参加一个接待活动,喝上一场酒,就会感情冲动,主观武断,决定一个大的项目。那时的他似乎有用不完的力气,好像自己战无不胜,无所不能——最终付出了沉重的代价!

大秦生态农业从成立以来,基本是在空转的状态中,花费上百万元治理水土流失、平整土地、植树育苗后,田安国又在相邻的地方兴办了乳酸菌草酚饲料养羊示范基地,采用购买的专利技术,利用农作物、废弃物、玉米秸秆生产乳酸菌动物饲料。这一切都在不断消耗着钱财,看不到投资回报,只是为家乡治理水土流失、美化环境做着贡献。但这在他们村里却招来了许多非议,甚至有人暗中处处刁难,村里的书记被人三番五次告状,最后不得不因为这个项目黯然下台。

一条本来被废弃的荒沟,甚至成了垃圾倾倒点。雨水不断蚕食着村里的街道和农田……在田安国花了数百万元进行治理后,这里变成了一个可以观光的花果园。

望着新修的马路,郁郁葱葱的峪子沟,大块平整治理后的土地,田安国露出了欣慰的笑容。这些项目投资了好几百万,本来就没想过要怎么收回,他所要完成的,不过是一个"回馈家乡"的情结,实现自己儿时的一个愿望而已。只要村里的乡亲们高兴,他就心满意足了,别无他求。

然而,田安国的举动在别人看来别有动机。

在一些人看来,他大力投资、大肆扩张的背后,一定有着巨大的利益或阴谋。傻子才会拿着硬邦邦的现钞往沟里投呢!田安国这小子一定在下面发现了什么金矿,瞒着所有人偷偷搞开发,这公平吗?

于是,各种非议、诋毁、谩骂、告状接踵而至,有人明里暗里刁难,甚至投毒杀害他们饲养的牲畜，毒死他们的树苗，斩断通往沟底的道路……一系列怪事让田安国感觉有些心灰意冷了。夜深人静的时候，他常常责问自己：为什么要回到旬邑、梁庄来投资呢？为什么要把自己辛辛苦苦赚来的血汗钱扔在既无任何效益回报又得不到乡邻理解认同的地方呢？如果这几千万元当初用来投资深圳房地产，这几年赚回五倍十倍的钱绝不是什么问题。如今，这些出钱挨骂、费力不讨好的投资让他光宗耀祖、扬眉吐气了吗？

有人建议田安国报警，将那些搞破坏的人绳之以法。安国拿出手机给大哥打了个电话，与他沟通村里发生的事情。大哥思考了一会儿，让安国慎重考虑，不要盲目冲动。安国思忖片刻，觉得大哥说得有道理。自己在故乡建生态农庄，本来就是一项惠民工程，峪子沟治理后村子的水土将不再流失，农庄规模扩大后需要大量劳力，不能因个别人的不良用心让自己与乡亲们对立起来，那样的话，他的农庄就无论如何都办不下去了。

整理思路以后，安国决定冷静处理这件事。首先他雇了一些村里的年轻人做保安，对峪子沟农庄实行24小时巡视；其次号召梁庄村民入股，让他们参与管理，增强主人翁意识；接着他又将新开发的峪子沟窑洞廉价租给村民经营，沟里开发的娱乐项目也让村民参与经营，自己则在外围做广告宣传，吸引城里人前来消费。一系列措施实施后，农庄开始正常运转，虽还未实现扭亏为盈，但之前的一些恶性事件再未发生，村民也开始支持他的工作了。

田安国决定再拿出几百万元在各乡镇设立有机肥供应点，送货上门，方便群众的同时解决了一部分人的就业问题；在各乡镇开办科技书店，针对果农开设各种技能培训班，聘请农科大教授给农民讲授苹果栽培技术及农业方面的相关知识；注册"马兰"牌商标，将当地苹果推销到全国市场，解决了当地群众卖果难的问题，经济效益大幅提高。

经历了初期的阵痛后，大秦生态农庄集休闲、度假、娱乐为一体，成为远近闻名的避暑休闲胜地，每到夏天城里人争先恐后驱车前来，带动了当地餐饮、零售、农家乐等的发展。"马兰"牌苹果受到社会各界的青睐，果园种植面积不断扩大，苹果价格进一步提高，果农收入节节攀升，农民生活质量得到大幅度提高。

大秦生态农业除了开展苹果种植外，各类配套设施也在不断完善，纸箱、肥料等连锁经营，大棚菜、有机苹果、乳酸菌有机肥料、有机馒头等旬邑特产成为旅游首选，带动了地方经济发展。许多在外地打工的农民选择回乡就业。大秦生态农业成为当地的一大招牌。

不久，田安国在一年一度的西安"中西部贸易合作洽谈会"上，为了完成旬邑县的招商任务，签下了"旬邑卡斯巴瑞啤酒厂"的项目。

3

自从与啤酒结缘以来，拥有一家自己的小型啤酒酿造厂，是田安国的又一梦想。

田安国在德国认识了酿酒世家的第十七代传人——鲁道夫·卡斯巴瑞先生，接触到了德国的啤酒文化和酿酒历史，特别是走访过不少巴伐利亚有特色、有历史、有品位的小型啤酒厂，那诱人的酒香、酒厂的历史典故、主人们一代又一代的传承史，特别是当地小镇上人们祖祖辈辈对自己啤酒的喜爱和自豪，无不让田安国痴迷陶醉。

这一梦想就像陈年老酒一样在不断发酵。

后来，每当走到一个小镇，他总是要品尝当地的啤酒。只要和邻座的当地人一聊到他们的啤酒，平时不苟言笑的巴伐利亚人就会打开话匣子，如数家珍般地介绍着他们镇上发生的啤酒故事。

这些和我们国内大多人以拥有外来品为豪、恶意贬低当地品牌形成了鲜明对比。

拥有自己的特色小型啤酒厂，开创中国特色啤酒酿制的先河是田安国给自己设计的一个大梦想，他幻想着退休后自己的小啤酒厂高朋满座，亲戚朋友欢聚聊天，享受那夕阳无限好的美景。

这个梦想搅得他心神不宁。

欧伟雄和梁达夫对这个项目并不看好，在上无酿酒原料和包装材料供给，下无消费市场，甚至连合格的产业技术工人都找不到的旬邑兴建德国啤酒生产厂，这简直就是昏了头。更不用说旬邑的水质、投资环境、配套政策、政府对行业的专业管理水平等诸方面因素了！然而田安国就是这样的倔脾气，他认定了的事情，就一定会想办法做好。之所以有这个底气，主要是因为他们集团本身就是以经营德国啤酒、开发引进德国酿酒技术为主营业务的公司。设备、技术、市场和管理都是他们的强项。

拥有建在老家旬邑这个富有传奇色彩的地方的啤酒厂,田安国感觉只是完成了自己梦想的一半。酿制什么样的啤酒,如何酿出既具特色又有历史故事的与众不同的好酒,成了他的这个梦的梦中之梦。安国认为,恩师卡斯巴瑞一定会是他的那位圆梦之人。

卡斯巴瑞先生懂他的梦,因为是他把田安国领进了德国这个啤酒王国,让他从此与啤酒、与德国啤酒结下了不解之缘!

那年的初冬,卡斯巴瑞老先生在田安国的邀请下,第一次来到了旬邑。

虽然只是初冬,但海拔1500余米的旬邑却异常寒冷。这个时节几乎是田安国当年离开旬邑的节气,一晃,时间已经过去30余年了!当年背着一条褥子离开旬邑的农家孩子,如今两鬓斑白,带着一套啤酒设备回到自己的故里,准备开创旬邑历史上的先河——啤酒生产,创造中国啤酒生产的不同模式。

对田安国来说,在旬邑兴建德式啤酒厂,不仅有光宗耀祖的情结,也是出于这里的自然条件。他们在得到政府特批后,首先打了一口无污染的地下深水井。巧合的是,这里不仅气温与慕尼黑相似,就连水质也和慕尼黑阿尔卑斯冰川水非常相似,极其适合酿制黑啤或棕色啤酒——类似柏龙啤酒的鼻祖"萨温特"一样的品种。

看似落后、没什么工业的旬邑,恰恰是天蓝水绿、无污染的一片净土。再说,也不能让一时冲动投资的"大秦生态农业"所在的土地成为一个空壳。如果把这里建成伟安达自我啤酒品牌的生产基地,也是为公司的生存建了第二条生命线。

创立自己的品牌,打造中国啤酒王牌产品,圆自己的啤酒之梦!

经过和安国促膝长谈,卡斯巴瑞老先生把自己家传的秘方以法律文件的形式传授给了他,并亲自参加啤酒厂开业仪式,酿制第一批凯德瑞1788啤酒,现场培训他们的酿酒人员。之后,老人家监控着他们的产品质量,每年定期来到旬邑检查品尝产品,提出整改意见和建议。

卡斯巴瑞来自德国巴伐利亚酿酒世家,其第一代酿酒祖先从1788年在慕尼黑就开始了家族的啤酒酿制生涯,从此开启了这个家族218年的酿酒历史。经历了17代人的传承,到了这位拥有酿酒博士头衔的鲁道夫·卡斯巴瑞手里,却面临着"寿终正寝"的可悲结局。他们在德国的啤酒厂早已转让出售,仅有的两个女儿从事着与啤酒酿制无关的工作,到他这里,可能就成了最后一代传人!

已经70多岁的卡斯巴瑞先生也正为即将失传的家业苦恼,田安国的梦和他的希望不期而遇走到了一起,成就了他们这对异国一老一少啤酒人的一段情缘。 凯德瑞(CANDRY CBM)1788既是这个品牌的名字,也向人们昭示了它的历史年代。CBM则是C卡斯巴瑞、B巴伐利亚、M田安国英文名字Marc的打头字母的组合,其内涵极其丰富而深刻:

经典鲜啤原酿,
滴滴纯正幽香。
凯德瑞1788,
杯杯留恋难忘。
深井纯水优质品质保障,
两百二十八年工艺配方。
传承德国酿酒世家杰作,
中德结缘共同造福一方。
……

这便是田安国几十年来的啤酒梦。尽管这条道路并不平坦,甚至一路上布满荆棘,步履蹒跚,但田安国和他的伟安达同人们一直在这条路上奋力前行。尽管在当地遇到过查封、人为刁难等问题,使生产许可证无法延期而不得不重新申办,以及拖欠货款等困难,但这些都不会改变他的中国啤酒梦。

田安国认为,即使在自己的家乡旬邑无法实现自己的中国啤酒梦,也要找到更适合的地方去实现。他坚信,在中国一定能找到一个可以生产出高品质啤酒的地方,也相信中国人一定能生产出世界一流的啤酒,从而打破洋品牌统治中国高端啤酒市场的格局!

2016年12月第1稿
2018年6月第2稿
2018年9月第3稿
2019年3月于闲云阁第4稿